Von Kurd Laßwitz erschienen in der Reihe
HEYNE SCIENCE FICTION & FANTASY:

Auf zwei Planeten · 06/3299
Homchen und andere Erzählungen · 06/4309

INHALT

Inhalt

Kurd Laßwitz – Erkenntnis und Ethik dazu

von Franz Rottensteiner

Das anhaltende Interesse an der Science Fiction, das sich sowohl in der verstärkten Herausgabe von Titeln einschließlich der Neuausgabe vergriffener älterer, wie in der vermehrten Beschäftigung mit Theorie und Geschichte der Gattung niederschlägt, hat auch dazu geführt, daß Kurd Laßwitz (1848–1910) wieder einige Aufmerksamkeit zuteil wird. Zu Lebzeiten bisweilen mit Jules Verne und H. G. Wells verglichen und sogar über sie gestellt, hat dieser deutsche Vorläufer der Science Fiction doch nie die Breitenwirkung dieser beiden gehabt, nicht in Deutschland und schon gar nicht international, wiewohl sein Hauptwerk *Auf zwei Planeten* (1897) bald nach Erscheinen in zahlreiche europäische Sprachen übersetzt wurde. Nach Laßwitz' Tod gab es zwar noch etliche Neuauflagen seiner Werke, nicht mehr jedoch nach 1933, denn den Nationalsozialisten konnte ein Mann seiner pazifistischen und liberalen Geisteshaltung nicht willkommen sein, und es verwundert nicht, daß seine Bücher nicht mehr erscheinen durften. *Auf zwei Planeten* ist aber auch nach dem zweiten Weltkrieg nie völlig in Vergessenheit geraten, gab es doch nicht weniger als drei (allerdings verkürzte und bearbeitete) Buchausgaben, sogar Buchklublizenzen, eine zweibändige Heftausgabe und eine Taschenbuchausgabe in dieser Reihe der »SF Classics« bei Heyne (1972, HEYNE-Buch Nr. 06/3299). Einzelne der Geschichten Laßwitz' fanden Eingang in verschiedenen SF-Anthologien, darunter meinem eigenen *Polaris 1* (1973). Vor kurzem aber erschienen nun zwei wichtige Bücher, eines in der BRD, das andere in der DDR, die nicht nur einen beachtlichen Teil der literarischen Texte dieses Autors wieder zugänglich machen, sondern auch umfangreiche Materialien zu Laßwitz enthalten. Grund für die vollständige Neuausgabe von *Auf zwei Planeten* in der Reihe »Haidnische Alterthümer« (in der Bücher aus dem 18. und 19. Jahrhundert vorgestellt werden, die Arno Schmidt beeindruckt haben und in irgendeinem Zusammenhang mit seinem Werk stehen) bei 2001 ist die Tatsache, daß Arno Schmidt, dieser Fürsprecher der Verkannten und der Außenseiter in der Literatur, Laßwitz als einen Teil seiner eigenen Entwicklungslinie betrachtete und sich in seinen Büchern des öfteren Anspielungen auf Laßwitz, vor allem auf *Auf zwei Planeten* finden. 2001 begnügt sich nicht damit, den Roman auf 895 Seiten Dünndruckpapier vollständig abzudrucken, sondern hat seiner Ausgabe auch Materialien von Rudi Schweikert beigegeben, die sie zugleich zur wichtigsten Sekundärliteratur zu Laßwitz machen. Es gibt dort einige Seiten Anmerkungen zum Roman, einen Essay »Von Martiern und Menschen oder Die Welt, durch Vernunft dividiert, geht nicht auf. Hinweise zum Verständnis von *Auf zwei Planeten*«, einen weiteren Essay »Von geraden und von schiefen Gedanken. Kurd Laßwitz – Gelehrter und Poet dazu«, Lebensdaten und eine umfangreiche Bibliographie von Primärliteratur (einschließlich aller philosophischen und wissenschaftlichen Veröffentlichungen in Zeitungen und Zeitschriften) und Sekundärliteratur – alles in allem materialreiche 200 Seiten, in denen Laßwitz eine kenntnisreiche und verständnisvolle Würdigung zuteil wird, nicht nur, was Arno Schmidt angeht, sondern allgemein in seiner Bedeutung für die Science Fiction und die phantastische Literatur. Das zweite, im selben Jahr 1979 erschienene Buch von Laßwitz ist die von Adolf Sckerl herausgegebene Anthologie *Bis zum Nullpunkt des Seins. Utopische Erzählungen* (Berlin, DDR: Verlag Das Neue Berlin), eine Auswahl aus Laßwitz' kürzeren Erzählungen. Zwar enthält auch dieser Band eine kurze Würdigung Laßwitz', doch besteht sein Hauptverdienst darin, die zwei frühen Erzählungen aus »*Bilder aus der Zukunft*« (1878), nämlich »Bis zum Nullpunkt des Seins« (1871) und »Gegen das Weltgesetz« (1878), wieder zugänglich gemacht zu haben, die zum Unterschied von seinen anderen Büchern auch in Antiquariaten praktisch nicht zu finden sind. Diese beiden längeren Erzählungen sind, obwohl ihr literarischer Wert gewiß nicht allzu hoch anzusetzen ist, Fundgruben für jeden Historiker der Gattung – und auch für jeden Leser, denn unterhaltsam sind sie noch immer. Man könnte sie als Beispiele Gernsback'scher SF vor Gernsback bezeichnen, d.h. als SF, in der ein reichlich schütteres, fast nur als Vorwand dienendes erzählerisches Vehikel als die dünne Fadenschnur dient, woran verschiedene Erfindungen, Wunder der künftigen Welt und ebenso erstaunliche wie sensationelle Vorfälle aufgehängt sind, die dem Leser nacheinander vorgeführt werden. Laßwitz schrieb diese Geschichten in jungen Jahren; in vielerlei Hinsicht erinnern sie an studentische Ulke, und ihre halbernste, in groteske Übersteigerungen umkippende Handlung mag auch erklären, warum sie später nie mehr aufgelegt wurden (eine 1908 angekündigte Neuauflage ist nicht erschienen). Der unsichere, unausgegorene Tonfall pendelt ständig zwischen eindeutigem, überspitztem Ulk, flüchtig entworfenen philosophischen Gedanken und Aufzählungen von Details der Zukunftswelt, meist technischen Erfindungen. Bissiger Witz, harmlose Späßchen und Sentimentalisches sind miteinander vermengt, der Autor kann sich nicht klarwerden, was er schreiben will. Doch enthalten diese beiden Erzählungen aus dem Jahre 2371 und dem Jahre 3877 bereits die wesentlichsten Elemente der naturwissenschaftlich-poetischen Seite Laßwitz': sowohl die Doppelstrategie der Darstellungsweise mit den Polen gefühlvoll-belehrend und ironisierend-witzig, wie die stoffliche Seite, die ausgeführten oder häufig nur angedeuteten Ideen, auf die er später zum Teil sowohl in *Auf zwei Planeten* (etwa neue Kunstformen) wie in den Erzählungen wieder zurückkam. Auch international sind diese Erzählungen nicht völlig folgenlos geblieben; ein Auszug »Pictures from the Future« im amerikanischen *Overland Magazine* (1890) hat zwar schwerlich irgendeine Resonanz ausgelöst oder die Entwicklung der amerikanischen SF beeinflußt, aber in Schweden übernahm Claes Lundin den Grundeinfall von »Bis zum Nullpunkt des Seins« und machte daraus einen satirischen Roman *Oxygen och Aromasia* (1878). Dieser Roman gilt in Schweden als SF-Klassiker und wurde 1974 mit einer Einleitung von Sam Lundwall neu herausgegeben. Es scheint aber auch die Vermutung nicht aus der Luft gegriffen, daß die *Bilder aus der Zukunft* dem aus Luxemburg stammenden Hugo Gernsback bekannt waren, denn es gibt in seinem Roman *Ralph 124C 41+*, der manchmal fälschlich als die erste echte SF bezeichnet wird, einige verblüffende Parallelen zu Laßwitz, nicht nur in der Fabel, die an »Gegen das Weltgesetz« erinnert, sondern mehr noch in den

technischen Einfällen, die den Roman *Ralph 124C 41+* ausma-
chen, der im wesentlichen ein Katalog künftiger Erfindungen
ist. Beiden, Laßwitz wie Gernsback, ist jedenfalls der ver-
schwenderische Umgang mit Erfindungen gemein, die im allgemeinen nur flüchtig erwähnt werden. Gleichwie, ob Laßwitz
die spätere SF tatsächlich beeinflußt hat oder nicht, seine Bücher und vor allem die *Bilder aus der Zukunft* sind ein veritables
Reservoir von SF-Einfällen, die häufig keine Vorläufer in der
Literatur haben. Neben solch häufig anzutreffenden Einfällen
wie Nahrungsmittelpillen, Flugzeugen, Raumschiffen, Riesen-
tunnels durch die Erdrinde, findet man auch Computer, die
Aufspaltung der Menschenrasse in verschiedene biologische
Zweige mit Arbeitsteilung oder das Lernen im Schlaf, das Ein-
flößen von Wissensinhalten ins Gehirn, das sowohl in Gerns-
backs Hypnobioskop wie auch in Huxleys *Schöne neue Welt*
(und zahllosen anderen SF-Erzählungen) wiederkehrt. Das
sind natürlich nur Parallelen, denn Huxley hat Laßwitz bestimmt nicht gekannt. Die Gehirnschule hat sich Laßwitz übrigens nicht gänzlich passiv vorgestellt, nicht als Geschenk des
Himmels, das alles Lernen ersetzt, sondern nur als Lernhilfe,
die geeignet ist, vorhandene Anlagen zu fördern. »Gegen das
Weltgesetz« beginnt mit der Einschreibung eines Sprößlings in
die Gehirnschule, und einer einer gewissen Anzüglichkeit
nicht entbehrenden Erklärung, wie die Präparierung der Rindenschicht des Nachwuchses gesetzlich geregelt ist: Über ein
Drittel bestimmt der Vater, ein weiteres Drittel bleibt dem Individuum selbst vorbehalten, ein Drittel gehört dem Staat.

Das Lernen, die geistige Anstrengung, hielt Laßwitz hoch,
denn er war selbst Schulmeister, möglicherweise einer, der einer nicht geschafften Hochschulkarriere nachtrauerte und den
der Alltagstrott des Schulbetriebs, wie aus manchen seiner
Äußerungen hervorgeht, anödete. Geboren am 20. April 1848
in Breslau als Sohn eines Eisengroßhändlers und zeitweiligen
Abgeordneten, studierte Laßwitz zunächst in seiner Heimatstadt, dann in Berlin Mathematik und Physik. Er promovierte
1873 mit einer Arbeit *Über Tropfen, die an festen Körpern hängen
und der Schwerkraft unterworfen sind* zum Doktor der Philosophie. Wie Rudi Schweikert bemerkt, spielen »Tröpfchen« eine
besondere, nicht nur psychoanalytisch deutbare Rolle in Laß-

witz' wissenschaftlichem wie belletristischem Werk. Bereits in jener frühen wissenschaftlichen Arbeit finden sich neben anderen zwei sein späteres Werk bestimmende Thesen, nämlich daß die naturwissenschaftliche Weltanschauung in reichem Maße dichterische Elemente enthalte; und daß die Wissenschaft popularisiert werden könne und solle. Sein ganzes Werk, ob diskursiver oder erzählerischer Natur, kann als Illustration für diese Anschauung herhalten. Die für sein wissenschaftliches Hauptwerk, *Die Geschichte der Atomistik vom Mittelalter bis Newton* (1890, noch 1963 in dritter Auflage von der Wissenschaftlichen Buchgesellschaft neu aufgelegt) erhoffte Professur blieb jedoch aus, und damit war Laßwitz an das zuweilen beseufzte und ironisierte Joch des Schulmeisters gefesselt. Nach der Quittierung des Schuldienstes 1908 stirbt er 1910 an den Folgen einer Blinddarmentzündung. Laßwitz' eigentliches geistiges Leben fand nicht in der Schule statt (wiewohl sein Vortrag als klar und anschaulich geschildert wird), sondern in seinen Aufsätzen und Büchern, die sich in drei Klassen unterteilen lassen: fachwissenschaftliche Arbeiten zur Philosophie und Naturwissenschaft, vor allem zur Atomistik und der idealistischen Philosophie; allgemeinfaßliche Darstellungen zu demselben Themenkreis: Kant, Schiller, Gustav Theodor Fechner und zur Ethik und Ästhetik der Naturwissenschaft; und schließlich – und am wichtigsten – Belletrisierungen dieser Stoffe, die Verschmelzung von naturphilosophischer Erkenntnis mit der Dichtkunst. Laßwitz war keineswegs ein naiver Schöpfer, sondern entsprechend seinem Erkenntnisbegriff schrieb er seine SF sehr bewußt und war auch einer der ersten, die sich eine Ästhetik für diese Form zurechtlegten und sie philosophisch zu begründen suchten. In seinem Essay »Über Zukunftsträume« (erstmalig 1899 in »*Die Nation*« erschienen) rechtfertigte er die Zukunftsdichtung und die Belletrisierung der Wissenschaft allgemein gegen damals nicht seltene Vorwürfe, manche Stoffe seien poetischer als andere, und Technik und Naturwissenschaft seien überhaupt undichterische Stoffe. Laßwitz sieht diese Literatur, die er als ›naturwissenschaftliche Märchen‹ bezeichnete und die heute als ›Science Fiction‹ bekannt ist, im weiteren Kulturzusammenhang. Das allgemeine menschliche Streben nach Erkenntnis und Weltverbesserung hält er zwar nicht als unbedingt endgültig vom Erfolg gekrönt, aber als notwendig und im großen und ganzen für erfolgreich. Das muß der Fall sein, sonst würde die Anstrengung erlahmen. Das Streben gilt ihm mehr als das ideale Ziel, dem sich der fehlbare Mensch nur schrittweise nähern kann. Laßwitz vertritt also eine Politik der kleinen Schritte, des unermüdlichen, begrenzten Strebens und hat damit mehr gemein mit Popper als mit Marx, den er in seinem Werk nicht zur Kenntnis nimmt. Das naturwissenschaftliche Märchen hat nach Laßwitz die Aufgabe, dem Leser die neuen Erkenntnisse im subjektiven Gefühl nahezubringen. »Es gilt, das neue Naturgefühl persönlich zu gestalten.«

Laßwitz war bürgerlicher Individualist und Naturwissenschaftler, kein Sozialreformer. In seinem belletristischen Hauptwerk, dem im Entwurf überraschend kühnen, in den Details der Fabel und der Schilderung menschlicher Beziehungen oft konventionell sentimentalen und kleinbürgerlichen Roman *Auf zwei Planeten* (1897), spielen Entwürfe idealer Staatswesen denn auch kaum eine Rolle. Worauf es dem idealistischen Philosophen und Neukantianer Laßwitz ankommt, ist die Perfektion des Individuums, des einzelnen Bewußtseins, nicht eine bestimmte gesellschaftliche Organisation, deren er viele gleichberechtigt nebeneinander stehen läßt. Sein technisch fortgeschrittener und ethisch höherstehender Mars ist ausdrücklich pluralistisch, es koexistieren dort ohne ideologisches Bauchgrimmen alle möglichen Regierungsformen. Noch deutlicher wird diese Haltung in der Kurzgeschichte »Apoikis« (1882), die sozusagen die Kehrseite von *Auf zwei Planeten* ist. Die von den alten Hellenen, diesen respektablen Vätern des utopischen Denkens, in direkter Linie abstammenden Apoikier lehnen nachdrücklich die moderne industrielle Massengesellschaft ab: »Denn, wie mein Gastfreund sagte, das Glück eines Volkes besteht nicht in der möglichst großen Menge von einzelnen Zentren des Bewußtseins, sondern in der intensiven und gleichmäßigen Konzentration des Bewußtseins in jedem einzelnen Individuum.« Die auf einer einsamen, von Bergen umschlossenen Felseninsel – klassischer Locus der Utopien von Thomas Morus und der *Insel Felsenburg* des J.G. Schnabel bis herauf zu solch modernen Science Fiction-Romanen wie

Olaf Stapledons *Odd John* – hausenden Apoikier haben sich ganz auf die Entwicklung ihrer inneren geistigen Kräfte konzentriert und sind dadurch sogar imstande, ihr abgeschiedenes Eiland mit einem Wall reiner Gedankenkraft vor unerwünschten Besuchern abzuschirmen – ebenfalls eine archetypische Situation so mancher SF. »Apoikis« ist somit eines der letzten vollwertigen Beispiele altehrwürdiger Utopie, während *Auf zwei Planeten* das zwar auch idealistisch gesinnte, die Einzelpersönlichkeit betonende, aber hochindustrialisierte, technikbejahende moderne Gegenstück ist, eine »realistische Utopie«, wenn man so will, die die tatsächliche historische Entwicklung voll bejaht. In der Wissenschaft sind die Bewohner des Mars in *Auf zwei Planeten* so weit fortgeschritten, daß sie vor allem das Problem der Raumfahrt (auf eine Weise, die sogar spätere Raumfahrtpioniere beeindruckte, darunter Wernher von Braun) gelöst haben und sogar imstande sind, Raumstationen als »Zwischenbahnhöfe« für die Weltraumfahrt zu errichten. Damit können sie in der Begegnung der Welten den ersten Schritt tun, um die Erde zu besuchen. In einem Zeitalter der hemmungslosen Kolonisation sieht sich der Mensch plötzlich in die Lage der Wilden versetzt – ähnlich wie in H. G. Wells' im gleichen Jahr erschienenen *Krieg der Welten* die marsianischen Invasoren – fremdartige Ungeheuer, keine Laßwitz'schen Kulturmenschen – die Erdbewohner behandeln wie die Weißen die Tasmanier behandelt haben. Daß Laßwitz' Roman vor allem in der konventionellen, süßlich-sentimentalen Menschenzeichnung so manche Schwächen aufweist, ändert nichts an der toleranten, humanitären Haltung, die über den Chauvinismus der Zeit hinausweist und diese »erste Begegnung« zweier verschiedener Kulturen zu einer originellen Studie des Aufeinanderpralls zweier Welten macht. Über die Selbstüberhebung der Marsianer, die ein Protektorat über die Erde errichten und sich wie Herrenmenschen zu benehmen beginnen, führt die Entwicklung zur Formierung des irdischen Widerstands und schließlichen Ausgleiches zwischen Erde und Mars, also zum Sieg der Vernunft. Diese an der kantischen Philosophie orientierte Seite des Romans hebt ihn hinaus über andere Raumfahrtromane, wiewohl Laßwitz auch zur realen Entwicklung der Raumfahrt originelle Beiträge geleistet

13

hat, die in den zwanziger Jahren noch im Deutschen Verein für Raketentechnik nachwirkten. *Auf zwei Planeten* ist so ein echter Klassiker der Science Fiction. In seinen späten Romanen *Aspira. Der Roman einer Wolke* (1905) und *Sternentau. Die Pflanze vom Neptunsmond* (1909) überwiegt leider ein pedantischer, sentimentaler Zug, der Fechner'sche Ideen von der Beseelung von Pflanzen und selbst Dingen verniedlichend verkitscht; diese beiden Bücher sind heute kaum mehr lesbar.

Aber zumindest einer von Laßwitz' Romanen, *Homchen. Ein Tiermärchen aus der oberen Kreide,* zuerst 1902 zusammen mit der Erzählungssammlung *Traumkristalle* in dem Band *Nie und Immer* erschienen, verdient Aufmerksamkeit und Anerkennung. Diese für Laßwitz eher untypische Geschichte ist eine lange Tierfabel, in der der Märchenton wunderbar getroffen ist und bis zum Ende durchgehalten wird. Homchen ist ein Vorläufer des Menschen, ein Beuteltierchen, das in einer Welt brutaler Gewalt und des Kampfes ums Dasein in der Drachenzeit der Jura seiner Zeit voraus ist. Er ist ein Genie, das von seinen Mitgeschöpfen nicht verstanden wird, vergebens kämpft und schließlich unausweichlich tragisch endet. Ein Igel-Nietzsche rät ihm: »Ihr müßt den Über-Beutler züchten!« Nach Laßwitz' eigener Aussage handelt der Roman von »der Verdrängung einer Weltherrschaft durch eine weniger rohe« (Brief an Max von Kalbeck). Die Echsen sind die Vertreter reiner Macht und roher Gewalt und herrschen allein nach dem Recht des Stärkeren; die eigentlichen Herrscher sind in diesem darwinistischen entwicklungsgeschichtlichen Märchen die gefinkelten Zierschnäbel, die den dummen und trägen Sauriern die Gebote der roten Schlange einsagen. Sie steuern den geistigen Überbau dieser Gesellschaft bei, indem sie deren Botschaft nach Belieben auslegen; ihr philosophisches Geheimsystem läuft darauf hinaus, die anderen niederzuhalten. Sie fürchten das Denken, die unabhängige Erkenntnis, daß jeder die rote Schlange, d.h. das metaphysische Gebot in der eigenen Brust trägt; die Stärke fürchten sie nicht. Vor Orwell hängen sie einer Art Zwiedenken an, daß Unwissenheit Stärke ist: »Wen du beherrschen willst, den erhalte in der Unwissenheit.« Die konkrete Nutzanwendung dieses prähistorischen Lehrstücks für eine Zeit, die einen Kultus mit der militärischen Macht trieb, bedarf keiner Herausstellung und dieses scheinbar so harmlose, naiv-bezaubernde Märchen über die Abenteuer eines Genies der oberen Kreidezeit enthält einige brisante Aussagen.

Der Beamten- und Soldatenstaat, das blindergebene Dienen, bilden einen Angriffspunkt für Laßwitz' Satire auch in so manchem seiner Kurzgeschichten, die in vieler Hinsicht weitaus gelungener sind als seine längeren Texte. Zielscheibe seines Spotts ist auch der Adelskult, das Suchen nach weit in die Vergangenheit zurückgehenden, möglichst hochedlen Vorfahren; das kommt schon in der Genealogie Strudel-Prudels in »Gegen das Weltgesetz« vor und setzt sich fort in den spöttischen Anweisungen der »Selbstbiographischen Studien« (1887). Ihren Teil ab bekommen auch die gelehrten Fachphilosophen, die sich hinter einem geschraubten Fachjargon verstecken, der so kompliziert und zugleich so nichtssagend ist, daß niemand ergründen kann, was wirklich gemeint ist. »Mirax. Träume eines modernen Geistersehers, erläutert durch Träume moderner Metaphysik« (1888) macht sich lustig über den freizügigen Umgang mit Beweisen und die willkürlichen Annahmen mancher moderner Metaphysiker – jemand fühlt sich auch heftig betroffen. Ebenso wird in »Psychotomie« (1885) mit uncharakteristischer Selbstironie deutsches Philosophieren aufs Korn genommen. »Es war einmal ein Privatdocent der Philosophie ...« Dem erscheint ein zeitgemäßer Mephistopheles und verlockt ihn mit den gegenständlich gewordenen Begriffen der Philosophie; jede seiner Kuriositäten wird mit ironischen Bemerkungen vorgestellt, etwa die Humanität, für die in Europa nur mehr bei Tierschutzvereinen Bedarf besteht. Nachdem er sich mit dem philosophischen Sammelsurium den Magen verdorben hat, bleibt der arme Privatdozent in einem Lewis Carroll'schen oder Edward Lear'schen Zug schließlich mit dem »höheren Blödsinn« allein. Ein Carroll'sches und höchst unrespektierliches philosphisches Märchen ist auch die Philosophiesatire »Prinzessin Jaja« (1892). Die arme Prinzessin Jaja, die Tochter des Königs Hähhäh im Königreich Drüberunddrunter wird von ihrer Patin, der ebenso geizigen wie verdrossenen Fee Dysthymos Kräkeleia (die nicht dem Haupte des Zeus entsprungen ist, sondern einem Hühnerauge), die »Göttin aller überflüssigen Fragen« und »Herrin

der Rätselmacher, Steuerabschätzer, Polizisten und Metaphysiker«, aus Bosheit über eine unziemliche Frage dazu verur-
teilt, erst dann einen Mann zu bekommen, wenn sie die unnützeste Frage der Welt gefunden und beantwortet hat. In solchen Erzählungen, die teils die traditionelle Märchenform benutzen, teils als Lügengeschichten, Reiseabenteuer (z.B. in den
Mikrokosmos in »Auf der Seifenblase«) oder auch als Essayi-
stik und Briefgeschichten angelegt sind, folgt Laßwitz seinem
geschätzten Vorbild G.T. Fechner, der ebenfalls philoso-
phisch-skurrile Stücke wie »Beweis, daß der Mond aus Jodine
besteht« (1821) schrieb, freilich noch ohne menschliche Charaktere zu benutzen. Humorvolle Demonstrationen der Erkenntnis und philosophischer Eigenschaften der Welt sind
»Wie der Teufel den Professor holte« (1907, darin wird ein ge-
krümmter nichteuklidischer Raum vorgeführt), »Die Universalbibliothek« (1904, folgenschwer dadurch, daß sie J.L. Borges
zu seiner gewichtigen Erzählung »Die Bibliothek von Babel«
inspiriert hat; sie stellt die originelle Idee vor, daß sich alles,
was überhaupt nur sprachlich ausdrückbar ist, in einer zwar
riesig großen, aber endlichen Anzahl von Zeichen niederlegen
läßt) und »Aladins Wunderlampe« (1888), die ebenfalls ähnliche SF-Erzählungen vorwegnimmt. Diese Erzählung legt den
bekannten Satz vom Verstand, der der Natur die Gesetze vor-
schreibt, in der Manier vieler phantastischer Literatur wort-
wörtlich aus: die wechselnde Erkenntnis der Welt verändert
die Welt selbst. In Märchen wie diesen war Laßwitz der meisten SF seiner Zeit weit voraus, und er verstand es, die Märchenform mit spritzigem und originellem Inhalt zu füllen.

Nicht alle seiner Märchen sind jedoch so gelungen; die zwei
gegensätzlichen Züge seines Wesens, der überlegene, oft auch
übermütige Spott, der es wagt, die gesellschaftlichen und philosophischen Überzeugungen seiner Zeit in Frage zu stellen,
und der didaktische Gefühlsmensch gehen oft eine unbehaglich stimmende Verbindung ein. Einige andere Erzählungen
sind, wenn auch nicht ohne satirische Züge, vor allem Exposi-
tionen einzelner SF-Ideen, die zum Teil schon in *Bilder aus
der Zukunft* und *Auf zwei Planeten* angeschnitten werden. In
diese Gruppe gehören »Die Fernschule« (1902), »Der Traumfabrikant« (1886) und »Der Gehirnspiegel« (1902).

Diese Erzählungen haben einen Nachahmer in Carl Grunert gefunden, der vier Bände mit meist naturwissenschaftlich inspirierten Erzählungen (aber ohne die philosophischen Bezüge, die man bei Laßwitz findet) schrieb, aber sich ebenso von H.G. Wells und Jules Verne anregen ließ: *Feinde im Weltall* (1904), *Im irdischen Jenseits* (1904), *Menschen von Morgen* (1905) und *Der Marsspion* (1908). Darunter gibt es einige liebenswert altmodische Erzählungen. Grunert ist weniger bedeutsam als Laßwitz, doch sollte sich auch von ihm ein interessantes Bändchen Kurzgeschichten zusammenstellen lassen.

Kurd Laßwitz, diesen ersten wichtigen deutschen SF-Autor, mit den Weltgrößen H.G. Wells und Jules Verne zu vergleichen, wie es seinerzeit zuweilen geschah, heißt Laßwitz' Bedeutung überschätzen. H.G. Wells z.B. läßt in seinen originellen, mit kluger Beschränkung knappest erzählten Kurzgeschichten symbolische Bezüge von zeitloser Gültigkeit anklingen. Im Vergleich zu diesen frischen Stories wirken die meisten Erzählungen Laßwitz' doch ein wenig angestaubt, sind aber doch als Erinnerung an die Vergangenheit unserer Zukunft von Interesse. Mit vielen Vorläufern der SF teilt er die Unfähigkeit, interessante Stoffe in ebenso interessante Prosa umzusetzen; selbst in seinen besten Werken bleibt er ein eher biederer Erzähler, dessen Stoffe immer bedeutsamer sind als die literarische Form, die er ihnen gibt. Doch besticht seine Verwurzelung im abendländischen Kulturkreis: er wollte nicht nur unterhalten – wiewohl auch dies –, sondern auch zum Nachdenken anregen. Er war vielleicht derjenige SF-Autor vor Stanisław Lem, in dessen Werk das Erkenntnisproblem die größte Rolle spielte. In seinen naturwissenschaftlichen Märchen mag man auch eine Geisteshaltung entdecken, die der von Lems *Robotermärchen* verwandt ist, wenn auch die sprachliche Ebene niedriger ist. Man könnte auch sonst einige Gemeinsamkeiten zwischen den beiden feststellen, etwa die Tendenz, das Erhabene mit dem Lächerlichen zu vermischen und ins Banale abgleiten zu lassen. Laßwitz war ein durch und durch philosophischer Schriftsteller, Kant und Schiller sind die Leitsterne seiner rationalen Seite, die Selbstbestimmung der autonomen sittlichen Persönlichkeit ist, zumal im Marsroman, seine philosophische Determinante; Gustav Theodor Fechner regiert die mehr mystischen, sentimentalen – aber auch aufsässigen und spöttischen – Aspekte seiner Natur. Laßwitz schrieb klar, anschaulich, mit Witz, originell und steckte in seinen Erzählungen Neuland ab, denn auf Vorläufer konnte er sich kaum stützen. Sein ehrliches Bemühen und Bestreben, technisch-naturwissenschaftliche Dinge (in denen er nicht selten seiner Zeit voraus war) mit einem höheren Sinn zu verknüpfen, sie mit Ethik und Ästhetik zu verschmelzen, waren in der Zukunftsschriftstellerei der Zeit, die selten über technische Wundermärchen und kindische Abenteuer für jugendliche Leser hinauskam, eine Ausnahme, verdienen Anerkennung und sind selbst heute in der SF leider nur allzu selten.

Auch heute noch sind seine Erzählungen durchaus mit Vergnügen lesbar, und nicht nur für jene von Interesse, die die Geschichte der SF-Gattung studieren möchten. Das zeigt hoffentlich diese Auswahl.

Dieser Band enthält die meiner Ansicht nach wichtigsten Erzählungen, und zwar aus den Bänden *Bilder aus der Zukunft* aus dem Jahre 1878 (»Bis zum Nullpunkt des Seins« und »Gegen das Weltgesetz«), *Seifenblasen* aus dem Jahre 1890 (nämlich »Auf der Seifenblase«, »Apoikis«, »Aladins Wunderlampe«, »Der Traumfabrikant«, »Psychotomie«, »Mirax« und »Prinzessin Jaja«), *Nie und Immer* aus dem Jahre 1902 (»Die Fernschule«, »Die Universalbibliothek«, »Der Gehirnspiegel«, »Wie der Teufel den Professor holte« und den Roman »Homchen«), dem Nachlaßband *Empfundenes und Erkanntes* aus dem Jahre 1919 (»Die Weltprojekte«) und den Essay »Über Zukunftsträume« aus *Wirklichkeiten*, der 1900 erschien.

Zusammen mit dem Roman *Auf zwei Planeten* sind das die Texte, aufgrund deren Laßwitz als der Ahnherr der deutschen Science Fiction gelten kann. Daß der unmittelbare Einfluß Laßwitz' nicht größer war, liegt neben den inneren Schwächen seiner Prosa vor allem in den Zeitumständen begründet. Im wilhelminischen Deutschland war er ein zuweilen angefeindeter pazifistischer, autoritätsfeindlicher Außenseiter, im generell utopiefeindlichen Dritten Reich war für einen bürgerlich-kritischen, demokratisch-liberalen Schriftsteller wie ihn erst recht kein Platz, und nach dem Zweiten Weltkrieg beherrscht die angloamerikanische SF das Feld und deutsche Autoren müssen sich erst mühsam einen Platz neben ihnen erkämpfen. Für eine echte Massenwirkung war Laßwitz immer »zu vernünftig«; sein Humanismus und vor allem die Ansätze zu einer philosophisch orientierten Science Fiction in seinen spöttischen Märchen können aber selbst heute noch eine Alternative zur großen Masse der SF sein.

Bibliographie der SF Laßwitz' (nur Erstausgaben):

Bilder aus der Zukunft. Zwei Erzählungen aus dem 24. und 39. Jahrhundert. 1878

Seifenblasen. Moderne Märchen. 1890. 2. vermehrte Ausgabe 1894

Auf zwei Planeten. Roman in zwei Büchern. 1897

Nie und immer. Neue Märchen. 1902. Später (ab 1907) getrennt in zwei Bänden als *Homchen. Ein Tiermärchen aus der oberen Kreide,* und *Traumkristalle.* Neue Märchen (um 5 Erzählungen vermehrt).

Aspira. Der Roman einer Wolke. 1905

Sternentau. Die Pflanze vom Neptunsmond. 1909

Empfundenes und Erkanntes. Aus dem Nachlasse. 1919

Die Welt und der Mathematikus. Ausgewählte Dichtungen. Herausgegeben von Walter Lietzmann. 1924

Bis zum Nullpunkt des Seins. Utopische Erzählungen. Herausgeben von Adolf Sckerl. 1979

ERSTER TEIL

Homchen

*Ein Tiermärchen
aus der oberen Kreide*

Der kühne Kala

Es ist schon lange, sehr lange her.

Menschen gab es noch nicht. An ganz andern Stellen als heutzutage standen die Berge, wogten die Flüsse und Meere, und selbst die liebe Sonne ging noch leichtsinniger mit ihren Strahlen um. Aber allmählich dachte sie doch daran, sich etwas häuslicher einzurichten.

Nach Osten öffnet sich die Mündung des mächtigen Stromes zu weiter, uferloser Bucht. Dort glüht der Himmel im Frührot, und bunte Streifen glitzern zwischen den dunklen Wogen. Am flachen, sumpfigen Ufer des Stromes beugen sich das Schilf und die hohen Gräser leicht unter kühlem Windhauch. Droben auf den angrenzenden Hügeln rauscht es in den breiten Wipfeln der Bäume. Buchen und Ahorn steigen dicht gedrängt hinter der Wiese an der Böschung empor. Darüber ragen hier und da die zackigen Äste einer Rieseneiche hervor, oder die schlanke Pinie drängt sich in die Verschlingung des Laubwalds.

Aus den hohen Farnkräutern am Waldesrand hebt sich ein großer, schmaler, gelb und braun gesprenkelter Kopf. Ist es ein Vogel, eine Schlange, eine riesige Eidechse? Jetzt erscheint ein langer nackter Hals, und der Hals wächst immer weiter und weiter aus den Kräutern hervor, schon glaubt man, ein ungeheurer Vogel werde sich aufschwingen. Aber statt der Flügel kommen zwei kräftige Vorderfüße zum Vorschein, mit denen das Tier in der Luft hin und her fuchtelt. Es sperrt das gewaltige schnabelartige Maul weit auf und gähnt und gähnt – –

Dann verschwindet es wieder zwischen den hoch wuchernden Blättern. Dort streckt es den mächtigen Krokodilsschwanz nebst seinen vier Beinen und dem langen Straußenhals möglichst nahe am Boden aus, wobei der untere Teil seines Rückens wie ein massiger Berg in die Höhe ragt. Seine Kinnladen reiben sich rasselnd aneinander, denn es hält ein Selbstgespräch.

»Kalt, kalt, kalt!« So brummte der Iguanodon bei sich. »Die Welt wird immer schlechter. Ich muß noch mit dem Frühstück warten. Denn wenn ich den Hals ausstrecke, so friere ich. Kalt, kalt, kalt! Das ist so eine moderne Erfindung. In meiner Jugend, ich glaube, da gab's das gar nicht. Diese kalten Morgen sind gegen die Grundsätze der ältesten Drachengeschlechter. Was könnte man dagegen tun? Lächerlich, daß mir das Denken so schwer fällt! Mir, der ich – Guck mich nicht so dumm an, elendes Kerbtier!«

Damit bohrte der Iguanodon wütend seinen langen Stacheldaumen mitten durch den Leib eines großen Skorpions, der eben aus seiner Höhle kroch. Der Skorpion sagte weiter nichts, denn es blieb ihm keine Zeit dazu übrig. Aber der Iguanodon knurrte weiter.

»Ja, ich will's euch zeigen, daß ich das klügste Geschöpf bin! Ich bin mir das schuldig. Ich gehe auf zwei Beinen, ich fresse kein Fleisch, ich bin kein dummes Wasservieh, ich bin kein roher Raubdrache, ich bin kein flattriges Lufttier, ich bin eine feine Riesen-Eidechse – ich bin mein Ideal! Warum sollte ich nicht denken können? Ich werde denken! Kalt, kalt, kalt! Was läßt sich dagegen tun? Wenn man so etwas hätte, wie dieses Moos, das man immer um seinen Hals tragen könnte, dann würde man nicht frieren. Ha! Ich glaube, jetzt denke ich, und zwar gut. Denn wenn ich den Hals in das Moos stecke, so ist es warm. Wenn ich aber frühstücken will, so muß ich ihn herausziehen. Das ist eben das Problem, das ist die Kältefrage. Wer die lösen könnte? Wahrscheinlich niemand, wenn ich es nicht kann. Denn ich bin der Iguanodon, ich bin das höchst entwickelte Lebewesen der Erde.«

Über dem Iguanodon, zwischen den Ästen der alten Buche, klang es wie ein leises Kichern. Ein Blatt schwebte herab und kitzelte den Iguanodon an seinem Auge.

»Was gibt es da oben? Das ist auch wieder eine neue Mode, davon steht nichts im alten Gesetz der Echsen, daß es Bäume geben dürfte, die ihre Blätter abwerfen.«

Der Iguanodon blickte in die Höhe. Ein breiter Zweig bewegte sich und ließ ein paar reife Bucheckern herabfallen, die seine Nase trafen. Da tönte wieder das leise Kichern und ein feines Stimmchen erklang:

> »Homchen heiß' ich,
> Emsen beiß' ich,
> Mehr als alle Echsen weiß ich.«

Rasend vor Wut fuhr der Iguanodon mit seinem langen Hals in die Höhe, hinein in die Blätter der Buche, wo ein zierliches Geschöpf eilends und gewandt über die Äste hüpfte und von Baum zu Baum springend den Hügel hinaufflüchtete. Von der Ferne klang es noch:

> »Pelzchen trag' ich,
> Krällchen schlag' ich,
> Mehr als alle Echsen wag' ich.«

Als der Iguanodon mit seinem Kopfe über die Kräuter des Waldrands hinausgefahren war, merkte er, daß die Sonne mit ihrer großen, glühenden Scheibe am Himmel stand und er nicht mehr am Halse fror. Da watschelte er auf seinen beiden riesigen Hinterbeinen in die feuchte Wiese hinein um zu frühstücken. Inzwischen war Homchen weiter hinauf auf die Waldberge gelangt, wo die Laubbäume aufhörten und die dunklen Nadelhölzer ihre harzigen Äste ausstreckten.

Es war ein lustiges Tierchen, nicht größer als ein dreijähriges Menschenkind. Kala nannte sich seine Sippe, und sie rühmte sich, die fortgeschrittensten Kletterbeuteltiere der Zeit darzustellen. Homchens Fell war mit dichten, weichen Haaren bedeckt, auf der Rückseite bräunlichrot wie der Stamm der Fichte, unten gelblichweiß wie die Flechten am Baum. Aus dem großen Kopf blitzten zwei kluge schwarze Augen, und um sie herum bildete das Fell einen weißen Ring, wodurch sie noch größer erschienen. Darunter saß ein schwarzes Stumpfnäschen, und in dem runden Mäulchen blitzten scharfe, weiße Zähnchen. An den Seiten des Kopfes bewegten sich kleine, hellbuschige Ohren und hinten am Rücken ein ganz kurzes Schwänzchen. Arme und Beine trugen Greiffüße mit richtigen Daumen, und an allen fünf Zehen saßen lange, krallenartige Nägel.

Homchen sprang behend am Stamme einer hohen Fichte empor, deren Wipfel über eine Felswand hinausragte. Dort oben breitete sich eine buschige Fläche aus, und zwischen den Steinen wußte es eine Stelle, wo die großen schwarzen Ameisen wohnten, die so gut schmecken wie keine andre Art, denn sie haben so eine gewisse pikante Säure.

Eben war Homchen auf die Felsen hinüber gesprungen, da rasselte es hinter ihm in den Baumwipfeln, und ein großes Tier, drei bis viermal so lang wie Homchen, flatterte aus den Bäumen heraus und stürzte sich auf Homchen zu, indem es den Wolfsrachen mit seinen fürchterlichen Zähnen weit aufsperrte. Aber Homchen hatte schon am Geräusch des Fluges die drohende Gefahr erkannt und war schnell zwischen das dichte, niedere Gebüsch geschlüpft, wohin ihm das große Tier mit seinen breiten Flughäuten nicht sofort folgen konnte. Dort suchte der junge Kala nach einem bergenden Versteck. Er zwängte sich zwischen zwei Steine und wandte nur den Kopf nach seinem Verfolger.

Ja, es war der Hohlschwanz, der böse Hohlschwanz. Er saß auf einem Felsstück, das nahe bei Homchens Schlupfwinkel über das niedere Buschwerk hervorragte, und schlug mit seinem großen Krokodilschwanz wild in der Luft umher. Die Flughäute an den langen Vorderbeinen hatte er zusammengelegt und mit den Krallen wühlte er vor sich im Gebüsch, um es auszureißen. Dabei schrie er wütend:

»Wo steckst du? Ich weiß, daß du da bist. Diesmal sollst du mir nicht entgehen, frecher Beutler! Was hast du hier zu suchen im Sonnenschein?«

Homchen sah bald, daß es hier nicht sicher war. Wenn der Hohlschwanz weiter das Strauchwerk forträumte, so mußte es bemerkt werden. Dann konnte er es mit seinen langen Armen leicht aus dem Versteck holen. Die Gefahr war groß. Aber Homchen war mutig und klug. Es wußte wohl, daß ihm nur die List helfen konnte.

»Hier bin ich«, rief Homchen ohne sich zu zeigen. »Was willst du von mir, dummer Hohlschwanz? Komm doch her! Deine Knochen sind ja so dünn, daß sie unter meinen Zähnen zerbrechen wie Nußschalen. Du hast nur Luft darin, du Windbeutel!«

»Jawohl, Luft hab' ich drin«, schrie der Hohlschwanz, »darum kann ich fliegen. Darum werd' ich euch alle fressen,

ihr frechen Beutler, wie ich deinen Großvater und deine Vettern gefressen habe. Du denkst, weil ihr in den hohlen Bäumen des Waldes wohnt, da könnten euch meine erhabenen Verwandten, die Beherrscher des Meeres und des Landes, die mächtigen Riesenechsen nicht erreichen? Ihr könntet euch etwas herausnehmen? Ich kann fliegen, ich habe lange Greifarme, ich will in eure Schlupfwinkel dringen, ich werde euch ausrotten! Euch zuerst, naseweise Kala! Ich hole den Fisch aus dem Meer, die neumodischen Flieger hol' ich aus der Luft. Und Schuppen hab' ich auf der Haut!«

»Wir fürchten euch nicht!« rief Homchen wieder. »Kannst ja mit deinen breiten Flughäuten nicht zwischen den Baumästen hindurch! Wir bauen nicht so ins Freie. Mit euch ist's überhaupt aus, ihr Rieseneidechsen, ihr Drachenbrut – das sag' ich euch.

> Homchen heiß' ich,
> Emsen beiß' ich,
> Mehr als alle Echsen weiß ich!«

»Hoho! Was willst du wohl mehr wissen als ich?«

»Soll ich dir's sagen? Wenn du mir versprichst, daß du mir nichts tust –«

»Versprechen? Was ist das? Wenn ich dich fange, freß' ich dich, und vorher schüttle ich dich so lange an den Ohren, bis du mir alles gesagt hast.«

»O nicht doch! Ich fürchte mich ja so sehr, lieber Hohlschwanz. Alles kann ich dir nicht sagen.«

»Warum nicht?«

»Das von der roten Schlange –«

»Was weißt du von der roten Schlange? Wo wohnt sie?«

»Das weiß ich nicht. Da mußt du die Zierschnäbel fragen. Aber sie hat auch zu uns gesprochen.«

»Das glaub' ich nicht. Zu uns hat sie gesprochen. Vor tausend, tausend Jahren, wie man das mächtigste Tier werden kann. Und das sind wir.«

Homchen lachte wie eben Beuteltierchen lachen.

»Aber uns«, rief es, »hat sie gesagt, wie man noch mächtiger werden kann als alle Drachen –«

»Was?« brüllte der Hohlschwanz. »Mächtiger als ich? Vielleicht gar mächtiger als die Großechse? Das hat sie gesagt? Wie denn? Willst du mir's wohl gestehen? Das haben euch die Zierschnäbel vorgeredet!«

»Ihr Echsen sollt es nicht wissen.«

»Aber ich will es wissen, und wenn ich die rote Schlange selbst fressen sollte!«

Homchen schauerte zusammen. Was war der Hohlschwanz für ein abscheuliches Tier! Die rote Schlange fressen! Homchen verstummte, denn es war traurig, daß man so etwas sagen konnte.

Selbst die Käfer, die sich neugierig in der Nähe sammelten, erhoben ein unwilliges Gebrumm und viele flogen davon.

»Nun? Willst du reden?« schrie der Hohlschwanz.

»Ich kann doch nicht so schreien«, antwortete Homchen. »Ich muß dir näher kommen. Aber erst mußt du den Kopf weiter herabbeugen und deine schönen Flügel ausbreiten; denn es darf uns niemand hören.«

Der Hohlschwanz streckte den langen Hals aus und legte die Arme mit den breiten Flughäuten flach auf den Boden. Inzwischen schlüpfte Homchen ganz leise und geschwind unter den Büschen heran, und mit dem kühnen, weiten Spung, der es von Wipfel zu Wipfel trug, sprang es von der Seite auf den Kopf des Raubtiers und schlug mit aller Kraft seine Krallen in die beiden Augen. Da wurde der Hohlschwanz sinnlos vor Schmerz, aber weil er nichts sehen konnte und halb betäubt war, wagte er Kopf und Flügel nicht zu bewegen, sondern schlug nur in blinder Wut mit dem eignen langen Schwanze nach seinem Kopfe. Doch Homchen war schon herabgesprungen und krallte sich von unten, wo keine Schuppen saßen, an den Hohlschwanz und biß mit den scharfen Zähnen die Adern und Sehnen des Schwanzes durch. Und nun lag der Hohlschwanz ohnmächtig da und verblutete sich.

Und ein Summen der Käfer ging durch die Lichtung und zog sich weiter und weiter klingend durch die Luft, oben über die Bergheide und drunten zum Walde.

Homchen kletterte stolz im Schutze des Strauchwerkes zwischen den Felsen umher und tat sich an den Ameisen gütlich, denn es war hungrig geworden.

Von der Heide her aber kam ein junger Hohlschwanz, und als er den alten machtlos daliegen sah, stürzte er sich auf ihn, zerriß ihn mit seinen Zähnen und fraß ihn halb auf.

Der alte war zwar sein eigener Vater, aber das verschlug dem jungen nichts. Er kannte ihn gar nicht.

Die Jugend des Urwaldes

Im dichten Urwald, wo die Sonne nicht eindringen konnte, auf dem Ast vor der Höhlung des alten Eichbaums, saß Homchens Mutter und spähte ängstlich nach allen Seiten.

»Wo bleibst du denn, Frau?« rief Knappo, der Vater, aus dem behaglichen Neste im Baum. »Es ist Zeit, schlafen zu gehen. Denn es dämmert grün im Laube, und die Sonne muß schon hoch stehen.«

»Homchen ist noch nicht da«, antwortete Mea.

»Ei, ei! Wo treibt sich der Schlingel wieder herum? Ich habe ja immer gesagt, du hast ihn zu früh aus dem Beutel entlassen.«

»Du weißt doch, was es mit ihm auf sich hat.«

»Nun ja, daß er ein Fellchen mit auf die Welt gebracht hat –«

»Und jetzt ist er doch wirklich alt genug. Und er ist so klug!«

»Wenn ihm nur nicht etwas zugestoßen ist.«

»Er sieht so gern die Sonne aufgehen, und dann sucht er die Ameisen oben am Berge.«

»Das soll er bleiben lassen. Oben am Berge jagt der Hohlschwanz. Der Junge ist noch zu unvorsichtig. Er soll am Morgen zu Hause sein.«

Papa Knappo zog sich brummend tiefer ins Nest zurück, um zu schlafen. Aber es wollte nicht gelingen. Immer lauschte er nach außen, ob Homchen nicht käme.

Und draußen auf dem Aste kauerte Mea, Homchens Mutter, und ließ die runden Äuglein umhergehen und spitzte die zierlichen Ohrbüschel. Aber sie hörte nichts als das Summen der Insekten.

Und höher stieg die Sonne und wärmer wurde es Mea in ihrem dicken Pelzchen.

Sss – Sss– Sss klang es von den Käfern und Fliegen. Die

fühlten sich immer wohler, je näher der Mittag rückte, und wurden immer lebendiger. Aber es war Mea, als läge etwas Besonderes in diesem Summen, anders, als es sonst zu tönen pflegte – als wär' es ein Geflüster, mit dem das Gerücht durch die Täler schreitet.

Und lauter und lauter klang es, und hier und da wachten die Nachttiere auf, die im Walde wohnen, die Fledermäuse und die Kletterbeutler und die Kala von Homchens Sippe, und streckten verschlafen die schwarzen Nasen aus den Baumlöchern.

Mea aber klopfte das Herz in Angst um Homchen.

Papa Knappo kam auch wieder aus dem Neste und brummte: »Ich kann nicht schlafen! Wo bleibt der Junge?«

»Mir ist so bang«, klagte Mea. »Hörst du nicht, was die Tiere summen? Bald klingt es wie Hohlschwanz, bald klingt es wie Homchen – Oh, wenn nur nicht –«

»Kannst du sie nicht fragen, was sie meinen?«

»Ja, sobald ich einen Bekannten sehe. Aber diese leichtsinnigen Schwirrflügler halten ja nicht still – sss – und vorbei sind sie. Sollten wir nicht die Nachbarn rufen und Homchen suchen gehen?«

»Jetzt, am hellerlichten Tage? Wie dürfen wir uns aus dem Walde wagen? Aber ich will doch einmal zum Graukopf hinüber, vielleicht weiß er etwas davon, wo Homchen hingeklettert ist.«

Knappo machte sich zum Ausgang zurecht.

Da raschelte es in den Zweigen, und der Nachbar Graukopf kam selbst, und mit ihm die vornehmsten Säuger des Waldes, soweit sie auf die Bäume steigen konnten. Der Kufu kam gekrochen und hing sich an seinem langen Schwanze recht bequem an einem Aste auf; die niedliche Flugmaus schwirrte herbei, und auch der kleine, kluge Kletterigel, der die Haare zu scharfen, steifen Stacheln zusammengedreht trug, stieg vorsichtig an der Eiche herauf. Nur der große Taguan kam nicht, weil er bei Tag prinzipiell nicht ausgeht, und Tafa, das Beutelbilchen, durfte nicht kommen, denn es hatte den guten Talp, den Maulwurf, in seiner Höhle erbissen und war verbannt wegen seines Blutdurstes.

Graukopf setzte sich auf die Hinterbeine, richtete sich gerade auf, streckte die Vorderpfoten ein wenig vor und bewegte die Daumen an seinen Händen hin und her, wie es der Iguanodon zu machen pflegte. Als er sich nun vornehm genug vorkam, begann er mit ernster Miene zu reden:

»Meine werten Mitbeutler und insbesondere mein lieber Vetter Knappo! Als Ältester der Kala –«

»Mach keine so lange Vorrede«, brummte der Igel. »Siehst du nicht, daß Mea sich ängstigt?«

»Ich wollte gerade«, sagte Knappo.

»So rede doch! Weißt du etwas von Homchen?« rief Mea dazwischen.

»Das ist es eben«, sprach Graukopf bedächtig, indem er die Daumen dreimal nach links drehte, »könntest du mir nicht darüber Bericht erstatten, wo dein Sohn Homchen hingegangen ist?«

»Ja, wenn wir es wüßten!« antwortete Mea. »Er ist am Morgen nicht nach Hause gekommen. Mir zittert das Herz! Was schwirren die Lufttiere durch den Wald?«

»Gerüchte, Gerüchte aus dem Sumpf! Gerüchte, schlimme Gerüchte von der Berghalde! Aufruhr! Aufruhr!«

»Aufruhr? Gegen wen? Von wem?«

»Aufruhr gegen die großen Echsen, die Herren der Schöpfung. Aufruhr durch euren Sohn Homchen!«

»Mein Homchen? Mein gutes Homchen? Was soll er getan haben?«

»Den Iguanodon« – und Graukopf bewegte ehrfüchtig die Daumen auf und nieder – »den großen Iguanodon hat er verspottet durch seinen Spruch. Den Hohlschwanz – die rote Schlange bewahre uns – hat er verhöhnt und beschimpft. Brimm, der Käfer, hat es gehört, entsetzt ist er davon geflogen, und nun summt es der Wald.«

»O der Schlingel!« seufzte der Vater. »Siehst du, ich habe es immer gesagt –«

»Jawohl, er gehört in den Beutel!« schalt Graukopf.

»Ach was!« rief Mea. »Wenn wir nur wüßten, wo er ist!«

»Jetzt können wir ihn nicht suchen«, pfiff der Kusu schläfrig durch die Zähne.

»Hast du ihn nicht gelehrt«, fragte Graukopf Homchens Vater, »was die rote Schlange den Säugern gebietet?«

»Freilich hab’ ich’s gelehrt, das Gesetz des Meeres und Moores, das Gesetz des Waldes und der Berge, das Gesetz der Echsen und der Säuger.«

»Und daß die großen Echsen die Herren sind der Welt? Und daß sie nehmen können, was sie erreichen? Und daß wir Säuger nicht bei Tage den Wald verlassen dürfen?«

»Alles hab’ ich gelehrt.«

»Aber Homchen glaubt’s nicht, er hat es nicht geglaubt«, rief die Flugmaus. »Ich hab’ es selbst gehört, wie er sich rühmte, er wisse mehr als alle Echsen. Und er hat davon gesprochen, die Herrschaft der Echsen sei ein falsches Gesetz, und die rote Schlange wolle, daß die Säuger mächtiger werden als alle Echsen.«

»Oh, oh! Quih, quih!« klang es im Kreise der Beutler.

Nur der Igel brummte: »Recht hat er, der Junge.«

Graukopf sah ihn entsetzt an.

»Was redest du da, du Borstiger! Willst du, daß wir’s mit den Echsen verderben? Soll der Iguanodon unsere Bäume abweiden? Soll der Hohlschwanz uns fressen? Soll der Großdrache uns alle töten?«

»Und dennoch ist’s wahr.«

»Und wenn’s wahr wäre. So was kann man denken, aber man darf es nicht aussprechen.«

»Ich fürcht’ mich nicht.«

»Ja, du sitzest in deiner Höhle in der Stachelhaut.«

»Und eure Jungen brauchen sich auch nicht zu fürchten. Und die rote Schlange wird mit ihnen sein. Statt sich in den Beutel zu verkriechen, sollten sie hübsch beizeiten draußen herumspielen. Statt sich in der Nacht zu verstecken, sollten sie im Lichte sich umschauen. Haben wir nicht Augen? Haben wir nicht warmes Blut? Sind wir nicht klug?«

»Warum tust du’s nicht, wenn du so klug bist?«

»Ja, ich kann leider nur klug sein. Aber wenn ich eine Kala wäre, wie ihr, mit so schönem Fell, mit so starken Armen und Beinen, so groß und geschwind –«

»Ja, ja, wir wollen hinaus!« so klang es im Hintergrunde. Von allen Seiten guckte es aus den Baumlöchern und von den Ästen. Die jungen Kala hatten sich neugierig herbeigeschlichen, und während der Rede des Igels hatten sie sich mehr und mehr genähert. Und nun brachen sie in lauten Beifall aus.

Da fuhr Graukopf zornig in die Höhe, und die alten Kala und all die kleineren Beutler schrien und schalten:

»Ihr grünen Jungen, was wollt ihr? Wo sind eure Mütter? Macht, daß ihr in die Nester kommt! In die Beutel mit euch! Und du, Igel, schäme dich, daß du hier Aufruhr anstiftest.«

»O Schlange, rote Schlange«, seufzte Mea, »wo mag mein Homchen sein?«

Schon zogen sich die jungen Beutler eingeschüchtert zurück, da hörte man die Insekten lauter und lauter summen, und in der Ferne klang es wie ein seltsames Pfeifen und Rauschen in den Ästen, als wenn viele Tiere durch die Baumkronen jagten.

Entsetzt blickten sich die Alten an. Kam schon der Hohlschwanz, um seine Rache zu nehmen?

Da schoß eine Libelle in raschem Fluge zwischen den Stämmen durch und schwirrte:

>»Wald soll es wissen:
>Hohlschwanz erbissen!
>Liegt auf der Halde blutig zerrissen.«

Und noch hatten sich die Alten von ihrem Schreck nicht erholt, da sahen sie, wie die jungen Kala fortstürzten – aber gleich kamen sie zurück mit vielen andern, Hunderte und Hunderte sprangen zwischen den Ästen und schwangen sich von Baum zu Baum, die Blätter rauschten, die Früchte prasselten herab, grau und braun und rot und weiß leuchtete es zwischen den Zweigen, und selbst unten auf dem Boden kamen die Springhasen gehüpft, und die Ratten huschten unter dem Laube, und überall klang und rief und jubelte es:

»Hohlschwanz ist tot! Hohlschwanz ist tot! Wer hat den bösen Hohlschwanz getötet? Homchen, Homchen hat ihn erbissen! Homchen besiegte den Hohlschwanz! Hoch lebe Homchen, der tapfere Kalasohn! Nieder mit den Echsen!«

Mitten in dem dichten Schwarm hüpfte Homchen, ob er nun wollte oder nicht. Im Triumph wurde er nach Hause geführt.

Mea stürzte ihm entgegen und umarmte ihn. Aber Knappo, der Vater, rief:

»O du ungeratener Sohn, was hast du getan? Du stürzest uns alle ins Unglück! Geh hinein, hinein in das Nest, und laß dich nicht wieder draußen sehn!«

Da murrten rings die jungen Beutler, aber die Alten waren nun auch alle herbeigekommen und trieben sie auseinander.

Homchen jedoch schwang sich auf einen höheren Ast und rief:

»Nun seid mir nicht böse, Vater und Mutter, aber ich habe den Hohlschwanz besiegt, die grimmige Flugechse, die mich angriff, die die rote Schlange lästerte, ich habe sie getötet! Nun hab' ich das Recht der Kala erworben, nun kann ich wohnen im eigenen Nest.«

»Ein Aufrührer bist du!« rief Graukopf. »Wohl hast du das Recht der Kala erkämpft, aber dafür mußt du auch Rechenschaft geben nach dem Rechte der Säuger. Du hast verletzt die Gebote der roten Schlange, du hast den Wald bei Tage verlassen und gegen die Herrn der Schöpfung dich aufgelehnt. Du hast dich gerühmt der Weisheit der roten Schlange.«

»Ja, das tat ich«, rief Homchen. »Aber nun darf ich singen:

Homchen heiß' ich,
Echsen beiß' ich,
Mehr als alle – –«

»Quih! Quih!« tönte es von allen Seiten. »Echsen darf man nicht beißen! Was wagst du zu singen! Die rote Schlange wird dich strafen. Wir aber wollen deinen Frevel nicht dulden! Fi! Fi! Fi!«

Und Graukopf erhob sich majestätisch, streckte die Arme aus und sprach:

»Weil du verletzt das Gesetz der Säuger und dich hochmütig rühmst verbotener Tat und Weisheit, Homchen, des wackeren Knappo leichtsinniger Sohn, so bann' ich dich vom Walde, so trenn' ich dich von der Sippe, so heiß' ich dich zu wandern vom Stamme der Kala!«

»Wir bannen dich!« riefen die Kala alle. »Fi, Fi, Fi! Wir bannen dich, bis du die rote Schlange versöhnt hast. Fliehe! Quih! Quih! Fi!«

Homchen saß stumm und erschrocken. Es konnte nicht reden. Denn das »Fi« der alten Kala stak ihm in der Kehle wie eine harte, bittere Zapfennuß.

Da kam Mea herbei und Homchen schlug seine Arme um ihren Hals.

»Komm wieder zu mir, in unser Nest, dann darfst du hier bleiben, mein süßes, tapferes Homchen!« So schmeichelte die Mutter.

Homchen schmiegte sich an sie. Dann riß er sich los und sagte mit stockender Stimme:

»Das geht nicht mehr, o Mutter! Der Hohlschwanztöter kann nicht bei dir bleiben. Lebe wohl! Du wirst mich wiedersehen. Denn ich weiß, was keiner weiß, weder von den Echsen noch von den Säugern. Die rote Schlange zürnt mir nicht. Sie wird mir helfen, und euch! Das werdet ihr sehen! Leb wohl!«

Das Neue

Vom Walde nach Abend zu liegen die kahlen Hügel, und hinter ihnen dehnt sich unabsehbar das Drachenmoor. Da hausen, bald im Wasser, bald im Schlamm, bald auf den breiten Uferbänken und den weiten Strandwiesen die Riesenechsen, die sich die Herren der Schöpfung nennen. Da blickt der funkelnde, schuppige Rückenkamm des Stego über die hohen Farnkräuter hervor, die er abweidet. Da lauert der furchtbare Riesendrache, das schreckliche Ungeheuer, das selbst den Stego und den biedern Iguanodon angreift, der Raubherr zu Wasser und zu Land, die Großechse, sitzend auf die Beute – –

Jetzt haben sich die Echsen in ihre Schlupfwinkel zurückgezogen – sie frieren. Denn kühl und klar über Wald und Hügel, über Moor und Meer schreitet die Nacht mit ihren Sternen.

Nicht unsere Sterne – es gibt keine ewigen Sterne. Wie viele sind verschwunden, wie viele neu aufgeglommen, seit die Riesenechsen ihre Fußspuren dem Uferschlamm eindrückten. Und die alten stehen nicht mehr an ihrem Platze. Kein Sternkundiger würde sie wiedererkennen. Denn die Sonne ist seitdem weit gewandert im Weltraum – – und mit ihr wanderte die Erde, wanderten die Begleiter. Und dort im Westen, nahe am Horizont, leuchtet der Nachbar der Erde, den wir den Mars nennen. Noch ist er nicht so rot, wie er heute erscheint, aber jetzt, da er in die Nebel herabsinkt, glänzt er rötlich, als ahne er seine Zukunft – –

Zusammengekauert auf dem abgestorbenen Aste der letzten Eiche am Waldesrand sitzt Homchen und starrt mit den nachtoffenen Augen auf den sinkenden Stern. Und ängstlich schlägt das kleine, noch jüngst so stolze Herz, als der Stern tiefer und tiefer sich neigt. Wollte die rote Schlange heute nicht zu ihm sprechen, heute, wo es so fest darauf vertraute? Wohnte sie nicht auf dem Sterne? Da drüben gen Abend mußte sie wohnen, dahin wandern Sonne, Mond und Sterne, und alle glänzen sie rot, wenn sie niedergehen.

Und von den Sternen her hatte die rote Schlange zu ihm gesprochen. Nicht gar lange war's her – zwei Monde vielleicht. Homchen wußte es genau. Es war der erste Abend gewesen, daß es sich soweit durch den ganzen Wald bis auf die Hügel im Westen gewagt hatte. Da hatte es hier gesessen und über das weite Moor nach dem Sterne geschaut. Und es war ihm etwas geschehen, was es nie erlebt hatte, etwas Wunderbares, Weites, Großes. Es war nicht wie die süße Nuß zwischen den scharfen Zähnen, nicht wie die würzige Ameise an der Zunge. Es war auch nicht warm wie die Sonne, oder lieblich wie der zärtliche Nestruf der Mutter. Es war nicht wie der frohe Schwung zwischen den Ästen, nicht wie die packende Kraft der krallenden, fassenden Glieder – es war anders, ganz anders. Wie mochte man's nennen?

Das Meer war fort und das Moor war fort, und die großen Echsen waren nicht mehr. Sie waren geflohen vor Homchen und seinen Feunden. Und Homchen schritt aufgerichtet einher, stolzer noch als der Iguanodon, und die Tiere des Waldes fürchteten sich vor ihm. Also war's doch nicht richtig, was die Alten lehrten, daß die Echsen die Herren der Schöpfung seien. Die rote Schlange hatte es gesagt? Aber jetzt waren die Echsen fort und die Kala herrschten – oder auch nicht die Kala –, etwas anderes, Besseres, aber doch wieder wie die Kala, nicht wie die Echsen. Die rote Schlange konnte nicht lügen; woher konnte

Homchen nun wissen, daß es etwas noch Mächtigeres geben könne als die Echsen? Die rote Schlange selbst mußte es ihm gesagt haben. Ja, es konnte nur die rote Schlange sein, die so zu ihm sprach, als es in den roten Stern blickte.

Und das Wunderbare wurde eine Macht, eine große, geheimnisvolle Macht in Homchen. Wie können wir rechtlos sein und Sklaven der Echsen, wenn die rote Schlange so zu uns spricht? Wie sich das alles in mir bewegt! Dort ist ja das Moor und dort knarren die Echsen im Schlafe mit ihren Schuppen. Aber nun blick' ich wieder in die Sterne und sehe eine andere Welt. Ich kann machen, daß die Dinge verschwinden. Und ich kann machen, daß alles ganz anders vor meinen Augen ist. Was muß ich tun, damit die andern das alles sehen, wie ich es sehe?

Rote Schlange, o gib, daß ich es ihnen zeige!

Gib mir, daß ich weiß, wie die neue schöne Welt zu bauen ist, wo das Moor nicht herrscht und nicht die Echsen!

Zeige mir den Weg zu deinem Sterne!

So hatte Homchen gedacht. Und dann war es am Morgen wieder hinausgegangen und hatte nach der Sonne geschaut, und es hatte sich nicht mehr vor dem hellen Lichte gefürchtet. Immer freier und froher sprang es umher und übte den Blick und übte Sprung und Schlag und Biß und rief mutig hinaus: »Mehr als alle Echsen weiß ich!« Und:

>   »Pelzchen trag' ich,
>   Krällchen schlag' ich,
>   Mehr als Echsen wag' ich.«

Und dann kam der Morgen, da es den Hohlschwanz tötete – –

Nun saß es hier und harrte auf das Wort der roten Schlange. »Mehr als alle Echsen weiß ich« – das ist wohl wahr. Aber es wußte doch nur, daß es über den Echsen etwas gibt, wodurch die Kala, die kleinen Säuger, einst die Herren der Schöpfung werden können. Was das sein mochte, wie das sein konnte, das wußte es nicht. Das wollte es von der roten Schlange hören.

Und die rote Schlange sprach heute nicht. Der Stern sank hinter die Nebel. Zürnte sie Homchen?

Wo wohnte sie? Wo konnte man sie finden? Wenn es möglich wäre über das große Moor zu gelangen und immer weiter den Sternen nach? Oder wenn ihm jemand den Weg sagen könnte? Wenn einmal die Zierschnäbel kämen – die wissen es, aber sie sagen es nicht. Und niemand weiß, woher sie selbst kommen – –

Gleichviel. – Homchen wollte zur roten Schlange.

Nun schlüpfte es vom Ast herab. Aber wohin? Wie konnte man über das Moor?

Da hörte es hinter sich ein Rascheln in den Ästen.

Gewandt und schnell flog ein Tier zwischen den Baumkronen einher. Homchen erkannte bald den Taguan, das fliegende Beuteltier, das heute bei der Versammlung gefehlt hatte. War es sein Feind oder nicht? Wußte er, daß Homchen gebannt war? Aber hier war nicht der Heimatwald, hier durfte ihn kein Beutler vertreiben. Was wollte der Taguan hier?

Da kam Homchen ein Gedanke. Der Taguan konnte fliegen, besser als der Hohlschwanz, fast besser als die fremdartigen Geschöpfe mit den weichen Haarschuppen, die sie Federn nannten. Er kam weit herum in der Welt. Bei Tage hing er in seiner Höhle und war faul, und die Tiere sagten, er sei sehr dumm.

Aber Homchen glaubte nicht mehr, was die Tiere sagten. Das war eben das Seltsame, seitdem die rote Schlange zu ihm gesprochen – Homchen vertraute auf etwas, das es nicht begriff, aber das viel mächtiger in ihm sprach als die Stimme der Tiere. Und das Mächtige in ihm sagte: Ein großer, starker Beutler, der in der Nacht so schnell durch die Luft saust, der so geschickt im Fluge sich dreht, der bald hier ist und bald da und seine Beute ergreift – wie kann der dumm sein? Er muß ja viel mehr gesehen haben als wir, die wir nicht fliegen können. Und wenn es des Tages nicht hinausgeht, so tut er das vielleicht aus Klugheit. Wo anders mag er's wohl anders halten. Oder mag er auch bei Tage dumm sein, bei Nacht ist er jedenfalls klug. Ich werde ihn fragen.

»Taguan! Taguan!« rief Homchen.

Der Taguan erkannte es sogleich an der Stimme.

»Hik! Du bist es, Homchen? Weißt du, daß ich dich suchte? Am Tage bin ich nicht zu sprechen, sonst hätt' ich mit dem Igel protestiert, daß sie dich bannten. Ich wünsche dir Glück, tapferer Kala. Du hast die Ehre der Säuger gerettet.«

»Ich danke dir, kluger Taguan. Ich möchte dich um deinen Rat fragen.«

»Es ist mir recht, wir können manches besprechen. Komm mit mir, wir wollen den Igel besuchen, er hat sich eine hübsche Wohnung gebaut. Nicht in unserem Walde, sondern auf den Hügeln. Er will auswandern. Komm mit!«

Homchen mußte tüchtige Sprünge machen, um dem Taguan folgen zu können, obgleich er jetzt nur langsam von Gipfel zu Gipfel am Waldrande hinflog. Er führte Homchen südwärts in eine Gegend, wohin es noch nie gekommen war. Es wußte gar nicht, daß hier das Hügelland immer breiter wurde, das den Wald vom Moore trennte. Nun ging es vom Walde fort über ein weites, offenes Plateau, das mit hohem Grase bedeckt war; dazwischen lagen verwitterte Felstrümmer. Während der Taguan sich von Felsstück zu Felsstück schwang, war der Weg recht beschwerlich für Homchen. Doch er war nicht mehr lang. Unter einem hohl liegenden Felsblock hatte sich der Igel aus trockenem Grase ein schönes, geräumiges Nest eingerichtet.

Die Weisen der oberen Kreide

»Es ist recht gemütlich bei dir«, sagte der Taguan zum Igel. »Schade, daß man sich nicht ein bißchen am Schwanze aufhängen kann. Aber dafür hast du nicht das Bedürfnis?«

»Nein, ich rolle mich lieber«, antwortete der Igel. »Es ist mir sicherer.«

»Bei deinem Schwänzchen allerdings. Aber ob es das richtige Prinzip ist? Obgleich ich zugeben muß, daß unser tapferer Kala trotz seines Kurzschwanzes den Hohlschwanz besiegt hat.«

»Vielleicht gerade darum«, sagte der Igel.

»Warum hast du denn den Wald verlassen«, fragte Homchen.

»Ich ging schon immer mit dem Gedanken um«, sprach der Igel. »Daß sie dich gebannt haben, hat die Entscheidung gegeben. Wir müssen gegen die Echsen ankämpfen. Du hast das Richtige gezeigt. Aber drinnen im Walde verstehn sie es nicht. Hinaus müssen wir! Ich kann nun freilich mit den Echsen nicht anbinden. Ich bin ein unglückliches, ein verfehltes Tier. Aber in den Wald tauge ich auch nicht. Ich kann nicht mehr ordentlich klettern. Nicht weil ich zu alt wäre. Ich bin noch in meinen besten Jahren. Aber es liegt in uns Igeln – wir haben unsern Beruf verfehlt, wir haben uns zu sehr auf die Defensive beschränkt. Meine Kinder können schon schlechter klettern als ich, meine Enkel noch weniger. Unsre Nachkommen werden es ganz verlernen. Sie werden gar nicht mehr auf die Bäume können. Es ist schade! Wir sind in eine Sackgasse geraten und werden es nicht weiter bringen als bis zum Igel. Sehr schade – denn sonst – wir haben Anlagen. Es könnte etwas daraus werden, wenn sie auf dem richtigen Wege entwickelt würden.«

»Und wie denkst du dir denn diesen Weg?« fragte Homchen bescheiden.

»Ich meine nämlich auch«, setzte es hinzu, »daß es mit den Säugern einmal viel besser stehn wird, aber ich weiß nicht, was wir dazu tun können.«

»Das ist nicht leicht zu sagen, mein tapferer Kala«, sagte der Igel. »Ihr müßt freilich erst auf dem Wege der Igel noch ein Stück fortschreiten, dann aber unsre Fehler vermeiden. Du wirst zugeben, daß die Igel die klügsten Tiere sind.«

Homchen nickte mit dem Kopfe, der Taguan sagte aus Höflichkeit nichts.

»Das Denken«, fuhr der Igel fort und blinzelte mit seinen Äuglein, »das Denken ist die Hauptsache, das Denkorgan entwickeln. Aber wie? Wie soll man das machen? Das möchtest du wissen? Nun – unter uns gesagt – es hört uns doch niemand? Nun, Homchen, du bist ja jetzt auch erwachsen. Nämlich – wie soll ich sagen – ihr Beuteltiere müßt über euch hinauswachsen, ihr müßt etwas Höheres werden – mit einem Worte: Ihr müßt den Über-Beutler züchten!«

»Den Über-Beutler?«

»Ja, den Über-Beutler.« Der Igel blickte mit erhobenem Schnäuzchen stolz um sich. »Das ist es! Warum fürchtet ihr euch denn vor den Echsen? Warum traut ihr euch nicht ins Tageslicht? Warum bleibt ihr Sklaven der Nacht, Leibeigene der Überlieferung? Warum werdet ihr keine Herrenseelen? Weil ihr den Beutel habt! Weil ihr grün zur Welt kommt wie junge Eicheln, und von der Mama herumgetragen werdet, statt frei umherzulaufen und die liebe Sonne zu sehen. Fort mit dem Beutel! sag' ich. Wenn ihr geboren würdet wie unsre Kleinen mit einem ordentlichen Fellchen und ordentlichen Gliedmaßen, da würdet ihr einmal sehen, wie man fortschreiten kann. Da würde die Pflege euerm Gehirn zu gute kommen, da würdet ihr eure eignen Gedanken haben, da würdet ihr werden, was wir eigentlich schon sind – der Überbeutler! Und der ist der Herr der Zukunft! Und du, Homchen, du bist der Anfang dazu. Ich will dir's verraten: du bist mit einem Fellchen zur Welt gekommen. Du bist der Überbeutler – nenne mich Onkel!«

»Du bist sehr gütig, lieber Onkel«, bemerkte Homchen. »Was du sagst, könnte mir wohl einleuchten. Aber warum seid ihr da nicht schon unsre Herren geworden?«

»Das ist ja eben das Unglück«, antwortete der Igel wehmütig, »das ich schon andeutete. Wir sind nur Herrenseelen, aber keine Herren. Wir sind Überbeutler nur in der Anlage; wir können unsre Begabung nicht durchsetzen. Den Beutel sind wir los, die Faulheit ist geblieben. Darum vermögen wir armen Igel alles nur in der Phantasie. Und nun will ich dir meine letzte Weisheit sagen: Sei ein Überbeutler, aber hüte dich vor dem Winterschlaf!«

»Also das ist euer Abweg?«

»Ja! Träumen und Schlafen! Ach, wie das selig macht. Aber es fördert nicht weiter. Ihr Kala habt das Zeug zum Überbeutler. Geratet nicht auf die Abwege des Igels. Klettert auf den Bäumen umher, trotzt dem Tage und – trotzt dem Winter! Daß wir's nicht taten, war unser Unglück. Ihr wißt, es ist jetzt viel schlimmer, als es früher war, und es wird noch immer schlimmer werden. Wenn die Sonne nicht mehr so hoch hinaufsteigt, wird es nun alle Jahre kälter. Die Bäume werfen ihr Laub ab und am Morgen könnt ihr weiße Streifen an den Zweigen sehen. So erzählt man mir. Da haben wir Igel gefroren und uns eingegraben und geschlafen. Und so sind wir in die Sackgasse geraten. Ihr aber müßt dem Winter trotzen, denn den können die Echsen nicht vertragen. Und dadurch könnt ihr ihnen überlegen werden. Das ist so meine Idee!«

Homchen staunte den weisen Igel ehrfürchtig an. Wie das weiter werden sollte, verstand es zwar nicht, aber es offenbarte sich ihm doch eine Aussicht. Sprach die rote Schlange vielleicht heute aus dem Igel?

Da räusperte sich der Taguan.

»Mein weiser Igel«, sagte er, »im Ziele hast du ganz recht. Es ist zwar ein Geheimnis, aber wer's versteht, der kann's vernehmen im Windeswehn und Blätterrauschen: Die Echsen müssen fort. Eine neue Welt wird kommen, in der kein Platz ist für dies rohe Riesengeschlecht der Drachen, eine schönere Welt, in der es nicht knarrt und klappert von Knochenschilden und Schuppen, eine Welt, in der es singt und jubelt und weich sich anschmiegt und farbig glänzt wie die zarten Wolken im Morgenrot.«

»Wie schön du das schildern kannst, o Taguan!« sagte Homchen bewundernd.

»Ja«, nickte der Taguan, »das können wir. Und das kommt daher, weil wir fliegen. Der Igel hat recht, es gibt eine Entwicklung nach oben – verstehe, nach oben! Er hat aber nicht recht in dem Wege, wie er sich diesen Fortschritt denkt. Er spricht von dem Überbeutler. Nun gut, wenn ihr das werdet, so müßt ihr doch immer noch eure Jungen säugen. Und wenn ihr ein warmes Pelzchen gegen die Kälte habt, so müßt ihr doch immer kämpfen mit der Not des Winters und mit den Feinden der Säuger. Ich will euch ein größeres Wort sagen als ›Überbeutler‹! Übersäuger müßt ihr werden. Nicht unter den Baumkronen zu hüpfen müßt ihr euch begnügen, über die Wipfel müßt ihr euch erheben im Fluge. Schwingen müssen euch wachsen, Flieger müßt ihr werden.«

»Phantast!« brummte der Igel.

»Erlaube«, entgegnete der Taguan. »Ich bin in der Welt weit herumgekommen. Was ich meine, ist nicht ein rohes Echsenvieh, wie der Hohlschwanz, auch nicht ein Flattertier, wie unsereins, auch nicht so ein elendes summendes Kerbtier wie Brimm, der Käfer. Es ist etwas Höheres. Weit im Süden hab' ich Tiere gesehen mit langen Hälsen und Schnäbeln an den

Köpfen, doch nicht wie der Iguanodon und die Zierschnäbel trugen sie den langen Echsenschwanz, sondern ein weicher, bunter Schweif wehte ihnen nach. Und sie hatten nicht Flughäute, wie wir sie kennen, sondern die ganzen Arme waren besetzt mit weichen Borsten, die nannten sie Federn. Und damit flogen sie hoch in die Luft, und kein Hohlschwanz konnte sie einholen. Und mit dem Schnabel konnten sie nicht bloß quietschen, sie konnten ordentlich zwitschern, etwa so: Piep, piep, trillirillirillipiep!«

Der Taguan brachte eine Reihe furchtbarer Quietschtöne hervor, so daß Homchen und der Igel vergnügt lachen mußten.

»Nicht wahr, das gefällt euch?« sagte der Taguan stolz. »Und dabei kann ich's noch nicht einmal ordentlich nachmachen. Ja, mein Ideal sind die Vögel, die singenden Flieger.«

»Ich mag das ja nicht recht verstehen«, begann Homchen bescheiden, »aber ich begreife überhaupt nicht, wie wir so etwas machen sollen, daß uns Flügel wachsen. Wir können uns wohl üben in Kampf und Denken, daß wir stärker und klüger werden als die Echsen, aber unsern Leib können wir doch nicht –«

»Liebes Homchen«, sagte der Taguan, »wir können's freilich nicht. Aber so ist's auch nicht gemeint, daß wir etwa nächstes Jahr mit den Echsen aufräumen. Viele, viele Geschlechter müssen hingehen, bis wir uns so umgewandelt haben, wie ich sage. Wenn du dich übst im Springen und Denken, so änderst du dabei doch auch deinen Leib, und wenn das nun von Kind zu Kind immer so fortgesetzt wird –«

»Aber dafür ist's für uns zu spät, was das Fliegen anbetrifft«, rief der Igel. »Jetzt müssen wir auf unserm Wege weiter –«

»Na, na, Igel! Das mit den Jungen, die schon alt auf die Welt kommen, ist doch Unsinn. Da wär's schon besser, wenn wir Eier legen könnten –«

»Das ist mir zu arg!« quiekte der Igel entrüstet. »Da würden wir ja auf den Echsenstandpunkt zurücksinken. Gerade darin liegt der Fortschritt, daß wir uns um unsre Jungen kümmern, daß wir sie erziehen und das Gesetz der roten Schlange lehren, daß wir für sie sorgen und sie uns kennen, damit sie uns nicht auffressen, wie der junge Hohlschwanz den alten.«

Der Taguan machte ein schlaues Gesicht.

»Hik, hik!« sagte er. »Das müßten wir auch beibehalten. Wir müssen nur die Eier nicht in den Sand graben, wir müssen sie hübsch bewachen und selbst ausbrüten. Dann können wir unsere Jungen richtig erziehen. Denn allerdings, auf Familie muß man halten.«

»Und wenn nun der Winter kommt?« fragte Homchen.

»Ja, mein lieber Neffe, das ist eben das Feine. Da brauchen wir nicht zu frieren und zu darben wir ihr. Dafür haben wir unsre Flügel. Da fliegen wir fort, weit fort, immer nach Süden, wo die Sonne höher steht. Da ist es noch warm, da hört der Sommer nicht auf. Und wenn es uns zu heiß wird, fliegen wir wieder zurück. Ist das nicht ein feiner Gedanke?«

Homchen dachte nach, aber der Igel entschied unwillig.

»Nein, nein, nein! Wenn ihr es so machen wollt, so wird es euch gehen wie uns Igeln, nur auf anderm Wege. Ein Stückchen kommt ihr wohl weiter, aber dann bleibt ihr stehen. Das seht ihr ja an unserm Winterschlaf. Wir dürfen den Schwierigkeiten nicht ausweichen, wir müssen sie bekämpfen, wir müssen uns ihnen gewachsen zeigen. Denn sonst wird es nichts mit dem Gehirn. Denken! Denken! Denken! Das hat die rote Schlange gesprochen, bevor es Echsen, Beutler und Vögel gab. Und was nutzt uns alles andre, wenn wir die Sicherheit auf Kosten des Denkens erreichen? Laß dich vom Taguan nicht irre machen, Homchen! Nicht in die Luft und nicht ins Wasser, sondern ein Überbeutler, aber ein Säuger mit starken Armen und Beinen auf der festen Erde!«

»Ich weiß nicht«, sagte Homchen, »wer von euch recht hat; aber ich habe einmal eine Sage gehört, es werde dereinst ein Tier kommen, das weder schwimmt noch fliegt, weder läuft noch klettert, sondern das rollt; und das werde schneller und stärker sein als alle Tiere. Was wißt ihr wohl davon?«

»Das ist dummes Zeug«, sagte der Taguan. »Es ist einmal ein runder Stern vom Himmel herunter gefallen auf einen Berg und ist den Berg hinabgerollt in eine Schlucht, wo die heiße Wolke wohnt. Da hat man gemeint, es sei ein Tier, ein ganz mächtiges, das die rote Schlange zu besuchen käme. Denn hinter der heißen Wolke soll ja die rote Schlange wohnen.«

»Wo ist das?« fragte Homchen eifrig.

»Ich war noch nicht dort«, sagte der Taguan.

»Wie kann man über das Moor kommen?« erkundigte sich Homchen weiter.

»Über das Moor kannst du nicht. Aber zwischen dem Moor und dem Wald ziehen sich die Hügel hin, auf denen wir sind; und wenn du auf diesen hinwanderst immer weiter und weiter nach Süden, so breiten sie sich mehr und mehr aus. Das ist die Steppe. Man muß sich aber immer am Walde halten, und wenn der Wald aufhört, so gehe man immer direkt nach Süden, dann fängt er wieder an. Du aber gehe nicht so weit, denn du würdest zu müde werden.«

Homchen schwieg.

Da sprach der Igel: »Schlag dir die Geschichte mit dem rollenden Tier aus dem Kopfe. Es ist Unsinn, das Rollen ist zwar gut, aber nur zum Schlafen. Und dazu ist auch jetzt Zeit. Ich kann dir, lieber Taguan, leider keinen Ast zum Aufhängen anbieten, aber für Homchen hab' ich dort ein weiches Grashäufchen. Und jetzt werde ich schlafen.« Damit rollte sich der Igel zusammen.

»Ich fliege nach Hause. Gute Nacht!« sagte der Taguan.

Homchen wollte noch etwas fragen, aber der Taguan war schon fort, und der Igel rührte sich nicht.

Da duckte es sich ermüdet auf dem Grase zusammen. Alles, was es gehört hatte, ging ihm nun durch den Kopf. Und immer wieder drängte sich die Frage hervor: Wo find' ich die rote Schlange? –

Im Drachenmoor

Die Sonne brütet über dem Drachenmoor. Schwül und heiß liegt die Luft über der Lagune, und Modergeruch steigt von den austrocknenden Schlammbänken auf.

Im flachen Wasser wälzen sich häßliche, spindelförmige Ungeheuer von riesiger Länge. Von dem dicken Höcker in der Mitte mit den an den Leib gezogenen Füßen streckt es sich nach beiden Seiten fast zehn Meter lang in Gestalt einer Spitze – die eine stellt den Schwanz, die andre den Hals mit dem Kopfe des Tieres vor; und der Kopf ist so klein, daß man ihn vom Halse

gar nicht unterscheiden kann. Diese Riesenspindeln fassen mit der Schnauze ein Bündel der üppig wuchernden Wasserpflanzen, und während sie daran schlingen, wälzen sie sich langsam über einander weg. Das sind ihre Liebesspiele. Und weiter tun sie überhaupt ihr Leben lang nichts, die dummen Bronto.

Im hohen Grase der Uferwiese weidet ein Paar Stego. Diese riesigen Schildechsen watscheln auf ihren Hinterbeinen einander entgegen. Ihre Panzer schillern und funkeln im Sonnenlicht. Der furchtbare Rückenkamm starrt von Stacheln. Jetzt sitzen sie hochaufgerichtet vor einander und schlagen sich mit den Vorderpfoten gegenseitig auf die Brust, daß die festen Knochenplatten dröhnen. Aber das ist nur Zärtlichkeit. Bald umschlingen sie sich mit den Armen und pressen ihre haushohen Leiber aneinander. Es knarrt und rasselt weit über das Ufer hin bis an die einzelnen zerstreuten Büsche riesiger Sumpfweiden.

Da stürzt es hervor mit schnellem, elastischem Schritt, auf den Zehen sich wiegend wie die anschleichende Katze, und doch hoch emporragend, schimmernd im Panzerschutz, der furchtbarste Drache der Welt. Das weit aufgerissene Maul starrt von scharfen, sichelförmigen Raubtierzähnen, die Augen funkeln in Mordlust. So stürmt die Großechse heran. Auf ihren Hinterbeinen hebt sie sich jetzt mehr als doppelt so hoch wie das Paar der Schildechsen, das in seiner Liebeswut nichts von der drohenden Gefahr merkt. Und über die eng Verschlungenen stürzt die Großechse von oben herab, beide zugleich mit ihren gewaltigen Armen zusammenpressend, daß die starken Knochenplatten unter der Riesenkraft krachen. Nichts hilft den Stego der Rückenkamm und die scharfen Stacheln. Die Raubechse hat ihre Körper zusammengezwängt und zermalmt mit dem furchtbaren Gebiß die Köpfe der Liebenden – –

Ein wandelnder Berg drängt sich der Atlanto durch den Urwald – zehn Meter hoch und vierzig lang – die Stämme brechen unter seinen Tritten, und das Laub ganzer Bäume verschwindet im Maule des Tieres. Hinter ihm her trottet eine Raubechse mit einem Horn auf dem Kopfe und weit hervorragenden Zähnen. Gegen jenen Atlanto, den sie verfolgt, ist die

Nashornechse, obwohl immer noch größer als ein Elefant, fast nur ein Zwerg. Aber sie unterläuft den riesigen Pflanzenfresser und reißt ihm mit ihrem furchtbaren Horn den Leib auf – und andre scheußliche kleinere Drachen stürzen sich über die Eingeweide – –

Und die Bronto wälzen sich im Wasser – –

Und die Hohlschwänze jagen umher. Sie heulen und klappern ärger als je; denn Wut ist in sie gefahren, weil sie von allen Echsen verspottet werden. Einer ihrer Stärksten ist besiegt und getötet worden von einem verachteten Beutler, von dem kleinen Nachttier, das sich an den Tag gewagt hat.

Die Hohlschwänze wüten und schreien Rache, aber weiter tun sie nichts und die andern Echsen auch nicht. Die Raubdrachen fressen, wen sie bezwingen können, und die Pflanzenfresser stopfen sich voll Gras und Laub. Die Bronto wälzen sich im Wasser, und draußen im Meere jagen die Schwimm-Echsen.

Langsam neigt sich der Tag.

Schon suchen die Echsen nach ihren Lagerstätten, da kommt eine ungewohnte Bewegung in die Bewohner des Moors. Die kleinen und schwachen Echsen, die sich sonst scheu verbergen, kommen furchtlos hervor, und alle Blicke richten sich neugierig nach Süden.

Von Süden her naht sich schnell heranhüpfend eine Schar seltsamer kleiner Geschöpfe.

Auf langem, schwanenhaftem Halse wiegen sie einen Vogelkopf mit spitzen, schnabelartigen Kiefern, in denen scharfe Zähne blitzen. Die kurzen Vorderfüße tragen sie frei, und auf den langen Hinterfüßen schnellen sie in weiten, raschen Sprüngen vorwärts. Ein langer Reptilschwanz unterstützt sie dabei. So hüpfen sie hurtig über Wiese und Strand.

Furchtlos springen sie an der Großechse vorüber und kümmern sich nicht um die Hohlschwänze, die umherstreifen. Die Großechse sieht ihnen ruhig zu. Die Hohlschwänze weichen ihnen aus und die Schildechsen watscheln ihnen entgegen, selbst die trägen Bronto stecken ihre Köpfe aus dem Wasser.

»Die Zierschnäbel sind da, die Zierschnäbel!« So geht der Ruf durchs ganze Drachenmoor.

Bald haben sich die Zierschnäbel rings am Ufer und auf den

flachen Landzungen verteilt. Überall werden sie von den Echsen mit Ehrfurcht begrüßt. Unaufhörlich bewegen die Zierschnäbel ihre Vorderfüße gegen die Echsen und murmeln die dunkeln Worte:

»Wachset in Schlangenhut! Wachset in Schlangenhut! Gnädig sei euch die rote Schlange!«

Da drängen die Bronto mit ihren massigen Körpern die Wasserschlingpflanzen ans Ufer, daß die Zierschnäbel mit ihren langen Hälsen bequem die Fische herausholen können, die sich darin verfangen haben. Das mundet ihnen. Und einer sagt wohl zum andern:

»Wenn man jetzt noch ein paar Hohlschwanzeier zum Nachtisch hätte! Das ist doch das Beste!«

»Das soll schon noch kommen«, meint leise der andre. »Grappignapp wird es schon machen, wenn es Zeit ist.«

Inzwischen war die Sonne weiter herabgesunken. Ein Wind erhob sich und wehte kühl von Norden.

Da begann einer der Zierschnäbel, dem zwei schöne rote Lappen vom Kopf herabhingen:

»Es ist kalt bei euch. Merkt ihr das nicht?«

»O ja, wir frieren!« rief es hier und dort unter den Echsen. »Es ist jetzt immer so des Abends. Bitte die rote Schlange, daß sie es wieder warm mache.«

»Wir wollen es tun, wenn ihr gehorsam seid«, antwortete der Zierschnabel. »Nun rupft dort das Gras von der Wiese und bringt es hierher.«

Da rafften die Stego große Haufen des weichsten Grases zusammen und machten dichte Nester daraus. Da hinein setzten sich die Zierschnäbel, und das tat ihnen wohl.

Die Echsen sahen, wie sich die Zierschnäbel in den Nestern wärmten und wollten es auch so machen. Aber wie sehr sie auch das Gras um sich häuften, sie blieben kalt und das Gras blieb kalt. Wo jedoch ein Zierschnabel gesessen hatte, da fühlte sich das Nest schön warm an. Wenn ein paar Zierschnäbel irgendwo aufstanden, steckten die Echsen schnell ihre Köpfe in das Nest und wärmten sich.

Und es ging ein Gemurmel durch die Echsen:

»Ihr Zierschnäbel seid heilige Tiere, ihr könnt das Gras warm machen. Ist es wahr, daß ihr von der Sonne gegessen habt? Warum werden unsre Nester nicht warm wie die eurigen?«

Da sagte der Führer der Zierschnäbel Grappignapp, indem er sich aufrichtete:

»Ich will es euch sagen, ihr Echsen vom Drachenmoor. Wir haben nicht von der Sonne gegessen, aber uns hat die rote Schlange gesegnet, weil wir ihre Boten sind. Fühlet uns an, unser Blut ist warm; darum wärmen wir das Gras und bleiben warm. Euer Blut aber ist kalt, und so nützen euch die Nester nichts. Und wenn die Sonne nicht scheint und euch auf die Haut brennt, so werdet ihr kalt und müde und schwach. Und die Sonne wird immer weniger scheinen und ihr werdet immer schwächer werden, ein Gespött für die Nachttiere des Waldes. Denn euch zürnt die rote Schlange.«

Da ging ein Krachen und Klappern und Knarren durch den Kreis der Echsen.

»Was sagt er? Die rote Schlange zürnt uns? Was haben wir getan? Was sollen wir tun, um der roten Schlange zu gefallen, daß sie uns warm mache?«

Und die furchtbare Großechse stieg über die ruhenden Echsen hinweg bis dicht an den Zierschnabel und schrie:

»Haben wir nicht das Gesetz der roten Schlange erfüllt, das ihr uns gebracht habt? Habt ihr nicht gesagt: Fresset das Gras der Wiese, fresset das Laub der Bäume, und wem die rote Schlange Zähne gegeben hat zum Zerreißen, der fresse einer den andern, wenn er ihn besiegen kann? Denn der Stärkste soll Herr sein im Drachenmoor? Nur wenn die rote Schlange ihre Boten sendet, soll Friede sein und keiner den andern fressen, es sei denn, die rote Schlange gebietet es durch euch? Und darum hab' ich erst heute ein ganzes Liebespaar von Stego verschlungen, damit ich satt bin, wenn ich hier bei euch sitze.«

»Es ist wahr, es ist wahr!« klapperten die Schildechsen. »Die Großechse hat die Gnade gehabt, zwei von uns zu verspeisen. Es lebe die mächtige Großechse!«

Während des allgemeinen Lärmes drängte sich Grappignapp dicht an den Kopf der Großechse und flüsterte ihr zu:

»Möchtest du statt der Stego nicht lieber die fetten, weichen Beutler des Waldes fressen? So viel du willst, sollst du haben, wenn du unserm Rate folgst.«

Da rasselte die Großechse vergnüglich mit den Zähnen und blinzelte mit den Augen. Der Zierschnabel aber rief:

»Schweiget! Schweiget alle! Die rote Schlange gebietet es. Rufet die Echsen zusammen im ganzen Drachenmoor, so will ich euch den Willen der roten Schlange verkünden. Zuerst aber, damit wir die rote Schlange versöhnen können, bringet jedem meiner Brüder drei frische Eier vom Hohlschwanz, mir aber fünf!«

Hui! Hui! sauste es in der Luft. Die Hohlschwänze hatten sich bei der Ankunft der Zierschnäbel hochmütig zurückgezogen. Sie hielten nichts von ihnen. »Wir können fliegen«, sagten sie; »die Zierschnäbel können nur hüpfen, und wir brauchen die rote Schlange nicht. Uns holt selbst die Großechse nicht ein; was sollen wir mit der roten Schlange?« Und wegen dieser Gesinnung der Hohlschwänze waren ihre Eier gerade die Lieblingsspeise der Zierschnäbel.

Als Grappignapp zu reden anfing, hatten sich die Hohlschwänze neugierig aus dem Hintergrunde genähert, denn sie fürchteten schon, daß die Zierschnäbel etwas gegen sie im Schilde führten. Nun stürzten sie wütend herbei und schrien durcheinander:

»Glaubt ihm nicht! Glaubt ihm nicht! Die rote Schlange kann gar nicht den Echsen zürnen, denn es gibt keine rote Schlange. Habt ihr sie schon einmal gesehen?«

»Ich glaube nicht an die rote Schlange«, rief einer besonders laut. Und einer brüllte sogar: »Ich will die Eier der roten Schlange fressen.«

Da fuhr die Großechse in die Höhe und befahl:

»Still! Laßt den Zierschnabel reden!«

»Bringet die Hohlschwanzeier«, sprach Grappignapp mit überlegener Ruhe. »Denn diese gerade verlangt die rote Schlange zur Strafe für die Hohlschwänze. Die rote Schlange liebt die Echsen, aber die Hohlschwänze haben den Echsen den größten Schaden getan, von den Hohlschwänzen droht das Verderben. Durch sie wird die Furcht vor den Echsen schwinden. Hat sich nicht das Nachttier, der kleine Kala, herausgewagt und den stärksten der Hohlschwänze besiegt? Es ist aber das Gebot der roten Schlange: Die Hohlschwänze sollen machen, daß die Beutler am Tage im Walde bleiben.

Warum hat ihn der kleine Beutler besiegen können? Weil die Hohlschwänze die rote Schlange nicht achten. Darum, ihr Hohlschwänze, schweiget still und wartet ab, was das Drachenmoor beschließt.«

»Schmach! Schmach! Schande über die Hohlschwänze!« gellte und knarrte es da durch die Echsen.

Und nun stoben sie auseinander. Die Hohlschwänze entflohen vor den starken Echsen, die jetzt die Eier der Hohlschwänze in den Verstecken aufsuchten und sie den Zierschnäbeln brachten.

Kleine, schnelle Echsen riefen alle zusammen, die noch nicht bei der Versammlung waren. Die Zierschnäbel aber ließen sich die Eier trefflich schmecken und wärmten sich in ihren Nestern, während die Echsen in immer größeren Massen sich ansammelten.

Die Vertrauten der roten Schlange

Es war die Zeit, da sonst die Drachen die Kühle des Abends scheuten, sich verbargen und einschlummerten. Darum hatten die Zierschnäbel den Abend gewählt; wenn die Nacht hereinbrach, merkten die Echsen am meisten, was ihnen fehle, und bekamen offne Ohren für bedrohliche Mahnung.

Und nun hüpfte der wohl durchwärmte und gesättigte Zierschnabel auf den Rücken der Großechse und sprach von da zum versammelten Drachenmoor:

»Da noch nichts war, keine Fische und keine Echsen, keine Kerbtiere und keine Beutler, da war die rote Schlange. Und die rote Schlange streckte sich aus, da reichte sie von einem Ende der Welt bis zum andern. Sie hatte aber zwei Augen, auf jeder Seite eins, das eine war weiß und das andere war schwarz. Dort, wo das weiße Auge lag, da war der Tag, wo aber das schwarze Auge lag, da war die Nacht; und in der Mite, wo die rote Schlange geruht hatte, da war die rote Dämmerung.

Und die Schlange legte zwei Eier. Das eine legte sie in den Tag und nannte es Sonne. Aus der Sonne kam das Geschlecht der Echsen, und aus der Schale des Ei's wurde das Meer und das Moor und der Schlamm und das helle Ufer. Das andre Ei legte sie in die Nacht und nannte es Mond. Aus dem Monde kam das Geschlecht der Beutler, und aus der Schale des Ei's wurden der Wald und die Felsen und die Berge.

Die rote Schlange aber sprach zu den Echsen:

Ihr seid die Kinder der Sonne. Ihr sollt in der Wärme wohnen des Meeres und des Moores und hinwandeln am hellen Ufer. Alle Tiere des Waldes und der Felsen und der Berge werden euch gehorchen. Ich will euch meine Stärke und meinen Panzer geben, damit ihr eure Macht zu bewahren vermögt. Und wer mir am nächsten kommt an Stärke und an Panzer, der soll Herr sein über alle, ausgenommen über meine Boten, die ich euch nennen werde.

Und nun vernehmt die Gesetze der Schlange.

Ihr sollt fressen, so viel ihr könnt, Pflanzen und Tiere, und ihr sollt auch fressen euch untereinander, daß nur übrig bleiben, die ich auserwählt habe zum Ruhme meiner Stärke und meines Panzers.

Ihr sollt herrschen über das Meer und das Moor und das Ufer am Tage, und ihr sollt achten, daß die Tiere des Waldes nicht an die Sonne kommen. In der Nacht aber sollt ihr schlafen, denn es ist euch verboten zu sehen, was die Nacht an den Himmel gesetzt hat. Aus der Sonne seid ihr gekommen; wenn aber die Sonne verschwunden ist, so glitzern am Himmel die bösen Geister, die euch töten, die Geister der Kälte.

Eure Haut kann nackt sein und sie kann gepanzert sein. Wer sie aber bedecken wollte mit Fell oder Haar, der soll verderben. Denn es geziemt den Echsen nicht, zu gehen wie die Nachttiere des Waldes.

In euren Körper habe ich das Mark des Rückens gelegt, daß es vereinige die Bewegung aller eurer Glieder und die Kraft aller eurer Sinne. Da soll es sich immer stärker zusammenziehen an dem einen Ende und soll dort wachsen und dick werden, damit ihr gewaltig wollt und tut alles, wozu euch die Lust ankommt!

Als meine Boten habe ich eingesetzt das Geschlecht der Zierschnäbel. Sie allein sollen euch mein Gesetz auslegen. Und was sie euch sagen, das ist mein Wille, daran sollt ihr nicht zweifeln und sollt nichts ändern an allem, was sie gebieten im Namen der roten Schlange.

Den Zierschnäbeln sollt ihr gehorchen und sie ehren; und es soll Friede sein zwischen euch, wo sie zu euch reden. Denn aus ihnen spreche ich, die rote Schlange.

So sprach die rote Schlange und verschwand. Und niemand mehr weiß, wo sie ist, außer uns, den Zierschnäbeln. Und nun dürft ihr und könnt ihr nicht mehr mit ihr reden als durch den Mund der Zierschnäbel, und ihr könnt sie nicht schauen als durch das Auge der Zierschnäbel, und ihr könnt nicht zu ihr gelangen als durch die Füße der Zierschnäbel.

Ihr aber müßt nun sorgen, daß auch die Tiere des Waldes dem Gesetze der roten Schlange gehorchen; und die ihm nicht gehorchen, sollt ihr fangen und töten und fressen und vernichten alle ihre Geschlechter. So will es die rote Schlange.«

Ehrfürchtig lauschten rings die Echsen.

Und immer dunkler ward's über dem Moor, die klare Nacht stieg herauf. Die Echsen im Wasser tauchten unter bis an den Kopf, und die am Lande drückten sich frierend an den Boden.

Grappignapp sprang herunter vom Kopfe der Großechse, aber ehe die Tiere ringsum sich zu rühren wagten, schwang sich ein anderer Zierschnabel an seine Stelle. Das war Kaplawutt mit dem großen Schnabel, der schlenkerte seine Vorderfüße hin und her und rief gellend über das Drachenmoor:

»Und wißt ihr, was die rote Schlange tut, wenn ihr die Gesetze nicht befolgt? Dann wird sie die Sonne belecken mit ihrer Zunge, daß sie immer kleiner und kühler wird. Und der Tag wird kalt werden wie die Nacht, und die Nacht wird so kalt werden, daß alles Wasser erstarrt wie der Reif des Morgens. Die Bäume werden ihre Blätter verlieren, und das Gras wird sie zudecken mit weißem Staub, daß ihr nirgens mehr findet, was euch Nahrung gibt. Und die Echsen, die noch nicht verhungert sind, werden beben vor Frost und werden zittern und klappern in Ängsten, bis sie starr werden und sich nicht mehr rühren können. Dann werden die Nachttiere des Waldes herauskommen in ihren warmen Pelzen und werden ihnen allen die Augen auskratzen, wie es der kleine Kala dem großen Hohlschwanz getan hat. Und die Säuger werden das Mark der Echsen verzehren, und mit euern Knochen werden sie nach der Sonne werfen, bis sie herabstürzt vom Himmel. Und es wird eine ewige Nacht sein.«

Kaplawutt sprang auf den Boden, denn selbst die Großechse begann vor Furcht und Kälte zu zittern. Nichts hörte man durch die stille Nacht als das schauerliche Rasseln der Knochenschilde, das die Angst der frierenden Drachen verriet. Keines der Ungetüme wagte aufzublicken; es hätte den Nachtgeistern ins blitzende Auge schauen können, deren Anblick verboten war.

Die Zierschnäbel versammelten sich um Grappignapp, der leise zu ihnen sprach in der Redeweise der Schnäbel, welche die Echsen nicht verstanden. Dann zerstreuten sich die Zierschnäbel nach allen Richtungen und flüsterten mit den Echsen, die sich furchtsam im Schlamm oder im Grase duckten und ehrfürchtig ihren Worten lauschten.

Inzwischen hob ein Bronto den langen Hals, um den zerrissene Ranken von Wasserpflanzen sich schlangen, aus dem Wasser empor und fragte demütig:

»O weiser Zierschnabel, warum zürnt denn die rote Schlange auch uns im warmen Wasser? Wir können doch nicht dafür, daß der Kala aus dem Walde gekommen ist und den Hohlschwanz getötet hat?«

Grappignapp sah den Bronto verächtlich an, denn er mußte sich erst auf seine Antwort besinnen. Der Bronto war doch wirklich zu dumm, daß er hier mit Zweifeln hervortrat, wo alles so schön vorbereitet war für die Absicht der Zierschnäbel. Dann sagte Grappignapp: »Mein lieber Bronto, glaubst du denn, wenn die rote Schlange die Sonne ableckt, daß alle Länder erfrieren müssen, sie könne das Wasser allein warm erhalten? Wie sollte sie das machen? Darum müßt ihr eben auch mitleiden mit den andern, wenn ihr nicht die Gefahr abzuwenden versteht.«

Da streckte ein andrer Bronto den Hals hervor. Denn er hatte gemerkt, daß das Wasser noch warm war, während die Landechsen froren; und so fragte er mutiger:

»Was können wir denn tun, damit die rote Schlange den Echsen nicht zürnt und die Sonne nicht ableckt?«

»Das will ich euch sagen«, rief Grappignapp und gab Kaplawutt einen Wink, daß er wieder auf den Kopf der Großechse springe, um zum Drachenmoor zu reden. Und Kaplawutt begann:

»Wollt ihr erfrieren, ihr starken Echsen? Wollt ihr von den Säugern gefressen werden? Wollt ihr, daß eure Gebeine gegen die Sonne fliegen?« Ein Schauer ging durch die Zuhörer. Nein, nein, nein schien es zu rasseln. »Nun, so frage ich euch, woher kommt die Gefahr? Wer hat zuerst die Gebote der Schlange übertreten? Der freche Kala war's, Homchen, aus dem Geschlechte der Beutler. Aus dem Walde ist er gegangen am hellen Tag, mit der roten Schlange hat er sprechen wollen ohne Erlaubnis der Zierschnäbel, gerühmt hat er sich zu wissen was niemand wissen kann als wir, die Boten, denen die rote Schlange es sagt. Darum hat die Schlange erlaubt, daß er den Hohlschwanz töte, der auch seine Pflicht versäumte, damit die Echsen erwachen aus ihrem Schlummer.

Alles Böse und Verderbliche geht aus von den Nachttieren im Walde, die da Herren sein möchten über die Erde, über Moor und Meer. Sie haben sich angemaßt ihr Blut zu wärmen gegen den Willen der roten Schlange, die ihnen doch die Sonne versagt hat. Sie umkleiden sich, o Schande, mit Fellen und verbergen ihre Haut in Haaren. Und, o Fluch und Frevel, sie häufen ihr Mark zu einer Verdickung, wie die starken Echsen, und dadurch wollen sie furchtbar stark werden und sich auflehnen gegen die Echsen. Und darum, ihr gewaltigen Drachen, gibt es nur eine Hilfe, wie ihr die rote Schlange versöhnen könnt und euch selber retten: Vernichtung der Säuger! Tod allen Tieren im Walde! Und Ausrottung ihrem Geschlechte!«

Da klapperten und knirschten die Panzer der Echsen, und eiliger schlüpften die Zierschnäbel zwischen ihnen hin und her und versammelten sich wieder um ihre Führer.

Die Großechse aber rief gewaltig übers Moor:

»Das will ich tun! Das ist meine Sache! Ich schreite hinüber über die Hügel, ich zerdrücke den Wald in meinen Armen, ich zerreiße die Höhlen und fresse die Säuger. Ja, ich fresse sie alle mit Fell und Haar, und nicht einer soll übrig bleiben.«

Wundersam brummte und knarrte und schrie es rings umher, ein furchtbares Geräusch, wie man es nie vernommen. Denn alle Echsen schnarrten durcheinander, aber keine wagte den Kopf aus dem Grase zu heben; sie bebten in doppelter, in dreifacher Furcht, vor den Nachtgeistern, vor der Kälte und vor der Großechse. Keiner wollte es merken lassen, daß er der Großechse widersprach.

Grappignapp flüsterte mit den Zierschnäbeln: »Habt ihr alles ausgerichtet? Habt ihr sie herumgebracht?«

»Ja«, antworteten die Zierschnäbel. »Es steht alles gut. Sie fürchten sich vor der Großechse, denn wenn sie sich nicht vor ihr verbergen dürfen, werden sie selbst von ihr gefressen, sobald ihr nicht dabei seid. Sie wollen einen Anführer, der nur Pflanzen frißt.«

»Es ist gut.«

»Hört, ihr Echsen, höre, mächtige Großechse«, so rief nun Grappignapp, »du allein, so gewaltig du bist, vermagst nicht den ganzen Wald zu durchdringen und alle Säuger zu verschlingen. Alle Echsen zusammen müssen helfen. Die das Laub fressen, müssen die Bäume wegräumen, und die andern müssen die Tiere fangen. Aber damit alles richtig zusammenwirkt, müßt ihr einen Anführer haben, dem alle gehorchen. Und den sollt ihr jetzt wählen.«

»Gut denn«, rief die Großechse wieder, »so wählet mich. Ich bin die Stärkste von allen, das versteht sich von selbst.«

Wieder murrte und knarrte es, und eine Stimme, es war die des gewaltigen Atlanto, des haushohen Bäumeknickers, ließ sich vernehmen:

»Nicht die Großechse!«

»Nicht die Großechse, nicht die Großechse!« hallte es jetzt von allen Seiten.

»Einen Pflanzenfresser«, schrien die Bronto aus dem Wasser. »Den Atlanto wählt.«

»Nicht mich«, rief jetzt der Atlanto kühner, »den Iguanodon sollt ihr wählen!«

»Den Iguanodon«, wiederholte Grappignapp mit heller Stimme. »Iguanodon« stimmten alle Zierschnäbel ein. Und durch das Drachenmoor klang's jetzt wie Brausen des Sturmes, wie Sturz der Erde: »Iguanodon! Iguanodon!«

Da sprang die Großechse wütend auf ihre Beine.

Sie riß den fürchterlichen Rachen auf und schnappte umher, daß die Zierschnäbel, die einzigen, die sich in ihre Nähe gewagt hatten, beiseite sprangen; und nun wollte sie den Kopf in die Höhe werfen, um sich auf den Atlanto zu stürzen – da sah sie über sich, was sie noch nie gesehen, nie zu sehen gewagt hatte – ein dunkles Zelt spannte sich über ihrem Haupte, daran funkelte es von tausend lichten Punkten, ein schimmerndes Band schlang sich hindurch – die Herrlichkeit des Sternenhimmels glänzte herab – und der rasende Riese stürzte zitternd zusammen. Vor dem Blick der Nachtgeister barg er sein schreckliches Haupt im Grase, und seine Sichelzähne klappten in ohnmächtiger Furcht aufeinander.

Die Echsen sahen den Gewaltigen niederstürzen. Bange Stille herrschte über dem Moor. Da hinein erklang hell die Stimme Grappignapps.

»Der Iguanodon sei unser Anführer! Die rote Schlange hat gesprochen. Sehet, wie es denen ergeht, die ihrem Willen sich widersetzen. Niedergebrochen ist die Großechse. Wollte sie sich aufs neue erheben, um der Wahl des Iguanodon zu widersprechen, so würden die frierenden Geister der Nacht sie töten.

Es lebe der Iguanodon! Ihm wollen wir uns beugen. Er ist groß und stark, und er ist weiser als alle Echsen. Aus ihm spricht die große Schlange. Was er sagt, das soll euch gelten als die Rede der großen Schlange. Niemand soll es wagen zu zweifeln an seinem Worte. Drüben wohnt er hinter dem Walde am großen Flusse, einsam wandelt er im Schilfe und bedenkt die Zukunft der Echsen. Lasset uns hinüber ziehen in Demut und ihn bitten, daß er unser Führer sei gegen die bösen Waldtiere.«

»Der Iguanodon, der Iguanodon!« So klang es wieder über den Strand. »Er sei unser Führer!«

»Und wer soll der Bote sein?«

»Ich«, rief der Atlanto. »Ich breche durch den Wald.«

»Das geht nicht«, sagte Kaplawutt. »Dann würden die Waldtiere merken, was geschehen soll; wir aber müssen sie überraschen. Wir wollen selbst hinüber, jedoch nicht durch den Wald. Weit ist der Umweg über die Hügel im Süden. Aber wir springen schnell. Und nun leget euch zur Ruhe, bis die Sonne warm scheint. Gnädig ist euch die rote Schlange!«

»Iguanodon, Iguanodon sei der Herr!« so hallte es noch dumpf. Und die Drachen entschliefen.

Auf dem Wege zur roten Schlange

Leise war es am Waldsaum hingehuscht durchs hohe Gras, vorsichtig die Leiber der schlafenden Drachen meidend, unfern dem Ufer des Moors nach Süden hin, immer nach Süden. Dort in der Ferne sollen Berge ragen, dort soll die heiße Wolke weilen, und hinter der heißen Wolke die rote Schlange. Vielleicht wohnt sie dort, vielleicht? Niemand weiß es. Aber wo sonst sie suchen? Und Homchen suchte die rote Schlange

Zum Glück zeigte sich jetzt nichts mehr von der Nähe des Drachenmoors. Längst liegt der Heimatwald hinter Homchen. Die Schlucht ist passiert, die in den Wald von den Hügeln her einschneidet. Dann das Stück der Steppe, wo der Wald endet, von dem die Beutler überhaupt nichts wußten. Und nun hatte ein neuer Wald begonnen, ein ganz fremder Wald. Westlich davon erstreckt sich unabsehbar die Steppe. Aber Homchen hält sich im Walde. Denn zwischen den Ästen weiß es zu springen. Nur zweimal hatte es einige Stunden am Tage geruht. In der Nacht ist es sicher, da kommt es schnell vorwärts. Schon die dritte Nacht! Und in seinem Laufe denkt es zurück an den Anfang der Wanderung.

Welch eine Nacht war das, entlang am Drachenmoor! Was mußte es hören, als es sich duckte und verkroch im Grase und doch beinahe entdeckt worden wäre von den Echsen, die Nahrung für die Zierschnäbel suchten.

So also sahen die Zierschnäbel aus, von denen es bisher nur gehört hatte. Von Süden waren sie gekommen. Sie allein wußten ja, wo die rote Schlange wohnt – also wohl im Süden. Aber niemand sollte es wissen, niemand sollte zu ihr als die Zierschnäbel. Sie sollte gar nicht wohnen auf dieser Erde? Wie aber kamen denn die Zierschnäbel zu ihr? – Und wieder überkam Homchen das seltsame Gefühl, das es nun so oft beschlich, das die andern nicht verstanden – – –

Die Zierschnäbel wußten ganz genau, was die rote Schlange geboten hat. Und doch wußte Homchen es auch ganz genau, daß die Echsen nicht immer herrschen sollten; aber die Zierschnäbel sagten das Gegenteil. Freilich, die Zierschnäbel hatten mit der Schlange selbst gesprochen, und Homchen wußte nicht einmal wo sie wohnt. Wer hatte nun recht? Wenn sein Tun doch Sünde wäre?

In solchen Zweifeln schwang sich der junge Kala von Ast zu Ast, nach Süden zu, immer nach Süden. Dort mußte die Wahrheit zu finden sein.

Endlich wurde der Wald lichter, es war schwieriger von Baum zu Baum zu springen, und jetzt schien er ganz zu Ende zu gehen. Und zur Linken sah Homchen den Himmel sich röten. Der Morgen kündete sich an. Es war müde, sehr müde und hungrig. Es spähte nach Früchten aus, doch die schien es hier nicht zu geben, und für Insekten war es noch zu früh am Tage. Auf einer Araukarie fand es ein Plätzchen zum Ruhen. Hier wollte es ein wenig schlafen. Es kauerte sich zusammen.

Lange mochte Homchen nicht geschlafen haben, da erwachte es, weil ihm sein Fellchen so warm wurde. Es riß die Äuglein auf, aber es mußte sie sogleich wieder schließen. Die helle Sonne schien ihm gerade auf den Kopf.

Es kroch in die Schatten. Wie die Sonne brannte, so grell, so klar! Ganz anders als am Waldrand daheim, wo die Nebel am Flusse im Morgenwind hinjagen. Die Sonne! Merkwürdig. Wie konnte eigentlich die Sonne scheinen? Die Zierschnäbel hatten doch gesagt, die Sonne sei ein Ei, das die rote Schlange in den Tag gelegt habe, und aus dem Ei seien die Echsen gekommen, aus seiner Schale aber wurden das Meer und das Moor und der Schlamm und das helle Ufer. Wenn also die Schale fort war und das Ei, wie konnte dann die Sonne noch am Himmel stehn? Das war doch nicht möglich. Wie konnten nur die Echsen so dumm sein, das zu glauben?

Oder legte vielleicht die rote Schlange jeden Tag ein neues Ei? Wo kämen dann die alten hin? Es entstehen doch nicht jeden Tag neue Meere und Ufer? Und es heißt doch auch nur, sie legt ein Ei, das nannte sie Sonne? Da war nun etwas, worin die Zierschnäbel sicher nicht die Wahrheit sagten. Ob sie das wirklich von der roten Schlange hatten? Und wenn nicht, dann –

Wie ein unvermuteter Schlag durchzuckte es Homchen. Wenn die Zierschnäbel in der einen Lehre sich irrten, konnten sie nicht auch in der andern sich irren? Und wenn das war, so konnte die Lehre gar nicht von der roten Schlange kommen.

So sprach die rote Schlange zu ihnen wohl nicht anders, als sie auch zu Homchen gesprochen hatte, das heißt, ein jeder von ihnen glaubte nur, die rote Schlange spräche zu ihm, aber er konnte sich darin irren. Woher sollte er nun wissen, ob es wirklich die rote Schlange war, oder nur eine Täuschung der eignen Brust? War nun die Täuschung nicht vielleicht bei den Zierschnäbeln? Denn was die rote Schlange zu Homchen gesprochen, seinem Glauben nach gesprochen, das paßte doch zu dem, was es alle Tage sah. Die Sonne ging auf, so konnte sie nicht das Ei sein, aus dessen Schale das Meer kam. Die Waldtiere sollten nicht am Tage aus dem Walde gehen, sagten die Echsen; aber Homchen war hinausgegangen, und die rote Schlange hatte ihm doch den Sieg über den Hohlschwanz gegeben. So war es doch wohl keine Täuschung, was ihm die rote Schlange sagte? So würde sie ihm auch das Richtige sagen, was es tun müsse, damit die Echsen unterliegen und die Säuger die Herrschaft gewinnen. Ob der Taguan recht hatte, oder der Igel? Also auf nach Süden, zur roten Schlange!

Homchen sprang aus dem Walde heraus. Niedriges Gebüsch, durch das es sich winden mußte, verdeckte ihm die Aussicht. Eilig schlüpfte es hindurch. Der Boden ward abschüssig.

Aber plötzlich mußte es innehalten. Auf einmal brach das buschige Gelände ab. Steile Felsen senkten sich nieder. Und als Homchen nun vorsichtig am Rande eine vorspringende Stelle zur freien Umschau erreicht hatte, da stutzte es in verwirrter Überraschung.

Das war ja das Meer! Eine weite Meeresbucht, von der man nach Südwesten hin gar kein Ende sehen konnte. Aber ein anderes Meer, als Homchen es kannte. Still und klar, tiefblau schimmernd breitete sich seine Fläche. Dicht unter ihm nur rauschte die Brandung unmittelbar am Fuße der Felsen. Da war kein Sumpf und kein Strand mit ragenden Echsenhälsen. Und wie mild und lau wehte die Luft herüber. Nach Westen zog sich das steile Ufer hin, soweit Homchen zu sehen vermochte. Aber was war das im Süden, ihm gegenüber? Ein ragendes Gebirge stieg drüben, weit drüben aus der Flut, und aus diesem wieder hob sich ein einzelner Gipfel hervor, und dieser Gipfel war weiß, ganz weiß. Homchen starrte auf dieses

Wunder, und als es genauer hinblickte, da begann es zu zittern, und ein tiefer Schauer ging durch seinen kleinen Leib. Über dem weißen Gipfel lag eine leichte Wolke, die verwehte im Winde; aber immer neue Wolken stiegen aus dem Gipfel empor und breiteten sich in der Höhe aus und verschwanden langsam – eine weiße Wolke war es – ob es etwa die heiße Wolke war? Wohnte dahinter, vielleicht dort in dem weißen Gipfel, die rote Schlange? War es auf dem richtigen Wege?

Wie sollte es dahin kommen? Gab es einen Weg über das Meer? Und nun spähte es forschend nach links. Da schien das Ufer sich in weitem Bogen nach Süden zu ziehen. Zwar der Felsenrand setzte sich, immer höher aufsteigend, nach Osten fort, aber unter ihm breitete sich eine Ebene aus, und auch hinter ihr stiegen neue Berge empor, die mochten sich wohl allmählich bis zu den Bergen mit dem weißen Gipfel hin erstrekken.

Diese Ebene war mit Wald bedeckt. Aber der sah auch anders aus als der heimische. Hohe Palmen breiteten ihre Fächerkronen aus, und dazwischen schimmerte es nicht einfach grün und grau, sondern roter und weißer Farbenglanz leuchtete, und Homchen wußte nicht, was es davon halten sollte. Doch es mußte gewagt werden. Eilig lief es bis nach der Stelle, wo das Meeresufer sich vom Felsenrande nach Süden hin abwandte und der Wald bis an das Wasser reichte.

Die Felsen hinabzuklettern hatte für Homchen keine Schwierigkeit. Aber nun in den fremdartigen Wald! Was für Feinde konnten dort lauern? Vorsichtig sah Homchen sich um. Da war zunächst etwas, das ihm höchst willkommen war. Hier gab es Ameisen, so viel man nur verzehren wollte. Wuchsen nicht auch Nüsse hier? Da waren ja die wunderbaren Früchte, die von oben so weiß und rot geleuchtet hatten. Aber als Homchen sie näher untersuchte, fand es, daß es nur glänzende, farbige Blätter waren, zu wunderschönen Büscheln zusammengestellt. Da blühten die Magnolien und die Tulpenbäume, das sah prächtig aus, aber es schmeckte nicht. Doch als Homchen eine der langen Schoten des Johannisbrotbaums kostete, das war gut, so etwas Herrliches hatte es noch nie gegessen. Dazu die fetten Emsen! Das gab ein Frühstück, das tröstete. Die rote Schlange mußte ihm doch gnädig sein.

Weit hinten im Walde hörte es Stimmen von Tieren und sah auch merkwürdige Gestalten am Boden und in der Luft umherhuschen. Aber hier, dicht am Meeresufer, wo Homchen sich ein Plätzchen gewählt hatte, zeigte sich kein größeres Tier. Ob sie sich hierher nicht getrauten? Ob doch vielleicht die Echsen am Ufer lauerten? Homchen wagte sich auf einen Ast, der bis über das Wasser reichte, und spähte hinaus.

Das Wasser war hier ganz ruhig und durchsichtig; denn ein Korallenriff, das weiter vorn, bis an die Oberfläche des Wassers reichend, sich vorlagerte, hielt die Bewegung des Meeres ab. Über diesen schmalen Streifen aber konnte Homchen von seinem Baume aus hinüberblicken auf das weite Meer. Und während es dort hinausspähte, hörte es unter sich im Wasser ein leises Gemurmel. Fast wäre es vor Schrecken hinabgestürzt, als es jetzt direkt unter sich blickte. Was es für große, runde, mit Algen bedeckte Steine gehalten hatte, das begann sich langsam zu bewegen.

Eine Kolonie von Rudistenmuscheln hatte sich hier angesiedelt. Mehr als doppelt so lang wie Homchen saßen sie unter dem Wasser wie riesige kegelförmige Kannen fest, die jetzt ihre flachen Deckel nach und nach öffneten. Homchen sah entsetzt auf ein schleimiges Gewirr von Fäden, Bändern und Wülsten, die sich hin und her wanden, daß sich das Wasser zu trüben begann.

Was murmelten die da unten?

»Sind sie da? Sind sie da?« so tönte es.

»Wir spüren nichts, wir spüren nichts«, antworteten andre.

»Gelobt sei der heilige Fisch, der heilige Fisch!« klang es dann von allen zusammen. Es war keine richtige Sprache, es war mehr wie ein Plätschern des Wassers. Aber Homchen verstand es wohl. Natürlich wollte es auch gern wissen, was der Gesang zu bedeuten hatte. Und da es sich auf seinem Sitze sicher fühlte, so rief es hinunter:

»Quih, quih! Was tut ihr dort unten? Wer soll da sein?«

»Wer bist du, der da fragt?« murmelten die Muscheln. »Bist du droben im Licht, so sage uns, was du siehst. Denn wir im Wasser vermögen nichts zu schauen.«

»Ich bin Homchen, der Kala, der die Echsen tötet.«

Das war wohl etwas übertrieben, denn Homchen hatte bis

jetzt nur den Hohlschwanz getötet. Aber es dachte, ein wenig Selbstvertrauen kann in der Fremde nicht schaden. Und außerdem wollte es ja noch viele Echsen töten.

»Wenn du die Echsen tötest, so töte auch die große Schlange. Dann wollen wir dich preisen, wie den heiligen Fisch.«

»Was sagt ihr da?« rief Homchen. »Die große Schlange? Und töten? Ich verstehe euch nicht. Wißt ihr denn, wo die rote Schlange wohnt?«

»Jeden Morgen öffnen wir die Schalen, und wenn wir nicht spüren, daß die Schlangen kommen, so preisen wir den heiligen Fisch, der sie vertrieben hat. Sonst schlichen die bösen Seeschlangen sich heran, am schrecklichsten ist der große Python; und wenn wir unsere Klappen öffneten um zu frühstükken, so streckte er seine furchtbare Schnauze dazwischen und saugte uns aus. Nun aber ist es nur selten, daß der Python kommt; darum preisen wir jeden Morgen den heiligen Fisch.«

Die Muscheln murmelten wieder. Aber Homchen konnte sich nun wieder den Kopf zerbrechen. Es gab eine böse große Schlange, die wohnt im Meere? Das konnte wohl die rote Schlange nicht sein? Aber der heilige Fisch, der die große Schlange tötet? Heilig war doch die Schlange, und nun sollte es ein Fisch sein? Was doch die Tiere für seltsame Meinungen hatten. Wer ihnen glauben wollte, was mußte der nicht alles glauben. Und wieder ging es durch Homchen wie damals beim roten Stern, wie damals, als die Zierschnäbel fabelten, als spräche etwas in ihm: Mach auf die Augen und trau dir selbst.

Und es war ein Glück, daß Homchen die Augen aufmachte. Da drüben auf dem Meere bewegte es sich. Bald tauchte ein langer roter Rücken, bald ein Hals mit furchtbarem, von Zähnen starrendem Kopf aus der Flut und näherte sich mit großer Geschwindigkeit. Das war wirklich eine Schlange, eine schreckliche Schlange, länger als die größte Echse. Rötlich schimmerten ihre Schuppen in der Sonne, wenn sie den großen Bogen beschrieb, mit dem sie sich vorwärts schnellte. Die rote Schlange? Das konnte doch nicht sein. Und der Kopf sah ganz aus wie der einer Echse mit dem furchtbaren Rachen. Das alles ging im Augenblicke durch Homchens Kopf, und der Echsentöter schauerte zusammen und rief:

»Die Schlange kommt!«

Da hörten die Rudisten auf zu murmeln und begannen ihre Schalen zuzuklappen, so schnell das eben gehen wollte. Homchen aber zog sich noch höher hinauf am Baume und lugte unter dichtem Laub versteckt aufs Meer hinaus.

Die Schlange kam furchtbar schnell nahe, hoch aus den Wellen springend, als flöhe sie vor einem geheimen Feinde in der Flut.

Nun war sie ganz deutlich zu sehen. Sie steuerte auf das Korallenriff hin. Und nun hob sie sich hinauf. Da erkannte Homchen, daß es keine Schlange war. Das Tier hatte vier kurze Beine mit Ruderfüßen. Aber es konnte doch damit langsam über das Riff kriechen. Jetzt war sie herüber und glitt in das stille Wasser. Hier mochte sie sich vor ihrem Feinde sicher fühlen.

Es war wirklich der fürchterlichste Feind, der sich für ein im Wasser lebendes Tier erdenken läßt. Ein Hai verfolgte die Seeschlange. Aber was für ein Hai! Wenn er sich ausstreckte, so maß er an Länge nicht viel weniger als der riesige Python selbst. Und wenn er das ungeheuere Maul aufriß, so gähnten Reihen von spitzen Zähnen entgegen, doppelt so lang wie Homchens ganzer Körper. Vor diesem entsetzlichen Raubtier flohen die größten Drachen des Meeres, floh auch die Riesen-Seeschlange. Jetzt ringelte sie ihren langen Leib behaglich in der warmen, stillen Bucht umher – –

Da sah Homchen auf einmal diesseits des Riffs einen Gegenstand aus der Flut ragen, der sich rasch näherte. Es war die hohe Rückenflosse des Hais. Es mußte dort weiter draußen einen Durchgang geben, durch den er hinter das Riff gelangen konnte. Nun erkannte Homchen deutlich, daß es ein riesiger Fisch sei, ein Fisch, wie es nie gedacht, daß er leben könne. Aber auch die Schlange hatte ihn bemerkt. Sie eilte aufs Ufer zu. Der Fisch hinter ihr her. Und er war schneller als sie. Gerade in der Richtung, wo Homchen saß, floh die Schlange. Nun bäumte sie sich zum letzten Schwunge, um mit den Vorderfüßen das Ufer zu erreichen. Der Fisch hatte sich auf den Rücken geworfen. Homchen sah seinen weißen Bauch glänzen – nun schnellte er sich mit einem krachenden Schlage seines Schwanzes in die Höhe, und der weit aufgerissene Rachen erfaßte die Schlange in der Mitte – die Zähne schlugen zusammen – in zwei Teil zerschnitten sank der Python ins Wasser zurück

– Blut trübte rings das Wasser, darin die zerrissene Schlange sich bäumte, bis Stück auf Stück im Rachen des Hais verschwand – –

Von Grausen erfaßt saß Homchen wie gebannt in seinem Versteck. Aus der größten Nähe hatte es den Kopf des Pythons gesehen. Gewaltiger waren auch die gefährlichsten Echsen nicht. Und diese Riesenschlange zerstückelte, verschluckte der Hai. Nun wußte es, warum es an diesem Ufer keine Echsen gab. Aber es wußte noch etwas. Es gab noch ein stärkeres Tier als die Gewaltigen im Drachenmoor. Wenn der Hai kam – Und in seinem grausigen Schreck durchzuckte es Homchen wie ein erlösendes Gefühl – es ist nicht wahr, daß die Echsen die Herren der Erde sind! Die Zierschnäbel haben wieder nicht recht!

Aber freilich, ist es denn darum besser um die Säuger bestellt? Doch gewiß! Die Fische können ja nicht auf das Land. Aber ob sie in das Moor können, in das flache Wasser der Echsen?

Wehe dann den Echsen! Und ob etwa dann die Echsen auf das Land getrieben werden, gar in den Wald?

Und warum war der große Fisch noch nie ans heimische Gestade gekommen? Schwamm er nur im warmen Meere? Warum war das Meer warm?

Ach, es gab so viel, so viel zu denken.

Und wie weit war die Welt!

Und Homchen schaute mit großen Augen wieder über das Meer.

Das warme Meer

Der Hai hatte sich entfernt.

Ruhig und klar lag wieder die Flut und spiegelte die grünenden, blühenden Zweige der Bäume.

Homchen sprang auf den Boden und wagte sich an den Uferrand. Da lag etwas Schreckliches. Im Todeskampf war der vordere Teil der Schlange bis ans Ufer geschnellt, und das spitzige Gebiß hatte sich in den Wasserpflanzen dort festgezahnt. Soweit der Hai sich dem Ufer hatte nähern können, hatte er den Hals abgerissen und verschlungen. Aber der gewaltige Kopf, doppelt so groß als Homchen, war hängen geblieben. Den mußte Homchen natürlich näher betrachten. Ein geschickter Sprung brachte es auf den Kopf, der senkte sich unter seinem Gewicht ein wenig tiefer zwischen den Blättern und schwankte dort im Wasser auf und ab. Homchen schaukelte sich darauf hin und her, als säße es auf einem jungen Buchenast. Es freute sich, daß ein so grimmiges Geschöpf aus dem Geschlecht der bösen Säugerfeinde unter seinen Füßen lag.

Da vernahm es wieder das Murmeln der Rudisten, jetzt dicht unter sich. Die ungeschlachten Seemuscheln hatten ihre Riesendeckel aufs neue geöffnet. Homchen wußte, daß es von ihnen nichts zu befürchten hatte, und blieb ruhig sitzen. Zu seiner Verwunderung vernahm es den Wassersang der Muscheln.

»Gelobt sei Homchen, der Schlangentöter! Der die Echsen schlug, der tötete die große Schlange des Meeres! Gelobt sei Homchen!«

»Aber ich war es ja gar nicht«, rief Homchen, »der die Schlange tötete. Es war der Fisch –«

Die Rudisten ließen sich nicht stören. Sie murmelten weiter.

»Die Schlange kam, uns warnte Homchen, der kluge Held. Die Schlange kam, wir schlossen die Schalen. Es war Nacht. Wir sehen nicht den Fisch. Wir sahen im Wasser die Zähne der Schlange. Die Schlange ist fort, Homchen hat sie gefressen.«

»Ich die Schlange gefressen? Ihr törichten Muscheln! Wie soll die Schlange in mich hinein, in das kleine Homchen, die Schlange, die hundert Mal so groß ist?«

»Es sieht's die Sonne, es rauschen's die Wasser, Homchen sitzt auf dem Haupte der Schlange. Homchen, der Sieger, er sei gepriesen! Lasset uns singen den Sang von Homchen! Homchen ist groß, ist größer als die Schlange! Homchen ist weise. Es ist klein, es ist groß. Es ist klein bei den Freunden, es ist groß, wenn der Feind kommt. Homchen ist heilig wie der Fisch! Lasset uns singen den Sang des Dankes!«

Homchen schüttelte den Kopf. Aber die Muscheln sangen weiter, und das wollte es doch hören. So blieb es auf seinem Platze sitzen. Es rief nur noch einmal:

»Wenn ihr mir Dank sagen wollt für die Warnung, so sagt mir, wie ich zu der roten Schlange gelange.«

»Die rote Schlange ist tot –«

»Oh, ihr versteht mich nicht. Ich meine, wie komme ich drüben zu dem weißen Berg mit der Wolke?«

»Wir kennen nicht die Tiere des Landes und nicht die Berge. Aber wir kennen den Sang des Wassers.

Das Meer ist mächtiger als das Land. Aus dem Meere kommen die Tiere alle. Aus dem Meere kommen die Echsen. Aber die Fische wurden mächtiger als die Echsen. Da flohen die Echsen vor ihnen ins Moor, und vom Moor flohen sie auf das Land. Und es ward ein Wall um das warme Meer, da hinüber konnten die Fische nicht. Doch es rauscht das Meer und zerbricht das Land, und der heilige Fisch wird schwimmen mit dem warmen Wasser nach dem kalten Lande, und das kalte Meer wird fließen nach dem warmen Lande, und die Echsen werden erfrieren, oder sie werden gefressen vom heiligen Fisch. Und das Kalte wird warm, und das Warme wird kalt. Gepriesen sei Homchen, der Sieger.«

»Das versteh' ich nicht«, sagte Homchen. »Ihr scheint mir eine etwas verworrene Gesellschaft.«

Die Muscheln raunten weiter, es klang jetzt wie eine Klage:

»Das Kleine wird groß und das Große wird klein. Das Meer ist mächtiger als das Land. Aber es kommt die Zeit, da wird das Land mächtiger als das Meer. Wir singen den Sang des Strandes. Einst schwammen wir frei, nun sitzen wir fest. Homchen springt auf dem Lande. Es ist klein, es wird groß. Wir sind groß, wir werden klein. Homchen frißt die Schlange, Homchens Söhne fressen die Muscheln. Und das Land wird herrschen über der Meer, und Homchens Söhne schwimmen über das Meer und töten den heiligen Fisch. Gepriesen sei der Mächtige, der größer wird als der Fisch!«

Da rief Homchen laut: »So sagt mir doch schon, wie komm' ich zum weißen Berge?«

»Geh hinab am Strande des Meeres, bis an den großen Fluß. Jenseits des Flusses beginnt der Berg, der bis in den Himmel geht.«

»Aber wie soll ich über den Fluß gelangen?«

»Setze dich ans Ufer und singe den Sang des Wassers: ›Das Kalte wird warm, und das Warme kalt.‹ Dann wird die große

Schildkröte kommen und dich hinübertragen. Gepriesen sei Homchen, das die Schlange fraß!«

Und die Muscheln fingen wieder an zu singen. Da rief Homchen: »Habt Dank und lebt wohl!« und sprang fort am Ufer des Meeres entlang, nach Süden.

Einen so schönen Berg war Homchen noch nicht entlang gesprungen. Der Schatten der Bäume reichte bis ans Ufer, dort aber war ein schmaler Streifen moosiger Felsen, auf deren weichem Rücken Homchen schnell von Rundung zu Rundung setzen konnte. Zur Rechten lag das weite Meer tiefblau glänzend, nur von dem weißen Streifen der leichten Brandung draußen am Korallenriff durchzogen. Wild wehte die Luft herüber. Zur Linken dehnte sich der dunkle Urwald. Schlinggewächse zogen sich von Baum zu Baum, und bunte, duftende Blätterbüschel, die Homchen nicht kannte, glühten zwischen den Zweigen. Drinnen im Walde hörte wohl Homchen die Stimmen großer Tiere. Es sah auch in der Luft etwas hin und her huschen, das es für Käfer oder Libellen hielt. Aber auf diesem schmalen Streifen zeigte sich kein Tierleben. Es war, als wäre hier ein heiliger Weg, wie für Homchens Pilgerfahrt bereitet. Homchen hatte jetzt keine Zeit darüber nachzudenken, warum sich kein Tier hier zeigte. Der dumpfe Gesang der Rudisten summte ihm im Kopf; aber auch darüber sann es jetzt nicht nach, es blickte nur auf den Weg und schaute um, ob irgendeine Gefahr drohte. Und dazwischen sah es nach dem weißen Gipfel mit der weißen Wolke, der sich halb rechts von seiner Wegrichtung erhob. Kam er denn näher? Oder sank er fort? Andere Berge vor ihm schoben sich höher und höher empor, und nur noch die äußerste Spitze ragte herüber.

Schon näherte die Sonne sich dem Spiegel des Meeres, da wendete sich der Waldrand nach links und Homchen stand vor einem Meeresarm. Das war wohl die Mündung des Flusses. Hier gönnte es sich Ruhe. Zwischen den vordern Bäumen des Waldes suchte es sich vorsichtig seine Abendmahlzeit. Dann setzte es sich, an einer süßen Frucht knabbernd, auf einen Vorsprung des Ufers, um nach der Schildkröte Ausschau zu halten.

Aber es konnte nichts entdecken. Und als es mit seiner Mahlzeit fertig war, wendete es sich daher am Ufer entlang, das jetzt nach links ging. Es war nicht mehr so bequem zu wandern. Homchen mußte sich auf die Bäume schwingen, deren Wurzeln zum Teil im Wasser standen. Dazu ging die Sonne unter. Homchen sah aber an der Farbe des Wassers, daß hier nicht mehr das blaue Meer wogte. Es war also richtig an den Fluß gekommen, von dem die Muscheln gesprochen hatten. Gelblich wälzten sich seine Fluten und führten Baumstämme und Grasbüschel mit sich herab. Jetzt durfte es nicht weiter am Flusse hinauf, es mußte hinüber.

Der starke Ast eines Baumes streckte sich dicht über dem Wasserspiegel aus. Auf diesem kroch es vorsichtig hinaus. Die letzten dünneren Zweige bogen sich unter seinem Gewicht bis auf das Wasser. Homchen dürstete. Es neigte sich herab und kostete das Wasser. Es war süß, es löschte den Durst.

Erfrischt zog sich Homchen ein Stück auf dem Aste zurück und schaute sich um. Es war dunkel geworden. Weit drüben standen die Bäume des andern Ufers wie ein schwarzer Streifen, nach dem Meere vermochte man nicht mehr hinauszusehen.

Aber über dem schwarzen Streifen, am Nachthimmel, was war das? Rotglühend erhob es sich, ein Feuerstreifen, und breitete sich dann aus, in rosigem Glanze wogend, eine große leuchtende Wolke, in immer neuen Gestalten quoll es nach den Seiten, nach der Höhe, hier rund und voll wie der Rücken des Iguanodon, dort spitzig und scharf wie der Kopf der Echsen, und da lang und gewunden wie – wie eine Schlange – die rote Schlange – so mächtig, so groß, so geheimnisvoll –

Und der dunkle, leis rauschende Fluß, und der einsame schwarze Streifen, und drüber, drüber die rote Schlange – –

Homchen bebte in heiligem Schauer. War sie es doch, die rote Schlange, die nun vor ihm auftauchte? Die große, geheimnisvolle, der die Welt gehorchte? Und ihres Anblicks ward Homchen gewürdigt? Sie selbst ward ihm sichtbar, ihm, das sich nach ihr gesehnt, zu ihr gebetet aus innerstem Herzen? Heilige, rote Schlange, erhöre mich! Weise mir den Weg, der erlöst von der Gewalt, der uns frei macht, die wir dich ehren!

Und kaum wissend, was es tat, summte es den Sang des Meeres: »Das Kalte wird warm und das Warme wird kalt! Und das Große wird klein, und das Kleine wird groß – –«

Da rauschte unten das Wasser, ein breiter Kopf hob sich herauf, und dann eine große, schwarze Schale. Zwei gewaltige Ruderfüße, die fast wie Flügel aussahen, drängten das Wasser zurück. Und von der nassen, spiegelnden Schale glänzte die rote Wolke dunkel schimmernd wider.

Homchen schauderte zurück. Auf dieses wunderbare Panzertier sollte es sich wagen, und hinein in die dunkle Flut?

Da klang es dumpf von unten:

»Bißt du Homchen?«

»Ich bin es.«

»So springe!«

Homchen zögerte. Da sprach die Schildkröte noch einmal:

»Springe auf meinen Kopf, so will ich dich tragen. Über meinen Rücken flutet leicht das Wasser, du könntest hinabgespült werden. Aber merke wohl: Wenn du auf meinem Kopfe sitzt, so sprich nicht und frage nicht. Denn nur am Strande dürfen die Tiere des Meeres reden. Fern dem Ufer ist der Laut der Stimmen verboten. Wenn ich aber wieder sage: Springe!, so spring eilend von meinem Kopfe, wohin es sei. Denn dann ziehe ich den Kopf ein und versinke.«

»Aber wohin denn soll ich springen, wenn es mitten im Wasser ist?«

»Ich werde es nicht sagen, bis du in Sicherheit springen kannst, es sei denn, daß du das Gebot verletzt und redest. Denn dann muß ich versinken.«

»Warum aber ist dir das geboten?«

»Frage nicht, was wir nicht wissen. Wir dienen dem Meere in Gehorsam. Die Gebote prüfen den Gehorsam. Wer klug sein will, statt gehorsam, der wird im Meere nicht geduldet. Denn das Meer ist Eins.«

»Sind die Rudisten so klug gewesen, so daß sie jetzt am Strand angewachsen sein müssen?«

»Was sind das für fortwährende Fragen? Die Rudisten sind Narren und Schwätzer. Sie werden klein werden am Lande. Ich aber werde sinken in die Tiefe, und in der Tiefe werden meine Enkel leben für alle Zeiten.«

»Und nie klüger werden als du?«

»Das will ich hoffen. Doch jetzt komm und springe.«

Noch immer zögerte Homchen. Wie durfte es sich dem Meere anvertrauen? Es wollte ja doch klüger werden.

Da blickte es wieder auf die rotschimmernde Wolke. Vor ihm stand der Entschluß: Zur roten Schlange! Und wenn es sein Verderben sein sollte! Und es dachte daran: Die Tiere können irren, glaub an dich selbst, wage, was du für recht hältst. Und mit einem entschlossenen Sprunge setzte es auf den Kopf der Schildkröte. Da gab es allerlei Hervorragungen, an denen es sich festhalten konnte. Und kaum saß es dort, so begann die Schildkröte zu schwimmen.

Die Fahrt ging langsam. Nur der Kopf der Schildkröte ragte über das Wasser. Da saß Homchen dicht an den Wellen, die bis nahe an seine Füße spielten. Jetzt, ganz zwischen dem Wasser schaukelnd, sah es bald nichts mehr als den Himmel und ein Stück der im Sternenlicht und im Schein der roten Wolke schimmernden Wasserfläche. Noch nie war es auf dem Wasser gewesen. So ganz allein auf der Welt! So verlassen, so gefesselt von der tödlichen Flut, die es verschlang. Und nicht reden dürfen, nicht fragen.

Mitunter tauchte etwas Dunkles in seinem Gesichtskreise auf. Dann hielt die Schildkröte in ihrem Schwimmen inne, bis es vorüber war. Gar zu gern hätte Homchen gefragt, was das sei. Waren es Tiere? Waren es Baumstämme? Aber es zwang sich zur Ruhe. Wenn die Schildkröte versank, war es verloren. Sein einziger Trost war die rote Wolke, zu ihr blickte es andächtig empor.

Und nun stieg unter der roten Wolke – eine Stunde mochte vergangen sein oder zwei, Homchen wußte es nicht – ein dunkler Streifen wieder auf – das andere Ufer. Höher rückte er hinauf, immermehr von der roten Wolke verdeckend. Hoffnungsfroh blickte der kühne Seefahrer hinüber.

Da plötzlich, wie sich die Woge hob, sah Homchen ganz in der Nähe ein schwarzes Ungetüm auftauchen, ein breiter Rükken, zackige Arme oder Füße ragten hervor – auch die Schildkröte hatte es gesehen, sie hielt inne, aber der schwimmende Koloß war schon zu nahe, er rückte gerade auf die Schildkröte zu, die nicht schnell genug wenden konnte. – Es schien Homchen als ob sich einer der zackigen Arme nach ihm ausstreckte, und in seinem Schrecken rief es, alle Gebote vergessend:

»Halt, halt! Was ist das?«

»Springe!« Dröhnte es dumpf aus der Schildkröte.

Homchen wußte, im nächsten Augenblick würde die Schildkröte ihren Kopf zwischen ihre Schalen ziehen. Dann war es verloren. Es mußte sogleich springen, sonst hatte es keinen Boden mehr unter sich, um sich den Schwung zu geben. Und was es begriff, das tat es sogleich. Es schwang sich todesmutig in die Höhe, auf das Ungeheuer zu, das jetzt unmittelbar vor ihm schwamm. Es kam auf seinen Rücken und klammerte sich an. Der Rücken war naß und weich. Es konnte seine Krallen tief einschlagen. So verharrte es eine Weile in angstvoller Betäubung.

Die Schildkröte zog ihren Kopf und ihre Füße ein und versank lautlos in die Tiefe.

Homchen mußte sich bald wieder besinnen. Denn das Ungetüm drehte sich langsam unter ihm hin und her, und es mußte auf seinem Rücken hinklettern, um nicht ins Wasser getaucht zu werden. Und nun wurde es wenigstens von einer großen Furcht befreit. Bei dem Hin- und Herkriechen bemerkte es, daß dieses Ungetüm nichts andres war als ein abgestorbener großer Baumstamm mit zackigen Ästen, den der Fluß mit sich führte. Von ihm hatte es nichts zu befürchten.

Aber um so schlimmer war nun die andre Sorge. Wie sollte es an das andere Ufer gelangen? Unaufhaltsam rückte der Stamm flußab. Noch sah es das Ufer nicht weit von seiner Linken, aber der Stamm näherte sich ihm nicht. Und jetzt trat auch das Ufer zurück. Homchen kletterte auf einen der in die Höhe ragende Äste, um Umschau zu halten. Aber nur wenige Augenblicke blieb es in der Höhe. Denn unter seiner Last drehte sich der Ast mit dem ganzen Stamme, und es mußte schnell wieder nach dem Stamme zurück. Doch der Stamm hatte dadurch eine ruhigere Lage angenommen, und nun konnte es wenigstens ein Weilchen in einer Höhlung still sitzen und überlegen.

Oben von der Höhe hatte es gesehen, daß sich vor ihm das Meer unermeßlich ausdehnte. Im Schimmer der roten Wolke und des jetzt aufgehenden Mondes funkelten die Wellen in rotem Golde. Homchen aber schwamm hinaus – verloren – unrettbar – –

Wo hinaus? Wo hatte das Meer ein Ende? Konnte Homchen bis dorthin auf seinem Baumstamm treiben?

Aber das war ja nicht möglich – etwas anderes fiel ihm ein – wenn es hinauskam ins Meer, da schwammen die gewaltigen Meerechsen, da lauerte der furchtbare Hai – –

Und nun duckte sich Homchen zusammen in die Höhlung des Stammes und wagte nicht hinauszuschauen – hier saß es zitternd.

Homchen, das den Hohlschwanz tötete, das die Riesenseeschlange gefressen haben sollte – – Nein, nein, daran war es unschuldig, dessen hatte es sich nicht gerühmt, das hatten ihm die Tiere nur angedichtet – Aber wenn es sich nicht des Sieges über den Hohlschwanz gerühmt hätte, dann wäre ihm auch der falsche Ruhm nicht geworden. Hatte es sich nicht überhoben, sich gebläht im Selbstvertrauen? Zürnte ihm darum die rote Schlange? Wage zu denken, glaube an dich selbst! Wenn es nun falsch gedacht hatte, wenn es nun ebenso im Irrtum war wie die andern Tiere? Nein, die Zierschnäbel konnten nicht recht haben, aber vielleicht hatte es selbst auch nicht recht – was hatte es dann getan!

Welch fürchterliche Verantwortung hatte es auf sich geladen, indem es den Zorn der Echsen reizte!

»O meine armen Eltern, meine Brüder im Walde! Erst mußten sie den Schmerz erleiden, daß der Wald mich bannte, daß ich sie nicht sehen darf. Und nun werden die bösen Echsen kommen mit ihrer Riesenkraft, sie werden den Wald niederreißen, sie werden die Säuger alle aus ihren Nestern treiben und sie vernichten. Das Verderben wird hereinbrechen über die Tiere des Waldes durch meine Schuld! Durch meinen Frevel!«

So klagte Homchen in tiefer Reue.

Wenn es von der roten Schlange erfahren hätte, wie die Säuger zu befreien seien, dann wollte es zu ihnen eilen und ihnen die rettende Botschaft bringen. Dann würde man es mit Freuden wieder aufnehmen und den Bann lösen, und die Freunde würden es als Retter preisen. Und nun trieb es hinaus in den Schlund des Meeres, in den Rachen des Hais! Wie sollte es Botschaft senden von der furchtbaren Gefahr, die den Seinigen drohte? Wohl, sie hatten Homchen gebannt, aber trotzdem mußte es sie warnen. Wenn sie nicht anders zu retten waren, so konnten sie doch rechtzeitig flüchten. Aber hier gab es keine Boten.

Vertraue dir selbst – sich selbst, dem kleinen Homchen? Ja, wenn es das getan und nur dabei an sich gedacht hätte, das wäre wohl Überhebung gewesen. Aber so war es ja gar nicht gemeint. Nur der Stimme hatte es geglaubt, die in ihm sprach. Und diese war nicht die eigne Stimme, es war die Stimme der roten Schlange, die Stimme, die nicht aus ihm allein sprach, sondern aus alledem, was mit ihm zusammen war, sein Geschlecht, der Wald, die Säuger rings um ihre Not, die Sonne, die Wärme, die Sehnsucht – –

Aber das Meer? War das Meer feindlich?

Was hatte die Schildkröte gesagt? Das Meer will Gehorsam, das Meer ist Eines. Es will nicht Klugheit, es will Gehorsam.

Aber das Land? Das Land war Vieles. Wem sollte man gehorchen? Schwebte nicht die rote Schlange über dem Lande? Und dann – ja, das war's! Das war's. Das Land war Vieles, und nur dem Einen konnte man gehorchen, und so mußte das Land Eines werden. Das Viele zum Einen machen! Das ist es, was wir müssen. Alles zusammenfassen, zusammenpassen. Das aber ist Denken, das ist klug sein! Klug sein müssen wir, damit wir wissen, wem wir gehorchen, damit wir Eines werden, wir alle am Lande, die uns widerstreben. Eines muß sein, in uns, das wir suchen sollen, und der Weg es zu suchen, das ist unser Nachdenken, und indem wir es alle suchen, sind wir Eines, und dieses Eine ist das Gesetz der roten Schlange.

Und wodurch allein kann das Eine in mir offenbar werden? Indem ich selbst in dem Einen bin, erkenn' ich's in mir selbst. Ich überhebe mich nicht, ich erkenne nur in mir selbst, was in allen ist, und in mir kann ich's erkennen. Dem will ich treu sein. Ein jeder in sich, aber für alle. Was in mir spricht, daß ich's versteh' und glaube, das muß es sein, was die rote Schlange in mir will. Das will sie mir sagen.

Und wenn ich so denken mußte, wie ich tat, daß ich den Hohlschwanz schlug, daß ich gebannt wurde, daß ich die Echsen belauschte, daß ich den Weg fand zur roten Schlange, so war's, damit ich das Eine fände, dem wir gehorchen sollen. Und wenn die Schildkröte mich verließ und der Baumstamm mich ins Meer führt und der Hai mich verschlingt und die Meinen vernichtet werden, so wird es doch der rechte Weg sein, damit das Eine werde. Vertraue dir selbst, und wenn das kleine Homchen vergeht, so wird das große Eine dadurch gefunden; und dann wird sich's zeigen, was gut ist.

Ganz groß waren Homchens Augen geworden; es sah nichts um sich her, es wußte nichts vom rauschenden Wasser, das den Baumstamm stärker und stärker schaukelte. Es war nicht mehr Homchen. In ihm lallte die Stimme des Ewigen, die Stimme, die in nachkommenden Geschlechtern sprechen sollte, bis sie einst das Wort finden würden für das, was Homchen jetzt nur das Eine nannte, was als die rote Schlange ihm auf dem Weg zu geahntem Ziele leuchtete.

Aus den schimmernden Sternen strahlte es, es rauschte aus dem wogenden Meere, es dampfte im Glutstrom des Vulkans und es bebte im arbeitenden Hirn des kleinen Ahnen der Menschheit, noch eine Zauberformel, aber wirkend im Seelendunkel – die Idee!

Nun spritzte Wasser in Homchens Höhlung, und es fuhr empor aus seiner Entzückung, aber es ängstigte sich nicht mehr. Es kletterte am Aste empor, wie sehr der auch schwankte. Und, o Himmel, was sah es da? Der Baumstamm trieb rückwärts, vom Meere fort. Nahe vor ihm lag das waldige Ufer, die rote Wolke schwebte jetzt zu seiner Rechten.

Die Flut war gekommen.

Immer näher rückte das Ufer. Schnell war die Strömung; wenn der Stamm so fortschoß, so warf ihn die Woge gegen den Strand und Homchen mochte zerschellt werden. Aber Homchen war wieder voll Mut. Es kletterte und sprang kühn von Ast zu Ast, wie es das Gleichgewicht des treibenden Stammes erforderte, und nun, nun paßte es den Augenblick ab – auf dem ragenden Ast kauernd ward es in den weißen Schaum hinausgetrieben, der am Ufer aufspritzte, da schnellte es sich kräftig hinaus gegen den hohen Baum, der jetzt ganz im Wasser stand und einen Ast weit hervorstreckte, und seine Krallen faßten den Ast, – da saß es, zitternd von Anstrengung und Freude – es war gerettet.

Und nun schnell weiter hinauf in den Wald, so müde es auch war. Von Ast zu Ast durch die Bäume, unbekümmert um die Stimmen der Tiere, bis der Wald lichter wurde. Da verkroch es sich in ein leeres Astloch, gerade als die erste Dämmerung sich verriet, und entschlief.

Als Homchen erwachte, war es lichter, warmer Tag. Es suchte sich eilends ein Frühstück und sprang dann hinauf durch den Wald, dessen Bäume immer weiter auseinander rückten. Steil stieg der Berg in die Höhe. Und nun kam ein kahles Trümmerfeld. Von dem weißen Berge konnte Homchen nichts sehen, nur eine schwache weiße Wolke hoch oben verriet ihm die Stelle. Und in dieser Richtung kletterte es unermüdlich bergan. Jetzt ging es wieder über Grashügel.

Es war seltsam. Wenn es daheim die Grashügel hinaufsprang, so dauerte es nicht lange und der Hügel senkte sich wieder herab. Auch hier kam wohl einmal eine kurze Senkung, dann aber ging's immer wieder hinauf und weiter hinauf, und kürzer wurde das Gras und heißer schien die Sonne. Die brannte auf das Fellchen. Hin und wieder kam noch ein dürftiger Waldstreifen, da erholte sich Homchen im Schatten. Nun schaute es wieder vor sich einen weiten, weiten Abhang, der schien gar kein Ende zu haben. Aber an dem Abhang rannen kleine Wässerchen herab, und da sah es noch etwas Seltsames, das war ihm noch nicht vorgekommen. Waren das Käfer die dort saßen? Doch sie saßen so still. Und Homchen sprang näher hinzu.

Da waren kleine blaue Sternchen, die hatten in der Mitte ein schönes gelbes Auge, mit dem sahen sie Homchen verwundert an und wiegten sich hin und her, aber flogen nicht fort. Und Homchen sah jetzt, daß sie an Stielen saßen, die am Boden wurzelten, gerade wie das Gras, und daß sie sich hin und her wiegten; das machte der Wind. Hatte das Gras hier Augen? Und da waren andere, die glänzten rosig und rot und wehten wie mit feinen Bärten.

Und wieder andere, weiße, die hatten gar ein Pelzchen über ihre Blätter gezogen, damit sie nicht froren. Denn kalt war's freilich hier an den Stellen hinter den Felsblöcken, wo die Sonne gerade nicht hinschien.

Vorsichtig schlüpfte Homchen weiter bergan, denn es wollte

die Augen der Wiese nicht zertreten. Und zwischen den Augen summte es leise; das waren aber nicht Käfer oder Fliegen, wie Homchen sie gut kannte; wenn sie auch ähnlich aussahen, so waren sie doch feiner. Die schwebten um die Augen, und in manche krochen sie sogar hinein, und dann kamen sie heraus und ihre Beinchen waren mit gelbem Staub bedeckt; so flogen sie wieder in ein anderes Auge, das nickte ihnen freundlich zu, als wollte es sagen: Komm nur, komm zu mir!

Was war das aber da drüben? Da hatten sich ja die Augen von den Stielen gelöst und flatterten frei in der Luft umher! Und wie schön und groß waren die fliegenden Augen – gelb und blau und rot mit zierlichen schwarzen Zeichnungen, noch schöner schillernd als die glänzenden Panzer der kleinen Echsen – –

Im Uferschatten kauerte Homchen sich nieder und trank von dem klaren, kalten Wasser. Und dann fragte es leise:

»Wer seid ihr denn, ihr schönen Augen, was tut ihr hier?«

Die Augen antworteten nicht. Sie blickten nur immer empor nach der goldenen Sonne und nickten leicht, und Homchen verstand wohl, das hieß: Wir sind zufrieden.

Aber die Boten, die zwischen den Wiesenaugen flogen, summten um Homchen und sangen vernehmlich:

> »Wir summen und saugen
> An Blumenaugen,
> Wir suchen den Honig, den süßen Raub.
> Wir holen und bringen
> Auf duftenden Schwingen
> Von Blüte zu Blüte den segnenden Staub.«

Und eine große, dicke Hummel, die auch ein Pelzchen anhatte und gelbe Höschen von Blütenstaub, setzte sich gerade vor Homchen hin und sagte behaglich:

»Wo kommst du denn her, du großes Pelztier, daß du uns nicht kennst? Weißt du nicht, was die Blumen sind? Wie groß müssen die bei euch sein, wenn so ein Riese, wie du, hineinkriechen soll?«

»Blütenstaub, den kenn' ich wohl, von den Weidenkätzchen fliegt er im Winde. Aber die lieben, kleinen, bunten Blumen hab' ich noch nicht gesehn. Was tun die hier?«

81

»Honig tragen sie, der uns gut schmeckt. Und damit wir immer Honig haben und immer leichter die süße Pforte finden, so tragen wir ihnen zu Gefallen den Blütenstaub von einer zur andern, denn dann werden sie immer schöner und bunter, die Blumen.«

»Und was tun sie selbst, die Blumen?«

»Schön sein und süß sein.«

»Und weiter nichts?«

»Ist das nicht genug? In die goldene Sonne schauen sie, da werden sie schön und süß.«

»Und die Blumen, die dort herumfliegen, das sind doch die schönsten. Die haben wohl den süßesten Honig?

»Die? O du törichtes Pelzriesentier! Das sind ja Schmetterlinge, die gehen uns nichts an. Das sind Nichtstuer.«

»Das sind keine Blumen? Aber was seid denn ihr?«

»Vergnügt und fleißig.«

»Und die Schmetterlinge?«

»Vergnügt und verliebt.«

»Da habt ihr hier keine Sorgen? Fürchtet ihr euch nicht vor den Echsen?«

»Echsen? Was ist das?«

»Ihr kennt die Echsen nicht? Oh, so könnt ihr freilich vergnügt sein. Das sind die bösesten Tiere und die stärksten. Aber –«

»Was ist böse?«

»Das weißt du nicht? Böse ist, wer gegen das Gesetz handelt von Meer und Moor, von Wald und Berg, von Echsen und Säugern, das die rote Schlange gegeben hat.«

»Das versteh' ich nicht. Was ist Gesetz? Wer ist die rote Schlange?«

»Du kennst die rote Schlange nicht? Du weißt nicht, was böse ist? Und doch lebt ihr, und seid froh und vergnügt, und eßt süßen Honig, und fürchtet nichts, und alles ist schön um euch, und tausend Wiesenaugen lachen euch an? Das versteh' ich nicht. So denkt ihr wohl auch nicht nach?«

»Ich glaube nicht, denn ich weiß wenigstens nicht, was das ist. Wenn die Sonne scheint, so blühen und duften die Blumen, und der Honig fließt, und die Immen summen. Und wenn sie nicht scheint, so sitzt man im Dunkeln und schläft, da fühlt man nichts, da weiß man nichts. Man ist froh, oder man ist überhaupt nicht. Was soll es da noch weiter geben? Aber jetzt scheint die Sonne, da muß ich summen. Ade, ade, ade!«

Die Hummel flog fort. Die Blumen dufteten und leuchteten, und Frieden lag über den Höhen im klaren Sonnenschein, und der Wind wehte sanft um die summende, flatternde Welt. Homchen blieb still sitzen, es wußte nicht, was es denken sollte. Und während es so vor sich auf den Boden starrte, sah es etwas Längliches, Braunes daliegen, als ob's irgendeine Frucht sei. Aber auf einmal schien es sich zu bewegen. An dem einen Ende zeigte sich eine Öffnung, und es kam etwas herausgekrochen, ein kleines längliches Tier. Das blieb eine Weile still sitzen. Dann rollte sich ihm an den Seiten etwas auseinander, zwei bunte, schimmernde Flügel, die breiteten sich aus. Und nicht lange dauerte es, da bewegte es die Flügel hin und her, und auf einmal flog es in die Luft als ein leuchtender Schmetterling und setzte sich oben auf einen Felsblock in die strahlende Sonne.

Es war Homchen, als müßte es dem Schmetterling noch länger zusehen, und so kletterte es auch auf den Felsen. Aber als es hinauf kam, war der Schmetterling schon fortgeflogen. Nun sah es jedoch, daß hinter dem Felsen wieder andre Felsen aufstiegen, und daß es hier viel schneller in die Höhe käme, als wenn es auf der Wiese fortliefe. Und so kletterte es immer weiter und wußte kaum, was es tat. Es war in ihm wie ein leises Klingen, das es noch nie vernommen. Es hatte den Wald vergessen und das Moor, es wußte nichts mehr von rasselnden Drachen und vom grausigen Hai und nichts von den Reden der Zierschnäbel und von den klugen Gedanken des Igels. Und auf einmal merkte es, daß es hier nicht weiter in die Höhe ging. Da blickte es sich um.

Es erschrak. Es war ihm, als wenn es herabstürzen müßte, und es klammerte sich fest. Und doch hatte es keine Furcht. War denn das die Welt, was es da sah? Und war es denn ganz allein in der Welt? Da war kein Gras und keine Blume mehr, keine Imme und kein Tier, und kein Laut ringsum. Aber unter ihm, tief unten lagen grüne Wiesen und dunkle Wälder und dahinter der Himmel – alles Himmel – nein, das war das Meer und der Himmel, die zusammenflossen in eine kristallene Wölbung.

Es drehte sich weiter zur Seite – da blendete ein Glanz seine Augen, daß sie sich eng zusammenzogen, und dann kam es über Homchen, als wollte über ihm der Himmel einstürzen, und es duckte sich, und es schien ihm, als wäre es ganz, ganz klein wie eine Emse, und wuchs doch wieder, als wäre es ganz, ganz riesengroß wie der Himmel, und die Sonne war sein Auge, mit dem strahlte es über die Welt – – Und so klein und groß, ein Nichts und ein All, bebte es in einem Schauer, den es nicht verstand.

Vor ihm senkte sich ein Absturz, dann aber türmten sich neue Berge, und darüber, jetzt ganz nahe, stieg es immer höher und höher, bis man kaum glauben mochte, daß dort noch etwas sein könne, in glänzender Weiße in die blaue Luft. Und daraus strömte hoch oben eine graue Säule und darüber breitete sich die weiße Wolke –

In seliger Angst drückte sich Homchen zwischen die Steine – es wagte nicht aufzuschauen und mußte doch wieder den Blick bewundernd erheben zu dem, was es nicht begriff – –

Es war bei der roten Schlange.

Die rote Schlange

Und das Große wird klein und das Kleine wird groß!

Ja, nun wußte es, wie das ist.

Vor der Wohnung der roten Schlange saß es, wie klein war es da! So verschwindend, so ohnmächtig. Wohin war der Mut, mit dem es den Hohlschwanz schlug? Die Säuger wollte es von der Herrschaft der Echsen erlösen. Verstehen wollt' es den Weg, den die rote Schlange allein kennt, den Weg, wie man klug wird und mächtig über die Welt. Und diese Welt war so groß, so riesengroß – hier sah es zum ersten Male, wie groß sie war – und Homchen war so klein.

Aber war es denn nicht seine Welt? War es nicht durch die Wälder gesprungen, durch Fluß und Meer geschwommen, über die Wiesen gerannt, über die Felsen geklettert, und leuchtete nicht ihm das weiße Riesendach der roten Schlange hernieder, strahlte nicht ihm das weite Meer entgegen, sprach nicht in ihm mit dem Wallen der weißen Wolke die rote Schlange selbst? Saß es nicht hier durch die Kraft seines Willens, hoch über Meer und Land, über Pflanzen und Tieren, einsam auf ragendem Fels? Stiegen nicht seine Taten in ihm auf als das Eine, das ihm gemeinsam war mit dem übergroßen, gewaltigen Willen der roten Schlange? Wohl war es klein gegen die rote Schlange, aber ihre Größe gehörte ihm zu, sie war auch in ihm, dem Kleinen, und so war es groß und mächtig.

Aber wie kam es nur, so nahe der roten Schlange blühten die schönen Blumen, summten die heitern Immen, und wußten doch nichts von ihr? Kannten sie nicht? Und waren glücklich und froh. Und Homchen, das sie kannte, das zu ihr betete, schwankte so oft in Zweifeln, lebte zwischen Freude und Not, zwischen Hoffnung und Furcht. Sie dachten nicht, so fürchteten sie nichts. War es nicht ein Glück, nichts zu denken?

»O rote Schlange, bist du's, die hinter der heißen Wolke wohnt, so gib mir ein Zeichen!«

Homchen spähte und lauschte angstvoll.

Nichts rührte sich.

»Ich bin wohl noch nicht würdig«, seufzte Homchen, »dich zu sehen. Aber doch weiß ich's, du bist in mir, du zeigst mir meinen Weg.«

Da dröhnte es dumpf – Homchen schrak zusammen. War das Donner? Nein, es klang aus der Erde. Es dröhnte wieder – und nun – was war das? Nun stürzte Homchen wirklich hinab? Es erhielt einen Stoß, daß es sich an den Stein klammerte. Aber die Steine wankten selbst, der ganze Berg zitterte, und Steine und Felsblöcke lösten sich und rollten zu Tale. Nur einen kurzen Augenblick dauerte die Erschütterung. Dann war's wieder still. Ein Glück, daß Homchen hier oben saß, hier konnte wenigstens kein Stein es treffen; der Boden unter ihm hatte wohl geschwankt, aber er war fest geblieben.

Leicht mögt ihr vertrauen, die ihr am breiten, sonnigen Grashang wohnt und Honig schlürft am klaren Tag und die Echsen nicht kennt und ruhig schlaft, wenn die Sonne vergeht, um wieder zu wachen, wenn sie wärmt; wohl mögt ihr vertrauen im festgesponnenen Hause, die ihr mit den bunten Falterflügeln ausschlüpft zum schimmernden Sonnenreigen.

Auch wir müssen vertrauen, die wir zur Höhe klettern, denen die rote Schlange die Sehnsucht gab nach dem andern, das noch nicht ist; auch wir vertrauen, daß sie uns den Weg zeigt. Aber sie gab uns noch mehr. Sie gab uns die Feinde, die im Moore lauern, und sie gab uns den Mut und den raschen Sprung und die scharfen Zähne, daß wir uns wehren. Und wenn wir ruhen wollen in Muße und Trägheit, so gab es uns die Gefahr, daß wir wach werden und klug; gab uns Verstand, daß wir die Welt umfassen, damit wir helfen, daß das komme, was noch nicht ist. Und wenn wir's errangen, zu sitzen auf der Höhe vor ihrer Wohnung und anzubeten ihre Herrlichkeit, so schüttert sie die Berge zu unsern Füßen, daß wir nicht müßig werden vor ihrer Größe.

So dachte Homchen, als der Erdstoß vorüber war, und kletterte die Abhänge hinab und an der andern Seite wieder hinauf und immer weiter an glatten Felsen hin, über die es nur selten hinweg zu klimmen vermochte, über Steine, die ihm die Füße wund stießen. Und dann stand es an einer hohen, weißen Mauer, die oben überhing, so daß es nicht hinüberkonnte. Und wieder lief es an ihr entlang, bis dahin, wo sich ein Felsband hinzog, an dem der weiße Sand sich flach anschmiegte.

Und nun wollte es hinan auf die Höhe zur heißen Wolke.

Aber als es in den weißen Sand hineinsprang, da sank es tief hinein, daß es kaum mit dem Köpfchen hervorragte. Und es wühlte und arbeitete darin mit den Füßen, aber es konnte keinen Grund fassen und kam nicht weiter. Ach, wie kalt war der Sand! Trotz seines warmen Pelzchens fühlte es, wie die Kälte immer tiefer drang. Und wie merkwürdig! Dort, wo Homchen ruhte, da wurde der Sand naß, ganz naß und schwer, und da fror es erst recht. Solch einen Sand hatte es noch nicht gesehen.

Hier konnte es nicht weiter. Es arbeitete sich rückwärts, und das ging leichter, denn es rutschte von selbst hinab. Und nun saß es wieder auf den Steinen.

Hinauf konnte es nicht, aber hier konnte es auch nicht bleiben. Es mußte bald daran denken, sich Nahrung zu suchen. So schlich es mühsam weiter und klomm endlich einen Steinhügel hinan um Umschau zu halten, was es weiter beginnen könne. Jetzt war es oben.

Aber was war denn das, was es da unten sah?

Ein breiter Talkessel. Der steile Geröllabhang ging bald in eine hier und da mit Graswuchs bedeckte Senkung über, weiter unten aber am Talboden wuchs nichts. Gelblich glitzerte es in Flecken und Streifen. Dazwischen zogen sich seltsame Spalten hin. Und an einigen Stellen stiegen aus diesen Spalten kleine weiße Wölkchen auf.

Ging das hier zur heißen Wolke?

Homchen spürte mit der Nase in die Luft. Es lag darin wie ein unangenehmer, beizender Geruch. Und wenn es sich dicht auf den Boden legte, so fühlte es, daß es wie ein leises, unaufhörliches Zittern durch die Erde ging.

Ob es sich hier hinab getraute?

Schon wollte es nach einer der Grasflecken hinabsteigen, da sah es, daß sich dort in der Nähe etwas bewegte. Ein langes, rotbraun schimmerndes Tier mit einer schleimigen Haut wand sich zwischen den Steinen hin. Jetzt begann Homchen in Furcht zu zittern. Hatte man doch gesagt, hinter der heißen Wolke wohnt die rote Schlange. Und das war wirklich eine Schlange. Und diesmal sprach nichts zu Homchen, war hier das ersehnte Ziel? Nahte ihm die rote Schlange? Oder war hier eine Gefahr? Sollte es fliehen? Die Schlange war noch fern. Es war wohl noch Zeit zur Flucht. Aber wenn es doch die rote Schlange war?

Während es so zögerte, vernahm es plötzlich ein donnerndes Getöse hinter sich. Und als es zu dem weißen Berge erschrocken hinüberblickte, sah es, daß dort eine hohe Wolke des weißen Sandes aufwirbelte und ein breiter Strom dieses Sandes den Berg herabstürzte. Immer gewaltiger wuchs die gleitende Masse an, und nun erreichte sie das Ende des weißen Abhangs und stürzte über das steile Felsenband herab, über das Homchen gekommen war. Mit Donnerkrachen sauste sie über die Steine, nach allen Seiten stäubten die weißen Massen empor, und als die Staubwolke sich gelegt hatte, sah Homchen, daß die ganze Rückseite des Hügels jetzt von der herabgestürzten Masse bedeckt war. Dort konnte es nicht mehr hinüber, es wußte ja, daß es durch den kalten Sand nicht hindurchzudringen vermochte. Der Rückweg, die Flucht war ihm abgeschnitten. Wollte das die rote Schlange? Was wäre ihm geschehen, wenn der Sturz früher erfolgt wäre, ehe es den emporragenden Hügel gewonnen hatte?

In ratloser Scheu sah es sich nun wieder um, was aus der Schlange geworden sei. Sie war ihm, den Berg herauf kriechend, bedeutend näher gekommen. Mit starren Blicken folgte Homchen ihren Bewegungen, die auf eine der grasbewachsenen Stellen gerichtet waren. Und nun erblickte dort Homchen ein zweites Tier. Es war eine große Kröte mit weit vorstehenden Augen und breitem Maule; sie war nicht viel kleiner als Homchen selbst. Sie saß am Rande des Grasflecks und hatte die Schlange noch gar nicht entdeckt. Wo blickte sie denn hin? Es mußte dort hinter den Steinen noch etwas sein, was Homchen nicht sehen konnte.

Und nun fuhr die Schlange mit geöffnetem Rachen auf die Kröte zu, die jetzt erst die Gefahr bemerkte. Es war zu spät. Schon hatte die Schlange sie an einem Bein gepackt, nun umschlang sie das Tier mit den Windungen ihres Körpers. Homchen stieß einen Schrei des Schreckens aus. Das konnte die rote Schlange nicht sein, die sich anschickte, die Riesenkröte langsam zu verschlingen.

Aber da kam erst das Schlimmste. Hinter den Steinen kroch eine zweite Schlange hervor. Sie war es offenbar gewesen, nach der die Kröte hingestarrt hatte. Die merkte nun, daß ihr die Beute entgangen war; aber zugleich hatte sie auch ihrerseits Homchen erspäht, das oben auf den Steinen ängstlich hin und her lief. Es dachte noch an Flucht, aber der Felskamm, der das dampfende Schlangental von dem Lawinenfeld schied, war von breiten, senkrechten Spalten zersetzt, über die Homchen nicht hinweg konnte. Es mußte hier oben bleiben. Und die Schlange kroch den Berg herauf. Sie kam ihm näher und näher.

Da erhob sich wieder ein tiefes Rollen, diesmal aus der Erde, und der Berg schwankte wieder unter Homchens Füßen, einzelne Steine lösten sich und sprangen in schnellen Sätzen, auf den Boden aufschlagend, den Berg hinab – – Homchen blickte ihnen nach, es sah, wie einer der Steine unten auf die schlingende Schlange traf, wie sie zusammenzuckte, ein zweiter Stein folgte und schmetterte auf den Kopf der Schlange nieder – und sie rührte sich nicht mehr.

Da durchzuckte es Homchen wie ein Blitz. Es tauchte etwas Neues, ganz Neues in seinem Kopfe auf, eine dunkle Vorstellung, daß das noch nie in der Welt gewesen sei, was es jetzt dachte – es wußte eigentlich nicht, was es sei. Es dachte jetzt nur, daß fallende Steine Schlangen zerschmettern, und wie die eine Schlange, so konnten sie auch die andre treffen. Die andre, die schon ganz nahe heran war, die schon den Kopf aufrichtete und den glatten Körper zusammenzog – und es betete nur: Rote Schlange, triff auch diese – –

Und doch schien ihm das wieder unverständlich – Schlange sollte die Schlange treffen – wie sollte das sein – war nicht die rote Schlange in ihm selbst – das wußte es doch jetzt – in ihm selbst – das ging alles blitzschnell durch Homchens Gehirn – da hatte es den nächsten Stein, so groß seine Tatze ihn fassen konnte, emporgehoben und gegen die Schlange geschleudert – Und der Stein traf den Körper der Schlange und verwundete ihn – die Haut war glatt und ohne Schuppen – und die Schlange stutzte und schnappte nach einem scheinbar von hinten kommenden Feinde. Das benutzte das gewandte Homchen; im Mute der Verzweiflung schleuderte es Stein auf Stein nach der überraschten Schlange, bis der eine in ihren geöffneten Rachen flog und die Schlange niederstürzte – –

Und die Erde bebte, der Donner rollte, aus dem Gipfel des Berges brach eine rote Feuersäule, und unten im Tal öffnete sich breit eine Spalte, daraus quoll es feurig rot, eine glühende flüssige Masse, Dämpfe stiegen auf – – Immer dunkler wurde der Himmel, immer heißer stieg es herauf aus dem Tale – War es der Atem der roten Schlange, den sie im Zorn oder im Tode ausstieß beim Zucken der Erde? – Ging die Welt zu Grunde – –?

Homchen hatte die rote Schlange erschlagen – –

Ja es hatte sie erschlagen, eine Welt ging zu Grunde – aber eine neue Welt war erstanden –

Es war etwas geschehen, das noch nie gewesen war – nicht mit den Zähnen, nicht mit den Krallen, nicht mit des eignen Körpers Gliedern war der Feind bezwungen – hingestreckt lag er, besiegt durch den geschleuderten Stein – durch die erste Waffe.

Und über den kleinen Erfinder brach die Rache der zerschmetterten Welt herein – Rache dafür, daß der rohen Kraft ein bisher unbekannter Gegner erstehen sollte – ein siegreicher Gegner im Gedanken.

Vom verdunkelten Himmel zuckten Blitze, ein Aschenregen senkte sich nieder. Unter dem Felsvorsprung geduckt kämpfte Homchen mit der Not des Atems – seine Sinne verwirrten sich –

Was war es, das Glänzende mit dem wehenden Schweif, das an ihm vorüberflog? Was waren das für seltsame, singende Töne? oder war es nur ein Traum?

Weiter donnerte es vom Berge, heiß wehte es vom Tale – –

Regungslos lag Homchen im Aufruhr der Elemente.

Das Geheimnis des Zierschnabels

Über die grasbedeckten Hügel nach dem Waldufer des Flusses zu hüpfte eilig die ganze, zahlreiche Schar der Zierschnäbel, an ihrer Spitze Grappignapp und Kaplawutt. Sie hatten das volle Heer der ihrigen auf ihrer Botenreise zum Iguanodon mitgenommen, denn auf der hügeligen Steppe, auf der sie den Wald im Süden umgehen mußten, war das Jagdgebiet der Hohlschwänze. Zwar waren die Zierschnäbel unverletzlich für alle Tiere, die an die große Schlange glaubten. Aber die Hohlschwänze waren so hartgesottene Bösewichter und jetzt so haßerfüllt gegen die Zierschnäbel, daß diese ihnen nicht trauten. Ihre große Schar anzugreifen konnten die Hohlschwänze nicht wagen, aber an einem kleinen Trupp hätten sie vielleicht Rache genommen, in der Erwartung, daß dann kein Tier von ihrer Untat erfahren hätte. Wenigstens wollte Grappignapp keine Vorsicht außer acht lassen. Aber er hatte keineswegs die Absicht, alle Zierschnäbel mit bis zum Iguanodon zu führen.

Als sie jetzt die Region erreicht hatten, wo das niedere Gebüsch begann, ähnlich demjenigen, darin Homchen vor dem Hohlschwanz sich verborgen hatte, rief Grappignapp seinen Trupp zusammen und befahl ihm, sich hier still zu verhalten und seine Rückkehr oder seine Botschaft zu erwarten. Auf keinen Fall sollten sie sich aus dem Gebüsch herauswagen. Nur Grappignapp und Kaplawutt, jeder von einem vertrauten

Gehilfen begleitet, setzten ihre beschwerliche Reise durch das dichte Buschwerk fort, bis sie an den Wald gelangten, der sich zum Flußufer hinabsenkte. Hier hielten sie an und sandten die Gehilfen voran, um den gegenwärtigen Aufenthalt des Iguanodon auszuspähen.

Kaplawutt betrachtete den dichten Urwald. Üppige Moose und Farnkräuter überwucherten am Boden vermorschende Stämme gestürzter Waldriesen; darüber verschränkten Buchen und Eichen ihre Äste. Hin und wieder ragten gewaltige Zedern und Fichten über die Laubbäume hervor. Dunkel war es unter den Bäumen, die Sonne vermochte nicht durch die Zweige zu dringen. Wie eine lebendige Festung schirmte der Wald seine kleinen Bewohner, die in den tausend Schlupfwinkeln unter dem grünen Dache, in den hohlen Stämmen ihr nächtliches Lager führten. Was hatten sie verbrochen, daß ihnen der Untergang geschworen war? Im Dämmer des Waldes glomm eine geheime Kraft, noch unbewußt, eine welterobernde Macht ihres geselligen Lebens, ein Funke des großen Weltlichts – und es hatte sich verraten in einem verfrühten Sprößling eines Geschlechts, dem die Zukunft gehörte. Wehe dem Ersten, dem die Ahnung erwacht, daß es ein eignes Selbst gebe!

»Wir werden die Kraft der Großechse vermissen«, sagte Kaplawutt. »Diesen knorrigen, verschränkten Ästen ist der Iguanodon nicht gewachsen.«

»Das braucht er auch nicht«, erwiderte Grappignapp. »Es gibt noch starke Echsen genug, der Atlanto bricht hindurch. Aber die Großechse mußten wir vor allem los sein. Hätten wir ihr zum Ruhme dieses Sieges verholfen, so wäre sie der Herr der Welt. Gegen ihre Kraft gibt es keinen Widerstand.«

»Die Geister der Nacht warfen sie nieder.«

»Wohl uns, daß es Nacht war. Es ist nicht immer Nacht. Jetzt aber hat das Moor gesehen, daß auch die Großechse sich fürchten kann.«

»Die rote Schlange gab ihre Macht in unsere Hände, damit wir für das Wohl der Tiere sorgen, die nicht für sich denken können.«

»Dafür haben wir eben zu sorgen, daß sie es nicht lernen. Kämen sie einmal dahinter, daß die Nachtgeister uns nicht gehorchen, daß die schönen, goldnen Sterne fern und ruhig am Himmel wandeln, um uns in der Nacht den Weg durch die Steppe zu weisen, damit wir wandern können, wenn keine Echse sich zu rühren wagt, bald wäre es vorbei mit unsrer Macht. Und darum – darum müssen die Waldtiere vertilgt werden.«

»Ich habe den Echsen gesagt«, erwiderte Kaplawutt, »die Waldtiere wollen stark werden, um den Echsen die Herrschaft zu entreißen. Aber im Grunde genommen – warum will die rote Schlange, daß gerade die Echsen herrschen und nicht die Beutler? Sollten wir nicht klug genug sein, auch sie zu lenken, damit der Wille der Schlange herrsche zum Segen der Tiere?«

»So lange sie Beutler bleiben, ja. – Aber wenn – du hast den Echsen klugerweise nicht gesagt, wie die Beutler allein den Sieg erringen könnten.«

»Indem sie denken lernen, natürlich.«

»Ja, und das ist es eben. Die Stärke haben wir nicht zu fürchten, aber das Denken. Vorläufig wissen sie ja selbst noch nicht, worauf es ankommt. Aber Einzelne ahnen es, wie dieser vorwitzige Kala. Er ist ein Prophet. Und wenn die Propheten aufstehen, so ist es Zeit, die ganze Rasse zu vernichten, so lange sie noch nicht reif ist, sie zu verstehen. Nachher ist es zu spät.«

»Ich sollte meinen, wenn die Tiere klug genug würden, unsere Leitung zu entbehren, so wäre auch der Wille der Schlange erfüllt. Doch ich beuge mich deiner Weisheit. Ich kenne nur die Regeln unserer Geheimlehre, ihre Gründe kenne ich nicht.«

»Du bist wert, den höchsten Grad zu erreichen. Wie lautet unsre erste Regel?«

»Wen du beherrschen willst, den erhalte in der Unwissenheit.«

»Und die zweite?«

»Klugheit besiegt die Stärke.«

»Gut. Darum sind wir herausgewachsen aus dem Geschlechte der Echsen und ihre Herren geworden, weil wir klug sind. Nun aber will ich dir sagen, was niemand weiß, wie Klugheit und Stärke entstehen. Wir lehren die Echsen das Gebot, ihr Mark anzuhäufen, damit sie stark werden, an dem einen Ende des Rückens. Aber wir lehren sie das *Falsche*.«

»Wie? Wie dürfen wir das? Kann die Schlange das gebieten? Doch du willst mich nur prüfen. Es ist ja doch wahr, was wir lehren. Werden sie nicht stark? Und diejenigen von uns, bei denen es auch der Fall ist, sind sie nicht besonders stark? Können sie nicht mit ihrem Schwanz schlagen und sich fortschnellen, besser als andere, trotz ihrer Kleinheit?«

»Das ist freilich richtig, daß die Echsen ihre schweren Gliedmaßen so schnell zusammenziehen und ausstrecken können, daß sie mit so furchtbarer Wut auf den Anreiz antworten, daß sie ein Schrecken sind für sich und die Welt, das verdanken sie dieser Markanhäufung am Ende des Rückens. Aber das eben ist das Falsche. Dadurch werden sie die Sklaven dessen, der klug ist. Sie haben den Mittelpunkt ihres Lebens am falschen Ende. Hätten sie diese Anhäufung des Markes am oberen Ende des Rückens, über dem Halse, in ihrem Kopfe, so würden sie klug werden, so würden sie denken können. Dort im Kopf, wo Augen und Ohren sind, da muß alle Macht des Lebens zusammenlaufen, da muß sich vereinigen, was in der Welt vorgeht. Und wenn dort die Fülle des Markes liegt, die Gehirn heißt, so sammelt sich an, was wir erfahren; so bricht der Anreiz, der uns trifft, nicht sogleich los im Sturme der sinnlosen Leidenschaft; so wirkt Vergangenes und Zukünftiges zusammen, daß zur rechten Zeit geschieht, was zum Ziele führt. Und das nennt man *Denken*.«

Kaplawutt blickte Grappignapp lange bewundernd an. Dann sagte er:

»Ja, weiser Meister, du hast mir das große Geheimnis offenbart. Immer habe ich mich gewundert, warum unter uns Zierschnäbeln diejenigen die Führer sind, deren Köpfe sich höher wölben als die der andern, obwohl sie nicht gerade immer körperlich die stärkeren sind. Nur den Großköpfen kann sich das Geheimnis der roten Schlange enthüllen.«

»Und nun siehst du auch, warum wir nicht dulden dürfen, daß die Säuger ihr Waldleben fortsetzen und sich weiter ausbreiten. Denn in ihnen beginnt diese Wanderung des Markes nach dem Kopfe. Schon haben einzelne ein Gehirn, das lange die Spuren der Dinge bewahrt, wie der Bergsee die raschen Sturzbäche des Himmels; so sparen sie ihre Kraft für den Augenblick des Bedarfs. Und so eint sich in ihnen immer mehr von dem ganzen Leben der Welt, und je mehr sich vereint, um so mehr gleichen sie der roten Schlange, die alle Macht der Welt umfaßt. Von den Beutlern selbst ist das freilich noch nicht zu besorgen. Aber es gibt Fälle, wie bei diesem Kala, der sich rühmt, mehr zu wissen als alle Echsen, Fälle, in denen die Jungen reifer zur Welt kommen. Und wenn ein solches Geschlecht sich heranbildet und alle die Vorteile vererbt, die mit der ganzen Einrichtung des Körpers zusammenhängen, wenn alle diese Vorteile sich steigern, so mag es wohl dahin kommen, daß statt der Beutler eine Gesellschaft von Waldbewohnern ersteht, die durch ihren Verstand der Kraft der Echsen überlegen ist, und die –«

»Die den Zierschnäbeln nicht mehr glaubt«, sagte Kaplawutt.

»So ist es.«

»Aber wenn sie uns nicht mehr brauchen –«

»Sie *sollen* uns brauchen, es ist der Wille der Schlange.«

»Ich beuge mich.«

Lange schwieg Kaplawutt nachdenklich. Dann begann er wieder:

»Ich sollte doch meinen, in der langen Zeit, die dazu nötig ist, daß die Säuger klug werden, würden vielleicht auch die Zierschnäbel noch klüger werden und doch die Säuger zu lenken wissen.«

Grappignapp antwortete nicht sogleich. Dann sprach er leise und geheimnisvoll:

»Zahllos sind die Arten der Tiere und werden es sein in aller Zukunft, die auf der Erde leben. Da wird es immer viele, sehr viele, die allermeisten geben, die der Zierschnäbel bedürfen, und immer Zierschnäbel, die sie in Klugheit beherrschen. Aber es gilt eine Grenze der Klugheit, die durch höhere Klugheit beherrscht werden kann, und über welcher das Herrschen aufhört. Es gibt eine Stufe der Weisheit, und die sie erreicht haben, sind einander gleich. Die wahren Weisen leben miteinander, aber sie beherrschen einander nicht und lassen sich nicht beherrschen, ein jeder ist Herr seiner selbst und keines andern. Das ist das Geheimnis der roten Schlange. Ein jeder trägt die rote Schlange in sich. Wenn dies Geheimnis der Welt kund wird, dann – –«

»Dann?«

»Es darf niemals kund werden. Du hast den Eid der Geheimlehre geschworen. Und wer dies Geheimnis verrät, der muß sterben!«

»Der muß sterben«, sagte Kaplawutt und biß den Schnabel zusammen. »Es ist ein furchtbares Geheimnis. Hätte ich geahnt –«

»Nun?« unterbrach ihn Grappignapp mit strenger Stimme.

»Ich beuge mich«, sagte Kaplawutt leise.

»Und der Iguanodon?« fragte er dann.

»Auch der muß sterben!« sprach Grappignapp eisig.

Kaplawutt erschrak. »Was sagst du, Meister? Er, unser Anführer im Kampfe mit den Waldtieren? Er, den wir als den Weisesten, den Unfehlbaren erklären? Soll er sterben, weil er das Geheimnis kennt?«

»Er muß sterben, weil er uns zu nahe verwandt ist.«

»Ich verstehe dich nicht, Meister.«

»Es ist auch nicht leicht. Du weißt, daß der Iguanodon und die Zierschnäbel aus dem vornehmsten Drachengeschlecht der Vogelfüßler stammen. So lebt in ihm wie in uns die Anlage zum Denken. Wenn nun das Geschlecht der Iguanodon so klug wird wie wir, sie, die so vielmal größer und stärker sind als wir, wie sollen wir uns gegen sie behaupten? Und dann ist noch etwas zu fürchten. Wenn der Iguanodon klug wird, so wird er vielleicht nicht klug genug; nicht klug genug, das Geheimnis der Herrschaft zu wahren. Dann würde er das Denken der Tiere unterstützen, statt es zu bekämpfen. Wir aber wollen sie in Unwissenheit erhalten.«

»Warum aber hast du ihn dann zum Anführer erwählen lassen? Wir wollen doch siegen. Als Sieger wird er uns erst recht gefährlich, weil übermächtig, sein.«

»Wie aber, wenn er zwar den Sieg für uns erkämpft, jedoch dabei selbst mit seinem Geschlechte zu Grunde geht? Wenn er den Heldentod stirbt? So fällt sein Ruhm auf uns, die ihren nächsten Verwandten zum Besten der Echsen einsetzten. Und was von seinem Geschlechte übrig bleibt, wird dann den Waldtieren auf ewig verfeindet sein, sie werden nie daran denken, zum Frieden zu raten, wie es ohne dies die halbe Klugheit des Iguanodon vielleicht tun könnte. Doch ich sehe unsre Kundschafter zurückkehren. Dies alles wollte ich dir wenigstens andeuten, damit außer mir noch einer ist, der im Falle der Not den Plan der Zierschnäbel bewahre.«

»Meister, wie soll ich das alles fassen? Die Lehre ist zu groß für mich. Ich will die rote Schlange bitten, wenn du in Not kommst, daß sie mich sterben lasse für dich.«

»Bitte, daß sie dir Verstand gibt, und schweige jetzt. Die Diener kommen.«

»Fandet ihr unsern Anführer?« rief Grappignapp den Boten entgegen.

»Wir fanden den mächtigen Iguanodon. Wir sahen ihn von der Weide zurückkehren nach seinem Ruheplatz unter den Farnkräutern am Waldesrand. Wenn ihr durch den Wald hinabsteigt und euch auf den Ast der breiten Buche über seinem Haupte schwingt, so könnt ihr mit ihm reden.«

»Es ist gut, ihr könnt uns führen.«

Ohne Geräusch waren die Zierschnäbel auf den Buchenast gelangt. Denn sie wollten erst beobachten, in welcher Laune sie den Gewaltigen träfen. Da lag er in seiner ganzen Größe unter den Farnen hingestreckt und schlief.

Sie warteten lange, aber da er sich nicht bewegte, so begannen sie zu rufen. Erst leise, dann lauter. Und das wäre ihnen fast schlecht bekommen. Denn plötzlich fuhr der Iguanodon mit seinem riesigen Halse in die Höhe und biß mit dem Schnabel in das Laub über seinem Kopfe; nur durch einen schnellen Seitensprung entgingen die Zierschnäbel dem gefährlichen Angriff.

»Bist du schon wieder da, frecher Beutler, der sich Homchen nennt?« so schrie der Iguanodon in Wut.

»Wir sind es ja, mächtiger Vetter, Grappignapp und Kaplawutt, deine Freunde, die Zierschnäbel«, rief Grappignapp von einem höheren Aste aus. »Wir bedauern, dich in deinem Schlummer gestört zu haben.«

»Ah, ihr seid es, liebe Vettern. Es freut mich. Ich glaubte, der freche Kala wollte mich wieder verhöhnen. Wenn ich ihn treffe, werde ich ihn an meinen Daumen spicken. Übrigens habe ich nicht geschlafen, ich dachte nur nach. Ich denke immer, ich kann es. Doch womit kann ich euch dienen? Redet schnell, denn ihr wißt, ich bin kein Freund von langen Reden. Doch sagt mir zuvor: Warum werfen die Bäume ihr Laub ab? Warum weht der Wind alle Tage kälter? Wie kann man es machen, daß man nicht am Halse friert, wenn man ihn aus dem Moose herausstreckt? Wenn man ihn immer im Moose haben könnte? Darüber denke ich schon lange nach, aber ich habe es noch nicht gefunden. Ihr seid so klug, könnt ihr es mir nicht sagen? Laßt uns zusammen denken, denken, denken!«

Kaplawutt sah seinen Meister verwundert an, doch der sagte:

»Die letzte Frage ist zu schwer, wie sollten wir sie lösen können, wenn du es nicht vermagst? Wie sollte das Moos am Halse wachsen? Aber wir kommen zu dir mit einer Frage. Wir haben vernommen, daß der freche Kala dich zu höhnen gewagt hat. Wir wollen ihn und sein ganzes Geschlecht bestrafen. Willst du uns mit deiner Klugheit dazu verhelfen?«

Und nun entwickelte Grappignapp in längerer Rede den Plan der Zierschnäbel, die Waldtiere zu vertilgen. Der Iguanodon sei als die weiseste der Echsen ausersehen, sie zu führen. Sein Wort solle Befehl sein und gelten wie das Wort der roten Schlange.

Der Iguanodon hatte sich im Anfang der Rede wieder gesetzt und nur seine Daumen von Zeit zu Zeit beifällig hin und her bewegt. Dann erhob er sich allmählich zu seiner ganzen gewaltigen Größe, reckte den Hals hoch empor und watschelte geschmeichelt von einem Fuße auf den andern. Und als der Zierschnabel geendet, begann er alsbald:

»Meine lieben Vettern. Kurz wird meine Antwort sein, denn ich bin kein Freund von langen Reden. Was ihr sagt, habe ich selbst schon alles bedacht, denn ich denke schnell, ich denke viel. Ihr habt klug gehandelt, daß ihr mich wähltet, denn ich bin stark, ich bin weise, ich bin die klügste der Echsen, ich bin mein Ideal. Wißt ihr was das ist? Ihr wißt es nicht, denn ich habe es selbst erfunden. Vernehmt, ich werde euch mein Programm entwickeln. Doch unterbrecht mich nicht, denn ich bin kein Freund von langen Reden.

Wenn ich mir das höchst entwickelte Lebewesen der Erde vorstelle, so muß es auf zwei Beinen gehen, den Kopf hoch tragen und bewegliche Daumen besitzen, nebenbei muß es fein denken können. Es muß außerdem ein reichliches Futter haben, Kräuter von verschiedenem Geschmack, Schilf, Moos und Baumblätter, um darin zu ruhen, wenn es kalt ist. Es muß süßes Wasser haben und einen weiten Weideplatz, wo es von keinem andern Tiere gestört wird. Da muß es gut schlafen und nachsinnen können, und wo es spazieren wandelt, sollen die andern Tiere nicht gehen. Nur wenn es gerade Lust hat, dürfen von Zeit zu Zeit Besucher kommen und ihm sagen, daß es ein sehr kluges, schönes und begabtes Tier sei. Das ist es, was ich ein Ideal nenne.

Wenn ich nun weiter nachdenke, wo ein solches Tier zu finden ist, so sage ich mir, daß von allen Wesen, die ich kenne, der Iguanodon meinem Ideale am nächsten kommt. Und deswegen sage ich, daß ich mein Ideal bin. Nun bin ich, wenn ich ungestört bin und mir gerade nichts weh tut, nicht nur ein sehr wohlwollendes Tier, sondern auch ein glückliches Wesen. Ich kümmere mich nicht um die Welt, ich schließe meine Augen, und lauter grasgrüne und himmelblaue Sommerlichter ziehen an mir vorüber. Darum sage ich mir, wenn alle Tiere so wären wie ich, so wären sie alle glücklich, und keins würde das andere stören. Dazu ist es aber notwendig, daß alle, wenn auch nicht ganz, immerhin annähernd so klug werden wie ich; und das können sie nur erreichen, wenn sie vor allen Dingen kein Fleisch mehr genießen. Ich bitte mich nicht zu unterbrechen, denn ich bin kein Freund von langen Reden. Ihr wollt sagen, die rote Schlange hat geboten, daß der Stärkere den Schwächeren fresse. Aber doch nur, wenn er ihm schmeckt. Nun schmeckt aber meinem Ideal nur die Pflanzennahrung. Also soll man auch nur Pflanzennahrung genießen. Auch habt ihr mir selbst gesagt, daß die Nachtgeister die Großechse niedergeworfen haben, daß dagegen der pflanzenspeisende Atlanto den Wald niederwerfen soll. Mein Programm ist demnach, alle Tiere glücklich zu machen, indem ich sie mir ähnlich mache. Zuerst werden wir dazu den Wald zum größten Teile niederbrechen, damit die Waldtiere Wiesentiere werden müssen. Diejenigen nun, die sich verpflichten, nach meinem Ideal zu leben, sollen geduldet werden, denn sie werden dann niemand stören. Diejenigen aber, die sich dem Ideal widersetzen, ob sie nun Säuger oder Echsen sind, werden wir austilgen. So werden alle Tiere glücklich sein. Widersprecht mir nicht! Denn ihr habt selbst erklärt, aus mir redet die rote Schlange, und mein Wort ist unfehlbar. Eilet jetzt nach dem Drachenmoor und rufet alle Echsen zusammen, sie sollen sogleich heranstürmen und in den Wald eindringen, damit ich den Waldtieren unsern Willen verkündigen kann. Ich habe gesprochen. Ich bin mein Ideal.«

Damit zog sich der Iguanodon in sein Lager zurück.

»Darauf können wir doch nicht eingehen?« flüsterte Kaplawutt.

»Gewiß«, entgegnete Grappignapp. »Nur werden wir dafür sorgen, daß das Programm nicht weiter zur Durchführung kommt, als es uns rätlich scheint. Vorläufig berichten wir nur von der Zustimmung des Iguanodon. Und nun laß uns eilen.«

Die Furcht im Walde

Gerüchte schwirrten durch den Urwald, schreckliche Gerüchte.

Zuerst waren die Käfer gekommen, die bis an den Rand des Drachenmoors schweiften. Brimm summte herum und hatte viel zu tun, denn alle wollten etwas hören. Unruhig liefen und kletterten die Beutler umher, und Graukopf saß sorgenvoll in seinem Baumloch. Die Echsen zürnten, so hieß es, die Echsen hatten Rache geschworen allen Waldtieren. Sie wollten den Wald niederreißen und die Säuger vertilgen. Und das Schlimmste war, man sagte, die Zierschnäbel hätten es gebilligt.

Des Nachts wurden Versammlungen abgehalten und Rat gepflogen, aber niemand wußte, was zu tun sei. Die Jungen freilich meinten, wenn nur Homchen hier wäre, der würde uns schon sagen, wie wir uns der Echsen erwehren sollten. Aber in der Ratsversammlung wurden sie nicht gehört. Dort beriet man nur, wie man die Echsen um Gnade bitten könne.

Homchens Eltern, Knappo und Mea, ließen sich gar nicht mehr sehen. Niemand von den älteren Beutlern kam in die Nähe ihres Baumes, denn sie galten als mitschuldig am drohenden Verderben. Wurde doch alles Unheil auf Homchens Freveltat zurückgeführt, der den Hohlschwanz getötet hatte.

Und die Hohlschwänze, hieß es, sollten Tag und Nacht auf der Halde lauern. Nur die Jungen besuchten Knappo und Mea und trösteten sie. Man hatte gehört, Homchen sei nach Süden gewandert, um die rote Schlange zu suchen. Vielleicht brachte er von dort Gnade und Rettung zurück. Und merkwürdigerweise waren auch der Igel und der Taguan verschwunden. Aber vom Taguan schwirrten die Insekten, er sei ebenfalls nach Süden geflogen, um Homchen aufzusuchen.

Als aber Tag auf Tag verging, ohne daß die Echsen etwas von sich hören ließen, da wurden die Beutler wieder ruhiger. Die Blätter der Buchen färbten sich und rauschten leise herab, kalt und naß war der Nebel. Man zog sich zurück und pflegte sein Winterpelzchen.

Es war ein grauer, unheimlicher Tag, die Sonne wollte gar nicht durch die Wolken dringen. Da konnten die Nachttiere nicht recht schlafen, denn es kam ihnen vor, als wäre noch immer Dämmerung. Und manche von ihnen schweiften weiter umher als gewöhnlich und kamen bis an den Fluß dort oben, wo er schmäler wird. Da sahen sie etwas sitzen, jenseits des Flusses, was sie noch nie gesehen hatten. War das ein Flugbeutler, wie der Taguan, war es eine Echse, war es ganz etwas anderes? Ein Zierschnabel? Nein, nur der Kopf sah so aus, sonst aber hatte es ein buntes, lichtes Gewand an und einen weichen, im Winde wehenden Schweif. Und das Tier sang mit lauter, heller Stimme:

»Gelobt sei Homchen, der die große Schlange getötet! Gelobt sei Homchen, der die Schlange fraß. Gepriesen sei Homchen, der Sieger.

Und das Warme wird kalt, und das Kalte wird warm. Und das Kleine wird groß und das Große wird klein! Gepriesen sei Homchen, der Sieger.«

»Was sagt es? Wer ist das?« riefen die Beutler ängstlich untereinander. Und das Tier hob wieder an:

»Die Muscheln sangen's im warmen Meer. Ich fliege umher, ich fliege umher! Ich bin der singende Flieger.

Das Große wird klein, der Berg stürzt ein. Das Kleine wird groß, das Meer bricht los. Gepriesen sei Homchen, der Sieger!

Der auf dem Haupte der Schlange saß, der die große, die mächtige Schlange fraß, gelobt sei Homchen, der Sieger!«

Dann breitete das Tier zwei glänzende Schwingen aus und flog davon. Und aus der Ferne hörten die Waldtiere noch den Gesang.

Nun stürzten sie zurück in den Wald, und alle riefen durcheinander, was sie von dem Wundertier gehört. Und der Ruf pflanzte sich fort und schwoll an durch den Wald und eilte den Tieren voraus durchs Moos des Bodens, durch die Nester der Stämme, durch die breiten Luftschaukeln der Äste. Dann ward er leiser und leiser und sank herab zu einem scheuen Flüstern von Ohr zu Ohr: Homchen hat die Schlange getötet! Die große Schlange, die rote Schlange! Die Berge stürzen, das Meer steigt auf, der Wald erfriert, die Welt geht unter! Wehe, wehe, was hat Homchen getan? Und durch den Wald schritt das Entsetzen.

Vor Meas Nest kamen Homchens Freunde und klagten. Da kroch sie hervor und blickte sie an aus großen starren Augen und sprach:

»Wer brachte die Kunde? Wie klang das Wort?«

Und einer der Jungen sagte: »Ich hab' es selbst gehört von dem Tiere, das sich den singenden Flieger nannte, wie es rief: Gelobt sei Homchen, der die Schlange fraß! Gepriesen sei Homchen, der Sieger!«

Da richtete Mea sich auf und sah verächtlich auf die Schar, die sich angesammelt hatte.

»Ihr Toren, ihr Narren!« rief sie. »Gelobt sei Homchen, gepriesen sei der Sieger! Wenn der Fremde so sang, wie könnt ihr meinen, daß Homchen etwas Böses getan habe? Wer sagt euch, daß es die rote Schlange war? Die rote Schlange kann niemand töten, wie könnt ihr solch sinnlosen Frevel reden? Eine falsche große Schlange, ein Feind der roten Schlange wird es gewesen sein; wie würde sonst der Fremde gerufen haben, daß Homchen gepriesen werde?«

Da zerstreuten sich die Jungen und wußten nicht, was sie denken sollten. Und weil sie nicht verstanden, was geschehen sei, so merkten sie sich nur, daß Homchen gepriesen werde. Homchen hatte etwas Großes, etwas Unerhörtes getan! Gelobt sei Homchen, der Sieger!

Die Alten aber hielten nochmals Ratsversammlung ab und wußten ebenso wenig. Nur die Furcht war aufs neue erweckt vor einem drohenden Unheil; ein dunkles Geheimnis lag in der Luft. Was sollte man tun?

Es kam wieder die Ansicht zum Siege, daß man die Echsen um Gnade anflehen müsse. Da machte der weise Graukopf einen Vorschlag, der allen wohlgefiel. Es solle eine Abordnung gesandt werden an den mächtigen, klugen Iguanodon, die sollte ihn bitten, den Frieden von den Echsen auszuwirken. Aber wer sollte sich hinaus wagen? Das war eine schlimme Sache. Es mußte am Tage sein, denn in der Nacht schlief der Gewaltige. Aber am Tage durften die Nachttiere nicht hinaus vor den Wald. Und so stritt man in der Versammlung bis zum Morgenlicht.

Inzwischen saßen Mea und Knappo in ihrem Neste.

»Der Junge bringt noch Elend über den ganzen Wald«, murmelte Knappo, »durch seinen Leichtsinn ward er zur Flucht gezwungen, und nun weiß niemand, was ihm Schreckliches begegnet ist. Aber ich hab' es ja immer gesagt.«

»Ich glaube' es nicht, es kann nichts Schlimmes sein«, wiederholte Mea. »Wie würde sonst das Wundertier seinen Ruhm durch die Welt singen? Glaubst du nicht, daß er vielleicht zurückkehrt? Daß er in der Fremde bereut hat, wieviel Sorgen er uns machte? Daß er lernte, dem Gesetze der roten Schlange sich zu fügen?«

Knappo schwieg. Er fürchtete etwas ganz anderes. Wenn Homchen immer wieder in so fürchterliche Kämpfe sich einließ, mußte er da nicht endlich unterliegen? Und wie mochte es zugehen, daß er so gewaltige Echsen hatte besiegen können? Aber er wollte Mea nicht noch mehr ängstigen. Plötzlich zuckten sie beide zusammen. Draußen zwischen den Baumästen hörten sie etwas rauschen. Knappo lauschte hinaus. Da saß ein Tier vor der Höhlung, das sah sich nach allen Seiten um. Und nun erhob es seine Stimme:

»Hik! Hik! Ist hier die Wohnung von Homchen, der die Schlange tötete?«

»Was ist das?« fragte Mea leise.

»Ich glaube«, antwortete Knappo, »es ist der dumme Taguan. Soll ich ihn hereinlassen?«

»Er fliegt weit umher, vielleicht weiß er etwas von Homchen.

»Bist du der Taguan?« fragte Knappo nach außen.

»Ich bin's. Bist du Homchens Vater?«

»Ja, aber Homchen ist nicht hier. Wir wissen nicht, wo er ist.«

»So kommt heraus, drinnen kann ich mich nicht aufhängen, und ich bin müde. Ich bin weit umhergeflogen, ich war im Süden und ich habe den singenden Flieger gesprochen. Kommt heraus, ich habe euch etwas zu sagen.«

Knappo und Mea setzten sich auf den Ast vor ihrem Neste, der Taguan hatte sich schon an seinem Schwanze aufgehängt.

»Was weißt du von Homchen?« rief Mea ängstlich. »Ist er gesund?«

»Hört zu«, sagte der Taguan. »Wo Homchen jetzt ist, weiß ich nicht. Er ging noch weiter nach Süden, da hat ihn der singende Flieger gesehen, der eilig aus seinem Tale fliehen mußte. Denn die Erde zitterte, und roter, glühender Schlamm floß in das Tal, wo der Flieger wohnt. Homchen aber saß nahe an dem weißen Berge, über dem die heiße Wolke schwebt, und aus dem Berge kam Feuer und roter Schlamm. Der Flieger eilte vorbei und weiß nicht, was aus Homchen geworden.«

»Quih! Quih!« rief Mea. »Wenn du nichts Besseres weißt!«

»Doch, ich weiß Besseres. Fürchtet nicht für Homchen, denn die rote Schlange beschützt ihn. Der Flieger erzählte mir noch mehr. Da flog ich selbst bis zum warmen Meere, wo die Muscheln wohnen, da hörte ich den Sang des Meeres, da sah ich den Kopf der Schlange, die Homchen getötet hat. Und der Kopf allein war viel größer als das ganze Homchen. Wie konnte Homchen den großen Python töten, vor dem das weite Meer sich fürchtet, wenn ihn nicht die rote Schlange bestimmte, daß er das Wunderbare vermag? Und die Muscheln priesen Homchen und sangen, er sei zwar klein, aber er werde groß. Und es werde alles anders in der Welt. Da blickte ich hinüber zu dem Berge, wo die heiße Wolke wohnen sollte, und erschrak. Denn ganz schwarz schwebte es über dem Berge und Blitze zuckten und Donner rollte. Und noch während ich dort war, rauschte und brauste es furchtbar, und über die Meeresbucht kam ein dunkler Wall, das war Wasser, eine hohe Wand, und stürzte über das Riff und raste auf den Wald zu, und ich floh schnell zurück bis auf die Felswand hinter dem Walde. Von dort sah ich, wie das Meer alles überschwemmte, wo der große Wald war. Aber dort, wo das Riff gewesen, da streckte sich jetzt wüstes Feld von Trümmern und Gestein bis an die Felswand, und als man hinübersehen konnte zum weißen Berge, da war die Hälfte des Berges verschwunden. Und noch immer bebte die Erde. Da flog ich zurück, um euch zu erzählen, wie die Welt einstürzt.«

»Und Homchen«, rief Mea, »was ist da aus Homchen geworden, der am Berge war?«

»Homchen wird wohl nicht auf der Seite des Berges gewesen sein, die einstürzte. Ich sagte schon, sorge nicht um Homchen.«

»Was du auch sagst, ich muß doch sorgen.«

»Und von den Echsen, was hast du gehört?« fragte Knappo.

»Ich vermied das Moor, ich weiß nicht, was sie jetzt tun. Aber das weiß ich, daß sie beschlossen haben, den Wald zu brechen und die Säuger zu tilgen. Der Iguanodon soll ihr Anführer sein.«

»Die Unsern halten Rat draußen. Sie wollen zum Iguanodon; sie wollen um Gnade flehen.«

»Das wird nichts nutzen. Was ist Gnade? So etwas mögen Säuger üben, Echsen wissen nicht, was das ist. Echsen tun, was ihnen gefällt. Ich bin gekommen, um euch zu raten, ich will euch sagen, was ihr tun müßt. Verlaßt den Wald! Zieht alle zusammen hinaus nach Süden zu. Dort gibt es noch größere, schönere Wälder als hier. Da haben die Bäume bunte, duftende Büschel und süße Früchte, so viel ihr wollt. Da braucht ihr nicht mühsam harte Nüsse zu knacken, denn weiches, zartes Fleisch wächst um die Kerne, und eure Zähne braucht ihr nicht zu wetzen. Und Ameisen wohnen in großen Häusern, das ganze Jahr reifen die Früchte. Denn kein kalter Nebel weht um die Äste, mild und lau ist die Luft; die Sonne scheint warm am Tage, aber unter den dichten Bäumen ist es dunkel und schattig. Dort sollt ihr hinziehen, wo keine Echsen hinkommen. Dort sollt ihr wohnen ohne Furcht und Kampf! Wandert fort von hier!«

»Fort von hier?« sagte Mea nachdenklich. Aber Knappo rief lebhaft:

»O Taguan, wer hätte gedacht, wie weise du raten kannst!

Ja, laß uns in den warmen Wald mit den süßen Früchten wandern. Hier können wir doch nicht bleiben. Warum hat niemand daran gedacht?«

Der Taguan schmunzelte. »Sie wissen nichts von der Welt«, sagte er. »Sie sind nicht hinausgekommen über diese Eichen und Buchen und die harzigen Fichten.«

»Ich will zur Versammlung«, rief Knappo, »ich will ihnen sagen, was der Taguan rät.«

»Und ich will dich begleiten«, sagte der Taguan.

Sie brachen auf. Aber als sie an die gewohnte Stelle kamen, wo man die Versammlung abhielt, fanden sie niemand der Alten mehr da. Man hatte sich nicht einigen können, wer zum Iguanodon gehen sollte, und so ward beschlossen, daß die ganze Versammlung an den Waldrand ziehe. Beim Morgengrauen, wenn der Iguanodon zur Weide ginge, dann wollten sie ihn anreden, ob er sie höre. Dort saßen sie alle ängstlich auf den Baumästen und warteten, bis die Sonne und der Iguanodon sich zeigten.

Gescheiterte Pläne

Als Grappignapp und Kaplawutt den Iguanodon verließen, suchten sie ihre Gefährten auf dem kürzesten Wege zu erreichen. Der Abend war nahe, und die Nebel, die vom nahen Flusse über die Hügel zogen, erschwerten den Umblick. Dabei gerieten sie an eine Stelle, wo die stachligen Sträucher so dicht standen, daß sie nicht hindurch konnten. Sie waren gezwungen, auf die zwischen den Sträuchern zerstreuten Felsplatten zu springen und hier von Fels zu Fels ihren Weg zu suchen. Vorsichtig blickte Grappignapp sich um; er konnte nichts von den Hohlschwänzen bemerken und glaubte daher, die kurze Strecke bis zum schützenden Gebüsch ohne Gefahr zurücklegen zu können.

Aber noch hatten die Zierschnäbel kaum die Hälfte des Weges hinter sich, als es in der Nähe auf einem höheren Felsen rauschte und eine große Schar Hohlschwänze hervorstürzte. In hastigen Sätzen suchten die Zierschnäbel zu enteilen, aber die schnellen Hohlschwänze schnitten ihnen den Weg ab.

Ringsum lagerten und lauerten sie auf den Steinen, so daß es unmöglich war, an ihnen vorbei zu kommen, falls sie es feindlich meinten. Ja sie hatten sogar die beiden Führer von den etwas zurückgebliebenen Dienern getrennt.

Grappignapp und Kaplawutt hielten an und drängten sich zusammen.

»Wir sind verloren«, flüsterte Kaplawutt.

»Sie werden es nicht wagen, sie verhalten sich still«, sagte Grappignapp.

»Sie warten nur ab, wie viele wir sind. Wenn sie sicher sind, daß nur wir vier hier wandern, werden sie über uns herfallen.«

»Die rote Schlange wird es nicht zulassen, daß wir hier zu Grunde gehen. Ein zu großes Werk steht auf dem Spiele. Ein solcher Zufall, daß die Hohlschwänze uns hier treffen, kann nicht entscheiden darüber, ob die Echsen siegen und herrschen, oder die Beutler. Und wenn wir nicht zu den Echsen zurückkehren, so werden sie sich nicht zum Vorgehen aufraffen. Wir müssen hindurch. Die Schlange wird uns schützen.«

»Meister«, sagte Kaplawutt feierlich, »ja, die rote Schlange wird entscheiden. Aber wer sagt ihr, daß sie unsre Klugheit braucht? Sie kann die Echsen vertilgen oder die Waldtiere auch ohne uns. Wer sagt ihr, daß sie unsere Herrschaft erhalten will?«

Grappignapp sah den Genossen zornig an.

»Wie anders sollen die Tiere gebändigt werden, als durch die Herrschaft der Klügsten? Mein Plan ist aufs feinste durchdacht und erwogen. Auf ferne Zeiten blick' ich hinaus und jeden Umstand weiß ich zu benutzen.«

»So klug du bist, so fein dein Plan gesponnen ist – wenn er der Schlange nicht gefällt, kann der dümmste Hohlschwanz ihn umstürzen.«

»Tor! Was ich erstrebe, ersann ich zum Siege der geheimen Lehre. Darum muß es das allein Richtige sein und muß geschehen.«

»Meister«, erwiderte Kaplawutt, »die Lehre ist mir zu groß. Warum müssen die Säuger sterben, warum der weise Iguanodon? Sind sie nicht auch die Kinder der roten Schlange? Vielleicht ist es besser, daß wir sterben, die wir wenige sind.«

»Wie, du wagst es, an der Lehre zu zweifeln?«

»Ich glaube an die rote Schlange, aber ich weiß nicht, ob sie die Zierschnäbel so Gewaltiges gelehrt hat. Ich weiß, daß ich darum sterben muß.«

»Das mußt du!«

»Ich beuge mich, wie es die Schlange will.«

»Verräter!«

»Ich verrate nichts. Hier ist ein enger Spalt. Einen von uns kann er bergen, nicht mehr. Schlüpfe hinein. Schon wird es dunkel. Ich will versuchen, durch die Hohlschwänze zu entfliehen. Komm' ich zu den Genossen, so werden die Hohlschwänze nicht wagen dich anzugreifen, denn sie würden von den Echsen vertilgt werden. Sie werden sich zerstreuen, und du bist gerettet. Komme ich nicht hindurch –«

»Die Hohlschwänze nähern sich«, schrie Grappignapp. »Sie haben die Diener ergriffen –«

Der Todesschrei der beiden Zierschnäbel gellte herüber.

»Verbirg dich!« rief Kaplawutt. Und mit schnellen Sprüngen eilte er nach der Seite, wo er glaubte, den Hohlschwänzen entgehen zu können.

»Nein!« schrie Grappignapp. »Das würde wenig nützen. Ich bändige die Hohlschwänze.«

Und mit lauter Stimme rief er:

»Hierher, hierher, ihr Hohlschwänze! Höret was ich euch zu künden habe! Bereut euer furchtbares Verbrechen! Oder die Geister der Nacht werden euch töten – sie werden –«

Ein wildes Geschrei verschlang seine Worte.

»Eierfresser, Eierfresser!« brüllten die Raubtiere.

»Keiner von euch wird der Strafe der roten Schlange entgehen, keiner wird – –«

Grappignapp kam nicht weiter. Der Rachen eines Hohlschwanzes hatte von hinten seinen schlanken Hals erfaßt und durchbissen.

»Verklage uns bei der roten Schlange«, schrien die Hohlschwänze, indem sie sich um den toten Körper rissen.

Andere stürzten Kaplawutt nach. Sie waren viel schneller als er. Er sah, daß er verloren war. Da duckte er sich zusammen.

»Ich muß sterben«, sprach er für sich. »Ich wußte es, daß ich mit dem Geheimnis der Zierschnäbel nicht leben konnte. Das

Gewaltige wissen und nicht künden dürfen, dann ist es besser –«

Die Hohlschwänze begruben das Geheimnis in ihren Mägen.

Lange wartete die Schar der Zierschnäbel in ihrem Schlupfwinkel auf ihre Anführer. Als sie auch am dritten Tag nichts von ihnen vernahmen, trieb sie der Hunger heraus. Ein Teil suchte im Gebüsch. Sie fielen alle nach und nach den Hohlschwänzen zum Opfer. Der Hauptteil gelangte glücklich an das Moor zurück. Aber als sie dort merkten, daß man von ihren Anführern auch nichts wußte, gaben sie sich nur als einen Vortrupp aus und ermahnten die Echsen, auf Grappignapp und die Botschaft von Iguanodon zu warten.

Die Botschaft kam nicht. Und so kamen auch die Echsen nicht zum Iguanodon. Zwar wollte der Atlanto nach dem Walde aufbrechen, aber unterwegs fand er so herrliche Bäume, daß er fraß und fraß, bis er in der Dämmerung einschlief. Und als er am Morgen erwachte, wehte der Nebel so rauh, der Wind so kalt, daß er wieder nach dem wärmeren Meere zurückstieg. Hier hatte allmählich die Großechse neuen Mut gefaßt, und was nicht gefressen werden wollte, mußte sich fern von ihr halten.

Inzwischen wartete der Iguanodon ungeduldig auf die Ankunft der Echsen. Und als noch immer niemand erscheinen wollte, dachte er weiter nach und sagte sich:

Warum soll ich eigentlich auf die Echsen warten? Bin ich nicht mein Ideal? Bin ich nicht selbst genug, die Waldtiere zu ihrem Glück zu führen? Ich will es tun.

Und so machte er sich eines Morgens in der Frühe auf und schritt über die Wiese nach dem Walde zu.

Hoch wie ein Turm ragte sein Hals in die Lüfte, und wo er den angeschwemmten schlammigen Sand überschritt, drückten sich seine breiten Fußspuren auf Jahrmillionen ein. So stand er vor dem Waldrand und rief mit lauter Stimme; denn er meinte, er brauche nur den Schnabel zu öffnen, und der ganze Wald werde ihn hören bis drüben an die Hügel der sinkenden Sonne.

»Nachttiere des Waldes, kleine Säuger, hört das Wort des

Iguanodon, des weisesten der Tiere, dem es zuerkannt ist von der roten Schlange, daß er nicht irrt, wo er verkündet. Lasterhaft ist die Welt, große Untaten geschahen, die ihr büßen müßt. Die Echsen werden heranziehen und euren Wald zerbrechen und fressen. Auch euch wollen sie fressen. Aber ich will euch wohl. Ich will euer Glück. Ihr sollt alle glücklich werden wie ich. Kommt heraus aus dem Walde, damit ihr nicht Schaden nehmt, wenn er gebrochen wird. Kommt heraus auf die Wiese, ich will euch zeigen, wie man die Gräser weidet. Ihr sollt nicht mehr fressen die lebendigen Emsen, und die da auf Raub ausgehen, sollen nicht mehr fressen vom Fleische der Tiere. Auch die harten Nüsse sind nicht gut für eure Zähne, denn spitze, starke Zähne machen euch wild und hindern euch, klug zu werden. Ihr sollt nicht mehr zusammensitzen im Walde, sondern ihr sollt nun auch in der Sonne leben dürfen, weit auseinander auf der saftigen Wiese. Ihr sollt ähnlich werden eurem großen Vorbilde, das die rote Schlange im Iguanodon euch aufgestellt hat. So will ich euch versöhnen mit den mächtigen Echsen, auf daß alle Tiere der Welt glücklich werden und sich nicht stören. Und damit ihr euch nicht im Walde heimlich zusammengesellt, werden wir den Wald brechen, und ich werde den Echsen gebieten, keines von euch anzugreifen, die ihr kein Fleisch esset. Die aber von euch ferner Fleisch fressen, die sollen vertilgt werden von der Erde. Nun kommt heraus und gehorchet.«

Darauf wandte sich der Iguanodon um und ging seiner Weide nach. Denn er war überzeugt, daß diese Kundgebung ausreiche, die Frage zu erledigen. Er hatte sich die Sache überlegt, und so war sie richtig; im Denken war ihm niemand überlegen. Es stand jetzt fest bei ihm, daß er den richtigen Ausweg gefunden habe und daß die Echsen ihm ohne weiteres gehorchen würden.

Die Waldtiere aber wagten nicht sich zu zeigen. Sie zogen wieder in den Wald zurück, um sich zu beraten. Graukopf und seine Sippe waren geneigt, dem Iguanodon zu folgen, wenigstens die älteren, deren Zähne schon ziemlich abgenagt waren. Aber die Mehrzahl, alle jüngeren und alle, die auf Raub gegen die kleinen Winkeltiere ausgingen, widersprachen lebhaft. Und während sie so stritten, trafen sie Knappo und den Taguan.

Als der Taguan vernommen, was der Iguanodon gesagt hatte, sprach er entrüstet:

»O ihr Toren, wie könnt ihr nur einen Augenblick daran denken, euch dem Iguanodon zu ergeben. Euern schönen Wald wollt ihr vernichten lassen, wollt euch zerstreuen lassen in die kalte Wiese, statt auf den luftigen Ästen zu springen? Wollt eure Familien aufgeben und einsiedlerische Grastiere werden? Glaubt ihr denn, daß das möglich ist? Daß eure Mägen das vertragen? Herunterkommen würdet ihr und aussterben, wenn euch die Echsen nicht vorher fressen. Wie könnt ihr dem Iguanodon glauben, daß die Echsen ihm gehorchen werden? Die tun, was sie wollen. Ja, wenn wir die Macht hätten, Tagtiere zu werden, so hielte ich das auch für einen Fortschritt. Aber hier können wir das nicht, weil die Echsen zu mächtig sind. Das ist ein Zukunftstraum. Wir müssen den Schutz des Waldes suchen.«

»Und wenn er vernichtet wird«, schrie Graukopf.

»Nun darum eben bin ich gekommen euch zu sagen, was ihr tun sollt. Ihr müßt einen anderen Wald, einen schöneren und sicheren aufsuchen. Ihr müßt auswandern!«

Ein allgemeines Durcheinander der Stimmen unterbrach den Taguan. Er ließ die Tiere eine Weile reden, und Knappo erklärte, was ihm der Taguan gesagt hatte. Dann legte dieser ausführlich seinen Plan dar.

An diesem Tage schliefen die Waldtiere nicht. Durch den ganzen Wald flutete das Neue, nie Erhörte. Auswandern, in einen anderen Wald. Und die Idee fand immer mehr Anklang. Enthusiastisch wurde sie von den Jungen aufgenommen. War nicht Homchen auch ausgewandert? Hate er nicht vielleicht, klüger als die anderen, vorausgesehen, was kommen würde? Und warteten nicht auch ihrer große Taten?

In der Nacht erwog man wieder alle Möglichkeiten; es war doch schwer, einen so umwälzenden Beschluß zu fassen, und als der Morgen dämmerte, krochen die Tiere noch unentschlossen in ihre Nester. Aber sie sollten nicht lange ruhen. Vom Rande des Waldes her kamen aufgeschreckte Flüchtlinge und weckten die schlummernden Säuger. Ein gewaltiges Krachen war am Waldrand entstanden.

Als der Iguanodon den Tag über vergeblich auf die Wirkung

seiner Rede gewartet hatte, beschloß er bei sich, daß der Wald nun gebrochen werden müsse. Die großen Echsen, so meinte er, müßten ja nun bald kommen, um ihn zu unterstützen. Inzwischen wollte er das Seine tun. Und als er nun am anderen Morgen wieder keine Waldtiere auf der Wiese fand, als auch eine zweite Rede niemand aus dem Walde hervorlockte, da trat er an die nächsten Buchen heran, umklammerte sie mit seinen mächtigen Armen und riß die Äste nieder. Und dies setzte er eine ganze Weile fort.

Die Tiere am Rande aber, die es vernahmen, trugen die Nachricht in den Wald. Und bald hieß es, nicht nur der Iguanodon, nein, das ganze Heer der Echsen komme herangezogen. Niemand traute sich an den Waldrand, zu sehen, wie groß der Schaden sei. Alle fürchteten schon, der Atlanto oder die Großechse werden jeden Augenblick durch den Wald brechen. Und der Entschluß, vor dem alle gezögert hatten, wurde jetzt unter dem Eindruck der Furcht sofort gefaßt. Die Familien sammelten sich, die Nester blieben verlassen. Von Ast zu Ast hüpfte, drängte es sich. Die Ältesten sammelten ihre Sippen und suchten Ordnung in den Zug zu bringen. Und so wälzte sich die Masse der Waldtiere, noch immer anwachsend, durch den Wald nach Süden.

Homchens Gesicht

Regungslos lag Homchen im Aufruhr der Elemente.

Es hatte keine Furcht mehr. Die beizende Luft tat ihm nicht weh, der Donner rollte nicht, es war alles still – so hell und frei, und doch ganz anders als sonst. Nun war es wohl tot?

Es war nicht mehr traurig. Das war es vorher, als es wußte, daß es sterben sollte. Alles aufgeben, Wald und Sternennacht, Emsen und Echsenstreit, und die Lieben daheim, und alle die großen Taten, mit denen es die Beutler befreien wollte, und all das Weise, was es ihnen sagen wollte von der großen Schlange – das alles nun nicht zu können, das war sehr traurig – und die eigenen Schmerzen und das Leid der andern und die Sorge um ihr Geschick – – Aber das war nun vorbei. Wie etwas ganz Fernes lag es hinter ihm. Es tat nicht mehr weh.

Hinter ihm! Was war das überhaupt? Es wußte nichts mehr von Vergangenem. Aber vor ihm! Vor ihm lag alles. Was noch nicht war, jetzt konnte man es wohl sehen?

Ob es überhaupt noch Homchen war?

Es sah einen kleinen, weiß gebleichten Schädel, der lag weich gebettet unter einem durchsichtigen Deckel. Und eine Stimme sprach:

Das ist der Schädel eines kleinen Beuteltiers, eines unsrer direkten Vorfahren, gefunden unter ganz merkwürdigen Umständen, an einer Stelle, wo nirgends Ähnliches vorkommt, in einer dünnen fossilen Aschenschicht. Rings eruptives Gestein. Es ist nicht zu erklären, wie er dahin kam, aber er ist da.

Welch eine lange Ahnenreihe noch von ihm bis zu uns! Und doch in ihm schon lebendig das Gesetz der Bildung, in ihm schon die Einheit der Kräfte, die zu uns heraufführt.

Furchtsam mochten seine Genossen im dichten Buchenurwald sich bergen an den Ufern des Meeres, darin langsam, langsam in Jahrmillionen die mikroskopischen Kalkschalen der absterbenden Seetierchen niedersanken und die Kreidefelsen in unserm Norden aufbauten. Ein schwaches Völkchen mit kleinem Hirn, aber doch gerüstet für die Zukunft, die ihnen gehören mußte, den warmblütigen, pelzgeschützten, beweglichen, die den Kampf aufnehmen konnten mit der kommenden Not, den Kampf, den die gewaltigen Riesendrachen nicht bestanden. Und vor ihnen zitterten sie, vor den wutschnaubenden Herren der Erde.

Arme Tiere! Wie unglücklich hätten sie sein müssen, wenn sie hätten ahnen können, daß es dereinst ein höheres, ein selbstbewußtes Leben geben würde, das ihnen versagt war! Daß sie nur die Vorstufe waren, die Ahnen, die noch in Millionen von Geschlechtern vergehen mußten, bis ihrer Nachkommen Glieder erstarkt, ihr Gehirn mächtig genug geworden, um nun ihrerseits die Erde zu beherrschen mit den Mitteln des Geistes, den man die Freiheit nennt? Oder hätte solcher Glaube sie froh gemacht?

Wo war sie, die Idee, die uns trägt, die uns eint, die uns formt zu ihren Organen, die Natur wandelt zum wissenden Tun, und doch auch uns immer noch verborgen bleibt in ihren fernsten Zielen? Wo war sie, als die Drachen die Erde be-

herrschten? Sie war, wie sie ist, wie sie sein wird, denn sie ist nicht in der Zeit. Und es gibt Seher auch unter uns, in denen sie aufblitzt, ihnen eine Welt zeigt, in rosige Schleier gehüllt, um wieder zu versinken, erdrückt von den Massen, für die ihre Zeit noch nicht gekommen ist. Ob nicht auch in längst abgelebten Geschlechtern hin und wieder ein frühreifes Gehirn entsprossen ist, wie wohl einmal ein Falter in vorzeitigem Wintersonnenschein aus der Hülle schlüpft, um zu erfrieren?

War's vielleicht ein unverstandener Traum, kleines Beuteltier, der dich herlockte, dem ausbrechenden Vulkan entgegen, in dessen Feuersäule du die Macht deiner Nachkommen ahntest? Wer hätte dir zu erklären vermocht, wie diese Flammengluten, unter deren Asche deine Neugier erstickte, der erlösende Zauber sind, die deine nachfolgenden Geschlechter frei machen sollten von der Gewalt der Erde und ihrer minder klugen Geschöpfe? Wir könnten dir jetzt wohl sagen, wie deine Welt sich heraufbaute zu der unsern – wer aber sagt uns, wie wir die unsre bauen sollen zu dem höheren Werden, das wir erträumen?

Was ist's im Grunde? Was wirkt das Göttliche in die Natur? Was formt das ewige Werden und Vergehen zur Dauer bewußten Wollens? Einheit ist es! Zusammenfassen des Vielen, das Viele zu halten und doch Eines sein in ihm, unterscheidend bestehen, weilen im Wandel!

Aus dem Hirn in diesem kleinen Kopfe gingen einst die Nervenfasern hinaus an die Grenzen des Körpers und einten die Wirkungen, die sie trafen, zu einer Gesamtheit. Wenn die Sonne zu warm schien, bewegten sich seine Beine so, daß es im Schatten des Baumlaubs hockte; wenn das Bild der Ameise in sein Auge fiel, streckte es die Zunge hervor und fing sie. Ein Bild weckte das andere, eine Erzitterung der Nerven eine andre. Aber es reichte nicht immer aus, sogleich zu fliehen, sogleich auf die Beute zu stürzen. Vorteilhafter war's, die rechte Zeit zu erwarten. Das leistet das Gehirn; es sammelt die Reize, es hält die Erregungen zurück, um sie dann und dort zu entfesseln, wo die Wirkung ihr Ziel erreicht. Ihr Ziel! Vorstellung des Einen, Erinnerung an das Erreichte, das wieder erreicht werden soll. Und so Zusammenfassung, Einigung dessen, was war, und was noch nicht ist. So hat die Einheit ein Mittel zur

Verwirklichung. Auf das Eine spannt sich alles zu – das Fremde wird zurückgedrängt, wird gehemmt. Nun ist das kleine Tier kein Spielball mehr des Augenblicks, nun ordnet es den Andrang des Wirklichen, nun wählt es aus der Fülle der Erfahrung das Nützliche.

Immer weiter wächst der Kreis der Erfahrung, der zu bewältigen ist; immer verwickelter ziehen sich die Fäden vom Vergangenen zum Zukünftigen. So baut sich von Geschlecht zu Geschlecht feiner ausgearbeitet das Organ, das die Wirkungen der Dinge zusammenfaßt, das im Unerschöpflichen die geordnete Einheit herausschneidet, die sich ein Ich fühlt. Eine Welt für sich. Von Sternenweiten Licht und Wärme, von Erdennähe Luft und Wasser und der Stoffe wechselnde Verbindung, was ziellos durcheinander flutet, nun sich bindend und lösend in einem Gefühle: Es ist etwas. Nun sich klärend in einem Gedanken: Ich bin! Nun sich fordernd in einem Bewußtsein: Ich will sein!

Eine Einheit in der Welt, aber nicht einmal, nein, millionenmal, überall dieselbe Einheit im Willen der lebendigen Wesen, die Einheit der ganzen Gattung, zusammenschließend alle einzelnen zur gemeinsamen Wirkung, und diese Wirkung steigernd ohne Grenze. Die Welt ein Mittel durch die Einheit für diese Einheit!

Nun rollt der Stein nicht durch Zufall hernieder; nun spielt die Hand nicht zufällig mit dem Baumast; nun lodert die Steppe nicht zufällig vom Blitzschlag. Ein Ich ist da, das damit etwas erreichen will. Diese Wirkung vergeht nicht, wie der schnelle Einfall, sie bleibt bestehen, sie folgt ihrem eignen Gesetz, der geschwungene Ast, die wärmende Flamme. Es gibt Gesetzgeber in der Welt, es gibt eine Macht über die Natur. Von diesem Gehirn aus werden die Dinge verbunden zum zweckvollen Werkzeug. Das Sinnvolle gewinnt die Macht über die rohe Gewalt. Das Kleine wird groß, und das Große wird klein. Vor dir liegt der Weg zur Freiheit.

Vielleicht ahntest du, kleines Tier, daß es ein Besseres gebe? Vielleicht blitzte dir die Idee auf, daß es eine Macht gibt, die Freiheit heißt? Daß das Lebendige berufen ist, das Viele zu einen zu einer Selbstbestimmung, zu einem Vertrauen, das in dir selbst spricht und sonst nirgends? Aber diese Ahnung wirklich machen in der Welt und bei den andern? Das Gesetz verstehen lernen, das die Dinge bindet und eint? Dazu den Weg zu bauen, das konntest du nicht wissen.

Da mußte diese Einheit, die sich als lebendiger Körper zeigt, schon vor der Geburt sorgfältiger gebildet sein. Da mußte ein kräftigeres Geschlecht erstarkt sein, zu ertragen die Hitze des Tags wie die Kälte der Nacht, bis es lernte, daß der Pelz nicht fest zu hängen braucht am eignen Leib, daß die Waffe nicht angewachsen zu sein braucht der Hand, daß die Wärme sich erhalten läßt in der glühenden Kohle des blitzgetroffenen Baumes, die du in der Felsenhöhle hegst und nährst, ja daß der Funke auch sprüht aus dem harten Stein, aus demselben Stein, der sich schärfen läßt, um besser zu schneiden als dein Zahn. Aber dieser Stein ist ja noch gar nicht da! Noch wächst er in dem Meere an deinem Heimatstrand als Riesenschwamm, noch haben deine Enkelgeschlechter viel Zeit zu erstarken, ehe eine neue Flut ihnen das versteinte Gehäuse aus dem versteinten Meere herauswächst.

Wohl uns, daß du dir den kleinen Schädel nicht zerbrochen hast! Zu frühe wäre deine Klugheit in die Welt gekommen!

Nun hörte Homchen nichts mehr von der Stimme. Es kam wieder über sein Herz wie eine dunkle Angst, und doch schien es ganz licht rings umher. Wieder spürte es den schwefligen Dampf in seiner Lunge, und wie ein fernes Keuchen und Rollen klang es ihm in den Ohren. Und doch war das der Berg nicht mehr, auch nicht das Meer, auch nicht der Wald. Etwas Regelmäßiges, grüne Streifen, gelbe Streifen, graue Streifen. Und quer hindurch eine lange, gerade Straße. Das Rollen kam näher.

Was war das? War der grausige Python ans Land gestiegen? Da kam in furchtbarer Eile das furchtbarste Tier. Feuer glühte in seinem Haupte, sein Atem dampfte wie die Wolke über dem heißen Berge – welch grausiger Drache reckte seine Glieder? So lang war keine Echse, keine Schlange, so schnell schoß keine dahin. Und wie bewegte es sich? Wo waren seine Füße? Schien es nicht, als wäre der feuerspeiende Berg lebendig geworden und eile durch das Land? Homchen zitterte wieder – So war's doch wahr, was der Taguan bestitten hatte, – so wohnte das doch hinter der heißen Wolke, bei der roten Schlange, was einst kommen sollte, das rollende Tier, das nicht lief, noch schwamm, noch flog? Das war das rollende Tier! – Aber wie? Die rote Schlange, das wußte es doch jetzt, die rote Schlange wohnte nicht hinter der heißen Wolke, die rote Schlange wohnte in ihm selbst, wohnte überall, wo man sie ehrte, wo man sie verstand. Wohnte dort auch das rollende Tier? Jetzt sauste es vorüber – und da saß Homchen selbst auf dem rollenden Tier und fuhr mit ihm dahin. Es hatte keine Angst mehr, es fühlte sich groß und kräftig – das Tier gehorchte ihm, es raste mit ihm durch die Länder und es stand still, wo Homchen wollte – keine Echse konnte es einholen.

Aber hier gab's gar keine Echsen. –

Was glänzte da so seltsam wie Felsen, aber so weiß und glatt? Und nun verschwanden sie im Dunkel, doch sie sahen noch heraus mit leuchtenden Augen. Wie hell diese Augen glänzten! Waren es noch Augen? Das waren wohl Sterne? Das war der rote Stern, der strahlte über das Heimatmeer, der strahlte treu und hoffnungsvoll und unverändert, und alles andere war dunkel, nur der Stern sprach mit seinem milden Lichte: Dich grüßt die Zukunft.

Ein stechender Schmerz durchzuckte Homchen – und nun konnte es auf einmal wieder atmen. Es lag eine schwere, dichte Hülle über ihm, aber der Stern glänzte noch, und die Luft war freier. Es versuchte sich zu schütteln. Da fiel die Hülle von seinem Haupte. Der Tag blickte in sein Auge. Aber dort, wo der Stern geschienen hatte, sah es jetzt einen breiten Feuerstreifen. Homchen schüttelte sich wieder und wieder. Die Asche stäubte von seinem Pelzchen. Es war frei. Das Schlangental war ein feuriger See, die Berge sahen verändert aus. Und vorsichtig suchte es einen Weg rückwärts.

Dichte Wolken verdeckten den weißen Berg. Aber der herabgestürzte weiße Sand, der Homchen die Flucht vor der Schlange abgeschnitten hatte, war jetzt überschüttet mit einer Schicht von Asche und Steinen, so daß Homchen darüber fortlaufen konnte. Es suchte die Wiese, wo die Immen gesummt hatten. Nun erkannte es wohl die Felsen wieder, von wo es hinausgeblickt hatte in die weite Welt, wo es sich so klein gefühlt hatte und so groß, wo es geglaubt hatte, daß es bei der roten Schlange sei, wo es die rote Schlange in sich gefunden hatte. Da war auch die Stelle der Wiese. Aber der Bach rauschte schmutzig und grau über neue Felstrümmer, keine Blumenaugen sahen aus Staub und Schutt, keine Immen und Falter spielten im Sonnenschein. – –

Und nun kletterte es noch einmal die Felsen hinan, um sich umzuschauen, wie es über das warme Meer gelangen könne. Es war ein schwieriger Weg, denn Homchen war müde und hungrig. Endlich der letzte Steinblock. – Oh, wie erschrak es da! Vor ihm stürzte der Fels steil in die schwindelnde Tiefe. Wohin waren die grünen Wiesen, die Wälder, die sanften Hügel, wohin die Nachbarberge mit ihren dunklen Kuppen? Verschwunden. Unmittelbar unten brandete ein wildes Meer an ödem Strande. Und dieser öde Strand zog sich jetzt hinüber bis an den Felsrand, über den Homchen zu den Muscheln hinabgestiegen war. Aber weiter im Osten, wo der Wald gewesen war mit den rosigen Blätterbüscheln und den süßen Früchten, wie sah es da aus? Eine Wasserflut war hinübergegangen und hatte den Strom gestaut, und nun lag alles vernichtet wie in einem Sumpfe. Weiterhin konnte Homchen nicht sehen, denn dort wogten weiße und graue und schwarze Wolken, und mitunter schimmerten sie rötlich, wenn der Wind sie trieb, im Widerschein des Glutsees, der durch das Schlangental floß.

Das Große wird klein und das Kleine wird groß! Homchen dachte an seinen seltsamen Traum, aber es durfte ihm jetzt nicht nachhängen. Es mußte hinüber bis über jenen Felsabhang, von dem es zuerst den weißen Berg gesehen, dorthin lag die Heimat, freilich wie fern, wie fern! Und doch – dort allein konnte es Rettung geben. Und nun hatte ja die Zerstörung selbst die Brücke gebaut.

Rettung für sich, Rettung für die Seinen! Also hinunter!

Feuer

Homchen war wieder auf dem buschigen Gelände angelangt, von dem aus es bei seinem Herwege die Felsen zum Meer herabgestiegen war, aber jetzt viel weiter westlich. Wollte es nach dem Walde der Heimat, so mußte es nach rechts, denn nördlich von ihm lag die weite Steppe, die zuletzt in das Drachenmoor ausging. Aber auch so hatte es immer noch ein tüchtiges Stück durch Buschwerk und weite Grasflächen zurückzulegen. Wie war das alles so ausgedörrt und trocken! Mit Mühe hatte es spärliche Nahrung und ein wenig Wasser gefunden, dort, wo die Felsen sich herabzusenken anfingen. Und dort beschloß es auch, die Nacht abzuwarten, weil es sich nicht bei Tage über die Steppe wagte. Hier gab es Höhlungen, in denen man sich bergen konnte. Da verkroch es sich todmüde und schlief ein.

Als es neu gestärkt aus seiner Höhle heraus auf die weite Fläche kletterte und Umschau hielt, war die Nacht angebrochen. Ein scharfer Wind wehte von Südwest, aber der Himmel war klar und die Sterne leuchteten. Da stand auch wieder der rötliche Stern. Von ihm her hatte die rote Schlange zuerst zu ihm gesprochen. Nun wußte es, daß sie nicht dort wohnte, daß sie in ihm wohnte, in ihm sprach. Immer deutlicher hatte sie in ihm gesprochen. Von der Welt, die noch nicht ist, wo die Echsen nicht herrschen, sondern die guten Tiere, die klugen Tiere. Ja es gab einen Weg in diese Welt, mochte er auch lang sein, mochte auch Homchen ihn nicht zu Ende gehen, aber späte Geschlechter werden ihn gehen. Es hatte ja seinen eignen Schädel gesehen, und über diesem Schädel war die Stimme jener späten Geschlechter erklungen.

Zu wem mochte jene Stimme gesprochen haben? Wohl schon zu den klugen, guten Tieren, die da kommen sollten, denn Homchen hatte vieles davon nicht verstanden. Aber einiges hatte es doch herausgehört, was es selbst schon erlebt und gedacht hatte; das gab ihm nun ein Licht im Dunkel, wie die leuchtenden Sterne des Himmels, zu denen die Echsen nicht aufsehen durften. Es mußte lächeln, daß es einst gezweifelt hatte, ob die Zierschnäbel nicht vielleicht doch recht hätten. Wie klein schien ihm jetzt das alles, was sie von der roten Schlange gesagt hatten. Die rote Schlange war viel, viel größer, sie war alles! Zu ihr konnte man nicht, aber immer klarer und klarer konnte sie in uns aufleben, wenn wir den Weg erkannt haben. Das Viele müssen wir zu dem Einen machen, das wir selbst sind, die Dinge verbinden in uns, und wenn wir das lernen mehr und mehr, so werden wir sie beherrschen. Das ist der Weg zur Freiheit. So hatte die Stimme gesagt. Das verstand Homchen. Aber wie war das gemeint mit der Waffe, mit der Wärme, mit den Dingen, die ihr Gesetz haben? Wie konnte man das Gesetz finden? Vertraue dir selbst, und du hast das Ziel. Erkenne das Gesetz, und du hast die Macht. Das Kleine wird groß durch das Gesetz.

Wie das? Wie kann man das Gesetz erkennen und die Macht gewinnen? Hatte die Stimme das nicht verkündet, oder hatte es Homchen nur nicht verstanden? Da mußten wohl erst die vielen Geschlechter kommen und vergehen, ehe das klar werden konnte? Und doch, was war denn geschehen, als die Stimme schwieg? Das rollende Tier war gekommen. Wer das besiegt, wer das beherrscht, ja, der hätte die Macht!

Groß werden, mächtig werden! Herrschen!

In dem Traume, nein, in dem Gesichte, das Homchen an dem feurigen, weißen, zitternden Berge gehabt hatte, da hatte es selbst auf dem rollenden Tier gestanden und hatte es beherrscht. Ist es ihm bestimmt, ihm oder erst jenem späten Geschlechte, dessen Stimme es vernahm, das rollende Tier zu zähmen, auf ihm durch die Länder zu sausen und mächtiger zu sein als alle Echsen? Was mußte es tun? Glut und Feuer waren es, die in dem Tiere lebten – – Glut und Feuer, wenn es die bezwänge! Und warum sollte es nicht auch die bezwingen? Hatte es sie nicht schon erprobt, als sie aus dem weißen Berge brachen, als sie aus dem Schlangentale quollen, als die heiße Asche Homchen bedeckte? Da war es tot gewesen, und doch war es wieder lebendig geworden und hatte die Asche abgeschüttelt.

Ja, vertraue dir selbst! Es ging in ihm auf wie eine heilige Gewißheit, die rote Schlange führe es ihren Weg zum Siege seines Geschlechts. Darum hatte es zu den Sternen geblickt, vor denen die Tiere sich fürchteten. Darum hatte es den Hohlschwanz besiegt. Darum hatte es vom Haupte der toten Seeschlange den Gesang der Muscheln gehört und war über das Meer gefahren auf dem Haupte der Schildkröte. Und darum hatte die rote Schlange ihm Rettung verliehen. Und mit der eignen Hand hatte es den Stein geschwungen, der die böse Schlange tötete. – – Oh, da war ihm ja schon die Macht gegeben, die das Kleine groß macht – das Kleine wird groß! Wo seid ihr, Feuer und Glut, daß ich euch bezwinge? Ich will euch nicht fürchten! Mich schützt die rote Schlange! Hinaus jetzt, hinweg zur Heimat!

Viel beschwerlicher war der Weg, als Homchen erwartet hatte. Erst zwar fiel die Steppe sanft ab, dann aber stieg sie wieder an, wurde immer steiniger und schließlich kam Homchen auf einen kahlen, felsigen Hügelrücken, über den es fort mußte. Nun ging es wieder eine Stunde durch das dürre hohe Gras, bis die breite Talmulde sich abermals zu einem steinigen Felsstreifen erhob. Und diese Bildung setzte sich fort. Ob es nicht in der Richtung der flachen Täler wandern konnte? Aber das war die Richtung nach dem Drachenmoor, die es nicht einzuschlagen wagte. Also wieder die kahlen Hügel hinauf. Nun spähte es in die folgende Bodensenkung hinab.

Was war das dort im Grase für ein Rascheln? Tiere liefen, sprangen dahin, alle in großer Eile, alle in der Richtung des Tales nach Norden fliehend.

Wo kamen sie her? Was ist dort im Süden? Jetzt erst vom Hügel kann Homchen es bemerken. Wolken ziehen herauf, aber sie sind gerötet, gerötet wie die Wolken über dem feurigen See. Und näher und näher kommt es mit Windeseile. Unter den Wolken ein Flammenmeer. Aber Homchen fürchtet sich nicht. Es blickt zurück nach der Talmulde, aus der es heraufgestiegen ist. Dort ist alles dunkel. Das Feuer kann nicht über den kahlen Rücken, es läuft mit dem Winde in dem breiten Tale vor ihm, es läuft geradeaus wie das rollende Tier. Und vor ihm fliehen alle Tiere. Ach, wenn es den Tieren sagen könnte, den dummen, die dort geradeaus rennen und fliegen, und doch langsamer sind als die Flamme – wenn es ihnen sagen könnte, kommt herauf, herauf auf die kahlen Felsen – aber es darf sich dort hinab nicht wagen, es ist zu spät – und die Tiere sind sinnlos, sie hören nicht, sie sehen nicht, sie kümmern sich nicht um einander. –

Und nun rast da unten die Flamme vorüber – – Homchen kann es deutlich sehen und spürt doch kaum merklich die Hitze, denn der Wind weht schräg von ihm fort – nur wenige Minuten dauert es, dann sind die trocknen Grashalme verzehrt, es qualmt nur noch über dem Tale – aber hier und da brennt noch ein einzelner Dornbusch, ein Strauch – immer seltener werden die Flammen, es glüht nur noch vereinzelt hin und wieder in der Dunkelheit – der Steppenbrand ist vorbei.

Homchen versucht seinen Weg fortzusetzen. Vorsichtig betritt es den Boden, über den die Flamme hinweggeeilt ist. Bald hier, bald da probiert es vorwärts zu kommen, aber es muß immer schnell wieder zurück, es wird ihm zu heiß unter seinen Füßen. Es läuft am Rande der Brandstätte hin nach der Richtung, aus der das Feuer gekommen. Oft sieht es tote Tiere liegen, erstickt, angekohlt, es schaudert. Und dort, was ist das? Eine ganze Herde – es schleicht so nahe wie möglich. Und nun erkennt es die Geschöpfe – Es sind Zierschnäbel! Die klugen Zierschnäbel, die allein mit der roten Schlange reden dürfen. Sie hat sie nicht geschützt, auch die Zierschnäbel hat das Feuer ereilt. Und das Feuer stammt doch von der roten Schlange. Das weiß Homchen – die Flamme kam aus dem weißen Berge, die Glut floß durch das Tal – irgendwie mochte sie dann herübergedrungen sein – vielleicht hatte der Wind die feurige Asche bis an den Rand der Steppe getragen, vielleicht hatten die Blitze, die aus den dunklen Wolken zuckten, das Gesträuch entzündet – aber ein Bote der roten Schlange war's doch – –

Was glühte dort noch deutlich sichtbar in der Dämmerung, die über dem Tale aufstieg? Homchen mußte es näher sehen, es gelang ihm hier bis heran zu kommen. Zusammengestürzte Äste waren es jener merkwürdigen Pflanze, die in ihren festen, hohlen Rohrstengeln das trockne, mehlartige Mark barg. Da lagen noch ganz unversehrte Stücke, die das eilige Feuer nicht ergriffen hatte, als der Sturm die dorrende Pflanze zusammenbrach; nur an ihrem offenen Ende glimmte das Mark und leuchtete auf, wenn der Wind stärker darauf traf. Ein Stück lag weiter von den andern entfernt. Homchen griff danach mit seinen Händen – an den Enden war es heiß, aber in der Mitte ließ es sich berühren, ja es war kaum warm, Homchen konnte es zwischen die Zähne nehmen. Es lief damit ein Stück fort. Und im Laufe blies der Wind hinein, es kam eine kleine Wolke heraus, die Wolke des Feuers – Homchen trug das Feuer! Wollte es nicht das Feuer bezwingen?

Homchen saß vor dem Rohr und starrte darauf mit Ehrfurcht – ein Wunder war's, ein unbegreifliches Wunder. Es merkte nicht, daß nicht weit von ihm aus der Richtung, aus der es gekommen war, es dunkel und rasselnd durch die Luft zog, daß es sich am Rande des Tals niedersenkte und über die erstickten, halb verkohlten Leichname der Tiere herfiel und fraß und fraß. Hohlschwänze waren es, aber nicht einer, eine ganze Herde, die hier ihre Mahlzeit fanden, Homchens wütendste Feinde. Jetzt hatten sie die toten Zierschnäbel erblickt und stießen ein Freudengekreisch aus, indem sie sich auf die Leichname stürzten. Da schreckte Homchen empor. Es erkannte die furchtbare Gefahr. Wenn die Hohlschwänze mit ihrem Fraße fertig waren, mußten sie Homchen entdecken. Wie sollte es ihnen entgehen? Hier war kein Versteck, und mit so vielen Feinden konnte es keinen Kampf wagen. Vielleicht konnte die Flucht noch gelingen. Aber sie konnte nirgends anders hingehen als über die Steinhügel zurück in die Talmulde, aus der es gekommen, dort wurde es vielleicht von den Hohlschwänzen nicht bemerkt.

Homchen nahm sein Rohr wieder zwischen die Zähne und rannte den Hügel hinauf. Oben wandte es sich um, ob es verfolgt würde. Da sah es die Hohlschwänze sich vom Boden erheben. Einer hatte es erspäht. »Der Kala, der Kala!« schrie er.

»Der Kala, der freche Kala!« kreischte die ganze Gesellschaft. »Tötet ihn!«

Und mit rasselndem Flügelschlag schickten sie sich zur Verfolgung an.

In gewaltigen Sprüngen setzte Homchen den Hügel hinab, um sich womöglich im Grase zu verbergen. Hinter ihm tobte die Schar der Verfolger. Die eigentliche, zusammenhängende Grasfläche war noch entfernt, als schon die Hohlschwänze über dem Hügel erschienen und Homchen wieder erspähten. Aber einzelne mit Halmen bestandene Flecken und Streifen zogen sich hier und da schon hin. Mit Anstrengung aller Kräfte lief Homchen darauf zu. Der Atem drohte ihm zu vergehen. In der Eile des Laufs erglomm das Rohr stärker, das es noch immer treulich im Maule hielt. Es wurde heiß, aber noch hielt Homchen es fest. Da war der erste Grasfleck. Homchen sprang hinein, doch waren die Halme, obwohl dicht, noch nicht hoch genug, es zu verbergen. Die Hohlschwänze kreischten hinter ihm. Es mußte Atem schöpfen, das Rohr entfiel ihm. Es konnte es nicht wieder fassen, es war zu heiß, und Homchen mußte weiter hinein. Sein Weg lief dem Winde entgegen – noch eine kurze Strecke, und das hohe Gras wäre erreicht gewesen, aber Homchen wußte, die Hohlschwänze waren zu schnell, es konnte ihnen nicht mehr entgehen. Es wandte sich um, um nicht von hinten und wehrlos erfaßt zu werden – –

Aber was war das? Die Hohlschwänze waren ihm nicht mehr dicht auf den Fersen – sie hatten in ihrem Fluge innegehalten und stießen ein wirres Geschrei aus, denn unmittelbar vor ihnen, dort wo Homchen das Rohr hatte fallen lassen, breitete sich ein dichter Rauch aus und schreckte sie zurück. Und nun, unter der Kraft des starken Windes, schlug aus dem Rauch eine helle Flamme, im Nu lief sie den Streifen des dürren Grases entlang bis in das Tal hinein, flackernd flammte die Steppe auf, und ein breiter Feuerstreifen wälzte sich dahin, glücklicherweise fort von Homchen.

Der Rauch verhüllte die Hohlschwänze vor Homchens Blikken. Homchen saß wie betäubt. Was war geschehen? Von dem glimmenden Rohrstück, das es getragen, hatte das Gras sich entzündet! So konnte man das Feuer forttragen? So konnte man tun, was nur die rote Schlange vermochte, die Steppe verbrennen. Vor ihm nach Norden war der Himmel grau vom Rauche bedeckt. Der Tag brach an, aber der Himmel wollte sich nicht aufhellen. Wolken dehnten sich jetzt überall. Es begann zu regnen. Stärker und stärker!

Homchen schreckte aus seinem Sinnen auf. Wohin wollte es doch? Nach dem Heimatwalde! Wieviel Zeit hatte es schon versäumt. Es lief vorwärts, zuerst ein Stück im Tale hinab. Das Gras war verbrannt, aber der Regen hatte die Glut des Bodens rasch gekühlt, es konnte jetzt schnell von der Stelle kommen. So weit es sehen konnte, lag das Gras in Asche. Aber was lag dort?

Die Hohlschwänze! Die bösen Feinde – sämtlich ereilt von der Macht des Feuers, tot – alle!

Homchen hatte alle seine Feinde vernichtet.

Es wandte sich ab und lief den Hügel hinauf, durch das nächste Tal und wieder die Höhe hinauf – es wußte kaum, was es tat. Es war in einer andern Welt – nein, die Welt war in ihm, die Welt gehörte ihm – –

Jetzt blickte es auf – vom Hügel herab sah es drüben über der Steppe einen dunklen Streifen – das war keine Steppe mehr.

Es wußte, was es war – Noch ein kurzer, anstrengender Lauf, und es ruhte am Rande des Waldes.

Wieder im Walde

Bis zum Anbruch des Abends schlief Homchen im hohlen Stamme einer Buche am Waldesrand. Da wurde es durch ein Rauschen im Walde erweckt. Es spähte hinaus. Der Regen hatte aufgehört, das Wetter war still und klar. Es war nicht der Regen, nicht der Wind, die durch die Äste fuhren, daß die Blätter raschelnd herniederglitten. Stimmen hörte man jetzt dazwischen, Zurufe von Tieren.

»Quih! Quih! Hi Kala! Hu Kusu! Eh! Eh! Gnu, Gnuru, Gnura! Quih!«

Homchen stieg hinauf zu einem der kahlen Äste, von denen es in den Wald hineinsehen konnte.

Näher kam es und näher. Tiere des Waldes, Trupp auf Trupp, ein ganzer Zug. Scharen der jungen Beutler, die Vorhut der Auswanderer. Gar nicht sehr weit von Homchen hatte die große Menge der Waldtiere den Tag über geruht, jetzt hatten sie ihren Weg nach Süden wieder aufgenommen.

Homchen wußte zunächst nicht, was es von der Bewegung der vielen Tiere halten sollte. Es beobachtete hinter einem Seitenaste verborgen. Manchmal kamen einzelne Tiere so nahe, daß Homchen glaubte, sie müßten es sehen. Wirklich, es waren die Säuger des Heimatwaldes! Was wollten sie hier?

Und da – da eilte ein Trupp junger Kala heran – einer hielt still und blickte nach Homchen hin – er spitzte die Ohren und richtete sich auf – dann sprang er mit einem Freudenschrei auf Homchen zu:

»Homchen, Homchen, bist du's?«

»Ja, Puhs, mein Bruder, ich bin's!«

»Homchen ist da, Homchen!« So schallte es zu den Kala.

Die umringten Homchen mit Jubel, neue kamen herbei, andere eilten auf den Freudenruf wieder zurück, und alle die Jungen sammelten sich um Homchen und bestürmten es mit Fragen.

Homchen schwoll das Herz in Freude und Stolz, als es sich

so von seinen Brüdern und Freunden, von der ganzen Jugend des Waldes begrüßt sah. Und nun erfuhr es, was in der Heimat geschehen. Die Seinigen waren auf der Flucht vor den Echsen. In den Süden wollten sie, in den warmen, immer blühenden Wald mit den süßen Früchten, wo es keine Echsen gab? Dazu hätte Homchen seinen Weg zur großen Schlange angetreten und durchgeführt, damit ihnen der Heimatwald geraubt werde, damit sie im üppigen Süden ihre Stärke, ihren Mut, ihre spitzigen, scharfen Zähne verlieren sollten? War das der Weg zur Macht, den es den kommenden Geschlechtern zeigen wollte? Nein! Homchen war entschlossen, daß das nicht sein dürfe.

Während Homchen so schweigend überlegte, erschollen zwischen den Erzählungen der Tiere Fragen und Ruhmeserhebungen. »Wie sieht die rote Schlange aus? Wieviel Feinde hast du getötet? Ist es wahr, was der singende Flieger sang? Welche Schlange hast du besiegt? Es lebe Homchen, der Sieger, der die Schlange fraß! Führe uns, Homchen, nach dem Süden, daß uns die Echsen nicht fressen! Schütze uns vor dem Iguanodon, schütze uns vor dem Zorn der Zierschnäbel, daß uns die rote Schlange wieder gnädig wird! Sie sagen, du hättest die rote Schlange getötet und die Welt gehe zu Grunde. Sage, daß es nicht wahr ist!«

»Es ist nicht wahr!« rief Homchen in das Gewirr der Stimmen hinein. »Die rote Schlange kann niemand töten. Sie ist mit uns! Sie hat mich geschützt in tausend Nöten und mir Macht gegeben über alle Feinde! Sie wird uns auch gegen die Echsen schützen, wenn ihr mich hören wollt.«

Und Homchen sprang auf einen noch höhern Ast und rief laut sein Lied, daß die Tiere schwiegen, als es durch den Wald scholl:

>»Homchen heiß' ich,
Echsen beiß' ich,
Mehr als alle Tiere weiß ich.
Schlangen schlag' ich,
Flammen trag' ich,
Neue Wunder sag' und wag' ich.«

Die Tiere bildeten ehrfürchtig einen Kreis um Homchen, das stolz und sicher auf sie niederblickte.

Da drängte sich durch die Menge ein Kala, dem sie willig Raum gaben.

»Homchen, mein Sohn!« rief Mea.

Homchen sprang herab von seinem Sitz und barg sich an der Brust der Mutter.

»Homchen lebt! Homchen ist da!« drang die Kunde weiter und weiter in den Wald. Und nun sammelten sich auch die Alten und verweilten auf ihrem Zuge. Aber nur Knappo eilte zu Homchen, die andern hielten sich zweifelnd und zürnend zurück.

Sie hielten Rat. Wie sollte man sich zu Homchens Rückkehr stellen? Homchen war vom Walde gebannt. Sollte man ihn jetzt wieder aufnehmen? Man war nicht mehr im Heimatwalde. Man war hier selbst fremd und konnte Homchen nicht vom Walde vertreiben. Aber Homchen war schuldig an dem ganzen Unglück der Säuger, er hatte den Zorn der Echsen veranlaßt, seinetwegen mußte man die Heimat verlassen. Durfte man ihm also erlauben mitzuziehen? Durfte er wieder in die Sippe zurückkehren? Wenn er nun wirklich die rote Schlange versöhnt hätte? Die Meinungen waren geteilt, aber Graukopf und die Mehrzahl der Alten waren gegen Homchen.

Der Rat wurde in unerwarteter Weise unterbrochen. Mitten in die Versammlung drängte sich das Heer der Jungen, Homchen an ihrer Spitze. Zornig verwies ihnen Graukopf die Störung, aber die dichte Menge der Eindringlinge wich nicht zurück. Homchen sprang über die Köpfe der Versammlung auf einen Baum und begann zu reden. Und schon hatte der Ruhm, der um Homchen einen Sagenkreis gewoben, auch die Meinung seiner Gegner beeinflußt, daß man es nicht wagte, Homchen mit Gewalt zu entfernen. Allmählich drang seine Stimme durch den Lärm, und aufmerkend, wenn auch unwillig, hörte man auf seine Worte.

»Ja, die rote Schlange sprach zu mir«, rief Homchen, »sie zürnt mir nicht, sie zürnt uns nicht! Glaubet mir, ihr Säuger des Waldes! Das Große wird klein und das Kleine wird groß! Die Zeit der Echsen ist vorüber. Sie sollen vertilgt werden wie die Schlangen, die ich schlug mit dem Stein des Berges, sie sollen dahinschwinden wie die Hohlschwänze, die ich verbrannte mit der Glut der Steppe. Glaubet nicht dén Zierschnäbeln, daß die Echsen immer herrschen, daß die Waldtiere immer sich fürchten sollen im Dunkel. Die Zierschnäbel lügen! Sie sagen, die Echsen seien aus dem Ei gekommen, das die rote Schlange in den Tag legte, das war die Sonne. Und aus dem Ei, das sie in die Nacht legte, seien die Waldtiere gekommen, das war der Mond. Und darum müßten die Waldtiere in der Nacht bleiben, die Echsen aber sollten herrschen wie der Tag. Ich aber sage, die Zierschnäbel lügen. Wenn es so wäre, wie sie sagen, so könnten Sonne und Mond nicht mehr scheinen, denn aus ihnen wären Echsen und Säuger geworden. Ihr wißt aber, daß die Sonne alle Tage scheint! Und ihr wißt – doch blickt euch um, was steigt dort empor zwischen den Ästen des Waldes? Blutigrot schimmert es euch ins Antlitz – Sehet ihr? Es ist der Mond – und so sind wir nicht gekommen aus dem Monde!«

Ein Schauer ging durch die Zuhörer, als sie sich umblickten und groß und feierlich das Nachtgestirn sich erheben sahen.

»Die Zierschnäbel lügen«, fuhr Homchen fort. »Sie haben nichts voraus vor den anderen Tieren. Es ist nicht wahr, daß sie allein den Weg zur roten Schlange kennen, daß sie allein mit ihr reden dürfen. Jeder kann den Weg gehen, jeder kann mit der Schlange reden. Denn ich habe sie gefunden. Ich brauchte mich nicht mit ihr zu versöhnen, denn sie hat mir nie gezürnt. Sie spricht aus mir, in jedem will sie sprechen, der sie sucht. Denn sie ist nahe bei uns.«

Still war's ringsrum im Walde. Kaum zu atmen wagten die Tiere. Nur hell und laut klang Homchens Stimme.

»Durch die Steppe sprang ich zur Nacht. Vor mir floh die sengende Flamme, denn mit mir war die rote Schlange. Und die Flamme fraß die Zierschnäbel, als sie zurückkamen vom Moore. Dort waren sie gewesen, um die Echsen aufzureizen, damit sie den Wald vertilgten und euch vertrieben. Auf meinem Wege fand ich die verbrannten Leichname der Zierschnäbel. Die rote Schlange schützte sie nicht. Ich aber nahm das Feuer zwischen meine Zähne und trug es davon. Und mich schützte die rote Schlange. Und also will sie auch euch schützen, wenn ihr auf sie hört.

Glaubet mir, es kommt eine Zeit, da weiß man nichts mehr

von den dummen Echsen. Es kommt eine Zeit, da herrschen die klugen, die guten Tiere. Groß und stark werden sie und treten bei Tage aus den Wäldern, aufgerichtet auf zwei Füßen, und heben die Augen auf zum Lichte des Himmels. Und sie schwingen den Stein und den Baumstamm, daß sie ihnen gehorchen, und sie tragen die Flamme und locken sie hervor, daß sie ihnen dient und sie schützt und wärmt in der Kälte des Winters. Und die Macht der klugen Tiere wird groß auf der weiten Erde, und nicht der Berg und nicht der Fluß noch das Meer können sie hemmen. Denn in ihnen lebt die rote Schlange.

Euch aber sage ich, die da wollen, daß die Zeit komme, in der unsre Enkel herrschen über die Erde, in der nicht die Bestie gewaltig ist, wie sie will, und an sich reißt, was sie kann, sondern in der auch der Schwache stark ist durch die Güte und Klugheit, die in allen zusammenwirkt, wer das will, was die rote Schlange verheißt, der höre auf mich! Der ziehe nicht nach dem Süden, der kehre um zum Heimatwalde! Der fasse Mut und folge mir! Folget mir alle!«

Homchen wartete keine Gegenrede und keine Beratung ab. Während die Versammlung noch überrascht und erschreckt von dem Unerhörten, von der neuen Verkündigung und der kühnen Forderung, schweigend verharrte, sprang Homchen, gefolgt von seinen Getreuesten, in der Richtung der Heimat durch den Wald. Nach kurzer Strecke hielt es an und wartete, ob sich die Säuger alle anschließen würden. Es kamen auch die jüngeren fast alle, von den älteren nur wenige, unter ihnen seine Eltern und die nächsten aus der Kala-Sippe.

Graukopf aber und die Mehrzahl der Alten blieben zurück. Sie berieten lange. Alle fragten nach dem Taguan, aber der Taguan war nicht zu sehen. Man wußte nicht, wo er hingekommen war. Endlich beschloß man, den Zug nach dem Süden fortzusetzen. Ein Bote eilte zu Homchen, um seine Partei zum Anschluß aufzufordern. Er kam unverrichteter Sache zurück. Und so trennte sich das Geschlecht der Beutler.

Die einen zogen nach Süden. Monatelang wanderten sie umher. Dann fanden sie immergrüne Wälder mit reicher Nahrung und milder Luft. Da lebten sie und ihre späten Geschlechter ungestört als kleine Beuteltiere. –

Homchen aber und die anderen zogen nach Norden, ungewissem Schicksal entgegen, wilden Feinden und rauhen Wettern, aber mit Mut und Hoffnung in den trotzigen Herzen. Und doch – ein Schauer des Unheimlichen überfiel sie, wenn sie Homchens Rede gedachten.

Nahe am Waldrande hielt sich ihr Weg. Als der Morgen anbrach, suchten sie sich Nahrung und sichere Plätze auf den Bäumen, denn sie waren müde und mußten schlafen.

Nur Homchen konnte nicht schlafen. Eine Sorge war in ihm lebendig. Wenn die Echsen gegen den Wald zogen, wie sollte es die Seinen verteidigen, wie sollte es sie vor den Echsen schützen? Wohl wußte es, die rote Schlange würde ihm helfen. Es mußte ein Mittel geben gegen die Gewalt der Echsen! Hatte es nicht die Steine gegen die Schlange geschleudert? Hatte es nicht die Hohlschwänze mit Feuer verbrannt? Aber woher sollte es das Feuer nehmen?

Homchen schlich sich bis an den Rand des Waldes und spähte hinaus. Hier hatte es nicht geregnet. Drüben im Westen war der Himmel von Wolken umzogen, die im Widerschein des Frührots seltsam leuchteten. Hier saß es lange still.

Durch das Schweigen des Morgens flatterte eilig ein Tier am Rande des Waldes hin.

»Taguan!« rief Homchen.

»Hik! Hik! Homchen bist du es? Hast du die Deinen nicht unterwegs getroffen?«

»Ich habe sie getroffen und die Jungen sind mit mir zurückgekehrt. Sie schlafen drin im Walde. Ich führe sie nach der Heimat.«

»Und die anderen?«

»Sie ziehen nach Süden.«

»O Homchen, wie konntest du die Kala bereden, umzukehren? Komm zurück. Komm eilend zurück! Nur im Süden ist Rettung.«

»Ich fürchte mich nicht vor den Echsen. Die rote Schlange wird uns beschützen.«

»Glaube das nicht. Die rote Schlange gerade versperrt euch den Weg.«

»Was soll das heißen?«

»Ich weiß es selbst nicht, aber ich habe es von fern gesehen.

Ich flog noch einmal zurück. Ich wollte sehen, ob noch Säuger im Walde verlassen geblieben wären, ja ich wollte sogar bis zum Igel, um ihm Lebewohl zu sagen. Ihr Kletterbeutler braucht so viel Zeit zum Wandern, inzwischen mache ich dreimal den Weg. Aber als ich weiter nach Norden kam, vielleicht noch eine Nachtreise für euch von hier, da wehte es heiß von der Steppe her und es leuchtete durch die Nacht, daß ich erschrak. Da flog ich weiter im Walde, bis ich an die Schlucht kam, die sich von den Hügeln herein erstreckt, und immer weiter in ihr nach Norden. Und als es Tag ward, hing ich mich dort zum Schlafe auf. Doch ich schlief nicht lange. Ein erstickkender Geruch weckte mich auf, der mir den Atem benahm. Nicht weit von mir qualmte die ganze Schlucht. Es krachte in den Bäumen, es zersprang die Rinde, ich floh hinauf nach dem Innern des Waldes. Und zuweilen blickte ich nach der Schlucht. Dicke Wolken lagen darüber. Und als der Abend kam, glühte darin ein feuriges Meer. Du weißt, da liegen die alten Blätter und Nadeln der Bäume in dicker Schicht. Das alles schwelte in Hitze. Und dazwischen standen feurige Riesen. Das ging so fort bis an den Felsenkessel, wo der Waldsee liegt. Dort hörte es auf. Ich aber fürchtete mich und kehrte zurück. Noch schaudere ich, wenn ich daran denke. O Homchen, es ist ein Zeichen der roten Schlange! Du sollst nicht wieder zurück in den Wald.«

Da rief Homchen: »O rote Schlange, ich danke dir! Taguan, mein Freund, ich danke dir für die Nachricht. Ja, es ist ein Zeichen der roten Schlange. Ein Zeichen, daß sie mit mir ist, daß sie uns schützen wird gegen die Echsen. Lebe wohl, ich muß fort! Ich muß nach der Schlucht, solange die Riesen noch feurig sind und der Boden noch glüht. Du führe die Alten nach Süden. Wir aber wollen zurück! Lebe wohl und sorge nicht um Homchen.«

Vergeblich rief der Taguan, Homchen war schnell in den Wald gesprungen. Erst gedachte der Taguan, ihm zu folgen; dann besann er sich, daß er schon zu lange von den Auswandrern, die weiter zogen, entfernt war, und flog weiter.

Homchen aber setzte sich nachdenklich hin, nicht fern von den schlafenden Genossen. Es schloß die Augen, aber es schlief nicht. Wie ein wundersames Zeichen war ihm das Wort des Taguan gekommen. Die rote Schlange sprach mit ihm. Wenn sie sprach, so war's wie ein buntes Schweben und Neigen von Gestalten, wie Baumblätter gegeneinander schwingen im Lufthauch. Blätter der Erinnerung, Blüten der Hoffnung wehten vor dem geschlossenen Auge. Aber in Homchens Seele wuchs ein heller Schein wie das Licht des Tages, das klarer und klarer durch die Zweige glänzte. Und dann wußte es, was die Schlange gesprochen hatte.

Die Flamme der Steppe war in die Schlucht gedrungen, sie hatte die morschen Stämme entzündet. Sie tanzte leise um die dürre Rinde, sie schlief in der glimmenden Kohle. Homchen würde sie wecken. Aber sie durfte nicht wieder fliehen. Homchen mußte sie bewahren. Und es verstand jetzt, was einst die Stimme sprach: In der Felsenhöhle wirst du die glühende Kohle hegen und nähren.

Ja, die Flamme ließ sich tragen. An den Hügeln gab es Höhlen, trocken lagen die Steine übereinander getürmt. Man trug die Flamme hinein. Die Genossen mußten lernen, die Nahrung der Flamme im Walde zu suchen, Nahrung für die rote Schlange. Homchen wird sie zur Höhle tragen jeden Tag.

Auf den Hügeln am Waldesrand müssen kluge Kala Wache halten. Wenn die Echsen kommen, so müssen sie schnelle Botschaft bringen zum Walde und zu Homchen. Dann werden sie die Flamme hinaustragen aus der Höhle, dann werden sie die Glut in den Weg der Echsen werfen, aufs Gras der Hügel. Und die Echsen werden fliehen vor dem Zorn der roten Schlange. Das Kleine wird groß, wenn sie zusammenstehn – das Viele zum Einen machen! So muß es gelingen. Die Vielen müssen tun, was für alle ist.

Rote Schlange ich danke dir!

Homchen sprang auf und weckte die Seinen.

Der Weg des Feuers

»Warum führst du uns einen anderen Weg zurück, Homchen, als den wir gekommen sind? Es war doch der nächste?« So fragte Knappo.

»Wir können nicht über die Schlucht.«

»Woher weißt du das? Wir sind doch erst vor drei Tagen hinübergeklettert.«

»Der Taguan hat es mir gesagt, während ihr schliefet. Inzwischen ist das Feuer von der Steppe in die Schlucht gedrungen. Wir müssen bis zum Waldsee, wo sie endet, um sie zu umgehen.«

»Feuer? Was sagst du da? Wenn es in den Wald dringt! Unsere Väter erzählen, daß einst drüben, nahe an den Hügeln, der Wald rot war von Glut, weil die Schlange zürnte, und jetzt –«

»Sorge dich nicht, die Schlange zürnt nicht uns, sondern den Echsen. Das Feuer kann nicht in den Wald dringen.«

»Aber die Kala werden sich fürchten. Sie sind müde. Schon einen halben Tag und nun fast die ganze Nacht sind wir gewandert. Es würde gut sein, wenn wir ruhten.«

»Nicht, bevor es hell geworden ist. Der Morgen kann nicht mehr fern sein, und wir müssen uns beeilen.«

Homchen sprang voran. Knappo schüttelte den Kopf. Andere kamen, die zurückgeblieben waren, und wollten nicht mehr weiter. Auf Knappos Zureden setzten sie die Wanderung fort, aber langsam.

Mit den rüstigsten der Jungen war Homchen schon weit voraus, als es bemerkte, daß der Zug sich aufzulösen drohte. Sollte es hier warten? Jeder Augenblick war ihm kostbar. Wenn das Feuer in der Schlucht inzwischen verlösche? Wenn ein Regen fiel? Nein, es konnte nicht warten. Es sprang dem Zuge voran. Da endlich ward es heller unter den Bäumen. Eine Wiese lag vor ihm.

Homchen atmete auf, es wußte jetzt, daß die Schlucht und der Waldsee hinter ihm lagen. Die Wiese mündete in den Kessel des Waldsees. Das erste Morgengrauen lag über den Halmen, die im Winde wogten. Feucht schien die Luft. Homchen zitterte, wenn es daran dachte, daß ein Regen seinen ganzen Plan, vielleicht seine Rettung vernichten könne. Auch ihm fehlte der Schlaf. Aber es wußte, daß es nicht ruhen dürfe. Nur einen Augenblick, bis die ersten Genossen sich gesammelt hatten.

»Hier mögt ihr ruhen«, sagte Homchen zu ihnen. »Inzwischen will ich sehen, wie es im Heimatwalde steht. Bald kehre ich zurück. Dann will ich euch sagen, wie wir uns vor den Echsen schützen wollen.«

Homchen sprang die Wiese entlang, nach dem Waldsee zu. Als es um die nächste Waldecke herum war, atmete es auf. Es witterte Brandgeruch, und vor ihm, in der Richtung der Schlucht, lag eine graue Wolke. Vielleicht fand es noch Glut in der Schlucht. Nun kam es an die Stelle, wo die Wiese abbrach. Steile Felsen rahmten einen Kessel ein, darin der Waldsee still und ruhig lag. Es lief oben an den Felsen hin, bis es den Kessel umgangen hatte und an den Rand der Schlucht selbst gelangt war. Aber noch konnte es nichts vom Feuer bemerken, der Boden der Schlucht war hier zu feucht. Weiter und weiter eilte es an der Schlucht hin. Sollte der Brand wirklich zu Ende sein?

Da eine Biegung – da rauchte der Boden – weiter – und da, da glommen noch Baumstämme und Äste – und da drüben, auf der anderen Seite der Schlucht, in dem dunkeln Spalt, da züngelten noch Flämmchen in dem zusammengestürzten Dickicht, – da drüben hatte sich das Feuer an der Wand der Schlucht weit in die Höhe gezogen.

Gern wäre Homchen hinabgeklettert, aber es nahm sich nicht Zeit dazu. Es hätte doch hier über den heißen Boden nicht fortgekonnt. Daher mußte es die Schlucht auf der andern Seite des Waldsees umgehen.

Und nun zurück!

Es war heller Morgen geworden. Die Genossen schliefen. Mit Freude sah Homchen, daß auch die Alten nachgekommen waren. Es mußte ihnen Ruhe gönnen – und sich auch. Ein schweres Tagewerk stand bevor.

Der Himmel schien klar. Ein Weilchen wollte es schlafen.

Nicht weit von der Wiese, aber tief im Schatten des Urwalds, hatten sich Knappo und Mea einen Ruheplatz gesucht.

Als Mea erwachte und aus dem Dunkel des Baumlochs hervorkroch, bemerkte sie an der Beleuchtung des Laubdachs, daß die Sonne schon tief stehen müsse. Sie sah sich in der Umgebung um und lief bis an die Wiese, um Homchen zu suchen. Sie fand es nicht. Sollte es noch nicht zurückgekehrt sein? Aber es fehlten überhaupt so viele von der Sippe. Von den Kala waren meist nur die älteren zu sehen, die schlafend auf den Ästen saßen oder, eben erwacht, sich nach Nüssen umsahen. Keiner wußte etwas von Homchen.

Als sie noch besorgt sich umblickte, kam Puhs herangesprungen.

»Weißt du nicht, wo Homchen ist?« rief ihm Mea entgegen.

»Ich komme eben von ihm«, antwortete Puhs. »Er hat mich zurück geschickt, um euch den Weg zu ihm zu zeigen, wann ihr ausgeruht seid. Um Mittag schon weckte er mich, und wir riefen leise alle die Jungen zusammen, die wir für die Stärksten und getreuesten hielten. Homchen führte uns durch den Wald, bis wir an die Hügel gelangten, wo sie nach dem Walde hin abfallen. Dort suchte Homchen lange umher, bis er zwischen den Felsen eine trockene Höhle fand. Ein großer Stein war in einen Spalt gestürzt und bildete ein Dach. Lose Steine lagen ringsum und der Wind zog durch die Höhle. Und nun gebot uns Homchen etwas ganz Seltsames.

Wir mußten uns überall im Gebüsch und im Walde verteilen und trockene Zweige zusammenschleppen, auch trocknes Gras, und zuletzt die schwersten Äste, die wir tragen konnten, mehrere zusammen mußten an den Ästen ziehen. Das war sehr mühsam. Wie sollen wir etwas tragen, was wir nicht in den Mund nehmen können? Da müßte man auf zwei Beinen laufen können, wie der Iguanodon. Das können wir doch nicht. Man kann die Hände wohl gebrauchen, wenn man sitzt, aber doch nicht, wenn man läuft. Und das alles am Tage und an den Hügeln, wo der Wald so wenig Schatten gibt. Die Genossen murrten und fragten Homchen, was das solle. Da sagte er, das sei ein Zauber gegen die Echsen. Ja, und das habe ich noch vergessen, oben an den Hügeln mußten sich einige im Grase und zwischen den Steinen verbergen und aufpassen, ob sie Echsen sähen. Erst wollte es niemand tun, weil wir am Tage den Wald nicht verlassen dürfen. Aber Homchen wurde sehr böse und sagte, das wäre dummes Zeug. Wir dürfen so gut am Tage hinaus, wie die Echsen, und wir müßten uns immer mehr gewöhnen, am Tage zu wachen und nachts zu schlafen. Da ging ich mit einigen Mutigen hinaus, aber so sehr wir aufpaßten, Echsen sahen wir nicht.

Einmal wagte ich mich bis auf einen der Hügel hinauf, weil ich dachte, ich könnte vielleicht bis zum Drachenmoor hinüber sehen. Doch ich sah nichts. Jenseits der Hügel war überall dichter Nebel. Dann kamen die andern hinauf und wir kehrten zu Homchen zurück.

Da sagte Homchen, wir sollten mit ihm in den Wald gehen, die andern aber sollten noch andre Höhlen suchen und sie ebenfalls mit trocknem Holze füllen.

›Ouih! Ouih!‹ schrien die Genossen, ›das wollen wir nicht. Das ist kein Tun, was den Kala geziemt. Wir haben Krallen und Zähne, um sie in lebendige Feinde zu schlagen, aber nicht in trockne Hölzer. Das ist ein Zauber, den wir nicht verstehen.‹

›Mit euren Krallen und Zähnen könnt ihr die Echsen nicht besiegen‹, rief Homchen. ›Ich versprach euch zu schützen, aber wenn ihr nicht gehorcht, kann ich euch nicht beschützen.‹

›Und mit dem Holz und Gras willst du die Echsen besiegen?‹

›Habe ich euch nicht gesagt, daß ich die Hohlschwänze in der Steppe besiegt habe durch das Feuer? Das Holz brauche ich für das Feuer, das ich holen werde.‹

›Wie‹, riefen sie alle, ›Feuer willst du holen? Das tue ja nicht, das wollen wir nicht. Wir wissen ja, dich schützt die rote Schlange, wie hättest du sonst den Hohlschwanz und die Seeschlange besiegen und das Feuer tragen können. Wir glauben dir, denn der singende Flieger hat es gesagt. Aber wir können das nicht. Wir fürchten uns.‹

Da rief Homchen: ›So geht zurück zu den Alten und zieht mit ihnen nach Süden und bleibt furchtsame Waldtiere, die sich vor den Echsen verbergen. Ich aber werde tun, was die rote Schlange in mir gesprochen hat.‹

Damit lief Homchen erzürnt in den Wald. Und ich sah noch, daß die Genossen nach dem Waldrand sich zurückzogen und dort lagerten. Ich sprang noch einmal hin, um zu ihnen zu reden. Aber sie wollten Homchen nicht gehorchen. Es war ihnen allen unheimlich, was Homchen tat. Und die alten Erzählungen kamen wieder auf, daß es die Schlange getötet – – Sie wollten dort warten und ruhen, bis ihr ihnen nachkämt. Nach dem Süden ziehen wollten sie auch nicht.

Darauf kehrte ich wieder zu Homchen zurück und fand es, wie es an einer Stelle im Walde ein Häufchen Reisig zusammenschleppte, und mußte ihm helfen, einen stärkeren Ast darauf zu legen. Dann sprangen wir wieder ein Stück fort in den Wald, aber einen ganz andern Weg, als wir gekommen waren, und machten es ebenso. Und so noch weiter. Und ich fragte Homchen, was das solle? Da sagte es nur: ›Das ist der Weg des Feuers. Nun aber brauchst du nicht weiter mitzukommen. Spring hier in dieser Richtung fort, die ich dir weise; da kommst du an den Waldsee und wirst bald die Zurückgebliebenen und meine Eltern finden. Denen sage, sie möchten sich mit den andern vereinigen und tun, was sie wollen. Wenn sie mich aber brauchen, so werden sie mich an der Höhle finden.‹ Das war Homchens Rede. Und so bin ich denn hier und richte meine Botschaft aus.«

So sprach Puhs.

Inzwischen hatte sich die Nachricht verbreitet, daß ein Bote von Homchen da sei, die Schläfer waren erwacht, und alle die Waldtiere hatten sich um Puhs und Mea versammelt. Auch Knappo war gekommen.

»Quih, quih!« rief Mea. »Was hat man für Sorge mit den Jungen! Erst kehren sie um, weil sie auf Homchen vertrauen, und nun wollen sie ihm wieder nicht gehorchen. Was soll denn nun geschehen?«

»Homchen hat aber auch nicht recht«, sagte Knappo. »Holz schleppen, noch dazu am Tage, das tun die Ameisen; für Beutler schickt sich das nicht. Das können wir auch nicht. Wenn er keinen andern Zauber wußte als Arbeit, so mußte er uns nicht zureden. Ich war auch überhaupt dagegen, daß wir umkehrten.«

»Warum bist du denn da nicht mit dem Graukopf gezogen?« fragte Mea.

»Ich konnte den Jungen doch nicht allein lassen.«

»Nun, und sollen wir ihm denn jetzt auch folgen?« fragte einer.

»Natürlich müssen wir zu den andern am Waldrand ziehn«, erwiderte Knappo. »Dort können wir erst beraten, was geschehen soll.«

In tiefster Finsternis lag der Urwald.

Nur die großen Augen der Nachttiere vermochten hier noch Strahlen aufzunehmen, die für die Tagbewohner unsichtbar waren. Sicher liefen die behenden Beutler auf den Ästen entlang, dann ein elastischer Sprung auf den Nachbarbaum, und so weiter und weiter eilig durch die Lüfte – –

Weich und lautlos sind Sprung und Schritt – nur hin und wieder ein leises Rauschen gestreifter Zweige, ein Niederfallen einer Frucht – sonst Schweigen, tiefes Schweigen des Waldes – –

So war die Wanderung schon lange durch den Wald gegangen. Da hielt Puhs an. Der Zug stockte und schloß sich zusammen.

»Was gibt es?« fragte Knappo.

»Wir müssen bald am Ziele sein. Vielleicht, daß wir ein wenig nach links abgewichen sind. Aber ich weiß nicht, es gefällt mir etwas nicht in der Luft, spürt ihr nichts?«

»Ja, ja, ich spüre etwas.«

»Ich auch« – »ich auch« – so rief es in der Schar.

»Was mag das sein?«

»Ich weiß es nicht«, sagte Knappo. »Aber es ist unheimlich.«

»Mut, Mut! Es hilft nichts, wir müssen vorwärts. Gleich werden wir am Waldrand sein.«

Die Tiere sprangen weiter von Ast zu Ast.

Plötzlich ein Schreckensruf: »Quih – quih.«

Alles stockte.

»Da, da vorn, seht ihr nicht?«

»Es ist etwas Helles, unten am Boden. Es bewegt sich.«

»Es ist der Mondschein, der auf dem Bache hüpft.«

»Nein, nein, es ist ganz anders. Der Mond ist noch nicht aufgegangen.«

»Weiter, weiter!«

»Es bleibt an seiner Stelle. Wir sind vorüber.«

»Quih, quih! Da vorn ist es noch einmal. Hinten und vorn! Lasset uns fliehen!«

»Nicht doch, nicht doch!« rief Puhs. »Ich erkenne jetzt die Stelle. Dort auf dem Steinblock, nahe der großen Eiche, dort habe ich mit Homchen das Reisig aufgehäuft. Das ist der Weg des Feuers!«

»Des Feuers! Quih! Purruh! Fort, fort, fort! Die rote Schlange möge uns schützen.«

Die Tiere stürmten von dannen. Sie beschrieben einen weiten Bogen. Dann stutzten sie aufs neue erschreckt. Vor sich sahen sie wieder das Helle. Doch diesmal blieb es nicht an einer Stelle. Es bewegte sich vorwärts, nicht gerade auf sie zu, aber nicht weit von ihnen, in der Richtung ihres Weges.

Zitternd drängten sie sich zusammen. Alle Blicke hafteten auf dem nie Gesehenen. Sie möchten fliehen. Und doch fesselt sie eine übermächtige Gewalt an das Schauspiel.

Mühsam bewegt sich ein Tier am Boden zwischen den feuchten Moosen, nur wo größere Steine und Wurzeln hervorragen, springt es geschickt und eilig. Aber dicht vor ihm oder über ihm ist das Unbegreifliche. Leuchtend rot und gelb, flakkernd und qualmend schreitet die Flamme – das Tier trägt einen Ast im Maule, dessen eines Ende brennt – hin und wieder stieben die Funken – – Sie ahnen wohl, daß es Homchen ist. Und doch wagen sie es kaum zu denken. Es ist zu ungeheuerlich.

Lautlos, geängstet, und doch unfähig, davon zu lassen, folgen die Waldtiere dem Fackelträger. Und nun auf einmal steht das Tier still – der Ast ist ganz kurz geworden, das Tier läßt ihn fallen – es qualmt am Boden – es prasselt – und nun aus dem Rauche hell und hoch lodert eine neue Flamme. Deutlich sieht man jetzt das Tier.

»Homchen!« ruft Mea.

»Still, still!« flüsterte Knappo. »Störe nicht den Zauber! Wenn du die rote Schlange erzürntest.«

»Es ist der Weg des Feuers«, sagt Puhs.

»Kommt, kommt! Laßt uns fliehen«, rufen andere.

»Nein! Nein!«

Homchen hatte nichts gehört, es blickte in die prasselnde Flamme. Sein Herz schlug, Angst und Freude durchstürmten es. Würde der Ast, der mit dem einen Ende in der Flamme lag, Feuer fangen? Würde er bis zur Höhle reichen? Es war die letzte Station – jetzt mußte es sich entscheiden, ob es das Feuer bergen kann. – –

Und nun hebt es den Ast mit den Zähnen. Es ist noch nicht richtig, es muß ihn anders fassen – so – und nun vorwärts.

Der Wald wird lichter, der Lauf geht schneller. Wie gebannt, willenlos folgen die Tiere. Bis zum Waldrand.

Da steigen die Hügel auf.

Die Tiere getrauen sich nicht, von den Ästen auf den Boden hinab zu springen. Sie hocken zitternd auf den Bäumen und blicken Homchen nach. Sie merken es kaum, daß andere Tiere am Waldrand herangekommen sind. Es sind die Gefährten, die mit Homchen ausgezogen waren. Auch sie haben das Licht gesehen, das sie mit magischer Gewalt anzieht und doch in scheuer Ferne hält. Da hocken sie alle zusammen, die Waldtiere, pochenden Herzens. – Sie ahnen, daß etwas Großes geschieht, aber es ist zu groß für sie – sie verstehen es nicht.

Matter und matter erscheint die Flamme. Homchen ist an der Höhle angelangt – nur schwach noch glimmt der Ast – da fliegt er ins trockne Gras – da weht der Wind – –

Eine Weile sitzt Homchen und starrt und starrt auf das schwache Fünkchen und zittert um das Gelingen des Werks und um die Waffe gegen die Echsen.

»Rote Schlange, rote Schlange, o hilf!«

Und das Glimmen breitet sich aus, und nun ein kleines Flämmchen – und noch eins – und auf einmal eine helle Lohe, und wie auf einen Schlag prasselt das Reisig und Glut flammt empor. – Geborgen ist das Feuer.

Homchen stürzt erschöpft zusammen.

Vor dem Feuer kauert es, vor seinem Feuer. – Noch starrt's in die Glut mit offnen großen Augen – die Flamme summt und saust, und die Augen fallen zu – und Homchen schläft an seinem Herde. Die Tiere aber sind zusammengeschreckt bei dem Prasseln und der Helle – die Furcht übermannt sie, und eilend flüchten sie in den Wald. Sie sehen nicht mehr das Gewaltige. Da löst sich ihnen die Stimme. Hin und her fliegt die Rede.

Was ist es, was ist es, das Homchen getan hat?

Nein, nein, nie wieder zur Höhle! Nie wieder das Holz zusammen suchen! Fort, fort! Aber wohin?

So streiten sie und beraten, und die Wipfel der Bäume färben sich im Frührot.

Das große Weltenfeuer flammt auf im Osten. Aber die Tiere der Nacht suchen nach dunklen Höhlungen.

Puhs blickt in ein Baumloch, um einen Ruheplatz zu finden. Da funkeln ihm zwei Äuglein entgegen. Ein kleines Tier springt hervor. Es wollte dem Eindringling an die Kehle, aber sobald es den starken Kala erkannt, zieht es sich zurück.

»Was willst du hier?« ruft Puhs. »Du bist doch weiter unten im Heimatwald geblieben, Tafa?«

»Ja, weil ich gebannt war.«

»Und nun wolltest du uns nachkommen?«

»Ja, ich wollte sehen, ob ich nicht ein anderes Unterkommen finde. Aber was macht ihr hier?«

»Wir wollen zurückkehren nach unserem Walde.«

»Das könnt ihr nicht! Das könnt ihr nicht!« grinste der Tafa boshaft.

»Warum nicht?«

»Aus demselben Grunde, weshalb ich geflohen bin.«

»Was ist?«

»Der Iguanodon ist mitten im Wald. Er bricht hindurch. Er will zum Drachenmoor, um die Echsen zu holen.«

»Ist's wahr? Ist's wirklich wahr? Hört, ihr Kala, was der Tafa erzählt.«

»Es ist wirklich wahr. Diesmal ist er nicht wieder umgekehrt. Ich habe ihn gesehen. Ich habe gehört, wie er mit sich selbst sprach. Da bin ich entflohen.«

»Was sollen wir tun?« rief Mea. »Laßt uns zu Homchen ziehen.«

»Nein, nein«, schrien andre. »Wir wollen nicht wieder tun, was Homchen verlangt. Wir fürchten uns vor der Flamme.«

»Wir wollen umkehren, wir wollen wieder nach Süden«, riefen andere.

»Hier seid ihr noch sicher. So schnell kommen die Echsen nicht hierher«, sagte der Tafa.

»So laßt uns erst schlafen!« gebot Knappo. »Am Abend wollen wir Beratung halten.«

Die Tiere zogen sich in ihre Ruheplätze zurück.

Der Drachen Not

Immer ungemütlicher war es im Drachenmoor geworden. Das Wasser wurde kälter und die Bäume wurden kahler. Es war ja stets einmal eine schlimme Zeit im Jahre gekommen, aber so früh und so stark hatten die Echsen doch noch nie Not zu leiden gehabt.

Die Zierschnäbel warteten noch immer angeblich auf ihre Führer. Aber es gefiel ihnen gar nicht recht im Drachenmoor. Hohlschwanz-Eier gab es nicht mehr, denn die Hohlschwänze hatten die Gegend verlassen. Zwar, wenn es die Zierschnäbel verlangten, brachten die Echsen noch oft dies oder das, was sie an guten Bissen fanden, denn sie meinten, die rote Schlange würde es ihnen bald durch Wärme vergelten, was sie an den Zierschnäbeln täten. So hatten diese verkündet. Und jeden Mittag traten alle Zierschnäbel auf einer Wiese zusammen und murmelten lange Reden. Den Echsen sagten sie, sie sprächen mit der roten Schlange, daß sie ihnen gnädig sei, und die Echsen glaubten es immer und vertrösteten sich von einem Tage zum anderen. Die Zierschnäbel jedoch kamen zu dem Ratschluß, daß es jetzt keinen Zweck mehr hätte, auf ihre Kameraden zu warten. Wenn die Echsen selbst nichts mehr hatten, konnten sie den Zierschnäbeln nichts bringen. Und keinesfalls wäre Grappignapp so lange ausgeblieben, wenn ihm nicht ein unüberwindliches Hindernis entgegengetreten wäre. Sie mußten also jetzt aus eignem Entschluß handeln.

Von der Botschaft an den Iguanodon und dem Feldzuge gegen die Säuger war schon gar nicht mehr die Rede. Denn die Zierschnäbel hatten Grund, nicht daran zu erinnern, und die Echsen dachten von selbst nicht lange an eine Sache.

Sie hatten auch genug mit sich selbst zu tun. Die kleineren Echsen wußten kaum noch, wie sie sich vor den Raubechsen verbergen sollten; denn je mehr die hungerten, um so weniger kümmerten sie sich um die Anwesenheit der Zierschnäbel. So zerstreuten sich die pflanzenfressenden Echsen immer weiter vom Moore weg nach der Steppe hinein. Aber auch die Raubechsen untereinander wüteten gewaltig. Und neue, ungewohnte Gäste drangen vom Moore heran. Weit draußen hatte man sie sonst nur gesehen umherschwimmen und Fische fressen. Aber nun krochen sie mit ihren Ruderfüßen ins Moor und bis aufs Land. Und wo die Zierschnäbel nicht in der Nähe waren, gab es Kampf und Mord mehr als je. Die Groß-Echse aber trug den Kopf hoch und schlich herum mit aufgesperrtem Rachen, und selbst die großen Drachen des Meeres fielen ihr zur Beute.

Und eines Tages waren die Zierschnäbel verschwunden. Es wurde ein Tag wilder Gier, ein Tag der Flucht und Verfolgung, des Versteckens und Suchens, des Beißens und Zerreißens, bis die Dämmerung und die Kälte des Abends die Wut der Drachen bezwang.

Und wieder stieg die Nacht klar mit ihrem Sternenschimmer herauf. Da kommt über das Meer ein seltsames Rauschen. Es ist nicht der Wind, der weht sogar von der Steppe herüber. Es ist auch nicht die Flut, wie sie gewöhnlich kommt. Die bricht sich schon weit draußen an den Strandinseln und hier oben im Drachenmoor merkt man nichts mehr davon. Und doch ist's eine Flut. Nur eine Flut, wie sie seit Echsengedenken nicht da war. Von weit, weit her läuft sie über den Ozean, von Ländern und Meeren, wo die Erde gebebt und Berg und Wasser erschüttert waren im tiefsten Grunde – –

Das Wasser steigt im Drachenmoor und überflutet die flachen Landzungen und Inseln, und die Echsen schütteln sich in ihren Lagerstätten. Kalt ist das Wasser, ungewöhnlich kalt. Sie können nicht liegen bleiben, und doch wagen sie kaum aufzustehen, denn die Sterne leuchten über ihnen. Die Bronto und die eigentlichen Wasserechsen fühlen nur unangenehm die Kälte. Aber die Landechsen müssen sich endlich doch aufraffen. Furchtsam suchen sie einen Weg in der Dunkelheit nach der Richtung des höheren Landes hin. Keine denkt an Raub, keine wagt sich umzublicken, denn der Strahl der bösen Nachtgeister könnte in ihr Auge fallen. So klappert und knarrt und rasselt und zischt es durch das Drachenmoor. Je weiter sie fliehen nach der Steppe zu, um so mehr drängen sich die Massen der Tiere zusammen. Denn von allen Seiten treibt sie das steigende Wasser vorwärts. Und viele, die nicht schnell genug vorwärts können, werden zertreten. Die schnelleren sind schon oben im Gras der trockenen Steppe und fühlen sich geborgen.

Doch plötzlich, was stutzen sie? Sind die Nachtgeister auf die Steppe hinabgestiegen? Kommen sie den Echsen entgegengezogen, um sie zu strafen? Es leuchtet da hinten in der Ferne, und dunkelrote Wolken wälzen sich darüber. Ein heißer Wind weht den Echsen entgegen. Und näher und näher fliegt's, ein prasselndes, glühendes Ungetüm. In der ganzen Breite, so weit man sehen kann, saust es, leuchtet, brennt es – die Steppe ist in Feuer getaucht.

Rückwärts wälzen sich die Massen der Tiere, wieder ins Wasser hinein. Rückwärts drängen sie die Folgenden. Und die eben froh waren, das Trockene erreicht zu haben, sind nun zufrieden, daß das Wasser wieder um ihre Füße rieselt. Denn schon hat die Flamme diejenigen erreicht, die zu weit in die Steppe vorgedrungen waren. Gebrüll und Geheul schallt herüber zum Moor, bis es im Rauch der brennenden Steppe erstickt – erstickt, wie die Tausende, die schon früher in die Steppe gezogen waren.

In zitternder Angst staut sich die Masse der Tiere. Der riesige Atlanto stampft über sie hin und tritt sie in den Grund, daß er trocken über dem Boden steht. So am ganzen Strande des Moors zusammengepfercht heulen und rasen die Echsen, während der Steppenbrand an der heranrieselnden Meeresflut verzischt.

Doch in das Gezisch und den Qualm der ringenden Elemente tönt ein neues, furchtbares Rauschen. Die Fluten, die über den Strand spülten und die Echsen aus ihren Schlummerstätten trieben, waren nur ein Vorspiel. Jetzt stieg vom Meere her eine dunkle Wand empor. Pfeilschnell flog sie heran, alles unter sich begrabend, eine Mauer von Wasser. Die Hauptwelle kam.

Es war nicht bloß Wasser. Zuckende Gliedmaßen, ragende Riesenleiber, um sich schlagende Drachenschweife, das Heer der meerwärts geflohenen Wasserechsen hatte die Welle überwältigt und spülte sie zurück ans Land. Und die widerstandslose Masse warf sie auf die Flüchtlinge des Landes, und unaufhaltsam, unwiderstehlich vorwärtsschreitend, die lebendige Mauer der Tiere überflutend, stürzte sie hinein weit in die noch glimmende Steppe, die Herrschaft des Meeres erweiternd, bis die Höhe der Hügel ihr Halt gebot.

Qualmend verdampfte das Wasser. Eine unermeßliche Wolke lag über der Grabstätte des Echsengeschlechts.

Als die Sonne dunkelrot über die dampfende Erde emporstieg, war das Drachenmoor verschwunden. Ein kaltes Meer flutete über der Stätte.

Dennoch waren nicht alle Bewohner des Moors verloren. Eine Anzahl Echsen hatte ihre Flucht zufällig gleich im Anfang, als das Wasser stieg, nach den steilen Hügeln hingerichtet, die im Osten das Drachenmoor vom Walde trennten. Das waren die Hügel, wo Homchen zuerst sehnsüchtig nach dem roten Stern geblickt, wo es den Taguan getroffen und mit ihm den Igel besucht hatte. Das waren die Hügel, die es sich jetzt als Beobachtungsposten gegen das Heer der Echsen dachte.

Aber nicht zur Freude sahen die Echsen nach der Schrekkensnacht die Sonne aufgehen. Denn als sie in den ersten Strahlen des Tages sich aufmachten, um Beute zu suchen oder Futter zu finden, da erblickten sie am Waldrand über die Bäume ragen das fürchterliche Haupt der Großechse. Den Rachen mit den Sichelzähnen aufreißend stürzte das erbarmungslose Raubtier auf die Flüchtlinge. – –

Und als die Sonne noch einige Male aufgegangen war, da waren auch auf den Hügeln die größeren Echsen verschwunden. Was sich nicht in den engsten Schlupfwinkeln verbergen konnte, hatte der gefräßige Drache ausgerottet.

Riesig und einsam wandelte die Großechse hochmütig über die mit Felstrümmern bestreute Halde der Hügel.

Die Großechse

Es war am späten Nachmittage. Vor einem Stein, unter dem Grase verborgen, lag eine borstige Kugel. Der Igel hatte eine Bewegung in der Nähe wahrgenommen und sich zusammengerollt. Da hörte er eine feine Stimme:

»Igel, Igel, Igel! Wo bist du? Homchen sucht dich.«

Vorsichtig legte der Igel seine Stacheln zurück und streckte sein spitzes Schnäuzchen heraus.

»Igel, Igel, Igel! Hier in der Nähe muß deine Wohnung sein, aber ich kann dich nicht finden.«

»Ist es möglich! Bist du es wirklich, Homchen? So komm nur herein zu mir, hier bin ich! Wo kommst du her?«

»Von weit, weit! Aber jetzt komm' ich vom Waldrand, wo die Kala schlafen. Von dir aber möcht' ich wissen, was die Drachen im Moore tun.«

»Die tun gar nichts. Die sind alle umgekommen im Feuer und im Wasser.«

»Wie? Was sagst du – alle umgekommen?«

»Ja, nur leider die Großechse nicht. Die kommt eben heranspaziert.«

»Das mußt du mir ausführlich erzählen.«

»Natürlich. Tritt nur erst hier in meine Tür. Wir wollen abwarten, bis die Großechse vorüber ist. Sie macht jetzt ihren Abendspaziergang, denn sobald es dunkel wird, wagt sie sich nicht mehr umzublicken. Du kannst dir sie hier in aller Ruhe ansehen, hier unten merkt sie uns nicht. So – jetzt ist sie vorbei. Siehst du, die Großechse und ich sind jetzt die beiden einzigen Bewohner der Hügel. Mich soll sie nicht im Winterschlaf stören, aber sie wird frieren. Und nun wollen wir – doch – hörst du nichts?«

»Ja, ja – es kommt etwas Großes, Gewichtiges – –«

Schwere Tritte ertönten und näherten sich allmählich. Vorsichtig spähte Homchen, auf dessen scharfe Augen der Igel sich verließ.

Ein riesiges Tier, das, aufgerichtet, der Großechse an Höhe wenig nachgab, wandelte langsam über die Halde.

Es war der Iguanodon.

Manchmal hielt er still und schalt nach seiner Weise im Selbstgespräch.

»Unverschämte Gegend! Freche Steine im Grase, drücken mich an meine Zehen. Gibt's denn hier keine weiche Wiese? Muß doch nun bald am Drachenmoor sein. Die Sonne steht schon tief, ich habe nicht mehr viel Zeit.«

Jetzt erblickte er in der Ferne die Großechse.

»Krecks, Krecks!« rief er. »Echse da vorn – halt an, sag an, wo ist das Moor?«

Auf den Ruf drehte die Großechse sich um. Sie war wütend, daß es jemand wagte, sie anzurufen, dabei voll froher Gier, daß sich doch in dieser verlassenen Gegend noch eine Beute darböte. Sogleich eilte sie mit ihren schnellen, geräuschlosen Raubtierschritten zurück.

Inzwischen hatte der Iguanodon sich niedergelegt. Denn da er gerufen hatte, so war die Sache seiner Ansicht nach erledigt, und von seinem langen Wege taten ihm die an den weicheren Boden der Wiese gewöhnten Füße weh. So konnte die Großechse nicht so bald erkennen, wen sie vor sich habe, und gedachte, sich sogleich auf die freche Echse zu stürzen.

Bald aber bemerkte der Iguanodon, daß es die Großechse selbst war, die er gerufen hatte; er richtete sich auf und blickte ihr mit voller Spannung entgegen.

Die Großechse stutzte. Sie erkannte den Iguanodon. Ihre Adern schwollen, ihre Sehnen spannten sich, sie duckte sich zum Sprunge und ihr Schweif schlug mit furchtbarer Gewalt den Boden.

Das war der Iguanodon, der zum unfehlbaren Herrn der Echsen gewählt war, den man gewagt hatte, ihr, der Großechse vorzuziehen. Aber die Echsen waren fort, die Zierschnäbel waren fort, jetzt wird sie zeigen, daß der Iguanodon nichts zu sagen hat, jetzt wird sie ihn vernichten.

Und doch sprang sie noch nicht gegen den Feind an. Er saß so ruhig und sicher, hoch aufgerichtet da, mit scharfen Augen sie beobachtend. Er floh nicht und er zitterte nicht vor Furcht, wie die andern Tiere, wenn die Großechse nahte. Und von den vorgestrecken Armen ragten die Daumen wie zwei scharfe Spieße der Großechse entgegen. Mit dem Iguanodon hatte sie noch nie gekämpft: ehe sie wußte, wo sie ihn zu packen hatte, sprach der Iguanodon:

»Es freut mich, dich zu sehen, mächtige Großechse! Denn ich kam, dich und die Deinen im Drachenmoor zu suchen, von denen die Zierschnäbel mir Nachricht brachten.«

Die Großechse gab ihre Angriffsstellung auf. In der Art, wie der Iguanodon sprach, lag etwas, wie in der Stimme Grappignapps. Die Macht der Nachtgeister und der Zorn der roten Schlange traten wie schreckende Erinnerungen neben die Wut und Gier des Raubtiers, und die Großechse mußte weiter hören, was der Iguanodon ihr sagte.

»Warum kamt ihr nicht, wie ich befohlen hatte, den Wald zu brechen und die Säuger herauszutreiben? Wo ist der Atlanto? Wo ist das Moor? Führe mich zu den Echsen. Doch nein, warum soll ich mich länger bemühen? Hole sie hierher. Ich will sie sprechen.«

»Der Atlanto? Die Echsen? Das Moor? Soll es vielleicht auch hierherkommen?« schrie die Großechse. »Suche sie dir selbst! Sie sind nicht mehr da. Das Meer hat sie verschlungen, die rote

Schlange hat sie vertilgt. Und du weißt es nicht? Haha! Iguanodon, du willst dich rühmen, im Namen der roten Schlange zu reden, und weißt nicht einmal –«

»Schweig!« rief der Iguanodon. »Ich bin kein Freund von langen Reden. Vertilgt sind die Echsen? Ich dachte es mir, warum haben sie meiner Botschaft nicht gehorcht –«

»Es ist gar keine Botschaft von dir gekommen –«

»Ich sandte doch die Zierschnäbel –«

»Sie kamen nicht wieder. Siehst du, daß du nichts weißt?«

»So muß ihnen Unheil widerfahren sein. Gleichviel. Ich brauche die Echsen nicht mehr. Die Säuger sind vor meiner Stimme geflohen. Der Wald ist verlassen, er braucht nicht mehr gebrochen zu werden.«

»Was willst du dann hier in meinem Gebiet? Hier bin ich der einzige Herr, ich wünsche dich nicht hier zu sehen. Gehe wieder auf deine Wiese an den Fluß und trinke dein süßes Wasser, weiser Iguanodon!«

»Meine Wiese kann ich nicht mehr bewohnen. Das Meer drang herein, die Wiese ist verschlämmt und versalzen. Darum brach ich durch den Wald. Ich werde mir hier einen Platz suchen, dort drüben am Waldrand, wo der Bach von den Hügeln herniederströmt. Die Wiese ist zwar nur schmal. Aber ich sah Kräuter, wie ich sie liebe. Dort werde ich mich hinsetzen.«

»Das wirst du nicht«, schrie die Großechse wütend. »Ich verbiete es.«

»Du mir verbieten? Mir, aus dem die rote Schlange spricht? Ich bin das klügste Wesen, ich bin mein Ideal. Ich werde die Tiere sammeln, die es hier gibt, und werde sie glücklich machen. Ich werde sie lehren, vom Grase der Wiese zu essen. Und wenn keine Säuger hier sind, und wenn die Echsen vertilgt sind, so will ich dich lehren, glücklich zu sein. Du sollst auf der Wiese am Bache leben und sollst kein Fleisch mehr genießen, damit kein Tier das andre störe. So habe ich's beschlossen und verkündet, und so muß es geschehen.«

Die Großechse stieß ein Hohngebrüll aus.

»Ich Gras fressen? Ich die Tiere nicht töten? Lächerlicher Großschnabel! Ich werde noch Tiere finden, und wenn ich keine andern finde, so werde ich dich fressen –«

»Wahnsinniger Drache! Mich, aus dem die rote –«

Der Iguanodon konnte nicht aussprechen. Mit einem furchtbaren Satze sprang die Großechse auf ihn zu, um die Krallen in seinen Körper zu schlagen und mit den langen Sichelzähnen ihm den Hals zu durchbeißen.

Aber so schnell die Großechse war, der Iguanodon bemerkte den Angriff. Sein Körper, auf die mächtigen Schenkel und den gewaltigen Schweif gestützt, wurzelte felsenfest, aber den schlanken Hals warf er blitzschnell zur Seite, sich weit hinwegbeugend, und der Drache schoß an ihm vorüber mit Kopf und Vorderkrallen, während sein Leib gegen den Körper des Iguanodon anprallte. Durch den Stoß zur Seite geworfen, lag die Großechse einen Augenblick am Boden, und sogleich wandte sich der Iguanodon mit seinem Oberkörper und umfaßte den Hals der Großechse mit seinen Armen. So hielt er sie von hinten umklammert, und nur so war es ihm möglich, sich der tödlichen Bisse des Raubtiers zu erwehren. Die Großechse suchte sich vom Boden aufzuschnellen. Der Iguanodon wandte alle seine Kraft auf, ihren Hals zusammenzudrücken und seine Stacheldaumen durch ihren Knochenpanzer zu bohren. Die Lage der Großechse ermöglichte ihr nicht, ihre volle Stärke zu entfalten, dennoch merkte der Iguanodon, daß er sie nicht mehr lange werde niederhalten können, wenn es ihm nicht gelänge, ihren Hals zu durchstoßen oder zu zerdrücken. Während er seinen Feind so umklammerte, führte dieser furchtbare Schläge mit seinem Schweife nach ihm, die der Iguanodon erwiderte. Und beide Gegner zerwühlten sich im Kreise drehend, ringsum den Boden. Weithin hallten die Hügel vom Krachen der Schweifschläge. Aber der Iguanodon war im Nachteile, weil ihn sein schwacher Schuppenpanzer weniger schützte als die Großechse ihre Knochenschilde, und seine Hoffnung bestand nur noch darin, den Gegner ersticken zu können.

Jetzt traf ein schmetternder Schlag des Drachenschwanzes den Iguanodon und lähmte seine Kraft, er ließ den Hals der Großechse auf einen Augenblick fahren. Sie schnellte sich vom Boden auf, aber sie vermochte nicht, sich sogleich auf den Iguanodon zu stürzen, sie mußte erst Atem schöpfen. So zog sie sich ein Stück zurück, um sich dann im gewohnten Ansprung auf den Gegner zu werfen.

Auch der Iguanodon richtete sich auf und streckte seine Arme zur Abwehr vor. Aber er fühlte, daß er dem neuen Ansturm nicht mehr gewachsen sein würde.

So lauerten die beiden Riesentiere vor einander:

In höchster Spannung hatte Homchen dem Streite gelauscht und dem furchtbaren Kampfe zugeschaut. Jetzt sprang es auf einen höheren Stein und blickte sich nach dem Himmel um. Die Sonne war im Nebel gesunken, aber oben war es klar.

»Wo willst du hin, Homchen!« rief der Igel ängstlich. »Die Großechse wird dich sehen! Warum bleibst du nicht hier?«

»Ich muß jetzt fort. Aber ich komme wieder. Später wollen wir in Ruhe alles erzählen.«

»Bleibe doch hier. Was willst du tun?«

»Ich will die Großechse töten.«

»Homchen, bist du von Sinnen?«

»Warte ab!«

Die Großechse rührte sich jetzt. Sie machte sich zum Sprunge bereit und erhob ihren Hals.

Da rief der Iguanodon: »Die frierenden Geister der Nacht werden dich töten.«

Die Großechse zuckte zusammen. Sie bemerkte jetzt, daß die Dämmerung hereinbrach. Und sie schrie:

»Glaube nicht, daß du mir entgehen kannst. Wenn du entfliehst, so hole ich dich morgen ein und fresse dich.«

»Wenn du mich angreifst, werde ich wieder mit dir kämpfen«, sagte der Iguanodon. »Sonst aber habe ich keine Lust, mich mit dir abzugeben. Ich werde tun, was ich will, denn das ist weise.«

Mit diesen Worten schritt der Iguanodon so gravitätisch, als es seine Wunden ihm erlaubten, dem Waldrande zu. Die Großechse aber wagte nicht mehr das Haupt zu erheben, sondern blieb auf dem Kampffelde liegen und schlug nur von Zeit zu Zeit wütend mit dem Schweife, bis der Schauer der Nacht und die Ermattung sie ihr Haupt in das Gras wühlen ließ. Da entschlief sie.

Homchen aber umschlich, ohne auf die Warnungen des Igels zu hören, den schlafenden Drachen und betrachtete sorgfältig die Umgebung. Dann ging es noch einmal zum Igel und sprach:

»In dieser Nacht habe ich noch viel zu tun, damit ich die Großechse töte. Willst du mir helfen?«

»Nein«, sagte der Igel, »das kannst du nicht verlangen. Was könnte ich gegen den Drachen?«

»Aber eins kannst du tun. Gib acht, woher der Wind weht, und wenn Tiere von dem Walde sich her verlieren, so sag ihnen, sie sollen gegen den Wind laufen.«

»Das will ich wohl tun«, sagte der Igel.

Homchen aber lief noch oft hin und her zwischen Waldrand und Hügel und baute geheimen Zauber um die schlafende Großechse.

Die Waldtiere berieten in der Nacht. Hin und her gingen die Meinungen. Nur darüber waren alle einig – wenn die Sicherheit vor den Echsen nur durch Homchens Maßnahmen zu erreichen sei, so könne man doch nicht bleiben. Denn Holz suchen und Wache stehen und zagen vor dem unheimlichen Wunder des Feuers, das sei nichts für die Waldtiere. Daß Homchen den Hohlschwanz besiegte, war eine Tat des Muts, das verstanden die Tiere, darum wollten sie Homchen vertrauen. Aber was Homchen auf seiner Reise getan, was es jetzt verlangte, das waren Zauberdinge. Darin konnte ja niemand Homchen nacheifern. Danach konnten sie sich nicht richten. Das war so ganz anders, so fremd, so ungewiß – das war nicht der Tiere Art – –

Mitten in die Versammlung kamen plötzlich Mea und Puhs gestürzt. Sie hatten sich entfernt, um Homchen zu suchen. Aber sie waren nicht weit gekommen, da hatte sie das Geräusch schwerer Tritte zurückgeschreckt. Was es war, wußten sie nicht. Aber aufgescheucht von den Tritten war eine kleine Flugeidechse aus ihrem Versteck aufgeflogen, und die hatten sie überrascht und gefangen. »Freßt mich nicht, freßt mich nicht«, rief das kleine Tier. »Ich will euch Gutes sagen. Wir Kleinen haben euch nie Böses getan, und nun wird euch nie wieder eine Echse Böses tun. Ich will euch alles erzählen!«

Und nun hörten die Beutler, was geschehen war am Drachenmoor. Die Echsen vernichtet, alle vernichtet! Nur die Großechse allein lebte noch.

Jubel scholl in der Versammlung, daß es durch den nächtlichen Wald hallte. Was schadete das jetzt? Es gab keine Echsen mehr. Nun brauchte man sich um Homchen nicht zu kümmern. Nun konnte man im alten Heimatwalde bleiben.

»Aber die Großechse?«

»Die Großechse allein kann uns nicht schaden, sie kann nicht den ganzen Wald vernichten, es bleibt Raum genug für uns.«

»Und der Iguanodon?«

»Der tut uns nichts, wenn wir uns nur nicht vor ihm sehen lassen. Wir ziehen in den Wald am Flusse, dort ist er jetzt nicht mehr, dort können wir ruhig leben.«

»Aber ob es auch alles wahr ist, was die Flugechse erzählt?«

»Ja, ob es wahr ist?«

»Das müssen wir sehen!« rief Knappo. »Laßt uns alle nach den Hügeln hinausziehen und nach dem Drachenmoor schauen. Jetzt in der Nacht können wir es wagen, wir haben dann Zeit zu fliehen, wenn wirklich die Echsen dort sind. Denn jetzt schlafen sie.«

Der Zug setzte sich in Bewegung. Vorsichtig klommen die Nachttiere über die Hügel – nirgends traf man Echsen – bis sie auf der andern Seite hinüber nach dem Drachenmoor schauen konnten. Der Mond war aufgegangen, aber Nebel wogten hin und her. Doch sahen die Tiere wohl, daß das Wasser viel näher an den Hügeln war als sonst. Und so ermutigt stiegen sie hinab. Da war keine Wiese mehr mit Weidenstämmen, da war kein Sumpf, da war keine Echse. In regelmäßigen Atemzügen schlummerte das Meer – die Wogen schlugen plätschernd an die Hügel – – –

Fast übermütig stürmten sie wieder die Hügel hinauf, um in den Wald zu gelangen, ehe das erste Dämmerlicht sich zeigte.

Da erblickten die Vordersten im Schimmer des Mondes eine dunkle Masse. Sie stutzten, die Tiere sammelten sich.

»Wenn es die Großechse wäre?« sagte eines leise.

»Hi! hi! Ihr Waldtiere! Es ist die Großechse!« sagte eine feine Stimme. »Geht nicht zu nahe heran! Geht hier herum, gegen den Wind!«

»Ach, der Igel! Aber warum hier herum? Dann wird sie uns wittern.«

»Das schadet nichts. Sie wird jetzt nicht jagen.«

»Fürchtest du dich nicht?«

»Ich krieche in meinen Bau.«

»Kommt, kommt! Laßt uns schnell in den Wald hinüber.«

»Halt, halt! Da ist etwas – ein Helles!«

»Das ist Homchen! Das ist wieder der Weg des Feuers!«

»Fort! Fort!«

Die Tiere stürmten nach dem Walde zu. Aber bald blickten sie dennoch neugierig zurück. Der Anblick des Feuers ließ sie nicht los. Und drüben ragte noch die riesige Gestalt des schlafenden Drachen. Und Homchen lief gerade darauf los.

»Quih, Quih! Homchen, Homchen!« rief Mea verzweifelnd. »Du wirst die Großechse wecken! Sie wird dich zermalmen!« Aber sie rief es nicht laut, denn sie fürchtete selbst den Drachen zu wecken. Sie wollte auf Homchen stürzen, doch der Schrecken lähmte ihre Füße. In zitternder Angst hockten die Tiere auf den Steinen. Was wollte Homchen?

Ehe Homchen die schlafende Großechse verlassen, hatte es so viel Brennmaterial als möglich in der Nähe des Drachen zusammengeschleppt und wohlbedacht geordnet. Jetzt sprang es bis nahe an das Untier heran, ließ seinen Feuerbrand fallen und schrie so laut es konnte:

»Krecks! Krecks! Die Geister der Nacht wollen dich töten!«

Die Großechse bewegte sich im Halbschlaf.

Homchen wiederholte seinen Ruf. Dann nahm es den Feuerbrand wieder auf und sprang damit vor dem Kopfe der Großechse umher. Die riß die Augen auf und drückte sie wieder zu – das Funkeln der Flamme verwirrte sie, sie zitterte in Wut und bebte zugleich in Angst.

Die Tiere schrien in Furcht auf ihren Plätzen, als sie Homchen so nahe bei dem Drachen erblickten – aber nun lief Homchen ein Stück zurück und warf die Fackel in das Reisig und das trockne Gras – die Flamme loderte auf, die feuchteren Stellen der Halde qualmten – und die Großechse, von Hitze und Rauch bedrängt, richtete sich empor und drehte sich, furchtbar mit dem Schweife schlagend, im Kreise.

Homchen aber rannte weiter fort, dem Winde entgegen, und entzündete mit seinem Feuerbrande Gras und Gestrüpp der Halde.

Die Großechse schlug jetzt mit dem Schweife in die sie umgebenden Flammen. Sie brüllte vor Schmerz, und ein Funkenregen flog bei jedem Schlag in die Höhe und verbreitete den Brand und blendete ihre Augen. Und nun rannte das Untier blindlings geradeaus, auf die Tiere zu.

In wahnsinniger Angst, mit Geschrei und Gequiek, sprangen sie, ohne sich umzublicken, flüchtend dem Walde zu.

Der Großechse entgegen aber wälzte sich die Flamme. Nichts nutzten der Gewaltigen ihre Schläge, ihre Bisse. Der Qualm nahm ihr den Atem. Das Gebrüll hörte auf. Sie fiel zur Seite. Die Riesenglieder zuckten. Die Großechse starb. –

Die Einsiedler

Nicht weit abwärts von der Wohnung des Feuers rinnt ein Bächlein von den Hügeln. An seinen Ufern grünt eine Wiese, und hohe Buchen stehen um den stillen Platz und entfalten die jungen Blätter im Sonnenschein.

Heiß liegt der Mittag über den weichen Halmen.

Und dort, den langen Hals ausgestreckt, die riesigen Glieder den warmen Strahlen darbietend, ruht der Iguanodon.

Von den Hügeln herab, auf den breiten Ästen von Baum zu Baum springend, kommt Homchen. Die Sprünge sind nicht mehr so weit und schnell wie auf der Wanderung nach der heißen Wolke, und als es sich jetzt in die Sonne auf die Wiese setzt, dem Iguanodon gegenüber, spielt sein Pelzchen ins Graue. Die großen Augen leuchten freundlich und hell und manchmal ein wenig müde –

»Wie geht es dir heute, weiser Iguanodon?« fragte Homchen.

Der Iguanodon hob den Kopf und versuchte den Schweif zu bewegen.

»Ich will ihn nicht mehr heben«, antwortete er. »Aber merkwürdig, je weniger ich mich mit der Bewegung abgebe, um so besser geht es mit dem Denken. Ich habe nachgedacht.«

»Das tust du immer.«

»Es ist wahr. Aber weißt du, was ich gedacht habe? Ich habe gedacht, es war doch recht gut, daß ich dich nicht aufgespießt

habe, wie ich eigentlich wollte, als ich die Großechse getötet hatte.«

»Ja, das war sehr gut, denn sonst hättest du gar nicht erfahren, daß die Großechse tot war.«

»Du hättest es mir nicht gesagt, wenn ich dich gespießt hätte?«

»Nein, dann hätte ich es dir nicht gesagt.«

»Dann hätte ich also selbst auf die Hügel steigen müssen, um die tote Großechse zu sehen.«

»Und das hättest du nicht gekonnt. Denn deine Wunden taten dir zu wehe.«

»Das ist richtig. Deshalb konnte ich dich auch nicht fangen, als du am Morgen auf die Wiese kamst.«

»Ja, und deshalb wolltest du mich auch nicht aufspießen. Aber warum hast du es später nicht getan?«

Der Iguanodon dachte nach. Dann sagte er:

»Später war es nicht mehr nötig. Denn erstens hast du dich wegen deiner früheren Frechheiten entschuldigt, und zweitens bist du doch aus dem Walde heraus auf die Wiese gekommen, wie ich es dir geboten habe.«

»Ja«, sagte Homchen, »ich mußte dir doch beim Denken helfen. Deswegen war es wohl gut, daß du mich nicht gespießt hast?«

»Bilde dir nichts ein, Homchen. Es war nur gut, weil sonst niemand dagewesen wäre, dem ich meine Gedanken mitteilen konnte.«

»Das wäre freilich sehr schade gewesen.«

»Ich habe das auch gedacht. Es hat mir etwas gefehlt, du warst in den letzten Tagen nicht hier. Wo warst du?«

»Ich war wieder einmal im Walde am Flusse, wo du früher wohntest.«

»Wo deine Verwandten wohnen – was tun sie?«

»Meine Eltern sind tot, das weißt du ja. Und die andern – sie tun, was sie immer getan haben – sie essen Nüsse und Emsen und springen auf den Bäumen –«

»Daß sie Emsen essen, kann ich nicht billigen. Warum verbietest du es ihnen nicht?«

»Du weißt, sie lassen sich nichts verbieten von mir. Sie wollen nichts von mir wissen. Sie fliehen vor mir und nennen mich den Holzsucher, den Schlangentöter, den Steppenbrenner, den Zauberer.«

»Ich habe auch darüber nachgedacht. Du hast mir erzählt, daß du die große Schlange gesucht hast, und daß sie dich beschützt, daß sie mit dir ist und daß du sie den Deinen bringen wolltest. Aber sie mögen nichts von ihr wissen. Du hast viele Gefahren bestanden und bist über das Wasser geschwommen. Du wolltest die Deinen glücklich machen. Sie aber haben dich verstoßen. Nun sage mir, Homchen wozu das alles? Was wolltest du eigentlich? Ich verstehe es nicht, also versteht es niemand.«

»Und wenn es auch niemand versteht, so mußte ich doch so denken und so handeln. Denn ich habe die Stimmen gehört der guten und klugen Tiere. Es wird eine Zeit kommen, da werden alle die Stimmen hören, und sie werden sie verstehen viel besser als ich, und noch viel mehr vernehmen. Aber die Zeit ist noch nicht da.«

»Du hast es falsch angefangen. Du brauchtest dir nicht so viel Mühe zu geben. Ich bin nicht zur heißen Wolke gewandert, ich habe auf meiner Wiese gesessen, und ich hätte doch die Tiere glücklich gemacht, wenn sie auf mich gehört hätten. Meine Zeit war allerdings auch noch nicht da, aber sie wäre gekommen, wenn – ja wenn – hierüber denke ich eben noch nach.«

»Weiser Iguanodon, diese Zeit wird nicht kommen. Es war eine Zeit, da waren die Echsen gewaltig, und diese ist vorüber. Nun kommt eine Zeit, da werden die Säuger gewaltig, das weiß ich gewiß. Die rote Schlange hat es mir gezeigt. Aber jetzt weiß ich, worin ich sie nicht richtig verstanden habe. Ich habe geglaubt, wenn einer die rote Schlange hört, wenn er das sieht, was einst alle verstehen werden, und das tut, was einst alle tun können, so werde er die Tiere gut und klug machen, so werde er das Neue, das Gewaltige in die Welt bringen, was die Macht gibt und die Freiheit. Und ich habe geglaubt, daß es dabei ankäme auf Wenige, auf Einen, und daß die anderen mitgerissen werden. Aber jetzt weiß ich, das ist falsch.

Der Schnellste mag die Tiere führen, die da laufen können; aber die Pflanzen des Waldes kann er nicht führen, die keine Beine haben, sondern Wurzeln. Meine Genossen werden noch viele, viele Geschlechter im Walde klettern, ehe sie lernen den Stein werfen und die Flamme tragen. Das Kleine wird groß, aber nur ganz langsam. Ich kann nicht die junge Eiche ausstrecken, daß sie groß wird; sie muß aus sich herauswachsen durch Sommer und Winter. Das Kleine wird nicht groß dadurch, daß das Große hinzukommt; das Große muß aus dem Kleinen werden, durch das viele Kleine, auf dem es stehen kann. Wenn das Viele zu Einem wird, dann wird es groß. Meine Genossen müssen noch lange wachsen, ehe sie das Eine haben, was sie groß macht.«

Der Iguanodon hatte die Augen geschlossen und war ein wenig eingeschlafen. Jetzt, als Homchen schwieg, wachte er wieder auf und sagte:

»Schon gut, schon gut! Du weißt, ich bin kein Freund von langen Reden. Aber was hast du nun davon?«

»Ich habe gesehen, daß die Herrschaft der Echsen vertilgt ist. Ich weiß jetzt, daß ein Raum ist für die Welt, die mir die rote Schlange gezeigt hat. Ich weiß, daß das andere sein kann, was noch nicht ist. Vielleicht ist es nur darum so schön, weil es noch nicht ist. Dann habe ich doch das Schönste erlebt, weil es noch nicht ist. Und ich habe getan, was noch niemand getan hat, ich habe das Feuer getragen. Ich hab' es gehegt in meiner Höhle. Es wird vergehen. Aber einst wird es wiedererstehen, einst – – Dann wird es kluge Tiere geben, die das Feuer nicht fürchten, da wird ein neues Homchen kommen – das braucht vielleicht das Feuer nicht zu nähren in der Höhlung, das kann es vielleicht herauslocken aus dem Stein oder Holz – –«

Der Iguanodon bewegte langsam den Kopf:

»Ich habe das Feuer noch nicht gesehen, kein Tier mag es sehen.«

»Die das Feuer nicht fürchten, werden keine Tiere mehr sein, wie wir kleinen Beutler. Ich habe ihre Stimme gehört – –«

»Ist denn dein Feuer noch lebendig? Vielleicht bin ich doch das Tier, das kein Tier mehr ist. Ich gehe auf zwei Beinen, ich breche die Äste, ich denke nach. Ich habe nachgedacht. Ich will dein Feuer sehen.«

»Da müßtest du dich beeilen, denn es wird nicht mehr lange brennen. Ich bin nicht mehr kräftig genug, um die Nahrung genügend herbeizutragen. Bräche der Sturm nicht die trocknen Äste in der Nähe, mein Feuer wäre schon längst verlöscht. Nun kann ich die schweren Äste nicht mehr schleppen. Das Feuer wird sterben. Und dann werde auch ich sterben.«

Homchen saß still und sah mit seinen großen Augen in die Weite. Der Iguanodon richtete sich auf. Er stöhnte, als er sich auf seinen Schwanz stützte. Homchen wußte nicht, was er wolle. Es sprang erschrocken beiseite.

»Fürchte dich nicht!« sagte der Iguanodon. »Du bist ein gutes Tier. Du sollst noch nicht sterben. Und ich will dein Feuer sehen. Ich bin noch stark genug. Ich werde bis an deine Höhle steigen. Sieh diese Arme. Sie sind gewaltig, sie brechen die große Buche am Waldrand. Ich will sie vor deine Höhle tragen, damit dein Feuer Nahrung hat. Zeige mir den Weg.«

Und der alte, steife Iguanodon begann zu schreiten. Langsam, vorsichtig. Zuweilen blieb er stehen. Dann trank er an dem klaren Bach. Homchen sprang voran. Allmählich gelangten sie bis an die Hügel. Homchen zeigte von fern auf die Höhle. Eine schwache Rauchsäule kräuselte sich über den Steinen.

Der Iguanodon sog die Luft ein. Ein Zittern ging durch seinen Körper. Dann sagte er mit einer seltsamen Stimme:

»Dort wohnt die rote Schlange. Ich will sie sehen. Ich fürchte mich nicht.«

Er schritt auf die alte, vermorschte Buche zu. Er umklammerte den größten Ast. Ein gewaltiger Ruck, ein schweres Stöhnen. Und nun noch ein Ruck. Ein lauter Krach. Der morsche Stamm bricht auseinander, die Äste stürzen, mit ihnen der Iguanodon. Er hatte seine Kraft überschätzt. Er raffte sich auf. Der Schmerz machte ihn wütend. Er vergaß seinen Zustand und faßte den stärksten der Äste und, an nichts denkend als an sein Ziel, stieg er über die Halde gegen die Höhle.

Homchen war vorangesprungen, als es sah, daß der Iguanodon nicht zu halten war. Es wälzte einen Stein fort und warf den Rest seines Reisigvorrats auf das kümmerliche Feuer, daß es wieder hell auflohte. Noch hatte der Iguanodon, mit dem Aste beladen, die Flamme nicht gesehen. Nun war er dicht dabei. Homchen fürchtete, er werde ihm das Feuer zerwerfen, und rief:

»Lege das Holz hin! Du bist nahe am Feuer!«

Da blickte der Iguanodon auf. Die Flamme flackerte licht

empor. Seine Augen fielen auf das Wunder – er stutzte einen Augenblick, dann brach er mit dem schweren Aste zusammen.

Sein Körper zuckte vor Schmerz, bald aber ward er ruhig. Den Hals weit vorgestreckt lag er auf dem Boden. Seine Augen richteten sich starr auf die Flamme.

»Ich sehe sie, ich sehe sie, die rote Schlange«, begann er. »Ich fürchte mich nicht. Ich bin das klügste Tier.«

Ein neuer Schauer ging durch seinen Riesenleib. Doch er erhob den Kopf.

»Es ist ein großer Zauber«, sagte er wieder. »Die ihn haben, werden sehr mächtig sein. Ich kann die rote Schlange sehen. Ich bin das Tier, das da kommen wird – ich bin das – glücklichste – Tier – –«

Die Augen fielen ihm zu, der Kopf sank zwischen die brechenden Zweige. Der letzte Iguanodon war tot.

Lange saß Homchen vor der Höhle.

Das Feuer brannte langsam weiter, es ergriff den herangeschleppten Baum, es wurde größer und größer – und Homchen konnte nichts dazu tun. Der Iguanodon hatte sich selbst den Scheiterhaufen errichtet.

Das Feuer sollte lange, lange brennen: das hatte er durch seine Riesenkraft gewollt. Nun brannte es rasch und immer rascher. Homchen stieg hinauf auf die Hügel. Und als die Nacht hereinbrach, sah es unten die verglimmende Glut. –

Am Himmel gingen die leuchtenden Geister der Nacht ihren stillen Weg. Statt des Gekrächzes und Geschnarchs der Drachen hörte man das leise Rauschen des kalten Meeres. Aus der Dunkelheit winkte gespenstisch das gebleichte Gerippe der Großechse, ein Denkmal des Vergangenen.

Und die Sterne rückten weiter, und die Zeit ging hin, langsam – ganz langsam.

Homchen schloß die Augen und die geliebten Träume stiegen empor, und leise sprach es:

»Und das rollende Tier kommt doch!«

(1902)

ZWEITER TEIL

Erzählungen

Bis zum
Nullpunkt des Seins

Erzählung aus dem Jahre 2371

I

Das Geruchsklavier

Aromasia saß im Garten ihres Hauses und sah träumerisch ins Blau des schönen Sommertages vom Jahre 2371. Sie folgte mit ihren Blicken den kleinen dunklen Wolken, welche sich hier und da plötzlich in der Atmosphäre bildeten und einen Regenguß herabströmen ließen; oder sie spähte nach den fliegenden Wagen und Luftvelozipeden aus, die zu ihren Füßen in buntem Gewühle die breite Straße erfüllten. Denn der Garten Aromasias befand sich in der luftigen Höhe von ungefähr hundert Metern über dem Erdboden auf dem Dache ihres Hauses.

Man sah sich genötigt, die Wohnhäuser in so gewaltigen Dimensionen aufzutürmen und die Gärten über ihnen anzubringen, da man den Raum der ebenen Erde dem Ackerbau vorbehalten mußte. So reichbevölkert war der Erdball, daß man jedes Plätzchen dem Anbau der Halmfrucht und der Ernährung des Schlachtviehs widmen mußte, um die Gefahr einer Hungersnot abzuwenden.

So wogten denn am Boden die Getreidefelder, wo immer Luft und Licht es gestatteten; darüber standen auf festen, hohen Säulen die Gebäude der Menschen, in deren unteren Stockwerken die Industrie ihr geschäftiges Leben trieb. Weiter oben folgten Privatwohnungen, und die Krone des Ganzen bildeten anmutige Gärten, deren freie und gesunde Lage sie zum beliebtesten Aufenthalte machte.

Die Aufeinanderfolge von fünfzehn bis fünfundzwanzig Stockwerken war übrigens durchaus nicht mit Unbequemlichkeiten verbunden; denn der Luftwagen war das gewöhnliche Verkehrsmittel; und wollte man wirklich einmal zu Fuß ausgehen, so fanden sich die Treppen durch treffliche Hebe- und

Senkvorrichtungen ersetzt. In den Städten – und deren gab es unzählige – waren außerdem die einzelnen Stockwerke längs der Straßenfront durch Galerien verbunden; ihre Benutzung war bequem und praktisch, aber – wie es so geht, man weiß nicht immer, warum – bei der feinen Gesellschaft galt sie nicht für standesgemäß; sie diente nur dem kleinen Geschäftsverkehr und Hausgebrauche. Ebenso hielt man es für unpassend, ja, es war sogar straßenpolizeilich verboten, innerhalb der Stadt mit den leichten Fahrzeugen sich höher als die Dächer der Häuser zu erheben oder quer über Privatbesitz durch die Luft zu fliegen. Natürlich gab es auch immer mutwillige und unartige Übertreter dieser Sitte, und wenn es früher, im rohen Neu-Mittelalter, der Übermut der männlichen Jugend nicht verschmähte, in weinseliger Nacht allerlei Unfug an Schildern und Hausklingeln zu verüben, so kam es auch heute wohl vor, daß sich am Morgen ein Fenster mit schönen Bildern verklebt fand oder ein wohlverpacktes Bukett zum Schornstein hereinspazierte.

Aromasia Duftemann Ozodes, die allverehrte Künstlerin, seufzte leise, nachdem sie wieder vergebens in der Menge der Luft-Droschken nach dem Ziele ihrer Sehnsucht gesucht hatte.

»Wo nur Oxygen bleiben mag?« klagte sie sanft in den wohltönenden Lauten der deutschen Sprache. Denn wenn man auch im gewöhnlichen Verkehre sich fast ausschließlich der neu eingeführten Universalsprache zu bedienen pflegte, so sprach man doch die zarten Empfindungen des Herzens in den süßen Klängen der ursprünglichen Muttersprache aus.

»Merkwürdig«, fuhr sie fort, »daß er nicht nach seiner Gewohnheit längst zu mir geeilt. Schon neun Uhr vierundachtzig Minuten siebzig Sekunden?* Und auch Magnet kommt nicht – aber die Dichter sind unpünktlich. Er sinnt gewiß auf ein Grunzulett; und dazu braucht er Zeit.«

Das Grunzulett ist nämlich eine neue Dichtungsform, welche die Vorzüge des Sonetts, des Gasels, der alcäischen Strophe und des Familienromans in sich vereinigt, leider aber nur in der modernen Universalsprache zu leisten ist, weil seine Hauptschönheit darin besteht, daß Alliteration und Reim

---

* Man teilte den Tag in zweimal zehn Stunden à 100 Minuten à 100 Sekunden.

durch eigene Selbstvernichtung sich zu einer neuen Form, der »in sich zurückkehrenden unendlichen Lautquetsche«, verbinden.

Jetzt griff Aromasia nach dem neben ihr liegenden Doppelfernrohr und sah scharf nach einer Stelle der Vorstadt, welche ungefähr 25 Kilometer von ihrem Standpunkte entfernt sein mochte; eine jener schon erwähnten kleinen Wolken erhob sich gerade darüber.

»Es ist Oxygen«, sagte sie beruhigt bei sich, indem sie das Fernrohr sinken ließ. »Ich erkenne seine Maschine. Er ist also beschäftigt und wird erst später erscheinen. So muß ich mir denn bis zu seiner Ankunft die Zeit nach eigenem Geschmack vertreiben. Wohlauf, meine getreue Kunst! Ihr gewaltigen Gedanken der großen Duftmeister sollt mir die schleichende Stunde verkürzen und meine Seele in die Regionen wunschlosen Wahnes tragen!«

Sie trat auf die Versenkung und befand sich wenige Augenblicke später in ihrem geschmackvoll eingerichteten Zimmer. Ein Instrument in der Gestalt eines Pianinos stand in der Mitte. Sie öffnete den Deckel und griff in die Klaviatur des Ododions; bald schwelgte sie in den Wonnedüften einer Phantasie von Riechmann, und harmonische Wohlgerüche durchströmten das Zimmer.

Das *Ododion* (von ὀδωδή, der Geruch) oder *Geruchsklavier* wurde im Jahre 2094 von einem Italiener Namens Odorato erfunden und im Laufe der Zeit, entsprechend den Fortschritten der Chemie, bedeutend vervollkommnet. Das Instrument unserer Künsterlin war aus einer deutschen Fabrik und zeichnete sich durch seinen großen Umfang an Gerüchen aus; es reichte von dem als unterste Duftstufe angenommenen dumpfen Keller- und Modergeruche bis zum Zwiblozin, einem erst im Jahre 2369 entdeckten äußerst zarten Odeur. Jeder Druck auf eine Taste öffnete einen entsprechenden Gasometer, und künstliche mechanische Vorrichtungen sorgten für die Dämpfung, Ausbreitung und Zusammenwirkung der Düfte.

Nachdem man die Musik auf einen solchen Höhepunkt der Vervollkommnung gebracht hatte, daß das Ohr unmöglich mehr ertragen konnte, hatte man seine Aufmerksamkeit der so sehr vernachlässigten Nase zugewandt. Die Feinheit des Ge-

ruchsorgans war freilich bei der Menschheit in der Rückbildung begriffen; aber warum sollte man diese nicht steuern können? Kein anderer Sinn wirkt gleich lebhaft auf unsere Ideenassoziation wie der des Geruchs; es lag nahe, ihn künstlerisch dazu zu verwerten, bestimmte Vorstellungen und Empfindungen in uns hervorzurufen. Man studierte die Eigentümlichkeiten und Wirkungen der Gerüche, fand die Gesetze ihrer Harmonie und Disharmonie, anfänglich auf empirischem, später auch auf theoretischem Wege, die Chemie stellte immer wohlfeiler die notwendigen Aromen her, und nachdem das Ododion erst als Kuriosum gezeigt und auf Rundreisen durch die Städte von aller Welt angestaunt worden war, bürgerte es sich bald in den Familien, im Privatkreise ein.

Die größten Duftmeister, zuerst Naso Odorato, dann Stinkerling, Frau Schnüffler, Riechmann, Aromasias Eltern selbst, Herr Duftemann und Frau Ozodes, eine Griechin, leisteten Ododionpiecen, welche den Tonwerken der größten Musiker dreist an die Stelle gestellt werden konnten, und bald war das Ododion, das namentlich in seiner Verbindung mit der menschlichen Stimme hinreißend wirkte, so in allen Häusern eingebürgert wie vor fünf Jahrhunderten das Klavier. Töchter und Söhne räucherten in ihren Mußestunden darauf herum, und die Nachbarn klagten und jammerten über die Stümperei, die Geruchsüberladung und Nasenmarter gerade so, wie man früher über das Flügelspiel und die Ohrenquälerei herzog.

Aromasia Duftemann Ozodes aber war eine Künstlerin im wahren Sinne des Worts. Ihre Duftakkorde umstrickten die Seele mit Allgewalt. Springauf, Flieder und Rosen führten die Träume in die holde Zeit des Sommers und der jungen Liebe; aber allmählich verschwimmen diese Düfte, wir glauben vor verwelkten Blumen zu stehen, und ein Gemisch von Jasmin und Schnittlauch durchzieht das Gemüt mit unendlicher Wehmut. Und nun aus der Ferne, durch diese Wehmut hindurch, riechen wir den Hohn, den Leichtsinn des Treulosen im Dufte des Weines; mehr und mehr umhüllen uns Alkoholdämpfe – da, wie ein Aufschrei des Entsetzens, ein Mißgeruch! Pulver ist es, dann dunkle Grabesluft ... Noch einmal im unendlichen Schmerz erheben sich die Duftakkorde, dann verduften sie in stiller Resignation ...

Aromasia ließ die Hand sinken. Da fühlte sie dieselbe ergriffen und mit heißen Küssen bedeckt.

Magnet Reimert-Oberton war unbemerkt zum Fenster herein luftvelozipediert und zu ihren Füßen niedergesunken. Noch bebte seine Seele im Nachgefühl des Spieles Aromasias.

Magnet führte wie alle Leute einen Doppelnamen. Der rechtlichen Gleichstellung der Frauen gemäß behielten die Kinder sowohl den Namen der Mutter als den des Vaters; verheirateten sie sich, so ließen die Töchter den Namen des Vaters, die Söhne den der Mutter fort und nahmen dafür den des Gemahls hinzu.

Reimert-Oberton war ebenfalls Künstler, und zwar Dichter. Nach unseren Begriffen würde man ihn als einen unerträglichen Realisten bezeichnen, dem damaligen Zeialter aber galt er nicht nur als ein übermäßiger Idealist, sondern auch als weichlicher Romantiker. Denn er stand noch auf dem Standpunkte der Dichter des dreiundzwanzigsten Jahrhunderts, welche sich gern in das Zeitalter des Dampfes zurückträumten, in jene Tage, als die Menschen noch gezwungen waren, zu den Bergen aufzusehen. Er verzweifelte an der Macht der Poesie in einem Jahrhundert, in welchem man den rechnenden Verstand vergötterte, und pries die Zeit des Neumittelalters glücklich, in welcher es nicht darauf ankam, an ein heiliges Wunder zu glauben und mit Klopfgeistern zu verkehren. Eine Neuerung jedoch hatte er versucht, welche ein Verdienst um die Literatur bildete, nämlich die Einführung der begrifflich strengen wissenschaftlichen und technischen Bezeichnungen der Vorgänge in die Poesie an Stelle der auf einer veralteten Anschauung beruhenden sogenannten poetischen. Übrigens dichtete er meist deutsch und verfaßte nur die Grunzuletts in der Universalsprache.

»O große Aromasia«, rief er jetzt, »des vierundzwanzigsten Jahrhunderts erhabenste Ododistin! Ihnen gehört der Schwingungszustand meiner Gehirnzellen, Ihnen bebt jede Nervenfaser meines Rückenmarks! Wie die Flur den durch die mit Wasserdämpfen gesättigte Morgenluft stark absorbierten Sonnenstrahlen entgegenseufzt, so zittern nach den Düften Ihres Ododions die zarten Häute meiner Nase!«

»Magnet«, erwiderte Aromasia, mit dem Finger drohend,

»seien Sie nicht unartig! Sie vergessen wieder, was wir ausgemacht haben – Ihre Anbetung ist gestattet, aber in geziemenden Grenzen. Sie verdienten wirklich, daß Ihnen mein Bräutigam einen Regenguß über den Hals schickte. Ich will Oxygen darum bitten!«

»Grausame! Ich fürchte keine Kondensation – die lebendige Kraft meines heißen Blutes wird die Wassermolekel auseinandertreiben.«

»Warten wir das ab! Übrigens wissen Sie selbst, wie sehr Sie übertreiben. Ihre Schmeicheleien müssen mir wie Spott klingen, denn ich kenne zu gut meine schwachen Kräfte, welche die Ideale meiner Nase nicht erreichen. Wo bleibt die Gedankentiefe eines Riechmann in meinem Gedüftel. Riechen* Sie hier diesen einfachen Übergang vom aromatischen Drei-Duft durch den halben Mollgeruch in die Schlußozodie. Was liegt nicht alles in diesem einfachen Zuge! Kraft, Todesmut, Stärke, Stiergebrüll, die ganze Geschichte der Erfindung des elektromotorischen Schnellwagens, Menschengröße, Gewitter, Winzertanz und sogar die Elemente der Kometenbahn von neunzehnhundertachtzig. Das kann aber auch nur ein Richard Riechmann.«

»Sie sind zu bescheiden. Haben doch auch Sie schon die Überwindung des Materialismus durch den Kritizismus und die Vollendung des Nikaragua-Kanals auf dem Ododion dargestellt.«

»Es sind schwache Versuche! O Magnet, wann wird uns der Meister erstehen, welcher das Geruchsdrama der Zukunft schafft! Riechmann? Ihm mangelt die gestaltende Kraft der Sprache – ach, Magnet, warum sind Sie kein Duftkünstler?«

»Weil ich leider nur ein Dichter bin, aber ein schlechter. Doch nicht in der Zukunft dürfen Sie unsere Ideale suchen, greifen Sie zurück in die Vergangenheit.«

»Ich bitte Sie, Shakespeare, Goethe ...«

»Viel zu veraltet, nein – aber Anton Feuerhase und sein Trauerspiel ›Die letzte Lokomotive‹! Das ist Poesie! Denken Sie

---

* Aromasia sagte: »Räuchen Sie.« Man hatte zur Unterscheidung vom Intransitivum »riechen« das Transitivum »räuchen« gebildet und sagte: Die Rose riecht, roch, hat gerochen; der Mensch räucht, räuchte, hat geräucht. Leider müssen wir noch beim alten bleiben.

an die Schlußszene mit der Musik von Brummer – die Ododionbegleitung ist, glaub' ich, von Stinkerling –, wie der Kessel platzt, der unselige Lokomotivführer, der im Zwiespalt der Pflichten zwischen der Rettung des Publikums und des Eigentums der Bahnverwaltung untergeht, in die Luft geschleudert, mitten zwischen den Trümmern, nachdem er schon die Kinnlade und ein Bein verloren, hinunterdonnert zu den Waggons.

> Vergebens, Dampf, daß du den Atem hemmst!
> Der Eilzug stürzt! Ade, mein Bein! Bremst! Bremst!

Wenn dann der Vorhang fällt und die Musik das Geräusch der Bremsen noch nachtönen läßt, dann erst fühlt man, was die Dichtkunst vermag. Und mir gelingt es nicht einmal, ein armseliges Grunzulett ins Deutsche zu übertragen.«

»Aber es gelingt Ihnen, so manches Gemüt zu erheben über die Gewöhnlichkeit des Lebens und sich unabhängig zu fühlen vom verwirrenden Urteil der Menge. Und das ist es, was ich an unserer Kunst preise.«

»Nicht alle werden es Ihnen zugeben. Die Partei, welche sich den Namen der ›Nüchternen‹ gegeben hat, behauptet, daß nur durch die Bildung des Verstandes ein Fortschritt der Menschheit möglich sei; daß die intellektuelle Entwicklung, wie sie die Emanzipation von der Naturgewalt geleistet habe, auch allein imstande sei, von den Leidenschaften zu befreien und die Menschheit ihrer sittlichen Vollendung und mehr entgegenzuführen; ja, daß wir den Errungenschaften der Wissenschaften allein den hohen Kulturzustand der Gegenwart in ethischer Beziehung verdanken, unsere Toleranz, unsere Milde, unsere Reinheit der Gesinnung.«

»Magnet, Sie erinnern mich zur Unzeit an diesen unseligen Parteistreit, der so tief in die Verhältnisse unseres Lebens eingreift. Sie wissen, daß hier der einzige Punkt liegt, der mich von Oxygen trennt, daß hier allein unsere Meinungen auseinandergehen. Und doch kann ich nicht anders, wie lieb ich meinen Bräutigam habe – es ist meine heiligste Überzeugung, daß allein dem Einflusse der Künste, insbesondere der Ododistik, auf den Menschen die Erhebung der Sittlichkeit und die Förderung der Zivilisation zugeschrieben werden kann. Nur zu oft macht diese Meinungsverschiedenheit uns bittere Stunden, und ich fürchte ...«

»Nicht doch, Aromasia! Sie sagten selbst so oft, daß bei der Gewohnheit unserer Zeit, jegliches Urteil gelten zu lassen und die Sache von der Person zu trennen, eine persönliche Anfeindung aus einem Streite der Anschauungen überhaupt nicht mehr entstehen könne. Wie mögen Sie solche Befürchtungen durch die aus den Bewegungen ihrer Mundhöhle resultierenden Schallwellen ausdrücken?«

»Weil ich gar nicht so sicher bin, daß unser Zeitalter wirklich auf einer so gepriesenen Höhe objektiver Betrachtung steht. Wäre es nur ein rein theoretischer Streit, um den es sich handelte, so wollte ich mich beruhigen. Aber wie oft auch die Nüchternen dies behaupten mögen, es ist nicht wahr. Hier liegt ein Gegensatz vor, der tief in der Natur des Menschen begründet ist, der immer bestanden hat und bestehen wird und sich gegenwärtig nur in dieser Form ausspricht. Wir sind nicht mehr imstande, in tödliche Feindschaft zu geraten, weil einige religiöse Dogmen bei dem einen anders lauten als beim Nachbar, aber der unauslöschliche Kampf entgegengesetzter Ideale äußert sich dafür im Parteihader der ›Nüchternen‹ und der ›Innigen‹. Die Namen sind unglücklich genug gewählt. Die Nüchternen sind die allerschlimmsten Fanatiker; wenn sie sich auf die ›nüchterne Überlegung‹ berufen, so lügen sie. Ihre innerste Gemütsanlage ist eben fremd und abgeneigt den warmen Empfindungen einer ideal fühlenden Seele, die das Leben erfaßt, wie es sein soll, und nicht zergliedert, wie es ist.«

»Seien Sie nicht so böse, Aromasia«, tröstete Magnet. »Bei diesen Leuten sind nun einmal die Zentralorgane der Geruchsempfindungen, das Subiculum des Ammonshorns oder die Spitze der ›hakenförmigen‹ Windungen schlecht entwickelt. Ihr Gehirn ist einer feinen Duftempfindung nicht zugänglich, und sie werden eine Aromasia nie verstehen.«

»Und Oxygen?«

Magnet schwieg. Sanft irrten Aromasias Finger über die Tasten, die zarte Wohlgerüche ausströmten.

Eine Luftdroschke schwirrte vor das Fenster, Oxygen führte sie. Er stellte die Schraube des Apparates horizontal, so daß die Drehung derselben den Wagen nur schwebend erhielt, ohne ihn fortzutreiben, befestigte das Fahrzeug am Fenster und trat mit freundlichem Gruß ins Zimmer.

Aormasia eilte ihm entgegen und begrüßte ihn herzlich. Ihr folgte Magnet. Oxygen näherte sich, Aromasia an der Hand führend, dem Fenster und blickte in ein dort aufgestelltes Mikroskop.

»Allerliebst«, sagte er, »ich gratuliere, Aromasia. Selten habe ich einen so vorzüglichen Urschleim gesehen als diesen hier. Prächtig gelungen.«

»Dir zu Liebe Oxygen«, erwiderte seine Braut. »Ich weiß, wie sehr du dich freust, wenn ich mich deiner kleinen Lieblinge annehme. So habe ich manche Stunde vor dem Mikroskop gesessen und der Zellbildung zugesehen.«

Es war damals Mode, den sogenannten Urschleim, das niedrigste organische Gebilde, aus anorganischen Stoffen zu ziehen. Professor Selberzelle hatte den Triumph gehabt, die erste zweifellose Urzeugung zu beobachten, und statt mit Papageien oder Schoßhündchen spielten Damen und Herren in ihren Mußestunden jetzt unter dem Mikroskop mit den zarten Urschleimtypen.

»Du bist später als gewönlich gekommen«, fuhr Aromasia fort. »Du hattest viel zu tun?«

»Leider, ich bin sehr mit Bestellungen überhäuft, das Wetter ist bei uns ausnahmsweise trocken, und ich habe alle Mühe, Wasser genug zu schaffen. Und heute hatte ich besonders viel zu besorgen, denn ich wollte mich für morgen frei machen. Ich habe dir nämlich einen Vorschlag mitzuteilen – ich denke, Magnet, du wirst auch dabeisein?«

Nun entwickelte Oxygen seine Idee.

Oxygen Warm-Blasius war seines Zeichens nichts Geringeres als –Wetterfabrikant; das heißt, er war Besitzer eines großen Etablissements, welches Apparate herstellte und verlieh, um Veränderungen in der Atmosphäre künstlich hervorzurufen. Dies geschah durch chemische und physikalische Kräfte; da wurden Dämpfe entwickelt, große Luftmassen erhitzt oder abgekühlt, obere Luftschichten in niedere Regionen gesogen, tiefere hinaufgepreßt, Wolken gebildet und zerstreut. Oxygens Geschicklichkeit hatte sein Etablissement zu einem sehr beliebten gemacht.

»Ich habe also für morgen meine Geschäfte bereits geordnet«, fuhr er jetzt fort, »um mit euch eine kleine Partie für den ganzen Tag zu arrangieren. Es ist nämlich gerade morgen einer der so sehr seltenen Tage, an denen die ganze nördliche Erdkugel heiteres Wetter besitzt, und wir können daher unsern Ausflug beliebig einrichten, ohne künstlicher Hilfe zu bedürfen oder irgendeine Störung befürchten zu müssen.«

»Und wohin willst du?« fragte Magnet.

»Ich schlage vor, nach dem Niagarafall zu fahren. Anfänglich dachte ich an die Nilquellen, aber dort waren wir erst im Winter, und in den Tropen ist auch der Aufenthalt in gegenwärtiger Jahreszeit nicht gerade angenehm.«

»Zum Niagara«, rief Aromasia, »das hast du gut ausgedacht, Oxy! Aber da müssen wir wohl zeitig hinaus?«

»Wenn wir um sechs Uhr abfahren, so haben wir übrig Zeit, auch ohne unsere Maschine zu sehr anzustrengen. Selbst wenn wir uns vier Stunden* am Fall aufhalten, können wir um zehn Uhr abends wieder zurück sein. Sechs Stunden brauchen wir zur Hinfahrt. Ich würde aber vorschlagen, lieber schon um vier oder ein halb fünf Uhr, gleichzeitig mit der Sonne, aufzubrechen. Da wir nach Westen fahren, können wir unsere Geschwindigkeit so wählen, daß wir der entgegengesetzten Drehung der Erde ganz genau das Gleichgewicht halten und sie für uns paralysieren. Wir genießen dann, den Blick zurückgewendet, das Schauspiel eines sechsstündigen Sonnenaufgangs, der sich auf dem Atlantischen Ozean ganz prachtvoll macht.«

»Vor uns den Tag und hinter uns die Nacht«, zitierte Magnet.

»Eigentlich müßte es bei uns umgekehrt heißen«, meinte Oxygen, »aber wir müssen die Alten verbrauchen, wie sie sind.«

»Dieser Ausfall sei dir verziehen, teurer Oxygen«, rief Magnet, »denn deine Idee ist wirklich brillant, grunzulettal! Freilich kommen wir auf diese Weise auch schon nach unserem Ziele, wenn es dort erst vier Uhr Morgens ist.«

---

* Zur Bequemlichkeit für den Leser des 19. Jahrhunderts (wir begnügen uns, für diesen zu schreiben) sind hier solche Stunden genommen, von denen 24 auf einen Tag gehen.

»Dafür, weiser Dichter, entgehen wir auch der Mittagshitze auf dem Lande. Um acht oder neun Uhr brechen wir dann auf, sechs Stunden zurück, das heißt relativ zwölf Stunden, da wir jetzt der Sonne mit derselben Geschwindigkeit entgegeneilen, als wir auf der Hinfahrt vor ihr herflogen – und um acht Uhr nach mittlerer Berliner Zeit sind wir wieder zu Hause, also noch bei Tageslicht.«

»Und für morgen bist du des Wetters ganz sicher?« fragte Aromasia.

»Überzeuge dich selbst«, erwiderte Oxygen, indem er aus seinem Wagen den Wetteratlas holte und den betreffenden Tag aufschlug.

Im Wetteratlas findet sich auf ein halbes Jahr im voraus für jeden Tag der Zustand der Atmosphäre auf der ganzen Erde angegeben. Bis auf die halbe Meile und die Viertelstunde bestimmte die Meteorologie die Witterung mit mathematischer Genauigkeit. Auf kolorierten Erdkarten in großem Maßstabe waren diese wissenschaftlichen Ergebnisse verzeichnet, jedem Tage gehörte eine Karte.

»Ihr seht«, fuhr Oxygen fort und blätterte in den Karten, »Regenstreifen überall im Westen – nur morgen prachtvollstes Wetter. Also abgemacht?«

»Abgemacht! Vorbereitungen sind ja nicht nötig.«

»Gut, so fahren wir morgen früh vier Uhr in meinem neuen Motor.«

»Das muß ich gestehen«, fügte Aromasia hinzu, »dieses Verdienst der Wissenschaft erkenne ich an, welches sie sich um unsere Garderoben erworben hat. Wie gräßlich muß es gewesen sein, als man von solchen Zufälligkeiten, wie es ein Regenguß, ein Windstoß scheinbar sind, in allen seinen Bestimmungen abhängig war.«

»Nur von *einem* Naturzwange konnten wir uns vorläufig nicht befreien«, sagte Oxygen lächelnd, »nämlich vom Hunger. Und ich muß gestehen, es wäre mir lieb, wenn ...«

»Wir sind bereit«, rief Aromasia, indem sie einen kräftigen Bratengeruch auf dem Ododion anschlug.

Und die Gesellschaft bestieg den Luftmotor Oxygens, um sich in das Speisehaus zu begeben.

Im großen Speisesaale des Pyramidenhotels herrschte ein reges Leben. Luftdroschken fuhren ab und zu; an den Büfetts, welche sich längs der Wände hinzogen, drängten sich die Geschäftsleute und die Durchreisenden, im Vorbeigehen die Universal-Kraft-Extraktpillen dieser oder jener Speise einzunehmen, welche sie in den Stand setzten, in wenigen Sekunden eine Mahlzeit von mehreren Gängen zu genießen. Diejenigen, welche mit ihrer Zeit in gleichem Maße zu sparen nicht nötig hatten, saßen an den geschmückten Tafeln in der Mitte des Saales. An jedem Platze befand sich eine Anzahl Knöpfe, deren Aufschriften die Speisekarte darstellten, und ein Druck auf dieselbe zauberte, dem »Tischlein, deck dich« gleich, die verlangte Schüssel unter der Tischplatte hervor.

Die Verkehrsmittel des 24. Jahrhunderts ließen jedes Land seine Tribute darbringen. Dieses Schnabeltier hatte noch vorgestern in van Diemens Land die Ameisen in Schrecken versetzt; der Singschwanflügel, den Aromasia eben zerlegte, war erst gestern in Nowaja-Semlja vom Schlage des elektrischen Jagdgewehrs gelähmt worden. Die Zeit der Reise schien keinen Einfluß mehr auf den Verbrauch der Früchte zu üben. Auf dem unendlichen Streifen, welcher in der Mitte des Tisches alle auf ihm niedergestellten Tafelzierden in steter Bewegung an den Gästen vorüberführte, prangten die schönsten ungarischen Trauben neben deutschen Erdbeeren, Apfelsinen, vor einer Stunde in Sardinien vom Baume gepflückt, daneben fleischige Acaju-Nüsse aus Brasilien und in kleinen Kristallschalen frische Kokosmilch von den Nikobaren.

Gemischt aus allen Zonen, wie das Menü, waren auch die Scharen der Speisenden. Denn die ganze Menschheit war in einem ewigen Wandern und Strömen durcheinander begriffen. Ob dies gleich mehr an den Büfetts, weniger an den Tafeln hervortrat, wo fast nur die einheimischen Familien speisten, war doch auch hier der kosmopolitische Zug des Jahrhunderts wohl zu merken. Mit Ausnahme des allerreichsten Teiles der Bevölkerung, welcher es durchsetzen konnte, seinen eigenen Tisch zu haben, war jeder darauf angewiesen, in den öffentlichen Garküchen zu speisen. Denn mit der Vermehrung der Bevölkerung konnte die Produktion der Nahrungsmittel nur mühsam Schritt halten, und die Verteuerung der Rohstoffe ließ sich nur dadurch ausgleichen, daß die Kosten der Zubereitung durch die Speisegenossenschaften auf ein Minimum reduziert wurden. Die Güte und Reichhaltigkeit der Gerichte konnte dadurch natürlich nur gewinnen, leider aber verlor der Familienzusammenhang und die Poesie des Hauses um so mehr durch die nivellierende Öffentlichkeit. Schwarzseher prophezeiten wohl schon den Untergang der Sitte und Kultur; aber das ist allezeit geschehen, und jeder Vorurteilsfreie mußte eingestehen, daß trotz manch wunderlicher Gegensätze zu gleicher Höhe sittlicher Freiheit und allgemeinen Glücks die Menschheit sich noch nie erhoben hatte.

Mit Eifer blickte man nach den großen Tafeln der Drucktelegrafen im Hintergrund des Saales, auf welchen die mannigfaltigen Nachrichten aus allen Weltgegenden sofort selbsttätig in stenografischer Schrift sich verzeichneten. Das Tagesgespräch bildete der Konflikt zwischen den Vereinigten Staaten und dem chinesischen Kaiserreich, welches ihnen das Durchflugsrecht zu wehren versuchte. Doch wollte man an einen Krieg nicht glauben, da man sich von der Hoffnung nicht trennen konnte, der sogenannte Eisenbahnkrieg zwischen Rußland und China im Jahre 2005 möge der letzte Krieg der zivilisierten Erde gewesen sein. Die Chinesen waren durch denselben gezwungen worden, ihr Land dem europäischen Eisenbahnverkehr zu eröffnen; aber in demselben Jahr, in welchem die mittelasiatische Pazifik-Bahn vollendet war, erlitt das Verkehrswesen durch die Erfindung des Luftmotors eine derartige Umwälzung, daß die russischen Errungenschaften bald ihre Bedeutung verloren.

Auch an Aromasias Tische sprach man von den politischen Verhältnissen, und es war natürlich, daß man sich zu einem Vergleiche mit den Zuständen vor dem Eisenbahnkriege geführt fand. Magnet konnte unmöglich von seiner Lieblingsepoche reden hören, ohne sich mit einer Lobrede auf dieselbe am Gespräch zu beteiligen; und Oxygen wurde dadurch unwillkürlich herausgefordert, die Gegenwart der Vergangenheit gegenüber in Schutz zu nehmen.

»Vor allen Dingen können Sie doch nicht leugnen«, sagte er zu Magnet, »daß in allem, was den Komfort des Lebens und das physische Wohlbefinden der Menschheit – ohne Bevorzugung der einzelnen – anbetrifft, unsere Zeit alle früheren Epochen ungemein überragt. Wie wäre es möglich gewesen, daß alle Schichten der Bevölkerung in gleichem Maße an den Vorteilen der Kultur partizipierten, hätte nicht der Fortschritt der Wissenschaften die Naturkräfte in so reichem Maße dienstbar gemacht und ihnen den Mechanismus der Arbeit so ausschließlich aufgebürdet, daß ein jeder ein menschenwürdiges Dasein zu führen vermag? Wie wäre es möglich gewesen, die blutigen Revolutionen der verschiedenen Stände gegeneinander zu vermeiden, wäre nicht überall die Erkenntnis eingedrungen, daß nur im friedlichen Zusammenwirken aller Berufskreise der Ausgleich jener Unterschiede zu ermöglichen ist, welcher durch die individuelle Verschiedenheit der menschlichen Natur immer aufs neue gesetzt wird. Nur die Einsicht in den Zusammenhang der geschichtlichen Entwicklung der Gesellschaft und das Ineinandergreifen der Wirkungssphären kann den ungünstiger Situierten veranlassen, sich mit dem zufriedenzugeben, was er seiner Kraft nach zu leisten vermag; und dieselbe Einsicht allein kann den Reichen und Mächtigen zwingen, seine Übermacht nicht zu mißbrauchen und aus freien Stücken bei einer gewissen Grenze des Erwerbes sich zu bescheiden, so daß die Vorteile der modernen Industrie und Technik wirklich der Gesamtheit zugute kommen. Und ...«

»Erlaube«, unterbrach ihn Magnet, »die Tatsache muß ich zwar anerkennen, daß wir die Klippe der sozialen Frage in ihrer krassen Form nach den großen Kämpfen des zwanzigsten Jahrhunderts glücklich umschifft haben. Deine Hervorhebung der Ursache, die du in der vernunftgemäßen Überlegung finden willst, kann ich aber in nur sehr geringem Maße zustimmen. All diese Einsicht, alle theoretische Erkenntnis ist machtlos gegenüber der Gewalt des Erhaltungstriebes im Kampfe ums Dasein, gegenüber der aufgestachelten Lust an Besitz und Genuß und der Leidenschaft des Moments. Diese Kräfte konnten nur gebändigt werden durch eine Kraft des Gemütes, welche unsern Willen in gleich mächtiger Weise zu erregen und zu binden vermag. Sie konnten nur überwunden werden durch ein Ideal, wie es in jener herrlichen Zeit aufflammte und mit der Macht einer neuen Religion die Geister umfing, einer Religion, welche alle unhaltbaren und unzeitgemäßen Formen und Dogmen ausschied und jenen unsterblichen Kern des Christentums enthüllte, den ein Kant, ein Schiller vorahnend empfunden. Vielleicht hat die Überlegung, daß der einzelne nur im ganzen zu existieren und zu wirken vermag, daß die heilige Ordnung allein Staaten und Menschen erhalten kann, daß nicht das erreichte Ziel, sondern das Streben und Ringen allein das Glück enthält und daß ein jeder nur sich zufrieden fühlen kann in dem beschränkten Kreise, der die volle Betätigung seiner Energien zuläßt und abgrenzt – vielleicht hat diese Überlegung jenes Ideal allmählich erzeugt. Aber sie mußten erst in einer Reihe von Generationen durch fortschreitende Vererbung in Fleisch und Blut übergehen, das heißt aus einem Schlusse des Verstandes sich verwandeln in ein Axiom der sittlichen Anschauung; sie mußte zu einem Ideale werden, das hoch über allen Wechselfällen der Wirklichkeit als ein unverrückbarer Leitstern jede Entschließung bestimmt, jeden Widerspruch verstummen macht.«

»Und sollte dies alles nicht auch durch einen Fortschritt der Erkenntnis zu erreichen sein? Durch die ausgebildete Fähigkeit, in einem Augenblicksschlusse, ähnlich den Schlüssen des Taktgefühls, die ganze Reihe der Möglichkeiten zu überblicken und daraus diejenige Bestimmung zu treffen, welche dem eigenen Anspruche und dem Recht der Allgemeinheit am besten entspricht? Das aber ist ein intellektueller Fortschritt, und wir befinden uns auf rein wissenschaftlichem Gebiete. Von diesem Fortschritt leite ich den Gesamtfortschritt der Menschheit ab. Wir alle sind einig darin, daß unser Zeitalter sich auszeichnet durch sein geistiges Gleichgewicht, durch seinen Edelmut, seine liberale Gesinnung, welche es unmöglich macht, in die Niederungen hämischen Streites, zur Absicht beleidigender Kränkung, zurückzukehren. *Ich erkläre es geradezu für unmöglich*, daß aus dem Streite entgegengesetzter Meinungen heutzutage ein persönlicher Haß, ja nur eine tatsächliche Anfeindung hervorgehen könne. Und wodurch haben wir das erreicht?«

»Durch die Ododik«, warf Aromasia ein.

»Nein, Liebste, allein durch die Erkenntnis und Beherrschung der Natur. Der Mensch, der sich seiner Stellung zum Ganzen der Welt bewußt ist, begreift auch zugleich das Verhältnis, in welches er sich gerechter Weise zu seinen Mitmenschen stellen muß, um auch ihnen die Freiheit der Bewegung zu garantieren. Er begreift, daß Freiheit nur bestehen kann in vernünftiger Unfreiheit, daß nur die gehorsame Unterwerfung unter das Gesetz frei zu machen vermag. Diese Einsicht macht uns gerecht, tolerant, neidlos, friedliebend, sie erhebt uns so hoch über jene düsteren Zeiten, in denen schon eine Verschiedenheit der metaphysischen Überzeugung genügte, die wildesten und zerstörendsten Affekte zu entfesseln. Ob man dabei Ododion räuchert oder nicht, das ist vollständig gleichgültig.«

»Oxygen«, sagte Aromasia, »du bist sehr unartig. Ich vermisse wieder einmal den Respekt, den du vor der Kunst haben solltest, welche meine Lebensaufgabe ausmacht.«

»Beste Aromasia, ich hoffe, du wirst deine Lebensaufgabe noch anders auffassen lernen.«

»Niemals, mein Oxygen! Ich kann und darf es nicht dulden, daß du durch deine absprechenden Theorien jedes innige Gefühl mit Füßen trittst. Wenn nicht einmal unsere innere Güte und Liebenswürdigkeit, unsere Vorurteilslosigkeit und Selbstlosigkeit aus der warmen Empfindung unseres Herzens stammen soll, dann mußt du auch diese selbst leugnen, und jedes künstlerische Bestreben könnte sich zum Sirius scheren!«

»Ich muß Ihnen beistimmen«, sagte Magnet.

»Das tut mir leid«, entgegnete Oxygen, »aber ich erhalte meine Geringschätzung eurer schönen Künste aufrecht. Der Schwerpunkt des modernen Lebens kann nur in dem Fortschritt des Erkennens liegen. Und ich behaupte noch mehr. Wir werden durch die Wissenschaft dazu kommen, überhaupt jede Kunst aufzuheben und diese Spielereien überflüssig zu machen.«

»Oh, oh!«

»Ja, gewiß! Ihr wißt, daß wir durch die Natur unseres Erkenntnisvermögens gezwungen sind, alle Veränderungen in der Erscheinungswelt zurückzuführen auf die Bewegung von Atomen. Licht, Wärme, Elektrizität, chemische Verwandtschaft, Gravitation und wie immer die einzelnen Bewegungsarten des Stoffes heißen, sie alle unterscheiden sich nur durch die Größe und Zusammenordnung der schwingenden Atome und durch die Geschwindigkeit und Richtung derselben in ihren Bahnen. Nun kann man die meisten dieser Schwingungsarten in andere überführen, so daß jede Eigenschaft der Körper verändert und diese ineinander umgewandelt werden. Nehmen wir an, wir seien so weit gekommen, daß man jede beliebige Bewegungsform in jede andere überzuführen vermag – haben wir nicht dann das Weltall in unserer Hand? Dann gilt wirklich das Wort des alten Philosophen nicht mehr als ein Widerspruch, daß alles aus allem werden kann. Und was sollte dann die vorgeschrittene Menschheit hindern, jene Umgestaltung der Atom-Bewegungen hervorzurufen, durch welche die Atome ihre gegenseitigen Bewegungen selbst aufheben? Dann wird eine relative Ruhelage derselben entstehen, ein Gleichgewicht der Kräfte – die Körper müssen sich ihrem Wesen nach vernichten und die Welten aus der Existenz verschwinden, ehe der natürliche Verlauf von selbst zur Erstarrung des Alls führt.«

»Aber bester Freund, du weißt doch, daß die Atome und ihre Bewegungen eben auch nur unsere Vorstellungen sind, daß die ganze Welt in der Form, wie du sie beschreibst, nur als unsere Erscheinung besteht.«

»Eben darum. Sie erscheint uns nun einmal nur in Form bewegter Atome – was sie an sich ist, bleibt gleichgültig; heben wir diese Bewegung auf, und die Erscheinung wird aufgehoben sein. Wir haben es ja nur mit einer phänomenalen Welt zu tun und kennen keine andere; diese aber muß vernichtet werden. Wenn die Welt für uns nicht mehr existiert, so ist es so gut, als existierte überhaupt nichts.«

»Und was wird aus unserer Empfindung, die doch offenbar als die innere Seite des Seins gar nichts mit der Bewegung zu tun hat?«

»Besteht nicht zwischen beiden ein vollständiger Parallelismus? Entspricht nicht tatsächlich jedem Empfindungsvorgang ein äußerer Bewegungsvorgang, welcher nur das Spiegelbild von jenem inneren ist, erzeugt durch unsere äußere Sinnesauffassung in Raum und Stoff? Hebe die Möglichkeit auf, daß das entsteht, was wir organisierte Wesen mit Zentralorganen des

Bewußtseins nennen, und du hast auch das Bewußtsein in seinen höheren Formen aufgehoben. Glaubst du, daß der innere Bewußtseinsinhalt einer Welt, welche einem äußeren Zuschauer, wie uns, nur als eine unzählbare Summe geradlinig nebeneinander durch den Raum ziehender Atome erscheinen würde, daß dieser Bewußtseinsinhalt noch eine Welt genannt werden kann? In diese Form ohne wechselnden Inhalt muß die Welt umsetzbar sein!«

»Und wenn du selbst mit dieser Theorie einer möglichen Selbstvernichtung der Welt recht hättest, die doch übrigens nur in einer unabsehbaren Zukunft zu realisieren wäre, wenn wir den leicht zu erhebenden Einwand ganz außer acht lassen wollten, daß ja doch unser menschliches Bewußtsein nicht das einzige seiner Art in der Welt sein dürfte und daß immer und immer Formen des Seins existieren werden – wie gesagt, abgesehen von all diesem, so bist du doch immer noch die Begründung deiner Geringschätzung unserer Kunst uns schuldig geblieben. Sind wir es denn nicht, die in diesem unentfliehbaren Mechanismus uns den Rest von Freiheit bewahren, der allein das Leben erträglich macht? Sind wir es nicht, die der Menschheit die Rettung aus der niederdrückenden Schwere der Wirklichkeit in das heitere Reich des Ideals allein ermöglichen, indem wir alle edleren und zarteren Regungen des Gemütes leiten und beherrschen? Nur durch die Kunst ist es möglich, Stimmung zu erzeugen, das heißt einen Gesamtzustand unseres Seelenlebens hervorzurufen, in welchem wir in dem Lustgefühl des in sich abgeschlossenen Empfindens gewissermaßen erfahren, was es heißt zu *sein*.«

»Diese Rolle eben, welche die Künstler jetzt spielen, werden künftighin die Physiologen übernehmen. Wenn ihr mit euren Kunstwerken die Menschen in eine Stimmung versetzen wollt, kommt ihr mir vor wie ein Arzt, der die Aufgabe hat, einen Patienten von einer unverdaulichen Speise zu befreien, und ihn zu diesem Zwecke eine Seereise unternehmen läßt, damit er die Seekrankheit bekomme. Wie würde dir ein solcher Arzt gefallen? Du würdest sagen, warum gibt der Mann nicht lieber ein direktes Brechmittel? Ihr Künstler seid in derselben Lage – nur kennt ihr eben das einfache, von innen wirkende Mittel nicht. Wir werden es auffinden, das heißt, wir werden zeigen, wie man das Gehirn unmittelbar in jenen Zustand versetzen kann, den ihr nach großer Mühe vermittels der Sinne durch eure Kunstwerke hervorzurufen versucht. Und darum brauchen wir weder dein Grunzulett noch deine Riechstückchen.«

»Dann muß ich dir freilich überflüssig vorkommen«, erwiderte Aromasia gereizt. »Du redest, als wärest du ein Zauberer, der ohne weiteres geschehen läßt, was er will. Es soll mich nicht wundern, wenn du nächstens behauptest, man werde noch lernen, sich unsichtbar zu machen!«

»Und das behaupte ich auch.«

»Ich verstehe dich nicht mehr.«

Oxygen zuckte die Achseln. Dann sagte er: »Von meiner Überzeugung kann ich nicht abgehen; und so gut ich an die dereinstige Selbstvernichtung der Welt und an die Zukunftslosigkeit der Ododik glaube, ebensogut glaube ich, daß die Zukunft die Kunst des Unsichtbarwerdens erfinden wird.«

»So wünschte ich, wir lebten in dieser Zukunft; dann würde ich mich sofort unsichtbar machen, wenn du so abscheulich sprichst.«

»Aromasia, jetzt verstehe ich dich nicht mehr. Ich hoffe, du scherzest nur.«

»Es scheint, daß wir uns nie verstehen werden. Solche Behauptungen kann ich nicht ertragen. Sie widersprechen einem innersten Wesen.«

»Ich begreife dich auch nicht mehr«, fiel Magnet ein. »Wie kannst du im Ernste solche Ansichten aussprechen? Jede bürgerliche Existenz müßte dann aufhören, seiner Person, seines Eigentums wäre niemand sicher. Ich sehe in eine Sittenverderbnis ohnegleichen! Wenn ihr ›Nüchternen‹ doch nicht in so törichter Weise glaubtet, das Geheimnis des Seins von seinem Schleier befreien zu können. Sich unsichtbar machen! Merkt ihr denn nicht, daß ihr dem Reiche der Märchen und Hexereien zusteuert? Daß ihr in selbstverschuldetem Kreise dazu gelangt, eure eigenen Behauptungen von der Gesetzmäßigkeit der Natur aufzuheben? Ihr vernichtet euch selbst, ihr Kurzsichtigen!«

»Wo ist nun die Kurzsichtigkeit«, rief Oxygen in heftigem Tone, »bei euch, die ihr glaubt, mit Ododion-Gestänker die Welt glücklich zu machen, oder bei uns, die wir bewußt sie der

Menschheit zu Füßen legen? Allerdings muß es unser letzter Zweck sein, die Natur aufzuheben, die Atome in ihre relative Ruhelage zu bringen und zum ursprünglichen Nichts, zum *Nullpunkt des Seins*, zurückzukehren.«

»Das ist eine Roheit der Gesinnung«, fuhr Magnet auf, »mit der du Aromasia, mit der du mich beleidigst! Seit wann ist es Sitte, so rücksichtslos sich zu äußern?«

»Und mit welchem Rechte stellst du mich zur Rede?« fragte Oxygen aufstehend.

»Ich erteile ihm dies Recht«, rief Aromasia. »Denn gegen dich bedarf ich des Schutzes. – Unerhört sind solche Auftritte nach unseren Schicklichkeitsbegriffen. Ich gehe. Begleiten Sie mich, Magnet.«

Die Gesellschaft trennte sich.

Aromasia und Magnet warfen sich in eine Luftdroschke und flogen nach Aromasias Wohnung.

»Es ist schädlich!« sagte Magnet. »Oxygen, der ›Nüchterne‹, der große Mann des vierundzwanzigsten Jahrhunderts, der eben das Wort gesprochen: Ich erkläre einen persönlichen Streit aus theoretischer Meinungsverschiedenheit für unmöglich! Wo ist hier jene selige Ruhe des Gemüts, die aus der Erkenntnis fließen soll? Gehässige Angriffe gegen das, was das Heiligste für unsere Empfindung ist, Verletzung unserer innersten Interessen, das nennt er Objektivität der Betrachtung! Weinen Sie nicht, Aromasia! Er ist der Absonderung Ihrer Tränendrüsen nicht wert, welche die Kapillaranziehung Ihrer Augenwimpern nur mühsam gegenüber der Schwerkraft der Erde zurückhält! Weinen Sie nicht – setzen Sie sich ans Ododion, hier spielen Sie!«

Aromasia sprang auf.

»Nein«, rief sie mit blitzenden Augen, »er ist der Trauer nicht wert! Oh, ich wußte es – ein Nüchterner! Ich wußte es! Aber – Rache!«

»Bleiben Sie ruhig, Aromasia, ich werde Sie rächen! Sie und mich! Ich werde uns rächen, wie es die Gesetze der Ehre erfordern, aber schärfer, als er es erwarten wird. Räuchern Sie, phantasieren Sie – ich sammle dabei meine Gedanken. Oxygen weiß sehr wohl, daß wir an die öffentliche Meinung appelieren müssen und werden; aber wie, wie wir ihn zerschmettern – das kann er nicht ahnen. Schon dämmert mir's! Aromasia – Sie spielen bezaubernd!«

Aromasia saß am Ododion und phantasierte. Groll, Haß, Verzweiflung sprachen aus den betäubenden, nasezermalmenden Düften und rissen den Zuriechenden unwiderstehlich hin, bis sich alles im tiefen Schmerz der enttäuschten Liebe auflöste.

Magnet aber ruhte im Hängestuhl und sann auf das anklagende Rachegedicht gegen Oxygen. Auf dem Nullpunkt des Seins wollte er ihn darstellen, wie er ganz allein existierend ohne Raum und Zeit unsichtbar auf den gleichfalls unsichtbaren Leichnamen der Kunst und Sitte Hullu-Kullu tanzte! Das war der neueste Modetanz, dessen Pointe im Zusammenrennen der Köpfe bestand.

Eilig schrieb er über den Zeilen des Gedichts. Schon in der nächsten Stunde sollte es auf allen öffentlichen Zeitungstafeln an den Ecken durch telegrafischen Selbstdruck erscheinen. Es mußte eine niederschmetternde Wirkung üben und den Angegriffenen in Gesellschaft und Welt vernichten. Heute abend, wenn Aromasia im Odoratorium spielte, mußte sich die Wirkung zeigen. Triumphierend las Magnet sein Produkt Aromasia vor, welche es ododramatisch begleitete.

Widerstrebende Empfindungen kämpften in Aromasias Herzen; zu ihren Füßen saß Magnet, zufrieden und glücklich im Gefühl der befriedigten Rache und der innigsten Anbetung der Künstlerin, welche aus Essigäther und Zwiblozin die herrlichsten Gase mischte und den Augen heiße Tränen entlockte. Draußen aber, an den Türritzen, an den Fensterspalten, an den Öffnungen des Rauchfangs, drängte sich die duftsaugende Menge, die bezaubernden Phantasien der großen Ododistin zu erhaschen.

III

Die Rache im Odoratorium

Das Odoratorium, die Stätte für öffentliche Geruchs-Aufführungen, war zu Konzertsaal und Theater als ein unentbehrlicher Erholungsort getreten. Es war das berühmteste und besuchteste Odoratorium der Stadt, für welches Aromasia dauernd engagiert war. An einem Tage wie dem heutigen, an welchem man Aromasias Auftreten angekündigt hatte, wurde die Kasse schon am Morgen von dichten Mengen Riechbegieriger belagert, zumal es in der Natur der Ododik lag, daß die Odoratorien nur für eine verhältnismäßig geringe Zahl von Zuriechern gebaut werden konnten. So hatte die Aufsichtsbehörde genug zu tun, um die allzu kunsteifrigen Luftvelozipedisten zurückzuhalten, welche durchaus über die Köpfe der Harrenden hinweg in das Ausgabefenster dringen wollten.

Eine Stunde vor Beginn des odoratorischen Konzerts – wie diese Verbindungen von Ododionspiel und Musik hießen – waren Eintrittskarten bereits nicht mehr zu erhalten. Aber heute trat zu dem zu erwartenden Kunstgenuß auch noch ein anderes Motiv, welches das Publikum auf den Abend begierig machte, nämlich die Aussicht auf irgendein Besonderes, Ungewöhnliches, einen Streit, einen kleinen Skandal – man vermutete verschiedenes. Denn wie geschäftig und ruhelos die Zeit auch war, immer hatte sie doch Muße genug, den Privatangelegenheiten der Persönlichkeit von öffentlicher Wirksamkeit ihre Aufmerksamkeit zu schenken, und viele fanden ein Vergnügen daran, dem Spiele hinter den Kulissen mindestens beizuwohnen, wenn sie nicht selbst daran mitwirken konnten.

Ein wundersames Gemisch von doktrinärem Ernst und naiver Rücksichtslosigkeit steckte in diesem Zeitalter, wie es uns nicht recht begreiflich erscheint. Aber die letztere erklärt sich daraus, daß die Potenzierung der Kultur in einer gewissen Beziehung die Gesellschaft der natürlichen Unabhängigkeit der Individuen wieder genähert hatte. Und so müssen wir dieser Geschichte manche Wunderlichkeit nachsehen.

Es war nichts Ungewöhnliches, daß man zwischen den geschäftlichen Nachrichten und den Anzeigen der Vergnügungen auf den öffentlichen Tafeln Angriffe und Rechtfertigungen von Privatpersonen gemischt fand. Hatte doch schon das Neumittelalter, ob es gleich auf die Macht der Dampfpresse in den Zeitungen allein angewiesen war, diesen Weg eingeschlagen, die öffentliche Meinung zum Schiedsrichter in Privatstreitigkeiten zu machen, ja selbst für lange gereimte Nachrufe Teilnahme von ihr verlangt. Freilich galt diese Art der Öffentlichkeit damals nicht gerade für ein Zeichen von feinerem Takt oder geläutertem Geschmack. Aber man würde auch sehr irren, wenn man bei der »öffentlichen Meinung« der Zeit Aromasias an jenes vielköpfige Ungeheuer von damals denken wollte, in welchem gerade die borniertesten Häupter am lautesten schrien und vor dem Lärm der unverständigen Menge die Stimme des Einsichtigen nicht zur Geltung kam. Da die Hilfsmittel der geistigen Mitteilung durch die Elektrotypie jegliches Erkennen so sehr erleichterten und der Bildungsgrad der Masse ein höherer geworden war, so konnte auch das Urteil des einzelnen als ein gereifteres, seine Einsicht in den Zusammenhang der Ereignisse als eine tiefere gelten. Jegliche Nachricht ward im Nu verbreitet, jegliche Erfahrung zum Allgemeingut gemacht. Zu diesen äußerlichen Hilfsmitteln aber trat ein inneres, im Geiste dieser bevorzugten Zeit liegendes Moment. Es war ein Ideal, das die Menschheit beherrschte und für welches es gegenwärtig keinen rechten Namen gibt. Ein mächtiges, tief eingewurzeltes Pflichtgefühl, ein allgemein verbreiteter, eigentümlicher Ehrbegriff wirkten zusammen, um das Bewußtsein von dem Werte der Menschheit und der gegenseitigen Unentbehrlichkeit ihrer Glieder aus einer schönen Phrase zu einer unabweichlichen Richtschnur des Handelns zu machen.

So konnte auch die Meinung der Gesamtheit geklärt und dem Irrtum minder unterworfen sein, so konnte es geschehen, daß sie in der Tat zu einer Macht emporgestiegen war, der niemand sich zu entziehen vermochte. Die Zahl der Verbrechen und Vergehen hatte ungemein abgenommen; gab es doch kaum noch Mittel, sie zu verheimlichen. Würde es immer so bleiben? Gewiß nicht. Gegenwärtig aber war die menschliche Gesellschaft auf einem glücklichen Höhepunkte ihrer Entwicklung angelangt. Wenn noch mitunter Verstöße gegen die Gesetze vorkamen, so genügte es meistens, daß die öffentliche Meinung den Schuldigen verurteilte, und er war sicherer unschädlich gemacht, ja vielleicht strenger bestraft, als wenn ihn das Gefängnis eingeschlossen hätte. Die öffentliche Meinung war nicht mehr ein blindes Urteil der Menge, sie war der konzentrierte Ausdruck einer Überzeugung der Menschen nach bester und aufrichtigster Einsicht.

Wie tief beleidigt mußte Aromasia sein, daß sie Magnet gestattete, Oxygen der öffentlichen Meinung preiszugeben! Ja, ihr Name stand ebenfalls unter dem Gedichte des Angreifers. Anonymität kannte man nicht, sie wurde auch von der öffentlichen Meinung nicht anerkannt; und jene uns geläufige Scheu vor der Öffentlichkeit gab es im vierundzwanzigsten Jahrhundert überhaupt nicht.

Die Appellationen an die öffentliche Meinung, welche, wie gesagt, etwas Alltägliches waren, machten im allgemeinen kein Aufsehen; denn es waren immer nur kleinere und zunächst interessierte Kreise, welche über gewöhnliche Angriffe und Anklagen ihr Urteil sprachen und durch ihr moralisches Gewicht entschieden. Heute aber hatten die Chiffren des Elektrotyps, als sie auf den großen Tafeln sich abdruckten, eine außerordentliche Bewegung hervorgerufen. Denn erstens war der Angriff selbst ebenso gewandt und trefflich abgefaßt als beißend und vernichtend; zweitens war er von dem bekannten Dichter Magnet Reimert-Oberton und der beliebten Ododistin Aromasia Duftemann-Ozodes unterzeichnet; drittens war er gegen einen verdienten und weit über die Grenzen seines Wohnortes hinaus allgemein geachteten Bürger, den Wetterfabrikanten Oxygen Warm-Blasius gerichtet, und viertens war dieser, wie jedermann wußte, der verlobte Bräutigam der Künstlerin. Dazu kam noch, daß man aus der äußeren Form erkannte, wie ernsthaft der Angriff gemeint sei. Denn während sonst die längste Zeitdauer, während welcher man eine solche Ankündigung an den öffentlichen Tafeln stehenließ, fünfzig Minuten betrug, waren bereits zwei Stunden verflossen, seitdem Aromasias und Magnets Gedicht an den Ecken glänzte. Da lag ein Ereignis zugrunde, über dessen Motive man nicht so rasch wie gewöhnlich klar wurde, und undeutliche Gerüchte aus dem Pyramidenhotel vermehrten noch die Unsicherheit. Erst mußte Oxygen replizieren, ehe man über die Sachlage urteilen durfte.

Mit Spannung erwartete man, was Oxygen auf diesen Angriff beginnen werde. Einige meinten, daß sich nach einer Aufklärung des Sachverhaltes und einer öffentlichen Rechtfertigung die allgemeine Ansicht zu Oxygens Gunsten neigen würde; auch eine so beliebte Persönlichkeit wie Aromasia dürfe nicht geschont werden, wenn der Angriff sich als ungerecht herausstellen sollte.

Andere jedoch, welche Oxygens Stolz, seine Hartnäckigkeit und leichte Reizbarkeit kannten, vermuteten, daß dieser ungewöhnliche Mann, welcher der Natur so viel abzutrotzen wußte, hier der gesellschaftlichen Gewohnheit sich nicht fügen, sondern eine Rache auf eigene Faust versuchen würde.

Als Oxygen den gegen ihn gerichteten Angriff las, wurde er tief bestürzt. Daß ein rein theoretischer Streit, wie der stattgehabte nach seiner Ansicht war, eine so tiefe Gemütsbewegung hervorrufen könne, hatte er nicht geglaubt. Bis jetzt hatte er dem Zwischenfall überhaupt keine größere Bedeutung beigemessen. Aromasias Zürnen hielt er für eine plötzliche Aufwallung, die ebenso leicht vorübergehen würde, wie sie entstanden war. Heute abend wollte er ihr versöhnend entgegentreten, und sie würde die angebotene Hand gewiß nicht ausschlagen.

Aber nun war es anders gekommen! Auf diese Beleidigung, die ihm jetzt zugefügt war, konnte er nicht den ersten Schritt tun. Oder doch? War nicht Aromasia nur irregeführt, hatte er sie nicht gereizt? Und dieser Magnet? Sollte er ein Schurke, ein Verräter sein? Hatte er in Aromasia den Funken des Hasses geschürt und in frevelhafter Selbstsucht sie zum Bruche der Treue verleitet? Sicherlich – ihm mußte Rache und Strafe gelten!

Ja, Aromasia war gewiß unschuldig. Nur in einer unstatthaften Erregung des Augenblicks konnte sie das verhängnisvolle Pamphlet unterschrieben haben. Und worin lag der Grund, der dieses reichbegabte Weib zu solcher Verblendung hinreißen konnte? Oxygen war keinen Augenblick im Zweifel, daß er die Ursache einzig der unüberwindlichen Neigung seiner Braut zur Ododik zuschreiben müsse. Die unglückselige Geruchskunst war es, welche sie von ihm trennte, welche immer wieder aufs neue den Streit ihrer entgegengesetzten Anschauungen heraufbeschwören mußte. Konnte er denn dieser Leidenschaft Aromasias nicht entgegenarbeiten? Gab es kein Mittel, das ihr die Ododik gründlich verleiden könnte?

Wenn es gelänge! Wenn Aromasia die Möglichkeit genommen würde, ihre Kunst auszuüben und damit vielleicht zugleich ihre Liebe zu derselben verlorenginge? Sie würde gewiß im Anfang sehr unglücklich sein, aber sie würde sich trösten. Seine Liebe sollte ihr das geraubte Geruchsklavier ersetzen, und in dauernder Freude würde sie den einmaligen Schmerz vergessen. Und eine Strafe hatte sie verdient.

Doch vor allem galt es, Magnet zur Rechenschaft zu ziehen!

Aber wie sollte Oxygen dies alles anfangen! Zunächst war er der Angeklagte, er hatte sich vor der öffentlichen Meinung zu verteidigen. Oxygens Empfinden war zu eng mit dem seiner Zeit verwachsen, als daß er nicht zunächst an dies höchste Gericht hätte denken müssen. Es wurde ihm nicht leicht, von den Gedanken sich zu trennen, daß eine Auflehnung gegen diese Verkörperung des Zeitgeistes ein Vergehen sei, daß eine Abweichung von der allgemeinen Sitte seine eigene Verurteilung herbeiführen müsse. Und doch mußte er sich sagen, daß der Ausspruch der öffentlichen Meinung, so vernichtend er für den Betroffenen war, in diesem besonderen Fall ihm nicht genügen konnte.

Was hatte die öffentliche Meinung an Aromasia oder gar an Magnet zu verdammen? Doch nur ihren ungerechten Angriff und die persönliche Beleidigung gegen Oxygen. Aber der Begriff einer solchen rein äußerlichen Verletzung des Selbstgefühls wurde nicht zu hoch angeschlagen. Aromasia wäre vielleicht genötigt worden, auf einige Wochen sich zurückzuziehen, die Stadt zu meiden – wenn sie zurückkehrte, so konnte sie gewiß sein, daß der Auftritt vergessen und gesühnt sei, daß sie mit dem früheren Jubel wieder aufgenommen und in alter Weise verehrt werde. Und Magnet – er hatte noch den Milderungsgrund, daß er der beleidigten Aromasia sich nur angenommen, daß er nur um ihretwillen in den Streit sich gemischt habe.

Aber daß Oxygen Aromasia liebte, daß er in dieser Liebe gekränkt und seine schönste Hoffnung ihm vernichtet war, die Hoffnung und das Vertrauen auf die milde, verzeihende Gemütsart seiner Braut, daß Magnet sicherlich die Schuld trug an diesem Wechsel ihrer Gesinnung, daß dieser Mensch Aussicht hatte, ihm von der Geliebten vorgezogen zu werden – das waren Anklagegründe, welche die öffentliche Meinung bei ihrem Urteil nicht in Betracht ziehen konnte, nicht einmal sollte.

Dazu aber kam, was sich Oxygen selbst nicht recht eingestehen wollte, als ein wichtiges Motiv seines Rachegefühls die Verstimmung über die Enttäuschung, welche seine heiligste, wissenschaftliche Überzeugung erlitten hatte. Auf die Leidenschaftslosigkeit der Menschen hatte er gebaut, und hier hatte er sein Spiel völlig verloren. Das erregte seinen Ingrimm. »Nein«, dachte er, »jenes Gericht der öffentlichen Meinung ist gut und weise – unter den vorliegenden Verhältnissen jedoch vermag es mich nicht zu befriedigen. Es gibt kein Gesetz, das in meinem Falle maßgebend und versöhnend sein könne. Wie glücklich wart ihr doch, Männer vergangener Jahrhunderte! Wenn euch eine Beleidigung zustieß, welche durch das Prozeßverfahren der Gerichte für euer Gefühl nicht gesühnt werden konnte, so stand euch ein ausreichender Weg immer noch offen. Mit eurem eigenen Leben fordertet ihr das des Gegners heraus. Wenn die Gerechtigkeit für euch die Waage nicht ins Gleichgewicht zu bringen vermochte, so bot euch der Zweikampf das letzte Mittel, eure eigene Persönlichkeit in die Schale zu werfen, und ihr waret gerächt oder vernichtet. Ich wünschte, ich wäre an eurer Stelle! Heute? Wenn ich an jenen Gebrauch dächte, ich würde ein Gegenstand des Gelächters oder der Verachtung, wenn man nicht vorzöge, mich nach Sokotra, der großen Irren-Insel, zu bringen.

Was also bleibt mir übrig als die Rache, welche ich mir selbst nehme. Gut, du hast den Zweikampf mit den Waffen des Geistes begonnen, ich werde mit den Waffen des Geistes ihn fortsetzen! Aber erlaube, daß ich diejenigen wähle, welche mir so geläufig sind wie dir die deinen, Reimert-Oberton. Du hast deine Reimkunst ins Gefecht geführt – heraus denn, meine zaubermächtige Dienerin, Chemie!

Es wird gelingen! Ich kenne seinen Platz genau – er ist dicht hinter der Rückwand des großen Ododion –, hier muß der volle Strom ihn treffen«, er murmelte eine chemische Formel, »das genügt! Und Aromasia wird die Lust verlieren, ihre Geruchskünste weiter fortzusetzen. So muß es gehen! Das Publikum freilich – aber was kümmert mich das?«

Oxygen eilte in das Privat-Laboratorium seiner Fabrik.

»Sind die Ododion-Einsätze für Fräulein Duftemann schon abgeholt?« fragte er.

»Nein«, war die Antwort.

»Es ist gut«, sagte er. »Fräulein Duftemann wünscht eine schärfere Stimmung. – Sie können gehen, Äthyl, ich brauche keine Hilfe, ich werde die Änderung selbst vornehmen.«

Oxygen war allein und arbeitete mit Eifer an dem Inhalt der Füllbüchsen. Von Zeit zu Zeit trat er in ein sonst von ihm sorgfältig verschlossen gehaltenes Nebenkabinett, wo außer einigen kostbaren und gefährlichen Präparaten ein eigentümlicher, geheimnisvoller Apparat sich befand. Auch mit diesem machte er sich zu schaffen.

»Für alle Fälle!« murmelte er bei sich.

Eine durchsichtige Hohlkugel in der Hand, begab er sich an eines der nach Osten gerichteten Fenster. Vorsichtig legte er sie auf die äußere Brüstung und leitete einen Gasstrom aus einem bereitgehaltenen Gasometer darauf. Fünf Sekunden vergingen, die Kugel geriet in ein schwaches, phosphoreszierendes Leuchten – dann flog sie plötzlich mit großer Geschwindigkeit geradlinig nach Osten, sie verschwand im Nu vom Fenster, ohne daß man irgend wahrgenommen hätte, wie die Bewegung ihr mitgeteilt worden sei.

Oxygen nickte zufrieden. »Die alte Erde dreht sich noch«, sagte er lächelnd. Dann wandte er sich wieder zu den Füllflaschen.

Die Nachbarschaft der Fabrik beklagte sich heute über die abscheulichen Gerüche, welche den Aufenthalt in der Nähe unerträglich machten.

Es war Abend geworden, die Laternen an all den leichten Räderwerken, welche die Luft durchschwirrten, waren entzündet, und wie ein Meer von Funken wogte und flimmerte es über der Stadt. Abendliche Spazierfahrer stiegen bis zur Grenze des Erdschattens empor, das Schauspiel der Abendröte noch einmal zu genießen oder der Sonne noch länger ins glühende Antlitz zu schauen.

In der Stadt aber flammte es plötzlich auf wie Tageslicht. Die großen Erhellungspunkte, von welchen ein auf neuentdeckte Weise hergestelltes Licht ausging, waren in Tätigkeit versetzt worden und warfen ihre Strahlen über die Straßen, daß durch die Fenster hindurch selbst das Innere der Gebäude genügend erhellt wurde. Das Odoratorium hatte sich gefüllt. Kein Platz war leer geblieben.

Die Aktien-Gesellschaft für Temperatur-Regulierung, welche nicht nur die Erwärmung der öffentlichen und privaten Gebäude im Winter, sondern auch die Kühlung im Sommer mit Hilfe eines ausgedehnten Röhrennetzes besorgte, hatte trotz des überfüllten Raumes einen angenehmen Wärmezustand hergestellt. Über dem Ododion glänzte unter dem unaufhörlichen Zutritt eines Stromes Sauerstoff ein helles Licht, das zugleich eine außerordentliche Milde besaß und vor einigen Jahren von Oxygen selbst erfunden worden war. Die Dampforgel war geheizt, der Motor stand bereit, welcher die Bälge der Riesentrompete in Bewegung versetzen sollte, das Orchester stimmte die übrigen Instrumente, die Geruchskästen waren in das Ododion eingeschoben.

Indessen plauderte das Publikum über den chinesischen Krieg, welcher vor anderthalb Stunden wirklich ausgebrochen war, über Luftwettfahrten, über die neueste Mode, eine lebende Seerose in einer mit Meerwasser gefüllten Glaskugel auf dem Kopfe zu tragen, und über das Reimertsche Gedicht, dessen Verfasser mit selbstzufriedener Miene in der ersten Reihe des Saales, dicht hinter dem Ododion, saß.

»Ein Juckeplätzchen gefällig?« fragte Herr Jota-Spinnfaden, Fabrikant von Griffbeschlägen für Reinigungspinsel linker Handschuhfingerspitzen, indem er seiner Nachbarin eine zierliche Dose präsentierte.

»Ich bin so frei«, erwiderte dieselbe, nahm eine der kleinen schwarzen Linsen zwischen Daumen und Zeigefinger und klebte dieselbe an ihr Kinn.

»Ach, die neuste Mode«, sagte der Herr. »Ich bin noch einer von den Alten, die ihr Plätzchen zwischen den Augenbrauen tragen.«

»Man sagt aber, daß das Jucketin dort den Augen schädlich werde.«

»Das glaube ich nicht – ich jucke überhaupt nicht stark, und diese Plätzchen verflüchtigen sich sehr schnell, schmecken aber sehr gut und erheitern außerordentlich durch ihren angenehmen Reiz.«

»Und wenigstens genieren sie den Nachbar nicht. Wissen

Sie, auf dem Wolkenplatz läßt sich ein Südpolarmensch sehen, der raucht!«

»Raucht, wieso?«

»Ja, wie früher in den alten Zeiten, ein Kraut, das sie anzündeten und dann den Rauch verschlangen.«

»Ja, ja, ich erinnere mich, gelesen zu haben – jedoch, ich denke, sie bliesen ihn in das Bier und tranken ihn dann?«

»Möglich ist es wohl. Man soll ja ähnliche Sitten noch in den Schneegebirgen von Inner-Afrika finden. Doch den Mann müssen Sie sich einmal ansehen.«

»Meiner Ansicht nach«, hörte man auf der Bank dahinter sprechen, »ist es unmöglich, daß China siegt; denn den amerikanischen Luftspritzen kann nichts widerstehen. Bei den Proben im vorigen Jahre haben sie auf eine Entfernung von zweihundert Kilometern, wobei also die Bahn des Luftstroms schon sehr gekrümmt ist, von Chicago aus das große Luftobservatorium über dem Lake Michigan in der Nähe von Sheboygan vollständig umgeblasen und in den See geschmettert.«

»Wissen Sie, das ist erstaunlich, das ist wunderbar, das kann ich nicht glauben!«

»Bitte – da, was ist das?«

Aller Augen wandten sich der Tafel der Publikationen zu, welche auch im Odoratorium nicht fehlte. An der Stelle, wo vor wenigen Stunden Magnets verhängnisvolles Poem gestanden, erschien jetzt in großen Lettern die Depesche:

»Vom Kriegsschauplatze. Stilles Weltmeer. Die chinesische Luftflotte näherte sich der Küste von Kalifornien. Unsere Strand-Luftbatterien auf der ganzen Strecke zwischen Bondega und Humboldt-Bai kamen gleichzeitig zur Wirkung. Erfolg enorm. Gesamte Flotte in einer Entfernung von 200 bis 250 Kilometern angegriffen, vollständig zerstreut, größtenteils ins Meer geworfen. Der Rest floh bis Taiwan (Insel Formosa).

St. Francisco, 2371. 192^d 16^h $63,71^m$

Claps-Shrum, Kriegsminister«

Man gratulierte sich und begann ziemlich lebhaft zu werden. In diesem Augenblick trat Aromasia ein. Allein. Oxygen führte sie nicht wie gewöhnlich, sein Platz blieb leer. Das machte Aufsehen. Das Publikum wurde still. Die Herren spannten ihre Lichtschirme auf und klappten sie wieder zu; das war das Zeichen höchsten Applauses.

Aromasia grüßte mit einer Bewegung beider Hände und trat an das Ododion.

Das Konzert begann.

Die Dampforgel spielte einen Teil aus einer alten Oper, welche im neunzehnten Jahrhundert viel Aufsehen gemacht hatte. Die Klangfarbe der Dampforgel eignete sich dazu vorzüglich, und das Stück fand Beifall, obgleich der neumittelalterliche Text mit seinen Naturlauten viel Heiterkeit erregte.

Nun folgte eine Ododionpiece mit Musikbegleitung. Alle sperrten im wahren Sinne des Wortes, und mit Recht, Nase und Ohren auf. Aromasia berührte die Tasten.

Anfänglich herrschte die Musik vor, und Aromasia brauchte nur einen Geruch anzuschlagen, dann den zweiten und sie auszuhalten. Aber schon beim ersten verzog sich ihr schönes Gesicht – sie mußte niesen.

Und so ging es dem ganzen Auditorium. Ein wahrer Nieskrampf brach aus, so scharf war der Geruch, welcher sich durch den Saal verbreitete. Da trat mit der zweiten Taste ein mephitischer Mißduft zu dem ersten – vergeblich fuhren die baumwollenen Luftsiebe des Publikums an die Nasen. Aromasia wurde verwirrt und bleich. Magnet war schon bei dem ersten scharfen Geruch aufgesprungen und in ihre Nähe geeilt, wo er auf dem leeren Platze Oxygens sich niederließ. Jetzt wollte er sie fortführen. Aber noch einmal versuchte die erschreckte Künstlerin das Ododion. Eine Geruchsleiter perlte unter ihren Fingern und schloß mit einem starken Vielgeruch – da war es, als wenn alle bösen Geister aus dem Reiche der Gase losgelassen seien. Keine menschliche Nase konnte diesen Gestank ertragen!

Das Publikum schrie, wütete und drängte zum Ausgang. Die Musiker warfen ihre Instrumente fort und verschwanden durch ihre Privattür. Magnet versuchte die ohnmächtige Aromasia emporzuheben. Da ließ ein wohlmeinender Techniker den Dampf der Dampforgel ausströmen, um der verunreinigten Luft entgegenzuwirken. Aber seine gute Absicht schlug fehl. Es gab ein Getöse, Gezisch und Gepfeife, welches die

Verwirrung noch grausiger machte. Das Publikum glaubte, die höchste Gefahr sei nahe gerückt, und in der Besorgnis um das eigene Leben kannte man keine Rücksicht. Nur einen Augenblick richtete sich Magnet empor, um von den Gasen und Dämpfen nicht selbst betäubt zu werden. Aber schon hatte ihn der hinausdrängende Menschenstrom erfaßt und ließ ihn nicht aus seiner Flut. Rasch sah er sich zum Ausgange gestoßen. Da, plötzlich ein erschütternder Knall – ein Teil der entfesselten Gase hatte sich untereinander und mit der Sauerstoffmenge des Beleuchtungsapparates so unglücklich gemischt, daß eine starke Explosion erfolgte. Das Gebäude wankte, die Decke schien sich heben zu wollen, doch zum Glück hielt sie stand. Die Menschen waren allmählich durch die Ausgänge entkommen und bis auf wenige gerettet. Aber im Innern wütete ein furchtbarer Brand und lohte zu den Fenstern hinaus.

Im Augenblicke war jetzt durch die Hilfe von außen das erschreckte Publikum aus der unmittelbaren Nähe des brennenden Gebäudes gebracht. Schon war die Brandabteilung der Behörde für öffentliche Sicherheit zur Stelle, und ihre Extinktspritzen, welche von dem getroffenen Gegenstande jeden Sauerstoff absperrten, hatten im Nu die Flammen bewältigt. Nun aber, nachdem der erste Schrecken vorüber war, ging die bange Frage durch die Menge: Wo ist Aromasia?

Man rief, man suchte. Niemand hatte sie gesehen, sie mußte noch im Gebäude sein.

»Sie ist verbrannt«, schrie Magnet mit der Stimme des Verzweifelnden. »Sie muß verbrannt sein – es war unmöglich, die Ohnmächtige zu retten. Doch vielleicht ist noch Hoffnung – hinein ins Odoratorium!«

Die Rettungsmänner versuchten in ihren feuersicheren Anzügen das glühendheiße Gebäude zu betreten. Ihnen zuvor kam ein Fremder; der Mann, der in seinem gegen jede Wärme undurchdringlichen Feuerwams nicht zu erkennen war, brach sich Bahn in den mit Trümmern gefüllten Saal. Aber während noch die Rettungsleute im Saale aufräumten, erschien er schon wieder oben auf der äußeren Galerie, welche das ganze Odoratorium-Gebäude nach der Stadt zu umgab. Auf der östlichen Seite bemerkte man einen Luftmotor, den einige für den des Warm-Blasius hielten. Neben demselben schien noch ein kugelförmiger Apparat sich zu befinden, doch konnte man denselben nur undeutlich erkennen, er schien von einer durchsichtigen Materie zu sein. Jetzt beschäftigte sich der Unbekannte mit demselben – er stieg hinein, er öffnete einen Hahn. Gespannt schaute man auf sein Beginnen. Da richtete der Fremde sich auf und rief mit lauter, durchdringender Stimme hinunter zu der Menge:

»Vernehmt die Trauerkunde! Aromasia ist verbrannt. Suchet nicht nach ihrem Mörder – nicht die Erde, nicht die Sonnen haben noch Gewalt über ihn.«

Der so gerufen hatte, bückte sich und drehte eine Handhabe. Eine Kugel schloß sich um ihn, sie begann zu leuchten – in demselben Augenblick aber flog auch die Kugel, ohne einen sichtbaren Anstoß erhalten zu haben, mit rapider Geschwindigkeit von der Galerie des Odoratoriums in die Nacht hinaus.

IV

Ins All verbannt

Oxygen hatte, am Fenster des Odoratoriums mit seinem Luftmotor haltend, die Katastrophe beobachtet, deren schrecklichen Ausgang er nicht gewollt hatte. Magnet sollte durch einen wohlberechneten Gasstrom bläulich angehaucht werden, eine Farbe, die er mehrere Monate behalten hätte, und Aromasia sollte durch die Enttäuschung ihrer Nase und den Zorn des Publikums das Geruchsklavier gründlich verleidet werden. Beides war vereitelt worden.

Im Augenblicke, als die Detonation eintrat, durchzuckte Oxygen das Bewußtsein seiner Tat. Die Folgen seines Beginnens standen vor seiner erschreckten Seele. Aromasia vernichtet! Mit ihr vielleicht noch Hunderte von Menschen! Und durch seine Schuld! Ein tiefer Schmerz überkam ihn, aber Oxygen verlor nicht seine Besinnung. Er mußte retten, was in seiner Kraft stand. Er eilte nach Hause, um seinen feuerfesten Anzug zu holen und für alle Fälle ...

In die wenigen Augenblicke, deren er bedurfte, um nach seiner Wohnung zu fliegen, das Rettungswams umzuwerfen und samt seinem geheimnisvollen Apparate auf dem Dache des Odoratoriums zu erscheinen, drängte sich eine solche Fülle von Empfindungen, Überlegungen, Schlüssen und Entwürfen zusammen, wie nur ein so bevorzugter Geist jener vorgeschrittenen Zeit so rasch sie bewältigen konnte. Wenn Aromasia wirklich durch ihn vernichtet war – das Liebste, was ihn neben seiner Wissenschaft ans Leben fesselte? Wenn er sich selbst ihrer Ermordung anklagen mußte? Was war die nächste, äußerliche Folge? Daß seine Unvorsichtigkeit das Unglück herbeigeführt habe, konnte nicht verborgen bleiben. Auch lag es ihm fern, seine Schuld verheimlichen zu wollen. Das Fachgericht mußte ihn schuldig finden der vorsätzlichen Beschädigung von Privateigentum, der versuchten Körperverletzung und der fahrlässigen Tötung von fünf Personen. Er konnte auf zwei bis drei Monate Einzelhaft rechnen, und die öffentliche Meinung mochte das Urteil durch eine mehrjährige Verbannung verschärfen. Und wenn die Zeit vorüber war? Wohl mußte er seine gesetzmäßige Strafe und ihre Ableistung, seiner Auffassung und der seiner Zeit nach, als eine vollständige Sühne für alles Geschehene auffassen. Kein Tadel mehr haftete an ihm. Aber konnte er sich selbst damit zufriedengeben? Konnte er je die Schuld büßen, die er vor seinem Gewissen auf sich geladen, dadurch, daß er Aromasia der schrecklichen Gefahr aussetzte allein um der Befriedigung seiner Wünsche willen? Und konnte er je den Verlust verschmerzen, der ihm selbst als die grausamste Strafe zugefallen war, den Verlust der Geliebten?

Ja, sie war grausam, allzu grausam, diese Strafe! Was hatte er denn getan, um solches Elend zu verdienen? Was jeder andere getan hätte, der, gereizt wie er, die Mittel der Vergeltung besessen. Hatte er nicht das Recht, auf Aromasia einzuwirken, um ihre Neigung, deren Verlust ihm drohte, wiederzugewinnen, indem er die Feinde derselben beseitigte? Was ist das für ein erbärmliches Geschick, was für eine unfertige Weltordnung, die auf so lächerlich unbedeutende Ursachen hin so entsetzliche Folgen häufen konnte?

Was bin ich diesem Schicksal und meinem Leben noch schuldig – so sprach er bei sich –, wenn es selbst gegen mich so ungerecht ist, wenn ich ohnmächtig der Spielball blinder Gewalten sein soll? Oder dürfen etwa gewisse Arten des Glücks mir entzogen werden, weil mir einige andere Gaben verliehen sind? Gut, so will ich ohne Rücksicht auf Glück und Liebe und Leben Gebrauch von ihnen machen und ihre Wirkungsfähigkeit bis in alle Konsequenzen verfolgen!

Nicht vergebens will ich dein erstes Grundgesetz bezwungen haben, du stolze Natur – vom Gesetze der Schwerkraft vermag ich einzelne Arten des Stoffes zu emanzipieren. Ja, mühevoller Arbeit von Jahren ist es gelungen, den molekularen Zustand gewisser chemischer Zusammensetzungen so zu modifizieren, daß sie der Gravitation nicht mehr fähig sind. Längst wissen wir, daß es anziehende, durch den leeren Raum wirkende Kräfte nicht gibt; der Druck des Weltäthers, dessen Atome von allen Seiten, doch mit wechselnder Häufigkeit, anprallen, ist es, welcher die Körper nach einem gemeinschaftlichen Schwerpunkt drängt. Für diese Bewegungsart der Ätheratome habe ich meinen Apparat durchdringbar gemacht, keine Schwerkraft mehr vermag ihn zu beeinflussen – und mich selbst? Was macht es, wenn mein Körper dabei zugrunde geht? Frei kann ich sein, frei will ich sein! Da steht meine Hohlkugel – ein paar Handgriffe, fort schießt sie, von der Schwungkraft der Erde geschleudert, der Schwere enthoben, fort von der Oberfläche des Planeten, von seiner Bahn um die Sonne, an die sie nichts mehr fesselt. Wohlan, ich schaffe sie auf den Kranz des Odoratoriums; und ist das Schreckliche wahr, ist Aromasia mir genommen – so nimm auch mich dahin, unersättliches Nichts! Ich werde auf eine Weise aus dem Leben gehen wie noch niemand zuvor; ich werde schauen, was noch niemand sah; ich werde auf eine wahrhafte Art gen Himmel fahren.

Ist es mir nicht gelungen, trotz aller Macht, die ich über die Gesetze der Phänomene hatte, jene kleinen Regungen, die vom Gehirn Aromasias ausgingen, für mich zu gewinnen, konnte ich nicht den Besitz eines Menschen erringen, der doch nur ein Atom ist im All, hatte das blinde Schicksal wirklich so viel Gewalt über mich – so kann an meiner Existenz nicht viel liegen. Fahre dahin, Oxygen, wo keine Sterne mehr durch den Raum wandeln!

Von solchen Gedanken bewegt, war Oxygen mit seinem Apparat nach dem Odoratorium zurückgekehrt, hatte sich in den heißen Bau gestürzt, Aromasias entstellte Reste gefunden und war an sein Fahrzeug zurückgeeilt. Hier rief er die Worte zum Volke hinab, die seinen traurigen Entschluß verkündeten. Die durchsichtige Hohlkugel schloß sich über ihm, das präparierte Gas wurde von der Materie derselben wie von seinem Körper absorbiert, und der Widerstand gegen den anstürmenden Weltäther war gebrochen. Die Erde, welche ihn nicht mehr an sich zog, schleuderte ihren ungetreuen Sohn von sich. Der Stoß des Daches gab der abfliegenden Kugel eine langsame Rotation, und leuchtend durchmaß sie in wenigen Minuten die Atmosphäre der Erde, welche schweigend unter ihr die gewohnte Bahn fortrollte.

Es war ein seltsamer Zustand, in welchem Oxygen sich befand.

Die hohle, durchsichtige Kugel, welche ihn umschlossen hielt, war samt ihrem Inhalt in keiner Weise den Wirkungen der Schwerkraft unterworfen. Aber nur diejenigen Bewegungen, welche eine Durchdringung durch den Äther verhinderten, waren abgeändert. Im übrigen wirkten die molekularen Bewegungen seines Systems in wenig verwandelter Weise fort, aber es besaß keinen Schwerpunkt mehr, weder in sich noch in der Außenwelt. Jede Muskelbewegung hatte einen Aufruhr aller Gegenstände im Innern der Kugel zur Folge. Es war natürlich, daß die Bedingungen des Lebensprozesses abgeändert wurden, und ehe noch die Atemluft verzehrt war, hatte der Pulsschlag aufgehört. Oxygens reiches Leben entfloh.

Sein Fahrzeug aber flog mit der gleichmäßigen Geschwindigkeit, welche es als Teil der Erde besessen und in Folge des Beharrungsvermögens der Körper beibehalten hatte, langsam rotierend durch den unermeßlichen Raum. Kein Planet, keine Sonne vermochte es aus seiner Bahn zu lenken, kein Meteor erfuhr eine Störung durch dasselbe. In unendlicher gerader Linie glitt das neue Gestirn durch die ganze Ausdehnung des Sonnensystems, welches unter ihm forteilte, an deren Sonnen vorüber, hinaus, hinaus bis in die Nebelfernen, bis in die Unendlichkeit –

Die Menge hatte sich verlaufen. Der Verkehr in dem von der Katastrophe betroffenen Stadtteil unterschied sich in nichts mehr von dem in den entfernteren Gebieten, welche kaum das Unglück gewahr geworden waren. Die Geschäfte nahmen ihren durch die Nacht nur wenig unterbrochenen Gang. Die Erhellungspunkte glühten, die Luftwagen schwirrten, in den Vereinslokalen debattierte man über die Zeitfragen, und in den öffentlichen Erholungsstätten klangen die Gläser; noch spendete der Wein dieselbe göttliche Heiterkeit wie bei den Gelagen der Olympier. Nur allgemeiner war die Freude geworden.

Der Strom der Menschheit flutete weiter. Wer vermochte die Stelle zu zeigen, wo die verlorenen Wasserstäubchen fehlten?

Magnet hatte Oxygen am Klange der Stimme erkannt, mit welcher er Aromasias Untergang verkündet hatte. Sein Schmerz und seine Trauer duldeten ihn nicht an der Stätte, wo ihm eine Welt untergegangen und doch die Welt dieselbe geblieben war. An jenen Ort wollte er eilen, wohin ohne das Dazwischentreten eines grausamen Geschicks ihn sonst mit ihr zusammen der Luftwagen getragen hätte. Dort erzählte ihm der gleiche Fortgang des Lebens rings um ihn nichts von der Gleichgültigkeit der Welt; dort hatte ja Aromasia nicht gelebt, und darum konnte es ihn nicht kränken, daß er nicht in jedem Auge seinen eigenen Schmerz wiederfand; dort durfte er seinen Verlust als einen unersetzlichen betrauern. Im Gebiete der Luft und an den Wassern des Niagara wollte er seinen schmerzlichen Träumen nachhängen und in seiner Weise die Versöhnung suchen.

Der schwache Schein der Dämmerung im Norden hatte seinen niedrigsten Stand erreicht, als der Motor Obertons in die klare Nacht emporstieg. Hinter ihm, unter ihm blieb die Stadt, blieben die gewohnten Lande. Es war dem Dichter, als müsse er die ganze Erde hinter sich zurücklassen und nur in eine ferne Zukunft Sehnsucht und Gedanken richten.

Ich verstehe dich, ich begreife dich, Oxygen, dachte er, daß du nicht nur der menschlichen Gesellschaft, daß du der Welt selbst Lebewohl gesagt. Ich ahne es, du hast deine Macht über die Kräfte der Natur angewandt, dich jeglichem Einflusse derselben zu entziehen. Zum Nullpunkt des Seins wolltest du dringen, und für deinen Teil glaubst du die Aufgabe gelöst zu haben. Du hast der Schwerkraft, dem großen Bande des Kosmos, dich entrissen, frei fliegst du dahin, durch nichts angezogen, durch nichts geleitet, in absoluter Unabhängigkeit, in einer wahrhaft freiwilligen und unwiderruflichen Verbannung. Ins All verbannt! Und doch bist du nicht wahrhaft *frei!* Du selbst mußt sterben und empfindest schon deine Freiheit nicht mehr! Aber auch vom großen Verbande des Seins konntest du dich in Wirklichkeit nicht lösen! Noch gibt es molekulare Bewegungen und lebendige Kräfte in deinem eigenen Gestirn, die ohne Wirkung nicht im All verschwinden können. Oh, ich folge dir auf deiner Bahn durch die Sterne, ich eile mit dir in Milliarden von Jahren vorüber an den Sonnen der Milchstraße, vorüber an all den hellen und dunklen Gebilden, welche den Raum in ungemessenen Weiten erfüllen.

Aber einst – ich sehe es – trifft deine Kugel doch auf deiner Bahn an eines derselben. Ein chaotischer Weltnebel ist es, noch im ersten Stadium seiner Bildung, vielleicht das Resultat einer Weltzerstörung. In völliger Trennung irren die Atome ohne Zusammenhang durch den Raum, noch gibt es keine Wärmebewegung, noch zittert keine Lichtwelle durch die Nacht. Da tritt deine Kugel hinein mit ihrer lebendigen Kraft, und ein Anstoß zu neuen Schwingungsarten ist gegeben. In regelmäßig umlaufenden Bahnen gruppieren sich die Atome zu Molekeln, von ihren geordneten Stößen getroffen, erzittert der Äther, und Leuchten kommt in die Masse. So wenigstens muß ein Mensch den Vorgang beschreiben. Ich bin nur ein Mensch, aber ich weiß es: Ein neues Gestirn flammt am Himmel auf. Noch sah es die Erde nicht, noch müssen Jahrtausende vergehen, ehe der Lichtstrahl zur Erde gelangt – aber es wird geschehen.

Armer Oxygen, so bist du doch nicht frei, nicht frei von den Banden unentrinnlichen Seins; die Schwere flohest du, und wieder reißen dich die Atome in ihren Wirbeltanz. Du kanntest nicht den richtigen Weg, den einzigen, den es gibt, von jenen Kräften des Stoffes sich zu befreien. Der alte Dichter kannte ihn wohl:

> »Aber dringt bis in der Schönheit Sphäre,
> Und im Staube bleibt die Schwere
> Mit dem Stoff, den sie beherrscht, zurück.«

Ja, Oxygen, hier ist Freiheit! Ich bin frei, bin es durch die Macht des *Ideals,* bin es durch meine dichtende Kunst, die mich über die Schranken der Welt und meiner räumlichen und zeitlichen Existenz hinausträgt.

Ha! Durch deinen neuen Stern, den die Folgen deines Unrechts hervorriefen, sehe ich die Versöhnung kommen – nicht in einer geträumten Ewigkeit, in einem erdichteten Jenseits, das frei wäre von den Gesetzen der Natur, die alles binden; sondern, wenn auch in der Dichtung, so doch innerhalb dieser Gesetze, durch die Gewalt unzerstörbarer Wirkungen im Mechanismus der Welt. Tausende von Jahrmillionen gehen dahin, aber die heilige Kraft meiner Kunst deutet mir die Versöhnung.

Zu der Zeit, da dein Stern aufleuchtet, rollt die Erde vielleicht nicht mehr in ihrer alten Bahn. Hat sich eine Flutwelle am Sonnenäquator als ein neuer Planet abgelöst und ist die Erde mit den übrigen ein Stückchen weiter hinausgeflogen? Oder haben die hemmenden Kräfte des Ozeans die Rotation der Erde verzögert und ist sie dem Sonnenball näher gerückt? Sei es so oder so – in jedem Falle haben sich die Verhältnisse auf ihrer Oberfläche so geändert und mit ihnen die der lebenden Wesen, daß wir die alte Menschheit nicht wiedererkennen.

Zwar ein Teil derselben hat auf dem alten Standpunkte sich erhalten. Aber es sind unterdrückte Wesen. Eine vorgeschrittenere Gattung beherrscht den Planeten, und in den mannigfachen Katastrophen ist die Tradition ihrer Abstammung aus gemeinschaftlicher Wurzel verlorengegangen. Von den verachteten Menschen wollen sie nichts wissen. Unvergleichlich höher steht dies Geschlecht mit der schweren Gehirnmasse, mit den Wirbelfüßen und der komplizierten Organisation, die es sich im Kampfe ums Dasein erworben hat. Die Zerebrer sind es – ach, Reimert-Oberton, sie kennen deine Werke nicht mehr!

Zwischen zwei im Mondlicht glänzenden Abendwolken lustwandelt ein Zerebrer-Pärchen. Ihre Windmühlenflügelfüße bewegen sich so schnell, daß sie die Luft treten. Das Thema ihres Gespräches ist nicht neu. Es ist nicht nur vor zwölf Milliarden Jahren von den Menschen in glühenden Liedern abgehandelt worden, auch vor ihnen schon hatten es die Pterosaurier mit ihren Flughäuten gesäuselt. Denn es dreht sich um die natürliche Zuneigung zweier Wesen verschiedenen Geschlechts, welche man die Liebe nennt.

Das Pärchen scheint nicht ganz einig zu sein.

Unwillig runzelt sie die Flugschwimmhaut und achtet nicht auf seine flehenden Worte.

Was hatte er verbrochen? Vielleicht den schönen Schraubenfuß einer anderen gelobt? Ach, die Mädchen sind so schwer zu verstehen, und nun gar eine Zerebrin. Kurz und gut, sie ist ungehalten.

Zu seinem Unglück kommt ein Mensch auf seinem Luftrade der Ungnädigen zu nahe. Der Windzug stört sie, ein Tritt von ihrem Schraubenfuß, und der Arme stürzt hinab.

Wie grausam, braust Herr Zerebrus auf.

Es ist ja nur ein Mensch! sagt sie wegwerfend.

Nur ein Mensch? Glaubst du denn, daß ein Mensch nicht auch Empfindung besitzt, denkt und fühlt?

Wenn er mich aber inkommodiert?

So verdient er doch Rücksicht wie jedes lebende Wesen. Aus den Menschen erst hat sich unser Geschlecht zu solcher Vollkommenheit entwickelt, und du kannst nicht wissen, ob du nicht einen Urahnvetter deines Geschlechtes verletzt hast.

Jetzt bist du aber unartig, sagte sie zürnend. Von diesen unverständigen Tieren sollen wir abstammen, die nur heulen und krächzen können und nicht einmal von selbst fliegen? Und wir, mit unserer Weltanschauung – ich bitte dich!

Und doch verstehen sie untereinander ihre Sprache geradeso wie wir die unsere, und wenn sie sich auch auf einer niederen Entwicklungsstufe befinden, wenn ihnen auch vielleicht die Anschauung des Unbedingten abgeht, so fühlen sie den Schmerz wie du und freuen sich ihres Lebens wie du; die Empfindung ist relativ und dem Menschen ebenso wertvoll wie dem Zerebrer. Unrecht ist es daher, ihn zu quälen oder zu töten. Vielleicht wartet jetzt vergebens die einsame Geliebte auf den Zermalmten.

Oh, du bist abscheulich! Mir solche Vorwürfe zu machen und mit einem Menschen mich zu vergleichen! Du liebst mich nicht! So gehe doch zu deiner einsamen Menschin und tröste sie! Wenn sie so gefühlvoll ist, was brauchst du mich? Geh nur!

Was sollte er tun, als um Verzeihung bitten?

Aber sie war hartnäckig. So rasch geht das nicht, sagte sie. Ich weiß nicht, ob ich dir deine Ungezogenheit vergeben darf. Aber ich will milde sein – ich werde das Unbedingte fragen.

Er war es zufrieden.

Rate einmal, sagte sie, gerade oder ungerade?

Ungerade! rief er.

Ich habe die Sterne dort oben in dem Quadratgrade gemeint. Nun wollen wir zählen, wieviel es sind. Wer wird recht haben?

Das Zählen war im Nu geschehen; denn sie waren Zerebrer.

Gerade! sagte sie.

O weh! klagte der verurteilte Liebhaber! Doch nein! rief er jetzt, *ungerade!* Zähle noch einmal!

Wahrhaftig, eben ist ein neuer Stern aufgeleuchtet – die Liebe war gerettet.

Das war dein Stern, Oxygen!

Die Zerebrer schüttelten sich gerührt die Mittelhände.

Magnet war bei diesen Phantasien ruhig und fast heiter geworden.

Am Falle des Niagara senkte sich sein Wagen.

»Ich hab's gefunden!« rief er aus. »Das ist der Entwurf zu meinem neuesten Roman!«

Die Arbeit ließ ihn seinen Schmerz vergessen. Selbstzufrieden telegrafierte er an seinen Verleger in Europa: »Was bieten Sie ungesehen für meinen neuesten Roman ›Das Zerebrer-Pärchen oder Der gezähmte Lichtnebel‹?«

»Fünfzigtausend Münzeinheiten!« lautete die Antwort.

»Angenommen!«

Magnet ließ sich vor einem der großen Hotels nieder, auf einem Platze, von welchem sich die herrlichste Aussicht auf den Fall bot, und fing sogleich zu schreiben an. Natürlich telegrafisch.

Die Sonne ging auf und bildete glänzende Regenbogen im Wasserstaube des Riesenfalls.

»Versöhnt durch zerstörte Liebe ward neue Liebe in fernem

Geschlecht.« So schrieb Magnet, und der gehorsame Äther-
strom trug die Worte durch den Leib des Erdballs nach Europa. Sie standen in der Abendzeitung neben Aromasias Nach-
ruf.

(1871)

Gegen das Weltgesetz

Erzählung aus dem Jahre 3877

I

Eine Erziehungsanstalt im Jahre 3877

»Von der Rindenschicht im Gehirn Ihres Sohnes steht Ihnen gesetzlich die Bestimmung über ein Drittel zu; in bezug auf dieses können Sie eine Gewöhnung der Zellen zu speziellen Vorgängen der Spannung, Leitung und Bewegung nach Ihren Wünschen vornehmen lassen. Ein Drittel bleibt, wie Sie wissen, zur späteren eigenen Verfügung Ihres Sohnes behufs Ausbildung seiner Gehirnfunktionen reserviert, während das letzte Drittel nach § 111 des Unterrichtsgesetzes vom 22. Januar 3854 in einer öffentlichen Anstalt für allgemeine Bildung zu präparieren ist. Wollen Sie mir nun gütigst angeben, für welche Disziplinen Sie die Präparierung des Großhirns wünschen?«

So sprach der Direktor des Pädagogiums und Professor der Geschichte, Herr Strudel-Prudel, zu einem Herrn, welcher seinen hoffnungsvollen Sprößling im Alter von drei Jahren eben als Zögling des Pädagogiums angemeldet hatte.

»Ich würde dann bitten«, antwortete der Vater, »ihn für Physik und Chemie zu präparieren und zugleich etwas Talent für Musik hervorzurufen.«

Der Direktor notierte das Gewünschte, indem er sagte: »Ihr Sohn ... Wie heißt er?«

»Selen.«

»Selen Propion – schön. Ihr Sohn wird demnach zur Klasse C, Abteilung I der naturwissenschaftlichen Sektion unserer Vorbereitungsanstalt gehören. Behandlung und Unterricht daselbst sind unentgeltlich; für die Erzeugung des musikalischen Talents haben Sie jedoch behufs Verfeinerung der Mechanik des Ohres ein monatliches Honorar von hundert Goldgramm* zu zahlen. Der Unterricht beginnt morgen. So, das wäre das

---

* Goldgramm = 2,79 Mark.

Geschäftliche. Und nun, Herr Propion, wenn es Ihnen Vergnügen macht, zeige ich Ihnen einmal unsere Anstalt.«

Typus Propion nahm gern den Vorschlag an. Er war Besitzer einer chemischen Fabrik für Lebensmittel und von früher her mit dem Direktor Strudel-Prudel bekannt, obgleich die Männer im Drange der Geschäfte einander selten sahen. Da Propion von der inneren Organisation einer großen Erziehungsanstalt sehr wenig wußte, war es ihm um so angenehmer, von einem Fachmanne von solchem Rufe, wie Strudel, darüber belehrt zu werden und namentlich die mechanischen Einrichtungen kennenzulernen.

Die Anstalt zerfiel nach Maßgabe des neuen Unterrichtsgesetzes in zwei Teile, eine Vorbereitungsanstalt und eine Lehranstalt oder, wie man sie auch nannte, in die »Hirnschule« und die »Akademie«. In der »Hirnschule« wurde überhaupt kein Lehrstoff benützt, diese Abteilung diente nur dazu, das Gehirn der Kinder zur späteren Aufnahme desselben geeignet zu machen. Dies geschah auf rein mechanischem, das heißt physiologischem Wege.

Wir müssen hier um Entschuldigung bitten, wenn der Ausdruck mitunter den realen Vorgang nicht genau trifft. Die Sprache des 19. Jahrhunderts, in der wir doch reden müssen, ist eben nicht immer fähig, den neugewonnenen Einsichten der Zukunft zu folgen. So gäbe es ein schiefes Bild, wenn man sich vorstellen wollte, das Gehirn nähme etwa den Lehrstoff auf wie das Glas den Wein. Es handelt sich um die Ausbildung einer Art von Schematismus, der gewissen Bewußtseinvorgängen entspricht; auch der Schwimmer, der Tänzer machen Vorübungen, denen sich dann die entsprechenden Muskelbewegungen leichter anschließen. Vielleicht wird das aus folgendem klarer.

Fast schon seit zweitausend Jahren war die Psychophysik, die Lehre von den Gesetzen des Bewußtseins, ein selbständiger Zweig der Psychologie geworden, und das Studium der Gehirnfunktionen hatte zu einer vollständigen Theorie derselben geführt. Die Folgen, welche diese Entdeckungen für das Gebiet der Künste und Wissenschaften hatten, werden später zur Erörterung kommen; hier soll uns zunächst die Anwendung auf die Pädagogik interessieren.

Man kannte jetzt bis ins kleinste hinein die Bewegungs- und Spannungsvorgänge in den Nerven und den Zellen der grauen Gehirnsubstanz, welche die Vorgänge des Bewußtseins, die Reihe der Vorstellungen und die logische Schlußbildung begleiten; man wußte, welche Zellen bei der Leitung bestimmter Wahrnehmungen und der Bildung bestimmter Gedankenfolgen tätig sind und in welcher Weise sie tätig sind; man konnte daher umgekehrt durch künstliche Reizung, namentlich durch den galvanischen Strom, auch die einzelnen Partien und Provinzen des Gehirns zu Bewegungen veranlassen, welche der Bildung bestimmter Vorstellungen entsprechen, und schließlich – worauf es ankam – sie so gewöhnen, daß gewisse Arten des Denkens mit besonderer Leichtigkeit vollzogen werden konnten. Denn wenn es auch ohne Vorstellungsinhalt keine allgemeinen Formen des reinen Denkens gibt (es sei denn in unserer Abstraktion), so gibt es doch einen Schematismus und mit ihm einen dauernden Apparat und Mechanismus des Denkens, welcher in dem Wechsel des Vorstellungsinhalts in seinem Wesen beharrt; daher läßt dieser Denkapparat eine Veränderung und Ausbildung in dem einen oder anderen Sinne zu und macht so gewissermaßen den formalen Charakter des Denkens aus. Diesen Mechanismus des Denkens zu bilden war die Aufgabe, welche die Vorbereitungsanstalt oder »Hirnschule« auf physikalischem Wege löste.

Strudel und Propion traten in die Säle der Hirnschule. Laboratorien wäre ein richtiger Ausdruck. Die ganze Behandlung der Kinder bestand darin, daß dieselben anfänglich zwei, später drei Stunden täglich in eigentümlich konstruierten Apparaten der Einwirkung galvanischer Ströme, welche nach den ausbildungsbedürftigen Gehirnpartien führten, ausgesetzt wurden und daß auch im übrigen mit den feinen und ausgedehnten Mitteln, welche die Chemie des Gehirns im vierten Jahrtausend entdeckt hatte, das Wachstum und die Bewegung der Zellen in der Rindenschicht überwacht und gehütet wurde. War man in früheren Jahrtausenden zu der Einsicht gekommen, daß die Muskeln und Sehnen des Körpers besonderer Übung und Pflege bedürften, wenn im kräftigen Menschen ein heiteres Gemüt sich wohl befinden sollte, so sah man jetzt ein, um wieviel wichtiger noch es sei, den Sitz der Vernunft in seiner Ausbildung sorgsam zu hüten und zu pflegen, um später dadurch eine kräftige Gedankenentwicklung zu erzielen. Dadurch wurden denn überraschende Resultate erreicht.

»Sie sehen hier«, sagte der Direktor zu Propion, »in welcher Weise wir das *Turnen des Gehirns* betreiben. Da sind unsere Geräte. Im Schlafe, ohne Anstrengung des Kindes, die früher soviel Siechtum verursachte, geben wir hier die Grundlagen der formalen Bildung und schaffen Anlagen, welche der Menschheit die reichsten Früchte tragen. Welche Mühe kostete es früher, einen Menschen nur so weit zu bringen, daß er imstande war, selbständig in eine Wissenschaft einzudringen. Vom sechsten bis zum zwanzigsten Jahre mußte man sich bemühen, mit Latein und Griechisch, Geschichte und Mathematik das Gehirn so weit in Übung zu bringen, daß es fähig wurde, eine logische Gedankenentwicklung zu verfolgen und einigermaßen den Gang der Ereignisse zu verstehen, und dabei konnte man dem Dummen doch nicht helfen. Wie einfach ist die Sache jetzt! Hier ein Zug am Großhirnlappen, ein dauernder Strom durch den Fuß des Hirnschenkels, eine kräftigende Behandlung des Linsenkerns – und nach zwei Jahren ist der fünfjährige Mensch bereit, unbehindert seiner Körperentwicklung in die großen Probleme der Wissenschaft und des Daseins eingeführt zu werden. Hier haben Sie Abteilung eins für exakte Wissenschaften. Hier werden in der ersten Sektion Mathematiker, Physiker und Chemiker propädeutisch erzeugt, in der zweiten Biologen, also im besonderen Ethnologen, Zoologen, Botaniker, Ökonomen und so weiter. In der zweiten Abteilung ist die Werkstätte für Logiker, Metaphysiker, Historiker und Archäologen; die dritte ist für Sprachforscher, Redner und Schriftsteller bestimmt. Die vierte bildet die Organe für das praktische Lebensgeschick, Umsicht, Tatkraft, Geschäftsgeist. Daß die Hirnschule der Kunst und der Sitte mit ihrer Propädeutik für das ästhetische und ethische Ideal von dem wissenschaftlichen Institut getrennt ist, werden Sie passend finden. Jeder Schüler aber muß die untersten Klassen sämtlicher Abteilungen behufs seiner allgemeinen Bildung durchlaufen; dies geschieht im ersten Jahre, im zweiten findet dann die Ausbildung zu seinem speziellen Fache in den oberen Klassen statt.

Ist auch diese vollendet, so treten wir in die Akademie ein, in welcher die Vorlesungen der Lehrer jetzt leicht und willig erfaßt, verstanden und behalten werden. Mit dem neunten Jahre ist die Erziehung vollendet – welche Resultate der modernen Pädagogik! Der Geist eines Neunjährigen entspricht heutzutage an Reife und Erfahrung dem eines bejahrten Mannes aus einer früheren Periode. Es gab eine Zeit, wo man sich schaudernd fragte: Bei der ungeheuern Zunahme an Material des Wissens, bei der Häufung des geistigen Inhalts der Zeit – wie soll es dem jungen Menschen, wie dem einzelnen überhaupt möglich sein, auch nur einen ganz allgemeinen Überblick zu bewahren? Und man schuf Methode auf Methode und Lehrbuch auf Lehrbuch, und jeder fragte zuletzt verzweifelt: Wie soll das werden? Aber wie einst in der Astronomie die Erscheinungen den Anhängern des Ptolemäus über den Kopf wuchsen, die vergebens Epizykel auf Epizykel und Rädchen auf Rädchen in der Himmelsmaschine häuften, ohne zustande zu kommen mit der Erklärung, bis Kopernikus mit seinem Machtspruch hervortrat und die Sache umkehrte, die Sonne stillstehen hieß und die Planeten drehte – so erschien auch der Pädagogik ihr Kopernikus in der Stunde der Gefahr! Im Jahre 3781 schrieb Hemisphärion: ›Die Theorie der Gehirnfunktionen ist seit hundert Jahren entwickelt – wohlan denn! Benützen wir sie! Fort mit den Lehrbüchern, mit den Methoden des Unterrichts, mit den mnemotechnischen Kniffen! Wenn sich der Lehrstoff dem Gehirn nicht bequemen will, gut, so bequeme sich das Gehirn dem Lehrstoffe! Laßt uns Laboratorien erbauen, Physiologen mögen unsere Lehrer werden – präpariert die graue Substanz des Kindergehirns, und ihr braucht nicht die Schriftsteller für sie zu präparieren!‹ Es sind goldene Worte! Bekämpft, verlacht, haben sie doch den Sieg errungen, und wir danken Hemisphärion, dem wahren Erfinder des berühmten ›Nürnberger Trichters‹, aus vollem Herzen. Doch verzeihen Sie mir, Herr Propion«, unterbrach sich der Direktor, »ich habe Ihre Geduld in Anspruch genommen und dabei selbst meine Zeit fast versäumt. Ich muß zu meinem Geschichtsvortrage nach Prima – ich gebe heut eine Übersicht über das letzte Jahrtausend. Schon sind wir vor der Türe – ich habe die Ehre.«

Man berührte sich mit den Spitzen der kleinen Finger, wie es die Sitte der Zeit verlangte; Propion sprach seinen Dank aus und steckte sich ein »Bildtäfelchen« ins Auge, während er auch Strudel ein solches anbot, der ebenso verfuhr. Dann trat Strudel in den Hörsaal.

Die Schüler lagen in Hängematten und richteten, ihr Bildtäfelchen in den Augen, den Blick auf die Decke. Das Bildtäfelchen beschäftigte den Gesichtssinn durch ein mildes und erfrischendes Farbenspiel, wodurch eine größere Sammlung des Geistes erreicht wurde. Prudel setzte sich in seinen erhöhten Schaukelstuhl, machte sich ein Glas Kunstwein zurecht und begann seinen Vortrag, indem er sich der üblichen Universalsprache bediente.

II
Das vierte Jahrtausend
Ein Stückchen Kulturgeschichte

Die europäische Zivilisation hatte gegen Ende des dritten Jahrtausends ihren Höhepunkt erreicht. Man flog durch die Luft, man beherrschte die Erde bis ins Innere Asiens und Afrikas, wo große Wüsten urbar gemacht, ganze Landstrecken im Klima verändert worden waren; man hatte die wilden Völkerschaften daselbst unterworfen und zivilisiert oder vernichtet; man hatte durch die Vervollkommnung der Technik eine übergewaltige Machtfülle erreicht; aber man hatte auch jeden Genuß aufs subtilste verfeinert und die Erwerbsquellen bis auf das Maximum ihrer Ertragsfähigkeit ausgebeutet.

Noch um die Mitte des dritten Jahrtausends hatte sich der Aufschwung zu so hoher Blüte der Kultur auch in einer idealen Erhebung vom kühnsten Schwunge kundgetan. Solange die Entwicklung fortschritt, durchdrang das Bewußtsein von der großen Aufgabe der Menschheit und die Überzeugung von der eigenen Befähigung, sie zu erfüllen, alle Schichten der Bevölkerung. Man war stolz, zu leben und Mensch unter Menschen zu sein; Wohlstand herrschte überall, und die schlimmen Gegensätze im Volksleben am Ende des zweiten Jahrtausends waren ausgeglichen. Der von Deutschland im neunzehnten Jahrhundert ausgegangene Aufschwung der Schulbildung hatte das meiste beigetragen; neue Lehrer im Ideal waren dem Volke erstanden, und Kants und Schillers unsterbliche Anschauungen waren tief eingedrungen – nicht ohne Kämpfe, aber das Losungswort hatte gesiegt: Ideen und Opfer! Die Ehrfurcht vor dem Ideal hatte die Roheit gezähmt und den Egoismus gebändigt; das tiefere Verständnis für die Welt hatte die Geistesträgheit der Massen gehoben und die Pleonexie der Reichen beseitigt. Das Urteil der öffentlichen Meinung erhob sich zu einer Macht, welche die Geister regierte und als die Personifikation der Wahrheit und Gerechtigkeit angesehen werden konnte. Es war eine Zeit höchsten Glückes auf Erden um die Mitte des dritten Jahrtausends. Aber je weiter das Jahrtausend seinem Ende zuschritt, um so mehr zeigten sich die Spuren des Verfalls.

Schon reichte der Geist des einzelnen nicht mehr aus, das Gesamtbild der Gegenwart zu überblicken, und man war genötigt, auf die speziellsten und engsten Gebiete der Wissenschaft sich zu beschränken, um nur auf diesen das Seine zu leisten. So mußte es geschehen, daß trotz der großartigen Mittel des geistigen Verkehrs schon im 28. Jahrhundert ein Verständnis in den einzelnen Teilen der Wissenschaft nicht mehr zu erzielen war. Das Material war den Methoden über den Kopf gewachsen. Man suchte nach einem allgemeinen Prinzip, wie nach einem Zauberwort, das die getrennten Teile vereinigte. Aber man fand das Rechte nicht und erkannte nur immermehr die eintretende Zersetzung als notwendig. Phantastische Spekulationen tauchten wieder auf und hatten zerstörenden Skeptizismus als notwendige Reaktion zur Folge. Wieder stand man an den Grenzen der Vernunft. So ging zuerst der Mut verloren unter den Vorkämpfern des Geistes, und es war die natürliche Folge, daß unter dem großen Publikum das Interesse am Idealen mehr und mehr schwand. Damit aber brach sich die Überzeugung des Niederganges der Bildung Bahn; die Menschheit, hieß es, ist angekommen auf dem abwärts führenden Zweige ihrer Lebenskurve.

Und nun erhob sich die Partei der Unzufriedenen, die sich sofort bildet, wo die Gelegenheit sich bietet, mit Untergrabung des allgemeinen Gerechtigkeitssinnes eine Schuld für Geschehenes auf Personen zu werfen. Man erkannte nicht das geheime Naturgesetz der augenblicklichen Entwicklung und sank zurück in die Herrschaft des Affekts. Anfeindungen der Bevölkerung unter sich fanden statt, und wenn auch das Niveau der Zivilisation noch ein zu hohes war, als daß es zu blutigen Bürgerkriegen gekommen wäre, so wurde doch die Macht und Stellung einer Partei immer drohender, welche nichts anderes bezweckte als einen vollständigen Umsturz des Bestehenden; welche, den geschichtlichen Zusammenhang verkennend, glaubte, aus dem Urzustande der Natur heraus die Gesellschaft regenerieren zu können – in der Geschichte kein neuer Gedanke, der auch hier wieder nicht begriff, daß »ursprüngliche Natur« nach dem Vorangegangenen gerade Unnatur geworden sei.

Unter solchen Kämpfen der Geister, bei denen auch die im Laufe der Zeit glücklich überwundenen oder vergessenen Rassenunterschiede wieder zum Vorschein kamen, floß das 29. Jahrhundert dahin. Es brachte keinen neuen Beitrag zur Erhöhung des Kulturzustandes, vielmehr sank die allgemeine Erwerbstätigkeit, und die Gefahr trat nahe, daß die übervölkerte Erde bei einer Erschlaffung der Tatkraft ihrer Bewohner nicht mehr zur Ernährung derselben ausreichen würde. Schon erhob sich das alte Malthussche Gespenst in den Gemütern, und der Schrecken der sozialen Frage, der verstummt war im gewaltigen Aufschwunge aller Verhältnisse, drang mit erneuter Kraft in die europäische Gesellschaft. Schon sah man im Geiste sich gegenseitig zerfleischen, um zu entscheiden, wer untergehen müsse, um dem Überlebenden Platz zu machen.

Da trat ein Ereignis ein, das im stillen schon seit Jahrtausenden durch die geheimen Kräfte der Natur vorbereitet, jetzt in seinen Folgen als eine plötzliche Katastrophe in den Gang der Geschichte eingriff. Während der seit Jahrtausenden in langsamem Versinken begriffene Kontinent Australiens und die Inseln des Großen Ozeans mehr und mehr unter den Wellen verschwanden, indes die Korallentierchen rastlos an der Meeresoberfläche bauten, erhob sich im Norden von Europa ebenso langsam ein neuer Kontinent. Schon waren zwischen Norwegen, Spitzbergen und Nowaja Semlja neue Inseln aus dem nördlichen Eismeere aufgetaucht, und die beiden letzten

Inseln verband bald ein festländischer Streifen, welcher die Berge von Franz-Josephs-Land mit einschloß und sich bis in die Nähe des Nordpols erstreckte, andererseits bis zum Kap Tscheljuskin sich ausdehnte und den neuen Kontinent mit Sibirien verband. Zugleich änderten sich die Meeresströmungen und mit ihnen in wunderbarer Weise die klimatischen Verhältnisse dieser Länder. Die Verbindungen des Karischen Meeres nach Westen und Norden schlossen sich, und Ob und Jenissei ergossen sich nunmehr in ein Binnenmeer, das sie mit ihren warmen Gewässern erfüllten, während der Golfstrom, durch Vorgänge im Atlantischen Ozean zu außerordentlicher Kraft gesteigert, die Westküste des neuen Kontinents umspülte. Warme Winde wehten im Sommer von den heißen Hochebenen des inneren Asiens her, und im Winter führte der Golfstrom warme Regen zu. Das Eis schmolz, und an den Ufern, die noch vor tausend Jahren mit ewigen Gletschermassen bedeckt waren, sproßten grüne Wiesen und Wälder, und eine reiche Tierwelt belebte dieselben. Ihr war der Mensch gefolgt. Die sibirischen Stämme, mit russischem Blute vermischt und erneuert, bemächtigten sich des neuen Kontinents und hatten sich rasch zu einem kräftigen Jägervolke herangebildet, in welchem man die tranigen Hyperboreer kaum wiedererkannte. So günstig waren die neuen Zustände ihrer Entwicklung, daß ihnen die heimatlichen Fluren trotz der Geschenke des Ozeans bald zu eng zu werden drohten. Man hatte während des dritten Jahrtausends in Europa und Amerika seine Blicke auf die Kultivierung der südlicheren Kontinente so vollständig konzentriert, daß man sich um die polaren Gegenden verhältnismäßig wenig gekümmert. Man konnte die Sahara bewässern, aber nicht die Gletscher von Franz-Josephs-Land schmelzen. So war die überraschende Entwicklung der Hyperboreer bei der Veränderung des Klimas anfänglich ziemlich unbeachtet vor sich gegangen. Denn man hatte wohl in Europa vor der Gefahr gewarnt, die im Norden drohte – doch man hatte darüber gelacht. Die Luftspritzgeschütze, die elektrischen Massenschläge schienen ein unüberwindliches Verteidigungsmittel gegen die »Barbaren« zu sein. Und sie hätten wohl auch für längere Zeit genügt; aber etwas ganz Unerwartetes geschah.

Ein Erdbeben von nie erlebten Dimensionen und von einer unbeschreiblichen Gewalt wütete auf der südlichen Halbkugel im Oktober 2998. Die Kette der Anden spaltete sich, an tausend Stellen brach das feurig-flüssige Erdinnere hervor, der Ozean flutete über ganz Südamerika und Australien, und alle Bewohner dieser reichen Erdteile – bis auf wenige Hunderte – kamen um, alle dort angehäuften Schätze der Kultur gingen im Rasen der Elemente verloren. Aber die alte Erdrinde hielt – sie war stark genug geworden. Die Wasser verliefen sich, und die Kontinente blieben – nur Australien hatte einen bedeutenden Teil seines Landes verloren und stellte nur noch eine größere Inselgruppe vor.

Der Schrecken war ungeheuer. Der Verlust an Kapital, Wissen und Bildung betrug ein Drittel von allem auf der Erde Vorhandenen. Aber man faßte sich allmählich, und schon die folgende Generation besiedelte mit neuer Kraft die ihrer Bewohner entblößten Erdteile. Da die Menschen nicht mehr genügend untereinander aufräumten, hatte es die Natur getan und noch einmal die Schrecken der Übervölkerung durch eine plötzliche, freilich nicht minder schreckliche Katastrophe verscheucht. Aber zugleich war auch der Nordkontinent noch mächtiger, schöner und reicher, seine Bewohner mutiger, stärker und unternehmungslustiger geworden.

Im Jahre 3105 brachen die ersten Scharen der Arktiker als eine ungeheuere Völkerwanderung über das geschwächte Europa herein. Es waren nicht die rohen, verwüstenden Stimmen, wie sie Europa im ersten Jahrtausend wiederholt sah, und sie waren nicht völlig barbarisch, nicht völlig fremd der europäischen Zivilisation, aber doch tief unter ihr stehend. Platz war jetzt vorhanden, und die Einwanderung geschah ohne hervorragend blutige Kämpfe. Die mittelländische Rasse wich langsam vor der arktischen zurück, aber die Höhe der Kultur wurde in gleichem Maße mit dem Vordringen der unzivilisierten Einwanderer herabgedrückt.

Zwar gingen nicht alle Errungenschaften des Geistes verloren wie einst nach der Blüte der klassischen Zeit. Die wichtigsten Elemente blieben, zumal in den südlicheren Gegenden der Erde, völlig erhalten. Die Luftschiffe verkehrten, die Telegrafen spielten, die Wissenschaften wurden noch gepflegt;

aber es vergingen fünf Jahrhunderte, ehe die barbarischen Einwanderer, jetzt eng vermischt mit der mittelländischen Rasse, sich auf eine gleiche Stufe der Kultur geschwungen hatten, wie sie am Ende des dritten Jahrtausends blühte. Diese Unterbrechung war jedoch verbunden mit einer Regenerierung der Kultur, welche ebenso notwendig als erfolgreich eintrat.

Es hatte in den Jahren bis zum 35. Jahrhundert ein Stillstand stattgefunden, in welchem die Kräfte der Menschheit allein dazu gebraucht zu werden schienen, sich wieder heimisch zu machen auf der erschütterten Erde. Jetzt erst kam hier und dort der Gedanke auf, daß doch wohl ein Fortschritt noch möglich sei. Es waren wieder Elemente vorhanden, welche an sich selbst die Erfahrung fortschreitender Entwicklung machten. Die in die Geschichte eingetretene Rasse sah nicht zurück auf Jahrhunderte des Verfalls, sondern rastlosen Fortschritts, und daraus folgte, daß sie selbst die Hoffnung daran knüpfte, dieser Fortschritt der Entwicklung werde andauernd möglich sein. So wuchs der Mut der Menschheit und ihr Vertrauen auf die Zukunft aufs neue; mit frischer Kraft begann sie zu arbeiten und den Ausbau der Zivilisation zu vollenden, wo er am Ende des dritten Jahrtausends stehengeblieben war.

Aber zunächst schien die wieder auftretende Sorge, die Erde sei zum zweiten Male der Übervölkerung nahe, die Arbeit zu lähmen. Schon begann die Armut sich geltend zu machen, und ein sozialer Notstand von ungeheurer Ausdehnung brach hervor. Aber die frischen Kräfte, mit denen die Menschheit ans Werk ging, bargen in sich selbst die noch unbekannten Heilmittel der eintretenden Übelstände. Die arktische Rasse, als sie in Berührung mit der Zivilisation trat und diese in sich aufnahm, brachte mit dem erneuten Mute, mit der Idee des möglichen Fortschritts auch ein neues Prinzip in die Kulturgeschichte. Hatte die mittelländische Rasse hauptsächlich nur daran gedacht, durch äußere Mittel die Machtstellung der Menschheit zu verbessern, so brach sich jetzt der Gedanke Bahn, daß die Organisation des Menschen selbst sich ändern und akkommodieren müsse den Anforderungen, welche durch die veränderte Gestaltung der Bevölkerungsverhältnisse und des Kulturzustandes an sie gestellt würden. Das Gefühl, daß eine solche Umgestaltung des Lebens nötig sei, machte sich allgemein in den Geistern geltend; aber noch wußte man nicht, worin nun der Tat nach diese Umgestaltung bestehen werde – noch war es ein Tappen im Dunkeln, erst ein Suchen nach dem Lichte. Man arbeitete rastlos an Erweiterung der Erkenntnis, namentlich pflegte man die Erforschung des Organischen; hier vor allem erwartete man die Geheimnisse des Lebens zu ergründen. Da kam die Erlösung.

Wie auf die Gärung der Geister zur Zeit der Renaissance im vierzehnten und fünfzehnten Jahrhundert die großen Entdeckungen von Gutenberg und Kolumbus in die Wirklichkeit des Lebens völlig umgestaltend eingriffen, so daß von jener Zeit an eine neue Epoche der Geschichte gerechnet werden mußte, so folgten nach dem noch unerforschten Gesetze der Periodizität, das der Erdentwicklung zugrunde zu liegen scheint, auch jetzt fast zu gleicher Zeit zwei neue Entdeckungen, welche in ihren Folgen bald sämtliche Verhältnisse modifizieren und damit eine neue Zeit und eine ungeahnte Machtentwicklung der Menschheit einleiten sollten. Im Jahre 3614 entdeckte *Molekulander* die künstliche Zusammensetzung des Eiweißes, und im Jahre 3616 erschien das unsterbliche Werk einer Dame, die den merkwürdigen Namen *Schnuck* führte, unter dem Titel »Vollständige Theorie der Gehirnfunktionen«. Und damit war die Morgenröte einer neuen Kulturepoche angebrochen, deren Glanz bald strahlend über der Erde aufging.

Mit einem Schlage war das Gespenst der Nahrungssorgen von der Erde verschwunden. Denn unmittelbar aus den Elementen, welche Wasser, Luft und Fels zur Genüge boten, machte man nicht nur künstliches Brot, sondern auch künstliches Fleisch, das heißt eiweißhaltige Substanzen, welche kräftig und wohlschmeckende Nahrung gewährten, und das mit einer Billigkeit, welche die Schrecken des Hungers für immer vertrieb. Die Theorie der Gehirnfunktionen aber ermöglichte jene direkte Einwirkung auf das Gehirn der Menschen, welche für die ideale Gestaltung des Lebens von unberechenbarem Einfluß wurde.

»Ich schließe mit der Erwähnung dieses Ereignisses meine heutige Vorlesung«, endete Strudel-Prudel, »bald werden wir sehen, wie zu neuen und neuen Entdeckungen fortschreitend die Menschheit ihre heutige Höhe erreichte. Entdeckung auf

Entdeckung folgte; der Psychokinet, das Zerebratin, die Gold-Wasserstoff-Verbindungen, die Benutzung der Zirkular-Weltäther-Ströme, die Integration der Weltformel – in zwei kurze Jahrhunderte drängen sich Erfolge des Geistes, welche uns mit Staunen und Ehrfurcht erfüllen.«

Strudel erhob sich und verließ die Klasse. Bald flogen die Schüler nach allen Seiten auseinander, ihren Wohnungen zu.

Strudel aber, dessen Antlitz noch eben von Begeisterung strahlte, schien jetzt von Ermattung ergriffen zu werden, die seinen Zügen das Gepräge eigentümlicher Traurigkeit verlieh. Er trat in seine Privatwohnung und lehnte seinen Kopf an den Phonograph, ein Instrument, das seine ausgesprochenen Worte sofort niederschrieb.

Wir nehmen das Blatt und lesen – zu unserer Verwunderung in deutscher Sprache, wenn auch in stenografischen Zeichen: »Hinauf, hinauf! Euch zieht es empor, und glanzvoll sei eure Bahn, ihr Kinder der Zeit und des Lichtes! Glück auf die Reise in sonnige Höhen, du wackere Jugend! – Ich aber, ein alter, vergessener Mann, einsam steh' ich in rastloser Zeit, verlassen sind meine Wege, rückwärts gewendet mein Schritt. Wie könnt' ich Vergessenheit trinken des vergangenen Ruhmes? Und doch, wie kann ich mit Klarheit schauen in verronnene Zeit? Ach, das Ziel meines Lebens war es, zu erforschen das Gesetz der Geschichte; herrlich erhebt sich das Gestirn der Menschheit aufs neue, aber der Stern meines Geschlechtes neigt sich, und bald verschwindet er am Horizonte. Oh, daß keiner heraussteigt aus der Gruft der Jahrtausende, mir Rede zu stehen, mir zu erzählen – wieder die alte Klage! Nein! Fort damit!«

Rasch erhob er sich und nahm eine kleine Dosis Zerebratin. Wieder spiegelte sich der Ausdruck heiterer Ruhe auf seinen freundlichen Zügen.

»Euch will ich besuchen, ihr ältesten Vorfahren«, sagte er lächelnd.

Und er rüstete sich zum Ausgehen.

Unterem Meeresspiegel. Die Gehirnorgel.
Der letzte Botaniker

In den »Gärten des Okeanos« drängte sich eine lebenslustige Menge. Hell strahlten die großen Beleuchtungsapparate – Wassersonnen genannt – in das Gewirr von Tischen, Stühlen, Büfetts und Belustigungsstätten aller Art, die hier, mitten im Atlantischen Ozean, in einer Tiefe von 2300 Metern unter dem Meeresspiegel aufgestellt waren und allabendlich den Erholungsort der erdenstaubmüden Europäer bildeten.

Aus einem der submarinen Personenzüge, welche alle fünf Minuten hier eintrafen, stiegen zwei Herren in elegantem Taucherkostüm. Aber sie wandten sich nicht mit dem Strome der Ausgestiegenen nach rechts, wo die Affichen der Vergnügungslokale unglaubliche Abendunterhaltungen versprachen. Achtlos schritten sie am großen Psychäongebäude vorbei; dort saßen in langen Reihen die »Zufühler« mit wunderlich gestalteten Helmen auf dem Kopfe, von denen zahllose Drähte nach dem Zentrum der großen Gehirnorgel liefen, auf welcher eine der berühmtesten Stimmungskünstlerinnen der Gegenwart, Lyrika, ihre Vorstellung gab.

Um diesen Vorgang im Psychäon begreiflich zu machen, müssen wir in der Geschichte der Ästhetik und der Entwicklung der Künste um ein paar Jahrtausende zurückgreifen. Schon über viertausend Jahre waren vergangen, seitdem die Entwicklung der Kunst ihren Höhepunkt erreicht hatte, aber noch waren Phidias und seine Schüler unübertroffen. Zwar hatten Malerei und Dichtkunst im zweiten Jahrtausend nach Christus einen vorzüglichen Aufschwung genommen; aber sie waren vermöge des Stoffes, mit welchem sie arbeiteten, zu sehr gebunden an das Reale, als daß sie den wahren Beruf der Kunst, die unumschränkte Herrschaft im Ideal, hätten zur Genüge erfüllen können. Schon seit Reimert-Obertons Dichtungen (man denke an »Die Zerebrer oder Der gezähmte Lichtnebel« u. a.) wurde ein tieferes Verständnis für die Kunstform der Poesie immer seltener, und mehr und mehr wandte man sich der Musik zu als der unmittelbaren und wahren Dolmetscherin der Gefühle. Die krankhaften Ausschreitungen des

neunzehnten Jahrhunderts hatten noch dazu beigetragen, die wahren Grenzen der Musik kennenzulernen. Das eigentliche Entwicklungsgesetz für die Geschichte der Künste wurde ermittelt, und seit Theoros Spürenbergs unsterblichen Untersuchungen »Über die Embryologie des ästhetischen Ideals« wußte man, daß der Fortschritt der Künste abhängig ist von dem Fortschritt, welchen die Ausbildung des »Stimmungssinnes« in der Menschheit macht. Vom Altertum aus, wo das Verständnis für Stimmungen noch ein sehr geringes war, entwickelte sich diese Neigung, den Stimmungen allein sich zu überlassen, mehr und mehr, je mehr der immer zunehmende Gehalt des Lebens an realem Genusse und praktischer Arbeit einen jeden zwang, ein Gegengewicht im Ideal zu suchen. So mußte die Befriedigung des Gemüts notwendig gefunden werden in der Hingabe an die Stimmung, und damit ist das Ziel der Kunst ausgesprochen. Sie muß die Stimmungen des Menschen in jeder Weise beherrschen, sie aufregen und besänftigen, je nachdem es die Umstände verlangen, kurz, den dunklen Bewußtseinsinhalt der Seele bestimmen, der frei von klaren Erinnerungsbildern und scharfen Sinneseindrücken nur eine ungewisse Summe von Strebungen enthält, die wir eben unsern Gemützustand nennen.

Die Mittel, deren die Kunst hierzu sich bedient, sind an sich gleichgültig, aber der Zweck der Kunst wird am reinsten und herrlichsten erreicht werden, wenn die Erregung der Gemütsstimmungen eine möglichst unmittelbare ist. Daher steht dem Ziele der Kunst die Musik schon sehr nahe, weil bei ihr die Schwingungen des Schalles unmittelbar auf die Gehörnerven und dadurch auf das Gehirn wirken, ohne der Vermittlung derjenigen Gehirnpartien, deren Art uns als »Denken« zum Bewußtsein kommt, irgendwie zu bedürfen. Noch weiter allerdings war diese unmittelbare Einwirkung durch die Inanspruchnahme des Geruchssinnes getrieben worden, wie sie die Familien der Riechmanns und Ozodes versucht hatten. Auch war in der Mitte des dritten Jahrtausends die Ododik (Geruchskunst) zu hoher Blüte gelangt. Aber ihrem weiteren Fortschritt stand das Gesetz der Entwicklung der Gattung entgegen. Die kurze Anstrengung einiger Generationen war nicht imstande, die seit den Zeiten des Diluvialmenschen eingetretene Verkümmerung des Geruchssinnes dauernd aufzuhalten. Seitdem Aromasias unglückliches Ende die Vererbung einer der feingebildetsten Nasen unmöglich gemacht hatte, geriet die Ododik bald wieder in Verfall.

Mit dem Eintritt der arktischen Rasse in die Geschichte und dem allgemeinen Stillstand der Kulturentwicklung in der ersten Hälfte des vierten Jahrtausends war auch eine vorübergehende Ruhezeit im Fortschritt der Künste verbunden. Aber zu neuen und unerwarteten Bahnen hob sich der Flug der Gefühle nach der vollständigen Herleitung der Theorie der Gehirnfunktionen.

Natürlich war die Frage nach dem Wesen des Bewußtseins nicht anders gelöst, als man die nach dem Wesen der Materie lösen konnte, das heißt bis zu den Grenzen, welche durch die Natur des menschlichen Erkenntnisvermögens gezogen sind. Aber man wußte doch, daß der dunkle, unergründliche Rest des Daseins in zwei klaren Formen einer menschlichen Intelligenz zum Bewußtsein kommen kann, als Empfindung direkt und unmittelbar in unserem Leben, außerdem noch durch unsere Sinne vermittelt als Bewegung in Zeit und Raum. Letztere Auffassungsart läßt eine Bestimmung nach Zahl und Maß und so eine genaue Theorie zu, welche die Veränderung der Erscheinungen auf Bewegungen der Atome zurückführt. Nun konnte man die Bewegung der materiellen Gehirnmolekel berechnen, sie folgten den erforschten Gesetzen der allgemeinen Mechanik. Mit jedem dieser berechenbaren Bewegungsvorgänge aber ist ein bestimmter Empfindungsvorgang verknüpft – vielleicht richtiger identisch –, und es handelte sich nur darum, die Bewegung der physikalischen Atome nach ihrer inneren Seite als Empfindung zu deuten. Aber nachdem einmal der Aberglaube des Materialismus, der in dem Bewußtsein ein Produkt oder eine Funktion der Gehirnmolekel sah, gründlich abgeworfen war, fand sich hier leicht ein Weg. Die Theorie der Gehirnfunktionen löste diese Aufgabe durch den Parallelismus von Bewegung und Empfindung, indem sie empirisch die Veränderungen der letzteren aus denen der ersteren deutete. Wie uns unsere Sinne nur Zeichen und Abbilder für die Dinge, nicht diese selbst, geben, so gab auch die Mechanik der Gehirn- und Ganglien-Atome zwar nicht die Empfindung, diese ihre innere Form, selbst, aber sie gab ein treues Abbild derselben in ihrer eigenen Bewegung gemäß unserer Raum- und Zeitanschauung. Und wenn man nun einmal erst erkannt hatte: *Diese* Form der Bewegung (a) bedeutet *diese* Form der Empfindung (A), *diese* Molekularkonstruktion (b) bedeutet *dieses* bestimmte Gefühl (B) des Subjekts, so konnte man erfahrungsmäßig gleichsam ein Wörterbuch der geheimnisvollen Sprache der Seele zusammenstellen, welches auf der einen Seite die berechnete Bewegung, auf der anderen die erfahrene Empfindung enthielt. So war es möglich, rein subjektive Vorgänge einer objektiven Untersuchung zu unterwerfen und die seelischen Erregungen in mechanischen zu erkennen und zu studieren, wie man die chemischen Vorgänge auf entfernten Welten in den optischen im Spektrum verfolgte.

Der *Psychokinet* oder *Gehirnorgel* war nun ein Instrument, welches gestattete, unmittelbar, ohne Vermittlung der Sinne, auf das Bewußtsein durch direkte Reizung der betreffenden Gehirnpartien zu wirken. Man machte sich auf diese Weise unabhängig von den spezifischen Sinnesenergien, vermöge deren der Mensch eben nur fühlen, sehen, schmecken, riechen oder hören konnte. Man vermochte gesetzmäßig geordnete Reihen von Gedanken oder Empfindungen unmittelbar im Zentrum des Bewußtseins hervorzurufen.

Eine besondere Gattung der Kunst, welche die Königin der Künste genannt werden darf, hatte sich infolgedessen entwikkelt. Sie hieß einfach *Psychik*. Die Psychiker konnten ihre Stimmungen sowohl unmittelbar durch den Psychokineten, welcher ihr Gehirn mit dem der Zufühler verband, diesen mitteilen, sie konnten aber auch durch einen besonderen Schreibpsychokineten ihre Stimmungskompositionen grafisch darstellen, so daß dieselben mit Hilfe eines Lesepsychokineten »nachgefühlt« werden konnten. *Lyrika,* deren eigentlicher Name Gruse-Säusel nur von ihren Neidern gebraucht wurde, war sowohl Komponistin als Phantastin; heute wirkte sie im großen Psychäon-Gebäude unmittelbar von Gehirn zu Gehirn. Das unbeschreibliche, der Sprache unendlich überlegene Meer der Stimmungen wogte in ihrem Gehirn und teilte sich durch den Psychokineten unmittelbar dem Gemüte der Zufühler mit.

Außer den echten Künstlern der Psychik gab es natürlich auch unzählige Dilettanten. In der Tat eignete sich kein Instrument mehr zum Dilettieren als der Psychokinet. Es gab deren mit Uhrwerken, wie unsere Spieldosen, und dies war eigentlich die ursprüngliche Form, von welcher der Name »Gehirnorgel« entstanden war. Man setzte eine Walze ein, die man fertig kaufte oder – worin eben die Kunst bestand – mit Stiften nach eigener Phantasie versah, stülpte dann das Instrument auf den Kopf und konnte nun seinen Beschäftigungen nachgehen, nicht anders behindert als in früheren Jahrtausenden durch das Rauchen einer Zigarre. Dazu kam noch der erfreuliche Vorteil, daß der Psychokinet nicht, wie die musikalischen Instrumente oder das Geruchsklavier oder das Tabakrauchen, unfreiwillige Teilnehmer an den Genüssen mit sich brachte, sondern daß niemand gezwungen wurde, Ohr oder Nase den künstlerischen Versuchen zu leihen – man hätte ihm denn mit Gewalt den Apparat aufstülpen müssen. Die Gehirnorgel war ein sanftmütiges, bescheidenes, ein subjektives Instrument, die vom Psychokineten nicht angegriffenen Gehirnpartien lösten wissenschaftliche Probleme, schlossen Geschäfte ab oder leiteten eine Fabrik, während die übrigen unter den Strömen des Psychokineten in den herrlichsten und süßesten Stimmungen schwelgten, unabhängig von der schweren Welt der Sinne.

Doch zurück zu unseren Freunden im eleganten Taucheranzuge. Sie wandten sich fort von den Vergnügungslokalen in den »Gärten des Okeanos« nach den weniger besuchten Partien der Anlagen, welche sich hier nach Südosten viele Meilen weit auf dem Grunde des Meeres hin- und an den Gestaden der Kanarischen Inseln hinaufzogen. Aber auch diese ließen unsere Freunde links liegen, und indem sie vermöge ihrer Schraube mit reißender Geschwindigkeit hinglitten, schlugen sie eine südwestliche Richtung ein.

»Wissen Sie, verehrter Freund«, sagte der Kleinere von ihnen, »ich begreife nicht, warum Sie mich hier in diese Einsamkeit begleiten. Ich bin Ihnen zwar herzlich dankbar dafür, aber ich habe kein Recht, Ihnen das Opfer zuzumuten, noch zwei Stunden bis zur großen Ozeansenkung mitzuschwimmen. Wir befinden uns jetzt erst 25 Grad 15 Minuten 22,7 Sekunden nördlicher Breite und 46 Grad 16 Minuten 34,6 Sekunden westlicher Länge von der Zentral-Sternwarte.«

Bei den letzten Worten hatte er sein Taschen-Klinatorium gezogen. Es war dies ein kleines Instrument, welches aus der Neigung und Ablenkung der Magnetnadel und der Intensität der magnetischen Kraft den Ort auf der Erdoberfläche bis auf den zehnten Teil der Sekunde, das ist also fast auf drei Meter, genau ablesen ließ. Auch der Angeredete zog ein kleines Instrument aus der Tasche: Es war ein Manometer, das ihm den Druck des Wassers und damit die Tiefe angab, in welcher er sich befand.

»Und doch«, sagte er, indem er einen Blick auf das Manometer warf, »haben wir schon eine Tiefe von 5400 Metern erreicht, und es ist gut, daß ich meinen neuen Tiefenanzug angelegt habe. So aber befinde ich mich bei diesem Drucke von einem halben Tausend Atmosphären ganz wohl, und ich begleite Sie noch ein Stück.«

»Sehr hübsch, Herr Kotyledo – und doch wundre ich mich, daß Sie heute nicht das Psychäon besuchen. Sie sind ja ein Stimmungsmensch und dafür bekannt; und Fräulein Lyrika – nun, Sie brauchen sich nicht zu verteidigen, ich verrate Sie nicht. Ich verstehe Ihre Gefühle, obgleich ich der würdige Professor der Geschichte und Direktor des Pädagogii Hemisphäriani bin; aber – Sie wissen, ich bin auch aus dem alten Stamme der Prudel- und Strudelwitze, vereinigte Geschlechter, und so kennen wir das.«

»Sie irren sich, Herr Strudel«, entgegnete Kotyledo ernst. »Ich besuche das Psychäon nicht mehr. Doch lassen wir das – ich bin nicht imstande, darüber zu sprechen. Lieber erzählen Sie mir, was Sie in diese abgelegenen Zonen des Ozeans führt.«

»Recht gern«, erwiderte Strudel; »aber sagen Sie mir bitte vorher, was mir das Vergnügen Ihrer Begleitung verschafft.«

»Nur eine wissenschaftliche Exkursion, die ich vorhabe, weiter nichts; ich will ein wenig die submarine Flora studieren. Auf der Oberwelt wird ja leider die Botanik bald keinen Gegenstand ihrer Forschung mehr finden. Meine Lieblinge, die Pflanzen, sind ein aussterbendes Geschlecht von Organismen.«

»Gerade wie die Strudel-Prudel, verehrter Herr Kotyledo, gerade wie ich! Sie sehen in mir den letzten Sproß des einst so berühmten Geschlechts. Und ich bin auf dem Wege, die Wiege meines Stammes aufzusuchen, die Stätte zu erforschen, von wo das berühmte Geschlecht derer von Strudel-Prudel einst als urzeugungsstolzes Moner seinen glorreichen Entwicklungsprozeß antrat. Meine einzige Erholung ist es, meine zurückgebliebenen Vettern von der Linie Strudula-Gastrula zu sehen; bei ihnen vergesse ich die rauhe Gegenwart und bekomme Lust, mein Wirken in ihr aufzugeben. Lächeln Sie nicht, es ist mir ernsthaft melancholisch zumute.«

»Nein, nein – bitte, fahren Sie fort.«

»Endlich ist es mir gelungen, meinen Stammbaum bis in die Laurentische Periode zurückzuführen, die Linie meiner Vorfahren bis zu den niedrigsten Organismen des Meeres zu verfolgen – und nun ist meine Lebensaufgabe gelöst. Es ist eine traurige, aber großartige Resignation, der ich mich unterziehe, aber ich kann nicht anders. Ruhmreich war unser Geschlecht und altbekannt sein Name. Ich besitze eine Reihe von Versteinerungen und Knochen, welche nachweislich meinen Vorfahren angehört haben, während sie die Reihe der Entwicklung von den Kalkschwämmen bis zu den Wirbeltieren emporgestiegen sind. Ich besitze den Zahn eines Beuteltieres, welches zu meinen direkten Ahnen zählt.

Wir haben in einem Kjökkenmöddinger Austernschalen mit dem deutlichen Handzeichen der Prudel und in einer französischen Höhle das Skelett eines Höhlenbewohners gefunden, der bereits das Wappen der Strudel auf ein Renntiergeweih eingeritzt bei sich trug. Von den historischen Zeiten brauche ich nicht zu reden. Die römischen Legionen unter Varus und Scharen der Ungläubigen in den Kreuzzügen haben unsern Arm gefühlt; wir haben im neunzehnten Jahrhundert eine Rolle in der Literatur gespielt als Barone von Strudelwitz; später vereinigten wir uns mit denen von Prudelwitz. Der Urururgroßvater meines Urururgroßvaters war der letzte Gardeleutnant. Glückliche Zeiten! Sehen Sie, verehrter Freund, wer eine solche Reihe von Ahnen vor sich hat, der bescheidet sich gern: Jedes Geschlecht hat seine Zeit; die unsere hat geblüht. Diese Kette von siebenundvierzig Gliedern ist aus der komprimierten Asche von siebenundvierzig direkten Vorfahren angefertigt. Er ist nicht anzunehmen, daß nach mir unser Geschlecht zu noch höherer Reife sich entwickeln könne. Ich lebe daher ganz, meiner historischen Neigung gemäß, im Kultus der Vergangenheit; ich wallfahre nach der Wohnstätte meiner Urahnvettern, dort will ich mir ein Plätzchen suchen, wo ich mich einst, wenn das Alter herannaht, für den Rest des Lebens niederzulassen gedenke.«

»Nun, bester Direktor, vorläufig haben Sie noch ein schönes Feld der Wirksamkeit vor sich; aber im Prinzip muß ich Ihnen recht geben. Ich kann Ihre Schwärmerei begreifen, denn auch ich hänge mit all meinem Denken und Fühlen an der Vergangenheit. Sie wissen, ich bin Botaniker – ein Altertumsforscher, über den manche moderne Chemilogen und Biophysiker die Achseln zucken. Wohin sind die Zeiten, da eine üppige Pflanzendecke den größten Teil der Erde überzog? Da noch der Wald mit dem heiligen Rauschen seiner Wipfel das Herz des Wanderers erhob, da der Landmann unter dem freien Himmelsblau stolz durch das wogende Kornfeld schritt? – Stärkemehl-Fabrik, Eiweiß-Fabrik und so weiter; in den weiten und doch so engen Laboratorien wird die Nahrung für *dies* Geschlecht zusammengebraut. Freilich, freilich, großer Molekulander, Hydrogenius und wie ihr alle heißt, die ihr mit euern Erfindungen dem sozialen Elend abgeholfen habt und nun in zahllosen Statuetten an jeder Straßenecke verehrt werdet – es ist groß, es ist schön, es ist vor allem *billig*, direkt aus den Elementen die Nahrungsmittel herzustellen, die uns früher nur das Pflanzenreich bot –, aber verschwunden ist die Pflanzendecke, der herrlichste Schmuck unserer Erde, und mit ihr verschwindet unsere Lebensluft, die wir bald mühsam aus Sauerstoff-Fabriken werden holen müssen! – Hunger leiden wird die Menschheit nicht mehr, wenigstens nicht im Magen. Aber wer stillt uns den idealen Hunger des Gemüts nach einem Stückchen unbezwungener Natur und übermächtig waltendem Schicksal? Da hilft kein Psychokinet und keine Stimmungskunst. Die Weltformel wird integriert, wir wissen alles – und damit abgemacht. Heiliger Laplace! Wir wissen auch, wann wir verrückt werden.«

»Sie sind bitter, Kotyledo, Sie sehen zu schwarz. Auch ich

bin ein Freund der Vergangenheit, aber mein historisches Gewissen zwingt mich, auch die großen Verdienste der Neuzeit anzuerkennen.«

»Und doch bin ich nur aufrichtig, Herr Strudel-Prudel«, entgegnete Kotyledo. »Aber vergessen wir wenigstens auf Augenblicke diesen Weltschmerz! Noch blüht uns in geheimnisvollen Tiefen das Leben des Ozeans, noch gibt es Schluchten und Riffe, wohin der Strom des Alltags nicht gedrungen ist.«

»Und es gibt auch noch ein übergewaltiges Schicksal, glauben Sie mir, Kotyledo! Es gibt auch heute tragische Konflikte und große Gefühle, und ich wünsche nicht, daß Ihnen je das Geschick seine finstere, starre Maske zuwendet.«

»Und wenn es so wäre? – Doch lassen Sie uns auf dieser Felsenbank ausruhen. Ein paar Jahrtausende später, und kein Ozean mehr wird um die Erde rauschen. Auch diese Ruhestätten der Natur werden an die Oberfläche gestiegen oder gezogen sein, und kaum wird man wissen, was Wasser ist.«

»Sie erschrecken mich. Auch ich mußte mir schon wiederholt sagen, daß ein großer Teil des Meerwassers zu chemischen Veränderungen verbraucht wird, infolge deren es in der Form des Wassers verschwindet. Aber wenn wirklich das Wasser seiner Hauptmasse nach von der Erde vertilgt wird, wenn seine Bestandteile nur feste oder gasige Verbindungen eingehen, so wird doch der überkühnen Menschheit selbst die Grenze ihres Strebens gesetzt sein?«

»Glauben Sie das nicht. Dies Geschlecht wird sich immer zu helfen wissen. Wer hätte gedacht, daß wir ohne Pflanzen leben können? Hier steht der letzte Botaniker, der letzte Gärtner, und Sie sehen, es geht und wird gehen – und keiner leidet Mangel, wie früher so viele. Der Mangel freilich, den ich empfinde, der drückt die Menge nicht. – Doch es wird spät, wir müssen zurück.«

IV
Neue Körper. Lyrika. Die Weltformel

Während das im vorigen Abschnitt aufgezeichnete Zwiegespräch am Meeresgrunde gepflogen wurde, wogte das rastlose Leben des 39. Jahrhunderts über den großen Städten, deren zahllose Häuser in fast stetigem Zusammenhange die Kontinente bedeckten. Unablässig verkehrten die Luftschiffe mit ungemeiner Geschwindigkeit, zwischen ihnen bewegte sich das Gewühl der Luftschwimmer. Das Material des Schwimmapparats bestand aus einer Platin-Silizium-Kohlenwasserstoff-Verbindung, einem kompliziert zusammengesetzten Körper, der bei außerordentlich geringem spezifischen Gewichte die Eigenschaften des Platins mit der Durchsichtigkeit des Glases und der Biegsamkeit des Kautschuks verband, aber auch wie dieser gehärtet werden konnte. Dieser Körper führte seiner Nützlichkeit wegen den Namen Chresim (von χρησιμος = brauchbar) und fand die mannigfaltigste Anwendung in den Gewerben. Eine völlig durchsichtige, den Körper umhüllende, innen luftleere Glocke von Chresim, der »Luftschwimmgürtel«, hielt den Körper im Gleichgewicht. Nach vorn ging der Apparat keilförmig zu und diente zugleich als Schirm gegen die mit größter Geschwindigkeit durchschnittene Luft. Von ihm hingen zwei Steigbügel herab, in denen die Füße einen Stützpunkt fanden, während eine große auf der Rückseite befindliche Schraube (von gehärtetem Chresim) dem Körper eine Geschwindigkeit erteilte, deren Richtung durch geschickte Bewegungen beliebig zu lenken war. Die treibende Kraft gab eine Büchse voll flüssigen Sauerstoffs, den man bei sehr tiefer Temperatur durch einen ungeheuren Druck bis zur Kondensation komprimiert hatte und nun als lang anhaltenden Kraftvorrat verwenden konnte. Jeder hatte natürlich seine Luftschwimmschule durchgemacht, und die Eleganz des Fliegens galt nicht nur als ein Zeichen guter Erziehung, sondern war auch eine wichtige Bedingung zum Fortkommen in der Welt.

Aus dem Fenster eines großen Gebäudes im mittleren Deutschland bewegten sich in bequemem Fluge zwei Herren. Es waren Typus Propion, den wir schon während seines Besuches bei Direktor Strudel kennengelernt haben, und sein

Schwager Atom Schwingschwang, ein Chemiker von großem Rufe. Propion war Besitzer der Eiweiß- und Fettfabrik, aus welcher sie jetzt kamen. Diese sogenannten organischen Körper wurden dort, wie schon erwähnt, in reichem Maße und auf sehr billige Weise direkt aus den Elementen dargestellt. Wasser, Luft, kohlensaurer Kalk waren die hauptsächlichsten Rohmaterialien, aus denen man Sauerstoff, Wasserstoff, Stickstoff und Kohlenstoff gewann und zu wohlschmeckendem künstlichen Fleisch und Brot verarbeitete.

Propion hatte Funktionata, Atoms Schwester, geheiratet, und Atom verkehrte täglich in seinem Hause und leitete die eigentlich wissenschaftliche Seite der Fabrik. In lebhaftem Gespräch flogen jetzt beide der Wohnung Propions am Gestade der Nordsee zu.

»Ich muß dir recht geben«, sagte Propion, »die Fabrik bedarf der Erweiterung, und zwar speziell zur Sauerstoff-Fabrikation. Denn ich bin überzeugt, sein Preis wird bald bedeutend steigen, er wird ein täglicher Verbrauchsartikel werden; sein Verhältnis zum Stickstoff der Atmosphäre gestaltet sich jährlich ungünstiger, seitdem wir Pflanzenwuchs nur noch in einigen Gebirgsgegenden Zentralafrikas und Asiens sowie des Nordkontinents besitzen. Übrigens müssen wir dann auch an ein anderes Herstellungsverfahren des Sauerstoffs denken, wenn wir ihn nicht mehr einfach aus der Luft erhalten können, sei es nun durch Lösen von Luft in Wasser vermöge der verschiedenen Löslichkeit von Sauerstoff und Stickstoff in demselben, sei es durch die Diffusion oder sonstwie.«

»Das wird bald gefunden sein«, fuhr Atom fort, »wir brauchen ihn nicht gerade aus der Luft zu filtrieren. Mache dir keine Sorge, die Pflanzen sollen darum nicht geschont werden. Nichts törichter als diese Klagen der Romantiker um ihre grünen Pflänzchen. Das mochte einen Sinn haben, als man der Pflanzen bedurfte, zur Nahrung sowohl als zur Regelung der atmosphärischen Verhältnisse. Für diese haben wir jetzt besser gesorgt. Wozu also diese Winkelexistenzen ihr Dasein fortfristen lassen, während wir den Platz so nötig brauchen? Sie mögen ihre historische Bedeutung behalten, aber als solche gehören sie ein für allemal in das Gebiet der Paläontologie, in die Museen und wissenschaftlichen Gärten.«

»Gut, daß dich Kotyledo nicht hört«, antwortete Propion, »er wäre unglücklich. Ich habe ihn übrigens lange nicht gesehen. Er meidet mein Haus seit einigen Wochen, und ich glaube, Funktionata trägt die Schuld. Was ist zwischen ihnen vorgefallen?«

Atom gab eine ausweichende Antwort.

»Wer weiß«, sagte er, »was Funktionata wieder berechnet hat. Kotyledo teilt dasselbe Schicksal wie sein Steckenpferd, die Pflanzenwelt. Er gehört zu jener Menschenklasse, die auf den Aussterbe-Etat der Natur gesetzt ist; und ich muß gestehen, ich halte es einfach für Pflicht der Majorität, über solche Leute rücksichtslos hinwegzuschreiten. Ich habe mit ihm neulich ein Gespräch über seine Zukunft gehabt, vielleicht habe ich ihn verletzt. Solche Gemütsmenschen bleiben im einzelnen für unsereinen unberechenbar, trotz Funktionatas Formeln.«

»Ihr habt von Lyrika gesprochen?« fragte Propion.

»Nur indirekt. Du weißt, ich vermeide dies Gespräch, insbesondere mit Kotyledo. Es ist der einzige Punkt, wo mir mein überlegender Verstand versagen kann und ich Gefahr laufe, daß die unlogischen Partien des Gehirns zum Vorschein kommen. Lieber gehe ich dem Reize überhaupt aus dem Wege.«

»Sieh dich nur vor, Atom, daß nicht hier doch deinem Verstande ein Streich gespielt wird. Lyrika gehört nicht zu den logischen Naturen, und ich bin überzeugt, daß Kotyledos Winkelexistenz bei ihr den richtigen Winkel zur Existenz gefunden hat.«

»Das macht mir keine Sorge«, erwiderte Atom. »Es wäre traurig, wenn diesen blinden Gewalten des Gefühls nicht das Licht des Erkennens gewachsen wäre. Ich hoffe, dir bald die Überlegenheit rationaler Berechnung durch die Ereignisse der nächsten Tage beweisen zu können.«

Eine kurze Pause war eingetreten. Dann begann Propion wieder: »Gut, wir wollen abwarten. Aber ich habe eine andere Frage auf dem Herzen, Atom. Sage, wie weit bist du heut mit deinen Privatuntersuchungen über das Diaphot gekommen?«

»Sie machen rüstige Fortschritte, obwohl die Arbeiten im Zentraltunnel meine beste Zeit in Anspruch nehmen. Ich hoffe, in den nächsten Tagen eine erste Veröffentlichung wagen zu können. Pflanzenfaser und Muskelbündel erhalten durch meinen neuentdeckten Stoff vollständige Durchsichtigkeit und Farblosigkeit, und der lebende Organismus absorbiert das Diaphot rasch. Ein Kaninchen, das ich damit fütterte und zugleich äußerlich einrieb, erschien nach drei Stunden als reines Skelett, indem alle übrigen Teile außer den Knochen vollständig durchsichtig geworden waren. Es zeigte jedoch noch einige Farbenzerstreuung und Brechung des Lichtes, weil seine optische Dichtigkeit von der der Luft noch ein wenig verschieden war. Als ich aber noch drei Prozent Homorhachion zusetzte, erhielt ein zweites Kaninchen ganz genau den Brechungskoeffizienten der Luft, so daß man durch das Auge absolut nichts von dem Körper wahrnahm. Ich tränkte meinen Rock mit der Flüssigkeit und kann ihn nun leider nicht mehr tragen, denn jeder würde glauben, ich sei in Hemdärmeln.«

»Das ist brillant«, rief Propion, »eine Entdeckung von kolossaler Tragweite. Denke an die Medizin!«

»Und ich möchte noch weitergehen. Ich hoffe, auch die Knochen durchsichtig machen und ihnen die Brechbarkeit der Luft geben zu können. Wenn man dann erst ein Mittel hat, das Diaphot wieder aus dem Körper zu entfernen, so kann man sich ohne Gefahr völlig unsichtbar machen. Es ist aber vorläufig ein gefährliches Experiment, und seine Folgen müssen erst näher untersucht werden. Ich möchte daher auch diese letzte Konsequenz womöglich geheimhalten.«

»Das ist richtig«, meinte Propion, »aber es ist nicht Sitte. Doch wir werden ja sehen.«

»*Nicht* sehen vielmehr.« Atom lachte. »Nun, ich hoffe, morgen schon mehr zu wissen.«

Wohlgelaunt näherten sie sich indes mit großer Geschwindigkeit der Wohnung Propions.

Im Wohnzimmer, einem hohen und geräumigen Saale, der in weiten, bis zum Fußboden reichenden Bogenfenstern nach dem Hofe sich öffnete, saßen Funktionata, die Gemahlin Propions, und ihre Freundin Lyrika, die wohlbekannte Psychistin. Die großen Scheiben von klarem, biegsamem Chresim, welche bei kühlem Wetter die Fenster luftdicht schlossen, waren aufgerollt und öffneten der milden Sommerluft den Weg ins Zimmer.

Lyrika blickte in den Hof hinaus, welcher von einer Reihe in phantastischen Formen wogenden Lichtwolken begrenzt war; es waren verdünnte, in biegsamen, durchsichtigen Chresimröhren strömende Gase, die im prächtigsten Farbenspiel im Feuer des elektrischen Funkens glühten und eine gewöhnliche Zierde der an die Stelle der Gärten getretenen Höfe und öffentlichen Plätze bildeten. Neben Lyrika saß Funktionata und arbeitete mit Muße an der Integrationsmaschine. Funktionata war nämlich Mathematikerin; die Arbeiten der größten Meister hatten es dahin gebracht, daß ungeheure Rechnungen, welche sonst das Leben eines einzelnen ausgefüllt hätten, durch die Integrationsmaschine in wenigen Stunden und ohne jede Anstrengung des Denkens ausgeführt werden konnten. Die Methode der symbolischen Bezeichnung gestattete, die Arbeit zu einer mechanischen zu machen und jedes beliebige System von Differentialgleichungen durch komplizierte Kombinationen des Maschinenwerks zu lösen, so daß die gesamte geistige Kraft des Forschers auf die Aufstellung der Probleme, ihre Darstellung in mathematischer Sprache und die Deutung der Integrale, unterstützt durch vorzügliche Tabellenwerke, verwandt werden konnte.

Jetzt unterbrach Funktionata ihre mathematische Handarbeit und folgte mit ihrem Auge den Blicken Lyrikas, welche Funktionatas dreijährigem Knaben Selen zusah. Dieser sollte, wie wir wissen, von morgen an die Hirnschule besuchen und machte jetzt unter Leitung eines Fliegmeisters seine Fliegübungen vor dem Fenster. Der Lehrer hielt den Kleinen an der Leine und lehrte ihn die Geschwindigkeit seiner Schraube regeln und Wendungen nach rechts und links, oben und unten ausführen.

Die glückliche Mutter lächelte, während sie die gewandten Bewegungen ihres kleinen Selen mit Interesse verfolgte, und zärtlich drückte sie die Hand Lyrikas, die jetzt wieder traurig und fast teilnahmslos in die Ferne starrte. Die schönen Verse ihres Lieblingsdichters, eines der modernsten Lyriker, welcher die zeitgemäße Staffage der Natur an Stelle des veralteten Blütenduftes und Waldesrauschens zu setzen verstand, kamen ihr in den Sinn:

Der Netzhaut Stäbchenscharen
Erbeben in leisem Schwang –
Ob in die Kapillaren
Das Blut nur stärker drang?

Was will dein sanftes Wallen,
Zart glühendes Hydrogen?
Ach, *seine* Schrauben hallen
Nicht mehr bei deinem Wehn.*

So sang sie leise vor sich hin.

»Lyrika, sei mir nicht böse, liebe Lyrika«, erweckte Funktionata sie aus ihren Träumen. »Ich mußte offen zu dir sein. Kotyledos Untergang ist unvermeidlich, die Formeln sprechen unwiderlegbar. Hier sind meine Rechnungen, ich stelle sie dir zur Verfügung, prüfe sie selbst. Sieh, dieser ganze Ausdruck wird imaginär; und hier die Zahlenbestimmung: in 623,7 Tagen zerfällt der Molekularkomplex C in der Rindenschicht des Gehirns Kotyledos. Es ist kein Zweifel.«

»Laß mich, Funktia!« erwiderte Lyrika. »Deine Rechnung will ich nicht sehen; du weißt recht gut, daß es nur wenige gibt, die sie zu verstehen imstande sind, und ich am wenigsten; was ich als Kind davon gelernt habe, ist zum größten Teil vergessen. Ich glaube dir; ich muß dir ja glauben. Aber es ist entsetzlich; armer Kotyledo – erst jetzt fühle ich, wie wert er mir war.«

»Aber du wirst doch selbst einsehen, daß es eine unaussprechliche Torheit wäre, eine Verbindung begünstigen zu wollen, die in noch nicht zwei Jahren mit Kotyledos sicherem Wahnsinn und Tode endet. Nur dein Verzicht kann ihn retten. Meine Formel ergibt in diesem Falle ein bedeutendes und im

---

* Ein Lyriker des 19. Jahrhunderts hätte vielleicht gesagt:

>Es gehen meine Tage
>In Traumgebilden hin,
>Nur meines Herzens Klage
>Sagt, daß ich wachend bin.

>Was kommst du, Wind, mit Rauschen
>Vom grünen Wald daher?
>Ach, *seinen* Schritten lauschen
>Werde ich nimmermehr.

allgemeinen beglücktes Leben für ihn – soweit ich eben imstande bin, Prämissen in meine Rechnung einzuführen. Und ich muß es dir gestehen, auch für dich kann ich ein Glück nur dann erkennen, wenn du deine Neigung einem anderen schenktest.«

»Funktionata!«

»Ja, liebe, beste Lyrika. Du willst sagen, das kannst du nicht? – Das wird die Zukunft lehren! Ich kann es schon vermuten, und Kotyledo – hat ja seine Hoffnungen selbst aufgegeben. Atom hat ihm meine Berechnungen auseinandergesetzt. Freilich hält er sich noch an dich gebunden, obwohl er nie ein Wort der Werbung ausgesprochen hat; aber er weiß, daß du von seinen Gefühlen gegen dich überzeugt bist. Deshalb hält ihn seine strenge Gewissenhaftigkeit fest bei dir, obgleich er auch weiß, daß seine Erhöhung durch dich seinen Untergang zur Folge hat. *Deine Pflicht* ist es, ihm seine Freiheit und damit sein Leben zurückzugeben, indem du ihn mit aller Bestimmtheit *und selbst gegen den Wunsch deines Herzens* abweisest. Und vielleicht kannst du noch ein zweites Leben beglücken. Atom ...«

»Sprich mir nicht von deinem Bruder«, fuhr Lyrika auf. »Er ist es, der an diesem ganzen Kassandra-Unheil schuld ist. Ohne ihn wärest du nie auf den Gedanken gekommen, Kotyledos Lebensgleichungen zu diskutieren, ohne ihn wären wir beide blind und glücklich geblieben.«

»Blind – ja, aber glücklich? Wie lange wohl? Eben die Sorge um dich, die Liebe zu dir allein trieb Atom dazu, den Schleier deiner Zukunft zu heben.«

»Und ich will keine Liebe, die erst ihre Formeln berechnen muß! Ich will in den Angelegenheiten meines Herzens frei sein, wenigstens für mein Bewußtsein, ich will dies Ideal wenigstens herausretten aus dem Mechanismus dieser Welt – ich will nichts wissen, will nur hoffen und fürchten!«

»Mama, Mama!« ertönte in diesem Augenblicke die helle Stimme Selens, der zur Nebentür des Zimmers hereingesprungen kam, den Flieggürtel noch um die Hüften; nur die hindernde Schraube hatte er abgelegt. »Meine Fliegstunde ist aus, ich kann schon auf dem Rücken fliegen. Guten Tag, Tante Lyrika, ich kann schon auf dem Rücken fliegen, und heut abend mache ich die Freiprobe.«

»Gut, mein Selen«, sagte die Mutter.

»Aber sieh, Mama, da kommt der Papa«, rief der Knabe weiter. »Papa und Onkel Atom! Guten Tag, Papa! Ich kann schon auf dem Rücken fliegen.«

»Und morgen«, sagte Propion, indem er den durch den Schwimmgürtel gewichtslosen Knaben sanft an demselben in die Höhe hob und küßte, »morgen wirst du zum ersten Mal in die Hirnschule gehen.«

»Hurra«, rief Selen, »in die Hirnschule! Bekomme ich da auch einen Kant, wie Vetter Tineol, der immer so groß damit tut?«

»Später, später, mein Sohn«, sagte Propion, indem er, während der Knabe weiterplauderte, seine Frau und Lyrika herzlich begrüßte. Förmlich erwiderte letztere Atoms Gruß, der, da er noch im Flieganzuge war, nach der Sitte der Zeit die Beine zum Willkomm kreuzte.

V

Ein Mittagbrot. Der Heiratsantrag. Was man im
39. Jahrhundert von der Zukunft dachte

Man trat in das Speisezimmer. Die Billigkeit der künstlichen Nahrungsmittel gestattete wieder der Familie, ihren eigenen Tisch zu haben, während noch vor dreihundert Jahren selbst der Reichste nur in den allgemeinen Garküchen speisen konnte. Natürlich wurde auch der Zusammenhang der Familie und ihre Abgeschlossenheit wieder angebahnt, und es zeigte sich auch hier, wie materieller Fortschritt den sittlichen und idealen zur Folge hat.

Man setzte sich um den großen Tisch in der Mitte des Zimmers; er trug in seiner Mitte mehrere eigentümliche Gefäße, von Drähten geschmackvoll umwunden, die auf einen Druck des Fingers durch Schließung eines galvanischen Stromes in Glut versetzt wurden. Rings umher befanden sich die einfachen Rohmaterialien der Speisen, wie sie aus der Fabrik kamen, in zierlichen Schalen. Da war kein blutiger Knochen, kein rohes Fleisch zu sehen, nichts erinnerte an die kannibalischen Sitten der Vorzeit und die pflanzen- und fleischfressenden

Tiere, welche Leben töten mußten, um Leben zu erzeugen. Da wirtschafteten nicht Köchinnen und Köche stundenlang mit ihren Fingern an den zu bereitenden Speisen – im Moment, wo man sich zu Tische setzte, mischte die Hausfrau mit dem Platinlöffel vor den Augen der Gäste die Gerichte, welche im Augenblicke gar zum Genusse waren, und unendlich mannigfaltiger wurden die Kombinationen der geschmackvollen Ingredienzien.

»Heute habe ich dir etwas Besonderes mitgebracht, liebe Funktionata«, sagte Propion; »es ist ein neuer Versuch zu einem Gewürz, das, wie ich glaube, großes Aufsehen machen wird. Ihr sollt es zuerst kosten.«

Alle fanden den Geschmack unbeschreiblich erfrischend und anmutig, selbst Lyrika fühlte sich zu einem Lobe veranlaßt, und der kleine Selen konnte nicht genug bekommen. Atom schlug vor, das neue Gewürz Lyrizin zu nennen, aber Lyrika dankte für die Ehre.

Da flog ein Papierstreifen durch das Fenster. Ein vorüberfliegender Kolporteur hatte die neue Stundenzeitung hereingeworfen.

»Schon vier Uhr?« fragte Funktionata. »Gib her«, sagte sie zu Selen, der das Blatt aufhob, »ich will euch mitteilen, was seit drei Uhr Neues passiert ist.«

Sie legte ihr Saugrohr fort und las:

»Die Versuche, mit den Bewohnern des Mars in Verbindung zu treten, sind wieder kräftig in Angriff genommen worden. Man hofft, durch Anwendung der Zirkular-Ätherströme zum Resultat zu kommen. Der Bau der Marsbewohner ist bekanntlich siebenstrahlig, über die Organisation ihrer Sinne ist man jedoch noch nicht im klaren, und es wird sehr wahrscheinlich, daß, wenn sie überhaupt eine Raumanschauung haben, dieselbe eine solche von sieben Dimensionen ist. Dies dürfte allerdings die Verständigung bedeutend erschweren. Ein anderes Projekt von größter Bedeutung mußte leider wieder aufgegeben werden. Es handelte sich um Begründung einer Aktien-Gesellschaft zur Ausbeutung der auf dem Monde entdeckten Goldlager. Doch stellte es sich als vorläufig unmöglich heraus, den Transport zur Erde ohne Gefährdung der Bewohner derselben zu ermöglichen, da die Bahn der zu befördernden

Goldstufen sich nicht genau genug regulieren läßt. Das Unternehmen muß also ruhen, bis es gelungen ist, das Geheimnis wiederzufinden, das der sagenhafte Tausendkünstler Warm-Blasius im 24. Jahrhundert besessen haben soll, nämlich frei von der Gravitation durch den Weltraum zu fliegen.«

»Die Redaktion der ›Himmlischen Wespen‹ macht hierzu die Bemerkung, daß trotz der auf dem Monde so geringen Schwerkraft die Fallgeschwindigkeit der Aktien alle Erwartung übertroffen habe.«

»*St. Gotthard.* Die Ausgrabungen im alten Tunnel werden fortgesetzt und brachten eine reiche Anzahl interessanter Gegenstände zum Vorschein, darunter eine Reihe jener kolossalen Trinkgefäße, welche die alten Deutschen Seidel nannten. Das Merkwürdige aber sind wohl die alten Zeitungen, wahre Ungeheuer von mehreren Quadratmetern Papierfläche, eng bedruckt, deutsch, englisch, französisch, italienisch. Wenn man aber die alten Sprachen zu entziffern sucht, so zeigt sich, daß eigentlich nichts darin steht, nichts von Wichtigkeit. Und das las man damals. Man fand ferner zwei eigentümliche Urnen, innen mit noch gut erhaltener Seide gefüttert; der Zweck ist dunkel. Der berühmte Antiquar Schimmel behauptet, es seien Kopfbedeckungen! Möglich ist es – was war damals nicht möglich! Zu einer Zeit, wo man schlau genug war, die Verstorbenen in die Erde zu scharren, um das Trinkwasser zu verbessern!«

Funktionata brach hier ab. Die Mahlzeit war beendet.

Da Propion und Funktionata das Zimmer verließen, glaubte Atom Gelegenheit zu finden, eine Unterredung mit Lyrika, vielleicht eine Verständigung mit ihr zu erlangen. Schon oft hatte er diesen Augenblick herbeigesehnt, welchem Lyrika bis jetzt noch immer sich zu entziehen wußte.

Seine Schwester Funktionata war Lyrikas vertraute Freundin; aber es war ihm nicht gelungen, etwas anderes durch sie zu erreichen als die Gewißheit, daß Lyrika ihm nicht geneigt sei. Atom war zu sehr von seinem eigenen Werte überzeugt, als daß er an seinem schließlichen Siege hätte zweifeln mögen; Lyrikas Neigung für Kotyledo schien ihm das einzige Hindernis, und nachdem nun die auf seine Anregung von Funktionata unternommene Rechnung ergeben hatte, daß eine Verbindung mit Kotyledo dessen Untergang herbeiführe, glaubte sich Atom seinem Ziele näher als je. Er ging jetzt auch direkt darauf los. Man hatte im 39. Jahrhundert nicht Zeit noch Lust, längere Umschweife zu machen, man war sehr aufrichtig und genierte sich wenig. Ein Heiratsantrag namentlich mußte nach der gebräuchlichen Sitte gleich in der ersten Frage der Unterredung gestellt werden. Man mag über diese Form verschiedener Meinung sein, aber es war so. Ein uns gegenwärtig wunderlich erscheinender Gebrauch war auch der, daß man jedesmal mit dem Finger auf die angeredete Person zeigte, sie hätte sonst die Worte nicht auf sich bezogen.

Atom zeigte also mit dem Finger auf Lyrika und sagte: »Wollen Sie mich heiraten?«

»Nein«, entgegnete Lyrika und zeigte auf Atom; das war in Ordnung.

»Warum nicht?« fragte nun Atom. Das hatte er nicht nötig, aber wenn ihm Lyrika antwortete, so war es gut.

»Weil mein Herz einem anderen gehört.«

»Ihr Herz? Ist dieser Muskel bei Ihnen das Organ der Gefühle? Doch ich weiß, Sie lieben bildliche und altertümliche Ausdrucksweisen.«

»Ihre Bitterkeit ist mir ein Beweis Ihres Ärgers«, sagte Lyrika, »und das tut mir leid, denn ich habe keine Veranlassung, Sie betrüben zu wollen.«

»Ich ärgere mich nie«, unterbrach sie Atom. »Ich beherrsche meine Reflexbewegungen und suche mein Ziel durch Überlegung zu erreichen.«

»Es mag praktisch sein, ist aber nicht nach meinem Geschmack«, bemerkte Lyrika.

»Ich bedaure meine Mangelhaftigkeit. Aber wem gehört denn Ihr Herz?« fragte Atom.

»Darüber brauchte ich Ihnen, wie Sie wissen, keine Rechenschaft zu geben; jedoch, ich will ganz offen sein und Ihre Vermutung bestätigen.«

»Kotyledo?«

»Ja!«

»Ich danke Ihnen. Aber er wird nie der Ihre werden.«

»Ich weiß es.«

»Sie wissen auch, warum?«

»Ja.«

»Und trotzdem ...«

»Trotzdem.«

»Und werden Sie Ihre Meinung nie ändern?«

»Niemals!«

»Sie sind offen, Lyrika. Ich weiß nun, was ich zu tun habe.«

»Und wollen Sie nun auch mir eine Frage ebenso offen beantworten, Atom?«

»Fragen Sie.«

»Ist es unmöglich, daß sich Funktionata irrt?«

»Unmöglich.«

»Ich meine nicht, daß ihre Rechnung falsch sei; aber könnte nicht in den Voraussetzungen, im Ansatz ein Irrtum vorgekommen sein? Wie ist es möglich, alle die Bedingungen, welche den Lebensprozeß eines Menschen erhalten, in ihrer Mannigfaltigkeit zu erkennen, all die Wechselbeziehungen richtig in Rechnung zu ziehen?«

»Ich will es Ihnen sagen. Im allgemeinen ist diese Aufgabe so schwierig, daß sie heute noch nicht gelöst zu werden vermag. Es gibt aber spezielle Fälle, in denen sich die Aufstellung der Gleichungen so vereinfacht, daß sie ohne Schwierigkeit geschehen kann. Zu diesen Fällen gehört der Ihrige.«

»Und warum?«

»Es ist notwendig, um alle Beziehungen zwischen zwei Personen der Rechnung unterwerfen zu können, bis zu jenem Punkte zurückzugehen, welcher den gemeinschaftlichen Ursprung für beide enthält. Wenn es möglich ist, das Schicksal desjenigen Paares zu bestimmen, von welchem beide abstammen, ist die Aufgabe lösbar. Bei Ihnen ist dies der Fall, da die gemeinschaftliche Wurzel Ihres Stammbaumes in eine Zeit fällt, von welcher an genaue Aufzeichnungen durch die Standesregister und öffentlichen Listen bekannt sind. Diese Zeit reicht bis ins neunzehnte Jahrhundert hinab, und in jener Zeit lebten Ihre gemeinschaftlichen Eltern. Ihr Stammvater hieß Schulze und wohnte als Privatmann in der Hauptstadt des damaligen Deutschlands, Berlin. Dies hat Funktionata leicht erfahren können. Zufällig kennt man aber auch sein näheres Schicksal. Es fand im Jahre achtzehnhundertsechsundsiebzig eine sogenannte Weltausstellung in einer amerikanischen

Stadt namens Philadelphia statt. Schulze hatte sich dahin begeben; auf der Rückfahrt verschwand das Schiff, auf dem er sich befand, und man muß annehmen, daß er mit demselben im Ozean begraben liegt. Dieser Umstand ermöglichte die Aufstellung der Differential-Gleichungen, bei denen nun ganze Reihen von Gliedern null werden; und somit kennen wir Ihr Schicksal. Doch sollten Sie überlegen ...«

»Ich danke Ihnen«, unterbrach ihn Lyrika. »Auch ich weiß, was ich zu tun habe.

»Und ich werde ...«

Atom sprach nicht zu Ende.

Funktionata, Propion und mit ihnen Kotyledo schwebten zum Fenster herein. Sie hatten, am Ufer des Meeres luftfliegend, Kotyledo bemerkt, der von seinem Ausfluge mit Strudel zurückkam. Trotz seines Sträubens nötigten sie ihn, bei ihnen vorzusprechen – vielleicht war auch sein Sträuben nur ein scheinbares, da ihn seine Sehnsucht doch wieder in Lyrikas Nähe trieb.

Die fünf Personen begrüßten sich nicht ohne eine gewisse Verlegenheit, die jedoch bald vorüberging, nachdem Propion seine Psychokineten angeboten hatte. Und während dies wohltätige Instrument mit seinen milden Stimmungen die Gemüter ergötzte, entspann sich eine Unterhaltung.

Propion erzählte von seinem Besuche bei Strudel.

»Wenn diese Behandlung der einzelnen Gehirnpartien«, sagte er, »welche ja jetzt erst seit einigen zwanzig Jahren üblich und noch in ihren Anfängen begriffen ist, durch mehrere Generationen fortgesetzt wird, so muß ganz unzweifelhaft eine erneute Umgestaltung der sozialen Verhältnisse eintreten, und ich wäre neugierig, die Folgen zu erfahren. Es wird offenbar eine so eigentümliche Entwicklung des Gehirns stattfinden, daß man noch gar nicht abzusehen vermag, welche wunderliche und abenteuerliche Auffassung der Welt daraus entstehen könne.«

»Wenn du von wunderlichen und abenteuerlichen Auffassungen sprichst«, unterbrach ihn Funktionata, »so muß doch hinzugesetzt werden, daß solche Bezeichnungen nur von unserem jetzigen Standpunkte aus berechtigt sein können. Wenn aber die Ausbildung des menschlichen Gehirns durchgängig eine andere geworden ist und dadurch eine andere Auffassung der heutigen Körperwelt bedingt wird, nun, so ist diese eben dann die normale; und ich sehe nicht ein, warum man sich nicht in einer Welt mit vier Raum- oder zwei Zeitdimensionen ebenso behaglich fühlen soll als in der unseren – die übrigens durch Aufstellung der Weltformel die Zeitanschauung schon so gut wie eliminiert. Vorausgesetzt ist freilich, daß die Form der Auffassung und des Denkens für alle wieder ein und dieselbe ist.«

»Eine Veränderung der formalen Seite des Denkens in Ihrem Sinne von der modernen Pädagogik zu erwarten schiene mir doch höchst bedenklich«, sagte Kotyledo. »Berücksichtigen Sie die ganz unabsehbaren Verwicklungen, welche hieraus entstehen können. Man müßte befürchten, daß sich die Menschen untereinander nicht mehr verstehen würden. Die Sage erzählt von einer babylonischen Sprachverwirrung; welche Wirrsale erst müßten sich ergeben, wenn auch die Auffassung des Verstandes und der Sinnlichkeit nicht mehr dieselben wären! Denken Sie sich einen Teil der Menschen so gebildet, daß er das hört, was der andere sieht – und umgekehrt; oder daß er die Kategorie der Kausalität nicht mehr besitzt, das heißt, daß er nichts mehr als Grund und Folge, als Ursache und Wirkung verknüpft, sondern vielleicht in irgendeiner höheren Anschauung – sagen wir als immanenten Zweck oder dergleichen – zusammenfaßt, eine Anschauung, die ihrerseits wieder allen übrigen Menschen unverständlich bleibt. Wer ist nun noch der Vernünftige? Alle wissenschaftliche Forschung hörte auf. Und welche Verwirrung der sittlichen Begriffe könnte entstehen – nein, man möge sich vor einer Übertreibung der Hemisphärionischen Methode hüten.«

»Ihre Befürchtungen vermag ich nicht zu teilen«, bemerkte Atom dagegen. »Bei einer verständigen Benutzung der Hirnschule wird man sich wohl hüten, Vorstellungen auszubilden, welche den normalen Charakter überschritten. Aber allerdings wird in vielen Individuen eine gewisse einseitige Ausbildung überhandnehmen können. Wenn auch die logische Arbeit die Hauptaufgabe des Menschen ist, so gibt es doch auch andere Seiten der menschlichen Natur, welche in der gemeinschaftlichen Gestaltung des Lebens ihre Rolle spielen. Ich will nicht von der Ausbildung des Stimmungssinnes oder der ethischen Seite des Menschen reden – es lassen sich diese Gebiete nicht streng trennen, und man mag sie unter dem allgemeinen Begriff geistiger Tätigkeit zusammenfassen. Aber wir bedürfen trotz aller Maschinen dennoch auch einer gewissen Summe von Muskelkraft in der Menschheit, und wir bedürfen vor allem des Menschen selbst, das heißt der Erhaltung der Gattung. Körperliche Arbeit und Fortpflanzung sind die beiden Faktoren, welche ebenfalls noch Berücksichtigung finden müssen! Und hier, glaube ich nun, wirkt unsere moderne Erziehung ganz in gleichem Sinne mit dem großen Naturgesetze, welches der Entwicklung der organischen Wesen überhaupt zugrunde liegt, mit dem Gesetze der Differenzierung. Weißt du, Funktionata, was man unter Differenzierung der Organe versteht?«

»Ich kenne wohl eine Differenzierung der Funktionen in der Mathematik«, erwiderte Funktionata lächelnd, »aber die Bedeutung des Wortes im naturwissenschaftlichen Sinne ist mir nicht ganz klar.«

»Man versteht darunter«, sagte Kotyledo, die Erklärung als Fachmann übernehmend, »das Prinzip der Arbeitsteilung, das heißt der allgemeinen Neigung aller organischen Individuen, sich immer ungleichartiger auszubilden; je ungleichartiger ihre Bedürfnisse und ihre äußeren Tätigkeiten sind, um so leichter können sie nebeneinander existieren, ohne sich das Feld streitig zu machen. Der Kampf ums Dasein begünstigt diese Divergenz. Dieser Sonderung der individuellen Ausbildung entspricht auch eine Differenzierung der Organe; und im allgemeinen findet man, daß, je höher ein Organismus in der Reihe der Wesen steht, um so mannigfaltiger ausgebildet seine Organe sind. Während alle Lebenstätigkeit bei den niedrigsten Tieren auf eine Zelle konzentriert ist, scheiden sich die Tätigkeiten der Zellen auf den höheren Stufen mehr und mehr; gewisse Zellgruppen widmen sich dann allein der Nahrungsaufnahme, andere der Licht- und Schallaufnahme und bilden sich zu Werkzeugen des Sehens und Hörens aus. So sehen wir die Organe der Sinnesauffassung, der Ernährung, der Bewegung und Fortpflanzung entstehen, und je mehr sich diese wieder in sich sondern und in die Arbeit teilen, um so mehr vermag das Individuum zu leisten. Bei den höchstentwickelten Organismen reicht nun sogar ein Individuum nicht mehr aus, alle Aufgaben der Gattung zu erfüllen. Die verschiedenen Fähigkeiten und Arbeiten zur Erhaltung des eigenen Lebens und des der Nachkommenschaft verteilen sich in verschiedenem Maße auf die beiden Geschlechter. Auf diesem Standpunkte steht neben vielen höheren Tieren gegenwärtig auch noch der Mensch. Doch hat die Natur den Weg, welchen sie einzuschlagen gedenkt, uns schon in einem Zweige der Tiere angedeutet, welche, wenigstens in gewisser Beziehung, selbst den höchstentwickelten Säugetieren vorangeschritten scheinen. Wenn wir unsern Stammbaum bis zu den Würmern hinab verfolgen, so zeigt es sich, daß sich aus diesen heraus zwei Zweige entwickelten, welche auf einen Gipfelpunkt der Ausbildung gekommen sind und eine größere Verbreitung zeigen, während die übrigen im Niedergange begriffen sind. Es sind dies einerseits die Wirbeltiere, andererseits die Insekten. Wie in der Reihe der ersteren der Mensch an der Spitze steht, so haben auch in der Reihe der Insekten einige Klassen eine gewisse Kulturstufe erreicht, ich meine insbesondere die Bienen und Ameisen. Sie bauen Häuser, bilden Staaten und haben soziale Einrichtungen und Kunsttriebe, welche sie auf eine bedeutendere Stufe des Daseins stellen. Bei ihnen ist nun die Differenzierung weiter vorgeschritten, denn wir unterscheiden außer den Männchen und Weibchen auch noch geschlechtslose Arbeiter. Dies führe ich als Beispiel an. Und wenn ich nun Atom recht verstanden habe, so meint er, daß die nächste Entwicklungsstufe, welche der Menschheit bevorsteht, eine solche wäre, in welcher die verschiedenen Tätigkeiten, Aufgaben und Organe, welche jetzt noch in einem Individuum vereinigt sind, auf verschiedene Individuen verteilt wären.«

»Sehr gut.« Propion lachte. »Sie meinen also, es wird dann besondere Denkmaschinen, besondere Gefühls-, Arbeitsmenschen und so weiter geben?«

»Ja, gewiß«, sagte Atom, »und ich sehe gar nicht ein, warum immer nur zwei Geschlechter, ein ›schönes‹ und ein ›starkes‹, dasein sollen, warum nicht auch einmal drei oder vier.«

»Ach«, rief Funktionata, »das fehlte noch! Was soll dann so ein armes Liebespaar oder vielmehr eine Liebesdreiheit anfangen, ehe sie sich zusammenfindet! Haben doch zwei Herzen schon genug zu tun, bis sie zusammenkommen, und dann sollen es gar drei sein, ehe die Hochzeit gefeiert wird.«

»Das ist freilich schlimm«, bemerkte Atom.

»Und drei Schwiegermütter – nein, vielmehr drei mal drei mal drei gleich siebenundzwanzig Schwiegerelterlinge!« seufzte Propion scherzend.

»Nun, beruhigen wir uns«, rief Kotyledo. »Wir erleben es nicht mehr. Darüber müssen noch viele Tausende von Jahren hingehen; aber man kann sich dem Gedanken nicht verschließen, daß, wenn unsere alte Erde noch so lange hält, das Gesetz der Entwicklung diesem Zustande zutreibt.«

»Der vielleicht gar nicht so unangenehm ist«, warf Atom ein.

»Ich will darüber nicht entscheiden«, begann jetzt Lyrika; »aber mir ist ein Bedenken gekommen, das mir viel näher zu liegen scheint als diese in eine weite Zukunft greifenden Spekulationen. Ich fürchte auch die Einseitigkeit der Ausbildung der einzelnen Gehirnpartien, und zwar deshalb, weil gerade diejenige Seite des Menschen darunter leiden wird, welche ihm das reinste Glück zu gewähren imstande ist, die Seite des Gemüts. Wohl können wir uns mit Hilfe des Psychokineten immer noch beliebigen Stimmungen hingeben, aber ist es nicht ein trauriger Ersatz, diese künstliche Hervorrufung von Furcht und Hoffnung, Zagen und Jubeln, wenn diese Affekte aus der Wirklichkeit mehr und mehr entschwinden? Wenn wir unsere Zukunft vorausberechnen, wenn die Komplikation unserer Lebensbedingungen klar vor Augen liegt, wohin schwindet da die Poesie des Daseins?

> Nur ein Irrtum ist das Leben.
> Und das Wissen ist der Tod.«

Kotyledo nickte ihr zu, Atom aber entgegnete: »Sie zitieren da einen uralten Ausspruch, der für uns gar keine Geltung mehr hat. Ich kann für meinen Teil nur ein Glück in dieser Klärung der Verhältnisse sehen. Nur müssen wir uns von Jugend auf – und das geschieht neuerdings glücklicherweise – mit dem Gedanken vertraut machen, daß wir eben nur unter Bedingungen leben, daß sich unser Lebensprozeß und unser Schicksal nach großen und ehernen Gesetzen vollzieht; wenn wir nun diese Gesetze mit allen Einzelumständen kennen, so mögen wir um so leichter uns ihnen beugen. Nur wenn wir unsere Zukunft *nicht* kennen, kann Enttäuschung und Leid entstehen; liegt sie aber klar und offen da, so kann überhaupt keine Hoffnung erweckt, also auch keine vereitelt werden; es kann keine Furcht und Angst uns quälen, denn kein ungewisses Grauen liegt vor uns, sondern nur sichere Gewißheit; und in dieser zu leben, muß uns einfach zur *Gewohnheit* werden. Es handelt sich nur um einen Übergang. Vorläufig liegt ja die Sache noch gar nicht so, daß wir bis ins einzelne wüßten, was uns bevorsteht; wir können nur in gewissen Fällen fragen: Wenn du dies und das tust, was geschieht dann? Wenn du diese Voraussetzung machst, was muß daraus folgen? Und die Antwort darauf gibt uns die Rechnung. Es steht uns also noch eine Wahl offen, und wir können uns noch in gewisser Beziehung der Täuschung hingeben, als sei unser Wille in Wirklichkeit frei. Wer hierin eine Genugtuung findet, der mag davon Gebrauch machen! Daran aber sollte er unverbrüchlich festhalten: Füge dich dem Schicksal, dessen Gesetz dir bekannt ist; weißt du, daß eine Handlung dein Verderben zur Folge hat, so unterlaß sie und gib dich nicht der trotzigen Hoffnung hin, das Schicksal müsse seinen Lauf zu deinen Gunsten ändern; halte fest an der Überzeugung, daß die Gesetze des Daseins unveränderlich sind und daß der am besten lebt, der sich ihnen fügt, wo er sie erkennt, und nur dort kämpft, wo noch Wechsel möglich ist, das heißt, wo noch Schatten der subjektiven Erkenntnis liegen.«

»Und ich«, rief Lyrika, die mit größter Ungeduld den letzten, eigentlich ihr allein geltenden Worten zugehört hatte, »ich«, rief sie mit glänzenden Augen, »werde auch kämpfen gegen das Gesetz der Notwendigkeit; wenn ich eine Hoffnung gefaßt habe zur Zeit meiner Blindheit, wenn ich dann sehend werde und erkenne, daß ich Verderbliches gehofft – so bleibt doch noch die Frage: Ist nicht das Verderben selbst besser als der liebsten Hoffnung entsagen? Ist es nicht schöner, *mit* seiner Hoffnung unterzugehen, als *ohne* sie zu leben? Hat das Dasein ohne sie noch einen Wert? Und *diese* Frage habe ich zu entscheiden.«

»Und wenn Sie«, rief Atom erregter als gewöhnlich, »diese

Frage so entscheiden, wie Sie zu wollen scheinen, so begehen Sie ein Verbrechen; so versündigen Sie sich an der Gewalt des Naturgesetzes, und Sie büßen gerechterweise.«

»Wenn es das echte Gesetz der Natur ist, da den Menschen unvermeidlich und nicht nur fälschlich von ihnen geglaubt – gut, dann werde ich gern büßen.«

Mit diesen Worten ergriff sie ihre Schraube, verließ das Zimmer und schwebte zum Fenster hinaus. Ohne sich zu besinnen, stürzte Kotyledo ihr nach. Zwischen den wogenden Wolken der leuchtenden Gase holte er sie ein, und sie verloren sich in den gewundenen Bahnen des Luft- und Wolkengartens.

Der Abend war schon heraufgezogen, aber die Anlagen, in welchen Kotyledo und Lyrika sich bewegten, bildeten ein Meer von Licht im eigentlichen Sinne. In immer neuen Gestalten wogten und wallten die luftigen Straßen und verdunkelten mit ihrem Glanze die alten Sterne, die in nur wenig veränderten Stellungen herniedersahen wie vor Jahrtausenden.

VI
Lyrikas Kampf

»Lyrika, wie soll ich Ihnen danken! Sie haben mir die Freiheit der Rede wiedergegeben. Sie kennen mein trauriges Geschick, Sie sehen den Abgrund, vor dem wir stehen, wenn wir unserer Neigung nachgeben. Wir konnte ich es da wagen, vor Sie zu treten? Mußte ich mir nicht sagen, daß ich Sie selbst mit mir ins Verderben reiße? Und nun wollen Sie dem Verhängnis entgegenhandeln! Lyrika, Sie wollen die Meine werden?«

So hatte Kotyledo gesprochen, noch vor einer Stunde zu ihr gesprochen. Und hatte sie nicht auch jetzt noch einmal ihn gewarnt? Noch einmal ihm vor Augen geführt, was er wage? Aber wo war die Ruhe der Überlegung im Augenblicke der Leidenschaft geblieben? Durch ihre Bemerkung, die sie im Trotz gegen die Tyrannei des Weltlaufs Atom zugeworfen, hatte sie die Schranke niedergerissen, die Kotyledos leidenschaftliche Natur zurückhielt. Jetzt flutete diese über. Ohne

Lyrika sei das Leben für ihn schon heut zu Ende, mit ihr könnte er noch fast zwei Jahre glücklich sein. Und fühlte sie nicht ebenso? Nein, es war nicht zu widerstehen. Das kurze, aber reine Glück, das die Liebenden zu wählen imstande waren, strahlte so hell über all die Dunkelheiten des zukünftigen Geschicks, daß sie seinem verlockenden Glanze allein sich überließen. Und im Gefühl ihrer Seligkeit, nun sie sich einander angehörten und umschlungen hielten, da glimmte wieder das Fünkchen der Hoffnung auf, das alle kalte Berechnung über den Haufen zu stürzen drohte. Es konnte ja doch möglich sein, daß Funktionata sich geirrt habe, es konnte vielleicht noch ein Mittel geben, den Gang der Ereignisse noch in eine andere Bahn zu lenken. Nein, es durfte nicht sein, daß diese Wonne so rasch vergehe. – »Ende hieße Verzweiflung, nein, kein Ende!«

Vor einer Stunde hatte sie so gedacht. Weit im Norden, wo die Luftanlagen längst geendet, am Abhange des Himmeltind auf einer der Lofoten hatten sie gesessen; hier, jenseits des Polarkreises, war ihnen die Sonne wieder erschienen, die in Deutschland ihnen entschwunden war.

»Morgen feiern wir unsere Vermählung«, hatte Kotyledo gesprochen. Ach, in seinen Armen war die Welt so sicher, so fest, so schön; wie er sagte, so mußte es sein, es konnte nicht anders sein. Noch einmal sollte Funktionata die ganze Rechnung durchprobieren, jeden Versuch wiederholen; die Erlösung mußte sich ergeben. Und – ergab sie sich nicht?

>»Ein Augenblick, gelebt im Paradiese,
> Wird nicht zu teuer mit dem Tod gebüßt.«

In seinen Armen, droben am einsamen Felsengestade, konnte sie es sagen; nur füreinander waren sie da, und vergessen war die rauschende Welt. Da mochte das Wort des alten Dichters gelten, eines der wenigen, dessen Verse sich unsterblich durch die Jahrtausende erhalten hatten.

Aber jetzt war sie allein in ihrem Zimmer an der großen 114. Hauptpassage. Vor ihren Fenstern sausten durch die Nacht hindurch mit schrillem Tone die Luftschrauben, summte das Gewühl des Weltverkehrs. Auf ihrem Tische lagen die Depe-

schen, die Stundenblätter, welche im Laufe des Tages angelangt; alles erinnerte sie an das große Getriebe, in welches sie
unauflöslich verflochten war mit ihrem Geschick. Wie mochte
das alte, weltverachtende Wort hierher passen, in diese Welt,
welche nur besiegt werden konnte, indem man sie anerkann-
te?

Mechanisch blätterte sie in den angekommenen Zeitungen
und Broschüren. Sie las vom großen deutsch-kalifornischen
Tunnel und von dem Versuche, direkt auf den Mittelpunkt der
Erde zuzubohren, und von den flüssigen Sauerstoffstrahlen,
die das glühende Erdinnere bändigten, aber sie dachte sich
nichts dabei. Da fiel ihr Kotyledos Name auf. Es war ein Angriff auf seine letzte Schrift über die notwendige Erhaltung der
Arzneipflanzen. Sie blätterte in der Kritik und freute sich über
die vergebliche Mühe des Gegners; sie hörte schon die Worte,
mit denen Kotyledo ihn schlagen konnte. – Konnte er denn
noch? Zerfiel nicht der Molekularkomplex C in der Rindenschicht seines Gehirns in 623 Tagen? Dieser reiche Geist sollte
zerstört werden, entzogen werden den großen Aufgaben, die
noch die Mitwelt an ihn stellte? Und das alles durch sie! Woher
nahm sie das Recht, um weniger glücklichen Minuten willen
den für sich allein besitzen zu wollen, der noch der Gesamtheit
gehörte, und das, um ihn zu verderben! Sie begehen ein Verbrechen – die Worte Atoms fielen ihr ein. Ja, ein Verbrechen!
Nicht am Naturgesetz, das mochte sie jetzt wenig kümmern,
aber an dem geliebten Manne, den sie töten sollte, um ihn zu
besitzen.

Vergebens suchte sie ihre aufgeregte Stimmung durch den
Psychokineten zu besänftigen; sie konnte wohl ihre Gefühle
bemeistern, aber die Erinnerung blieb, es blieb vor allem die
Überlegung, die berechnende Überlegung, jetzt nicht mehr beeinflußt von der Leidenschaft des Augenblicks. Darfst du? Das
war die Frage, die sie nicht ruhen ließ, die sie zur Verzweiflung, zum Wahnsinn zu treiben drohte. Und wieder kamen ihr
die Worte des Alten in den Sinn:

>>Nimm, o nimm die traurige Klarheit,
Mir vom Aug' den blut'gen Schein!
Schrecklich ist es, deiner Wahrheit

Sterbliches Gefäß zu sein.
Meine Blindheit gib mir wieder
Und den fröhlich dunklen Sinn ...«

Sie durchmaß ihr Zimmer von einem Ende zum andern,
vom Boden bis zur Decke, ohne Ruhe zu finden. Schon stieg
im Nordosten heller und heller das Frührot auf, und die Stra-
ßenbeleuchtung verlosch. Der erste Strahl des Tagesgestirns,
der die höchste Zinne des Stadtteils traf, löste durch eine foto-
chemische Reaktion die Mechanik des großen Orchestrions
aus, und durch alle Häuser drang der gewaltige Pauken- und
Posaunenton, welcher den anbrechenden Tag verkündete.
Wie oft hatte sie dieser Ton zu neuer Tätigkeit geweckt, wie oft
hatte sie seit ihrer ersten Kinderzeit diesen machtvollen Klang
mit heiligem Ernst vernommen, der jedweden zur Pflicht rief,
der, nach der würdigen Sitte der Zeit schon dem Kindergemüt
unvergeßlich eingeprägt, eine Mahnung war an den unab-
wendlich arbeitenden Mechanismus, dem alle gehorchen müssen. Und wie der Klang der Osterglocken durch die Macht der
Gewohnheit dem weltüberdrüssigen Faust die Schale von der
Lippe zieht, so wirkte das Donnernahen der lebenspendenden
Sonne auf Lyrika, das treue Kind ihrer Zeit. Mit einem Male
stand es klar vor ihr, daß sie im Begriff sei, eigenem egoistischen Sinn zuliebe den Geliebten zu verderben, an der
Menschheit zu freveln, sich dem Weltlauf entgegenzustem-
men, und zweifellos schien ihr das Gebot: Du darfst nicht! Und
der Entschluß der Entsagung war gefaßt.

Aber wie ihn retten? Wie sich ihm entziehen? Denn er durfte
sie nicht mehr sehen – sie fühlte, nur in ihrer Flucht lag Rettung für sie beide. Wo er sie gefunden hätte, da wäre sie an ihr
Wort gebunden gewesen, das er sicher nicht lösen wollte. Lyrika durfte nicht mehr existieren für Kotyledo, und das konnte
sie nur, wenn sie aus seiner Machtsphäre verschwand.

Aber wohin, wohin auf dieser allumwanderten, umflogen-
en, durchwühlten Erde? Wohin?

Ruhelos sann sie nach. Dann blitzte ihr ein Gedanke auf –
sie sprang empor und verließ im Fluge ihre Wohnung.

Vergebens wartete Kotyledo wenige Stunden später am Eingange des Psychäons in den Gärten des Okeanos, wo Lyrika vor der Probe ihn treffen wollte. Eine Stunde verging, ohne daß sie kam, und einen unvorhergesehenen Zwischenfall befürchtend, bestieg Kotyledo einen der zurückfahrenden hydraulischen Trains und befand sich eine Viertelstunde später an Lyrikas Wohnung. Aber auch hier war keine Spur zu finden. Sie habe die Nacht nicht geschlafen, und sei am frühen Morgen ausgeflogen, hörte er. In Sorge um Lyrikas Befinden eilte Kotyledo nach der Wohnung Propions. Er traf Funktionata allein und berichtete das Geschehen. Funktionata versuchte noch einmal, Kotyledos Sinn zu ändern, aber sie richtete nichts aus. So versprach sie denn, wiederholt die ganze Rechnung zu prüfen, obwohl sie keine Hoffnung habe. Doch bewunderte sie den Entschluß der Liebenden; er war eine tragische Tat, vor welcher auch der Andersdenkende mit Achtung und Rührung stehen mußte. Von Lyrika wußte sie jedoch keine Auskunft zu geben, und beide begannen ängstlich zu werden.

Während sie sich in Vermutungen erschöpften, flog ein Blatt in das Zimmer. Wer es hereingeworfen hatte, war nicht zu ersehen, doch galt es als keine seltene Erscheinung, daß Briefe im Fluge durchs Fenster geschleudert wurden.

Kotyledo hob das Blatt auf und warf nur einen Blick darauf. Lautlos ließ er es sinken. Funktionata nahm es auf und las:

»Seid unbesorgt. Lyrika ist Euch nahe, doch niemals werdet Ihr sie wiedersehen. Ich darf nicht Dein sein, Kotyledo, und doch bin ich's. Du aber wirst leben – habe Mut!

Lyrika«

Ratlos sahen sich Funktionata und Kotyledo an. Was sollte das? War Lyrika nicht mehr am Leben? Sie hatte sich geopfert, um nicht ihrem Versprechen untreu zu werden oder Kotyledos Untergang herbeizuführen. Aber ihr Geist sollte bei ihnen sein, sollte in Kotyledo fortleben und die Erinnerung ihm Mut zur Arbeit geben. Anders waren wohl die Worte kaum zu verstehen. Und doch wollte Kotyledo seine Hoffnung, die Geliebte wiederzufinden, nicht aufgeben, bis er nicht jeden Winkel der Erde nach ihr durchsucht. Vielleicht hatte sie sich nur verborgen, um ihn zu retten; er aber wollte sie gewinnen, ohne Rücksicht auf sein Los.

Kotyledo verließ Funktionata und begab sich zuerst zu Propion und Atom, die er in ihrem Laboratorium zu treffen dachte. Ausnahmsweise war die Tür verschlossen, und er mußte eine Zeitlang warten, ehe Propion zum Vorschein kam. Atom, sagte Propion, sei heute noch nicht dagewesen, er habe gerade am Zentraltunnel, der in Afghanistan begonnen wurde, zu tun. In Kotyledo regte sich ein Verdacht gegen Atom. Hielt er Lyrika versteckt? Doch sein Verdacht legte sich bald; denn noch während er mit Propion sprach, kam Atom wieder, und beide zeigten ein aufrichtiges Erschrecken. Sie wußten offenbar von Lyrikas Verschwinden noch nichts. Das Schicksal Lyrikas beschäftigte beide so sehr, daß selbst Atom seine Eifersucht zu vergessen schien und zunächst nur besorgt war, Lyrika aufzufinden. Das war nun freilich auch für ihn die Hauptsache. Alle drei taten sofort die nötigen Schritte bei den Behörden der öffentlichen Ordnung, und es gab keinen Ort oberhalb und unterhalb der Erdoberfläche, wohin nur Menschen zu dringen pflegten, der nicht nach Lyrika durchsucht worden wäre. Weder lebend noch tot war eine Spur zu finden. Nach vier Pentaden* gab man die Versuche auf, und auch die näheren Freunde beruhigten sich. Nur Atom und Kotyledo machten eine Ausnahme; sie vergaßen Lyrika nicht, Kotyledo hatte sich zunächst ganz aus dem Verkehr zurückgezogen. Nur selten erschien er im Botanischen Garten, dessen Leitung er vorstand, und besorgte die wichtigsten Geschäfte; sonst wußte man kaum, wo er war. Aber Atom wußte es. Eine Ahnung, was mit Lyrika vorgegangen sei, war ihm allein aufgestiegen, und er hatte Grund, die Bestätigung seiner Vermu-

---

* Eine Pentade gleich 5 Tage. Ein Jahr gleich 73 Pendaten. Diese Einteilung gewährt den Vorteil, daß der Zeitraum der Woche (Pentade) im Jahr ohne Rest aufgeht.

tung zu erwarten. Aber er bewahrte seinen Verdacht als ein tiefes Geheimnis und beobachtete unausgesetzt heimlich alle Beschäftigungen Kotyledos.

Eine eigentümliche Veränderung hatte mit Kotyledo stattgefunden. Der besonnene, exakte Forscher war fast zu einem Einsiedler geworden, der seine Heimat nicht auf dieser Erde, sondern in geträumten, himmlischen Regionen hat. Ein neues Reich, von den Menschen nicht gekannt und nicht geglaubt, schien sich ihm aufgetan zu haben, das *Reich der Geister*, in welchem jetzt der Schwerpunkt seines Verkehrs lag. Er wollte es nicht glauben, und doch war es tatsächlich so: Lyrika, von der Erde verschwunden, verkehrte mit ihm noch als Geist.

Oft, wenn er in seinem Zimmer mit Nachdenken beschäftigt saß oder auf einsamen Spazierflügen sich erholte, glaubte er neben sich die Gegenwart Lyrikas zu spüren. Deutlich hörte er ihren leisen Seufzer, einen tiefen Atemzug oder das Rauschen ihres Gewandes, ja, mitunter glaubte er ihre Stimme in sanftem Gesange zu vernehmen. Anfänglich waren ihm diese Äußerungen einer Verstorbenen im höchsten Grade unheimlich; er konnte sie nicht naturgemäß erklären und mußte sie also für Einbildungen seiner aufgeregten Phantasie halten. Eines Abends hatte er sich nach einer weiteren Spazierfahrt auf jenen Felsvorsprung niedergelassen, wo er das letzte Mal mit Lyrika zusammen gesessen hatte. Auch jetzt vernahm er sicherlich das Rauschen von Lyrikas Gewand, er fühlte ihren leisen Atem an seiner Wange und ihren Kuß auf seinen Lippen. Er griff mit den Armen in die Leere hinaus, aber es gelang ihm nicht, etwas zu erfassen, schon hatte sie sich ihm entzogen. Nachdenklich starrte er fast eine Stunde lang in die See hinaus. Ist wohl jetzt schon der Augenblick eingetreten, fragte er sich, wo die Rindenschicht deines Gehirns zerfällt? Hat Lyrikas Opfer nichts genützt? Bist du nicht mehr deines Verstandes sicher, und ist es der Wahnsinn, der dir schon seine gespenstischen Gebilde vorgaukelt?

Inzwischen war eine atmosphärische Veränderung eingetreten. Mit Eintritt des herbstlichen Abends hatte der Westwind Feuchtigkeit in großem Maßstabe herbeigeführt; die Durchsichtigkeit der Luft hatte zugenommen, und tiefdunkel, scheinbar mit Händen zu greifen, erstreckten sich die entfernten Berge am Horizont. Die Sonne lag im Untergehen mit schrägen Strahlen auf der Felswand, die Kotyledo trug. Den Schatten eines kleinen Felsvorsprungs vor ihm warf sie gerade neben ihn auf den Fels. Als er seinen Blick zufällig auf die Spitze dieses Schatten richtete, bemerkte er eine wunderliche Erscheinung. Es bewegte sich darüber ein matter Schimmer, ein Wechsel von blassen Farben, farbigen Bändern, wie sie gebrochene Sonnenstrahlen erzeugen. Was konnte diese Brechung hervorrufen? Kotyledo sah jetzt genau nach dem Felsvorsprung, indem er so weit zur Seite ging, daß ihn die direkten Strahlen der Sonne nicht mehr blendeten. Und was sah er hier? Schwach und schattenhaft, einem leichten Luftgebilde gleich, aber in deutlich erkennbaren Umrissen, wie aus einer lichten Wolke geformt, saß Lyrikas Gestalt dort. Er griff sich an die Stirn, rieb die Augen, um zu sehen, ob er wache. Er veränderte seinen Standpunkt, aber die Erscheinung blieb. Sie hatte ihm den Rücken zugekehrt, den Kopf auf die Hand gestützt, so daß er nur einen Teil des feingeschnittenen Profils sah, während Lyrika selbst aufs Meer hinausblickte. Gerade wie an jenem Abend saß sie da, nur die goldene Spange im Haar fehlte – ein Tuch schien den Kopf einzuhüllen. Alles an ihr aber war matt, durchsichtig, es fehlten die natürlichen Farben, und das Gesicht mußte sich anstrengen, die nebelhafte Gestalt zu erkennen; nur die Ränder der Figur zeichneten sich durch schwache Farbringe aus, die in Violett, Blau, Orange und Rot spielten und eine märchenhafte Wirkung hervorbrachten. Diese reizende, wahrhaft luftige, mit den zartesten Tinten des Regenbogens angehauchte Gestalt über der Meeresbrandung, dahinter den im Abendrot glühenden Himmel – alles dies wirkte auf Kotyledo so überwältigend, daß er lange Zeit wie verzaubert dastand. Jetzt aber regte sich die Gestalt. Sie erhob sich, schwebte auf ihn zu, offenbar ohne zu wissen, daß er sie bemerkte. Jetzt oder niemals! dachte er. Er stürzte auf sie zu, faßte sie in seine Arme – ein Schrei –, es war Lyrikas Stimme. Um so fester hielt er sie, obwohl er sie jetzt so dicht in der Nähe nicht mehr sehen konnte. Der farbige Schimmer der Gestalt war erloschen, aber den Körper hielt er in den Armen, er fühlte deutlich ihre Hand, ja, er glaubte das Pochen ihres Herzens zu vernehmen, als sie sich anstrengte, ihm zu entfliehen.

Und jetzt hörte er ihre Stimme, ihre gewohnte, helle, bittende Stimme:

»Laß mich, Kotyledo, laß mich! Ich darf sonst nie wieder zu dir.«

Er wußte nicht, was er tat – er stand wie vom Blitz gerührt.

Seine Arme öffneten sich, er hörte noch: »Leb wohl, leb wohl ...«

Wieder griff er um sich – sie war fort.

Seit jenem Tage bestand ein täglicher Verkehr zwischen Kotyledo und Lyrikas Schatten. Nie sah er wieder ihre Gestalt, auch ihre Stimme hörte er selten einmal, und dann nur wenige Worte, die einen herzlichen Gruß, einen beruhigenden Trostspruch enthielten. Das Rätsel löste sich ihm nicht. Unerklärlich war ihm ein häufiges, sich wiederholendes Aufblitzen von Lichtstrahlen, wie der Reflex von geschliffenen Gläsern. Eines Tages bemerkte er in der Luft seines Zimmers ein Blitzen wie von glänzendem Metall. Er blickte hin und sah nun den ihm bekannten Ring Lyrikas in der Luft schweben, gewöhnlich ruhend, dann hin und her gehende Bewegungen machend. Er faßte danach und fühlte Lyrikas Finger. Aber rasch wurden sie ihm entzogen, und nur den Ring behielt er in der Hand. Er glaubte ein Wort des Bedauerns von Lyrika zu hören und legte den Ring neben den Phonograph auf seinen Telegrafiertisch; bald darauf war er verschwunden.

Fast täglich fand er jetzt sein Zimmer wie von Geisterhänden mit frischen Blumen geschmückt, mit diesem seltenen Luxus der Zeit, der ihm zugleich so lieb und teuer war. Oft schwebten Blumen und Kränze direkt durch die Luft zu ihm; er war überzeugt, daß Lyrika sie trug, aber er wagte nicht mehr, nach ihr zu greifen, teils weil er wußte, daß sie es nicht wollte, teils aus Furcht, sie zu verletzen, da er ja nicht sehen konnte, wohin sein ausgestreckter Arm reiche. Und daß ihr Körper wie früher undurchdringlich und dem Tastgefühl zugänglich war, wußte er bereits. Mitunter fand er Walzen in seinem Psychokineten eingesetzt, welche von Lyrika bereitet waren und ihm nun ummittelbar ihre Gefühle zuführten. Er empfand da, wie sie mit heißer, unzerstörbarer Liebe an ihm hing, wie sie um das bittere Geschick trauerte, das sie zwang, ihn ewig zu fliehen, und wie sie doch glücklich war in dem Bewußtsein, bei ihm sein zu können, unsichtbar ihn zu umschweben und mit geisterhafter Geschäftigkeit ihm tausend kleine Dienste zu leisten, ja mitunter einen Kuß auf seinen Mund zu hauchen.

Kotyledo fühlte sich jetzt fast glücklich bei seiner gespenstischen Braut, er hatte sich an ihre geisterhafte Existenz gewöhnt und grübelte nicht weiter über die Ursachen, welche eine so naturwidrige Erscheinung bewirken konnten. Zugleich schämte er sich, an diesen ihm so lieb gewordenen Verkehr mit einem Geist zu glauben, und behielt daher sein Glück für sich. Niemand machte er eine Mitteilung von dem Zustande, in welchem er Lyrika wiedergefunden. Aber wenn ihm auch so vereinzelte Stunden glücklich dahingingen, ja, wenn es selbst vorkam, daß er Lyrikas helles Lachen hörte, so verzehrte ihn doch eine unauslöschliche Sehnsucht nach ihr. Es waren ja immer nur flüchtige Minuten, in denen er Kunde von ihr bekam, und auch dann nur durch das Ohr oder den Psychokineten. Oh, gern hätte er sein späteres Leben darum gegeben, nur ein Jahr in Lyrikas wirklichem Besitz hinzubringen, wenn er auch nach Funktionatas Berechnung dann hätte sterben müssen. Noch immer gab er – trotz Funktionatas wiederholter Versicherung – die Hoffnung nicht auf, die Rechnung werde sich als falsch erweisen, und doch fürchtete er es wieder. Denn war nicht Lyrika doch für ihn verloren? Konnte er einen Geist als Gattin heimführen, der »jenseits der Styx« wohnte, wie sie ihm einmal auf seine Frage, wenn auch vielleicht nur im Scherz, geantwortet hatte? Oder gab es ein Mittel, Lyrika wieder in ihrer menschlichen Gestalt herbeizuzaubern? Würde sie wiederkehren, wenn sie nicht mehr zu befürchten brauchte, ihn durch ihren Besitz zu vernichten?

Oft quälten ihn diese Fragen, aber er brachte es nicht über sich, den Versuch zu machen, Lyrikas geisterhaften Zustand wissenschaftlich zu erklären. Nur über das eine mußte er sich vergewissern: War Lyrikas Existenz wirklich auch für andere wahrnehmbar, oder war sie nur seine Halluzination? Er glaubte sich dies schuldig zu sein, da es eine Frage war, die seinen geistigen Gesundheitszustand und somit auch die Pflicht gegen sein Amt anging. Wen aber sollte er ins Geheimnis ziehen?

Da fiel ihm Strudel ein. Bei ihm fand er am leichtesten Verständnis, und zu seinem gewiegten Urteil hatte er Vertrauen. Er wußte, daß er ihn des Abends immer im Ozean fand, und dort beschloß er, ihn aufzusuchen. Lange war er nicht ins Meer hinabgestiegen, denn er hatte bald bemerkt, daß ihm Lyrika niemals dahin folgte; und da er sich ihr nicht freiwillig entziehen wollte, so blieb er gänzlich an der Luft.

Nun hatte er schon längere Zeit hindurch vergeblich auf Lyrika gewartet; sie war seit zwölf Tagen nicht mehr erschienen, und Kotyledos Ungewißheit hatte sich gesteigert. So legte er heute seinen Taucheranzug an, der den größten Wasserdruck aushielt und selbst fortwährend frische Atemluft erzeugte, bestieg den hydraulischen Train und begab sich nach den Gärten des Okeanos.

VIII

Tunnelbauten. Die Saphirgrotte.
Die Jagd. Über den Ozean

Atom saß, eifrig mit Studien beschäftigt, in seinem Geheimbüro im Zentraltunnel, siebzehn Kilometer unter der Erdoberfläche, mitten in einer herrlichen Grotte von kolossalen, durchsichtig klaren Saphiren und Rubinen, die im elektrischen Lichte zaubrisch glänzten. Wie war Atom hierhergekommen?

Der Tunnelbau hatte in neuerer Zeit bedeutende Fortschritte gemacht, aber einen wahrhaft großartigen Aufschwung nahm die Technik desselben, als die Liquifizierung des Sauerstoffs gelungen war. Man konnte jetzt in früher unzugängliche Tiefen der Erde, ja unter die feste Schicht der Erdrinde in den feurig-flüssigen Teil des Erdinnern eindringen. Die große Hitze wurde dadurch beseitigt, daß man einen Strom von flüssigem Sauerstoff in den Tunnel leitete; derselbe band bei seiner rapiden Verdunstung so viel Wärme, daß man ohne Beschwerden in der größten Tiefe arbeiten konnte; und man hatte noch den Vorteil, daß der verdampfte Sauerstoff die beste Ventilation von selbst darbot. Ja noch mehr! Indem man den Strom des liquiden Oxygens in die geschmolzenen Massen des Erdkerns leitete, erstarrten dieselben unter seiner Berührung, und man konnte auf diese Weise eine Röhre gewissermaßen durch das innere der Erde hindurchspritzen. Um den Sauerstoffstrom herum bildete sich eine starre Rinde von außerordentlicher Härte, die im Laufe der Zeit bei fortgesetzter Zuführung des Kälteerregers genügend dick wurde, um den ungeheuern Druck des Erdinnern auszuhalten. So hatte man zunächst kleinere Tunnel, welche bis zu zwanzig und dreißig Meilen ins Innere drangen, mit Glück gebaut und endlich im Jahre 3869 auch nach zwanzigjähriger Arbeit den großen deutsch-kalifornischen Tunnel vollendet.

Die Entfernung der beiden Ausgänge des völlig geradlinigen Tunnels betrug auf der Erdoberfläche, in der geodätischen Linie gemessen, 1322 geographische Meilen; das war also der kürzeste Weg, den man über der Erde von dem einen Punkte zum andern nehmen konnte; der Tunnel aber, der die Sehne des Bogens darstellte, war nur 1193 Meilen lang, schnitt also 129 Meilen ab. Die beiden Erdradien, von den Ausgangspunkten des Tunnels nach dem Mittelpunkt der Erde gezogen gedacht, würden dort einen Winkel von 88 Grad eingeschlossen haben; folglich betrug die Neigung, welche die Linie des Tunnels gegen den Horizont von Deutschland sowohl als gegen den des westlichen Kaliforniens hatte, 44 Grad, das heißt, der Tunnel ging mit einer Neigung von 44 Grad in Deutschland in die Erdoberfläche hinein und kam mit derselben Neigung gegen die Oberfläche Kaliforniens dort zum Vorschein. Dadurch hatte man den Vorteil, zum Durchfahren dieses Tunnels keiner andern Kraft zu bedürfen als der Schwerkraft. Auf drei Schienen, welche im Durchschnitt in dem kreisförmigen Tunnel ein gleichseitiges Dreieck bildeten, glitten die Wagen, deren Reibung auf ein Minimum reduziert war, wie Schlitten auf steiler, aber völlig glatter Eisbahn, von der Schwere getrieben, mit unglaublicher Geschwindigkeit hinab. Diese Geschwindigkeit nahm fortwährend zu, bis die Mitte des Tunnels erreicht war, welche von allen Punkten desselben dem Erdmittelpunkt am nächsten lag und sich 240 Meilen unter der Oberfläche der Erde befand. Von dort stieg der Schlitten wieder in die Höhe und überwand vermöge der gewonnenen Energie der Bewegung den jetzt auftretenden Widerstand der Schwere, bis er wieder an das Ende der schiefen Ebene in Kalifornien gelangt war.

Wenn hier von einem Herab- und Hinaufsteigen gesprochen ist, so muß man natürlich verstehen, daß damit nur ein Annähern und Entfernen in bezug auf den Erdmittelpunkt gemeint ist, die Bahn des Wagens aber eine vollständig geradlinige bleibt. Der Widerstand der Luft, der bei einer Fallgeschwindigkeit, welche in der Mitte des Tunnels fast eine deutsche Meile pro Sekunde betrug, nicht zu überwinden gewesen wäre, wurde einfach dadurch beseitigt, daß man den Tunnel luftleer gemacht und sehr zweckmäßige Ventile zum Verschluß angebracht hatte. So wirkte sogar jeder durchgehende Train wie der Stempel einer Luftpumpe aufs neue entleerend. Die Reisenden waren ja alle mit Sauerstoffvorrat versehen.

Nachdem nun dieser großartige Tunnel vollendet war, beschloß man ein noch gewaltigeres Unternehmen, und diesmal zu rein wissenschaftlichen Zwecken. Man projektierte eine Tunnelbohrung nach dem Mittelpunkt der Erde, um die Geheimnisse des tiefsten Erdinnern aufzuschließen. Bei der Wahl des Ortes hatte man den Gedanken zur Geltung gebracht, ein ungefähres Zentrum des großen Landkomplexes der östlichen Halbkugel mit seiner antipodischen Stelle inmitten des großen Ozeans zu verbinden, die Erde gewissermaßen in einer Achse der Symmetrie zu durchbohren, und aus hier nicht näher zu erörtenden Gründen dazu eine Stelle in Afghanistan in der Gabel zwischen den Flüssen Argandab und Hilmend gewählt. Da man täglich über einen Kilometer fortschritt, konnte man hoffen, in ungefähr fünfzehn Jahren den Erdmittelpunkt und, wenn kein unvorhergesehenes Hindernis eintrat, in der doppelten Zeit den Grund des Pazifischen Ozeans zu erreichen.

Seit kaum drei viertel Jahren arbeitete man über dem Tunnel und war mit der Bohrung bereits vierhundert Kilometer ins Innere gedrungen. Von Strecke zu Strecke hatte man seitliche Bohrungen vorgenommen und geräumige Höhlen zur Aufnahme der Apparate geschaffen. In der Tiefe von siebzehn Kilometern fand man in einer Schicht von gediegenem Aluminium große blasenförmige Hohlräume und hatte diese zur Hauptstation der Beamten und Arbeiter des Tunnelbaues eingerichtet, nachdem sich die Höhlen nach der Einleitung des Sauerstoffs und unter der Wirkung des großen Druckes mit einer Schicht von amorpher Tonerde bedeckt hatten.

Atom, welcher die chemischen Arbeiten des Tunnelbaues zu leiten berufen war, hatte sich in einer dieser Höhlungen sein Büro errichtet. Eines Tages bemerkte er, daß sich von einer Ecke seines Büros aus noch ein enger Gang in das Gestein hinzog; er drang durch denselben vor und befand sich vor einem schmalen Spalt, durch welchen hindurch das Licht seiner elektrischen Lampe auf herrlich widerstrahlende fußdicke blaue und rote Kristalle fiel. Das Aluminiumoxyd war hier in Folge irgendwelcher örtlichen Verhältnisse zu den prächtigsten Saphiren und Rubinen auskristallisiert, die so schön klar und regelmäßig gebildet waren, daß sie keines künstlichen Schliffes bedurften. Atom erweiterte den Spalt und befand sich bald in einem Saale von Edelsteinen, wie ihn kein Märchen großartiger erdenken konnte. Die Entdeckung war übrigens nicht so wertvoll, wie sie im neunzehnten Jahrhundert gewesen wäre, denn die Edelsteine hatten nur einen Wert ihrer Härte und technischen Verwendbarkeit wegen; aber der Anblick im Glanze der elektrischen Beleuchtung war so bezaubernd, daß Atom beschloß, diese kolossale Kristalldruse zu seinem Privatbüro zu machen. Er ließ nur den äußeren Gang in seinem Amtszimmer durch eine Tür verschließen und hielt seine Entdeckung geheim. Nach und nach aber brachte er seine wichtigsten Bücher, Instrumente und Chemikalien dahin und zog sich in seine Saphirgrotte zurück, sobald er eine besonders wichtige Arbeit vorhatte.

Auch heute saß er bei der Arbeit im »Rubinzimmer«, bei einer Arbeit, die ihn Tag und Nacht beschäftigte und seinen ruhelosen Geist zu immer neuen Anstrengungen trieb. Aber es war auch eine Riesenarbeit; es galt nicht, die Erde zu durchbohren oder Vulkane auszulöschen, es galt nicht, das Meer zu verdampfen oder den Mond gegen die Erde zu sprengen – Atom wäre davor nicht zurückgeschreckt; es galt etwas Schwereres – es galt, den Willen eines Weibes zu bezwingen. Und Atom war entschlossen, die Aufgabe zu lösen.

»Es muß möglich sein«, sagte er zu sich, »auch durch eine verhältnismäßig kurze Behandlung der Zentralorgane des Nervensystems eine Wirkung auf den Willen und auf die sympathischen Empfindungen des betreffenden Individuums hervorzurufen. Alles ist vorbereitet, die Apparate sind nach

unendlicher Mühe zusammengestellt, die Chemikalien be-
schafft, die erforderlichen Stellen in Gehirn und Rückenmark
ermittelt, es fehlt nur eines: das Versuchsobjekt selbst. Es fehlt
Lyrika. Und somit ist meine Aufgabe klar formuliert! Es gilt, Lyrika in meine Gewalt und in dieses Zimmer zu bringen. Freiwillig wird sie mir nicht folgen, ich muß sie also zwingen. Das
wird nicht zu schwer sein – ein leichter Gasstrom aus dieser
Hülse, und sie ist bewußtlos, bewegungslos. Leicht kann ich
sie dann hierherschaffen. – Ha, ich bin entschlossen, bis zum
Äußersten zu gehen! Ich werde sie erwerben, und wenn sie
mir ihre Liebe nicht schenken kann, so werde ich ihre Neigung
selbst erzeugen. Nicht umsonst habe ich mich seit drei Monaten unausgesetzt mit der Theorie der Gehirnfunktionen beschäftigt!«

So sprach Atom zu sich selbst. Wo aber war Lyrika? Wie
konnte er sie finden? Dies schien ihm nicht schwer. Atom hatte, nachdem er seine Diaphot-Erfindung vervollkommnet, mit
gutem Erfolg unsichtbar um Kotyledos Wohnung spioniert
und nach kurzer Zeit Lyrikas Geheimnis entdeckt. Lyrika war
die einzige Person außer Propion gewesen, zu welcher Atom
einmal vom Diaphot gesprochen hatte. Daran hatte Lyrika sich
erinnert und sich dasselbe an jenem Morgen, als sie auf ihre
Liebe verzichtete, aus Atoms Laboratorium zu erwerben gewußt. Das Glasflasche mit Diaphot war verschwunden, und so
war es für Atom nicht schwer zu erraten, daß Lyrika dieselbe
benutzt hatte, um ihrerseits zu verschwinden. Aber Atom
wußte auch, daß das Diaphot nur auf acht bis neun Tage vor-
halte und dann eine neue Dosis dem Körper zugeführt werden
müsse; im andern Falle gewann derselbe seine Undurchsich-
tigkeit wieder, indem das Diaphot durch den Stoffwechsel aus
den Geweben ausgeschieden wurde. Zuerst wurden dabei ei-
gentümlicherweise Haare und Knochen wieder sichtbar, so
daß von einem solchen Menschen nichts als das Skelett zu sehen war; allmählich trat dann auch die Haut hervor, und der
Körper nahm sein gewöhnliches Aussehen an. Der Vorrat von
Diaphot, welchen Lyrika entwendet hatte, mußte nun, nachdem über drei Monate vergangen waren, aufgebraucht sein;
sie sah sich also genötigt, einen neuen Vorrat zu gewinnen,
was ihr freilich durch ihre Unsichtbarkeit erleichtert wurde.

Dies sah jedoch Atom voraus und hatte deshalb seinen Besitz an Diaphot in dem »Rubinzimmer« verborgen und verschlossen.

Die Existenz des Rubinzimmers hatte nun Lyrika bald ausgekundschaftet, indem sie sich unsichtbar dicht hinter Atom hielt: so gelangte sie in das Geheimbüro; aber in den verschlossenen Diaphot-Schrank zu dringen war ihr unmöglich. Sie mußte also warten, bis Atom einmal zufällig den Schrank aufschloß, vielleicht konnte sie dann die Büchse ergreifen und entfliehen. Aber auch Atom rechnete darauf, daß das Diaphot Lyrika selbst in seine Behausung treiben würde; sobald er sie dann entdeckte, wollte er sie betäuben und sich ihrer bemächtigen, um sein psychophysisches Experiment mit ihr vorzunehmen. Die so veränderte Lyrika wäre dann natürlich nicht nur ohne Weigerung, sondern gemäß ihres Gesinnungswechsels mit Freude die Seine geworden.

Aber Atom wußte nicht, daß Lyrika bereits seit langer Zeit sich jeden Tag einige Stunden unsichtbar in seiner Grotte aufgehalten, daß sie manches Wort erlauscht hatte, was er im Eifer des Nachsinnens hervorstieß; daß sie unausgesetzt den Fortschritt seiner Vorrichtung beobachtete und seine Absicht durchschaut hatte; daß ihr völlig klar war, welche Gefahr ihr von Atoms rücksichtsloser Entschlossenheit drohte. In seine Gewalt zu fallen wäre ihr mit dem Tode gleichbedeutend gewesen, und doch mußte sie sich in die Höhle des Löwen wagen, denn er von allen Sterblichen allein war im Besitze des Mittels, das sie brauchte, um bei dem Geliebten zu weilen, ohne ihn zu töten. Sie handelte daher entschlossen, aber mit Vorsicht. Als Atom die Grotte verließ, blieb sie zurück; sie war eingeschlossen in einer Saphir- und Rubinhöhle, siebzehn Kilometer unter der Erdoberfläche.

Freiwillig hatte sie sich einschließen lassen. An Luft und Nahrung war kein Mangel, denn die Sauerstoffleitung floß fortwährend, und mit Kraftpillen, die auf Wochen aushielten, hatte sie sich versehen. Ungesäumt ging sie an die Arbeit. Sie befand sich im Stande der Notwehr, und gegen Atom durfte ihr jedes Mittel gelten. Werkzeuge befanden sich im Rubinzimmer genug, und bald hatte sie den Schrank erbrochen. Aber, o Unglück, der Vorrat an Diaphot betrug nur wenige

Gramm – er konnte höchstens für zwölf Tage ausreichen. Sogleich nahm sie denselben zu sich, da schon die Wirkungen der früheren Dosis nachließen, und suchte nach mehr. Vergebens! Nirgends eine Spur. Entweder führte Atom das übrige bei sich, oder er hatte überhaupt im Eifer seiner neuen Unternehmung die Herstellung größerer Mengen unterlassen. Nun mußte sie hoffen, daß Atom bald zurückkäme, solange sie noch unsichtbar war; sonst konnte sie ihm nicht entschlüpfen.

Aber Tag auf Tag verging – Atom ließ sich nicht sehen. Oft hörte sie ihn außerhalb in seinem Hauptbüro sprechen, aber in das geheime Zimmer kam er nicht. Und der zwölfte Tag brach an! Schon bemerkte sie beim Scheine der elektrischen Lampe, die sie angezündet hatte, einen leichten Schimmer, der wie ein Nebelstreif hin und her wogte und ihre Bewegungen begleitete. Vergebens putzte sie die Gläser ihrer Brille, die sie im durchsichtigen Zustande tragen mußte, da sich ja auch die lichtbrechende Kraft der Flüssigkeiten in ihrem Auge geändert hatte. Diese Brille war überhaupt derjenige Teil in dem Prozeß des Unsichtbarmachens, welcher die größte Schwierigkeit bot, da sie bei ungünstiger Beleuchtung zum Verräter werden konnte. Jedoch hatte Lyrika bis jetzt diesen Übelstand immer glücklich vermieden; es kam nur darauf an, das Glas vor jedem Lichtreflex zu hüten. Wie sie auch diese Gläser reinigte, die Streifen an ihrer Seite blieben – es waren ihre vollen dunklen Flechten, die an beiden Seiten des Kopfes herabhingen und schon anfingen sichtbar zu werden. Es war höchste Zeit, daß Atom kam!

Stunde auf Stunde verging, und immer deutlicher trat der reiche Haarschmuck ihres Hauptes hervor. Diesmal war es natürlich eine ganz andere Art des Sichtbarwerdens als ihre nebelhafte Erscheinung an jenem Abend auf den Lofoten. Damals mangelte es ihr nicht an Diaphot, sondern die optischen Eigenschaften der Luft hatten sich geändert; der Grund lag nicht an einer Veränderung ihres Körpers, und so war ihre ganze Gestalt auf einmal als leichter Nebel sichtbar geworden. Hier aber verlor sich das Diaphot nach und nach aus den einzelnen Teilen ihres Körpers, und diese erschienen dementsprechend allmählich deutlicher. Lyrika zitterte vor Ungeduld und Furcht. Wenn Atom noch eine Stunde ausblieb, so mußte er sie bei seiner Rückkehr bemerken, und sie war verloren. Sie verbarg sich unmittelbar hinter der Tür, nachdem sie die Lampe wieder gelöscht hatte. Hier hoffte sie, nicht gleich gesehen zu werden und so zu entkommen, ehe Atom wußte, wohin er sich zu wenden habe. Endlich hörte sie Schritte im Büro, sie kamen durch den Gang – Atom nahte. Ein Lichtstrahl von seiner Lampe drang durch die Tür, das Schloß erklang, die Tür wurde geöffnet.

Atoms erster Blick fiel auf den Schrank, der erbrochen war, und im ersten Moment sprang er darauf zu. Diesen Augenblick benutzte Lyrika, um zur Tür hinauszuschlüpfen, aber auch Atom kehrte sofort um und sprang zur Tür, um sie zuzuschlagen und so ein etwaiges Entkommen zu verhindern. Aber es war zu spät. Schon sah er Lyrikas Haar am Ausgang flattern.

Keinen Moment besann sich Atom; er sprang in sein Büro zurück, ergriff seinen Flugapparat, den er in einer halben Sekunde umgeworfen hatte, und folgte der Fliehenden. Lyrika, die in den halbdunklen, unregelmäßigen Seitenräumen des Tunnels nicht rasch fliegen konnte, hatte nur einen kurzen Vorsprung. Als sie am Eingang zu dem Tunnel selbst anlangte, kam auch Atom schon aus der gegenüberliegenden Tür des Hohlraums und sah ihren Schatten zur Tür hinausflattern in den senkrecht aufsteigenden Tunnel. Hier schoß sie nun rascher als ein Pfeil empor, Atom etwa zweihundert Schritte hinter ihr her. In achtzig Sekunden waren die siebzehn Kilometer bis zur Erdoberfläche zurückgelegt, und Lyrika schwebte über dem sonnigen Boden Afghanistans. Atom folgte ihr unmittelbar, er gab die Verfolgung nicht auf. Jetzt kam es darauf an, wer den Flug länger aushielt, wer ihn rascher zu führen wußte. Für Lyrika gab es kein Entrinnen als durch Schnelligkeit, so daß sie Atom aus dem Gesicht kam. Es hätte ihr nichts genutzt, sich unter den Menschenstrom unten auf der Erde zu mischen, Atom hätte sie hier leicht eingeholt, ein Hauch seiner Gasphiole, und sie wäre machtlos umgesunken. Atom hätte eine Perücke auf dem Arm getragen – wer hätte sich darüber gewundert? Man sah von ihr nichts als den Schimmer ihres Haares. Also rasende Flucht, bis sie sich verbergen konnte.

Über Asien ging die wilde Jagd, Afghanistan, Persién flogen

unter den Eilenden dahin. Schon befanden sie sich über dem großen See, welcher sich dort wieder ausbreitete, wo früher die große Salzsteppe Persiens sich gedehnt hatte. Atom war Lyrika noch nicht näher gekommen. Die Flugmaschinen beider waren aus derselben Fabrik, völlig gleichmäßig gearbeitet, beide gleich stark, in gleich gutem Zustand, mit komprimiertem Sauerstoff zur Genüge versehen; die Körper der Fliegenden waren von gleichem Gewicht, das heißt beide durch die Schwimmgürtel gewichtslos, auch der Widerstand der Luft war für beide gleich, da der Unterschied der Körpergröße bei der gleichen Form und Größe des umfangreichen Luftschirmes nicht in Betracht kam. So sausten sie in gleichem Abstande über die Gebirge im Süden des Kaspischen Meeres, überschritten das letztere und bewegten sich durch das Tal der Kura an der Südseite des Kaukasus entlang.

Atom konnte nur hoffen, dadurch näher zu kommen, daß Lyrika einen Umweg machte und er die kürzere Strecke wählen konnte; aber bis jetzt hatte sich keine Gelegenheit dazu geboten – Lyrika hielt genau Richtung und kannte die Gegend wie Atom. Um durch den Verkehr und die Luft selbst möglichst wenig gehindert zu werden, hielt sie sich in den höchsten Schichten. Schon schwanden die Zinnen von Tiflis hinter ihnen am Horizonte – sie hatten dreihundert geographische Meilen in wenig mehr als zwei Stunden zurückgelegt, einen Weg, zu dem man sonst mindestens drei Stunden brauchte.

Es war neun Uhr morgens, als die Abfahrt vom Zentraltunnel erfolgte, jetzt wäre es in Afghanistan zwei Stunden später, also elf Uhr gewesen, in Tiflis aber zeigte die Uhr erst ein Viertel auf zehn; denn Lyrika flog mit der Sonne. Noch war der Abstand zwischen Flüchtling und Verfolger derselbe, und schon war die Hälfte des Weges bis zum östlichen Deutschland zurückgelegt.

Lyrika schöpfte neue Hoffnung; schon tat sich das Schwarze Meer unter ihnen auf, dessen nördlichen Teil sie überflogen. Eine Stunde später glitten sie bereits an der Kette der Karpaten hin – noch eine halbe Stunde, und sie war in Schlesien, in Deutschland! Würde sie sich in ihre Wohnung retten können? Vielleicht am Fenster noch hätte sie Atom erreicht! Jetzt mußte sie sich auch allmählich senken, aber damit kam sie auch in die von Luftwagen und Fliegenden reichbelebten Regionen. Es war nicht zu vermeiden, daß sie nach oben, unten oder nach den Seiten ausbog, und näher und näher hörte sie Atoms Schraube klirren, hörte sie das scharfe Pfeifen seines Luftschirms durch die rasend schnell zerteilte Luft. Jetzt befanden sie sich am Eingang des deutsch-kalifornischen Tunnels; von dort waren es noch achtzehn Meilen zu Lyrikas Wohnung; um diese zurückzulegen, brauchte sie noch neun bis zehn Minuten. Aber schon in fünf Minuten mußte Atom sie eingeholt haben. Da faßte sie einen Entschluß der Verzweiflung. Senkrecht ließ sie sich hinabstürzen, die Schraube nach oben gekehrt; so schoß sie mit einer Geschwindigkeit von 250 Metern in der Sekunde hinab – Atom ihr nach. Unmittelbar vor dem Eingang des Tunnels gab sie sich eine plötzliche Wendung, so daß ihre Bewegung eine schräg nach unten gerichtete wurde, und flog gerade in den Tunnel hinein. In demselben Augenblick fuhr ein Zug in den Tunnel, und es gelang Lyrika, den letzten Wagen zu erreichen, an welchem sie sich mit Aufbietung aller Kräfte festklammerte.

Atom stürzte dem Zuge in den Tunnel nach, ein paar Sekunden lang näherte er sich ihm noch, aber es gelang ihm nicht mehr, die Wagen zu erreichen. Der Zug hatte seine Geschwindigkeit schon zu sehr beschleunigt und passierte eben das erste Ventil. Bis hierhin drang Atom mit seinem Fluge noch mechanisch vor, aber hier war ihm auch Halt geboten, denn in den luftleeren Raum konnte er sich nicht wagen – sein Flugapparat wäre dort wirkungslos geworden. Schon viele Meilen weit im Erdinnern sah er die Lichter des Zuges durch die Chresim-Membran des Tunnelventils schimmern. Dann erst kehrte er um und entkam nur mit Mühe der Gefahr, von einem zweiten, nachfolgenden Zuge zerschmettert zu werden. In ohnmächtiger Wut flog er seiner Wohnung zu. Lyrika war gerettet.

In einer Stunde hatte der Zug, welcher Lyrika trug, unter der rasenden Beschleunigung der Schwerkraft den Tunnel passiert und hielt am kalifornischen Bahnhof. Als er Deutschland verließ, war es 9.45 Uhr; nach deutscher Zeit hätte man jetzt 10.45 Uhr vormittags gehabt, aber im westlichen Nordamerika herrschte noch tiefe Nacht; die Bahnhofsuhr zeigte 1.32 Uhr.

Lyrika benutzte ihre Unsichtbarkeit und das Dunkel der Nacht, um sich unbemerkt vom Zuge zu lösen, und flog ohne Aufenthalt dem Osten zu; sie fürchtete, Atom könne ihr durch den Tunnel folgen, und wollte so viel Vorsprung gewinnen, daß es unmöglich würde, sie wieder aufzufinden. Deshalb schlug sie auch nicht eine rein östliche, sondern südöstliche Richtung ein. Über die Gipfel der Sierra Nevada stürmte sie noch im raschesten Fluge; dann mäßigte sie die Bewegung ihrer Schraube und schwebte mit der üblichen Geschwindigkeit von 80 Meilen pro Stunde über die Gebirge und Ströme von Arizona und Neu-Mexiko. Ruhig legte sie sich in ihren Bügeln zurück und sah der aufgehenden Sonne entgegen, deren erster Strahl sie über Texas traf. Sie passierte den Mississippi, flog über den nordöstlichen Teil des Golfs von Mexiko, indem sie die Mobile-Bai und die Appalachen-Bai abschnitt, und kreuzte die Halbinsel Florida. Nach sechsstündigem Fluge erreichte sie fünf Meilen nördlich von Cap Canaveral den Atlantischen Ozean. Drei Stunden hatte sie dadurch verloren, daß sie nach Osten flog; es war zwischen zehn und elf Uhr vormittags – dieselbe Tageszeit, zu der sie Deutschland verlassen hatte –, als sie sich zum Gestade herabsenkte.

Ermüdet ließ sich Lyrika am Ufer nieder. Einsam und öde dehnte sich Mosquito-Lagoon zu ihren Füßen, und glühend brannte die Sonne auf ihren Scheitel. Gern hätte sie ein schützendes Obdach aufgesucht, aber sie konnte sich nicht in der Nähe von Menschen zeigen und hatte deshalb diese wenig bewohnten Gegenden zum Ruheplatz wählen müssen. Die Wirkung des Diaphots hatte aufgehört, schon am Morgen war sie als ein Skelett durch die einsamen Höhen der Atmosphäre gezogen, und jetzt trat bereits ihre ganze Gestalt hervor; aber die mit Diaphot getränkten Kleider blieben natürlich unsichtbar, und sie mußte versuchen, Abhilfe zu schaffen. Spähend erhob sie sich; bald entdeckte sie in mäßiger Entfernung einige Fischerfrauen. Rasch näherte sie sich ihnen, um ein Tuch zu erbitten. Aber bei ihrer Annäherung entflohen die Frauen und waren durch kein Flehen zur Rückkehr zu bewegen. Da half Lyrika sich selbst. Die eine der Frauen hatte ihr großes weißes Tuch zurückgelassen. Lyrika bemächtigte sich dieses Kleidungsstücks und ersetzte den Wert desselben reichlich durch

Geld. Sie hüllte sich in das Tuch und beschloß nun, ohne Aufenthalt nach Hause zurückzukehren. Ihre Müdigkeit überwand sie durch den Genuß einiger Kraftpillen, aber der Mangel an flüssigem Oxygen in ihrer Flugmaschine machte ihr Bedenken. Doch auf acht bis neun Stunden reichte der Sauerstoff noch, und so lange brauchte sie bei gutem Wetter und günstigem Winde höchstens. Es fehlte noch eine Viertelstunde zu Mittag in Florida, als sich Lyrika in die Lüfte schwang und, nach Ostnordost steuernd, über den Atlantischen Ozean schwebte.

Die Fahrt war anfänglich günstig und rasch. Lyrika erhob sich über das Gebiet des Nordostpassats und benutzte die Äquatorialströmung zu ihren Gunsten. Schon war sie nicht mehr weit von den Azoren entfernt, als das Wetter sich plötzlich änderte und sie zwang, langsamer vorwärts zu dringen. Allmählich senkte sie sich bis auf einige tausend Meter über die Meeresoberfläche; aber hier war der Wind ihr zu stark entgegen, sie mußte wieder eine höhere Luftschicht aufsuchen, da sie mit ihrem Kraftmaterial zu sparen Ursache hatte. Doch es gelang ihr nicht zu steigen. Zu ihrem Schrecken bemerkte sie, daß ihr Luftschwimmgürtel eine Verletzung erlitten hatte, wahrscheinlich bei der Fahrt durch den Tunnel. Dieselbe hatte sich allmählich zu einem kleinen Riß erweitert und ließ jetzt langsam atmosphärische Luft einströmen. Sie mußte alle Kraft der Schraube anwenden, um sich in gleicher Höhe zu erhalten, aber auch diese ließ nach, und sie sank tiefer und tiefer. Die Wogen schäumten unter ihr, und der Orkan brauste ihr entgegen, an dessen Wut die Kraft der Schraube erlahmte. Schon acht Stunden war sie unterwegs, und hier herrschte bereits völlige Nacht; sie befand sich, soweit sie aus den elektrischen bunten Leuchtfeuern am Horizont erkennen konnte, noch immer zwischen den Azoren, und zwar zwischen den Inseln Graciosa und S. Jorge. Aber nur noch sechzig Meter von den Wegen entfernt, vermochte sie ihren Flug zu halten, und sie mußte suchen die Insel Terceira zu gewinnen.

Die letzte Reserve ihres Oxygenvorrates wurde entfesselt. Noch einmal drehte sich die Schraube, die heute schon seit zwanzig Stunden in Tätigkeit war, in rasender Geschwindigkeit um ihre Achse. Noch einmal wurde die Gewalt des Sturmes überwunden, und die Lichter der Insel erglänzten in der Entfernung von einem halben Kilometer. Da – ein plötzlicher Krach, ein Schrei –, die Schraube war mit einem kanonenschußähnlichen Knall gebrochen. Lyrika stürzte, der Sturm wirbelte sie herum, sie verlor die Besinnung, und die Wogen schlossen sich über ihrem Körper.

IX
Die geheimnisvolle Kiste

Kotyledo wartete im Empfangssaal des Ozeanbahnhofs auf Strudel. Seit Jahren brachte der um 5 Uhr 12 Minuten* eintreffende Zug den Direktor Strudel-Prudel unwandelbar mit sich. Heute geschah eine Ausnahme; der Zug traf wohl ein, aber ohne Strudel. Kotyledo beschloß zu warten und setzte sich an einen der Tische, von welchem aus er die vorüberflutende Schar der Spazierschwimmer beobachten konnte. Es war eine bunte Menge, denn auch die in der äußeren Form ziemlich gleichmäßigen Taucheranzüge mit ihren runden Helmen hatte man geschmackvoll zu verzieren gewußt. Namenszüge und Embleme ließen die Besitzer erkennen. Der Wirt des Hotels hielt gezähmte Delphine, und manchen Touristen sah man sich dieses sagenberühmten Wesens als Reittier bedienen und als einen modernen Arion dahinfahren. Wer sich mit seinem Nachbar unterhalten wollte, verband zwei von den Taucherhelmen herabhängende Nebenleitungen, wodurch eine Verbindung hergestellt und ein Verkehr ermöglicht wurde, der durch die Stimme allein bei der verschlossenen Kopfbedeckung nicht ausführbar gewesen wäre.

Zug auf Zug fuhr in den Bahnhof, ohne daß Strudel aus einem derselben stieg. Weder der Zug um 5.17 Uhr noch der um 5.22 Uhr, noch einer der nächstfolgenden brachte ihn. Noch drei Züge wollte Kotyledo abwarten, und seine Ausdauer wurde belohnt. Um 6.07 Uhr traf Strudel ein. Kotyledo hatte ihn bald erblickt und eilte ihm entgegen. Zu seinem Erstaunen

---

* Die Zeitmaße sind zur Bequemlichkeit des Lesers überall auf die uns gewohnten reduziert.

fand er ihn nicht allein; zwei Arbeiter, mit Stricken, Beilen und Werkzeugen verschiedener Art ausgerüstet, begleiteten ihn.

Strudel begrüßte Kotyledo mit großer Freude.

»Vorzüglich«, rief er ihm durch seinen Schlauch zu, »daß ich Sie hier treffe. Eben war ich in Ihrer Wohnung, ich habe Sie auf der Oberwelt gesucht, wo Sie sich jetzt so hartnäckig versteckt halten. Daher meine Verspätung. Ich habe eine wichtige Arbeit vor, und Sie sollen mich dabei begleiten, mir helfen, wenn Sie wollen.«

»Mit dem größten Vergnügen«, entgegnete Kotyledo. »Ich begleite Sie, wohin Sie wünschen, und wenn ich Ihnen nützen kann, so soll es mich freuen. Übrigens war ich hierhergekommen, um meinerseits Ihre Hilfe, Ihren Rat zu erbitten.«

»Und warum?«

»Das erzähle ich Ihnen unterwegs. Doch was für Apparate haben Sie da mitgebracht? Welche Expedition haben Sie vor?«

»Es gilt«, sagte Strudel, »einen höchst merkwürdigen Fund zu heben, den ich gemacht habe. Zwischen Klippen, halb im Sande vergraben und mit Schaltieren besetzt, habe ich eine altertümliche Kiste auf dem Meeresgrunde gefunden. Sie hatte sich so fest zwischen die Felsen geklemmt, daß es mir allein nicht möglich war, sie sogleich frei zu machen. Deshalb habe ich mich heute mit Hilfe versehen, und Sie wollte ich um Ihre Begleitung bitten, weil ich glaube, daß Sie der Fund interessieren wird. Die Kiste ist wenigstens zweitausend Jahre alt, und ich bin überzeugt, sie wird höchst interessante historische Aufschlüsse gewähren; vielleicht enthält sie Dokumente von Wichtigkeit.«

»Wohlan«, sagte Kotyledo, »ich bin bereit und brenne vor Neugier, die geheimnisvolle Kiste zu öffnen. Aber wissen Sie auch, ob wir ruhige See behalten? Ich habe im Wetteratlas nicht nachgesehen.«

»Auch ich habe es versäumt.«

»Das ist schade. Doch wir wollen uns dadurch nicht stören lassen.«

»Vorwärts denn!« schloß Strudel.

Sie begaben sich auf den Weg. Kotyledo erzählte seine Schicksale und bat Strudel um seinen Rat. Dieser, der natürlich von der Existenz des Diaphots keine Ahnung hatte, war geneigt, an Sinnenstäuschungen zu glauben, und schlug Kotyledo vor, einen Arzt zu Rate zu ziehen. Vorher aber wollte er selbst einmal Kotyledos Wohnung aufsuchen, um womöglich einer Erscheinung Lyrikas beizuwohnen.

Nach Verlauf von zwei Stunden waren die Forscher an der Stelle angelangt, wo die Kiste lag. Sogleich machten sich die Arbeiter unter Strudels und Kotyledos Leitung daran, den Schatz zu heben und die Kiste von den sie festhaltenden Hindernissen zu befreien. Das ging nicht so leicht; ein Teil des Felsens mußte mit der Hacke abgesprengt werden, dann erst gelang es, die Kiste aus dem Schlamm und Sand, welcher die Zwischenräume füllte, unverletzt hervorzuziehen. Es war noch ein Glück, daß die Kiste auf diesen aus dem Schlamme hervorragenden Fels geraten war, sonst hätte man sie nie wiedergefunden. Die Kiste war zwei Meter lang, über einen halben Meter breit und ziemlich ebenso hoch. Strudel brannte vor Ungeduld, sie zu öffnen, aber unter dem Wasser ging es nicht an.

»Wir müssen den Fund nach der Küste schaffen«, meinte Kotyledo. »Aber wo finden wir das nächste Land?«

»Im Norden«, erwiderte Strudel. »Ich habe das schon vorgesehen und mich genau orientiert. In zwei Stunden können wir auf einer der Azoren sein.«

Der Marsch wurde angetreten und so sehr wie möglich beschleunigt. Strudel und Kotyledo selbst nahmen die Kiste zwischen sich, die freilich im Wasser kein großes Gewicht besaß. Der Meeresboden hob sich allmählich und zeigte die Nähe einer Insel an. Die Arbeiten zur Freilegung der Kiste und der Marsch hatten gut weitere drei Stunden fortgenommen. Es war völlig Nacht geworden, als sie der Oberfläche des Meeres sich näherten. Aber die Szene hatte sich geändert. Mehr und mehr kamen sie in eine vom Sturm aufgeregte See und mußten sich am Boden des aufsteigenden Ufers halten, um nicht willenlos hin und her geworfen zu werden. Die Kiste wurde noch mit Stricken an Handhaben befestigt und von den vier Männern mit Mühe getragen.

Jetzt war Kotyledo an die Oberfläche emporgedrungen und hatte sich durch die Brandung hindurchgearbeitet. Er befestigte das Seil, welches er hielt, an einer geeigneten Stelle oberhalb des Wassers; Strudel und die Arbeiter kletterten daran zu ihm empor; es galt jetzt, die Kiste nachzuziehen, was trotz ihrer vereinigten Anstrengungen längere Zeit hindurch nicht gelingen wollte. Endlich kam sie zum Vorschein. In diesem Augenblicke wurde, durch das Brausen der Wogen und das Heulen des Sturmes fast erstickt, ein kurzer Knall vernommen, und als die Männer den Strahl ihrer elektrischen Lampen auf die im Dunkel wogende See hinauswarfen, bemerkten sie einen weißen Gegenstand aus der Luft in das Meer fallen. Es mochte ein Mensch sein, der in der Luft vom Sturm überrascht worden war und jetzt in einer Entfernung von vielleicht fünfhundert Schritt mit den Wogen kämpfte oder vielmehr willenlos von ihnen hin und her geschleudert wurde. Rettung zu bringen schien unmöglich – auch wurde der Unglückliche von Wind und Wogen vom Lande abgetrieben.

Kotyledo zögerte nicht zu handeln. Er ließ sich in seinem Taucheranzuge an das längste der mitgebrachten Seile binden und nahm ein zweites mit sich. Die entschlossenen Männer, welche Strudel begleitet hatten, warfen ihre Taucheranzüge ab und legten die immer mitgeführten Flugmaschinen an. Dann faßten sie das Seil, an welchem Kotyledo hing, und indem sie es festhielten, vertrauten sie sich der Gewalt des Sturmes an. Strudel blieb im Schutze der Kiste zurück und hielt sich bereit, den etwa Zurückkehrenden hilfreich beizuspringen. Der Sturm erfaßte sofort die Fliegenden und warf sie aufs Meer hinaus, Kotyledo wurde in den Wogen fortgezogen. Jetzt aber setzten die Arbeiter ihre Luftschrauben in Bewegung und regelten ihren Lauf durch die Luft. Das Unternehmen war schwierig, aber es gelang ihnen, in die Nähe des Versunkenen zu kommen. Weithin leuchtete Strudel mit seinen elektrischen Strahlen über das Meer, die Fliegenden hielten sich über der Stelle, wo das weiße Tuch schimmerte, und Kotyledo bemühte sich, dasselbe zu erfassen. Endlich glückte es ihm – fest eingehüllt in das Tuch fühlte er einen menschlichen Körper, ob lebend oder tot, konnte er nicht entscheiden. Die Fliegenden wandten jetzt ihre Schrauben und arbeiteten dem Sturm entgegen, Kotyledo und den Geretteten mit sich fortziehend.

Zum Glück hielten ihre Luftschrauben aus, und ihren vereinigten Kräften gelang es, die Gewalt des Sturmes zu besiegen. Wieder erreichten sie das Land, wo Strudel Wache hielt, und nun war es den drei Männern möglich, Kotyledo und seine Last durch die Brandung ans Ufer zu ziehen. Sogleich wurde die Kiste auch vollends heraufgeschafft, und alle waren geborgen. Kotyledo warf seinen Taucheranzug ab. Er hob einen Zipfel des Tuches auf und beleuchtete mit seiner Lampe das Gesicht des Ertrunkenen. Es war Lyrika –

Die Insel Terceira war dicht bewohnt. Nicht weit vom Strande befand sich ein großes Hotel, in welchem die Reisenden mit ihren Gütern Aufnahme und für sich ausreichende Verpflegung fanden. Ein tüchtiger Arzt war sogleich zur Stelle, und an Lyrika wurden alle Wiederbelebungsversuche, welche die moderne Heilkunde bot, angestellt. Nach langer Bemühung schlugen sie an; die Verunglückte atmete wieder und lag bald wohlgebettet in tiefem Schlafe. Der Arzt beruhigte Kotyledo.

»Nach zwei Stunden«, sagte er, »habe ich die Dame völlig wiederhergestellt. Sie ist nur noch sehr ermüdet – scheint einen weiten Flug gemacht zu haben.«

In diesem Augenblick stürzte Strudel in den Salon, in welchem sich die beiden Herren befanden.

»Herr Arzt«, rief er, »ich brauche Ihre Hilfe noch weiter! Bitte, begleiten Sie mich – und Sie, Kotyledo!«

Der kleine Herr zitterte vor Aufregung. In der rechten Hand hielt er ein Päckchen Papiere, mit dem er in der Luft herumfuchtelte. So schleppte er seine Begleiter in sein Zimmer. Die Kiste stand auf dem Boden des Zimmers, der Deckel war offenbar erst mit Widerstreben gewichen; jetzt zeigte sich, daß die Kiste von Kupfer war. Aber in derselben stand eine zweite eiserne Kiste; außerdem hatte sich eine Blechbüchse darin befunden, welche Strudel zuerst geöffnet hatte und deren Inhalt er jetzt in der Hand hielt und den Herren unter die Augen breitete.

Es waren drei Schriftstücke in deutscher Sprache, in den altertümlichen Schriftzügen vom Ende des zweiten Jahrtausends. Das erste enthielt die amtliche Versicherung, daß dem Fleischermeister Friedrich Schulze zu Berlin von seiner Ehefrau Friederike, geborne Müller, am 20. April 1821 ein Sohn

geboren worden sei und derselbe nach Ausweis des Kirchen-
buches in der heiligen Taufe die Namen Friedrich Wilhelm erhalten habe. Es war also ein Taufschein von Friedrich Wilhelm
Schulze zu Berlin.

Das zweite Dokument lautete folgendermaßen:

An Bord der Nirwana,
den 30. Juli 1876
Zur Aufklärung aller Mißverständnisse, welche etwa daraus
hervorgehen könnten, daß durch die Wirren späterer Zeit
mein gegenwärtiger Entschluß vergessen werde, soll man folgende Erklärung meinem mumifizierten Körper beigeben:

Ich, Friedrich Wilhelm Schulze, wohnhaft Potsdamer Straße
... (Ziffern verwischt) in Berlin, Witwer, Rentier und Hausbesitzer, Sohn des verstorbenen Fleischermeisters Friedrich
Schulze, unbestraft, im Besitz der bürgerlichen Ehrenrechte
und eines Vermögens von 280000 Mark 4 Pf., befand mich zum
Besuche der Zentenial-Ausstellung in Philadelphia, woselbst
ich Herrn Doktor Carl Müller kennenlernte, welcher im Begriff
war, seine Entdeckung über die Mumifizierung und Wiederbelebung organischer Körper zu veröffentlichen. Derselbe teilte
mir als schon längst bekannt mit, daß es Organismen gebe,
welche, Jahre lang eingetrocknet, doch wieder zum Leben gebracht werden könnten. Er hat nun seine Versuche auf höhere
Organismen ausgedehnt und es fertiggebracht, eine vollständige Erhaltung derselben zu ermöglichen. Es wird das Blut
ausgepumpt, sofort eine von ihm erfundene und mir nicht näher bekannte antiseptische Lösung eingespritzt, welche die
feinsten Adern und Kapillargefäße durchdringt, und die Haut
selbst mit der Lösung getränkt. Der so präparierte Tierkörper
hält sich beliebig lange Zeit und kann durch ein im Anhang
näher beschriebenes Verfahren jederzeit wieder zum Leben
erweckt werden, so daß der Lebensprozeß gerade so fortgesetzt wird, als wäre er gar nicht unterbrochen gewesen. Nachdem ich mich an Kaninchen, Hunden und einem Pferde von
der Zuverlässigkeit der Methode des Herrn Doktor Müller
überzeugt hatte, bat ich denselben aus eigenem Antriebe, den
Versuch an mir selbst zu machen. Endlich hat Herr Doktor
Müller nachgegeben; er begleitete mich nach Europa und wird

die Mumifizierung während der Überfahrt an Bord der »Nirwana« vornehmen. Man wird mich alsdann in einem eigens dazu konstruierten eisernen Kasten verwahren, welcher in Berlin noch von einem goldenen umgeben werden soll. Dies soll geschehen, damit ich bei meinem Wiedererwachen nicht ohne Subsistenzmittel bin, und zwar soll dazu die Summe von 130000 Mark verwendet werden. Den Rest meines Vermögens habe ich bereits, um alle juristischen Bedenken zu vermeiden, von Philadelphia aus meinen beiden Kindern Wilhelm Carl und Wilhelm August Schulze geschenkt.

Ich erkläre nochmals, daß ich auf mein Verlangen und ohne fremde Beeinflussung einbalsamiert wurde, und bestimme, daß genau zweihundert Jahre nach meiner Mumifizierung, am 1. August 2076, ich durch die derzeitigen medizinischen Autoritäten wieder lebendig gemacht werde. Bis dahin soll ich in meiner Familie sorgfältig aufbewahrt werden.

Da es für mich gleichgültig ist, ob ich meine zehn bis zwanzig Jahre jetzt oder später noch ablebe, so ziehe ich's vor, lieber im einundzwanzigsten Jahrhundert zu existieren, wo alsdann die Mietspreise vielleicht wieder mehr gestiegen sind.

Friedrich Wilhelm Schulze
Hausbesitzer und Rentier

Hieran schloß sich eine Anweisung, wie durch Transfusion von lebendem Blut, künstliche Atmung, elektrische Behandlung usw. der stillstehende Organismus wieder in Bewegung versetzt werden könnte.

Das dritte Aktenstück lautete:

An Bord der Nirwana,
8. August 1876
Nachdem ich Herrn Friedrich Wilhelm Schulze nach allen Regeln der Kunst auf sein Verlangen mumifiziert und in den eisernen Kasten gelegt habe, sehe ich mich genötigt, ihn, ohne mein Versprechen zu erfüllen und ihn nach Berlin bringen zu können, dem Meere und einem unbestimmten Schicksal zu übergeben. Unser Schiff brennt in Folge einer Explosion. Wir sind gezwungen, dasselbe zu verlassen; Schulze mitzutransportieren ist trotz meines Verlangens als ganz unmöglich vom

Kapitän zurückgewiesen worden. Ich schließe daher die Kiste noch einmal in eine Umhüllung von Kupferblech – noch habe ich eine Stunde Zeit – und übergebe sie dem Meere. Eine leere Tonne soll sie schwimmend erhalten – vielleicht findet der Verlassene einst Erlösung. Auch wir ergeben uns unserm ungewissen Schicksal.

Dr. Müller, praktischer Arzt

Kotyledo und der Arzt schüttelten staunend den Kopf. Dann riefen sie wie mit einem Munde: »Wo ist Schulze?«

Strudel hatte schon über der eisernen Kiste gearbeitet. Mit großer Mühe, aber auch mit großer Sorgfalt wurde jetzt der Deckel abgehoben. In Baumwolle vorsichtig verpackt, kam der Körper eines ältlichen Mannes in der Tracht des neunzehnten Jahrhunderts zum Vorschein. Völlig frisch, als wäre er eben entschlummert, sah dieser Mann aus, der zweitausend Jahre auf dem Grunde des Meeres gelegen hatte. Der Arzt beugte sich über ihn und betrachtete ihn sorgfältig.

»Bis ins kleinste Detail erhalten«, sagte er bewundernd. »Die Alten waren doch nicht so dumm, wie wir uns gern glauben machen möchten. Jede Zelle, jedes kleinste Gefäß, jeder Nerv ist genauso, wie er zu Lebzeiten dieses Mannes war – die stoffliche Zusammensetzung ist unverändert, nur die organische Bewegung fehlt. Es ist eine Uhr, die vor zweitausend Jahren stehengeblieben ist. Dieser Biedermann wollte sie schon nach zweihundert Jahren wieder aufziehen lassen – er hat den Termin verschlafen. Nun, wir wolles es heute versuchen; ich hoffe, es wird gelingen, die Uhr wird wieder gehen.«

Inzwischen war es Morgen geworden. Aber Strudel ließ dem Arzt keine Ruhe, er sollte gleich die Wiederbelebung versuchen. Der Arzt erklärte sich bereit, er holte die nötigen Apparate. Die Anweisung des Doktor Müller brauchte er nicht erst nachzulesen, er wußte, was er zu tun hatte. Strudel bereitete alles nach seinen Anordnungen vor. Während dieser Vorbereitungen entschlummerte der erschöpfte Kotyledo im Lehnstuhl.

Nach zwei Stunden erwachte er wieder vom Lärm einer Stimme, die mit Ungeduld wiederholt das Wort »Kaffee!« rief. Er schlug die Augen auf und sah den wieder zum Leben gebrachten Herrn Schulze im Zimmer stehen und nach Kaffee verlangen, während Strudel und der Arzt ihn zu beruhigen suchten, aber offenbar nicht wußten, was er wolle.

Kotyledo sprang auf. »Kaffee!« Er lachte. »Ja, mein Herr, den werden wir wohl nicht gut schaffen können; Kaffeebohnen finden Sie nur noch in meinem Botanischen Garten.«

Er erklärte Strudel und dem Arzt, daß der Fremde ein Getränk verlange, das man früher nach dem Erwachen zu trinken pflegte. Da wußte der Arzt bald Abhilfe; er braute aus seinen Medikamenten eine Essenz zusammen, und Schulze gab sich zufrieden, da ihm gesagt wurde, der Kaffee sei jetzt nicht anders zu haben. Strudel stellte Kotyledo als denjenigen vor, dem die Rettung der Kiste zum großen Teile zu verdanken sei. Schulze ließ sich nicht abhalten, seinem Retter wiederholt die Hand zu schütteln, der nicht wenig über diese Zeremonie, deren freundschaftliche Bedeutung er nicht kannte, verwundert war. Übrigens konnte Kotyledo seinerseits nicht ahnen, welchen Glückswechsel er Schulzes Auferstehung zu danken habe; er wußte nicht, daß nun alle seine Not geendet sei; sonst hätte er wohl Schulzes Liebenswürdigkeit auf seine Art erwidert. Dieser verzehrte indes mit großem Appetit ein Gericht, das er für eine Trüffelpastete hielt. Hätte er freilich gewußt, daß die Ingredienzien dieser Pastete noch vor wenigen Tagen in einem Kalkbruche Zentralafrikas und einem Salpeterlager Südamerikas geruht, so hätte sie ihm bei seinen antediluvianischen Ansichten vielleicht minder gemundet.

Am vergnügtesten von allen schien Strudel; er freute sich wie ein Kind und hätte am liebsten den verwunderten Schulze, mit dessen Auffindung ihm ein Lieblingswunsch erfüllt war, unter eine Glasglocke gesetzt wie einen Frosch ins Aquarium. Eine Stunde später befanden sich vier Personen in einem bequemen und geräumigen Luftwagen, der mit großer Geschwindigkeit Lyrikas Wohnung zuflog. Es waren Lyrika, Kotyledo, Strudel und Wilhelm Schulze.

Schulze konnte sich nicht genug wundern über alles, was er sah – aber er hatte auch allerlei auszusetzen. Namentlich schien ihm das Luftschiff gar nicht recht geheuer, und er hätte eine Berliner Droschke sogar vorgezogen.

Zunächst erzählte Lyrika ihre Abenteuer. Kotyledo wurde

zornig. »Dieser Atom!« rief er. »Ist er es nicht, der sich über jedes Gesetz hinwegsetzt, der das Geschick zu bezwingen hofft? Aber er soll mir und dir Genugtuung geben!«

Glücklich war er, daß Lyrika lebte, daß ihre gespenstische Erscheinung wieder schöne Wirklichkeit geworden war; ja, er vergaß in der Freude des Wiederfindens ganz das dunkle Verhängnis, das über ihm und ihr waltete, und gab sich allein dem Glücke hin, bei der Geliebten zu sein.

»Was Sie da alles erzählen«, sagte Schulze, »davon glaube ich kein Wort; am allerwenigsten glaube ich die Geschichte von dem unsichtbaren Spiritus, oder wie Sie das nennen. So einen unsichtbaren Menschen müßte ich erst sehen, ehe ich daran glaubte. So etwas gibt es gar nicht.«

»Hier haben Sie mein Taschentuch«, sagte Lyrika lachend, indem sie ihre Hand hinhielt.

Schulze griff danach und fühlte wirklich ein ordentliches vollwiegendes Taschentuch. Er breitete es auf seine Hand, hielt es vor die Augen – vergebens, zu sehen war nichts –, aber das Gefühl mußte ihn überzeugen, es war wirklich ein Taschentuch.

»Na«, sagte er, »das ist ja wohl so; aber für einen gewöhnlichen Menschen ist das wohl nicht zu brauchen, wenn er den Schnupfen hat.«

»Nu glaube ich alles«, murmelte er einige Zeit darauf und saß dann stumm und nachdenklich da; allmählich wagte er auch, auf die Erde hinabzublicken, wo jetzt Frankreichs Städte, Flüsse und Berge unter ihm dahinglitten.

Jetzt aber, als Kotyledo Schulzes Geschichte erzählt hatte, kam die Reihe des Erstaunens an Lyrika. Immer und immer ließ sie sich die Einzelheiten wiederholen und befragte die Dokumente, die ihr Strudel reichen mußte, bis sie plötzlich mit einem Ausruf des Entzückens Kotyledo um den Hals fiel.

»Kotyledo«, rief sie, »mein Geliebter, wir sind gerettet, ich werde die Deine!«

»Lyrika, was sagst du?«

»Ja, Kotyledo! Funktionatas Rechnung ist wertlos, sie hat keine Geltung, denn ihre Annahmen sind falsch. Sie hat vorausgesetzt, daß unser gemeinschaftlicher Ahnherr gestorben ist. Er lebt aber noch, denn es ist kein anderer als der Rentier und Hausbesitzer Friedrich Wilhelm Schulze aus Berlin, den wir hier gesund und munter vor uns sitzen sehen.«

Und sie fiel dem alten Herrn um den Hals, küßte ihn und nannte ihn »lieber Großpapa«, und er ließ sich alles wohlgemut gefallen. Sie waren bei Lyrikas Wohnung angekommen.

»Morgen feiern wir unsere Vermählung«, sagte Kotyledo wieder. Diesmal hörte es Lyrika ohne Bangen vor der Zukunft.

»Und fürchtest du dich nicht vor Atom?« fragte Kotyledo sie.

»Oh«, erwiderte sie, »jetzt bin ich ja wieder sichtbar, da wird er es nicht wagen, mir nahe zu kommen. Auch verlasse ich mein Haus nicht mehr, außer ...«

»Außer mit mir – um bei mir zu bleiben«, schloß Kotyledo.

X
Eine Hochzeitsreise. Atoms Vulkan

Am frühen Morgen des folgenden Tages war in aller Stille vor dem dazu bestellten Beamten die Zeremonie vollzogen worden, welche Kotyledo und Lyrika für das Leben vereinte.

Strudel und Schulze hatten als Zeugen gedient. Propion und Funktionata waren zwar von dem Vorgefallenen sofort benachrichtigt worden, hatten aber nur ihre Glückwünsche geschickt. Der Brauch erforderte, daß eine Festlichkeit im Kreise der Verwandten und Freunde nach Verlauf der zehnten Pentade, am fünfzigsten Tage nach der Hochzeit, gefeiert wurde; bis dahin war das junge Paar sich vollständig selbst überlassen, und niemand kümmerte sich um dasselbe.

Schulze war Strudels dringender Einladung gefolgt, seinen Wohnsitz in seinem Hause aufzuschlagen, und Strudel bemühte sich mit rührender Sorgfalt, die altfränkischen Sitten des Wiedererstandenen zu modernisieren und ihn nach und nach mit den Vorteilen der Zivilisation des 39. Jahrhunderts bekannt zu machen. Ja, er brachte ihm sogar die Anfangsgründe des Fliegens bei, und gar zu gern hätte er Schulzes Gehirn in seinem Institut einer erziehenden Behandlung unterzogen, aber dazu hatte er den alten Herrn bis jetzt nicht bewegen können.

Lyrika und Kotyledo traten nach der Trauung ihre Hochzeitsreise an. Ihr erstes Ziel sollten die herrlichen Gärten von Rampur im Tale des Satledsch auf den Abhängen des Himalaja sein; es war dies einer der wenigen Orte der Erde, wo noch große Gartenanlagen gepflegt und erhalten wurden, und Kotyledo wünschte sehnlichst, diesen wundervollen Punkt Indiens seiner jungen Gattin zu zeigen. Auf dem Wege aber wollte er über Afghanistan fliegen und zum Zentraltunnel einen kurzen Halt machen, um Atom zur Rechenschaft zu ziehen.

Atom war am Tage nach der verunglückten Jagd auf Lyrika in die Saphirgrotte zurückgekehrt und arbeitete an neuen Plänen, seine Absichten durchzuführen. Am Abend begab er sich wieder nach Deutschland und erfuhr hier von Propion die völlig umgestaltete Sachlage, die Auffindung Schulzes und die bevorstehende Vermählung Lyrikas. Damit waren seine Pläne zusammengestürzt. Bis jetzt hatte er bei all seinen rücksichtslosen Maßnahmen sich dadurch vor sich selbst entschuldigt, daß er nach den Gesetzen des Weltlaufs handele; daß Lyrika und Kotyledo kein Recht hätten, einander anzugehören, weil das Geschick ihre Vereinigung nicht wolle und mit Verderben bedrohe. Jetzt war es auf einmal klar, daß Funktionatas Rechnung ohne Bedeutung sei, daß der Heirat zwischen den Liebenden kein Grund aus Naturgesetzen entgegenzustellen sei. Den mächtigen Bundesgenossen, die Notwendigkeit, hatte Atom verloren – er hatte kein Recht mehr zu handeln, es sei denn aus dem unbezwingbaren Trieb seiner Leidenschaft und seines Egoismus heraus.

Im Innersten gedemütigt und doch wieder gewillt, dem Schicksal sich nicht zu beugen, brachte Atom die Nacht unruhig zu. Am frühen Morgen flog er nach dem Zentraltunnel. Er wollte mit aller Kraft sich der Arbeit im Tunnel widmen – vielleicht kam ihm dabei ein Gedanke, was ihm noch zu tun bleibe, vielleicht konnte er sein aufgeregtes Gemüt beruhigen.

Nach seiner Ankunft im Tunnel begab er sich auf das Arbeitsgerüst im Grunde desselben. Dieses Gerüst schloß genau den Tunnel, es paßte in die Öffnung wie eine Kugel in den Lauf. Der untere Teil bestand aus dicken, kreisrunden Platinplatten, die durch starke Federn und schlechte Wärmeleiter getrennt waren und so das Gerüst vor den unregelmäßigen Stößen und der Hitze der aus dem Innern entweichenden glühenden Gase schützen. An den Seiten war dieser Arbeitsraum ebenfalls geschlossen und nach oben durch eine Chresimkuppel gegen etwa in den Tunnel stürzende Gegenstände gedeckt. Zehn Arbeiter, die sich von Stunde zu Stunde ablösten, konnten in diesem Hohlraum tätig sein. Durch den Boden der Arbeitskammer führten die Röhren, durch welche der flüssige Sauerstoff unter ungeheurem Druck ins Innere der Erde gespritzt wurde. Dieser Röhren waren zehn; fünf von ihnen, welche auch Zweigleitungen in die Nebenräume des Tunnels abgaben, liefen gesondert voneinander an den Wänden des Tunnels entlang und besaßen an verschiedenen Stellen Hähne zum Absperren des Oxygens; die fünf übrigen, die eigentlichen Arbeitsröhren, waren in ein gemeinschaftliches Rohr eingeschlossen und trennten sich erst im Innern der Arbeitskammer. Sie waren nur hier, im Innern der Arbeitskammer, verschließbar.

Als Atom auf dem Grunde des Tunnels in der Arbeitskammer ankam, fand er den Bau nur wenig fortgeschritten und nicht mehr als zwei der kleineren Leitungen in Tätigkeit. Atom stellte den Werkführer zur Rede, aber dieser machte darauf aufmerksam, daß der Druck des glühenden Erdinnern sich seit gestern unter der Arbeitskammer außerordentlich verstärkt habe und die gehäufte Ansammlung der Gase keine stärkere Sauerstoffzufuhr vertrage. Man müsse mit der größten Vorsicht arbeiten und dürfe höchstens zwei Leitungen fließen lassen. Aber diese Langsamkeit war durchaus nicht nach Atoms Sinn. Er tadelte den Werkführer und öffnete sogleich noch zwei andere Nebenleitungen. »Wir müssen vorwärts«, sagte Atom, »diese Kammer hält auch einen größeren Druck aus; ich habe nicht Lust, drei Tage lang auf derselben Stelle liegenzubleiben, und werde auch noch den fünften Hahn öffnen.«

»Die Hauptleitung?« fragte ein Arbeiter, und alle sahen entsetzt auf Atom.

»Nein«, sagte dieser, indem er einen Blick auf das Manometer warf, »das werde ich allerdings weislich bleiben lassen; wir würden dann ohne Zweifel binnen einer Viertelstunde in die Luft fliegen. Aber die fünfte Nebenleitung.«

»Auch das ist zuviel«, rief jetzt der Werkführer entschlossen. »Wenn Sie dies tun wollen, so tun Sie es auf Ihre Gefahr und Verantwortung. Aber für diese Leute und ihr Leben ist mir die Fürsorge übergeben; ich protestiere gegen Ihr Verfahren, und wenn Sie dennoch dabei verharren, so verlasse ich mit denselben den Tunnel.«

»Dann gehen Sie, wohin Sie wollen«, rief Atom ärgerlich. »Die Hähne bleiben offen.«

Der Werkführer und die Arbeiter verließen die Kammer und entfernten sich eilig aus dem Tunnel. Die Flüssigkeit strömte aus den fünf Leitungen mit voller Gewalt in das Innere, und die festgebaute Arbeitskammer zitterte unter dem Druck der unter ihr gärenden Gase.

Atom war dieser Kampf mit den Elementen gerade recht; er war ganz in der Stimmung, den gesamten Erdball zu zersprengen, und sollte er auch selbst mit in die Luft gehen. Mit Spannung beobachtete er das Steigen des Manometers und das ziemlich rasche und tiefere Einsinken der Arbeitskammer, welche den Tunnel aushöhlte. Er blickte auf den Haupthahn, welcher die fünf übrigen, jetzt nicht in Tätigkeit versetzten Röhren verschloß.

»Wenn ich diesen Hahn aufdrehe«, sagte er zu sich, »was wird geschehen? Der innere Druck wird dann binnen einer Viertelstunde alle künstlich erreichbaren Kräfte übersteigen und diese Kammer in die Höhe schleudern. Dieser vierzig Meilen lange Tunnel würde gerade wie der Lauf einer Riesenkanone wirken, und diese Arbeitskammer würde das Projektil darstellen. Unter der fortwirkenden Spannkraft der Gase würden wir sicherlich eine Geschwindigkeit von dreißig und mehr Kilometern in der Sekunde bekommen; eine solche von vierundzwanzig würde schon genügen, uns so hoch zu schleudern, daß wir aus dem Anziehungsbereich der Erde hinaus in das der Sonne gelangten; unsere Richtung würde unter Berücksichtigung der Zentrifugalkraft der Erde gerade nach ihr hinweisen. Das Resultat ist klar; wenn ich diese Leitung öffne, so werde ich mich samt diesem Arbeitsraum und allem, was darinnen ist, nach einer Viertelstunde auf dem direkten Wege zur Sonne befinden. Es wäre vielleicht gar nicht so übel, diese Reise anzutreten. Was habe ich eigentlich noch hier zu suchen? Und es wird sicherlich Leute geben, die mir guten Weg wünschen.«

Seine Betrachtungen wurden durch ein Telegramm unterbrochen, welches vom Ausgange des Tunnels an ihn abgesandt wurde. Ein Herr sei eben angekommen und wünsche ihn in einer dringenden Angelegenheit sofort zu sprechen.

Atom antwortete, es sei ihm unmöglich, die Arbeit zu verlassen, er ließe den Fremden bitten, ihn im Tunnel aufzusuchen.

Weiter und weiter zischten die Röhren ihren Inhalt in den siedenden Abgrund. Atom sah sich nun doch genötigt, eine der Röhren zu schließen, da der Druck zu groß zu werden drohte. Eine halbe Stunde verging, dann öffnete sich die Tür der Chresimdecke, und Kotyledo schwebte in die Arbeitskammer.

Die Herren begrüßten sich förmlich.

»Sie werden wissen«, begann Kotyledo, »was mich zu Ihnen führt. Meine Frau – Lyrika – erwartet mich in der Nähe des Tunnels. Ich ersuche Sie, mich zu begleiten und Ihr unverzeihliches Betragen von vorgestern vor ihr zu rechtfertigen.«

»Und wenn ich mich weigere?« fragte Atom.

»Ich hoffe, daß Sie dies nicht tun werden. Ihre Handlungen und Ihre uns wohlbekannten Absichten sind straffällig. Wenn ich dieselben vor das öffentliche Gericht bringe, so werden Sie Ihrer bürgerlichen Stellung verlustig gehen.«

»Das ist möglich«, sagte Atom, indem er seine Hand nachlässig auf den Haupthahn der Leitung legte.

»Dies ist jedoch nicht meine Absicht«, fuhr Kotyledo fort. »Die Folgen jenes Tages sind, allerdings gegen Ihren Willen, für mich so außerordentlich glückliche gewesen, daß ich gern bereit bin, Milde walten zu lassen und Vergessen zu üben. Ich verlange nur, daß Sie sich dazu verstehen, meiner Frau gegenüber eine Versicherung abzugeben, daß Sie Ihre Handlungsweise bedauern und Ihre Verzeihung erbitten.«

»Sie sind allerdings sehr gütig«, entgegnete Atom scharf. »Ich sehe mich aber leider nicht in der Lage, Ihrem Wunsche zu entsprechen. Mein Verfahren war vorgestern noch berechtigt, vollständig berechtigt, nach allem menschlichen Ermessen. Ihre jetzige Frau existierte überhaupt nicht, und Sie werden mir zugeben, daß ein unbekanntes und unsichtbares Objekt als Gegenstand wissenschaftlicher Forschung von jedem in Anspruch genommen werden kann, der sich dessen zu bemächtigen imstande ist. Mir ist es leider nicht gelungen; Sie haben mehr Glück gehabt. Aber einen Grund, weshalb ich meine Handlungsweise entschuldigen sollte, kann ich nirgends erkennen.«

»Ich rate Ihnen«, rief Kotyledo zornig, »mäßigen Sie den Ton Ihrer Rede. Sie werden sonst Ihre höhnenden Worte bereuen.«

»Sparen Sie Ihre Erregung, verehrter Herr Kotyledo, ich bereue überhaupt nichts.«

»So werden die Gerichte entscheiden.«

Atom lächelte. »Die Gerichte können entscheiden, aber Kläger und Verklagte werden sich nicht mehr darum kümmern. Sie müssen nämlich wissen, daß ich mit Ihnen eine kleine Vergnügungsreise nach der Sonne anzutreten gedenke. Wenn ich diesen Hahn öffne, so werden die aus dem Erdinnern strömenden und aufgeregten Gase binnen einer Viertelstunde diesen Salon, in welchem wir uns befinden, gegen die Sonne sprengen. Ich werde jetzt den Hahn öffnen.«

»Sie werden es nicht wagen.«

»Ich habe es gewagt.«

Die Gase zischten, die Platinplatten zitterten – es war ein Riesenkampf zwischen Kälte und Hitze, der hier gekämpft wurde und aus welchem die letztere als Siegerin hervorgehen mußte.

Kotyledo begriff die volle Gefahr, in der er schwebte. Schon oben war er gewarnt worden, in den Tunnel zu steigen. Was sollte er tun – sich auf Atom stürzen? Die Hähne zudrehen? Es war nicht anzunehmen, daß er Sieger bleiben würde. Flucht, schleunige Flucht war das einzige, was ihn retten konnte – wenn es nicht schon zu spät war. Diese Überlegung war das Resultat eines Augenblickes. Er flog in die Höhe.

»Nicht so«, rief Atom, »Sie bleiben hier.« Und er sprang auf ihn zu. Aber da er seinen Flugapparat abgelegt hatte, konnte er Kotyledo nicht mehr erreichen, der schon an der Decke schwebte und jetzt den Arbeitsraum verließ, um mit größter Anstrengung seiner Maschine den Tunnelausgang zu gewinnen.

»Noch entgehst du mir nicht«, murmelte Atom. »Zwanzig Minuten brauchst du wenigstens, um die vierzig Meilen des Tunnels zu durchfliegen; sobald die Explosion erfolgt ist, was binnen zwölf Minuten geschehen muß, wird ihn mein Geschoß in zehn Sekunden durcheilen. Ich treffe dich noch!«

Er kreuzte die Arme über der Brust und lehnte sich stumm zurück; sein Puls schlug rascher, und seine Augen funkelten unheimlich; unverwandt beobachtete er das Manometer, das höher und höher stieg.

»*Gegen das Weltgesetz!*« sagte er dann leise. »Ja, ich bin es jetzt, der ihm Trotz bietet – meine letzte Tat ist getan, es habe seinen Lauf!«

Kotyledo flog mit der größten Geschwindigkeit aufwärts, die seine Schraube gestattete, dennoch mußte er sich sagen, daß die Explosion ihn noch im Tunnel erreichen müsse. Da kam ihm ein Gedanke. Er stürzte sich auf die nächsten Hähne der Sauerstoffleitung, die er zu erreichen vermochte, und drehte sie zu. Es waren freilich nur die Hähne der Nebenleitungen, die er abzusperren vermochte; die wichtige Hauptleitung blieb ihm unzugänglich. Aber er konnte sich sagen, daß er Zeit gewonnen habe; der Zufluß war doch vermindert – noch elf Minuten, und er war gerettet. Die Tunnelwände schossen an ihm vorüber, die an den Seiten angebrachten elektrischen Lampen bildeten eine einzige Lichtlinie für seine rasende Bewegung – da leuchtete der erste Strahl des Tageslichtes von oben, und wenige Sekunden später schoß er aus der Öffnung des Tunnels heraus.

Der Luftwagen mit Lyrika hielt in der Nähe; er sprang hinein, und ohne sich Zeit zur Erholung zu gönnen, lenkte er das Gefährt aus der gefährlichen Nähe des Tunnels.

Zwei Minuten darauf ertönte ein betäubender Knall. Es war die von der hinausgeschleuderten Arbeitskammer zusammengepreßte Luft, welche sich an der Öffnung des Tunnels ausdehnte und weithin alles niederwarf. Dann folgte eine Feuersäule, die mehrere Meilen hoch in die Lüfte stieg, Wolken von zertrümmertem Gestein mit sich führend. Von der Arbeitskammer konnte man natürlich nichts sehen – sie blieb verschwunden.

Der Zentraltunnel war zu einem feuerspeienden Vulkan

geworden, der einen seiner Steine bis in die Nähe des Luftwagens warf, in welchem Lyrika und Kotyledo im Schutze eines Felsenvorsprungs den ersten Stoß abwarteten. Lyrika hob ihn auf, es war ein glänzender Rubin von der Größe einer Kokosnuß. Atoms letzter Gruß – er flog zur Sonne.

Am Abend wandelten die Neuvermählten in den duftenden Gärten von Rampur; der Mond glänzte in den Fluten des Satledsch und auf den Schneegipfeln des Himalaja.

(1877)

Apoikis

Motto: Im Schoße der Götter

Tristan da Cunha, 28. Dezember 1881
Verehrter Freund! Fernab vom Wege des Weltverkehrs, im
südlichen Teil des Atlantischen Ozeans, schreibe ich Ihnen
heute auf einsamer Berginsel, wo ich der siebenundachtzigste
Bewohner bin und der achtundachtzigste wohl sobald nicht
ankommen wird, und ich täte vielleicht besser, hierzubleiben
und ein beschauliches Einsiedlerleben zu führen, als aus der
Gemeinschaft seliger Götter, die ich vor wenigen Tagen verlassen, wieder in das Barbarentum Europas zurückzukehren,
das meine Berichte verlachen wird. Ach, hätten Sie einmal den
Fuß in das Seelenschiff gesetzt, einmal vom ambrosischen
Tisch gegessen und, wie ich, wenigstens einen Blick in das intelligible Paradies geworfen! Sie würden gleich mir zwischen
stolzer Wonne und unstillbarer Sehnsucht nach dem Uner-
reichbaren schwanken. Doch Ihnen mit Ihrem zeitlichen Bewußtsein muß man ja in historischer Ordnung erzählen, wenn
Sie hören sollen.

Der Einladung Lord Lyttons folgend, hatte ich, wie Sie wissen, die Archäologie für einige Monate beurlaubt und mich
ganz der Reiselaune unseres generösen Freundes anvertraut.
Wir schwammen auf seiner Dampfjacht »Moonshine« unter
der Obhut des wackeren Kapitäns Clynch bei prächtigem Wetter in dem einsamen, selten besuchten südlichen Teile des At-
lantik. Am 11. Dezember 1881, mittags um 12 Uhr, als wir unter 28° 34' westlicher Länge (von Greenwich) und 39° 56' südli-
cher Breite uns gerade zum Frühstück setzen wollten, wurde
uns die Nähe von Eisbergen gemeldet. Bald tauchten nicht nur
einzelne helle Massen, sondern eine meilenlange hohe weiß-
glänzende Mauer vor unseren Blicken auf – das seltsame Phä-
nomen mußte untersucht werden. Während sich die »Moonshine« in sicherer Entfernung hielt, ruderten vier kräftige Ma-
trosen den Arzt des Schiffes, Mr. Gilwald, und mich nach den
glitzernden Kolossen hin. Je näher wir dem Gebirge kamen,
um so mehr bemerkten wir zu unserem Erstaunen, daß wir es

gar nicht mit schwimmenden Eismassen, sondern mit dem steilen Felsenstrande einer Insel zu tun hatten. Ein tief einge-schnittener Fjord eröffnete unserem Boote eine Einfahrt, und es gelang uns, einen passenden Platz zum Anlegen zu finden. Und nun überzeugten wir uns zu unserer Überraschung, daß das vermeintliche Eis nichts anderes war als eine Felsenwand von riesigen Kalkspat-Kristallen, die allerdings aus der Ferne mit ihren Reflexen im Sonnenlichte Eisbergen täuschend ähn-lich sah. Hierin lag jedenfalls der Grund, weshalb an dieser Meeresstelle auf der Karte zwar die Beobachtung von Eisber-gen, aber nichts von einer Insel verzeichnet war. Ich begann die Felswand, deren Höhe etwa hundert Meter betragen mochte, hinaufzuklettern, da die vorspringenden Kristalle das Unternehmen nicht sehr schwierig machten.

Kaum hatte ich den oberen Rand erreicht und einen Blick hinübergeworfen, als ich wie verzaubert stehenblieb, unfähig vor Erstaunen und Bewunderung, mich zu rühren. Die Fels-wand fiel, einem Riesenwall ähnlich, zuerst steil ab, dann aber ging sie in ein hügeliges Gelände über, das, im blühenden Grün eines reichen Pflanzenschmuckes prangend, sich all-mählich zu einer stillen Meeresbucht hinabsenkte. Hinter der Bucht erhoben sich neue Hügel, auf denen zwischen dem Grün der Lorbeer- und Olivenbäume die glänzend weißen Häuser und Paläste einer ausgedehnten Stadt aufstiegen, alles überragt von jenem Wunderbau der Akropolis, wie er einst die Stadt der Pallas Athene geschmückt hatte. Auf diesem entzük-kenden landschaftlichen Hintergrunde spielte sich das regste Leben ab; auf dem Meere Fahrzeuge von seltsamer Gestalt und Menschen, die über das Wasser zu huschen schienen, am Ufer eine zahlreiche Menge in lebhafter Bewegung, aber in Trachten und Formen, wie ich sie noch nie beobachtet. Nach den ersten Augenblicken regungslosen Hinstarrens suchte ich mich zu besinnen. Meinen Gefährten zuzurufen, getraute ich mich nicht, weil ich noch gar nicht an die Wirklichkeit des Gesehe-nen glaubte. Wie sollte diese bunte Welt, die einerseits ent-schieden an das griechische Altertum mahnte, andererseits aber wieder einen unbeschreiblichen, mit nichts vergleichba-ren Eindruck des Märchenhaften machte, wie sollte diese Welt in die Öde des Atlantischen Ozeans kommen? Während ich,

solcher Frage nachhängend, auf das seltsame Treiben zu meinen Füßen starrte, mochte ich wohl langsam auf dem Felsenwall fortgegangen sein, denn ich befand mich plötzlich vor einer zwar steilen, jedoch gangbaren Treppe, welche von der Höhe nach den Hügeln hinabführte. Jetzt begann ich doch zu zweifeln, ob ich mich ohne meine Gefährten in dieses unbekannte Reich wagen sollte, aber ehe ich noch mit mir einig wurde, tauchte ein Einwohner des Landes vor mir auf, der mich durch eine Handbewegung einlud, die Stufen hinabzusteigen. Dieser Aufforderung mußte ich Folge leisten – warum, das hätte ich nicht angeben können, aber die Einladung war zwingend wie der Wink einer Gottheit. Ich kann auch das Gefühl, das ich hatte, als ich gegen meine kurz vorher gehegte Absicht nun unbedingt und doch willig dem Unbekannten nachgab, mit nichts anderem vergleichen als mit der Stimme des Gewissens, das uns zu einer Handlung treibt ohne Wahl, es mag unsere Reflexion sagen, was sie will.

Der Bewohner des Landes, der einen leichten Mantel von einem goldglänzenden Stoffe über einem dicht anliegenden Untergewand trug, war von kleiner Statur, aber edler Haltung, eine Waffe konnte ich an ihm nicht bemerken; stolzen Ganges schritt er voran, während ich, gleichwie im Traume, machtlos ihm nachwandelte. Als wir an das Ufer der Meeresbucht gelangt waren, wendete er sich nach mir um (daß ich ihm gefolgt war, schien er mit absoluter Sicherheit zu wissen, denn er hatte sich während des zehn Minuten langen Weges nicht um mich bekümmert) und richtete eine Frage an mich. Die Sprache klang mir im ersten Augenblicke fremd, und ich hätte ihn vielleicht nicht verstanden, wenn nicht der hellenische Gesamtcharakter unserer Umgebung plötzlich den Gedanken in mir hätte aufleuchten lassen: Das ist Griechisch. Und als er seine Frage wiederholte, verstand ich sie auch, nur die ungewohnte Aussprache hatte mich stutzig gemacht. Er fragte mich, aus welchem Lande ich stamme und wie ich auf diese Insel gekommen sei, auch, ob ich wüßte, welche Stadt vor meinen Augen läge. Es schien mir, daß er wohl keine Antwort auf seine Fragen erwartete, sondern sie nur gestellt hatte, um sich von meinem Barbarentum zu überzeugen; denn als ich nach bestem Vermögen in klassischem Griechisch, freilich in ihm offenbar befremdlicher, aber doch verständlicher Aussprache Antwort gab, nahmen seine Mienen den Ausdruck freudigen Erstaunens an.

Er wurde plötzlich freundlich, reichte mir die Hand und sagte: »Willkommen in *Apoikis,* wer du auch seist; die Sprache der Hellenen bewahrt dir die Freiheit.«

Darauf nahm er vom Uferrande ein paar eigentümlich geformte Schuhe, die er mir reichte, während er ein gleiches Paar an seinen Füßen befestigte und damit aufs Wasser hinaustrat, als sei es festes Land. Ich stand natürlich höchst verdutzt da, unwissend, was ich beginnen sollte, etwa wie ein Feuerländer, dem man ein Opernglas reicht mit der Bitte, sich zu bedienen.

Der Apoikier lächelte und erklärte mir den Gebrauch der Anthydors, wie er die Schuhe nannte. Ich muß gestehen, daß ich ihn nicht ganz verstand, und ich kam mir immer mehr barbarisch diesem zivilisierten Hellenen gegenüber vor. Doch ersah ich so viel, daß die Sohlen, welche aus Metallstreifen zusammengesetzt waren, bei der Berührung mit dem Wasser dasselbe unter lebhaftem Aufbrausen so stark zersetzten, daß ein Einsinken unmöglich wurde. Ich faßte Mut, legte die Anthydors an und bewegte mich, von meinem Führer gestützt, zu Fuß über das Wasser, nicht ohne Bangen und Beschämung ob meiner Unkenntnis.

Ach, mein Stolz auf die europäische Kultur des neunzehnten Jahrhunderts sollte bald noch tiefer, ganz tief sinken. Ich sah jetzt, daß gleich uns viele andere über das Wasser gemütlich fortschritten, ich sah aber zugleich in ihren Händen Instrumente und rings um mich, auf dem Wasser, an den Ufern und an den Häusern Vorrichtungen aller Art, die mir gänzlich fremd waren. Ein Wilder, der eine unserer europäischen Hauptstädte betritt, kann vor allen Erfindungen der Neuzeit nicht dümmer stehen als ich vor den Kunstwerken der Apoikis.

Mein Führer bog aus einer Straße auf einen weiten Platz ein, als plötzlich aus dem uns umgebenden Gewühl von Menschen ein Mann, in ähnlicher Kleidung wie mein Begleiter, hervorstürzte und mir ungestüm um den Hals fiel. »Ehbert«, rief er auf deutsch, »wie kommst du nach Apoikis?«

Mein Führer trat nicht ohne Ehrerbietung vor dem Herankommenden zurück, während ich mich kurze Zeit besinnen mußte, wen ich vor mir habe. Denn das ungewohnte Kostüm befremdete mich. Dann erkannte ich zu meiner freudigsten Überraschung – nun raten Sie – unseren lieben Studienfreund Philandros, mit dem wir im Sommer achtzehnhundertzweiundsiebzig so herzerhebende Stunden in Heidelberg verlebten.

Jetzt war ich geborgen. Philandros erklärte sich zu meinem Gastfreunde – er ist hier eine höchst angesehene Persönlichkeit – und führte mich in sein Haus. Meine stürmischen Fragen beantwortete unser Freund mit seinem stillen, olympischen Lächeln, das Sie an ihm kennen. »Mit der Zeit«, sagte er, »sollst du erfahren, soviel du vermagst; nur halte dich maßvoll, willst du bestehen. Wir sind nicht wie ihr an die sinnliche Welt der Erscheinung gebunden – doch ich merke, daß du augenblicklich von einem phänomenalen Hunger gequält wirst.«

Er stellte mich seiner Gattin vor, einer graziösen, in Violett und Gold gekleideten Dame, die ich in dem Verdacht habe, daß sie bei meinem Anblicke das Lachen nur mit Mühe unterdrückte. In der Tat mochte mein Erstaunen über meine Umgebung bewirken, daß ich noch einfältiger aussah, als ich bin. Sie führte mich indes durch einen freundlichen Wink in ein weites Gemach, das als Speisekammer, Küche und Eßzimmer zugleich diente.

»Bei uns gibt es keine Bedienung«, sagte sie, »jeder bereitet seine Nahrung selbst.«

Eine zweite Handbewegung wies mich auf die Vorräte an den Wänden hin, die ich nicht kannte, auf die Geräte, deren Gebrauch ich nicht verstand – ich zuckte die Achseln, und Frau Lissara lächelte nun wirklich, nur ein klein wenig, aber ich sah es doch.

Philandros nahm einige Früchte und Fleischstücke, legte sie in eine Schale und goß eine Flüssigkeit darüber, die er Diapetton nannte, und die Berührung mit derselben vollbrachte in einer halben Minute die Wirkung eines trefflichen Bratofens. Vor mir stand ein garniertes Filet, dessen Genuß mir nicht nur vorzüglich mundete, sondern auch meine Seele in eine erhöhte Stimmung versetzte, mich von jeder Müdigkeit befreite und mir die Lust erweckte, einige der schwierigsten philosophischen Probleme zu lösen, wie man etwa bei uns zum Nachtisch Nüsse knackt.

Frau Lissara fragte mich, was die europäischen Damen für Ansichten über die Identität des ethischen und logischen Noumenons hätten und ob meine Frau an die Transzendenz oder die Immanenz des Gefühles glaube; und sie schlug die Hände über dem Kopfe zusammen, als ich ihr sagte, daß bei uns weder Ethik noch Logik in der Mädchenerziehung eine Rolle spielten.

»Auch nicht im Leben?« fragte sie.

Ihr Gatte ersparte mir die Verlegenheit der Antwort, indem er sich bereit erklärte, mir einige Aufhellung über die Verhältnisse von Apoikis zu geben. Was ich von seinen Ausführungen verstand, kann ich Ihnen nur ganz kurz skizzieren, soweit es überhaupt im Rahmen unserer Begriffe möglich ist.

Nach der Hinrichtung des Sokrates (399 vor Christi Geburt) verließ bekanntlich eine Anzahl seiner persönlichen Freunde, Gesinnungsgenossen und Schüler Athen. Gleich ihrem Meister erkannten sie, daß, nachdem der naive Glaube an die Unerschütterlichkeit der Volkssitte einmal gestört war, nicht das Zurückgehen auf das Alte, sondern nur die Erneuerung der Sitte von innen heraus zu helfen vermöge, daß aus dem Eingehen in das Bewußtsein des einzelnen und die Berechtigung der freien persönlichen Überzeugung der Fortschritt von engherziger nationaler Starrheit zu edlem Menschentum geschehen müsse. In der Absicht, an noch unbesiedelter Küste, sei es in Spanien oder in Afrika, ein selbständiges Staatswesen zu gründen, welches, nach den Grundsätzen ihrer Erkenntnis verwaltet, sich vollständig frei entwickeln sollte, rüstete ein begütertes Brüderpaar, Chairephon und Chairekrates, von Megara aus, wohin sie sich, wie bekanntlich auch Platon, zunächst begeben hatten, eine Anzahl von Schiffen, die mit allem versehen wurden, was zur Gründung einer Kolonie gehörte. Jedoch sollte diese Ansiedlung sich möglichst unabhängig stellen und nur auf ihre eigene Kraft bauen. Ein eigentümliches Geschick wollte es, daß hier in der Tat die Pflanzstätte eines neuen Menschentums gelegt wurde, denn nachdem die Expedition die Reede von Megara verlassen, hat kein Mensch auf dem Erdenrund mehr eine Kunde von ihr erhalten; die Ausgewanderten selbst und ihre Nachkommen sind von jedem Verkehr und Einflusse anderer Menschen und Völker abgeschnitten gewesen. Ich bin der erste, dem es gestattet ist, Kunde von jenen erhabenen Wesen nach Europa zu bringen, auf das sie mitleidig herabsehen.

Durch Stürme über die Säulen des Herkules hinausgetrieben, wurde die Expedition nach wochenlangen Gefahren bis an jene Felseninsel verschlagen, wo heute Apoikis steht. Hier fand sie Rettung. Der Fjord, in welchen auch unser Boot eingefahren war, windet sich weiterhin rückwärts und bildet das versteckte Binnenmeer, an dessen blühenden Ufern die Stadt Apoikis gegründet wurde. Das Land im Innern der Insel, sobald man die hohen Kalkspatmauern, die sie umgeben, überstiegen hatte, erwies sich als außerordentlich fruchtbar, das Klima milde und angenehm. Eine Bevölkerung von 7000 bis 8000 Seelen findet hier reichliche Nahrung, bei sehr geringer Arbeit. Eine größere Zahl von Einwohnern aber hat Apoikis niemals erreicht. Denn, wie mein Gastfreund sagte, das Glück eines Volkes besteht nicht in der möglichst großen Menge von einzelnen Zentren des Bewußtseins, sondern in der intensiven und gleichmäßigen Konzentration des Bewußtseins in jedem einzelnen Individuum.

Als ich ihn fragte, ob denn Apoikis nie an Übervölkerung leiden könne, da lächelte er und sprach: »Das kann ich dir schwer erklären. Wenn du die ganze Entwicklung unseres Kulturzustandes kenntest und die Tiefe unserer sittlichen Weltauffassung zu begreifen vermöchtest, dann würdest du einsehen, daß deine Frage zu jenen unberechtigten gehört, wie zum Beispiel, warum die Welt existiert, ob die Seele im Gehirn sitzt, ob die Tugend blau oder grün ist.«

»Erzähle nur unsere Geschichte weiter«, warf Frau Lissara ein.

»Als wir hierherkamen«, fuhr Philandros fort, »Schüler des Sokrates und Freunde des Platon, mit den Versen des Sophokles auf den Lippen und vor den Augen die Erinnerung an die Bilder des Phidias, im Herzen die Lehren des weisesten der Menschen, als wir hier ein sorgenloses Leben fanden, da bildeten wir eine kleine, aber glückliche Gemeinde philosophischer Seelen, und frei von jeder Nötigung, äußeren Gefahren entge-

genzutreten, richteten wir alle Kraft auf die harmonische Ausgestaltung unseres inneren Lebens, Vertiefung des Denkens,
Erziehung des Willens, maßvollen Genuß heiterer Sinnlichkeit. Zwei volle Jahrtausende verflossen, ohne daß ein Segel
am Horizonte von Apoikis aufgetaucht wäre. In dieser Zeit haben wir uns unter Bedingungen, wie sie die menschenerfüllte
Erde keinem Volke bieten kann, hier einer ungestörten, fortschreitenden Entwicklung erfreut. Was wir indessen erreichten, das könnt ihr nie und nimmer gewinnen, auch wenn eure
Kultur in gleichem Maße, wie in dem letzten Jahrhundert,
noch ein paar Jahrtausende emporstiege, denn ihr steht auf
ganz anderen historischen Grundlagen als wir. Hunderte von
Millionen wollen glücklich werden; dazu müßt ihr erst das Leben in mühseligem Kampfe erstreiten und dann in hundert
Millionen Herzen das Gefühl maßvoller Bescheidung wecken.
Das letztere könnt ihr vielleicht erreichen durch eine Religion,
welche die Gemüter fortreißt. Aber *leben* müßt ihr doch. Und
wie *ihr* gestellt seid, so kann die Linderung des äußeren Elendes auch nur erreicht werden durch äußere Arbeit, und darum
geht alle eure Kultur nur auf Machtentwicklung der Menschheit. Sie muß darauf gehen, weil ihr das Leben nicht anders zu
bezwingen vermögt. Die unsere aber verachtet und kann verachten die ungemessene Höhe, auf welche der Mensch durch
Bezwingung der äußeren Kräfte der Natur gelangen kann.
Denn sie hat erreicht die Tiefe, in welcher das Bewußtsein die
Welt der Erfahrungen gestaltet und in welcher ihr alles andere
von selbst zufällt. Ihr seht nur das Zifferblatt der großen
Weltenuhr und studiert den Gang der Zeiger; wir aber blicken
in das Räderwerk und auf die treibende Feder, die wir selbst
sind, und verstehen das Werk zu rücken. Euch trifft damit kein
Vorwurf, ihr konntet nicht anders vorwärts schreiten, denn wo
ihr es versuchtet, die Welt zu verachten und das Glück aus
dem Innern zu gewinnen, da riß euch immer die hungernde
Masse in den Zwang der Wirklichkeit, ehe ihr mit dem Bewußtsein der Gesamtheit in das Idealreich zu dringen ver-
mochtet. Ihr konntet die äußere Macht nicht entbehren. Um
sie zu gewinnen, mußtet ihr die Natur, die ihr verachten woll-
tet, wieder in eure Rechnung aufnehmen; ihr mußtet beobachten und sammeln, und nur durch Erfahrung könnt ihr die

Kenntnis gewinnen, die euch mächtig macht. Und darin müßt ihr fortfahren, ihr habt kein anderes Mittel, denn euer Denken ist nicht anders fähig, die Welt zu erkennen. Sie ist euch nur zugänglich in Raum und Zeit und Notwendigkeit, und so müßt ihr gehorchen.

Wir aber bedurften zwei Jahrtausende lang nichts von der Natur, als was sie uns von selbst schenkte. Hier gab es keine darbende und unwissende Menge, keine habgierige und übermütige Gesellschaft, keine Herren und Sklaven, sondern nur eine bescheidene Anzahl gleichmäßig harmonisch durchgebildeter, sich selbst beschränkender Menschen. Wir bedurften keiner Teilung der Arbeit und keiner Fachkenntnisse, wir begnügten uns mit dem, was jeder verstehen konnte. Und so kamen wir auf einem ganz anderen Wege als ihr zur Kultur, die ihr bei uns erblickt, und zu Erfindungen und Bequemlichkeiten, die ihr nicht kennt. Jetzt freilich seht ihr hier Prachtbauten und tausenderlei Verfeinerungen, aber jeder macht nur freiwillig, was er gerade kann und will, und wir sind jetzt so weit in der Kultur des Bewußtseins, daß jeder den Gesamtzusammenhang und sich selbst begreift, daß Pflicht und Wunsch in des Apoikiers Seele nicht mehr getrennt bestehen. Wir sind nicht Sklaven der Sitte, wie die Naturvölker, nicht Herren der äußeren Natur, wie die gesitteten Nationen Europas, wir sind nur Herren von uns selbst, Herren unseres Willens, Herren des Bewußtseins überhaupt, und darum sind wir frei. Uns stört keine Sorge um darbende Völker noch um eigennützige Tyrannen, wir haben keine Gesetze, denn jeder trägt das Gesetz in sich selbst. Wir haben keine Naturwissenschaft und keine Industrie in eurem Sinne, wir brauchen der Natur keine Geheimnisse abzulauschen und ihre Kräfte nicht in unseren Dienst zu zwingen. Die Entwicklung unseres Geistes, frei von dem Druck der europäischen Millionen, ging einen anderen Weg. Bei uns folgte auf Platon kein Aristoteles, keine Scholastik, kein Dogmatismus, so brauchten wir keinen Galilei, keinen Newton, keinen Darwin. Wir hatten keine Römerherrschaft, keine Völkerwanderung, kein Feudalsystem, so brauchten wir keine Revolution. Zu der Zeit, da Achaja römische Provinz wurde, da lehrte man bei uns, was euch Kant und Schiller offenbarten. Als die christlichen Märtyrer in den Gärten Neros brannten, da emanzipierte sich unser Denken von den Schranken der Sinnlichkeit und lernte seine Bedingungen im Absoluten kennen. Als in euren Klosterschulen die spärlichen Reste der Neuplatoniker studiert wurden, da hatte man bei uns die Metaphysik als empirische Wissenschaft begründet. Und während eure Metaphysiker sich luftige Wolkenbauten im unbeschränkten Reich der Träume errichteten, da hatten wir die inneren Wesensbedingungen des Bewußtseins erfaßt und das Geheimnis der Schöpferkraft uns angeeignet. Was ihr nun messend und wägend und rechnend an Entdeckungen und Erfindungen der Natur abringt, das schaffen wir, nachdem sich unser Verstand aus seinen Fesseln befreit und in Intuitivkraft gewandelt hat, aus unserem eigenen Selbst in freier Wahl. In unserer Welt besteht kein Gegensatz von Zwang und Freiheit. Wollen, Sollen und Können sind nicht mehr getrennt. Und das haben wir errungen durch die alleinige Pflege des wollenden, fühlenden und denkenden Bewußtseins. Ihr konntet es nicht, denn ihr mußtet Völker ernähren und Kriege führen.

In den äußeren Formen haben wir die Überlieferungen unserer Vorfahren festgehalten, soweit sie uns passend erschienen; schönere haben wir bei euch nirgends gefunden. Seit den letzten beiden Jahrhunderten, in denen, wenn auch selten, sich hie und da Schiffe in unseren Gewässern zeigten, haben wir uns auch um die Geschichte der übrigen Menschheit gekümmert. Wir senden alle zehn Jahre einen Erwählten nach Europa, die Zeitverhältnisse zu studieren. Ich war der letzte, der drüben war, und dabei lernten wir uns kennen. Wir verschweigen die Existenz unseres Staates, denn wir würden nicht verstanden werden und wollen nicht gestört sein.«

»Und fürchtet ihr nicht«, fragte ich, »daß Europäer euch entdecken, daß sie eure kleine Insel in Besitz nehmen und eure Freiheit unterdrücken?«

Mein Freund lächelte wieder. »Ich sehe«, sagte er, »du hast unser Wesen noch immer nicht begriffen. Frage dich doch, konntest du dem Winke des Apoikiers widerstehen, der dich zur Stadt führte? So wenig, als der Ehrliche das Unrecht zu wollen vermag. Deine Gefährten haben wir aufgegriffen, das Schiff selbst vorläufig weggenommen, um zum Vergnügen der Einwohner, welche die Stadt nicht verlassen, ihnen die fremden Barbaren zu zeigen. Wir werden euch wieder freigeben, ihr mögt nach Europa zurückkehren. Wir werden wollen, daß deinen Gefährten jede Erinnerung an dieses Land verschwindet; keiner wird imstande sein zu erzählen, daß er unsere Insel gesehen. Du allein magst eine Ausnahme machen. Du bist nicht Gefangener, sondern Gastfreund. Dich soll nichts binden; aber ich sage dir im voraus, daß dir niemand glauben wird. Aber auch dies möge sein: Laß die Kriegsflotte Englands vor unserer Insel auffahren, laß die Armeen Europas auf unseren Kalkspatwällen stehen – wir werden *wollen,* und kraft des Zusammenhanges alles Bewußtseins im Absoluten werden die Kommandierenden keinen anderen Befehl auszusprechen vermögen als den des Rückzuges.«

Ich mochte wohl ein sehr dummes Gesicht zu diesen Worten machen, denn mein Freund fuhr fort: »Ich sehe wohl, du kannst das Gesagte nicht fassen. Es ist dies ebenso, als wolltest du einem Indianerstamm klarmachen, daß er nie die weißen Männer aus Amerika vertreiben könne, weil die moralische Macht der Zivilisation die Besetzung jenes Erdteils unumgänglich erzwingt. Du kannst ihn nur überzeugen durch die physische Macht, indem du auf die Zahl der Kanonen und Gewehre hinweist. Du bist uns gegenüber in dem unzureichenden Fassungsvermögen des Indianers, so will ich auch deine Sprache reden. Wenige Minuten genügen, um unsere Insel mit einem Strome freien Äthers zu umziehen. Kein Körper kann diesen Strom durchdringen, in Atome aufgelöst, wird er fortgewirbelt werden. Granate und Panzerschiff verschwinden in ihm wie der Strohhalm in der Flamme.«

Ich schwieg. Das Mahl war zu Ende. Mein Freund führte mich durch die Stadt. Was ich staunend sah und erlebte, hoffe ich Ihnen mündlich zu erzählen, wie die Fahrt auf dem Seelenschiff, die psychische Schaukel, das Begriffsspiel und zahlloses andere. Im Hafen sah ich das große submarine Eilschiff, welches alle zehn Jahre unter der Oberfläche des Wassers nach Europa fährt. Die treibende Kraft ist auch hier die chemische Zersetzung des Wassers, diese selbst aber wird durch Ätherströme bewirkt; der nähere Mechanismus ist mir nicht bekannt. Zu Fahrten in der Nähe der Insel werden dreireihige Ruderboote gebraucht, die genau nach dem Muster der athenischen Trieren gebaut sind. Man betreibt diese Ruderfahrten als einen Sport. Dann führte mich mein Freund in das Haus, in welchem meine gefangenen Gefährten untergebracht waren. Man hatte es europäisch eingerichtet, aber die eine Seite offengelassen; dort standen die Apoikier in dichten Scharen und amüsierten sich über unsere Leute, wie wir uns über die Feuerländer im zoologischen Garten amüsiert hatten. Und ebenso verblüfft und verständnislos wie jene Wilden waren hier die Europäer. Lord Lytton las in einer alten Nummer des »Standard«, Kapitän Clynch trank Grog, Dr. Gilwald mikroskopierte ein hier gefangenes, unbekanntes Insekt. Ein Apoikier warf ihm ein kleines Rohr zu. Gilwald hielt es vor das Auge und an das Ohr, und da er nichts damit anzufangen wußte, warf er es fort unter dem Gelächter der Apoikier. Es war ein Noumenalrohr, das, auf den Nacken gelegt, die Raumvorstellung aufhebt und das intelligible All-Eins empfinden läßt.

Die Abschiedsstunde nahte. Lord Lytton wollte nach seiner Entlassung seine Reise nach dem südlichen Eismeer fortsetzen, ich aber bat, meine schnelle Rückreise nach Europa zu ermöglichen. Man lud mich ein, eine Triere zu besteigen, schlank und schön, wie sie schmucker kein Nauarch in des Perikles Zeit aus dem Piräus geführt hat. Sie hieß der »Odysseus« und trug das Bild des Dulders als Parasemeion am Vorderteil, in lebensvoller Schönheit in Holz geschnitzt. So mochte der verschlagene Mann auf der meerumflossenen Ogygia, dem Eilande der Kalypso, gesessen sein, wenn er, die Augen mit der Hand beschattend, sehnsüchtig über das Meer hinausblickte und die unnahbare Ferne suchte. Und wie die Phäaken den Odyseeus an Ithakas Strand, so setzten mich die Apoikier schlafend auf Tristan da Cunhas Küste aus und legten ihre Gastgeschenke neben mich: einen goldenen Syllogismusbecher mit Urteilswürfeln und die am Feuer der Götterinsel versengten Flügel meiner Psyche. Als ich erwachte, standen zwei nach Tran duftende Walfischjäger vor mir und versetzten mich durch einen Schluck aus der Rumflasche in die Welt der Sinne zurück, in welcher Sie wehmütig grüßt Ihr

R. Ehbert

(1882)

Prinzessin Jaja!

Es war einmal eine Prinzessin, die hieß *Jaja;* aber leider hatte es mit ihr einen Haken, und deshalb haben wir unsere Geschichte falsch angefangen. Eigentlich können wir gar nicht beginnen, denn der Haken war eben, daß die Prinzessin nicht wußte, *ob* sie war. Also fangen wir noch einmal von vorn an.

Es war also einmal eine Prinzessin, und die war *nicht.* Das ist aber auch noch nicht der richtige Anfang. Denn solange die Philosophen noch nicht klar darüber sind, was das wirkliche Sein wirklich sei und wie es mit dem Erkennen zusammenhänge, fragt es sich doch, ob die Prinzessin wirklich *nicht* war, oder ob sie bloß nicht *wirklich* war. Und da in den Märchen immer alle Dinge dreimal vorkommen und erst das dritte Mal die Sache gelingt, so sehen wir nicht ein, warum es nicht gleich mit dem Anfange auch so sein solle und erst der dritte Anfang der richtige werde. Und nun kommt er. –

Es war einmal ein Königreich, das hieß Drüberunddrunter, und dazu gehörte auch ein König, Namens Hähäh. Dieser König besaß eine einzige Tochter, die reizende Prinzessin Jaja, mit der es leider den Haken hatte. Und das war so gekommen.

Die Prinzessin hatte eine Patin, natürlich eine Fee, und zwar eine echte, die noch von den alten heidnischen Göttern stammte. Das sind nämlich die vornehmsten, und von diesen sind wieder diejenigen die gebildetsten, die ihren Stammbaum auf den Olymp zurückführen können. Mit der Mythologie aber stand die Prinzessin wie die meisten jungen Damen von siebzehn Jahren auf schlechtem Fuße wegen der vielen schwierigen Namen, und darum konnte auch Jaja die Fee Dysthymos Kräkeleia – so hieß die Patin – nicht gut leiden.

Als die Prinzessin nun ihren achtzehnten Geburtstag feierte, kam auch Dysthymos Kräkeleia als Gratulantin und brachte ihr zum Geschenk einen Abreißkalender vom vergangenen Jahre, den sie in einem Schnittwarengeschäft zubekommen hatte. Denn die Fee hielt viel auf Geschenke, die nichts kosteten, außer wenn sie für sie selbst bestimmt waren. Das ärgerte nun wieder die Prinzessin, und als sie mit Kräkeleia bei der Schokolade saß, sagte sie ganz trübselig:

»Ach, liebe Patin, mein Mythologielehrer versteht doch gar nichts. Neulich wußte er nicht einmal, wie Ihre werte Frau Mama hieß.«

Das war aber ein Stich, denn die Fee hatte keine Mama, sondern bloß einen Papa, und das war eben das Feine an ihr. Die Fee sagte also etwas gereizt:

»Nun, du solltest doch wissen, liebe Jaja, daß ich wie meine Schwester Pallas Athene keine Mutter habe. Wir beide rühmen uns, unmittelbar aus dem Götterkönig Zeus entsprungen zu sein.«

»So, so«, sagte Jaja, »Sie sind auch aus dem Haupte des Zeus entsprungen?«

»Das gerade nicht, aber aus einem Auge des Zeus.«

»Und wo befand sich denn dieses Auge?«

»Naseweises Ding!« rief die Fee aufgebracht. »Ein Hühnerauge war's, aus dem ich entsprungen bin, unter der kleinen Zehe saß es. Sehr übler Laune war der Götterfürst, denn er hatte damals gerade vergeblich der schönen Freya nachgestellt, die droben hinter Grönland im eisigen Norden haust. Da hatte er sich Schneeschuhe untergebunden, und davon war das Hühnerauge gekommen. Als nun Pallas Athene aus seinem Haupte sprang, da ernannte er sie zur Göttin des Wissens und Forschens, zur Herrin aller *berechtigten* Fragen, welche die Menschen stellen dürfen. Mich aber, als ich aus dem Hühnerauge sprang, ernannte er zur Göttin aller überflüssigen Fragen, zur Herrin der Rätselmacher, Steuerabschätzer, Polizisten und Metaphysiker. Und weil du so überflüssige Fragen gestellt hast, so verwünsche ich dich hiermit zur Strafe für deine Neugier. Und du sollst nicht eher einen Mann bekommen, bis du die unnützeste Frage der Welt gefunden und gelöst hast.«

Und damit verschwand Dysthymos Kräkeleia in Gestalt eines langen Fragezeichens.

Mit diesem Augenblicke kam ein großes Unglück über das Königreich Drüberunddrunter, es brach nämlich die Fragepest aus und gleich hinterdrein die Rätselseuche.

Daran war freilich Seine Majestät der König Hähäh selber schuld. Denn als er von der Verwünschung der Prinzessin hörte, war er gar nicht empört, sondern lächelte so allerhuldvollst, daß dem Großvezier zwei Westenknöpfe vor Wonne absprangen, und sagte:

»Wozu habe ich denn meine Professoren, meine Oberbrahminen, meine Veziere und Oberhofchargen, wenn nicht wenigstens einer darunter so dumm sein sollte, auf die allerunnützeste Frage zu verfallen? Und im Notfalle bin ich selber noch da.«

»Euer Majestät«, sagte der Großvezier, »bemerkten soeben allerhöchst scharfsinnig, daß Ihre königliche Hoheit die Prinzessin nicht nur die Frage, sondern auch die Lösung derselben muß finden können.«

»Sehr richtig«, entgegnete der König, indem er den Würdenträger allerhöchsteigenfüßig auf den Rock klopfte, »dazu wird meine Tochter, die Prinzessin, schon klug genug sein. Aber die Frage, die Frage! Dazu gehört Dummheit, und die kann ich von meinen Beamten verlangen.«

Nun ließ der König eine Konkurrenz ausschreiben. Wer die überflüssigste Frage in der Welt stellte, der sollte soviel goldene Erbsen bekommen, daß er darauf spazieren gehen könnte; wenn aber die Prinzessin die Lösung der Frage nicht herausbekäme, so müßte er die Goldstückchen in den Stiefeln tragen.

Da zerbrach man sich in Drüberunddrunter die Köpfe, daß es drunter und drüber ging.

Der Oberhofwolkengucker, welcher das Wetter anzusagen hatte, ob die Prinzessin den Sonnenschirm, den *En-tous-cas* oder den Regenschirm nehmen sollte, stellte die erste Frage.

»Warum geht die Sonne immer rechts herum und nicht links herum?«

Die Frage wurde für genügend überflüssig befunden, doch die Prinzessin konnte sie nicht lösen, und so bekam der Oberhofwolkengucker die goldenen Erbsen, aber inwendig.

»Was ist eher, der Tag oder die Nacht?« fragte der Obernachtwächter. Da mußte er auch die goldverengten Stiefel anziehen.

Der Oberbrahmine fragte, warum die Welt geschaffen sei; aber er hatte gleichfalls kein Glück damit. Und da er nun Urlaub nehmen mußte, so fragte der Unterbrahmine, ob er nun Oberunterbrahmine oder Unteroberbrahmine wäre. Das wußte die Prinzessin erst recht nicht. Nun jagten sich die Fragen wie die Flocken im Dezemberwind. Ist es besser, zuerst den rechten oder den linken Strumpf anzuziehen? Ist die Tugend grün oder karmesingestreift? Was ist das Ding an sich? Wer hat den Heringssalat erfunden? Was ist ein Matschakerl? Warum nennt man die Kartoffeln nicht Haifisch? Aber keine Frage erhielt den Preis, entweder waren sie nicht überflüssig genug, oder die Prinzessin konnte sie nicht lösen. Da gab es in Folge der Goldstiefel bald soviel Hühneraugen in Drüberunddrunter, daß Kräkeleia ihre Freude daran hatte.

Endlich kam der Oberhofgrundsatzfabrikant auf die feine Idee, die Sache müsse viel besser gehen, wenn man sie umkehre und nicht mit der Frage beginne, sondern mit der Antwort. Und wenn man die hätte, nachher könne man ja die Frage danach einrichten. Eine solche Einrichtung aber nennt man ein Rätsel.

Da ging den Leuten in Drüberunddrunter auf einmal ein Licht auf und sie fingen an Rätsel zu machen nach Herzenslust. Und damit die Prinzessin die Rätsel auch rate, so hielten sie es für das Beste, sie alle auf den Namen der Prinzessin zuzuspitzen. Denn den müßte sie doch kennen, und wenn sie nur »Ja ja« sagte, so wäre das Rätsel schon geraten. Und dann wäre es immerhin eine erfreulich unnötige Frage, nach dem Namen der Prinzessin zu forschen, weil ihn doch jedermann schon wisse. Mit dieser Philosophie stieg die Rätselseuche auf ihren Höhepunkt. Der Oberhofhurrahschreier schrie zuerst:

»Kommt Silbe Eins vor Silbe Zwei,
So schreit vor Freude man Juchhei!
Doch kommt die Zweite vor der Ersten,
So möchte man vor Freude bersten.«

Das fand der König sehr gut.
Der Oberhofzoolog ließ sich ebenfalls hören und sprach:

»Drehst du es um, so ist's das faulste Wesen,
Von vorn kann es sogar ein Esel lesen.«

Er meinte nämlich, daß man Jaja auch J-a – J-a aussprechen könne, und dann gibt es umgekehrt das Faultier Ay-Ay.

Hierin erblickte jedoch der Staatsanwalt eine tendenziöse Zerstückelung und Körperverletzung des Namens der Prinzessin, und der unglückliche Oberhofzoolog wurde mit einer auf drei Jahre herabgemilderten Todesstrafe belegt.

Dies hielt die Bewohner von Drüberunddrunter indessen nicht ab, immer neue Rätsel zu machen. Die Kinder in der Schule, die Bettler vor den Türen, die Minister im Staatsrat und die Liebenden im Mondschein schmiedeten Rätsel. Die Geschäfte stockten, die Straßen veröderten, selbst die Eisenbahnzüge blieben stehen, weil die Lokomotiven anfingen, Rätsel zu fabrizieren. Das Königreich drohte zu verhungern, die Rätselseuche raffte Tausende dahin. Sechsunddreißig Millionen Rätsel waren eingeliefert und der König ließ sich eine neue Perücke machen, nur um sich vor Verzweiflung die Haare ausreißen zu können. Denn er wußte nicht, welches Rätsel das beste sei. Die arme Prinzessin aber mußte Tag und Nacht die Rätsel vorlesen und auf jedes »Jaja« sagen.

Das wurde ihr denn doch zu bunt. Deshalb ging sie zu ihrem Herrn Vater und sprach:

»Euer Majestät wollen geruhen zu bedenken, daß doch alle diese Rätsel eigentlich nur einunddieselbe Frage sind. Aber es ist gar nicht bewiesen, daß diese Frage auch die überflüssigste ist, denn sonst hätte mir die Fee Kräkeleia sicher schon ihr Zeichen gegeben.«

»Potz Blitz«, sagte Hähäh, und schlug sich vor seinen allerhöchsten Schädel, »da hast du Recht, meine Tochter.«

»Sehr wahr«, bemerkte der Großvezier. »Dies kann unmöglich die unnützeste Frage sein.«

»Das hab' ich mir gleich gedacht«, meinte der Unteroberhofbrahmine, »ich wollte es nur nicht sagen; aber wir waren offenbar auf dem Holzwege.«

Und nun sahen alle ein, daß sie einen kolossalen Unsinn ausgebrütet hatten. Der Staatsrat erließ ein Gesetz, daß bei Todesstrafe alles Rätselmachen von jetzt ab verboten sei. Die sechsunddreißig Millionen Rätsel wurden in einem großen Freudenfeuer verbrannt, und der Staatsanwalt fuhr im ganzen Lande umher und fahndete überall auf Rätsel. Aber natürlich fand er keines mehr. Der Oberhofgrundsatzmacher jedoch, welcher die ganze Sache angestiftet hatte, bekam die engsten Stiefel, die aufzutreiben waren, mit Gold gefüllt und mußte darin die Landesgrenze überschreiten.

Die Prinzessin war nun zwar die Rätsel los, aber im Übrigen war ihr nicht geholfen. Da ihr niemand im ganzen Königreiche die überflüssigste Frage der Welt zu sagen wußte, so fing sie an, selbst darüber nachzugrübeln. Oft schickte sie ihre Hofdamen fort und ging allein in dem großen, weiten Parke spazieren, der von einer unübersteigbaren Mauer umschlossen war.

Mitten in diesem Parke befand sich ein Hügel, darauf stand ein uralter Turm. Rings umher blühten die wilden Rosen und bunte Falter spielten um ihre Kelche. Hier wandelte die Prinzessin am liebsten, und ihre traurigen Augen glitten oft an dem grauen Gemäuer vorüber und an der seltsamen Gestalt, die vor der Tür des Turmes saß und mit weltfernem Blick in die Weite sah. Wenn aber die Prinzessin sich abwandte, so folgten ihr die Augen des Wächters, und es glänzte darin geheimnisvoll, wie wenn der Nachthimmel sich im dunklen Bergsee spiegelt.

In dem Turme hauste einsam und abgeschieden von der ganzen Welt der Oberhofkrondiamantenzerklopfer. Es lag nämlich unter dem Turm in einem festen Gewölbe der größte Schatz des Königreichs, wie es keinen zweiten gab auf der Erde. Das war ein funkelnder Diamant, rein und weiß, und so groß wie ein Menschenherz. Niemand durfte ihn sehen und niemand hatte ihn gesehen, auch der König nicht. Niemand auch konnte in das Gewölbe dringen, vor welchem ein Zauberschloß befestigt hing, und außerdem war es jedermann verboten, den Turm zu betreten oder mit dem Oberhofkrondiamantenzerklopfer zu sprechen. Und dieser durfte nichts wissen von dem, was in der Welt vorging. Denn wenn von den Stimmen der Menschen oder dem Geräusch des Tages etwas bis zu dem Stein gedrungen wäre, so hätte der Stein blind werden müssen.

In einer schlaflosen Nacht war nun aber dem König eingefallen, daß einmal der Feind eindringen und sich des Schatzes bemächtigen könne. Und da der König bei Nacht ein sehr kluger Mann war, so fiel ihm noch weiter ein, daß es das Sicherste

sei, jemand anzustellen, der nichts weiter zu tun habe, als darauf zu warten, daß einmal der Feind käme. Dann sollte er mit dem Zauberschlüssel, der an der Wand hing, das Gewölbe aufschließen und mit dem großen Hammer daneben den Stein in Stücke schlagen. Denn der Feind sollte auch seinen Ärger haben. Und deswegen hatte er das Amt des Oberhofkrondiamantenzerklopfers geschaffen.

Da aber niemand Oberhofkrondiamantenzerklopfer werden wollte, so ernannte er dazu seinen jüngsten Hirtenbuben. Der saß nun schon zehn Jahre in oder vor dem Turme und wartete. Weil er gar nichts zu tun hatte, so ging seine Seele in der weiten Welt spazieren, und weil er mit niemand sprechen durfte, so sprach er mit den Rosen am Hügel und mit den Wolken, die vorüberzogen, und in der Nacht mit den lichten Himmelssternen. Der Stein im Gewölbe aber durchstrahlte ihn mit einem unsichtbaren Lichte, und er wußte es nicht.

Als nun die Prinzessin eines Tages von dem Turm fortging, wandte sie sich einmal plötzlich um und sah, daß die Augen des Oberhofkrondiamantenzerklopfers auf ihr ruhten, und es war, als läge eine tiefe Frage in ihnen. Da dachte Jaja, daß es doch ihre Pflicht sei, auf alle Fragen zu achten, die sich ihr darböten, ob nicht etwa die überflüssigste dabei sei. So ging sie denn noch einmal am Turm vorüber; da sie aber den Jüngling nicht anreden durfte, so konnte sie ihn nur mit ihren Augen fragen; und der Jüngling sah sie wieder an, aber er sagte nichts.

Das ging nun so viele Tage lang. Immer häufiger wandelte die Prinzessin am Diamantenturm, und immer häufiger begegneten ihre fragenden Blicke den fragenden Augen des Oberhofkrondiamantenzerklopfers, und wenn sie beide wieder allein waren, zerbrachen sie sich den Kopf, was wohl die fragenden Blicke zu bedeuten hätten. Von dem vielen Gehen aber bekam die Prinzessin einen zarten Anflug von einem ganz, ganz kleinen Hühnerauge, und darüber war sie sehr glücklich. Denn erstens mußte sie dabei merkwürdigerweise immer an den Jüngling mit den dunkeln Augen denken, und zweitens hatte ihr die Fee Kräkeleia sagen lassen, wenn sie auf dem richtigen Wege nach der unnützen Frage sei, so werde sie es an ihren Zehen spüren.

Endlich faßte sich Jaja ein Herz, und in der Meinung, daß es ihr, als der Prinzessin, doch nicht gleich an den Kopf gehen würde, wenn sie das Gebot überträte, fragte sie den Oberkrondiamantenzerklopfer äußerst gnädig:

»Warum siehst du mir nach, wenn ich vorübergehe?«

Der Jüngling schwieg eine Weile ganz erschrocken; denn seit zehn Jahren hatte ihn niemand angeredet, und nun gar eine so schöne junge Dame; dann sagte er mit leiser, wohllautender Stimme:

> »Ich blicke dir nach, du Süße,
> Und tausend, tausend Grüße
> Send' ich dir zu von fern;
> Und danke betend wieder,
> Daß du uns stiegst hernieder
> Zu wandeln auf diesem Stern.«

Die Prinzessin errötete ein wenig. Aber da auf einmal eine zweite Zehe sie zu schmerzen anfing, blieb sie stehen und fragte:

»Weißt du denn nicht, wer ich bin?«

»Nein«, erwiderte der Jüngling.

»Willst du mich etwas fragen?« fuhr sie fort. Und da der Jüngling schwieg, setzte sie hinzu: »Ich bin die Prinzessin Jaja.«

»Woher weißt du das?« fragte der Jüngling.

Nun schwieg die Prinzessin höchlichst überrascht. Alles hatte sie schon im Stillen in Frage gestellt, Sonne und Mond und den König Hähäh und sogar ihr Schoßhündchen Fiffi. Aber ob sie selber sei, das war ihr noch nicht eingefallen zu bezweifeln.

»Alle Menschen sagen es«, erwiderte sie endlich.

»Mir sagt es niemand«, sprach der Jüngling. »Ich weiß nichts von einer Prinzessin Jaja. Ich weiß nur, daß ich etwas Liebliches sehe und höre, und daß mir jetzt wohler ist, als wenn ich mit den Blumen und Wolken und Sternen rede. Warum muß es außerdem noch eine Prinzessin Jaja geben? Hier ist mein Glück und sonst weiß ich nichts.«

»Aber ich bin doch da!« rief die Prinzessin und trat mit dem Fuße auf. Ach, das tat weh! Und nun war sie böse, daß der

Oberhofkrondiamantenzerklopfer an ihrer Existenz zweifelte. Sie drehte ihm den Rücken, ging mühsam nach Hause und zog sich Schlafschuhe an.

Aber schlafen konnte sie nicht. War sie vielleicht wirklich nicht da? Fast wollte es ihr so scheinen – es war alles ganz anders als sonst. So fern und fremd, als wenn es nicht zu ihr gehöre, als gehöre sie sich selbst nicht mehr. Und es war auch alles so gleichgültig, mit Ausnahme – ja mit Ausnahme – – Wenn sie nur morgen wieder ausgehen könnte!

Was klang so leise vor ihrem Ohr wie ein Sang aus weiter, weiter Ferne?

»Der Tag entschwand, die Dämmerschatten schleichen,
Und immer muß ich fern und einsam sein?
Nur meine Träume können dich erreichen –
    Ich bin allein.

Zum Rosenhügel sah ich einst dich schreiten,
Mein Glück entglomm aus deiner Augen Schein –
Warum entfloh es in verlor'ne Weiten,
    Und war doch mein?

Mit deinem Herzen brich die Raumesschranke,
Laß mich in meinem Dunkel nicht allein!
Tritt frei zu mir, du holder Lichtgedanke,
    Und bleibe mein!« – –

Das matte Ampellicht und der weiße Mondstrahl, der sich durch die Vorhänge schlich, schienen ein Zwiegespräch zu flüstern.

»Siehst du die Prinzessin Jaja?« fragte die Ampel.

»Nein«, sprach der Mond, »ich sehe nur den Jüngling am Diamantenturm, der zu mir heraufstarrt.«

»Im Vertrauen«, sagte die Ampel, »ich sehe sie auch nicht mehr. Es liegt da zwar so etwas, das so aussieht; aber ich blicke in ihre Seele, die ist nicht mehr da, sie ist auf deinen Strahlen zum Diamantturm gezogen.«

Die Prinzessin fuhr in die Höhe und klingelte.

»Der Oberhofbibliothekar!« herrschte sie die Kammerzofe an. »Er soll mir sofort den Gothaischen Hofkalender bringen!«

Da half nun nichts, der Oberhofbibliothekar, der glücklicherweise noch im Kasino saß, mußte heraus und auf die Bibliothek laufen. Zum Glück konnte er das Buch ausnahmsweise finden, denn es war das einzige Buch, welches die Bibliothek besaß, und so konnte er sich nicht irren.

Jaja riß ihm den Kalender aus der Hand und schickte ihn fort. Sie schickte alle fort.

»Ich will wissen«, rief sie aus, als sie allein war, »ob ich existiere oder nicht! Hier muß es stehen, oder ich kann es nicht beweisen.«

Sie suchte und blätterte die ganze Nacht. Die Sonne stieg empor, da war sie mit dem Buche zu Ende, aber das Königreich Drüberunddrunter, den König Hähäh und die Prinzessin Jaja hatte sie nicht gefunden. Eine schöne Redaktion!

Sie stand nicht im Gothaischen Hofkalender!

»Man kann es nicht beweisen«, rief sie unter Tränen, »daß ich wirklich bin. O Kräkeleia, existiere ich?«

Die Decke öffnete sich, Dysthymos Kräkeleia erschien und überreichte Jaja zwei große Filzschuhe.

»Die Frage hast du gefunden!« rief Kräkeleia hämisch lachend. »Nun magst du diese Schuhe tragen, bis dir auch die Frage gelöst ist, ob du existierst.«

Der König, welcher über diese Frage höchst entsetzt war, die Minister und sämtliche Gelehrten des Königreiches bemühten sich zu beweisen, daß die Prinzessin existiere – aber sie konnten sie nicht überzeugen. Die Schmerzen an den Füßen verschwanden nicht. Alle Mittel waren vergebens. Die Prinzessin wurde bleich und trübsinnig. Nur wenn sie sich in die Nähe des Turmes tragen ließ und dann ein paar Schritte zwischen den Rosen machte, atmete sie wieder auf und vergaß ihren Kummer. Aber sie wagte den Jüngling nicht mehr anzureden, nur ganz von der Ferne warf sie einen Blick auf ihn. Auch er sah so traurig aus!

»Was machen wir?« sagte der König zum Großvezier.

»Euer Majestät«, erwiderte dieser, »geruhten soeben allerhöchst richtig zu bemerken, daß Ihre königliche Hoheit die Prinzessin – heiraten müsse.«

»Sehr wahr«, sagte der König, »da habe ich wieder etwas sehr Gutes bemerkt.«

»Aber«, fuhr der Großvezier fort. »Ew. Majestät geruhten zu wissen, daß die Prinzessin keinen Gemahl bekommt, ehe nicht die bewußte Frage gelöst ist.«

»Sehr gut! Was sagte ich doch gleich weiter?«

»Daß es demnach in allen Königreichen auszuschreiben sei: Wem es gelinge, der Prinzessin Jaja von Drüberunddrunter zu beweisen, daß sie *existiere,* der solle die Prinzessin haben und das halbe Königreich dazu.«

»Das halbe?« fragte der König. »Sagte ich nicht ein Drittel?«

»Das halbe ist das Gewöhnliche«, meinte der Großvezier, »und wir können uns nicht lumpen lassen – sagten Ew. Majestät.«

»Nun gut denn!«

Alsbald drängten sich die Prinzen der benachbarten Königreiche am Hofe von Drüberunddrunter.

Der Prinz von Sensualien führte seinen Beweis mit großem Aufwande an Pracht und Schaukunst. Ein Orchester und ein Chor von tausend Stimmen brachten der Prinzessin ein Morgenkonzert; er meinte, wenn sie das höre, so werde sie doch wohl merken, daß sie da sei. Die Prinzessin aber sagte nur zu ihrer Dame: »Auf welchem Ohr klingt es mir?« Er sandte ihr drei Kubikmeter Rosen, aber die Prinzessin sagte nur: »Es riecht nach dem Demantturm.« Er ließ ihr zu Ehren ein Feuerwerk abbrennen, das fünf Millionen Thaler kostete. Aber sie sagte nur: »Ich habe Funken vor den Augen.«

Da rief der Prinz:

»Nun sehen Sie doch, daß Sie existieren! Wie könnten Sie sonst Ohrensausen und Funkensehen haben?«

»Das beweist nichts«, entgegnete die Prinzessin. »Soviel weiß ich längst, es ist hier etwas, das hört, das riecht, das sieht. Ich rede sogar und kann kratzen, und mir tun die Zehen weh. Aber daß ich es bin, daß ich *existiere,* das ist ganz etwas anderes. Ich nehme mich nur wahr, wie ich mir erscheine, nicht wie ich bin. Es fehlt mir etwas, ich weiß nur nicht was. Früher war ich Jaja, jetzt bin ich nicht mehr Jaja – ich bin zerflossen, zerstreut, zergangen in alle Dinge – ich bin nicht Ich und wer mich wiederbringt, der soll mich haben.«

Da kam der Prinz von Intellektel und bat um eine Unterredung.

»Prinzessin«, sagte der Prinz, »*denken Sie?*«

»Ich weiß nicht«, sagte Jaja.

»Wenn Sie nicht wissen, so denken Sie doch. Und wenn Sie denken, so sind Sie. Und wenn Sie sind, so sind Sie die Meine!«

»Fehlgeschossen«, entgegnete die Prinzessin. »Ich habe auch Philosophie gelernt. Wenn ich denke, so bin ich darum noch keine Substanz. Sie können nur sagen, es denkt in mir. Und es denkt in mir, daß Sie sehr langweilig sind.«

Hierauf kam der Prinz Willibald von Moralien.

»Prinzessin«, sagte der Prinz, »*wollen* Sie mich?«

»Nein«, entgegnete die Prinzessin.

»Also Sie wollen doch etwas?«

»Ja, mich selbst.«

»Also sind Sie doch ein wollendes Wesen?«

»Daß weiß ich nicht.«

»Sie können doch nicht wollen, wenn nicht ein Zentrum, eine Einheit vorausgesetzt ist, auf welche das Gewollte bezogen ist, als auf dasjenige, welches durch das Wollen in dieser Einheit zu realisieren ist? Denn dies heißt doch Wollen? Nicht wahr? Oder was verstehen Sie sonst unter Wollen? Wollen Sie mir dies definieren?«

»Das habe ich nicht nötig«, sagte die Prinzessin. »Sie sehen doch, ich *will mich*, und ich habe mich doch nicht. Also was wollen Sie?«

Da mußte der Prinz gehen.

Und so kamen der Prinzen noch viele und mußten wieder abziehen, wie sie gekommen waren, d. h. ohne die Prinzessin; und es war nur ein Glück, daß ihre Personen vor den Augen Jajas nicht mehr Gefallen fanden, als die Beweise für das Dasein der Prinzessin vor ihrem Verstande. Denn eine unglückliche Liebe können wir jetzt nicht mehr brauchen, oder unser Märchen müßte drei Schlüsse haben, wie es drei Anfänge hatte. Zum Glück aber hat es nur *einen*. Und es *hat* wirklich einen!

Allmählich verliefen sich die Prinzen, und die Ärzte kamen. Das war noch viel schlimmer. Denn die Prinzessin wurde immer kränker und die Füße immer schmerzhafter; sie konnte die Filzschuhe nicht mehr ablegen. Der Oberhofsanitätsrat gedachte schließlich, die Sache sehr einfach zu erledigen. Wenn die Frage gelöst wäre, so würden die Filzschuhe verschwinden. Also umgekehrt, wenn man der Prinzessin die Füße abnähme, so wären die Schmerzen auch fort samt den Schuhen – und daß müßte demnach auf dasselbe herauskommen.

Die Prinzessin, der schon alles gleichgültig geworden war, erklärte sich mit der Operation einverstanden. Aber ehe sie ihre Füße darangab, wollte sie noch einmal Gebrauch davon machen. Und so ging sie in ihren Filzschuhen zum Demantturm.

Dort saß noch immer der Oberhofkrondiamantenzerklopfer und wußte nichts von der Welt und den Sorgen der Prinzessin. Nur daß er die Holde gar nicht mehr sah, die sonst hier wandelte, bekümmerte ihn. Er fragte sich, warum sie ihm wohl zürne, da ward er traurig. Dann dachte er wieder daran, wie schön sie sei, da ward er froh. Und in diesem Wechsel gingen seine Tage hin, und jeden Tag sprach er von Jaja zu den Rosen, die hier nie verblühten. Und gerade als die Prinzessin in ihren Filzschuhen ganz leise heraufstieg, sagte er:

> »Im Dunkel meiner Seele quillt
> Empor die wirre Flut der Fragen –
> Doch klar und heiter naht dein Bild
> Wie Sonnenglanz in Nebeltagen.
>
> Laß deiner lieben Augen Licht
> Dem fernen Träumer wieder scheinen,
> Und meinem Glücke zürne nicht,
> Daß es umschlossen in dem deinen!
>
> O wüßtest du, wieviel du mir
> In deinem Lächeln schon gegeben!
> Nur meine Wünsche danken dir,
> Die um dein Leben heimlich schweben.
>
> Sei glücklich! Wie ein still Gebet
> Klingt mir das Wort im Herzensgrunde,
> So oft zu dir mein Denken geht,
> Und also klingt es jede Stunde:
>   Sei glücklich!«

Die Prinzessin atmete tief, und zwei große Tränen traten in ihre Augen.

Der Jüngling erschrak, als er sie jetzt plötzlich erblickte, sie aber winkte ihm freundlich und setzte sich auf die Steinbank vor dem Turme.

»Wer soll glücklich sein?« fragte sie.

»Du«, sagte er und sah sie an, daß sie die Augen niederschlagen mußte.

»Aber ich *bin* ja nicht«, entgegnete sie traurig.

»Du bist nicht?« fragte er ganz erstaunt.

»Die Prinzessin Jaja ist nicht, sagtest du selbst.«

»Daß weiß ich nicht, ob *sie* ist. Aber du bist, hier bist du, bist hiergewesen jeden Tag und jede Stunde!«

»Hier war ich?« fragte sie mit bebender Stimme. »Ist das wahr?«

»So wahr, wie ich bin. Denn du bist die Luft, die ich atme, du bist der Lichtglanz, den ich schaue, du bist das Lied, das ich singe, und das Leben, das ich lebe – du bist alles in Einem, du bist mein Ich.«

Da sprang die Prinzessin in die Höhe, denn auf einmal waren die Filzschuhe verschwunden, und mit einem Jubelschrei rief sie:

»Ich bin! Ich bin!«

Der Oberhofkrondiamantenzerklopfer aber nahm die Prinzessin in die Arme und führte sie in den Turm. Und dort saßen sie und kümmerten sich nicht darum, wie es in Drüberunddrunter ging.

Als es aber herauskam, wohin die Prinzessin verschwunden war, und man sie mit Gewalt holen wollte, da trat der Oberhofkrondiamantenzerklopfer in das Gewölbe und pochte mit seinem Hammer an den Stein. Der sprang auf, und sie konnten hineingehen, und es war ein herrliches Schloß darin und ein blühender Zaubergarten, von dem wußte kein Mensch. Da *waren* sie nun und brauchten gar nichts zu beweisen. Und so lebten sie herrlich und in Freuden.

Als nun der König die Prinzessin im Turme suchte, fand er dort niemand als die Fee Kräkeleia, die sagte zu ihm:

»Eure Majestät geruhen zu bemerken, daß die Prinzessin jetzt einen Mann bekommen hat.«

»Richtig, richtig«, erwiderte der König, »wie hieß doch gleich der Prinz?«

' »*Glaube!*« sagte die Fee und verschwand.

»Sehr gut«, meinte der König. »Glaube? Glaube? Wo liegt doch gleich das Königreich? Nun es wird ja wohl ihm Hofkalender stehen.«

Damit ging er heim und freute sich, daß er das halbe Königreich erspart hatte.

(1892)

Aladins Wunderlampe

Wir hatten uns nach dem Abendessen um den runden Tisch in der gemütlichen Ecke gesetzt, und der Professor Alander bot mir seine Zigarren an, während unsere Frauen ihre Handarbeiten auswickelten.

»Und was würden Sie wählen?« sagte er, das Gespräch fortsetzend, zu meiner Frau, »die Tarnkappe oder den Mantel des Doktor Faust oder den unerschöpflichen Beutel Fortunats oder den Apfel vom Baum des Lebens oder –«

»Den Mantel natürlich, den Mantel«, rief meine Frau. »Dann könnte man doch einmal sich satt reisen –«

»Und zu den Mahlzeiten wieder zu Hause sein«, fiel Alanders junge Frau lächelnd ein. »Das wäre ja ganz nach deinem Geschmack, Georg.«

»Still!« drohte Alander. »Du nimmst dir doch die Tarnkappe – überall dabeisein und unsichtbar zuschauen, das ist so etwas für unsere Frauen. Und Sie« – wendete er sich zu mir –, »als Hypochonder, mit dem gefährlichen Druck bald rechts und bald links, bekommen den heilsamen Apfel, da bleibt für mich das große Portemonnaie, und das ist mir gerade recht.«

»Ihre Aufzählung von Zauber-Requisiten war sehr unvollständig«, entgegnete ich. »Mit diesen beschränkten Qualitäten bin ich nicht zufrieden. Wenn ich einmal in den Hexenschatz greifen könnte, so wählte ich irgendein Mittel, wodurch mir jeder Wunsch erfüllt würde –«

»Um Himmels willen, was würden Sie da für Unfug anrichten«, unterbrach mich Frau Alander und rückte ein Stück zur Seite; »dann sitze ich nicht mehr neben Ihnen –«

»Dann würde ich mir's eben wünschen müssen«, sagte ich und hob ihr das herabgefallene Zwirnknäuel auf. »Und das Knäuel –«

»Ließen Sie natürlich liegen –«

»Und wärst der unglücklichste Mensch der Welt, dem jede Laune erfüllt wird und der keine Wünsche mehr hat«, bemerkte meine Frau.

»Das sehe ich nicht ein. Denn erstens könnte ich ja jede etwaige Torheit wiedergutmachen, und zweitens –«

»Könnten Sie sich ja vorher den nötigen Verstand wünschen«, meinte Alander trocken.

»Erlauben Sie«, sagte ich. »Ich meine das Ding nicht so, daß jeder flüchtige Gedanke mir gleich zur Tat werden sollte; nein, ich würde mir einen Apparat wählen, der erst nach einer gewissen Überlegung benützt werden kann, der mir etwa einen gewaltigen, aber doch nicht allmächtigen Geist dienstbar machte – dadurch schon wäre eine wohltätige Einschränkung gegeben –, ich will einmal sagen. Aladins Wunderlampe.«

»Und dann?« fragte unsere liebenswürdige Wirtin.

»Dann stellte ich Ihnen meinen Geist zur Verfügung.«

»Sie meinen hoffentlich den Geist der Lampe. Gut, so wollen wir uns einen hübschen Wunsch überlegen.«

Alander lächelte still und nahm von seinem Schreibtisch einen Gegenstand, den er auf den Tisch stellte. Es war eine kleine antike Lampe von Kupfer mit seltsamen Verzierungen.

»Die Lampe ist da«, sagte er, »ich bitte um den Geist.«

»Was haben Sie da für ein seltenes Stück?« rief meine Frau, nach der Lampe greifend. »Das habe ich ja noch nie bei Ihnen gesehen.«

»Es ist heute erst für das Museum zum Kauf angeboten; ich hatte selbst noch nicht Zeit zur näheren Untersuchung.«

»Und woher stammt die Lampe?«

»Man hat sie im Tigris gefunden, daran ist kein Zweifel, die Belege sind hier.«

Wir betrachteten die Lampe, die meine Frau in der Hand hielt.

»Im Tigris gefunden?« sagte sie. »Daran lag ja doch wohl Bagdad, und in Bagdad –«

»Stand Aladins Palast.«

»Aber die Lampe ist offenbar viel älter und nicht arabischen Ursprungs.«

»Das beweist nichts«, sagte ich. »Aladin entnahm die Lampe bekanntlich im Auftrage des afrikanischen Zauberers einem unterirdischen Gemache, wo sie vielleicht schon viele Jahrhunderte gebrannt hatte.«

»Na, da wollen wir doch gleich einmal daran reiben!« rief Alanders lebhaftes Frauchen und griff nach der Lampe.

»Was fällt dir ein, Helene!« unterbrach sie der Professor entrüstet. »Die schöne Patina! Du würdest die ganze Lampe entwerten!«

Frau Alander warf das Köpfchen in die Höhe und griff wieder nach der Arbeit. »Was nützt mir Aladins Wunderlampe, wenn man sie nicht reiben darf!«

Ich hob das Zwirnknäuel zum zweitenmal auf und wollte eben noch ein Wort zugunsten des Reibungsversuches einlegen, als meine Frau ausrief:

»Aber da unten steht eine Inschrift, sehen Sie!«

Wir fuhren wieder auf die Lampe zu.

»Es ist arabisch«, sagte der Professor. Er holte eine Lupe und zündete ein Licht an.

»Wenn es doch Aladins Lampe wäre!« rief Frau Alander. »Dann wird sie gerieben trotz Patina!«

Sie klopfte energisch mit der Häkelnadel auf den Tisch.

Das Knäuel fiel hinab.

»Ist der Geist sehr schrecklich, wenn er erscheint?«

»Das kommt darauf an, wie stark man reibt«, sagte ich, mich bückend. »Gewöhnlich erscheint er in einer Wolke an der Decke; aber ich kann ihm ja befehlen, gleich unter den Tisch zu kriechen, denn Ihr erster Auftrag würde doch wohl sein, dieses Knäuel . . .«

»Würden Sie sich fürchten?« fragte sie meine Frau.

»Aber du tust wahrhaftig«, sagte Alander, über die Inschrift gebeugt, »als wenn es je einen Aladin und einen Sklaven der Lampe gegeben hätte. Man muß doch den Unsinn nicht übertreiben.«

»O bitte«, rief ich, »da sind Sie noch sehr in der Kultur zurück, werter Freund! Es ist wahr, bis vor kurzem hielt man die überlieferten Märchen und Geistergeschichten für Produkte der Volksphantasie und für Erdichtungen, so gut wie die Wundertaten der Heiligen als mythische Ausschmückungen frommer Verehrung galten, oder die Heilungen im Asklepios-Tempel für Schwindel habgieriger Priester. Aber seitdem wir eine transzendentale Psychologie haben, eine Gesellschaft für übersinnliche Experimente und eine Wissenschaft der Mystik, seitdem Hellseher, Geister-Zitationen und Doppelgängerei als unwiderlegbare Tatsachen festgestellt sind, seitdem weiß man auch, daß Menschen wirklich mit ihrem transzendentalen Astralleibe durch die Luft fahren können und daß Asklepios einer Frau den Kopf wieder angeheilt hat, den man ihr abgeschnitten hatte, um einen Wurm bequemer aus dem Leibe ziehen zu können. Alles, was Altertum und Mittelalter von Wunderdingen und Hexereien erzählen, ist fälschlich für Poesie oder Aberglauben gehalten worden; man weiß jetzt, daß es sich um wissenschaftlich erklärbare Tatsachen handelte. Odysseus ist wirklich im Hades gewesen und Dante von Virgil durch die Hölle geführt worden. Der heilige Antonius hat gleichzeitig in Montpellier gepredigt und in seinem Kloster das Halleluja gesungen. So gut wie ein arabischer Scheich den Kalifen durch Verkürzung der Zeitanschauung, indem er ihn den Kopf in einen Eimer Wasser stecken ließ, tatsächlich viele Jahre des Elends zu durchleben zwang, so gut wird auch die Erzählung von Aladins Wunderlampe sich als wahr bestätigen. Man muß sich nur die Mühe geben, die Wirkung und Macht des an die Lampe gebannten Geistes durch die Methode der Transzendental-Psychologie zu erklären.«

Alander richtete sich von seiner Beschäftigung auf; er hatte offenbar den letzten Teil meiner Rede gar nicht mehr gehört. »Seltsam«, sagte er. »Wissen Sie, was hier steht? Ganz deutlich ist zu lesen: ›Aladin aus Bagdad‹; dahinter, ungefähr dem Sinne nach: ›Versuche kein Gläubiger, was Allah hier verborgen!‹«

Wir schwiegen, unwillkürlich betroffen.

»Die Schrift ist alt«, fuhr Alander fort, »im zwölften oder dreizehnten Jahrhundert eingeritzt. Höchst interessant, wahrscheinlich nur ein Zufall – Aladins hat es in Bagdad Tausende gegeben –, denkbar aber wäre ja eine Beziehung auf das Märchen, und dann läge darin ein Beweis, daß der Ursprung desselben sehr viel älter ist, als die uns vorliegende ägyptische Fassung. Ein Scherz also, den man schon damals sich gemacht – vielleicht der Versuch eines Betrügers, die Lampe als Wunderstückchen an den Mann zu bringen – jedenfalls höchst interessant.«

»So sollten wir doch einmal versuchen –«

»Aber Helene, ich bitte dich!«

»Hier unser Freund behauptet, die Sache ließe sich erklären –«

Alander lachte. »Nun, die Erklärung können wir uns ja einmal anhören. Schießen Sie los, Märchenphilosoph.«

»Zunächst behaupte ich, daß die Geschichte von Aladin und der Wunderlampe kein frei erfundenes Märchen ist, sondern auf einer Tatsache des mystischen Lebens beruht. Natürlich nicht in allen Einzelheiten. An Ausschmückungen mag es nicht fehlen. Aber der Kern der Sache scheint mir dieser. Ein afrikanischer Zauberer, sagt die Erzählung, erfährt von dem Vorhandensein einer Wunderlampe, welche die Eigenschaft hat, daß an ihren Besitz der Gehorsam eines mächtigen Geistes geknüpft ist. Um sie zu erreichen, bedarf er der Hand eines Knaben; durch einen Zufall bleibt der Knabe im Besitze der Lampe und gewinnt dadurch Macht und Reichtum. Im Lichte der Wissenschaft stellt sich die Sache folgendermaßen: Der Zauberer aus Afrika ist ein Mann, welcher Kenntnis der Hieroglyphen besitzt und aus einem aufgefundenen Papyrus das Geheimnis der Lampe erfahren hat. Die Fundamentalfrage ist nun diese: Erstens. Ist es möglich, daß es Geister gibt, welche Dinge auszurichten vermögen, die den uns bekannten Naturgesetzen scheinbar widersprechen? Zweitens. Ist es möglich, daß der Wille dieser Geister an den Besitz eines einfachen Gerätes, wie dieser Lampe, gebunden ist? Ich wende mich zu der ersten Tatsache. Erfahrungsmäßig beglaubigt ist sie durch die Ansicht des Altertums und des Mittelalters im Orient wie Okzident. Zahllose Zeugnisse der Schriftsteller sprechen dafür. Nur die Zweifelsucht des Aufklärungszeitalters hat den materialistisch angehauchten Teil der modernen Welt dazu gebracht, sich auf die bloße sinnliche Erfahrung zu beschränken, jeden übersinnlichen Einfluß zu leugnen. Aber Demokrit, Platon, Aristoteles, Epikur, Seneka, Plinius, Plotin, die Kirchenväter, Avicenna, Albert der Große, Thomas von Aquino, Paracelsus, Luther, Cardano, Kepler, Helmont, Swedenborg, Schopenhauer und Carlos v. Prellheim, die größten Geister aller Zeiten, sind von der Wirkungsmacht der übersinnlichen Welt überzeugt gewesen. Die Tatsache ist also erwiesen. Auf Grund der übersinnlichen Weltanschauung ist sie unschwer zu erklären. Es wäre lächerlich, zu behaupten, daß es nicht außerhalb der Menschheit noch andere bewußte Geister geben sollte, die aber, mit anderen Sinnen ausgerüstet, nur bedingungsweise mit uns in Verkehr treten können. Solche Geister sind unabhängig, zwar nicht von den Gesetzen der Natur, aber von der Art, wie diese Gesetze unseren Sinnen in der Erfahrung erscheinen. Sie können also Wirkungsmittel zu ihrer Verfügung haben, die uns noch vollständig unbekannt sind, denen wir gegenüberstehen wie die Wilden dem Fernrohr, der Dampfmaschine, dem Telefon. So gut wie wir Schallschwingungen durch Umwandlung in elektrische Energie an einen entfernten Ort versetzen, könnten sie beliebige Materien von einem Ort an den andern übertragen. Denn was wir Stoff nennen, ist nichts anderes als eine besondere Form der Äther-Energie. Hier dieser Körper, dieses Metall, dieser Muskel, dieser Nerv werden in einer fortgeschrittenen Zukunft in elektrische Schwingungen umgewandelt und fortgeleitet werden, so daß sie an einem beliebigen Ort wieder zum Vorschein kommen. Diese Geister können bereits jetzt, was wir in Jahrtausenden selbst können werden. Was tut denn der Geist der Lampe? Er bringt Speisen, Schätze, Sklaven, er versetzt den Bräutigam der Kalifentochter in der Brautnacht an einen nicht näher zu bezeichnenden Ort, wo er ihn auf den Kopf stellt; er erbaut in einer Nacht einen Palast und translociert ihn nach Afrika und zurück. Das alles läßt sich wissenschaftlich erklären durch das einfache Prinzip der Telephorie der Materie. Dieses Prinzip erscheint uns nur wunderbar, weil es noch ungewohnt ist; aber neu ist ja nur die Geschwindigkeit der Übertragung. Auch wir bauen Paläste und verrücken Stadtviertel; daß der Geist in kurzer Zeit durch große Distanzen wirkt, ist nur ein quantitativer Unterschied. Dafür steht er auf einem höheren Kulturstandpunkte. Dies erklärt auch, daß er Menschen zu versetzen vermag. Er ist mit der Abtrennung des transzendentalen Bewußtseins vertraut und organisiert schnell einen zweiten Körper, das Phantom, welches er an einem andern Orte erscheinen läßt. Dieses Verfahren ist unter dem Namen Majava-Rupa in Indien seit den ältesten Zeiten bekannt. Die Möglichkeit der scheinbaren Zaubereien des Geistes ist also erwiesen.«

»Aber –«

»Bitte. Schwieriger ist die zweite Frage. Woher stammt der Geist, und wie kann sein Wille an den Besitz der Lampe gebunden sein? Ich muß gestehen, ich bin zu sehr Neuling in der

Transzendental-Psychologie, um mit Sicherheit das Richtige zu treffen; andere werden bessere Erklärungen geben können. Ich denke mir die Sache folgendermaßen: Die Individuen des Geisterreiches bilden eine ethische Gemeinschaft; es wird daher auch die Notwendigkeit einer Bestrafung eintreten können. So wie sich das transzendentale Ich einen menschlichen Körper organisiert, um seine Erfahrung durch die irdische Inkarnation zu erweitern, und währenddessen an die Gesetze des sinnlichen Organismus gebunden ist, so wird ein ethisch unreifer Geist auch zur Strafe an ein Kunstprodukt, einen Ring, eine Lampe gefesselt werden können. Denn Gerätschaften sind Organ-Projektionen; das heißt nichts anderes als Organisationen zweiter Ordnung; daher ist die Strafe für den Geist eine härtere. Außer seinem Astralleib hat er jetzt nicht, wie wir, einen Eiweißleib, sondern einen Metalleib. Das Reiben der Lampe entspricht genau dem sogenannten magnetischen Streichen beim Hypnotisieren. Das transzendentale Bewußtsein wird dadurch frei, sein Wille aber ist von dem des Magnetiseurs abhängig. Ich erinnere an die bekannten Erscheinungen der Suggestion, wobei man dem Hypnotisierten jede beliebige Vorstellung beibringen und ihn zu jeder Handlung bestimmen kann. Es wäre ein Mangel an logischer Konsequenz, wollte man nicht auch dem an die Lampe gebundenen Transzendental-Bewußtsein die Fähigkeit zusprechen, durch Streichen von seinem Leibe befreit zu werden; es ist dann ganz selbstverständlich, daß der Hypnotiseur der Lampe den Geist nach seinem eigenen Willen lenken kann. Ich erkläre also mit voller Bestimmtheit und aus meiner wissenschaftlichen Überzeugung: Aladins Sklave der Lampe hat existiert und seine erstaunlichen Taten verrichtet. Wenn seine Strafzeit nicht schon beendet, so ist er noch jetzt an die Lampe gebunden. Und wenn diese Lampe vor uns, wie mir zweifellos scheint, die echte Lampe Aladins ist, so bin ich bereit, empirisch zu erweisen, daß der Geist auch mir gehorchen muß.«

»Sehr schön demonstriert!« rief Alander belustigt. »Das könnte wörtlich in der ›Sphinx‹ stehen. Wenn ich nur sicher wäre, daß mir der Geist auch die abgeriebene Patina wieder ›reorganisieren‹ kann.«

»Schade«, sagte meine Frau, »es war mir so nett zu denken,

daß dies die Lampe Aladins sei. Aber nachdem du die Sache philosophisch bewiesen hast, bin ich überzeugt, daß kein Wort davon wahr ist.«

»Das tut mir leid. Dir fehlt das Organ des wissenschaftlichen Glaubens. Aber Sie, Frau Alander, Sie sind ein Sonntagskind, Sie werden an dem Geiste der Lampe nicht zweifeln.«

»Wissen Sie«, sagte Frau Alander, »wenn ich ganz offen sein soll, Ihre gelehrte Rede habe ich noch nicht ganz verstanden; die müßte ich erst einmal gedruckt lesen. Ich sage ganz einfach, wenn die Geschichte wahr wäre, so hätte der Zauberer die Lampe sich selber geholt und wäre nicht erst auf Aladin verfallen.«

»O weh! Ich glaube, ich hätte so schön populär gesprochen! Ihr Einwand ist übrigens gar nicht stichhaltig, denn bei allen mystischen Operationen bedarf es erfahrungsgemäß eines Mediums, und jedenfalls hatte sich der Zauberer überzeugt, daß Aladin dazu geeignet sei. Auch das Anzünden von Räucherwerk auf der Steinplatte vor dem Eingange spricht dafür, daß Aladin in somnambulem Zustande handelte. Wie hätte er auch sonst drei Tage zu hungern vermocht?«

»Was ist aber aus der Lampe nach Aladins Tode geworden?«

»Er wird sie vorher selbst, um Mißbrauch zu verhüten, in den Tigris geworfen haben.«

»Und wie erklären Sie denn überhaupt die Existenz des unterirdischen Gewölbes und die Aufstellung der Lampe daselbst?« fragte Alander.

Diese Frage setzte mich etwas in Verlegenheit. Ich hob daher erst zum sechsten Male das Zwirnknäuel meiner fleißigen Nachbarin auf und sagte dann:

»Ich könnte mich darauf berufen, daß wir hier eine historische Tatsache einfach hinzunehmen haben. Aber auch vom theoretischen Standpunkte ist doch klar: So gut wie eine Pflanze zu ihrer Entwicklung einen geeigneten Nährboden haben muß, so gut wie ein transzendentaler Geist nicht aus der freien Luft sich seinen Körper organisieren kann, sondern des Mutterschoßes bedarf, ebensogut kann auch der Metalleib des Lampengeistes nur in der geeigneten Umgebung erzeugt werden. Vermutlich befand sich dort eine transzendentale Goldschmiede, wofür auch das Vorhandensein der Edelsteinfrüchte spricht. Der ägyptische Papyrus, aus welchem der sogenannte Zauberer seine Kenntnis entnahm, war vielleicht eine durch Hellsehen hergestellte, geologische Karte des Altertums.«

»Sie sind nicht zu widerlegen.« Alander lachte, noch immer ungläubig. »Ich will also hier diese schon etwas beschädigte Stelle Ihrem Experimente preisgeben. Nun bin ich doch neugierig, wie Sie den Geist hervorzaubern werden.«

»Das ist brav! Das ist herrlich!« riefen die Frauen wie aus einem Munde.

Ich stellte die Lampe vor mich auf den Tisch. Feierlich näherte ich ihr meine Hand. Alle verhielten sich still. Es wurde mir doch etwas ängstlich zumute. Ist's nicht ein Frevel, das Jenseits zu versuchen, den Isis-Schleier des Geisterreichs zu lüften? Und setzte ich nicht die Anwesenden einer unbekannten Gefahr aus? Aber es galt, eine wissenschaftliche Theorie zu bestätigen, es mußte sein! Und wenn der Versuch mißlang? Wenn der Geist seine Strafzeit abgebüßt und seine leere Hülle zurückgelassen hatte? So war doch wenigstens dies konstatiert. Ich sah die Augen der Frauen erwartungsvoll auf die Lampe gerichtet. Auch ihnen war es unheimlich. Nur Alander rauchte unerschütterlich.

»Nicht zu stark«, flüsterte seine Frau.

Ich strich mit dem Finger leise über die Lampe, zwei-, dreimal; ich verstärkte den Druck. Ich nahm die ganze Hand zu Hilfe. Der Geist erschien nicht.

»Meine Patina!« rief Alander.

»Sie haben die Sitzung unterbrochen! Gedulden Sie sich noch!«

»Vielleicht muß sie angezündet sein«, bemerkte meine Frau.

»Davon steht nichts in der Geschichte. Aber vielleicht muß man sie in der Hand halten.«

»Geben Sie her«, rief Frau Alander, die wieder Mut bekommen hatte. »Ich will einmal tüchtig scheuern, wie Aladins Mutter!«

»Nicht Sie!«

Schnell ergriff ich die Lampe, zumal sich auch Alander ihrer bemächtigen wollte. Ich hielt sie in der Linken und fuhr rasch ein paarmal mit der Rechten darüber.

»Hören Sie nichts?

»Nein.«

»Ja.«

»Doch.«

Kein Zweifel, aus der Lampe drang ein knarrendes Geräusch.

»Der Geist scheint eingerostet«, spottete Alander.

»Pst! Ruhig! Eine Stimme tönt aus der Lampe!«

Es wurde mäuschenstill im Zimmer. Wir wagten nicht zu atmen. Das Blut stockte in unsern Adern. Alander beugte sich weit vor.

»Der Kerl spricht arabisch«, sagte er.

»Geist der Lampe, sprich deutsch!« rief ich feierlich.

Leise, aber deutlich vernehmbar klang es aus der Lampe: »Ich bin der Sklave der Lampe und bereit zu gehorchen allen, welche Herren der Lampe sind.«

»Wo bist du, Geist?«

»In der Lampe.«

»Warum zeigst du dich nicht?«

»Ich darf nicht. Sobald ich mich für alle menschlichen Sinne im Raume objektiviere, bin ich den Gesetzen der Natur und der Gesellschaft unterworfen, welche zur Zeit gelten. Da es im modernen Staate keine Sklaverei gibt, so würde ich nach meiner Inkarnation frei sein. Es ist mir daher geboten, mich nur akustisch zu materialisieren.«

»Wie? So schreitet auch das Geisterreich fort?«

»Auch wir sind dem Gesetze der Entwicklung durch Anpassung unterworfen.«

»Und kannst du noch meine Befehle erfüllen?«

»Alles, was du befiehlst, kann ich tun, soweit es nicht den Naturgesetzen widerspricht.«

»So wünschen Sie«, sagte ich leise.

Die Frauen schwiegen und sahen sich an. Alander kam ihnen zuvor.

»Hören Sie, Ihr Geist scheint mir bedenklich zivilisiert. Wir wollen gleich sehen, ob er wirklich echt ist. Lassen Sie ihn doch einmal dreihunderttausend Mark in Gold auf den Tisch legen.«

»Sklave der Lampe«, rief ich, »bringe dreihunderttausend Mark in Gold!«

»Das kann ich nicht, Herr«, erwiderte der Geist, »das widerspricht den Gesetzen.«

»Wieso?«

»Alles gemünzte Gold gehört irgendwem als Eigentum. Ich darf es niemand wegnehmen.«

»So schaffe ungemünztes!«

»Das kann ich nicht, das wäre gegen das Gesetz von der unveränderlichen Erhaltung des Stoffes.«

»Hole es aus der Erde!«

»Das kann ich nicht. Dazu bedarf es mehr mechanischer Arbeit, als in meinem gegenwärtigen Körper angehäuft ist. Das wäre gegen den Satz von der Erhaltung der Energie.«

»Elender Sklave«, rief ich, »warum konntest du es Aladin bringen?«

»Damals wußte man noch nichts von der Erhaltung des Stoffes und der Energie.«

»Wie, du willst doch nicht behaupten, daß diese Naturgesetze damals nicht in Geltung waren?«

»Die Naturgesetze«, antwortete der Geist, »sind nichts anderes als der Ausdruck des wissenschaftlichen Bewußtseins einer bestimmten Zeit. In meinem transzendentalen Bewußtsein bin ich davon unabhängig; aber in meiner Tätigkeit in der Zeit, in eurer Zeit, darf ich die Bedingungen nicht durchbrechen, welche die Grundpfeiler der modernen Kultur sind. Wir können zu der unkritischen Weltanschauung einer entschwundenen Epoche nicht zurückkehren.«

»Ihr Geist ist doch ein braver Kerl«, sagte Alander. »Er ist zehnmal gescheiter als ihr Transzendental-Psychologen. Fragen Sie ihn einmal nach etwas, was die Zukunft erst entdecken wird.«

»Sklave der Lampe, worauf beruht die Schwerkraft der Körper?«

»Das kann ich dir nicht sagen. Es wäre gegen das Gesetz der kontinuierlichen Entwicklung der mathematischen Naturwissenschaften, wenn es heute ein Mensch schon wüßte.«

»Ein verteufelter Schlaukopf! Lassen Sie ihn laufen!«

»Nicht doch«, riefen die Frauen, »wir wollen auch etwas wünschen!«

»Ich bitte darum«, sagte ich ziemlich deprimiert, »wenn es nur etwas nützt!«

»Sag ihm, er solle uns jetzt alle vier an den Golf von Neapel versetzen.«

»Du hörst, Sklave, was meine Frau befiehlt – gehorche!«

»O Herr, das ist gegen die Gesetze der Mechanik!«

»So bringe uns in somnambulen Zustand und führe unsere Astralleiber dahin!«

»Früher konnte ich | alles tun, weil man alles für möglich hielt. Jetzt kann ich den Astralleib nur bei solchen Menschen abtrennen, welche dazu nervös disponiert sind. Von den geehrten Anwesenden ist aber niemand mediumistisch veranlagt.«

Meine Frau zuckte mit den Schultern und sagte: »Ich dachte mir schon, daß es wieder nichts sein würde. Ich soll nicht nach Italien kommen!«

Ich war innerlich wütend über den degenerierten Geist und wünschte die Lampe niemals angerührt zu haben. Ich seufzte.

Alander rieb sich schmunzelnd die Hände und sagte: »Der Geist scheint Ihnen schlecht zu bekommen. Sie sehen schon ganz schwach aus; hätten Sie nur lieber den Apfel des Lebens gewählt! Nun, Helene, jetzt bist du an der Reihe, vielleicht gelingt dir's besser.«

Frau Alander stützte den Arm auf den Tisch und zupfte nachdenklich an ihren Stirnlöckchen.

»Ich weiß gar nicht, was ich mir wünschen soll«, sagte sie. »Nach Italien kann uns der Geist nicht bringen, aber er wird uns noch halbtot ärgern. Kann er uns vielleicht ein Universalmittel verschaffen?«

»Sklave, bring ein Lebenselixier!«

»Herr, das gibt es nicht. Heutzutage hat man nur Spezialisten.«

»Wünschen Sie etwas anderes, Frau Professor? Ich bedaure sehr –«

»Je nun«, sagte sie und griff wieder nach ihrer Handarbeit, »ich bin eigentlich ganz zufrieden und brauche im Augenblick weiter nichts.«

Das Zwirnknäuel fiel unter den Tisch.

»Ei«, rief meine Nachbarin weiter, »so wünschte ich doch, daß das Knäuel nicht mehr hinunterfallen kann!«

»Sklave«, sagte ich, »du hast gehört, gehorche!«

»Herr«, antwortete der Geist kläglich, »ich kann es nicht bewirken, es wäre gegen die Fallgesetze Galileis und gegen die Naturgeschichte der weiblichen Handarbeiten.«

»Zum Teufel«, rief ich ärgerlich, »was kannst du eigentlich, fauler Bursche?«

»Alles, was nicht gegen ein Gesetz verstößt, das durch das Bewußtsein der Zeit verbürgt ist. Aber mir ist bestimmt, ich solle erlöst sein, sobald mein Herr keinen Wunsch mehr zu nennen weiß, bei dessen Gewährung ich nicht durch mein Eingreifen den Kausalzusammenhang der Welt zerstören würde.«

»Nun denn«, sagte ich resigniert, »so hebe wenigstens das Knäuel auf, das wird ja doch wohl gegen kein Gesetz verstoßen.«

»Verzeiht mir, Herr, auch das ist mir nicht möglich.«

»Und warum nicht?«

»Nach den Gesetzen des Universums, deren Notwendigkeit die moderne Wissenschaft voraussetzt, ist deinen Muskeln bestimmt, heute abend durch Beugen deines Rumpfes neunhundertsechzehn-Komma-elf Meter-Kilogramm Arbeit zu leisten. Wenn ich dir hiervon auch nur fünf Prozent abnähme, so würde ein Überschuß an Energie in dir aufgespeichert werden, welcher sich in Gehirntätigkeit umsetzen und einen transzendental-psychologischen Artikel erzeugen würde; denn hierzu genügt schon ein Minimum von Energie. Dadurch würden zwar sechsundzwanzig Leser veranlaßt werden, das betreffende Blatt abzubestellen; einer aber würde es so eifrig lesen, daß er, dabei einschlafend, dem Licht zu nahe käme. Es entstünde ein Hausbrand, welcher sich einem ganzen Stadtviertel mitteilte; ein Arsenal flöge in die Luft; die Explosion würde den Anziehungsmittelpunkt der Erde um den tausendsten Teil eines Millimeters verschieben; dadurch aber würde die Erde um zwei Millionen Jahre zu früh in die Sonne stürzen. Du siehst also, daß es mir unmöglich ist, das Knäuel aufzuheben.«

»Oh, weiser Geist!« rief ich. »Wir sind deiner nicht wert – du bist entlassen!«

Ich setzte die Lampe auf den Tisch. Ein Lichtschein schoß daraus hervor und verlor sich als leichte Wolke an der Decke. Wenigstens schien es mir so.

Aus der Ferne tönte es leise: »Dank, Dank für die Erlösung nach dreitausendjähriger Haft! Zur transzendentalen Freiheit flieh ich aus dem Zeitalter der Notwendigkeit! Es fällt kein Knäuel vom Tische, dessen Sturz nicht durch das Weltall zittert!«

Ich hob das Knäuel auf und legte es neben die Lampe. Es rollte wieder hinab.

»Sie können sich als Bauchredner hören lassen«, sagte der Professor.

Solche Leute sind nicht zu überzeugen.

(1888)

Psychotomie

Es war einmal ein Privatdozent der Philosophie, der hieß, um allen Verwechslungen vorzubeugen, Dr. Schulze. Eines Nachmittags saß er an seinem Schreibtische und konnte seine Gedanken nicht ins reine bringen; das hätte zwar weiter nichts geschadet, wenn er sie nur im Konzept gehabt hätte, aber das war ihm gerade ausgegangen. Da hatte nun ein Autor Schulzen wieder einmal gründlich mißverstanden! Das kommt von diesem Widerspruchsgeist, der sich überall breitmacht, von dieser prinzipiellen Unzufriedenheit, die nichts anderes gelten lassen will als die eigene Meinung! Wollten doch die Leute endlich einsehen, daß Überzeugung den größten Sieg feiert, wenn sie sich der besseren aufopfert! Aber wer kann die Gelehrten überzeugen? Sollte es nicht ein Mittel geben, den störenden Widerspruch unwirksam zu machen? Die Wahrheit redet ja für sich selbst, könnte man nur erst das Beharrungsvermögen des Irrtums brechen! Dann würde auch Schulzes Theorie von den Gefühlen bald anerkannt sein. Wenn er nur eine Methode gehabt hätte! Das Feinste ist bekanntlich die experimentelle Methode. Es ist eine Kleinigkeit, damit die Weite des Bewußtseins zu messen, warum nicht auch die Tiefe eines Gefühles oder die Höhe eines Ideals?

Während er so nachdachte, daß man ordentlich das Gehirn knirschen hörte, klopfte es an die Tür. In einen Mantel gehüllt, trat ein Mann ins Zimmer, setzte, grüßend, ein Kästchen auf den Tisch und nahm selbst in aller Ruhe auf einem Stuhle Platz. Man konnte nicht sagen, ob er alt oder jung sei; seine Stirn war so hoch, daß sie den Haaren fast keinen Platz mehr gelassen; aber unter den dichten Augenbrauen glänzten zwei helle, durchdringende Sterne.

Er ließ dem Philosophen keine Zeit, von seinem Erstaunen sich zu erholen, sondern begann: »Gestatten Sie mir, Herr Doktor, Sie mit dem neuesten Fortschritt der Wissenschaft bekannt zu machen. Ich bin nämlich Psychotom und augenblicklich auf der Reise, um meine Seelenpräparate abzusetzen; ich bin also sozusagen Reisender in philosophischen Effekten. Sie verstehen mich nicht recht? Ich sehe da einen Zweifel, erlauben Sie!«

Damit beugte er sich vor, griff vorsichtig mit zwei Fingern an das Haar des Philosophen und nahm, wie man jemand einen Käfer vom Rocke entfernt, einen kleinen Gegenstand heraus, den er auf den Rand des Tintenfasses setzte. Mit Verwunderung erkannte Schulze ein allerliebstes Figürchen, nicht höher als ein paar Zentimenter, das sofort an der Tinte zu nippen begann.

»Es ist die Kategorie der Negation«, sagte der Psychotom, »ich sah, daß sie Ihnen das Verständnis meiner Auseinandersetzungen erschwerte, deshalb entfernte ich sie. Die wohltätige Wirkung wird nicht ausbleiben.«

»Aber erlauben Sie ...«

»Bitte, Herr Doktor, Ihr Bedenken ist nur noch eine Nachwirkung, der Zweifel wird sogleich aufhören. Befürchten Sie nichts, ich setze Sie Ihnen wieder ein; inzwischen stärkt sie sich, denn Tinte ist ihr Lieblingsgetränk. Doch hören Sie weiter. Es ist Ihnen bekannt, daß die Gehirn-Physiologie zu keinen sicheren Resultaten kommt. Wir haben daher einen anderen Weg eingeschlagen, wir sezieren das Bewußtsein selbst. Man muß die logischen Abstraktionen nicht bloß denken, sondern man muß sie realisieren, personifizieren. Das sei nichts Neues, wollen Sie sagen, das habe schon Platon getan. Aber hat er sie greifbar dargestellt, daß man mit ihnen umgehen kann? Mythologisch ja, aber nicht anschaulich. Sehen Sie, das ist das Problem: Auch die Funktionen des Bewußtseins müssen in der räumlichen Anschauung dargestellt werden, aber nicht, indem man das Gehirn zerstört, wie die Physiologen, sondern indem man die lebendige Wirkung in lebendigen Präparaten entwickelt. Es ist wahr, auch wir, die Psychotomen, können die Resultate unserer Zergliederung nur als sinnliche Dinge aufzeichnen, aber unsere Produkte sind nichts Unverständliches und Totes, sondern sie bewahren die charakteristische Eigenschaft des Bewußtseins, ein selbständiges, lebendiges Ich zu bleiben. Unsere Präparate sind selbst Personen, unvollständige freilich, denn sie sind ja nur Teile der vollen, menschlichen Persönlichkeit, aber sie sind doch lebendig und ein sonderbares Völkchen, das man mit Vergnügen studiert.«

»Das ist mir vollkommen klar«, sagte der Philosoph, »ich danke Ihnen. Sie haben offenbar eine Methode –«

»Lieber Herr Doktor«, unterbrach ihn der Fremde, »die Methode der Psychotomie kann ich Ihnen heute nicht entwickeln, begnügen Sie sich vorläufig mit den Resultaten. Ich habe die wesentlichsten mitgebracht.«

Damit öffnete er das Kästchen und entnahm ihm verschiedene Päckchen und Gläser.

»Zuerst einige Kleinigkeiten«, begann er wieder. »Das sind Dinge, mit denen wir unsere Fabrikation anfingen, ehe wir die eigentlichen Seelentätigkeiten darstellen konnten. Hier zum Beispiel haben Sie die berühmten platonischen Ideen.«

Er reichte ein versiegeltes Päckchen hin, das Schulze aufzuwickeln suchte.

»Ja«, rief der Psychotom, indem er ihm das Päckchen wieder fortnahm, »öffnen dürfen Sie es nicht. Die Ideen sind ohne materielle Umhüllung nicht sichtbar.«

»Aber dann weiß ich ja gar nicht, was in dem Papier ist.«

»Das müssen Sie mir eben glauben! Hier sind übrigens einige Atome von Demokrit, sie sind etwas zu groß geraten, ich will sie Ihnen schenken. Wir haben auch einige moderne Atome dargestellt, aber es ist kein Staat damit zu machen. Wofür halten Sie dieses kleine Universum in nuce? Es sieht niedlich aus zwischen den Nußschalen, nicht wahr? Nur etwas dunkel darin! Es ist nämlich eine Leibnizsche Monade, und die haben bekanntlich keine Fenster. In diesem Glase ist eine Rarität, die ich Ihnen aber etwas billiger lassen kann; es ist ein Stückchen von Kants reiner Vernunft.«

»Aber sie sieht grau aus.«

»Ja, sie ist etwas schmutzig geworden in den letzten hundert Jahren. Aber Sie können sie popularisieren lassen, dann wird sie wieder wie neu. Doch nun die Hauptsache!«

Er legte einen Teil der Gegenstände in den Kasten zurück; dabei fielen dem Philosophen einige seltsam geformte Bündel auf. »Was haben Sie da für merkwürdige Würstchen?« fragte er.

»Das sind Raumproben.«

»Raumproben?«

»Ja, es sind die Muster der verschiedenen Raumsorten, mit

positivem und negativem Krümmungsmaß, von drei, vier, fünf und n Dimensionen. Wird nach den Dimensionen bezahlt, das Meter soundso viel. Ich will Ihnen einige Stückchen hierlassen.

»Aber dort der Pfeil und der Schildpattkamm?«

»Das sind zurückgesetzte Stücke, Kuriositäten fürs Schaufenster. Der Pfeil ist der bekannte eleatische, welcher ›im Fluge ruht‹, und der Kamm ist von der berühmten Schildkröte, die von Achill nicht eingeholt werden konnte. Jetzt aber wollen Sie achtgeben, hier ist das allein würdige Endziel der Psychotomie.«

Er stellte drei Gefäße vor den Philosophen. Das erste war ein durchsichtiges Glaskästchen, eingerichtet wie ein niedliches Puppenstübchen, in welchem sich eine ganze Gesellschaft von kleinen, in leichte Schleier gehüllten elfenartigen Figürchen bewegte. Schulze erkannte sofort in ihnen die Kategorien des Verstandes an der Ähnlichkeit mit der Kategorie der Negation, die schon ein erhebliches Stück aus seinem Tintenfasse getrunken hatte.

»Man sollte gar nicht denken«, sagte er, »daß gerade die Verstandsbegriffe, die man doch für das Trockenste in der Welt hält, eine so reizende Gestalt besitzen.«

»Ja, das ist seltsam«, bestätigte der Psychotom; »aber es erklärt sich aus der reinen und unvermischten philosophischen Abstammung, während andere Bewußtseinszustände, Gefühle und dergleichen aus dem gewöhnlichen Leben stammen. Und dann bedenken sie die weiblichen Charaktere, wie sie schon in den Namen Quantität, Realität, Negation, Kausalität und so weiter liegen. Hier ist eine Lupe, betrachten Sie sich die Negation näher. Ein freundliches Ding, nur mit den anderen verträgt sie sich schlecht. Ist jetzt billig zu haben, weil stark in Mißkredit gekommen. Was meinen Sie, was mir die Regierung gibt, wenn ich den Mitgliedern der Opposition die Kategorie der Negation herausnähme, so wie Ihnen? Sehen Sie hier das buntschillernde Fräulein, wie sie sich nach allen Seiten wendet? Das ist die Limitation. Sie macht, daß ein Ding weder das eine noch das andere ist, weder schwarz noch weiß, weder ja noch nein; wird bei Wahlen sehr verlangt. Hier haben Sie die Kategorie der Möglichkeit, bei Theologen stark gefragt, und ihre Zwillingsschwester, die Unmöglichkeit, die namentlich bei juristischen Verteidigern beliebt ist. Doch jetzt kommen wir zu den Gefühlen.« Er öffnete eine Büchse voll dunkler, schleimiger Kügelchen.

»Das ist ja Kaviar«, sagte Schulze.

»Es sieht so aus, aber es sind die präparierten Gefühle und Stimmungen. Sehen Sie näher zu, so erkennen Sie in jedem dieser kleinen Bläschen eine Art von Physiognomie. Sie sind freilich sozusagen niedere Organismen des Seelenlebens, aber eben darum die breite Basis des menschlichen Daseins. Glatt und schlüpfrig sind sie alle, denn unbeständig glitschen sie durcheinander. Sie denken, Sie haben die Freude in der Hand, und wenn Sie recht zusehen, ist es der Ärger. Übrigens hat man sie numeriert – hier ist das Verzeichnis –, denn es gibt ihrer zu viele. Ich verkaufe sie nicht einzeln, weil sie sich nur im ganzen halten; würde mir auch niemand den Schmerz, den Trübsinn, die Angst, den Kummer, den Hunger und die Ungemütlichkeit abnehmen wollen. Doch die Zeit drängt. Mit den Charaktereigenschaften will ich Sie daher nicht aufhalten, man findet sie heute nirgends rein. Aber dies müssen Sie noch sehen, das sind die *Ideale.*«

»Die Ideale? Aber das sind ja Flüssigkeiten; ich hätte den Inhalt dieser Fläschchen für Likör gehalten.«

»Ja, sie sind in Spiritus, sie halten sich sonst nicht. Blicken Sie gegen das Licht, so sehen Sie schwach schimmernde, ätherische Gestalten auf und nieder steigen. Hier in diesem rötlichen Gefäße ist die Freiheit. Ich habe nur diese kleine Probe, denn ich konnte in ganz Europa nicht mehr davon auftreiben. Hier ist die Humanität, sie ist billiger, wird aber bloß noch von den Tierschutzvereinen verlangt. Dies ist die Unsterblichkeit; von ihr habe ich noch gar nichts abgesetzt, denn sie wird jetzt künstlich gemacht. Und jetzt, lieber Doktor, leben Sie wohl! Diese drei Sachen will ich Ihnen hierlassen. Betrachten Sie alles genau, aber mit Vorsicht, die Kategorien, die Stimmungen und die Ideale. Nahrung brauchen sie nicht; sollten die Kategorien zu unruhig werden, so setzen Sie sie auf eines Ihrer Manuskripte, um sie etwas auszuhungern. Und hier haben Sie noch eine Zugabe.«

Er setzte ihm ein Fläschchen hin, in welchem sich ein Figürchen befand, wie die kartesianischen Teufelchen.

»Was ist das?« fragte der Philosoph, der vor Überraschung kaum zur Besinnung kam.

»Der höhere Blödsinn«, antwortete der Psychotom. Damit war er verschwunden.

Schulze griff sich an den Kopf, stand auf, ging hin und her – nein, er träumte nicht. Er dachte an Betrug, vielleicht eine neue Methode von Langfingern, sich einzuschleichen, doch nichts fehlte im Zimmer. Da standen Kästchen, Büchse, Fläschchen, da lagen auch die Würstchen, welche Raumproben enthalten sollten. Auf dem Tintenfaß saß noch die Negation. Wie fatal! der Psychotom hatte vergessen, sie ihm wieder *einzusetzen*. Doch er wird wohl wiederkommen! Schulze ließ sie also sitzen, wo sie saß, zumal er keinerlei Unbehagen von ihrem Fehlen verspürte. Kaum getraute er sich die Seelenpräparate anzufassen und lüftete nur zögernd einen Augenblick den Deckel der Büchse mit den Stimmungen. Plötzlich sprang er auf. Er wollte hinaus, in der freien Luft sich zu erholen. Indem er die Treppe hinabstieg, stolperte er über den Hauskater und kam beinahe zu Fall. Er freute sich herzlich, dem guten Tierchen nicht wehe getan zu haben.

Als er aus der Tür trat und seine Handschuhe anziehen wollte, bemerkte er an der Hand ein dunkles Bläschen aus der Büchse der Stimmungen, das unbemerkt dort klebengeblieben war. Er erkannte darauf die Auszeichnung Nr. 1 und erinnerte sich, daß der erste Name in der Liste die *Zufriedenheit* gewesen sei. Nun, er war auch ganz zufrieden und steckte das Kügelchen in seine Streichholzbüchse.

Es war Tauwetter; der halbzerflossene Schnee lag naßkalt und schmutzig auf dem holprigen Pflaster, daß der Fuß bei jedem Tritt ausglitt. Der Nebel hielt das letzte Licht der Dämmerung ab, und da die Laternen noch nicht brannten, so konnte man nicht einmal recht sehen, wohin man trat. Schulze bat einen Müllerburschen um Entschuldigung, daß er an ihn angerannt sei, und freute sich über die Mehlspuren an seinem dunklen Überzieher, die im Nebel zu einem angenehmen Kleister zerflossen. Der Stadtrat Billig begegnete ihm, den er oft durch Tadel städtischer Verwaltungsmaßregeln geärgert hatte.

Schulze sprach ihn an, begleitete ihn.

»Ein Hundewetter«, sagte der Stadtrat. »Diesen Schnee wieder hinauszuschaffen kostet der Stadt –«

»Freilich«, unterbrach ihn Schulze, »das bringt Geld unter die Leute, aber es ist auch ebenso schön, wenn er liegenbleibt. Die Unebenheiten des Pflasters erhöhen durchaus den Reiz der Gegend, und ihre Ausfüllung mit Schnee ist ein sehr belehrendes Bild für die ausgleichende Tätigkeit der Natur. Jeder Patriot kann es nur billigen, wenn der Naturzustand unserer Stadt erhalten bleibt.«

»Ich will nicht hoffen, Herr Doktor, daß Sie Ihren Spott –«

»Herr Stadtrat, ich versichere Sie, daß ich mich durchaus in unseren Verhältnissen wohl fühle. Ich wünsche, jeder Bürger sähe die Notwendigkeit ein, daß die Beschwerden des Weges als Erziehungsmittel der Menschheit zu pflegen sind. Diese Dunkelheit der Straßen schärft die Sinne der Fußgänger und Kutscher, sie kommt nicht bloß der Stadtkasse zugute, sondern unter Umständen auch den Ärzten und Chirurgen. Wieviel Eitelkeit, wieviel Putzsucht, wieviel unnötiger Toilettenaufwand werden dadurch unterdrückt, daß unsere Damen von vier Uhr an nicht mehr gesehen werden können. Wenn ich Stadtverordneter wäre –«

»Sie müssen es werden, Herr Doktor, Ihre Hand darauf!«

»Gewiß, mit dem größten Vergnügen. Es gibt keine Vorlage, der ich nicht unbedingt zustimme.«

»Auch dem neuen Aufschlage zur Kommunalsteuer?«

»Selbstverständlich. Es kann nie Steuern genug geben, denn nichts ist erhebender, nichts erfreulicher, nichts beglückender, als sein Hab und Gut zum Besten der Gemeinsamkeit zu opfern.«

»Bravo! Bravo! Ich gehe an meinen Stammtisch in der ›Roten Tulpe‹; noch heute sichere ich Ihnen zehn Stimmen. Auf Wiedersehen!«

Der Stadtrat empfahl sich begeistert. Auch Schulze fand den Gedanken an seine akademische Stammecke nicht übel und schlug die bewußte Richtung ein. Er war noch nicht weit gelangt, als er einer Dame begegnete, deren Beredsamkeit er sonst in großem Bogen auszuweichen pflegte. Heute kam sie ihm, soweit es die Dunkelheit gestattete, in rosigem Licht vor. Linolinde v. Zwinkerwitz hatte allerdings Rot aufgelegt. Seit zehn Jahren – solange nämlich war Schulze Privatdozent – behauptete sie, daß er ihr den Hof mache, und ebensolange zwang sie ihn bei jeder Begegnung zu einer längeren Aussprache. Schulze pflegte zu klagen, er habe auf diese Weise schon zwei ganze Semester verloren – das Semester zu drei Monaten, den Monat zu zwanzig Tagen und den Tag zu anderthalb Stunden gerechnet –, so lange nämlich dauerte sein Kolleg über die Geschichte der griechischen Philosophie vor Sokrates. Jetzt aber war Linolinde ganz entzückt von Schulzes Liebenswürdigkeit, und gerührt gestand sie ihm, daß sie eine Novelle geschrieben habe, nur einige hundert Seiten. Ob er sie nicht einmal durchlesen wolle.

»Mit dem größten Vergnügen, teuerstes Fräulein! Wie freue ich mich auf den Genuß, einen Blick in das Leben Ihrer schönen Seele zu tun! Wie werde ich den Helden beneiden, den der Hauch Ihres Genius mit dem ganzen Farbenzauber Ihrer Liebe geschmückt hat!«

»Ja«, rief Linolinde, »Sie erraten meine Gefühle! O dieser Scharfsinn der Philosophen! Ach, ich wage es nicht – nein, ich darf Ihnen meine Novelle nicht geben! Wenn ich mich getäuscht hätte –«

»Es gibt keine Täuschung für die wahre Dichterin. Zweifeln Sie nicht an dem treuen Verständnis, das ich den Gefühlen Ihres Helden entgegenbringe.«

»Aber Sie wissen nicht –«

»Ich weiß, daß ich zufrieden bin.«

Linolinde schwieg. Sie waren auf die Promenade gekommen, die rote Laterne blinkte in der Nähe. Linolinde ging immer weiter. »Sie gehen noch länger hier spazieren?« fragte sie. Schulze hatte das Gefühl, daß er dies eigentlich nicht wolle, es zog ihn nach der Laterne, aber er konnte nicht nein sagen. So schritt er weiter, Linolinde neben ihm. In Gedanken verloren, kehrte er am Ende der Promenade um, Linolinde desgleichen. Sie sprachen noch immer nichts. Linolinde glitt aus – ein leichter Schrei –, dann nahm sie den Arm, den er ihr darbot.

»Die Glätte«, sagte er, »ist die vornehmste und die holdeste Eigenschaft der Körper, sie ist die Stufe, über welche die Materie zur Idee schreitet; darum hielt Epikur die Seelenatome für das Glätteste. Nicht ohne Grund alliteriert der Sprachgeist Glätte, Glaube, Glück.«

Linolinde drückte leise seinen Arm und hauchte: »Warum sollen wir uns nicht sagen, daß wir uns verstehen?«

»Wir verstehen uns«, erwiderte er. Da hing Linolinde an seinem Hals, dank der Sparsamkeit des Stadtrates im Dunklen auf der menschenleeren Promenade, zwanzig Schritt von der roten Laterne. Ein Räuspern ward vernehmbar, Schritte ... »Auf Wiedersehen!« Linolinde entschwand. Schulze trat seelenvergnügt in sein Stammlokal, wo er an der Tür mit seinem Spezialkollegen, dem Professor Oberwasser, zusammentraf.

Es wurde ein bedenklicher Abend für Schulze, denn er konnte niemand etwas abschlagen. Für den folgenden Morgen versprach er dem Geologen, ihn auf einer den ganzen Tag dauernden Exkursion zu begleiten, zugleich aber seinem Nachbarn zur Linken, ihm um 12 Uhr auf der Bibliothek eine Auskunft zu geben, und nachdem die beiden fortgegangen, nahm er von einem später Angekommenen für dieselbe Zeit eine Einladung zum Frühstück an. In bezug auf seine Reiseerinnerungen, die zur Sprache kamen, verstrickte er sich in ein unendliches Netz von Lügen, weil er auf keine Frage nein zu sagen vermochte, und zuletzt kam er in Streit mit seinem Kollegen Oberwasser wegen der bekannten literarischen Fehde, in welche dieser mit dem berühmten Philosophen Weißschon über die Anschaulichkeit des reinen Nichts geraten war.

»Kann ein vernünftiger Mensch«, so rief Oberwasser entrüstet aus, »es für möglich halten, daß die pure Aufhebung eines Begriffes als solche noch Merkmale der Distinktion innerhalb der Grenzen der Sensibilität, obschon durch bloße Abstraktion gegeben, vermittels der Negation dieser Abstraktion zur repulsiven Konkretion determiniert, ihrerseits durch Nichtsetzung des Nichtseins erlangen könne?«

Selbstverständlich erwartete er ein ebenso entrüstetes »Nein« aus Schulzes Mund; aber zu aller Erstaunen sagte dieser:

»Allerdings ist das Nichts durchaus positiv, insofern ich es nämlich nicht verneinen kann. Was aber Ihre Abhandlung betrifft, an die ich mit dem größten Vergnügen denke, so kann ich nur sagen, daß Sie ebenso recht haben wie Weißschon, weil überaupt alle Urteile aller Menschen unter allen Umständen bejahend sind.«

Da stand Oberwasser idigniert auf und ging in der Überzeugung fort, daß Schulze zuviel getrunken habe. Das war nun zwar nicht der Fall, aber es kam noch, als auch die übrigen Kollegen sich davongemacht hatten. Sooft ihn nämlich der Kellner fragte, ob er noch ein Glas befehle, war er nicht in der Lage, nein zu sagen; außerdem schmeckte es ihm vorzüglich. Mit den Vorschlägen der Speisekarte ging es ihm ebenso, leider aber auch beim Bezahlen, da er auf jede Kontrolle verzichtete. Es war spät geworden, als er nach Hause ging, und unterwegs hatte er noch einen kleinen Aufenthalt mit dem Nachtwächter, weil er behauptete, es gäbe nichts Schöneres, als in einer naßkalten Schneenacht mit dem Spieße in der Hand in einer Mauerecke zu lehnen.

Als Schulze später am Vormittage erwachte und sich vergeblich bemühte, das gestern Erlebte in sein Gedächtnis zurückzurufen, bemerkte er plötzlich auf dem Stuhle vor seinem Bett den Kater seiner Wirtin, der ihn mit ernster und, wie es schien, mißbilligender Miene betrachtete. Aber wie erschrak er, als er zwischen den Vorderpfoten des Tieres seine Kategorie der Negation entdeckte, die dasselbe offenbar für einen Vogel oder dergleichen gehalten und gefangen hatte. Unwillkürlich machte er eine Bewegung nach dem Stuhle; da begann plötzlich der Kater mit vernehmlicher Stimme zu sprechen:

»Bleiben Sie ruhig liegen, sehr geehrter Herr Doktor, wundern Sie sich auch nicht, daß ich rede. Meine berühmten belletristisch-epischen Vorfahren hatten dazu geringere Motive als ich, denn ich habe in dieser Nacht sämtliche Kategorien auf Ihrem Schreibtische gefressen.«

»Beim heiligen Immanuel!« schrie Schulze. »Wieviel waren es?«

»Ich habe sie leider nicht gezählt« – Schulze seufzte tief, während der Kater fortfuhr – »und bedaure in der Tat, daß somit die berühmte Streitfrage über die Zahl der Kategorien nicht geschlichtet werden kann. Aber da ich nun einmal den Verstand, wenn auch nicht mit Löffeln, so doch in ausreichender Portion gefressen habe, so erlaube ich mir, Sie ganz ergebenst darauf aufmerksam zu machen, daß Sie versäumt haben,

Herrn Professor Steinschleifer zur geologischen Exkursion abzuholen, daß Sie jetzt um zwölf Uhr nicht auf der Bibliothek sind, endlich auch die Einladung zum Frühstück nicht abgesagt haben.«

Schulze nickte wehmütig. »Leider, leider, die Herren werden es mir sehr übelnehmen. Aber geben Sie mir, lieber Herr Hinze, meine Kategorie der Negation wieder.«

»Geduld«, sagte der Kater. »Ich will Ihnen nur noch bemerken, daß Sie Herrn Oberwasser, dessen Stimme in der Fakultät bekanntlich ausschlaggebend ist, schwer beleidigt haben. Mit dem Extra-Ordinarius wird es nun wohl wieder nichts sein. Daß Ihr Feuerzeug verloren, Ihre Börse leer und Ihr Überzieher ruiniert ist, das sind demgegenüber nur kleinere Unannehmlichkeiten. Außerdem sind hier noch einige Briefe eingelaufen, die ich Ihnen nicht vorenthalten will.«

»Immer zu«, sagte Schulze, ergeben in sein Schicksal.

»Herr Stadtrat Billig schreibt Ihnen, daß Ihre Wahl zum Stadtverordneten gesichert sei« – hier stieß Schulz einen Schrei des Entsetzens aus – »und daß Ihre opfersinnigen Äußerungen ihn ermutigt hätten, in der Einschätzungskommission Ihre Erhöhung um drei Steuerklassen vorzuschlagen. Sodann ist hier eine Vorladung betreffend Vernehmung in Sachen Beleidigung des Nachtwächters Warmbier. Weiterhin ist hier ein dickbändiges Manuskript: ›Herzensnacht und Strahlenmacht‹, Novelle von Linolinde von Zwinkerwitz, und von derselben Hand ein ebenso starker Essay: ›Über die Unsterblichkeit der Seele, Gedanken einer Lebendigen‹. Dazu ein Briefchen: ›Teurer Freund! Nicht wahr, Sie lesen noch heute? Ort und Stunde wie gestern, wo Ihr Urteil zitternd erwartet L. v. Z.‹«

Schulze rang die Hände.

»Endlich«, sagte der Kater, »ist noch ein Briefchen hier von derselben Hand. Es lautet: ›Geliebter! Ich habe Mama alles gestanden. Sie erwartet Dich heute mittag. Ich schwelge im Glück! Ewig die Deine – Linolinde‹.«

»Mein lieber Herr Schulze«, fuhr der Kater fort, »wenn Sie ein andermal die Zufriedenheit mitnehmen, dann lassen Sie jedenfalls die Negation nicht zu Hause. Ich habe die Ehre, sie Ihnen wieder zu überreichen.«

Bei diesen Worten nahm der Kater mehr und mehr die Züge des Psychotomen an – auf einmal fühlte Schulze einen lebhaften Druck an seinem Kopfe und verlor zugleich die Kategorie und den Kater aus dem Gesichte. Schnell sprang er auf, fuhr in die Kleidung, kühlte sein Haupt und trat in sein Studierzimmer.

Auf der Schwelle lag sein Stubenhündchen, der treue Nonsens; aus seinem Maule hing noch eines der Würstchen mit den Raumproben. Das gute Tier hatte sie für genießbar gehalten, da waren ihm die Koordinaten in seinem Leibe auseinandergegangen, und nun lag es, nach allen Dimensionen gekrümmt, regungslos zu den Füßen seines Herrn. Schulze hob es bedauernd auf, da sagte eine Stimme:

»Laß mal liegen, Schulze, er ist nur scheintot.«

Und so war es. Als richtiger Philosophenhund mußte er die Metageometrie bald als unverdaulich wieder von sich geben.

Der Redende war Schulzes bester Freund, Dr. Müller, ein normal entwickelter Mediziner, der es sich auf dem Sofa bequem gemacht hatte.

»Du siehst übrigens jammervoll aus, Mensch«, fuhr er fort, »es tut mir leid, daß ich dir nicht einen Löffel Kaviar übriggelassen habe. Aber er war ausgezeichnet. Wer hat dir den gestiftet?«

»Um Himmels willen, Müller, du hast diese Büchse hier geleert?«

»Mit dem besten Appetit; du nimmst es doch nicht übel? Ich habe auch diese Likörproben dazu getrunken, etwas kräftig, aber delikat.«

»Unseliger Mensch, das waren ja meine Gefühle, das waren meine Ideale! Du hast sämtliche Gefühle und Ideale der Menschheit verschlungen, Kannibale, was soll nun aus dir werden?«

»Gefühle im Kaviar und Ideale im Schnaps? Ihr Philosophen seid praktischer, als man meinen sollte. Nun, du siehst, es hat mir nichts geschadet. Ein richtiger Mediziner wird von solchen Kleinigkeiten nicht angegriffen. Hier hast du übrigens dein Feuerzeug wieder, es lag auf der Treppe. Ei, laß doch sehen, da ist ja noch so ein Störei; aber wahrhaftig, das Ding sieht gelungen aus –«

»Heb es auf, es ist die Zufriedenheit.«

»Es scheint mir eine neue Parasitenform, ich will versuchen, eine Reinkultur anzulegen. Und nun erzähle, wie du dich so zugerichtet?«

Schulze beichtete. Da fühlte der Arzt ihm den Puls und sagte:

»Menschlein, du hast noch nicht ausgeschlafen, nachmittags wird dir besser sein. Sei übrigens froh, daß der Kater und ich das Zeug gegessen haben, dir wäre es jedenfalls schlechter bekommen. Du kannst mir noch eine Zigarre geben, vorausgesetzt, daß nicht irgendein psychologisches Scheusal mit eingewickelt ist.«

Er zündete die Zigarre an und ging gemütlich grüßend von dannen. Schulze aber setzte sich an den Schreibtisch, tauchte die Feder in das Tintenfaß, das die Negation halb ausgetrunken hatte, und schrieb Absage- und Entschuldigungsbriefe. Und da sich einmal seine Kategorie der Negation mit Tinte gesättigt hatte, schrieb er gleich noch eine Rezension hinterher. Dann stützte er das schwere Haupt wehmütig in die Hand und gedachte unter Seufzen des Psychotomen und seiner unglückseligen Gaben. Alle waren verschwunden – doch nein! Ein Gläschen stand noch in der Ecke, und ein Teufelchen schaute ihn unverfroren an.

Es war der höhere Blödsinn.

(1885)

Mirax

Träume eines modernen Geistersehers
erläutert durch Träume moderner Metaphysik

Heino Mirax hatte eben in der Zeitschrift »Mysterium – Organ für übersinnliche Weltanschauung und Experimental-Metaphysik« einen seiner tiefsinnigsten Artikel veröffentlicht:

Über die Anwendung der Entwicklungstheorie auf die künstliche Züchtung der Weltseele.

Man fand denselben epochemachend überall, wo man überzeugt war, daß die moderne Wissenschaft auf dem Holzwege sei. Daß sie sich in der Tat auf dem Holzwege befindet und umkehren muß, ergibt sich für einen Kopf, der nicht durch gelehrte Studien gründlich verdorben ist, äußerst einfach. Es ist nämlich ungemein schwer, den gesamten Gedankenvorrat richtig zu verdauen, den die Geistesarbeit von Generationen unter dem Namen der Wissenschaft angehäuft hat. Der Mensch möchte doch aber gern etwas vom tiefsten Wesen der Welt verstehen, ohne ein halbes Leben lang darüber zu studieren. Da es nun nicht mehr möglich ist, beim Zeitunglesen nebenbei zur Wissenschaft zu gelangen, so muß die Wissenschaft zum Menschen kommen, der so beschränkt in seiner Zeit ist; das heißt, sie muß umkehren, sie muß wieder einfach werden, so einfach, daß ein jeder sie versteht, der nur hin und wieder einen Blick in ein Journal wirft.

Es ist eines der gelehrten Vorurteile, die endlich ausgerottet werden müssen, daß es schwierig sei, eine Wissenschaft zu reformieren. Man braucht dazu weiter nichts als einige *Prinzipien* und eine *Methode*.

Heino Mirax hatte beides.

Als Prinzipien nahm er irgendwelche beliebigen Sätze aus dem täglichen Leben, aus dem Sprichwörter- oder Märchenschatze der Völker oder aus einer der umzukehrenden Wissenschaften, vorausgesetzt nur, daß sie niemand bezweifeln konnte. So zum Beispiel: »Man muß das Eisen schmieden, solange es heiß ist«, oder: »Ein Tischleindeckdich wäre eine schöne Sache«, oder auch den ziemlich feststehenden Satz:

»Die lebenden Wesen sind in einem allmählichen Vervoll-
kommnungsprozeß begriffen.«

Seine Methode bestand darin, daß er diese Sätze auf ein beliebiges fremdes Gebiet anwandte, nur mit der Vorsicht, daß
man auf keine Art nachweisen konnte, ob sie dort auch an-
wendbar wären. Darin lag eben das Neue, wodurch er die
schwierigsten Rätsel des Daseins mit Leichtigkeit löste. So bewies er zum Beispiel, daß es auf der Sonne Bewohner gäbe,
welche sich von Meteorsteinen nährten. Denn da man das Eisen schmieden muß, solange es heiß ist, da aber die Spektral-
analyse nachweist, daß es auf der Sonne glühende Eisen-
dämpfe gibt, so muß es auch Wesen auf der Sonne geben, die
das Eisen schmieden; und da ein »Tischleindeckdich« eine
hübsche Sache ist, so steht zu vermuten, daß jene Wesen auch
gern vom Himmel gefallene Speisen haben möchten. Nun fallen aber die Meteorsteine vom Himmel und bestehen aus Eisen
– folglich sind sie die Lieblingsspeise der Sonnenbewohner.
Da endlich wir Menschen noch nicht Eisen verdauen können,
die lebenden Wesen jedoch in einer Fortentwicklung begriffen
sind und endlich die Sonne älter ist als die Erde, so folgt daraus: 1. Die Sonnenbewohner sind höherorganisierte Wesen als
die Menschen; 2. die Menschen werden später dazu kommen,
Eisen zu verdauen; 3. in einer – allerdings noch weit entfernten
– Zukunft wird man zum Nachtisch den Gästen Granaten in
den Mund schießen. Es muß freilich hinzugefügt werden, daß
die letzte Folgerung nicht von allen Anhängern des Heino Mirax
zugegeben wurde und daß sie auch in der Tat nicht ganz un-
bedenklich ist; die Neu-Miraxianer, die sie leugnen, haben
möglicherweise recht. Aber auf Grund der beiden ersten Sätze
hatte sich Mirax eine zuverlässige Schule geschaffen, welche
alle umfaßte, die das Bedürfnis hatten, etwas bisher gänzlich
Unbekanntes durch eine unbefangenere Logik zu erfahren. Sie
erklärten Heino Mirax für einen der tiefsinnigsten und zugleich klarsten Denker aller Zeiten. Er sich auch.

Aber Mirax führte nicht nur die Naturforschung neue Wege,
er brachte auch die Philosophie in erstaunlichen Schwung. Es
ist unleugbar, daß ein Faß Wein nicht ausläuft, wenn man nur
ein einziges kleines Loch hineinbohrt; daß dagegen der ganze
Inhalt ausströmt, wenn man dem Fasse den Boden ausschlägt.

Auch muß zugegeben werden, daß das Gedächtnis gewissermaßen das Gefäß ist, welches das Gesamtwissen der Menschheit zusammenhält. Mirax berief sich in dieser Hinsicht auf Kant und Goethe, und man weiß, daß Mirax ein Kenner dieser nicht unbedeutenden Schriftsteller ist. Das lächerliche Geschrei einiger Professoren, daß sich ein solcher Ausspruch weder bei Kant noch bei Goethe finde, noch auch nach der ganzen Eigenart dieser Geister bei ihnen sich finden könne, ist, als lediglich dem Brotneid entstammend, kurzerhand zurückzuweisen. Man darf zuversichtlich erwarten, daß kein Miraxianer die Schriften jener Männer selbst nachlesen wird. Mit Hilfe der beiden obigen Prinzipien schloß Mirax, daß, wenn man nur in das Gedächtnis der Menschheit ein genügend großes Loch schlagen könnte, sofort der gesamte Wissensinhalt auslaufen würde. Man müßte ihn alsdann auffangen und auf Flaschen ziehen. Darauf wollte er seine neue *Pädagogik* gründen und so die Erziehung der Menschheit endlich in Ordnung bringen. Die Zeitschrift »Mysterium« veröffentlichte eine Reihe von Artikeln, worin mit Repliken und Dupliken heftig gekämpft wurde, welche Gestalt die anzuwendenden Geistflaschen haben sollten; es ist bedauerlich, daß darüber Streit entstehen konnte, da die altdeutsche Form des »Nürnberger Trichters« zweifellos die einzige ist, die der nationalen Würde entspricht. Hoffentlich nimmt der Staat bald die Sache in die Hand.

Nicht zufrieden mit seinen bisherigen Erfolgen, gedachte Heino Mirax nunmehr die Weltentwicklung überhaupt in beschleunigtere Gangart zu versetzen. Längst hatte er erkannt, daß die Schwäche der modernen Naturwissenschaft in ihrer Beschränkung auf die Gesetze der stofflichen Welt bestehe. Mit dem Ausmessen und Berechnen der Sternbahnen, der Erforschung von Land und Meer, dem Abwägen von Kohlenstoff und Sauerstoff, mit der Beobachtung der Nervenprozesse, der Zellenbildung, der organischen Fortpflanzung – mit alledem flickt man ja doch nur an dem äußeren Gewande der Natur herum. Man mag dadurch die materielle Welt beherrschen, aber man lenkt sie nur künstlich wie ein Pferd am Zügel, nicht durch die Anfeuerung des inneren Triebes. Mirax ging tiefer; er beschloß, die Weltseele selbst zu züchten.

Es ist einleuchtend, daß die gesamte Natur ebensogut wie

der Mensch ein inneres Bewußtsein, ein Gefühl ihrer selbst besitzt. Die alten Griechen bis Plato waren darüber nicht im Zweifel gewesen; erst die moderne Wissenschaft seit Descartes und Galilei hatte es vergessen. Nicht so Mirax; er griff der Natur in den Busen, von innen heraus wollte er sie fördern. Man sage nicht, daß eben der Körper das einzige sei, wodurch der Geist zugänglich und anderen vermittelt werde. Die Experimente über den körperlosen Verkehr der Geister haben diese Ansicht widerlegt; das Hellsehen und der Spiritismus bilden von nun ab die Mittel, der Natur nicht mehr auf den Leib, sondern direkt auf die Seele zu rücken. »*Der Darwinismus muß spirituell werden!*« Mirax sprach das große Wort gelassen aus.

Noch mehr! Die Weltseele muß künstlich gezüchtet werden! Nicht mehr die Naturkräfte – Licht und Wärme – und die Naturerscheinungen – Sternenhimmel, Atmosphäre, Erdrinde – dürfen das Objekt der Wissenschaft bilden, sondern die Naturseelen, die *Geister,* welche die Innenseite dieser Kräfte und Erscheinungen repräsentieren. Unmittelbar auf die Elementargeister sollte man wirken, in ihnen den Trieb nach Vervollkommnung wecken und durch künstliche Auslese, Zuchtwahl und Vererbung – denn warum sollen nicht auch die Geister sich fortpflanzen? – sie zu einer gedeihlichen Entfaltung ihrer Kräfte bringen. Man braucht dann nicht mehr die Gesetze der Elektrizität mühsam zu studieren; man ruft den Geist derselben – nennen wir ihn Elektra – und veranlaßt ihn, uns ohne Strom und Funken zu dienen. Schon Faust hatte etwas Ähnliches gewollt, als er seine Geister beschwor; aber in jenem dunklen Zeitalter fehlten ihm noch die Mittel zur richtigen Durchführung, und deshalb hätte Goethe auch besser getan, den Faust nicht zu schreiben.

Mirax wußte die Sache methodischer anzufassen. Das Darwinsche Grundgesetz von der fortschreitenden Entwicklung der Organismen steht fest. Beruht nun diese Entwicklung auf dem mechanischen Einflusse der Naturkräfte? Da hat Häckel offenbar vorbeigeschossen; das Bewußtsein selbst ist es, welches zu entfalten ist! Mirax wandte das Entwicklungsgesetz auf die Elementarseelen an. Der Erdball hat eine Seele. Nur steht sie nicht, wie Fechner glaubte, höher, sondern tiefer als wir. Wenn es nun gelänge, die Erdseele zu erziehen, zu entwickeln von innen heraus, welche Fülle von irdischem Fortschritt müßte sich ergeben! Was nützt das Herumgraben und Analysieren in der gravitierenden Masse, die man Materie nennt! Das Ursprüngliche ist der *psychische* Zustand, das Bewußtsein, und diese Erde ist nur eine niedre Form, eine untergeordnete Seinsart des Geistes.

Mirax zog die Konsequenz der neuesten Entdeckungen, indem er Spiritismus und Darwinismus zum metaphysischen Monismus oder sogenannten *Mystotranszendentalismus* verband. Wir Menschen sind die höchste Stufe der Wesensreihe, weil wir es bis zur Entwicklung des *Selbstbewußtseins* gebracht haben, zum Unterschiede von Ich und Welt, der wir gegenüberstehen. Jene niederen Geister, wie zum Beispiel der Erdgeist, den die Geologen Erdrinde oder Lithosphäros nennen, sind noch nicht soweit. Sie haben ebenfalls Bewußtsein, aber sie sind bloßes Subjekt; sie erleben alles nur als wechselnde Zustände, ohne zu wissen, daß sie selbst es erleben, daß sie etwas sind und etwas *vermögen*. Wenn der Erdrindengeist zum Beispiel es dazu brächte, Selbstbewußtsein zu erlangen, so würde er dem Menschen ebenbürtig, ja durch die Größe und Mannigfaltigkeit seines Körperbaues – der Erdrinde – ihm vielleicht überlegen sein. Und wenn auch die Menschheit darüber zugrunde ginge, ihr Wesen selbst, die höhere Stufe des geistigen Seins, würde als Idee in dem zum Selbstbewußtsein gekommenen Erdgeiste fortleben; er würde den Weltprozeß dort weiter denken, wo die Menschheit ihn abgebrochen hat.

Das ungefähr war der Gedankengang, welchen Heino Mirax in seinem Artikel »Über die Anwendung der Entwicklungstheorie auf die künstliche Züchtung der Weltseele« durchgeführt hatte. Jetzt kam es nur noch darauf an, einen Elementargeist, also etwa den Geist der Erdrinde, zu veranlassen, daß er sich selbst über seine vielversprechende Zukunft aufkläre. Hätte er erst einmal eingesehen, daß ihm bloß das Selbstbewußtsein fehle, um in die höhere, ja die höchste Stufe des Geisterreichs einzurücken, so würde er sicher alles daransetzen, um zum Selbstbewußtsein zu gelangen. Welcher Erfolg, wenn Mirax diese künstliche Züchtung einer Seele der Natur zustande brächte!

Sollte es nicht genügen, daß der Erdgeist Gelegenheit bekäme, die Abhandlung unseres Denkens zu lesen? Daß er ein niederer Geist ist, der vielleicht gar nicht lesen kann, macht dabei nichts aus. Denn die Elementargeister sind, wie Mirax zweifellos festgestellt hat, nicht niedere Geister in dem Sinne, wie zum Beispiel die Hunde es sind, welche im allgemeinen das Lesen nie lernen; sondern niedere Geister sind sie nur im mystotranszendentalen, nicht im organischen Sinne, sie sind ganz menschlicher Art, wie die Spirits, nur daß sie eben kein Selbstbewußtsein besitzen. Das ist gerade das Feine am Miraxianismus, daß er den bisher nur bekannten organischen durch den mystotranszendentalen Unterschied ersetzt hat, und wer das nicht versteht, der ist nicht wert, daß die Wissenschaft um seinetwillen umkehre.

Um sich seiner Sache zu vergewissern, ließ Mirax noch den Geist des großen Theophrastus Bombastus Paracelsus von Hohenheim zitieren, der sogleich erschien und ihm eröffnete, daß in der Tat der Erdrindengeist Lithosphäros ein Freund guter Lektüre sei. Die Einwirkung durch die Presse sei nicht nur für die politische Volksbildung, sondern auch für die mystotranszendental entwicklungstheoretische Erziehung der Elementargeister der passendste und wirksamste Weg. Darum habe er auch seiner Zeit deutsch geschrieben. Aber die Adresse des Erdgeistes wußte er ihm nicht anzugeben. Das sicherste sei, wenn Mirax mehrere Separatabzüge seiner Abhandlung in die tiefsten Bohrlöcher der Erdoberfläche hinabwerfen lasse. Heino Mirax fand zwar dieses Mittel etwas materialistisch; aber da es ein Experiment an wertlosen Objekten war, konnte er es ja einmal probieren.

Der Erdgeist stand gerade in seinem Kasino auf der Kegelbahn und hatte soeben eine Kugel geschoben, daß sämtliche Porzellantassen in Mitteleuropa klapperten und die Geologen nach ihren Seismographen liefen, um zu sehen, ob es auch wirklich gebebt habe. Es waren da bei ihm noch einige außer Dienst gestellte Elementargeister, nämlich die pensionierten griechischen Götter Poseidon und Hephästos, welche aus Ärger über ihre Verbannung von den Menschen jetzt dem Erdgeist im Kasino das Bier abgewannen; ferner ein abgestorbener

Geysir aus Island und ein alter, ausrangierter Gletscher, der mit der Zeit nicht mehr fortkommen konnte und deswegen zurückgegangen war. Diese Herren bildeten das Kegelkränzchen des Erdrindenkasinos, und es war recht gemütlich dort; denn sie sprachen alle nicht viel. Die Götter schwiegen, weil sie nicht Deutsch verstanden und die anderen nicht Griechisch. Der Geysir war heiser, denn seine Luftröhre saß ihm voll Kieselsinter; und der Gletscher hatte Schmerzen in seiner Stirnmoräne, woraus durch Mißverständnis des Geologischen der Name Migräne entstanden ist. Der Erdgeist sagte auch nichts, weil ihm nichts einfiel; aber er bezahlte, sooft er verlor, und das war die Hauptsache.

Als sich der Erdgeist aus seiner Keglerstellung wieder aufrichtete, stieß er mit dem Kopfe an eine stählerne Röhre, die inzwischen aus der Decke hervorgedrungen war.

»Potz Glimmer!« schrie er, indem er die Spitze des Hohlbohrers abbrach. »Was sich nur da oben für ein Gesindel breitmacht, das einem aller Ecken und Enden die Haut durchsticht!«

»Das ist vielleicht so ein Kabel«, sagte der Gletscher, »wie sie es dem Vetter Meergreis um den Leib gelegt haben. Es soll gut gegen Rheumatismus sein.«

»Der Meergreis ist ein Esel«, murmelte Poseidon. Aber weil er auf griechisch murmelte, so meinten die anderen, es wäre etwas sehr Schönes, und gaben ihm ganz recht.

»Ich bin mit einem Seehund befreundet«, krächzte der Geysir; »der ist dort oben wohl bewandert; man sagt sogar, er sei ein Organismus, und als solcher –«

»Was ist denn das, ein Organismus?« fragte der Erdgeist.

»Das weiß ich nicht genau, aber jedenfalls etwas sehr Vornehmes; denn er hat Verkehr mit den Zweibeinern, welche Sie in die Haut gestochen haben.«

»Wenn das ist«, sagte der Erdgeist und sah den Geysir wegen seiner hohen Bekanntschaft mit Interesse an, »so fragen Sie ihn nur einmal, was sich gegen das Krabbeln und Stechen in meiner Rinde tun läßt.«

Dabei betrachtete er das abgebrochene Stück des Bohrers näher und bemerkte ein Papier in der Höhlung. Er zog es hervor und entfaltete die Abhandlung von Heimo Mirax mit der

Widmung: »Herrn Erdrindengeist Lithosphäros hochachtungsvoll der Verfasser«. Das gefiel ihm, und er setzte sich sogleich auf sein Sofa, zündete ein Petroleumlager an und las, während die andern weiterkegelten.

Mirax hatte die schöne Eigenschaft, so zu schreiben, daß sich jeder bei der Lektüre seiner Aufsätze etwas dachte, und zwar allemal das, was ihm gerade in sein Behagen paßte; das war eben die neue Methode der reformierten Wissenschaft, und ihr verdankte er seine Beliebtheit. So dachte sich auch der Erdgeist das Seine und schmunzelte.

Er las die Abhandlung zu Ende, legte sie dann unter seine Steinkohlenpresse und sagte: »Selbstbewußtsein also ist's, was mir fehlt! Es ist mir nur lieb, daß ich das weiß; es war mir schon immer klar, daß ich noch zu etwas Höherem bestimmt sei. Ich brauche mir also nur das Selbstbewußtsein zu verschaffen. Wenn ich doch auch das noch wüßte, was das Selbstbewußtsein ist und wie man's bekommt! Meine Herren, weiß keiner von Ihnen, was das Selbstbewußtsein ist?«

»Wenn Sie mir nicht sagen können, wie das auf griechisch heißt, so kann ich Ihnen nicht helfen«, meinte Poseidon.

»Wenn mir nur meine Stirnmoräne nicht so weh täte«, rief der Gletscher, »dann würde ich's gewiß wissen.«

»Ich bin mit einem Seehund befreundet«, grunzte der Geysir, »der ist sogar ein Organismus –«

»Das ist wahr«, schrie der Erdgeist erfreut, »kommen Sie mit, wir wollen Ihren Seehund fragen. So ein Organismus muß das doch wissen.«

»Und er hat auch Verkehr mit den Zweibeinern«, setzte der Geysir hinzu.

Sie kamen zu dem Seehund; der hatte sich gerade gewaschen, lag auf einer Eisscholle und philosophierte, das heißt, die ganze Welt kam ihm als angenehme psychische Tatsache vor.

»Das ist hier der Herr Lithosphäros, Geist der Erdrinde«, stellte der Geysir vor. »Sie würden, lieber Freund, mich sehr verbinden, wenn Sie ihm sagen wollten, was Selbstbewußtsein ist. Da Sie doch ein Organismus sind –«

»Was, Organismus?« unterbrach ihn der Seehund unwillig. »Ich bin sogar ein Wirbeltier, und ich würde, wenn nicht die klimatischen Verhältnisse so ungünstig wären, ohne Zweifel schon längst zur Menschenwürde avanciert sein. Ich habe, wie Sie wissen, Umgang mit –«

»Entschuldigen Sie vielmals«, sprach der Erdgeist, »wir wissen wohl, daß Sie mit Zweibeinern verkehren. Sie können mir daher gewiß sagen, was Selbstbewußtsein ist und wie man es bekommen kann; Sie haben es vielleicht sogar selbst?«

»Selbstbewußtsein? Man ist sich nicht ganz klar darüber, ob ich es habe; sollte ich es aber haben, so würde ich es Ihnen gern zur Verfügung stellen, falls Sie nicht etwa mein Fell damit meinen. Fragen Sie indes doch meinen Freund, den Eskimo.«

»Der Herr Seehund meint den Menschen«, erklärte der Geysir. »Aber warum wollen Sie ihn nicht selbst fragen?«

»Ja, sehen Sie, unser Verkehr – nun natürlich, wir verkehren miteinander, das versteht sich von selbst –, aber der Verkehr ist etwas einseitig, wir verstehen uns nicht immer. Natürlich nur eine kleine Verschnupfung, bei diesem Klima erklärlich.«

»Und worin besteht Ihr Verkehr, wenn ich fragen darf?«

»Er sticht nach mir mit seinem Spieße, und meine Familie liefert ihm dafür den Tran. Grüßen Sie ihn nur von mir.«

Damit schlüpfte der Seehund ins Wasser.

Der Erdgeist begab sich nun zum Eskimo, und der Geysir fragte diesen, was Selbstbewußtsein wäre. Der Eskimo meinte, davon wüßte er nichts. Aber der Geysir setzte ihm auseinander, daß er es ganz bestimmt besäße, denn er sei ja ein Mensch; und das Selbstbewußtsein sei eben das, was den Menschen auszeichne, und es sei das Beste an ihm.

Da lachte der Eskimo und meinte, das hätte er ihm nur gleich sagen sollen; wenn es das Beste an ihm sei, so wolle er es ihm gern zeigen; er meine jedenfalls seinen Tranvorrat. Aber geben könne er ihm nichts davon. Wenn er indessen seine Frau mitnehmen wolle, so könnten sie sich eher einigen.

Der Erdgeist sah ein, daß er hier nicht an den Rechten gekommen war, und beschloß, die Menschen aufzusuchen, welche Bohrlöcher machen und Abhandlungen schreiben. Er reiste also nach Süden. Der Geysir jedoch blieb zurück; er erklärte, es werde ihm dort zu warm, und außerdem würde ihm sein Freund, der Seehund, das übelnehmen.

Kaum war der Erdgeist nach Deutschland gekommen, als er

alle Leute, die ihm begegneten, fragte, was Selbstbewußtsein sei und wie man es bekomme. Sie schüttelten aber den Kopf und verstanden nicht, was er meinte.

Endlich sagte ihm einer: »Selbstbewußsein? Das ist nämlich, wenn man sich was einbildet. So was können Sie bei uns überall finden. Gehen Sie man ruhig nach Berlin, das kenn' ich, weil ich dort gedient habe, und fragen Sie da, wo die eingebildetsten Leute sind.«

Sofort reiste der Erdgeist nach Berlin und fragte den Portier in seinem Hotel, wo die eingebildetsten Leute seien.

Der Portier konnte sich natürlich nicht denken, daß jemand die eingebildetsten Leute suche; er glaubte sich verhört zu haben, jedenfalls sei er nach den feingebildetsten Leuten gefragt worden. Daher sagte er:

»Die feingebildetsten Leute, mein Herr, sind die Herren Oberkellner der großen Hotels. Sie sprechen sämtliche Sprachen, machen die feinsten Verbeugungen und haben die neuesten Fräcke. Die gebildetsten Leute sind nächstdem die Herren Redakteure und Journalisten. Sie wissen alles und müssen auch alles wissen, und wenn sie etwas nicht wissen, so brauchen Sie sich bloß hinzusetzen, um darüber zu schreiben, alsdann weiß es jedenfalls bald das Publikum. Recht gebildete Leute findet man übrigens auch zuweilen unter den Herren Geheimräten, Professoren, Kommerzienräten und geborenen Baronen.«

Der Erdgeist staunte über diese ungeheure Menge von Leuten, welche, wie er meinte, sich über den Begriff des Selbstbewußtseins klar seien. Sein Respekt vor dem Menschengeschlecht stieg, seine Begierde nach dem Selbstbewußtsein wurde noch heftiger.

Er ging zunächst zu dem Oberkellner und fragte ihn, was Selbstbewußtsein sei.

Der Oberkellner sah ihn von oben bis unten an, und da er ihm etwas schäbig vorkam, so näselte er: »Selbstbewußtsein ist, wenn man nicht unter fünf Mark Trinkgeld nimmt.«

»Können Sie mir nicht etwas davon ablassen?« fragte der Erdgeist.

»Nun, weil Sie es sind«, sagte der Oberkellner, »so will ich ausnahmsweise auch vier Mark annehmen.«

Da aber der Erdgeist keine Miene machte, in die Tasche zu greifen, so begleitete ihn der Oberkellner an die Tür.

Der Erdgeist ging auf das nächste Redaktionsbüro. Der Redakteur für das Feuilleton schwitzte gerade über seiner Sonntagsplauderei. Als er die seltsame Erscheinung des Erdgeistes sah, hoffte er auf einen interessanten Stoff und empfing ihn sehr höflich.

Gleich bei der stereotypen Frage des Erdgeistes erkannte der Redakteur, daß er es mit einem Original zu tun habe, glaubte aber, der Erdgeist wolle ihm einen Artikel anbieten. Er sagte daher:

»Selbstbewußtsein, mein Herr, ist ein philosophischer Begriff. Man hat darüber verschiedene Theorien, welche Sie im Konversationslexikon angedeutet finden. Sie müssen wissen, daß ich mich außerordentlich für Philosophie interessiere, ich beschäftige mich selbst damit in meinen Mußestunden. Aber schreiben Sie um Himmels willen nicht darüber! Ich zwar, für meine Person, würde Ihren Artikel mit Vergnügen lesen. Jedoch das Publikum! Ich bitte Sie, wie können wir unserem Publikum so etwas bieten! Die Zeitung verlöre sämtliche Abonnenten. Nur nichts Philosophisches! Das Publikum mag davon nichts wissen. Nur nichts, was ernste Aufmerksamkeit erfordert. Höchstens noch ein paar Gespenstergeschichten, wie sie Mirax erzählt; aber mit ein paar Skataufgaben wäre mir besser gedient.«

Da der Erdgeist sah, daß er auch hier nicht zu seinem Ziele kommen würde, so verabschiedete er sich und beschloß, sich nunmehr an die Herren Geheimräte zu wenden. Aber wie viele er auch fragte, über das Selbstbewußtsein konnte er keine Auskunft erlangen.

Ein Geheimer Medizinalrat hörte ihn aufmerksam an, befühlte seinen Kopf, sah ihm in die Augen und ließ sich die Zunge herausstrecken. Dann sagte er:

»Das Selbstbewußtsein beruht vermutlich auf der Tätigkeit der Großhirnrinde. Es scheint, daß Sie kein normal entwickeltes Großhirn besitzen. Wenn es Ihnen gelänge, durch sorgfältige Kopfmassage die Hirntätigkeit zu stärken, so wäre es möglich, daß Ihre geistige Organisation sich vervollkommnete. Auf jeden Fall sind Sie von meinen Kollegen falsch behandelt worden; sie verstehen sämtlich nichts. Im übrigen rate ich Ihnen zu dem von mir empfohlenen Kraftleguminosen-Extrakt. Mit den philosophischen Begriffen aber quälen Sie sich nicht weiter ab; das ist alles dummes Zeug. Was uns nicht in den Organen wächst, das kann uns auch nichts helfen. Die Konsultation kostet fünfzig Mark, die mein Diener in Empfang nimmt. Adieu!«

Endlich trat der Geist in das Kontor eines Kommerzienrates. Das war ein leutseliger Herr, der ihn zum Frühstück einlud, als er merkte, daß er ihn nicht anpumpen wollte. Als sie ein paar Gläschen Wein getrunken hatten, klopfte er ihm auf die Schulter und sagte:

»Lieber Herr, sehen Sie, ich bin ein Mann mit allgemeinen Interessen, ein Mann, der ein Herz hat für sein Volk und sein Vaterland, und ich bin ein praktischer Mann. Man weiß das, und man wendet sich an mich. Ich gebe immer, wo es heißt, für Kunst und Wissenschaft etwas zu tun. Entrieren Sie ein wissenschaftliches Unternehmen, das Geld kostet, es soll an mir nicht fehlen. Veranstalten Sie eine Polarexpedition, eine Tiefbohrung, einen Explosionsversuch – aber mit Selbstbewußtsein und Bewußtsein und dem philosophischen Zeug bleiben Sie mir vom Leibe! Ich habe noch nie gehört, daß man für die Philosophie Geld verlangt oder ausgegeben hätte, folglich kann sie auch nichts wert sein. Ich versichere Sie – und Sie können mir das glauben, weil ich mitten im Leben stehe und die Welt kenne –: Kein Mensch mag heutzutage von Philosophie etwas wissen.«

»Aber ich habe doch gelesen«, bemerkte der Erdgeist schüchtern, der durch seinen Umgang mit Menschen schon einigermaßen gebildet geworden war und sich jetzt an einige Sätze aus der Abhandlung von Mirax erinnerte, »das eigentliche Wesen der Welt ist der Geist, und wer sich auf eine höhere Stufe des Geistes erheben könnte, der würde dadurch den Weltprozeß selbst wesentlich fördern.«

»Ob Sie den Weltprozeß damit fördern«, erwiderte der Kommerzienrat, »das verstehe ich nicht; aber ich rate Ihnen, fördern Sie lieber Steinkohlen oder Strontianit, das wird Sie selbst mehr fördern. Ich habe da einen Neffen, der hat Philosophie studiert und schreibt den ganzen Tag, aber ich glaube nicht, daß ihm jemand etwas für seine Bücher gibt.«

»Ein Philosoph, der Bücher schreibt?« rief der Erdgeist in der frohen Erwartung, endlich sein Ziel gefunden zu haben. »Das ist vielleicht Heino Mirax?«

»Oh! Mirax? Der berühmte Mirax? Ja, wenn er *der* wäre! Der versteht es! Sehen Sie, der Mann macht Geld, der schreibt in allen unseren großen Revuen, und seine Bücher haben viele Auflagen. Das lasse ich mir gefallen! Aber mein Neffe meint, das sei überhaupt keine Philosophie, sondern Schwindel! Nun, sehen Sie, im Vertrauen gesagt, ich kann es nicht beurteilen. Ich lese Mirax, weil es Mode ist, und man kann sich etwas dabei denken. Es kitzelt uns. Der Mann enthüllt die tiefsten Geheimnisse der Welt, wie unsereiner sein Pult aufschließt; es macht ihm gar keine Mühe. Was geht es mich an, ob er dabei flunkert? Das ist nicht mein Fach; wenn er eine Anleihe aufnehmen will, werde ich ihn mir näher ansehen. Aber seine Bücher lese ich wie einen Roman; da freut es unsereinen, wenn man so schön sieht, wie sich der Geist entwickelt und wie der Mensch später aussehen und speisen wird und wie es unserer verstorbenen Urgroßmutter geht.«

»So sehen Sie doch, daß das Publikum an der Philosophie Anteil nimmt.«

»Ja, wenn Sie es meinen – aber es ist doch eigentlich nur des Spaßes halber; ich glaube nicht, daß sich einer im Ernste darauf verläßt. Man macht es eben mit, bis wieder einmal ein anderer kommt. Und dann, wie gesagt, mein Neffe hält nichts davon, und ich dachte, Sie meinten mit Philosophie die Beschäftigung meines Neffen. Und das, was dieser treibt, soviel kann ich Sie versichern, das versteht einer nicht so leicht. Aber wenn Sie es einmal versuchen wollen – dort drüben wohnt er.«

Der Erdgeist ging zu dem Philosophen. Auf dem Wege dachte er, daß es doch eine bedenkliche Geschichte sein müsse mit dem Selbstbewußtsein, wenn die Menschen sich so wenig darum kümmerten und nichts damit anzufangen wüßten. Und die Philosophie! Die eine Art wurde nicht respektiert, weil sie bloß zur Befriedigung der Neugier dient, und die andere Art mochte überhaupt niemand näher ansehen. Sollte er nicht lieber *ohne* Selbstbewußtsein bleiben? Aber nun wollte er doch wenigstens noch einen Versuch machen.

Er war ungeduldig und ärgerlich geworden, und als er bei

dem Philosophen eintrat, donnerte er ein wenig mit der Tür und rief ihn in seiner Erdgeistmanier an: »Wie gelange ich zum Selbstbewußtsein?«

Der Philosoph sah ihn bedächtig an und sagte: »Wollen Sie nicht erst eine Zigarre nehmen? Bitte, hier. Und nun, womit kann ich dienen?«

»Ich bin der Erdgeist Lithosphäros«, sprach der Geist etwas besänftigter, »und möchte wissen, was Selbstbewußtsein ist und wie man dazu gelangt.«

Der Philosoph lächelte ein wenig und sagte, indem er sich selbst eine Zigarre anzündete: »Das Selbstbewußtsein ist die synthetische Einheit der Apperzeption, durch welche das Ich aus dem Zustande des lediglich subjektiven Erlebnisses heraustritt, indem es sich seinem Bewußtseinsinhalte als dem ihm gegebenen Objekte gegenübersetzt. Das selbstbewußte Bewußtsein unterscheidet sich von der bloßen Bewußtheit dadurch, daß es ein Verhältnis zu seinem Erlebnis besitzt. Somit wissen Sie, was das Selbstbewußtsein ist. Aber wie man dazu gelangen kann, wenn man es nicht besitzt, das ist eine Frage, die niemand beantworten kann, weil sie über die Grenzen der Erfahrung hinausgeht. Wir können nur analysieren, was in unserem Bewußtsein gegeben ist; wie es hineinkommt, das ist eine unzulässige Frage, und sie zu diskutieren ist unwissenschaftlich.«

Mit diesen Worten wandte sich der Philosoph wieder zu seinen Büchern.

Der Erdgeist stand sehr niedergeschlagen da und sagte: »Lieber Herr Philosoph, nehmen Sie es mir nicht übel, aber ich habe noch nicht recht verstanden, was Sie meinen. Könnten Sie mir die Sache nicht etwas populärer darstellen?«

»Nein«, entgegnete der Philosoph kurz, »das kann ich nicht; das wäre unter meiner Würde und würde mich als Gelehrten diskreditieren.«

»Aber gibt es denn wirklich keinen Weg, zum Selbstbewußtsein zu gelangen?«

»Ich sage Ihnen ja, daß man hier nichts wissen kann. Der menschliche Verstand reicht nicht über seine Grenzen; wer Ihnen mehr verspricht, der phantasiert. Wenn Sie aber kein Selbstbewußtsein haben, so seien Sie froh, alsdann kann Sie die ganze Frage nichts kümmern. Die Rätsel des Daseins beginnen erst mit dem Augenblicke, da Sie sich als Ich gegenüber der Welt erkennen; bleiben Sie in dem glücklichen Zustande, in welchem es nichts gibt als das unbesorgte Spiel Ihres eigenen Gemüts!«

»Aber Herr Mirax hat doch geschrieben –«

»Herr Mirax?« rief der Philosoph und lachte laut. »Ja, wenn Sie Mirax gelesen haben, der weiß es freilich; der konstruiert Ihnen die Welt auf Bestellung und sieht überall Geister; der wird Ihnen auch sagen können, wie Sie zum Selbstbewußtsein kommen. Aber da müssen Sie sich schon zu ihm selbst bemühen. Ich empfehle mich Ihnen.«

Und so fragte sich denn der Erdgeist glücklich bis zu Heino Mirax hindurch. Da er ihm imponieren wollte, so erschien er ihm in seiner natürlichen Gestalt, wie er im Erdrindenkasino zu kegeln pflegte. Aber Mirax war an Geistererscheinungen gewöhnt, und so erregte Lithosphäros bei ihm wenig Schrecken. Als der Erdgeist seinen Namen nannte, flog ein stolzes Lächeln über Mirax' Züge. Sein großer Plan war gelungen, er hatte den Erdgeist beschworen, und jetzt sollte die Erziehung des Elementargeistes zum Vernunftwesen beginnen!

Nachdem Mirax dem Erdgeiste nochmals kurz die Grundzüge des Mystotranszendentalismus gepredigt hatte, ermahnte er ihn eindringlich, sich nunmehr um das Selbstbewußtsein zu bemühen, indem er ein Verhältnis zu sich selbst zu gewinnen strebe.

»Wenn Sie erst begreifen«, sagte er, »daß Ihr ganzes Leben von Ihnen selbst erlebt wird; wenn Sie merken, daß Sie selbst etwas anderes sind als das, was Ihnen begegnet; wenn Sie sich als Zuschauer Ihres eigenen Seins fühlen – dann haben Sie Selbstbewußtsein. Suchen Sie den Gegensatz von Ich und Welt zu erzwingen.«

»Und was kann ich dazu tun?« fragte der Erdgeist etwas enttäuscht.

»Setzen Sie sich als *Subjekt* einem *Objekt* gegenüber. Haben Sie sich schon einmal *verliebt?*«

»Nein«, sagte der Erdgeist beschämt.

»Nun, so versuchen Sie es«, ermunterte ihn Mirax. »Wenn Sie etwas finden, von dem Sie fühlen, daß es zu Ihnen gehört, während es Ihnen doch nicht erreichbar ist, so hat die Spaltung des Bewußtseins begonnen. Dann werden Sie bald die Erscheinung der Erdoberfläche als Ihr äußeres Gewand erkennen, und Sie werden durch den Fortschritt Ihres Geistes imstande sein, die Natur zu ungeahnter Vervollkommnung zu bringen. Sie werden dann zum Beispiel einsehen, daß es gut wäre, den Magen der Menschen zum Verdauen unmittelbar mineralischer Nahrung einzurichten, um uns den Sonnenbewohnern zu nähern; oder Sie könnten den Isthmus von Panama durchbrechen oder sonst eine Kulturaufgabe lösen. Derartige Leistungen erwarte ich von Ihnen, sobald Sie aus Ihrem elementaren Traumleben in das Reich der selbstbewußten Geister getreten sind. Nun versuchen Sie Ihr Heil, und geben Sie mir bald wieder Nachricht, damit ich einen Artikel über Sie schreiben kann.«

»Wie?« rief der Erdgeist unwillig. »Nur darum soll ich das Selbstbewußtsein erwerben, damit ich mich in den Dienst eurer Kultur stelle? Damit ich eure Arbeit auf meine Schultern nehme? Oder damit Sie einen Artikel schreiben können? Das will ich mir doch noch überlegen!«

Mit diesen Worten stampfte er auf den Boden, der ihn verschlang, während eine furchtbare Schwefelwasserstoffexhalation Heino Mirax' Studierzimmer erfüllte.

Mit den Menschen freilich wollte der Erdgeist nun nichts mehr zu tun haben, nachdem er erkannt hatte, wie es um sie stand. Um das höchste ihrer Güter, das Selbstbewußtsein, kümmerten sie sich nicht; und ihm wollten sie nur davon mitteilen, um sich selbst das Leben zu erleichtern. Aber der Gedanke, ob er nicht zum Selbstbewußtsein gelangen könne, ließ ihm doch keine Ruhe; er konnte ja dann immer noch tun und lassen, was er wollte. So suchte er nach einem Objekt, dem er sich gegenübersetzen könne.

Sobald er etwas bemerkte, was ihm gefiel, machte er sogleich den Versuch, ob es ihm erreichbar sei. Der Geysir besaß eine schöne Tabakspfeife, denn er rauchte noch immer stark; aber kaum hatte der Erdgeist den Wunsch danach ausgesprochen, so wurde sie ihm schon dediziert. Und so ging es ihm mit allem. Es gab wohl vielerlei, was er nicht erlangen konnte, so zum Beispiel das Selbstbewußtsein; aber er fühlte nicht, daß diese Dinge zu ihm gehörten, und so nützten sie ihm nichts zur Spaltung des Bewußtseins. Was aber zu ihm gehörte, die eisigen Spitzen des Himalaja und die Glutbäche des Erdinnern, das gehorchte seiner Gewalt, und die Spiele seiner Geisterlaune waren die Gesetze der Natur.

Eines Tages ging er höchst verdrießlich auf Grönland spazieren, wo er eben den Seehund besucht hatte. Da sah er lichte Strahlen emporzucken, in bunten Feuern erglänzte das Firmament, ein herrliches Nordlicht enthüllte seine Pracht den staunenden Blicken des Erdgeistes. Er fühlte, daß diese Erscheinung zu ihm, zu seinem Erdleben gehöre, und er wünschte die Strahlenkrone auf sein Haupt zu setzen. Doch wie er die Hand danach ausstreckte, wich sie zurück; von ihm fort flohen die Nordlichtgluten, vergebens befahl und drohte, vergebens bat er und flehte – unerreichbar in der Höhe des äußersten Luftkreises, unerreichbar dem schwerfälligen Geiste der Erdrinde flatterte die flüchtige Lichtgestalt einher. Da erfüllte unendliche Sehnsucht sein Herz, und zum ersten Male rief er die Zauberformel: »Ich bin dein!«

Der Erdgeist hatte sich in das Nordlicht *verliebt*. Wie es nicht anders sein konnte, erfüllte sich die Vorhersagung des Miraxianismus. Die Spaltung seines Bewußtseins war in demselben Augenblick vollzogen; weit klafften die beiden Hälften als Ich und Du auseinander. Ein seltsamer Schimmer erhellte sein Gemüt.

Von den Polen zuckten die Nordlichtstrahlen in das Erdinnere; das Dunkel wich zurück, und klar erleuchtet sah Lithosphäros plötzlich rings um sich eine Welt. Wie verändert war alles auf einmal! Er sah den Wirbeltanz der Welten im All, sah die Sonnen in ihren Bahnen gehen und erkannte die großen Fügungen, die das Universum zusammenhalten. Aber nun erkannte er auch sich selbst und fand, daß er gar nicht mehr der Erdgeist war, dem es auf seiner Kegelbahn so wohl behagt hatte. Poseidon und Hephäst schienen ihm alte Märchen, die er selbst gedichtet, und der Geysir und der Gletscher waren tote Trümmerhaufen, über die er beim Spazierengehen stolperte; denn die Erde war jetzt für ihn ein äußerer Gegenstand. Und zu seinem Schrecken sah er sich an die Sonne gefesselt, zu ihr gezogen, um sie geschwungen, und er begriff, daß es mit all der Pracht einmal ein Ende haben müsse.

Da blickte er wieder auf das Nordlicht, das schwebte jetzt in all seinem Liebreiz zu ihm herab und umschlang ihn mit seinen Strahlenarmen. Er fühlte, wie seine Elementargewalt ihm verlorenging, und wußte nicht, ob das am Selbstbewußtsein läge oder vielleicht daran, daß er verheiratet war. Und er wollte noch klarer blicken, durch die leuchtenden Bande und Fesseln des Nordrots hindurch, bis ans Ende der Welt. Dort im Grunde der Dinge sah er ein Riesenweib sitzen, das fing Sonnen mit ihren Händen und warf sie in den Raum, daß sie sprühend verzischten.

Das ist gewiß das Objekt, dachte er, ich will mich ihm gegenübersetzen.

Da sprach das Weib: »Was willst du, Erdgeist? Ich bin die *Endlichkeit;* und wer mich schaut, dem springt das *Weltleid* aus dem Haupte. Hebe dich fort von mir!«

Er aber warf sich ihr zu Füßen und rief: »Sei mein Objekt, laß mich dein Subjekt sein.«

Da zuckte es gewaltig um ihn rechts und links, daß sein Kopf in loderndem Feuer stand; starke elektrische Schläge durchschütterten ihn, und das Nordlicht rief: »Was fällt dir ein, vorwitziger Erdgeist? Mir hast du Liebe geschworen und willst dich hier zu diesem Objekt als Subjekt setzen? Ich bin dein Objekt, und du, armseliges Subjekt, gehörst zu mir. Jetzt hast du Selbstbewußtsein, bist verantwortlich für dein Ich und gebunden an dein Du! Je höher im Geisterreiche man steigt, um so enger sind die Fesseln, die uns halten; wer ein Objekt hat, dem ist die Freiheit des Subjekts verloren. Gleich mache dich an die Arbeit und grabe einen ordentlichen Kanal durch das Polareis, damit die Menschen ihre nächste Sommerfrische am Nordpol zubringen können.«

Da empörte sich im Erdgeist das alte Titanenblut der Elemente. Wild donnerte er gegen den Nordpol, daß der gesamte Erdmagnetismus außer Rand und Band geriet und das Nordlicht furchtsam in den Weltraum floh, wo es schon längst mit einem Kometen kokettiert hatte. Lithosphäros aber verfluchte das Selbstbewußtsein und alle Objekte und erschien mit glühendem Haupte im Studierzimmer des Heino Mirax.

»Unseliger«, donnerte er ihn an, »wie konntest du es wagen, die Kräfte der Natur mit deinem naseweisen Rate zu stören? Beleuchte mit dem Lämpchen deiner Vernunft die Irrwege deines Eintagsgeschlechtes; spiegle ihm vor, daß deine Phantasien reale Mächte seien, welche die Welt regieren, und dichte deine Puppenspiele für die großen Kinder, die daran glauben. Aber versuche nie wieder die Geister zu berufen, die nichts wissen wollen von euren Sorgen und Mühen! Ich werde mich hüten, den Weltprozeß zu Ende zu denken; dafür magst du hübsch allein sorgen!«

Wieder erschütterte ein Erdbeben das Haus, und der Erdgeist fuhr hinab ins Erdrindenkasino, wo er sich bald mit seinen Freunden zum gemütlichen Kegelspiel gesellte. Mirax aber fiel in eine Betäubung.

Als Mirax aus seiner Ohnmacht erwachte, sah er zu seinem Vergnügen, daß das Erdbeben weiter keinen Schaden in seinem Zimmer angerichtet hatte. Nur die beiden Büsten Kants und Goethes waren von ihren Postamenten gestürzt, und auf seinem eigenen Haupte fand er die beiden Kränze vereint, die jene getragen hatten. Dies war ein schöner Beweis für die Existenz und Zurechnungsfähigkeit des Erdgeistes.

Mirax beeilte sich, einen Artikel über sein psychisches Experiment mit dem Erdgeiste zu schreiben. Diese Abhandlung machte ungeheures Aufsehen und begründete den Miraxianismus felsenfest. Denn wenn man auch zugeben mußte, daß der Versuch, dem Erdgeiste das Selbstbewußtsein zu verschaffen und dadurch die Natur mit einem Schlage zu einer höheren Daseinsstufe zu führen, nur teilweise gelungen war, so konnte man doch von einem ersten Versuche nicht mehr erwarten. Nur Unverstand oder Mißgunst können glauben, daß die Elementargeister sofort den ganzen Wert der ihnen verliehenen Gabe begreifen würden; auch sie werden erst zum Selbstbewußtsein erzogen werden müssen, und man muß auf andere Wege denken, um ihnen das Selbstbewußtsein vorsichtiger beizubringen und die Weltseele nach und nach zu züchten. Die Möglichkeit dieser direkten Einwirkung auf die Natur durch die pädagogische Behandlung der Elementargeister aber ist durch Mirax und sein Experiment mit dem Erdgeist ein für allemal bewiesen. Künftighin wird man sich nicht auf den Verkehr mit den Geistern verstorbener Menschen beschränken, sondern man wird die Geister der Natur berufen und leiten. An Stelle endloser Experimente mit den toten Stoffen des Laboratoriums oder grausamer Vivisektionen wird die Interpellation der Weltseele und die Unterhaltung mit den Geistern der Erde, des Wassers und der Luft treten. Gegenüber dem Ausblicke in diese herrliche Errungenschaft des Miraxianismus kann es nur kleinlich und albern erscheinen, wenn boshafte Gegner das Erlebnis mit dem Erdgeiste für einen bloßen Traum erklären wollen, den Heino Mirax während eines nervösen Anfalls gehabt habe. Derartige Insinuationen richten sich selbst.

Wenn nicht schon die innere Wahrscheinlichkeit der Lehre und die unzweifelhafte Ehrlichkeit eines Mirax Beweis genug wären, so fehlte es auch nicht an einem sinnlichen Zeichen für den Besuch des Erdgeistes. Mit den Büsten Kants und Goethes war zugleich ein Buch aus Mirax' Bibliothek herabgestürzt, nämlich Kants »Träume eines Geistersehers, erläutert durch Träume der Metaphysik«, und es war folgender Satz dieses Buches vom Erdgeist stark und deutlich angestrichen:

»Die anschauende Kenntnis der anderen Welt kann allhier nur erlangt werden, indem man etwas von demjenigen Verstande einbüßt, welchen man für die gegenwärtige nötig hat.«

Die Gegner des Miraxianismus, welche leugnen, daß es eine Geisterwelt hinter der Natur gebe und daß dem Menschen die Erkenntnis dieser Geisterwelt möglich sei, diese kurzsichtigen Anhänger eines blöden Sinnlichkeitsphantoms, sie mögen sich die Mahnung des Erdgeistes zu Herzen nehmen, die er ihnen durch den Mund des von ihnen so vergötterten Kant gab! Es ist wahrlich Zeit, daß sie etwas von demjenigen Verstande einbüßen, mit welchem sie sich brüsten, Wissenschaft von der Natur zu errichten; es ist Zeit, daß sie wieder in den Zustand kindlicher Ahnung einer Geisterwelt zurückkehren, in welchem sie mit uns rufen:

»Es lebe Heino Mirax, der Umkehrer der Wissenschaft!«

(1888)

Auf der Seifenblase

»Onkel Wendel, Onkel Wendel! Sieh nur die große Seifenblase, die wunderschönen Farben! Woher nur die Farben kommen?«

So rief mein Söhnchen vom Fenster herab in den Garten, wohin es seine bunten Schaumbälle flattern ließ.

Onkel Wendel saß neben mir im Schatten der hohen Bäume, und unsere Zigarren verbesserten die reine, würzige Luft eines schönen Sommernachmittags.

»Hm«, sagte oder vielmehr brummte Onkel Wendel, zu mir gewendet, »hm, erklär's ihm doch! Hm! Bin neugierig, wie du's machen willst. Interferenzfarben an dünnen Blättchen, nicht wahr? Kenn' ich schon. Verschiedene Wellenlänge, Streifen decken sich nicht und so weiter. Wird der Junge verstehen – hm?«

»Ja«, erwiderte ich etwas verlegen, »die physikalische Erklärung kann das Kind freilich nicht verstehen – aber das ist auch gar nicht nötig. Erklärung ist ja etwas Relatives und muß sich nach dem Standpunkte des Fragenden richten; es heißt nur, die neue Tatsache in einen gewohnten Gedankengang einreihen, mit gewohnten Vorstellungen verknüpfen – und da die Formeln der mathematischen Physik noch nicht zum gewohnten Gedankengang meines Sprößlings gehören ...«

»Nicht übel, hm!« Onkel Wendel nickte. »Hast es so ziemlich getroffen. Kannst es nicht erklären, nicht mit gewohnten Vorstellungen verbinden – gibt gar keinen Anknüpfungspunkt. Das ist es eben! Erfahrung des Kindes – ganz andere Welt –, gibt Dinge, für die alle Verbindung fehlt. Ist überall so! Der Wissende muß schweigen, der Lehrer muß lügen. Oder er kommt ans Kreuz, auf den Scheiterhaufen, in die Witzblätter – je nach der Mode. Mikrogen! Mikrogen!«

Die beiden letzten Worte murmelte der Onkel nur für sich. Ich hätte sie nicht verstanden, wenn ich nicht den Namen Mikrogen schon öfter von ihm gehört hätte. Es war seine neueste Erfindung.

Onkel Wendel hatte schon viele Erfindungen gemacht. Er machte eigentlich nichts als Erfindungen. Seine Wohnung war ein vollständiges Laboratorium, halb Alchimistenwerkstatt, halb modernes physikalisches Kabinett. Es war eine besondere Gunst, wenn er jemandem gestattete einzutreten. Denn er hielt alle seine Entdeckungen geheim. Nur manchmal, wenn wir vertraulich beisammensaßen, lüftete er einen Zipfel des Schleiers, der über seinen Geheimnissen lag. Dann staunte ich über die Fülle seiner Kenntnisse, noch mehr über seine tiefe Einsicht in die wissenschaftlichen Methoden und ihre Tragweite, in die ganze Entwicklung des kulturellen Fortschritts. Aber er war nicht zu bewegen, mit seinen Ansichten hervorzutreten – und darum auch nicht mit seinen Entdeckungen, weil diese, wie er sagte, ohne seine neuen Theorien nicht zu verstehen seien. Ich habe selbst bei ihm gesehen, wie er aus anorganischen Stoffen auf künstlichem Wege das Eiweiß darstellte. Wenn ich in ihn drang, diese epochemachende Entdeckung, welche vielleicht geeignet wäre, unsere sozialen Verhältnisse gänzlich umzugestalten, bekanntzumachen oder wenigstens zu fruktifizieren, so pflegte er zu sagen: »Habe nicht Lust, mich auslachen zu lassen. Können's doch nicht verstehn. Sind doch nicht reif, kein Anknüpfungspunkt, andre Welt, andre Welt! Tausend Jahre warten! Lasse die Leute streiten, einer weiß so wenig wie der andere.«

Jetzt hatte er das Mikrogen entdeckt. Ich weiß nicht recht, war es ein Stoff oder ein Apparat; aber soviel habe ich begriffen, daß er dadurch imstande war, eine Verkleinerung sowohl der räumlichen als der zeitlichen Verhältnisse in beliebigem Maßstabe zu erzielen. Eine Verkleinerung nicht etwa bloß für das Auge, wie sie durch optische Instrumente möglich ist, sondern für alle Sinne; die ganze Bewußtseinstätigkeit wurde verändert, so, daß zwar qualitativ alle Empfindungsarten dieselben blieben, aber alle quantitativen Beziehungen verengert wurden. Er behauptete, er könne ein beliebiges Individuum und mit ihm dessen Anschauungswelt einschrumpfen lassen auf den millionsten, auf den billionsten Teil seiner Größe. Wie er das mache? Ja, dann lachte er wieder still für sich und brummte:

»Hm, nicht verstehen können – kann's euch nicht erklären –, nützt euch doch nichts. Menschen bleiben Menschen, ob groß oder klein, sehen nicht über sich hinaus. Wozu erst streiten?«

»Wie kommst du jetzt auf das Mikrogen?« fragte ich ihn.

»Sehr einfach, lieber Neffe. Das Mikrogen ist für die heutige gelehrte Welt, was die Seifenblase für deinen Jungen ist. Vielleicht ein Spielzeug, jedoch zum Verständnis fehlt jeder Anhaltspunkt. Weil aber die Gelehrten keine Kinder sind und alles zu verstehen beanspruchen, würde es einen unendlichen Streit geben, wenn ich meine Lehre auskramen wollte. Gänzlich zwecklos, weil die Entscheidung über alle heutige Einsicht hinaus liegt. Würden mich auslachen – hm – Irrenhaus ...«

»Ganz gleich«, rief ich, »die Wahrheit zu verkünden ist Pflicht, und wenn ich auch das Martyrium der Verkennung auf mich nehmen müßte! Nur auf diesem Wege sind die Fortschritte der Kultur errungen worden. Bringe deine Beweise!«

»Hm«, sagte der Onkel, »wenn aber die Beweise niemand verstehen kann? Wenn wir zwei verschiedene Sprachen reden? Dann endet der Streit damit, daß die Minorität totgeschlagen wird, physisch oder moralisch. Habe keine Lust dazu.«

»Und trotzdem«, erwiderte ich kühn, »würde ich die Wahrheit bekennen, wenn ich die Beweise für mich in der Hand habe.«

»Vor Unmündigen und Blinden – wie? Möchtest du's probieren? Ja? Sieh dir mal das Ding an.«

Onkel Wendel zog einen kleinen Apparat aus der Tasche. Ich erkannte einige Glasröhrchen in Metallfassung, mit Schrauben und einer Skala. Er hielt mir die Röhrchen unter die Nase und begann zu drehen. Ich fühlte, daß ich etwas Ungewohntes einatmete.

»Ah, wie schön die da ist!« rief mein Knabe wieder, auf eine neue Seifenblase deutend, die langsam von der Fensterbrüstung herabschwebte.

»Nun sieh dir mal die Seifenblase an«, sagte Onkel Wendel und drehte weiter.

Mir schien es, als ob sich die Seifenblase sichtlich vergrößerte. Ich kam ihr näher und näher. Das Fenster mit dem Knaben, der Tisch, vor dem wir saßen, die Bäume des Gartens entfernten sich, wurden immer undeutlicher. Nur Onkel Wendel blieb neben mir; sein Röhrchen hatte er in die Tasche gesteckt. Jetzt war unsere bisherige Umgebung verschwunden. Wie eine mattweiße, riesige Glocke dehnte sich der Himmel über uns, bis er sich am Horizont verlor. Wir standen auf der spiegelnden Fläche eines weiten, gefrorenen Sees. Das Eis war glatt und ohne Spalten; dennoch schien es in einer leise wallenden Bewegung zu sein. Undeutliche Gestalten erhoben sich hie und da über die Fläche.

»Was geht hier vor!« rief ich erschrocken. »Wo sind wir? Trägt uns auch das Eis?«

»Auf der Seifenblase sind wir«, sagte Onkel Wendel kaltblütig. »Was du für Eis hältst, ist die Oberfläche des zähen Wasserhäutchens, welches die Blase bildet. Weißt du, wie dick diese Schicht ist, auf der wir stehen? Nach menschlichem Maß gleich dem fünftausendsten Teile eines Zentimeters; fünfhundert solcher Schichten übereinandergelegt, würden zusammen erst ein Millimeter betragen.«

Unwillkürlich zog ich einen Fuß in die Höhe, als könnte ich mich dadurch leichter machen.

»Um Himmels willen, Onkel«, rief ich, »treibe kein leichtsinniges Spiel! Sprichst du die Wahrheit?«

»Ganz gewiß. Aber fürchte nichts. Für deine jetzige Größe entspricht dieses Häutchen an Festigkeit einem Stahlpanzer von zweihundert Meter Dicke. Wir haben uns nämlich mit Hilfe des Mikrogens in allen unseren Verhältnissen im Maßstabe von eins zu hundert Millionen verkleinert. Das macht, daß die Seifenblase, welche nach menschlichen Maßen einen Umfang von vierzig Zentimetern besitzt, jetzt für uns gerade so groß ist wie der Erdball für den Menschen.«

»Und wie groß sind wir selbst?« fragte ich zweifelnd.

»Unsere Höhe beträgt den sechzigtausendsten Teil eines Millimeters. Auch mit dem schärfsten Mikroskop würde man uns nicht mehr entdecken.«

»Aber warum sehen wir nicht das Haus, den Garten, die Meinigen – die Erde überhaupt?«

»Sie sind unter unserm Horizont. Aber auch wenn die Erde für uns aufgehen wird, so wirst du doch nichts von ihr erkennen als einen matten Schein, denn alle optischen Verhältnisse sind infolge unserer Kleinheit so verändert, daß wir zwar in unserer jetzigen Umgebung völlig klar sehen, aber von unserer früheren Welt, deren physikalische Grundlagen hundertmillionenmal größer sind, gänzlich geschieden leben. Du mußt dich nun mit dem begnügen, was es auf der Seifenblase zu sehen gibt, und das ist genug.«

»Und ich wundere mich nur«, fiel ich ein, »daß wir hier überhaupt etwas sehen, daß unsere Sinne unter den veränderten Verhältnissen ebenso wirken wie früher. Wir sind ja jetzt kleiner als die Länge einer Lichtwelle; die Moleküle und Atome müssen uns jetzt ganz anders beeinflussen.«

»Hm!« Onkel Wendel lachte in seiner Art. »Was sind denn Ätherwellen und Atome? Ausgeklügelte Maßstäbe sind's, berechnet von Menschen für Menschen. Jetzt machen wir uns klein, und alle Maßstäbe werden mit uns klein. Aber was hat das mit der Empfindung zu tun? Die Empfindung ist das erste, das Gegebene; Licht, Schall und Druck bleiben unverändert für uns, denn sie sind Qualitäten. Nur die Quantitäten ändern sich, und wenn wir physikalische Messungen anstellen wollten, so würden wir die Ätherwellen auch hundertmillionenmal kleiner finden.«

Wir waren inzwischen auf der Seifenblase weitergewandert und an eine Stelle gekommen, wo durchsichtige Strahlen springbrunnenähnlich rings um uns in die Höhe schossen, als mich ein Gedanke durchzuckte, der mir vor Entsetzen das Blut in den Adern stocken ließ. Wenn die Seifenblase platzte! Wenn ich auf eines der entstehenden Wasserstäubchen gerissen wurde und Onkel Wendel mit seinem Mikrogen auf ein anderes! Wer sollte mich jemals wiederfinden? Und was sollte aus mir werden, wenn ich in meiner Kleinheit von einem sechzigtausendstel Millimeter mein Leben lang bleiben mußte? Was war ich unter den Menschen? Gulliver in Brobdignak läßt sich gar nicht damit vergleichen, denn mich konnte überhaupt niemand sehen! Meine Frau, meine Kinder! Vielleicht sogen sie mich mit dem nächsten Atemzuge in ihre Lunge, und während sie meinen unerklärlichen Verlust beweinten, vegetierte ich als unsichtbare Bakterie in ihrem Blute!

»Schnell, Onkel, nur schnell!« rief ich. »Gib uns unsere Menschengröße wieder! Die Seifenblase muß ja sofort platzen! Ein Wunder, daß sie noch hält! Wie lange sind wir denn schon hier?«

»Keine Sorge«, sagte Onkel Wendel ungerührt, »die Blase

dauert noch länger, als wir hierbleiben. Unser Zeitmaß hat sich zugleich mit uns verkleinert, und was du hier für eine Minute hältst, das ist nach irdischer Zeit erst der hundertmillionste Teil davon. Wenn die Seifenblase nur zehn Erdsekunden lang in der Luft fliegt, so macht dies für unsere jetzige Konstitution ein ganzes Menschenalter aus. Die Bewohner der Seifenblase freilich leben wieder noch hunderttausendmal schneller als gegenwärtig wir.«

»Wie, du willst doch nicht behaupten, daß die Seifenblase auch Bewohner habe?«

»Natürlich hat sie Bewohner, und zwar recht kultivierte. Nur verläuft ihre Zeit ungefähr zehnbillionenmal so schnell wie die menschliche, das heißt, sie empfinden, sie leben zehnbillionenmal so rapid. Das bedeutet, drei Erdsekunden sind soviel wie eine Million Jahre auf der Seifenblase, wenn auch deren Bewohner den Begriff des Jahres in unserm Sinne nicht ausgebildet haben, weil ihre Seifenkugel keine regelmäßige und genügend schnelle Rotation besitzt. Wenn du nun bedenkst, daß diese Seifenblase, auf der wir uns befinden, vor mindestens sechs Sekunden entstand, so mußt du zugeben, daß in diesen zwei Millionen Jahren sich schon ein ganz hübsches Leben und eine angemessene Zivilisation hierselbst entwickeln konnte. Wenigstens entspricht dies meinen Erfahrungen auf anderen Seifenblasen, welche alle in ihren Produkten die Familienähnlichkeit mit der Mutter Erde nicht verleugneten.«

»Aber wo sind diese Bewohner? Ich sehe hier wohl Gegenstände, die ich für Pflanzen halten möchte, und diese halbkugelförmigen Kuppeln könnten eine Stadt vorstellen. Doch etwas Menschenähnliches kann ich nicht entdecken.«

»Sehr natürlich. Unsere Empfindungsfähigkeit, wenn sie auch hundertmillionenmal so groß geworden ist als die der Menschen, ist doch noch hunderttausendmal langsamer als die der Saponier (so wollen wir die Bewohner der Seifenblase nennen). Während wir jetzt eine Sekunde vergangen glauben, verleben sie achtundzwanzig Stunden. In diesem Verhältnisse ist hier alles Leben beschleunigt. Betrachte nur diese Gewächse.«

»Es ist richtig«, sagte ich, »ich sehe deutlich, wie hier die

Bäume – denn diese korallenartigen Bildungen sollen ja wohl Bäume sein – vor unseren Augen wachsen, blühen und Früchte zeitigen. Und dort scheint ein Haus gewissermaßen aus dem Boden zu wachsen.«

»Die Saponier bauen daran. In dieser Minute, während welcher wir zuschauen, beobachten wir den Erfolg von mehr als zweimonatiger Arbeit. Die Arbeiter selbst sehen wir nicht, weil ihre Bewegungen viel zu schnell für unsere Wahrnehmungsfähigkeit verlaufen. Doch wir wollen uns bald helfen. Mittels des Mikrogens will ich unsern Zeitsinn auf das Hunderttausendfache verfeinern. Hier, rieche noch einmal. Unsere Größe bleibt dieselbe, ich habe nur die Zeitskala verstellt.«

Onkel Wendel brachte aufs neue sein Röhrchen hervor. Ich roch, und sofort fand ich mich in einer Stadt, umgeben von zahlreichen rege beschäftigten Gestalten, die eine entschiedene Menschenähnlichkeit besaßen. Nur schienen sie mir alle etwas durchsichtig, was wohl von ihrem Ursprunge aus Glyzerin und Seife herrühren mochte. Auch vernahmen wir ihre Stimmen, ohne daß ich jedoch ihre Sprache verstehen konnte. Die Pflanzen hatten ihre schnelle Veränderlichkeit verloren, wir waren jetzt in gleichen Wahrnehmungsverhältnissen zu ihnen wie die Saponier oder wie wir Menschen zu den Organismen der Erde. Was uns vorher als Springbrunnenstrahlen erschienen war, erwies sich als die Blütenstengel einer schnell wachsenden hohen Grasart.

Auch die Bewohner der Seifenblase nahmen uns jetzt wahr und umringten uns unter vielen Fragen, welche offenbar Wißbegierde verrieten.

Die Verständigung fiel sehr schwer, weil ihre Gliedmaßen, welche eine gewisse Ähnlichkeit mit den Armen von Polypen besaßen, so seltsame Bewegungen ausführten, daß selbst die Gebärdensprache versagte. Indessen nahmen sie uns durchaus freundlich auf; sie hielten uns, wie wir später erfuhren, für Bewohner eines andern Teils ihres Globus, den sie noch nicht besucht hatten. Die Nahrung, welche sie uns anboten, hatte einen stark alkalischen Beigeschmack und mundete uns nicht besonders; mit der Zeit gewöhnten wir uns jedoch daran, nur empfanden wir es als sehr unangenehm, daß es keine eigentlichen Getränke, sondern immer nur breiartige Suppen gab. Es war überhaupt auf diesem Weltkörper alles auf den zähen oder gallertartigen Aggregatzustand eingerichtet, und es war bewunderswert zu sehen, wie auch unter diesen veränderten Verhältnissen die Natur oder vielmehr die weltschöpferische Kraft des Lebens durch Anpassung die zweckvollsten Einrichtungen geschaffen hatte. Die Saponier waren wirklich intelligente Wesen. Speise, Atmung, Bewegung und Ruhe, die unentbehrlichen Bedürfnisse aller lebenden Geschöpfe, gaben uns die ersten Anhaltspunkte, einzelnes aus ihrer Sprache zu verstehen und uns anzueignen.

Da man bereitwillig für unsere Bedürfnisse sorgte, und Onkel Wendel versicherte, daß unsere Abwesenheit von zu Hause einen für irdische Verhältnisse verschwindenden Zeitraum nicht übersteigen könne, so ergriff ich mit Freuden die Gelegenheit, diese neue Welt näher kennenzulernen. Ein Wechsel von Tag und Nacht fand zwar nicht statt, aber es folgten regelmäßige Ruhepausen auf die Arbeit, welche ungefähr unserer Tageseinteilung entsprachen. Wir beschäftigten uns eifrig mit der Erlernung der saponischen Sprache und versäumten nicht, die physikalischen Verhältnisse der Seifenblase sowie die sozialen Einrichtungen der Saponier genau zu studieren. Zu letzterem Zwecke reisten wir nach der Hauptstadt, wo wir dem Oberhaupte des Staates, welches den Titel »Herr der Denkenden« führt, vorgestellt wurden. Die Saponier nennen sich nämlich selbst die »Denkenden«, und das mit Recht, denn die Pflege der Wissenschaften steht bei ihnen in hohem Ansehen, und an den Streitigkeiten der Gelehrten nimmt die ganze Nation den regsten Anteil. Wir sollten darüber eine Erfahrung machen, die uns bald übel bekommen wäre.

Über die Resultate unserer Beobachtung hatte ich sorgfältig ein Buch geführt und reiches Material angehäuft, welches ich nach meiner Rückkehr auf die Erde zu einer Kulturgeschichte der Seifenblase zu bearbeiten gedachte. Leider hatte ich einen Umstand außer acht gelassen. Bei unserer sehr plötzlich notwendig werdenden Wiedervergrößerung trug ich meine Aufzeichnungen nicht bei mir, und so geschah das Unglück, daß sie von den Wirkungen des Mikrogens ausgeschlossen wurden. Natürlich sind meine unersetzlichen Manuskripte nicht mehr zu finden; sie fliegen als unentdeckbares Stäubchen irgendwo umher und mit ihnen die Beweise meines Aufenthaltes auf der Seifenblase.

Wir mochten ungefähr zwei Jahre unter den Saponiern gelebt haben, als die Spannung zwischen den unter ihnen hauptsächlich vertretenen Lehrmeinungen einen besonders hohen Grad erreichte. Die Überlieferung der älteren Schule über die Beschaffenheit der Welt war nämlich durch einen höchst bedeutenden Naturforscher namens Glagli energisch angegriffen worden, welchem die jüngere progressistische Richtung lebhaft beifiel. Man hatte daher, wie dies in solchen Fällen üblich ist, Glagli vor den Richterstuhl der »Akademie der Denkenden« gefordert, um zu entscheiden, ob seine Ideen und Entdeckungen im Interesse des Staates und der Ordnung zu dulden seien. Die Gegner Glaglis stützten sich besonders darauf, daß die neuen Lehren den alten und unumstößlichen Grundgesetzen der »Denkenden« widersprächen. Sie verlangten daher, daß Glagli entweder seine Lehre widerrufen oder der auf die Irrlehre gesetzten Strafe verfallen solle. Namentlich befanden sie folgende drei Punkte aus der Lehre Glaglis für irrtümlich und verderblich.

Erstens: Die Welt ist inwendig hohl, mit Luft gefüllt, und ihre Rinde ist nur dreihundert Ellen dick. Dagegen wendeten sie ein: Wäre der Boden, auf welchem sich die »Denkenden« bewegen, hohl, so würde er schon längst gebrochen sein. Es stehe aber in dem Buche des alten Weltweisen Emso (das ist der saponische Aristoteles): »Die Welt muß voll sein und wird nicht platzen in Ewigkeit.«

Zweitens hatte Glagli behauptet: Die Welt besteht nur aus zwei Grundelementen, Fett und Alkali, welche die einzigen Stoffe überhaupt sind und seit Ewigkeit existieren; aus ihnen habe sich die Welt auf mechanischem Wege entwickelt, auch könnte es niemals etwas anderes geben, als was aus Fett und Alkali zusammengesetzt sei; die Luft sei eine Ausschwitzung dieser Elemente. Hiergegen erklärte man, nicht bloß Fett und Alkali, sondern auch Glyzerin und Wasser seien Elemente; dieselben könnten unmöglich von selbst in Kugelgestalt gekommen sein; namentlich aber stehe in der ältesten Urkunde der Denkenden: »Die Welt ist geblasen durch den Mund eines Riesen, welcher heißt Rudipudi.«

Drittens lehrte Glagli: Die Welt sei nicht die einzige Welt, sondern es gäbe noch unendlich viele Welten, welche alle Hohlkugeln aus Fett und Alkali seien und frei in der Luft schwebten. Auf ihnen wohnten ebenfalls denkende Wesen. Diese These wurde nicht bloß als irrtümlich, sondern als staatsgefährlich bezeichnet, indem man sagte: Gäbe es noch andere Welten, welche wir nicht kennen, so würde sie der »Herr der Denkenden« nicht beherrschen. Es steht aber im Staatsgrundgesetz: »Wenn da einer sagt, es gäbe etwas, was dem Herrn der Denkenden nicht gehorcht, den soll man in Glyzerin sieden, bis er weich wird.«

In der Versammlung erhob sich Glagli zur Verteidigung; er machte besonders geltend, daß die Lehre, die Welt sei voll, derjenigen widerspräche, daß sie geblasen sei, und er fragte, wo denn der Riese Rudibudi gestanden haben soll, wenn es keine anderen Welten gäbe. Die Akademiker der alten Schule hatten trotz ihrer Gelehrsamkeit einen harten Stand gegen diese Gründe, und Glagli hätte seine beiden ersten Thesen durchgesetzt, wenn nicht die dritte ihn verdächtig gemacht hätte. Aber die politische Anrüchigkeit derselben war zu offenbar, und selbst Glaglis Freunde wagten nicht, für ihn in dieser Hinsicht einzutreten, weil die Behauptung, daß es noch andere Welten gäbe, als eine reichsfeindliche und antinationale betrachtet wurde. Da nun Glagli durchaus nicht widerrufen wollte, so neigte sich die Majorität der Akademie gegen ihn, und schon schleppten seine eifrigsten Gegner Kessel mit Glyzerin herbei, um ihn zu sieden, bis er weich sei.

Als ich all das grundlose Gerede für und wider anhören mußte und doch sicher war, daß ich mich auf einer Seifenblase befand, die mein Söhnchen vor etwa sechs Sekunden aus dem Gartenfenster meiner Wohnung mittels eines Strohhalms geblasen hatte, und als ich sah, daß es in diesem Streite doppelt falscher Meinungen einem ehrlich nachdenkenden Wesen ans Leben gehen sollte – denn das Weichsieden ist für einen Saponier immerhin lebensgefährlich –, so konnte ich mich nicht länger zurückhalten, sondern sprang auf und bat ums Wort.

»Begehe keinen Unsinn«, flüsterte Onkel Wendel, sich an mich drängend. »Redest dich ins Unglück! Verstehen's ja doch nicht! Wirst ja sehen! Sei still!«

Aber ich ließ mich nicht stören und begann: »Meine Herren Denkenden! Gestatten Sie mir einige Bemerkungen, da ich tatsächlich in der Lage bin, über Ursprung und Beschaffenheit Ihrer Welt Auskunft zu geben.«

Hier entstand ein allgemeines Murren: »Was? Wie? Ihrer Welt? Haben Sie vielleicht eine andere? Hört! Hört! Der Wilde, der Barbar! Er weiß, wie die Welt entstanden ist.«

»Wie die Welt entstanden ist«, fuhr ich mit erhobener Stimme fort, »kann niemand wissen, weder Sie noch ich. Denn die ›Denkenden‹ sind so gut wie wir beide nur ein winziges Fünkchen des unendlichen Geistes, der sich in unendlichen Gestalten verkörpert. Aber wie das verschwindende Stückchen Welt, auf dem wir stehen, entstanden ist, das kann ich Ihnen sagen. Ihre Welt ist in der Tat hohl und mit Luft gefüllt, und ihre Schale ist nicht dicker, als Herr Glagli angibt. Sie wird allerdings einmal platzen, aber darüber können noch Millionen Ihrer Jahre vergehen.« (Lautes Bravo der Glaglianer.) »Es ist auch richtig, daß es noch viele bewohnte Welten gibt, nur sind es nicht lauter Hohlkugeln, sondern viel millionenmal größere Steinmassen, bewohnt von Wesen wie ich. Und Fett und Alkali sind weder die einzigen, noch sind sie überhaupt Elemente, sondern es sind komplizierte Stoffe, die nur zufällig für diese Ihre kleine Seifenblasenwelt eine Rolle spielen.«

»Seifenblasenwelt?« Ein Sturm des Unwillens erhob sich von allen Seiten.

»Ja«, rief ich mutig, ohne auf Onkel Wendels Zerren und Zupfen zu achten, »ja, Ihre Welt ist weiter nichts als eine Seifenblase, die der Mund meines kleinen Söhnchens mittels eines Strohhalmes geblasen hat und die der Finger eines Kindes im nächsten Augenblicke zerdrücken kann. Freilich ist, gegen diese Welt gehalten, mein Kind ein Riese ...«

»Unerhört! Blasphemie! Wahnsinn!« schallte es durcheinander, und Tintenfässer flogen um meinen Kopf. »Er ist verrückt! Die Welt soll eine Seifenblase sein? Sein Sohn soll sie geblasen haben! Er gibt sich als Vater des Weltschöpfers aus! Steinigt ihn! Siedet ihn!«

»Der Wahrheit die Ehre!« schrie ich. »Beide Parteien haben unrecht. Die Welt hat mein Sohn nicht geschaffen, er hat nur diese Kugel geblasen, innerhalb der Welt, nach den Gesetzen,

die uns allen übergeordnet sind. Er weiß nichts von euch, und ihr könnt nichts wissen von unserer Welt. Ich bin ein Mensch, ich bin hundertmillionenmal so groß und zehnbillionenmal so alt wie ihr! Laßt Glagli los! Was streitet ihr um Dinge, die ihr nicht entscheiden könnt?«

»Nieder mit Glagli! Nieder mit dem ›Menschen‹! Wir werden ja sehen, ob du die Welt mit dem kleinen Finger zerdrükken kannst! Ruf doch dein Söhnchen!« So raste es um mich her, während man Glagli und mich nach dem Bottich mit siedendem Glyzerin hinzerrte.

Sengende Glut strömte mir entgegen. Vergebens setzte ich mich zur Wehr. »Hinein mit ihm!« schrie die Menge. »Wir werden ja sehen, wer zuerst platzt!«

Heiße Dämpfe umhüllten, ein brennender Schmerz durchzuckte mich, und –

Ich saß neben Onkel Wendel am Gartentisch. Die Seifenblase schwebte noch an derselben Stelle.

»Was war das?« fragte ich erstaunt und erschüttert.

»Eine hunderttausendstel Sekunde! Auf der Erde hat sich noch nichts verändert. Hab' noch rechtzeitig meine Skala verschoben, hätten dich sonst in Glyzerin gesotten. Hm? Soll ich noch die Entdeckung des Mikrogens veröffentlichen? Wie? Meinst jetzt, daß sie dir's glauben werden? Erklär's ihnen doch!«

Onkel Wendel lachte, und die Seifenblase zerplatzte. Mein Söhnchen blies eine neue.

(1887)

Die Fernschule

»Es ist doch ein weiter Weg bis nach Hause – an solch heißen Tagen merkt man's. Ich glaube, ich bin müde. Aber etwas Bewegung tut freilich gut.«

So dachte der Professor Frister, als er nach vier absolvierten Unterrichtsstunden aus dem Gymnasium heimkehrte. Nun hatte er sich's in seinem Studierzimmer bequem gemacht. Er saß am Schreibtisch, stützte den Kopf in die Hände und strich das graue, vom raschen Gang noch feuchte Haar aus der Stirn.

»Es ist gerade noch ein Stündchen Zeit vor Tisch. Also was tun? Arbeiten natürlich. Da liegen zwei hohe Stöße blauer Hefte, Primanerarbeiten, Korrekturen, die erledigt werden müssen. Aber das geht jetzt nicht! Es ist ja freilich sehr interessant, jedes Jahr eine neue Generation, immer neue Individuen den Weg der geistigen Entwicklung zu führen! Welch schöne Aufgabe, denselben Lehrstoff nun zum achtundzwanzigsten Mal mit immer frischen Kräften zu beleben! Schade nur, daß sich die Individuen ein wenig stark wiederholen! Was in den Heften steht, weiß ich ganz genau. Es sind immer dieselben Fehler. Höchst lehrreich für den Statistiker, wie sich bei all den einzelnen dasselbe Gesetz des menschlichen Irrtums in seiner Entwicklung durchsetzt – höchst interessant! Aber jetzt, jetzt bin ich doch etwas zu müde.«

Frister griff nach einem Stoß Papiere, die seine eigenen Untersuchungen über den Verlauf der täglichen Temperaturkurven enthielten – äußerst wichtig für die Frage der Hitzeferien –, und vertiefte sich hinein. Da lag ein schwieriger Punkt, über den er noch nicht fortgekommen war. Zwar, er wußte den einzuschlagenden Weg, aber die Berechnungen, die erforderten eine Arbeit von vielen Monaten – wo sollte er die Zeit hernehmen?

Er tauchte die Feder ein, machte eine Notiz, legte die Feder wieder hin und stützte den Kopf aufs neue zwischen die Hände.

»So ginge es schon«, dachte er. »Man müßte nur eben frisch dazu sein. Aber wann? Die vier Stunden, das viele Reden und das Aufpassen und der Ärger über dieselben Dummheiten und der Weg. – Im ganzen sind wir doch in der Schultechnik noch sehr zurück. Sollte man da nicht einmal etwas Besseres finden als diese alte Praxis, daß Lehrer und Schüler in eine Klasse zusammenlaufen und ... Nun ja, natürlich, eine ideale Aufgabe ist es ... indessen, es wird doch viel Kraft vergeudet, und – und es macht etwas müde. Ich meine, die Entwicklung der Technik könnte hier einen ökonomischeren Weg finden.«

Frister lehnte sich in den Stuhl zurück und schloß ein wenig die Augen.

»Ja«, dachte er weiter, »in hundert oder zweihundert Jahren, wie mitleidig wird man auf unsere veraltete, kraftverschwenderische Methode zurückblicken! Eine Jugend, der das Verantwortlichkeitsgefühl stärker in Fleisch und Blut übergegangen ist, eine Lehrerschaft, die sich der modernsten Technik bedient; keine Entschuldigungen, keine Täuschungsversuche, keine Kindereien, keine Mißgriffe, keine Überbürdung – ideale Zustände! Warum kann ich nicht bis dahin – vielleicht – Urlaub nehmen; komisch, daß mir das noch nie eingefallen ist – sehr komisch –, ich muß doch einmal fragen ... Hat es nicht eben geklopft? – Ach, Sie sind es, Herr Kollege Voltheim – das ist ja sehr nett! Eben dachte ich an Sie. Sie sind der Mann der Erfindungen. Kennen Sie nicht eine Einrichtung, die das Unterrichten – wie soll ich sagen? – modernisiert, vereinfacht ... hm ...«

»Nun, ich dächte doch«, erwiderte Voltheims Stimme, »unsere *Fernschule* sei eine ganz vorzügliche Einrichtung.«

»Fernschule? Warum sehen Sie mich so – so seltsam an, Herr Kollege? Ich bin nur etwas ermüdet; bitte, nehmen Sie doch Platz.«

»Ich weiß wohl, Ihre Unterrichtsstunde wird gleich beginnen, aber ich hoffe, Sie dabei nicht zu stören.«

»Heute? Mich? Nein, natürlich nicht. Mir ist so eigen zumute, ich habe wohl etwas Kopfschmerz. Was haben wir denn für einen Tag?«

»Den achten Juli neunzehnhundertneunundneunzig, Herr Naturrat.«

»Soso – ganz recht. Hm! Ich dachte nur eben – Naturrat –, Sie müssen doch immer Ihre Späßchen machen.«

»Das ist nun einmal Ihr Titel als Fernlehrer der Geographie am zweihundertelften telefonischen Realgymnasium. Aber hören Sie nicht? Es klingelt. Die Schüler haben ihren Anschluß genommen. Sie können beginnen.«

Frister gab sich Mühe, seinem Kollegen ins Gesicht zu sehen, aber die Züge verschwammen vor seinem Blick. Er vernahm ein leises, melodisches Rasseln, ohne sich erklären zu können, woher es kam. Das ist gewiß so ein Witz von Voltheim, dachte er. Nun gut, ich will ihn nicht stören. Wir werden ja sehen, was er vorhat. Und lachend sprach er: »Lieber Herr Kollege, ich bin ja jetzt gar nicht vorbereitet, auch weiß ich überhaupt nicht, was Sie mit der Fernschule meinen.«

»Oh, ich bitte Sie, Herr Naturrat« – so hörte er deutlich Voltheim wieder reden –, »jetzt wollen Sie mich ein wenig aufziehen. Sie haben ja gestern schon Ihren Vortrag für heute in den Phonographen gesprochen. Und über die Fernschule haben Sie bereits im Jahre neunzehnhundertsiebenundsiebzig eine Broschüre geschrieben. Sie erinnern sich doch?«

»Bin dazu wirklich nicht imstande.«

Voltheim lachte deutlich. »Nun, dann passen Sie auf«, sagte er. »Sie sehen doch drüben an der Wand die eigentümliche Gemäldegalerie?«

Frister blickte auf. Er war höchlichst erstaunt. In der Tat, an der Wand, wo sonst ein Bücherregal stand, befanden sich einige dreißig rechteckige Rahmen. Aber die Bilder darin waren lebendig. Junge Leute zwischen sechzehn und neunzehn Jahren streckten sich da in bequemer Haltung jeder auf einem Lehnsessel. Und wahrhaftig, das waren ja seine Primaner, wenn auch in ungewohnten Anzügen. Das war sein Primus, dessen glattgeschorener Kopf kaum hinter seiner Zeitung hervorguckte. Und der Meyer rauchte sogar gemütlich seine Zigarre. Andere kauten an ihrem Frühstück.

»Ich möchte wahrhaftig glauben, dort meine Schüler zu sehen«, sagte Frister. »Sehr interessant! Wenn ich nur wüßte, was das bedeutet. Sollte ich etwa wirklich ein Jahrhundert Urlaub gehabt haben? Nehmen Sie das einmal an, Herr Kollege, und sprechen Sie zu mir, als schrieben wir heute tatsächlich das Jahr neunzehnhundertneunundneunzig, ich aber hätte momentan mein Gedächtnis verloren.«

»Sehr gern, Herr Naturrat, wenn Ihnen das Spaß macht. Diese jungen Leute bilden allerdings die Oberprima des zweihundertelften Fernlehrrealgymnasiums. Sie befinden sich nämlich in Wirklichkeit nicht etwa in einem Klassenzimmer, sondern die meisten von ihnen sitzen in ihren eigenen Wohnungen, geradeso wie Sie selbst. Nur wo die Eltern nicht die Mittel haben, den gesamten Fernlehrapparat im Hause unterzubringen, begeben sich die Schüler zu den dazu eingerichteten öffentlichen Fernlehrstellen. Die jungen Leute wohnen, wie Sie wissen, an den verschiedensten Stellen unseres Vaterlands, denn der Fernlehrverkehr läßt sich bis auf tausend Kilometer und mehr ausdehnen.«

»Ich weiß wirklich gar nichts, Herr Kollege. Sprechen Sie nur weiter. Während meines Urlaubs muß die Technik großartige Fortschritte gemacht haben.«

»Das will ich meinen! Nicht nur der Fernsprecher, sondern auch der Fernseher sind so vervollkommnet worden, daß man mit den Worten des Redenden zugleich seine Gestalt, seine Bewegungen, jede seiner Gebärden aufs deutlichste wahrnehmen kann. Nun ist es natürlich nicht mehr nötig, daß man die weiten Schulwege zurücklegt, Lehrer und Schüler können hübsch zu Hause bleiben.«

»Sehr erfreulich«, murmelte Frister. »Aber die persönliche Anregung ...«

»Fehlt nicht. So wie Sie die Schüler erblicken, so sehen diese den Lehrer, nur in einem bedeutend größeren Rahmen, sozusagen in Lebensgröße vor sich. Dagegen können die Schüler sich untereinander nicht sehen, sondern nur hören, aber was sie reden, das hören Sie dann auch alles. Sie brauchen nur auf die Taste dort vorn zu drücken, so sind Sie angeschlossen, und der Unterricht kann beginnen.«

»Ich verstehe. Wieviel Störungen sind damit ausgeschlossen! Aber ist es denn so eilig? Hören Sie, Kollege, die Einrichtung muß doch den Staat ein gutes Stück Geld gekostet haben!«

»Was tut das? Seitdem die unermeßlichen Goldfelder auf Neu-Guinea und die Petroleumquellen in Deutsch-China entdeckt sind, haben wir so viel Geld, daß man es schließlich zu gar nichts Besserem als zu Bildungszwecken zu verwenden weiß.«

»Ei, ei! Was habe ich denn da jetzt für ein Gehalt?«

»Aber Sie wissen doch! Als Naturrat – fünfzigtausend Mark.

Doch zur Sache. Natürlich hat die Schulhygiene nicht geringere Fortschritte gemacht. Die Überbürdungsfrage ist erledigt. Die Sessel, auf denen die Schüler ruhen, sind in sinnvollster Weise mit selbsttätigen Meßapparaten versehen, die das Körpergewicht, den Pulsschlag, Druck und Menge der Ausatmung, den Verbrauch von Gehirnenergie anzeigen. Sobald die Gehirnenergie in dem statthaften Maß aufgezehrt ist, läßt der Psychograph die dadurch eingetretene Ermüdung erkennen, die Verbindung zwischen Schüler und Lehrer wird automatisch unterbrochen und der betreffende Schüler damit vom weiteren Unterricht dispensiert. Sobald ein Drittel der Klasse auf diese Weise ›abgeschnappt‹ ist, haben Sie die Stunde zu schließen.«

»Sehr gut, scheint mir. Indessen, wenn ich selbst ein wenig müde bin, wie zum Beispiel heute ...«

»Aber bei dem Gehalt! Doch auch dafür ist gesorgt. Wenn Sie jetzt anfangen wollen, so legen Sie gefälligst erst diese gestempelte Gehirnschutzbinde an. Sie werden dadurch vor der Gefahr bewahrt, in der Schule mehr Gehirnkraft zu verschwenden, als es der Fähigkeit der Schüler und Ihrer eigenen Gehaltsstufe entspricht. Und nun drücken Sie. Hören Sie, es klingelt. Jetzt erscheint Ihr Bild auch den Schülern, und Sie können mit ihnen sprechen.«

»Aber was denn? Ich bin ja nicht vorbereitet«, flüsterte Frister leise zu Voltheim.

»Das wird sich schon finden«, erwiderte dieser ebenso. »Sie, als erfahrener Lehrer – lassen Sie nur die Schüler reden. An jedem Rahmen steht der Name. Ihr Vortrag steckt hier im Phonographen, Sie brauchen bloß zu drücken.«

Man bemerkte sogleich, daß der Lehrer auf dem Wege der Fernwirkung in die Klasse getreten, das heißt den Schülern sichtbar geworden war. Rathenberg steckte seine Zeitung fort, Meyer brachte schleunigst seinen Zigarrenstummel beiseite, Suppard und Neumann schluckten die letzten Bissen ihrer Frühstücksbrötchen hinunter.

Frist überblickte seine Bilderrahmen.

Einer der Schüler, es war Meyer, machte eine Verbeugung und sagte: »Ich habe vorige Stunde gefehlt.«

»Warum?«

»Ich mußte mir die zweite Gehirnwindung massieren lassen.«

Frister schüttelte den Kopf. Wie konnte er wissen, ob das eine genügende Entschuldigung nach moderner Auffassung war? »Wozu war denn das nötig?« fragte er und gab dabei Voltheim einen Wink, er möge ihm einhelfen.

»Ja«, sagte Meyer, »meine Eltern haben meine Träume fotografieren lassen, und dabei zeigte sich, daß ich immer von Pferden träumte.«

»Schwindel!« flüsterte Voltheim. »Die Pferde sind längst ausgestorben.«

»Aber die Pferde sind ja schon lange ausgestorben«, sagte Frister.

»Eben darum, Herr Naturrat, mußte ich mich massieren lassen.«

»Ach was, Geographie ist die beste Gehirnmassage.«

Frister merkte, daß zwei der Rahmen, die noch leer waren, sich eben erst füllten. Er las die Namen und sagte: »Nun, Heinz, wo kommen Sie denn erst jetzt her?«

»Entschuldigen Sie, Herr Naturrat, meine Mama hat gestern unsere Tascheneiweißmaschine im Frauenklub auf Spitzbergen liegenlassen, die mußte ich schnell holen, und da es sehr windig war, habe ich mich etwas verspätet.«

»Und Sie, Schwarz, weshalb kommen Sie so spät?«

»Ich, ich – mein Vater ist gestern Geheimer Elektrizitätsrat geworden ...«

»Nun, da sehe ich doch keinen Kausalzusammenhang.«

»Ja, wir sind zur Feier an die Zentralsektleitung angeschlossen worden, und deshalb konnte ich nicht gleich in mein Zimmer.«

»Ausrede!« flüsterte Voltheim. »Hat geknipst.«

»Na, na«, sagte Frister, »die Sache scheint mir nicht ganz klar. Nun sagen Sie mir einmal, Meyer, was haben wir in der vorigen Stunde durchgenommen?

»Entschuldigen Sie, Herr Naturrat, ich habe gestern gefehlt.«

»Ach richtig. Sagen Sie mir's, Brandhaus.«

»Entschuldigen Sie, Herr Naturrat, ich konnte gestern nicht arbeiten. Hier ist die Entschuldigung von meinem Vater.«

Brandhaus drückte auf den Knopf seines Phonographen, und man hörte die Baßstimme eines älteren Mannes: »Mein Sohn Siemens konnte gestern wegen Übermüdung der Armmuskeln seine Schularbeiten nicht machen. Brandhaus.«

»Wie?« fragte Frister. »Die Arme brauchen Sie doch nicht zum Repetieren?«

»Unser Motor ist nicht in Ordnung, und so hätte ich den Phonographen, womit ich nachgeschrieben hatte, selber drehen müssen, und das konnte ich eben nicht.«

»Wodurch haben Sie sich die Übermüdung zugezogen?«

»Bei Übungen mit dem Flugrad.«

Frister sah sich verlegen nach Voltheim um.

»Kann schon sein«, murmelte der. »Hat wahrscheinlich eine Luftpartie mit jungen Damen gemacht und zuviel Luftquadrillen getanzt.«

»Na, hören Sie, Herr Kollege, Entschuldigungen scheint's in der Fernschule nicht weniger zu geben als zu meiner Zeit.« Und er wandte sich wieder zu den Schülern.

»Nun, denn, Rathenberg, was haben wir durchgenommen?«

»Die Lichtfernsprechstellen mit Amerika. Aber die gibt's nicht mehr. Sie sind alle wieder eingezogen, weil man sie durch den chemischen Ferntaster ersetzt hat. Die neuentdeckten chemischen Lösungsstrahlen durchdringen nämlich das heiße Innere des Erdballs, und man ist somit in der Lage, durch die Erde hindurch auf chemischem Wege zu sprechen.«

Frister wiegte vor Verwunderung den Kopf hin und her.

Der Schüler nahm dies als Zeichen eines Einwands und fuhr fort: »Herr Naturrat nannten allerdings noch die Verbindung ›Kreuzberg-Chimborasso‹, aber die ist seit heute früh auch eingezogen. Ich habe es eben im Berliner Fernanzeiger gelesen.«

»Schon gut – nun, Hornbox, fahren Sie fort.«

»Die wichtigsten Staaten Amerikas sind das Kaiserreich Kalifornien, das Königreich New York, die Anarchistenrepublik Kuba, der Kirchenstaat Mexiko und das südamerikanische Sonnenreich.«

Was man da alles hört! dachte Frister. Aber er sagte nur: »Fahren Sie fort, Schwarz.«

Schwarz begann mit einer Geläufigkeit, daß Frister den

Worten kaum zu folgen vermochte: »Nachdem durch die direkte Verwendung der Sonnenstrahlung zur Arbeitskraft die Techniker der herrschende Stand geworden waren und die Arbeitsmittel der Menschheit in ihrer Hand vereinigt hatten, gründeten sie einen Staat auf Aktien, indem sie alles in Südamerika zwischen den Wendekreisen verfügbare Land ankauften. Da sie ihre Macht direkt von der Sonne ableiteten, benannten sie diesen Staat den Sonnenstaat. Über die hohen Gebirge wie über die Baumwipfel und Steppen der weiten Ebenen zogen sie ihre Strahlungssammler ...«

»Aber, Schwarz, Sie bewegen ja gar nicht die Lippen beim Sprechen. Und warum spielen Sie denn immerfort mit den Fingern da auf Ihrem Tisch? Sie lesen wohl gar ab?«

»Bitte sehr, Herr Naturrat« – und Schwarz fingerte weiter auf seinem Platze –, »ich spiele ja auf der Sprechmaschine. Ich kann nämlich nicht selbst sprechen, weil ich mir die Zunge verbrannt habe.«

»So fahren Sie fort.«

»Soweit waren wir gerade gekommen.«

Frister wandte sich verlegen nach Voltheim um. »Was nun?« fragte er.

»Lassen Sie Ihren Phonographen reden.«

Frister drückte auf das Instrument, und zu seiner größten Verwunderung hörte er jetzt seine eigene Stimme: »Wir betrachten nun die Entdeckungsfahrten nach dem Südpol. Wir haben es heutzutage freilich leicht, mit unseren Flugmaschinen über die Eiswüste zu gleiten, aber bedenken Sie, welche Schwierigkeiten sich noch vor hundert Jahren boten, welcher Mut dazu gehörte, mit jenen gebrechlichen Wasserschiffen und auf dürftigen Hundeschlitten in die unzugänglichen Regionen sich zu wagen. Wenn unsere Vorfahren so bequem gewesen wären wie Sie, so wären wir niemals an den Südpol gelangt. Das waren ganz andere Leute! Nie wäre es einem Schüler des neunzehnten Jahrhunderts eingefallen, während des Unterrichts heimlich Kunstspargel zu essen, wie ich das neulich leider bemerken mußte, noch dazu ein Genußmittel, das fast an Schlemmerei grenzt. Denken Sie daran, welche Qualen des Hungers die Forschungsreisenden mitunter ausstehen mußten! Es kam vor, daß sie wochenlang nichts hatten als rohen Vogelspeck, aber auch dann verloren sie den Mut nicht, und mitten in den Qualen des Heißhungers schrieb einer jener Helden in sein Tagebuch das denkwürdige Wort ...«

»Emil, willst du heut abend Kunstspargel essen? Sie sind nicht teuer.« Es war eine hohe Frauenstimme, die an dieser Stelle des Vortrags plötzlich zwischen den Worten des Redners sich vernehmen ließ.

Ein schallendes Gelächter sämtlicher Schüler begrüßte diese Unterbrechung. Entrüstet wandte sich Frister nach Voltheim um.

»Was war das?« fragte er.

Voltheim lächelte ebenfalls. »Da muß«, sagte er, »gestern während Ihrer Vorbereitung zum Unterricht wohl gerade Ihre Frau Gemahlin mit dieser Frage eingetreten sein, und der Phonograph hat die Worte natürlich getreu reproduziert.«

»Aber, lieber Herr Kollege, das ist doch etwas fatal bei dieser Fernschule ...«

»Sehen Sie, das hat auch sein Gutes. Dieser Lachkrampf hat die Schüler so angestrengt, daß acht Klappen herabgefallen sind. Diese Schüler sind übermüdet. Noch drei, und Sie müssen den Unterricht schließen.«

»Oh, das wäre mir wirklich recht, denn ich bin – wie ich Ihnen, glaub' ich, schon sagte – selbst etwas angegriffen. Nun hören Sie nur, was ist denn das wieder, diese hohe Glocke?«

»Das ist das Zeichen des Direktors, er möchte mit Ihnen sprechen.«

In der Tat vernahm Frister jetzt deutlich eine fremde Stimme: »Entschuldigen Sie, lieber Herr Naturrat, daß ich Sie störe. Aber eben erfahre ich, daß der Kollege Brechberger mit seinem Luftrad gegen einen Schornstein gerannt ist und sich etwas erschreckt hat. Sie müssen so gut sein, ihn in der nächsten Stunde zu vertreten.«

»Oh, recht gern ...«

Der Direktor klingelte ab.

»Was soll ich denn nun anfangen, bester Voltheim«, klagte Frister, »die übrigen Schüler scheinen noch ganz munter, und an den Phonographen wage ich mich nicht mehr.«

»Lassen Sie sie doch das Vorgetragene wiederholen.«

Frister wandte sich wieder zur Klasse: »Nun wiederholen Sie mir einmal, was ich gesagt habe.«

Er sah jetzt, wie alle Schüler fast gleichzeitig auf ihre Phonographen drückten, auf denen sie den Vortrag fixiert hatten. Die Apparate schnurrten ab. In ungeregeltem Zusammenklange brausten die vorgetragenen Worte von zwei Dutzend Phonographen an sein Ohr, immer schneller und schneller summte und brummte es, er fühlte, wie ihm in diesem betäubenden Gewirr schwindlig wurde, er stöhnte auf, griff nach seinem Kopf, und auf einmal war es still – ganz still.

»Ach, die Hirnbinde!« dachte er. »Gewiß bin ich zu ermüdet, da ist der Unterricht von selbst geschlossen – ich bin ausgeschaltet. Gott sei Dank!«

Da fuhr er plötzlich in die Höhe. Der Rahmen vor ihm war verschwunden. Seine alten Bücher standen wieder dort.

»Aber sagen Sie doch, was ist denn das, Kollege Voltheim?«

Sein Kollege Voltheim stand neben ihm und sprach: »Entschuldigen Sie vielmals, Herr Professor – hoffentlich habe ich Sie nicht aufgeweckt. Als ich eintrat, schlummerten Sie so schön, daß ich mich ganz leise hier aufs Sofa setzte, um Sie nicht zu stören.«

»Soso, ich schlummerte? Ich hörte Sie doch noch kommen! Denken Sie, da habe ich etwas Merkwürdiges geträumt. Fünfzigtausend Mark Gehalt! Aber zuletzt sollte ich einen Kollegen vertreten ...«

»Ja, das ist nun leider Wirklichkeit, deswegen kam ich her – der Kollege Treter ...«

»Was Sie sagen! Wann denn?«

»Morgen früh um acht Uhr.«

»In der Klasse?«

»Wo denn sonst?«

»Ich dachte, in der Fernschule. Sie wundern sich? Ja, wenn Sie wüßten! Ich hatte nämlich hundert Jahre Urlaub! Na, nehmen Sie Platz, Kollege. Also morgen? Das ist mir lieb, denn heute bin ich wirklich etwas angegriffen.«

(1902)

Der Traumfabrikant

Es hatte eben dreizehn geschlagen, und im mittleren Deutschland fing es an zu dunkeln, wenn auch die staatliche Zentralbeleuchtung und die neu eingeführte Weltzeit, die sich nach dem Meridian von Washington richtete, über die Tatsächlichkeit eingetretener Dämmerung hinwegzutäuschen suchte. An dem Untergange der Sonne ließ sich nichts ändern, weder durch neue Gesetze noch durch internationale Verträge, und das war freilich sehr bedauerlich, wenn man bedenkt, wieviel Zeit durch die schlechte Angewohnheit der Sonne, die Hälfte des Jahres unter dem Horizont zu sein, für die produktive Arbeit verlorengeht. Da die Menschen wieder einmal unzufrieden waren, so suchten sie nach einem Prügelknaben für ihre eigene Jämmerlichkeit, und es entstand die Partei der Antisomnisten oder Schlaffeinde, welche den allnächtlichen Schlummer als die kulturuntergrabende Gewalt anklagten und befehdeten. Aber das war nur ein schnell bereuter Narrenstreich des höheren Pöbels, dessen hohläugige Gesichter bald anzeigten, was sie ohne den »Schmarotzer« Schlaf waren. Indes blieb es nicht zu leugnen, daß die Gewohnheit des Schlafes zugenommen hatte. Man schlief mehr als früher. Sobald dies statistisch festgestellt worden, erschien der Kopernikus des Schlafproblems, welcher die große Frage durch ihre Umkehr löste und dem alternden Europa einen neuen Völkerfrühling verhieß, wenn es sich dem intensiven Massenschlafe zu huldigen entschlösse.

Die Biomystik, eine neue Stufe der veralteten Biologie, hatte die Entdeckung gemacht, daß die Tendenz der menschlichen Entwicklung nach der Seite des Schlaf- und Traumlebens gerichtet sei. Daß der Mensch mit der rauhen Wirklichkeit zurechtkommen könne, hatte sich als eine Täuschung der Realisten erwiesen; je mehr die Kultur fortschritt, um so ohnmächtiger stand sie den Forderungen des Tages gegenüber, um so weniger vermochte sie den neuen sozialen Problemen gerecht zu werden. Aber die Natur reguliert sich bekanntlich selbst. Was die Kultur nicht leisten konnte, schien der Organismus übernehmen zu wollen. Der moderne Mensch schlief, er schlief viel mehr als der Mensch des neunzehnten Jahrhunderts, welcher doch zweifellos schon verschlafener war als der antike Mensch. Mehr schlafen, mehr träumen! Das war die einfache biologische Lösung des großen Kulturrätsels, auf welche die Philosophen des neunzehnten Jahrhunderts nicht gekommen waren. Und die Sache lag doch so einfach.

Der moderne Kulturfortschritt charakterisiert sich durch die immer mehr hervortretende Übertragung der Arbeit von dem Körper auf den Geist. Muskelanstrengung wird durch Gehirnleistung ersetzt. Die natürliche Folge ist die überwiegende organische Ausbildung des nervösen Apparats. Hatte sich die Überreizung des Denkorgans schon früher in der gesteigerten Nervosität einzelner hervorragender Individuen geltend gemacht, so ergriff dieselbe jetzt die ganze Gattung. Die organische Fortbildung erforderte daher die längere Schlafruhe. Solange man aber schlummert, spart man Essen und Trinken. Folglich reduzierte sich der Nahrungsbedarf der Kulturmenschheit in demselben Verhältnis, in welchem ihre Schlafsucht durch Gehirnüberreizung zunahm. Das war der geniale Kunstgriff der Natur, durch welchen sie die Ernährungsfrage, den schwierigsten Teil des sozialen Problems, glücklich löste. Die Menschheit entwickelte sich in dem Sinne, daß die Nahrungsaufnahme durch den Schlaf ersetzt wurde. Dies geschah ungeachtet des Widerspruchs der Physiologen, welche behaupteten, daß eine verminderte Ausgabe noch keine Einnahme bedeute. Sie verkannten jedoch die Natur der Gehirnarbeit. Ein Metaphysiker bewies dagegen mit Leichtigkeit, das Endziel der Erdentwicklung bestehe darin, daß die Menschheit nach und nach der Periode ewigen Schlafes sich nähere; ist diese erreicht, so hören Geburt und Tod auf, die Gattung wird konstant, und die individuelle Unsterblichkeit ist gesichert; zugleich aber herrscht allgemeine Glückseligkeit, indem das sorgenfreie und verantwortungslose Traumleben an Stelle der harten und strengen Wirklichkeit tritt. In diesem Sinne seien die theologischen Vorstellungen vom Jenseits zu verstehen. Der Philosoph begründete seine Ansicht hauptsächlich damit, daß die beglückende Wirkung seines hervorragendsten Werkes schon jetzt in der schlafbringenden Eigenschaft desselben sich zeige.

Schlaf war das nationale Ideal geworden. Alle staatserhaltenden Parteien waren einig, daß das Wohl des Vaterlandes geknüpft sei an die möglichst große Schlafmenge der Individuen. Man verglich die Länder nicht mehr nach ihrer Kornproduktion, ihrem Kohlenreichtum, ihrer Industrie, ihrem Export, ihrem Kindersegen, ihrer Wehrkraft, ihrer Steuermenge, berechnet für den Kopf der Bevölkerung, sondern lediglich nach der Zahl der verschlafenen und verträumten Stunden. Es zeigte sich zur Beruhigung aller Patrioten, daß Deutschland an der Spitze der Zivilisation – schlummerte, und man sah jetzt ein, daß der politische Traumzustand, den man den Deutschen ehemals zum Vorwurf gemacht hatte, nichts weiter gewesen war als eine noch unverstandene Vorgeschrittenheit in der europäischen Kulturentwicklung. Es gab nur noch einen kleinen und von jeher verachteten Rest von Antisomnisten, die den Schlaf für ein Übel hielten; die übrigen Parteien entzweiten sich bloß in der Frage, durch welche Mittel der Schlaf am besten befördert werde, und befehdeten sich hierbei allerdings mit maßloser Heftigkeit. Die *»Wohlmeinenden«*, wie sich die eine Partei genannt hatte, waren der Ansicht, daß die Schlafsucht des Volkes duch künstliche narkotische Mittel möglichst zu steigern sei. Der Staat habe die Pflege des Volksideals mit Gewalt in die Hand zu nehmen, den Anbau und die Herstellung schlaffördernder Produkte durch Zuschüsse zu heben, den Kaffee gänzlich zu verbieten, Schlafprämien einzuführen. Die Gegenpartei, welche sich selbst die *»Gutmeinenden«* nannte, erstrebte dagegen die Schlafvermehrung auf dem Wege geistigen Einflusses. Sie verbreitete zu diesem Zwecke die Parlamentsreden beider Parteien und der Regierungskommissarien, unterstützte junge lyrische Dichter in der Drucklegung und namentlich der Vorlesung ihrer Poesien – wobei die Auditorien mit bequemen Schlafsofas ausgestattet waren –, gab die großen Philosphen des neunzehnten Jahrhunderts in billigen Volksausgaben heraus und ließ damals berühmte Opern pianissimo aufführen.

Der Abgeordnete Siebler, ein enthusiasmierter »Wohlmeinender«, hatte eben im Volksverein »Langeweile« eine glänzende Rede für das Schlaf- und Traummonopol des Staates gehalten, in welcher er ausführte, daß die Schlaf- und Traumverteilung für den einzelnen künftighin staatlich zu regeln und zu überwachen sei. Eine Rede galt für um so gelungener, je rascher die Zuhörer einschliefen; der glückliche Redner hatte dann zugleich den Vorteil, daß ihm niemand entgegnete. Siebler sprach so erfolgreich, daß er selbst das Ende seiner eigenen Rede verschlief; etwas Ähnliches war früher nur einigen Schriftstellern beim Niederschreiben ihrer eigenen Feuilletons gelungen. Freilich war die äußere Einrichtung der Volksversammlungen ihrem Zwecke entsprechend. Da gab es kein gemeinsames Lokal der Zusammenkunft, sondern jedes Mitglied war mit dem Rednersofa telefonisch verbunden und hörte bequem von seinem eigenen Ruhebett aus die Reden beziehungsweise meldete sich dazu. Der beliebten Klage der Hausfrau wegen zu späten Nachhausekommens war damit ein für allemal der Boden entzogen; andererseits kam es allerdings vor, daß ein Redner mitten im Satze abbrach, weil ihm die Gattin das Telefon vom Munde nahm; aber man vermutete dann, er sei bei seinen eigenen Worten eingeschlafen, und ehrte ihn als patriotischen Mann, der das Nationalheiligtum hochhielt.

Siebler war Witwer und hätte daher ruhig ausreden können, wenn sein Reden nicht so schlummerungsbegeisternd auf ihn selbst gewirkt hätte. Aber während alle seine Zuhörer bei seinen Worten in einen wahrhaften Gähnjubel ausbrachen, lauschte im Nebenzimmer bangen Herzens seine Tochter Amalie den politischen Ausführungen ihres eigensinnigen Vaters. In ihre großen braunen Augen kam kein Schlummer; unaufhörlich zerbrach sie sich das blonde Köpfchen, wie sie die eben gehörten schroffen Ansichten mit ihren seit Monaten gehegten Lieblingsplänen vereinigen könnte. Wie sollte das werden? Schon immer standen der Vater und ihr heimlich geliebter Dormio Forbach sich als »Wohlmeinender« und »Gutmeinender« politisch verfeindet gegenüber, und das war der Grund gewesen, warum Dormio noch nicht gewagt hatte, um Amalie anzuhalten. Nun aber trat der Vater auch noch gegen die privaten Interessen ihres Dormio auf, wenn er die Verstaatlichung der Schlaf- und Traumanstalten betrieb. Denn Dormio war *Traumfabrikant*.

Kaum hatte sich Amalie jetzt von der Festigkeit des väterlichen Schlafes überzeugt, als sie den Sprechanschluß an die

Forbachsche Traumanstalt bewirkte. Zärtliche Worte und elektrisch treu vermittelte Küsse feierten den ungestörten Verkehr der Liebenden, bis ihre Sorgen sich in Klagen Luft machten. Endlich erklärte Forbach entschieden, er würde morgen den Versuch wagen, mit Amaliens Vater zu sprechen, möge der Erfolg sein, wie er wolle. Wenn es nur ein Mittel gäbe, den Vater in eine günstige Stimmung zu versetzen! Vielleicht durch einen Traum? Daran hatte Amalie natürlich schon öfter gedacht; aber wie sollte sie den Vater bewegen, sich Forbachs Behandlung zu unterziehen, da er ein entschiedener Gegner der privaten Traumfabrikation war? Eben wollte sie über diese Frage mit dem Geliebten weitere Rücksprache nehmen, als derselbe sich durch Geschäfte gezwungen sah, die Unterredung auf einige Zeit zu unterbrechen. Einer seiner Kunden hatte sich darüber beschwert, daß er immer von seiner Schwiegermutter träume; dem solle man abhelfen.

Der Schlaf hatte die materielle Seite des sozialen Problems gelöst, der Traum sollte die Gemütsfragen in Ordnung bringen. Während des Schlafes denkt der Mensch nicht, das heißt, er denkt nicht in der Art, wie es im Wachen geschieht oder geschehen soll, unter strengster Observanz der Sätze von der Identität, vom Widerspruch und vom zureichenden Grunde. Im Schlafe wird nur geträumt, nicht geprüft und gefolgert. Es kommt uns im Traume gar nicht darauf an, uns plötzlich in abgerissenem Anzuge die Straße fegen zu sehen, dabei aber auf den Schultern unseres vorgesetzten Kabinettschefs spazierenzureiten; wir versetzten ihm mit unseren Füßen einige Rippenstöße, worauf er eine Tabakspfeife aus der Tasche zieht, in welcher wir unsere treulose Geliebte erkennen; während wir dieselbe in den Armen halten, bemerken wir, daß es unsere in Amerika verstorbene Erbtante ist, die sich in einen unendlichen Regen heller Sterne auflöst, von denen wir nicht zu erkennen vermögen, ob es funkelnde Küsse oder heimliche Goldstücke sind – wer kennt nicht diese wirren Phantasiespiele, über welche wir uns nicht im geringsten wundern? Glückliches Volk, das anstatt der unerbittlichen Konsequenz politischer Kritik oder wissenschaftlicher Forschung frei vom Satze des Widerspruchs sein heiteres Traumdasein genießt! Da staunt man nicht mehr über die entgegengesetzte Deutung gleicher Tatsachen aus demselben Munde, nicht über den Gesinnungswechsel eines Mannes, nicht über die positive Erklärung, daß schwarz weiß sei; still vergnügt nimmt man alles hin und tut doch, was man will. Denn die Menschen tragen keine Verantwortung. Sie träumen, und was sie träumen, verschwimmt mit dem Erwachen, nur die süße Erinnerung der Freiheit bleibt. Am Tage einige wache Stunden engumschriebenen Wirkens im streng geregelten Mechanismus des bürgerlichen Lebens, dann sinken sie beseligt wieder in die sanften Arme des Schlafgottes, um den lieblichen Reigen der Traumelfen zu teilen. So löst sich das zweite große Problem der Kultur, wie die individuelle Freiheit zu vereinen sei mit dem notwendigen Zwange staatlicher Ordnung. Je weniger die Menschen wachen, um so weniger bedürfen sie des Zwanges, um so weiter dehnt sich das Reich seliger Traumfreiheit.

Aber diese Freiheit darf keine Bestimmungslosigkeit sein. Sie soll erquicken, nicht durch Überraschungen quälen. Daher muß nach Mitteln gesucht werden, wenigstens die allgemeinen Bahnen des Traumverlaufs zu bestimmen, die Schreckbilder abzuhalten, die ungefähre Richtung der dichtenden Phantasie vorzuschreiben. Auch dies Problem hatte die Biomystik gelöst; ein Professor der Physiologie, der sich in somnambulen Zustand versetzt hatte, entdeckte im Hochschlafe das »Traumorgan«.

Ja, das Traumorgan existierte wirklich, und zwar dort, wo es die Verehrer des tierischen Magnetismus gesucht hatten, in der Nähe der Magengrube, mit welcher die Somnambulen bekanntlich lesen können; es saß im sogenannten Sonnengeflecht des Gangliensystems in Gestalt eines die Nervenbläschen erfüllenden spezifischen Nervengases und hatte die empirische Formel

$$C_{632} \; H_{418} \; N_{26} \; S_8 \; Fe_2 \; O_{99}.$$

Man hatte es einem Mörder exstirpiert, der vor Gewissensbissen nicht schlafen konnte; seitdem erfreute er sich eines ruhigen, traumlosen Schlafes. Ein Philosoph, welcher dem Mystizismus huldigte, verlor das Traumorgan durch einen unglücklichen Sturz auf den Magen, indem er über eine seiner nachschleppenden Perioden stolperte; seit jenem Tage schrieb er durchaus klare Bücher.

Dormio Forbach war Spezialist für das Traumorgan. Er wirkte darauf teils direkt durch äußere Reize, teils setzte er die einzelnen Teile der Hirnrinde mit dem Traumorgan nach Bedürfnis in Verbindung und lenkte dadurch den Gang der Traumphantasie. Seine Haupteinnahme bildete der Verstand des von ihm fabrizierten Traumgases, das in besonders präparierte Kautschukkissen gefüllt und von den Abnehmern eingeatmet wurde. Diese Traumkissen waren außerdem mit Vorrichtungen versehen, wodurch leichte Reize auf diejenigen Organe des Schlafenden ausgeübt wurden, deren Tätigkeit im Traumbilde in Anspruch genommen werden sollte. Ein Augenreiz zauberte Farbenspiele hervor, welche die Traumphantasie nach Maßgabe der gleichzeitigen übrigen Reize und der stattfindenden Vorstellungsassoziationen zu beliebigen Bildern umschuf. Wollte man zum Beispiel Landschaften sehen, so wurde zugleich in passender Weise auf das Ohr gewirkt, man sprach die Namen von bekannten Bergen und Gegenden aus, ließ das Geräusch rasselnder Wagen oder sanften Herdengeläutes ertönen und lenkte dadurch die Assoziation der Traumbilder.

Dem unzufriedenen Besteller, der sich über den Traum von der Schwiegermutter beschwert hatte, ließ Forbach ein anderes Traumkissen zurechtmachen.

»Man kann gar nicht genug auf die Individualität der Kunden achten«, sagte Forbach zu seinem Assistenten. »Hätte ich gewußt, daß der Mann verheiratet ist, so hätte ich mich vorgesehen. Sie wissen, wie es uns neulich mit der Bestellung auf Träume von Landschaftsbildern ergangen ist. Der Schläfer hielt den Lichtreiz für ein Schadenfeuer statt für den Sonnenaufgang, aus dem Kuhreigen machte er Feuerlärm, sprang aus dem Bette und goß das Waschbecken darüber. Wir mußten den Schaden bezahlen.«

»Der Mann hatte vermutlich zuviel Traumgas eingenommen.«

»Das nicht, aber er war Brandmeister.«

Forbach brach einen Brief auf, warf ihn aber sogleich ärgerlich auf den Tisch.

»Da haben wir denselben Fall!« rief er. »Doktor Mieriger meldet sich ab; was uns denn einfiele, ihn vom Ausbruch der Cholera träumen zu lassen! Was in aller Welt haben Sie ihm denn geschickt?«

»Er wünschte angenehme geschäftliche Träume, und so sandte ich ihm Kissen Nummer sechs mit leichten Karbolreizen und Trauermarsch. Ich glaubte, für einen Arzt müsse es sehr angenehm sein, von einer Verschlechterung des Gesundheitszustandes der Stadt –«

»Ja, ich bitte Sie, Doktor Mieriger ist nicht Mediziner –«

»Nicht möglich! Was denn?«

»Direktor einer Lebensversicherungsbank.«

»Dann freilich! So will ich mich sogleich entschuldigen.«

Es klopfte, und ein höchst eleganter, etwas stutzerhaft gekleideter Herr trat ein.

»Ich wollte mir die Frage erlauben«, sagte er, »ob Signora Muratori an die Traumleitung angeschlossen ist.«

»Gewiß, Nummer einhundertsiebzehn.«

»Dann bitte, heute nacht unausgesetzt meinen Namen einzuflüstern: Alboin von Warzheim.«

»Können Sie sich über den persönlichen Auftrag des Fräuleins ausweisen?«

»Das nicht, ich handle in meinem eigenen Auftrage.«

»Dann bedauern wir, Ihren Wunsch nicht erfüllen zu können. Wir dürfen nach dem Traumgesetz nur Anträge von den betreffenden Personen selbst ausführen.«

»Aber bitte, machen Sie hier eine Ausnahme. Bin sterblich verliebt – aussichtslos! Ich habe einen ähnlichen Fall gelesen, in welchem die Mutter dem unglücklichen Liebhaber Namenseinflüsterung gestattet, worauf Traum, Beschäftigung mit seiner Person, Neigung, Verlobung. Wollen Sie gefälligst beliebigen Preis bestimmen, kommt mir nicht darauf an.«

»Mein Herr«, sagte Forbach, »ich kann nicht weiter mit Ihnen verhandeln. Die geringste Pflichtverletzung würde mich für mein verantwortliches Amt unbrauchbar machen. Niemals werde ich von den gesetzlichen Vorschriften abweichen.«

Kaum hatte sich Herr von Warzheim unwillig entfernt, als Forbach sich wieder zur Unterhaltung mit seiner geliebten Amalie anschickte. Diese hatte sich inzwischen ausgedacht,

Forbach sollte für ihren Vater ein besonders präpariertes Traumkissen senden, das sie ihm heimlich unter den Kopf legen würde. Seinen Lieblingsneigungen wollte sie damit entgegenkommen; eine Jagd, ein gutes Diner, eine lustige Unterhaltung konnten leicht durch passende Reize ins Traumbewußtsein gehoben werden; war dadurch die gute Laune des Vaters gesichert, so wollte sie ihm ihre Verbindung mit Dormio Forbach durch Einflüsterung als einen trefflichen Gedanken erscheinen lassen. Auf diese Weise hoffte Amalie, die morgen bevorstehende Werbung am besten vorzubereiten.

Aber wie war sie enttäuscht, als Forbach diesen Plan rundweg verwarf. Er dürfe nun einmal ohne Einwilligung des Träumenden keinen Einfluß ausüben, selbst nicht, wenn sie, die Tochter, die Verantwortung übernehme. Vergebens bat und schmeichelte Amalie; so hart es ihn ankam, Dormio blieb fest; er erzählte ihr, wie er eben genötigt gewesen sei, Herrn von Warzheim abzuweisen, und berichtete von ähnlichen Anfechtungen, die ihm häufig genug begegneten. Dann betonte er die Gefahr, die in der zufälligen Entdeckung des Traumkissens durch Siebler läge. Welche Handhabe wäre ein solcher Vorfall gegen die Zuverlässigkeit der privaten Traumanstalten! Endlich aber, da Amaliens Starrköpfchen dies alles nicht gelten lassen wollte, machte er sie darauf aufmerksam, daß der Erfolg selbst ganz unsicher sei. Man könne nicht wissen, ob nicht gerade die Erwähnung seines – Forbachs – Namens zusammen mit dem Amaliens die heiter stimmende Traumwirkung wieder aufhebe und einen Unlusttraum erzeuge, der nun als Warnung für das wache Handeln wirken und somit ihren Plänen gerade entgegenarbeiten würde.

Amalie schmollte. Wenn Dormio so eigensinnig sein wollte, so möge er nun auch zusehen, wie er morgen mit dem Papa fertig werde; und so sagte sie ihm in etwas gepreßter Stimmung »Gute Nacht«.

Der vergötterte Schlaf, von allen als Friedensbringer gepriesen und darum zum Objekt hartnäckigsten Streites gemacht, der gehorsame Begleiter der väterlichen Reden, wollte der Tochter nicht nahen, die ihr Haupt in stetem Nachsinnen auf dem heimlich ihr von Forbach geschenkten Traumkissen umherwarf. Dormio verdiente es zwar nicht, daß sie sich um ihn kümmerte, aber wenn er morgen beim Vater kein Gehör fand, mußte nicht sie am meisten darunter leiden? Konnte sie denn gar nichts tun? Als Kind ihrer Zeit und Weib aller Zeiten kam sie von dem einmal gefaßten Gedanken an die Wirksamkeit des Traumes nicht hinweg. Aber das einzige, was sie zur Verfügung hatte, war ihr eigenes Traumkissen, mit Traumgas gefüllt und mit jenen ewigen Melodien ausgerüstet, welche Liebessehnsucht von jeher und überall in den Menschenherzen geweckt hat:

> »Freudvoll und leidvoll,
> Gedankenvoll sein,
> Langen und bangen
> In schwebender Pein,
> Himmelhoch jauchzend,
> Zum Tode betrübt,
> Glücklich allein ist die Seele, die liebt!«

Wie wonnig träumte es sich auf diesem Kissen, in diesem beseligenden Wechsel der Stimmungen, der sich auf dem Grundgefühle frohen, sicheren Besitzes eines unendlichen Glückes abspielt. Die Willensregungen und Affekte egoistischen Ursprungs verschmelzen mit den Gefühlen, die in der Sympathie wurzeln – das ist die Liebe. Stolz und Selbstbewußtsein erfreuen und lösen sich doch willig in der unbedingten Hingabe, Genuß und Entbehrung beglücken gemeinsam, und der Schmerz ist Wonne. – Wie müßte das Kissen auf den Vater wirken! Sollte es nicht die Erinnerung glücklicher Jugend hervorzaubern, Milde in das Herz gießen und dem Verständnis zarter Regung geneigt machen? Sollte es nicht wenigstens eine besänftigende und erheiternde Wirkung ausüben? Es konnten doch nur gute Träume dadurch erzeugt werden, und auf gute Träume folgt ein friedliches Erwachen.

Amalie schlich sich leise in das Zimmer des Vaters und schob vorsichtig dem fest Schlummernden das Kissen unter das Haupt. –

Ächzend und stöhnend ermunterte sich am andern Morgen der Abgeordnete Siebler aus einem schweren Traum; erst als er sich überzeugt hatte, daß er nur geträumt, erheiterten sich wieder seine Züge, und er atmete erleichtert auf. Mit Spannung und Besorgnis beobachtete Amalie ihren Vater beim Frühstück, um die Wirkung des Traumkissens zu erkennen.

Er war sehr einsilbig und offenbar mit einer wichtigen Überlegung beschäftigt. Die Zeitungen, denen er sonst einige Morgenstunden zu widmen pflegte, sah er kaum an, sondern ging unruhig im Zimmer auf und ab. Zufällig haftete sein Blick unter den Anzeigen auf einer Geschäftsempfehlung Forbachs; das paßte in seinen Gedankenkreis, und er erinnerte sich mancher halbunterdrückten Seufzer und versteckten Andeutungen seiner Tochter. Er rief Amalie und sagte zu ihrer größten Überraschung: »Du kennst ja diesen Traumfabrikanten Forbach. Weißt du, daß ich Lust hätte, mich einmal an ihn zu wenden. Wenn mir nur jemand für seine Zuverlässigkeit garantieren könnte!«

Natürlich wußte Amalie mehr als eine Familie aus ihrem Bekanntenkreis zu nennen, die auf Forbach zu schwören bereit war, und die ausgezeichneten Traumwirkungen seiner Offizin belegte sie mit zahlreichen Beispielen. Als sie den Vater so unvermutet zugänglich fand, ging sie nun auch gleich mutig vor und wußte ihre Sache so schlau zu führen, daß sie der Einwilligung des Vaters, der ja außer seinem bisherigen Mißtrauen bezüglich des Traumgeschäfts gegen Forbach gar nichts einzuwenden hatte, bereits sicher war, als letzterer sich melden ließ. Da wurde es denn Forbach nicht schwer, seine Sache zu führen.

»Gegen die Reellität und den Wert Ihres Geschäfts«, sagte Siebler, »kann ich nach den vorgelegten Ausweisen nichts einwenden; und um mich vollständig von Ihren Leistungen zu überzeugen, melde ich mich und meine Tochter als Abonnenten auf Ihr Traumgas bei Ihnen an.«

Und als er die Hände des glückstrahlenden Paares ineinandergelegt hatte und alle drei vor der alten, abgelagerten Flasche köstlichen Neunzehnhundertundneunundneunzigers saßen, da sagte Siebler: »Damit ihr euch nun nicht länger wundert, Kinder, wie ich dazu komme, meine gestrige Rede für das Traummonopol heute so weit zu verleugnen, daß ich mich diesem Privatfabrikanten hier ausliefere, so will ich euch sagen, daß ich beschlossen habe, mich überhaupt von der Politik zurückzuziehen und kein Mandat mehr anzunehmen, wenigstens so lange nicht, als die Traumfrage auf der Tagesordnung steht. Ihr seht mich höchst verwundert an und fragt, wie ich dazu komme, und ich sage euch zur Antwort: durch einen niederträchtigen Traum, den ich diese Nacht hatte. Nun, lieber Dormio, Sie werden dafür sorgen, daß mir ähnliches nicht passiert; eben zu diesem Zwecke bin ich Ihr Kunde geworden.«

»Was war das für ein schrecklicher Traum?« fragte Forbach eifrig, während Amalie schuldbewußt tief errötete.

»Zuerst«, fuhr Siebler fort, »hatte ich ein äußerst angenehmes Gefühl, das ich kaum beschreiben kann; es war das Gefühl erreichter Sehnsucht, das zwar mit dem Bedürfnis neuen Ringens und Kämpfens wechselte, aber doch immer die freudige Sicherheit des Sieges beibehielt; ein Aufundniederschwanken der Stimmung mit dem Vorwiegen der Befriedigung; immer glaubte ich die Worte des Dichters zu hören:

> ›Freudvoll und leidvoll,
> Gedankenvoll sein,
> Langen und bangen
> In schwebender Pein,
> Himmelhoch jauchzend,
> Zum Tode betrübt –‹,

aber die Schlußzeilen fielen mir nicht ein.«

Forbach sah Amalie fragend an und sagte zu Siebler: »Und wie malte Ihnen der Traum diese Stimmung? Denn der Traum spricht nur in Bildern.«

»Ganz richtig, nur konnte ich sie nicht festhalten und muß mich begnügen, Ihnen den Gesamteindruck zu schildern. Das wesentliche Moment aber war dieses: Es wurde über das Traummonopol abgestimmt, und schließlich hatte ich die entscheidende Stimme abzugeben. Ich stimmte dafür, es ging durch, und sofort auch war ich *Traumminister*. Ja, ich war verantwortlicher Chef des gesamten kolossalen Apparats der Schlaf- und Traumverteilung. Ich steckte bis an den Kopf in Seifenblasen, die ich fortwährend nach allen Seiten hin verteilen mußte, indem ich unausgesetzt in den Haufen hineinblies; da flogen sie nach jeder Richtung, und immer neue quollen hervor. In einem ungeheuren Amphitheater aber saß das gesamte Volk, jedem einzelnen flog eine Seifenblase an den Kopf und zerplatzte; sie wurde zu Glasscherben, die man mir mit Grimassen zurückwarf, und bald steckte ich bis an die Brust in den scharfen Splittern. ›Das ist nicht *mein* Traum‹, schrie der eine; ›ich will einen andern‹, der zweite; ›heute will ich gar keinen‹, der dritte; ›das ist ja erbärmliches Zeug‹, der vierte; und so ging es weiter mit Beschwerden, und jedesmal flogen mir die Scherben um den Kopf. Jetzt sah ich, daß es gar nicht die Leute waren, welche riefen, sondern ringsum saßen große, gedruckte Zeitungslettern, und ein riesiges Ausrufezeichen schrie mich an: ›Sehen Sie, Exzellenz Siebler, jetzt nehmen wir den Traumetat vor, und jetzt sollen Sie einmal die ganze Geschichte, die Sie uns haben träumen lassen, wieder zurückträumen, aber von hinten nach vorn.‹ Dabei wuchs der Scherbenberg um mich immer höher, ich jedoch wuchs selbst mit ihm und trat die Trümmer unter die Füße. Das schmerzte mich, aber das Herz schwoll mir voll Stolz, mir war es, als seien all die tobenden Gestalten Stücke von mir und als müßte ich mich ihnen hingeben, um sie zu erquicken und zu sättigen mit meinem Lebensatem. Und ich blies und blies mit aller Kraft neue und neue Traumblasen in die Menge. Mächtiger und mächtiger quollen sie hervor und bedeckten die ganze Versammlung. Der Atem begann mir auszugehen, die Brust wollte mir springen, so gewaltig blies ich; und ich glaubte sicher, jetzt müßten alle mir danken; denn ich hatte das Volk ganz umhüllt mit rosigen Träumen. Wieder aber flogen die Splitter zu Boden, die Tribünen wuchsen höher und höher, und hernieder toste es: ›Wir wollen deine uniformierte Weltstimmung nicht! Nieder mit dem Normaltraum!‹ Ich aber rief dagegen: ›Nehmt, was ich habe, mehr kann ich nicht geben!‹ So blies ich mit meiner letzten Kraft Wolken von Seifenblasen hervor, und ich hatte ein Gefühl, als zerstöbe ich in Millionen Teile. Die Leute ringsumher haschten danach, hielten sie vor die Augen und warfen sie wütend fort.

›Auf jeder Traumblase ist sein Bild!‹ schrien sie. ›Nun sollen wir ihn selber träumen!‹ Da flog mir ein Splitter ins Auge, das war, als ginge ein neues Licht rings um mich auf, und ich sah zu meinem Entsetzen, daß all die Seifenblasen im ganzen

Raum mein eigenes Bildnis trugen, überall sah ich nur mich selbst; ich blies nicht mehr, aber immer aufs neue quollen die Blasen mit meinem Ebenbild hervor, sie häuften sich um mich und drohten mich zu ersticken; nur dumpf noch grollten in der Ferne die zornigen Stimmen, und vergebens griff ich mit den Armen umher, um mich an einen Menschen zu klammern außer mir. – So wachte ich auf, in Angstschweiß gebadet. Und da schwor ich mir, ferner nicht mehr – nun, kurz und gut, die Traumpolitik ist mir verleidet.«

Erregt durch die Erinnerung, schritt er im Zimmer auf und ab.

»Du hattest«, sagte Forbach leise zu seiner Braut, »dein Traumkissen –«

Amalie nickte. »Verrate mich nicht«, bat sie.

»Nein«, sagte Dormio; »aber du siehst die Folgen der künstlichen Traumbeglückung. Wir können nur allgemeine Züge vorzeichnen, über den Erfolg entscheidet stets die Individualität. Denn das Traumbild ersteht aus dem Vorrat der im Bewußtsein angesammelten Vorstellungen nach Maßgabe der gewohnten Assoziationen. Dadurch sondert sich das Ich vom Ich, und die unendliche Mannigfaltigkeit dieser Wirklichkeit vermag keine Traumvorsehung, kein klügelndes und wohlgemeintes Denken zu überblicken, geschweige denn zu regeln. Dein Traumkissen lieferte Selbstgefühl und Aufopferung; aber was bei dem Liebenden sich in freundliche Harmonien löst, bei dem Parteimann geht es in beängstigenden Kampf über. Das Glück der Liebenden wächst mit der Hingabe der Persönlichkeit, das Glück der Völker fordert die freie Entwicklung der Einzelart.«

»Aber«, unterbrach ihn Amalie fragend, »dann steht es doch mit deiner Traumfabrikation eigentlich recht bedenklich.«

»Nicht schlechter und nicht besser als mit allen anderen menschlichen Vorausberechnungen. Das Leben ist zu bunt, glücklich allein ist die Seele –«

»Stoßen wir an«, sagte Siebler, wieder an den Tisch tretend, »auf den glorreichen Sieg des Menschengeistes über das Schicksal, auf die Herrschaft des Kunsttraumes, des sicheren Führers des Kulturfortschritts!«

Die Gläser klangen, die Liebenden drückten sich die Hände.

In ihren Augen lasen sie etwas, was sicherer war als Schlaf und Traum; aber sie sagten es natürlich nicht. Einem Kulturideal widerspricht man niemals.

(1886)

Der Gehirnspiegel

»Also doch noch!« begrüßte mich mein Freund Arwed, als ich in das Wohnzimmer trat. »Glaubte schon, du kämst nicht. Hast also meine Karte gefunden?«

»Soeben, als ich nach dem Theater heimkam. Es war spät zu Ende –«

»Ja, entschuldige, daß ich dich noch herzitierte. Aber ich habe dir etwas Wichtiges, sehr Wichtiges mitzuteilen.«

»Ich bitte dich, du weißt doch, wie gern ich mit dir und deiner Frau ein Plauderstündchen halte. Dazu hab' ich immer Zeit! Ich hoffe, es ist etwas Angenehmes?«

Arwed machte ein merkwürdiges Gesicht. Erst sah er mich starr an, als wolle er sich an meiner Spannung weiden, dann blickte er wie verlegen an mir vorüber, indem er sagte: »Mußte dich heute noch sprechen, das mußt du erfahren. Setz dich nur her. – Willst du noch etwas essen? Nein?«

Ich fragte nach seiner Frau. Es kam mir vor, als überhöre er absichtlich meine Frage. Er starrte vor sich hin und rief: »Großartig! Einfach großartig!«

Ich rückte mich in die gewohnte Sofaecke, während er, seinen Backenbart zerrend, in seiner nervösen Art auf und ab lief. Dabei funkelten seine Äuglein ganz aufgeregt. Dann stellte er sich vor mich hin, steckte die Hände in die Taschen und begann: »Was meinst du? Gehirnspiegel! Einfach großartig! Nicht?«

»Gehirnspiegel?« fragte ich. »Kenne ich nicht. Augenspiegel, ja, der machte Epoche, als ihn Helmholtz vor fünfzig Jahren erfand. Hast du etwa einen Gehirnspiegel erfunden?«

»Ich natürlich nicht. Nur den Namen. Vielleicht ist auch der nicht einmal richtig gewählt – es ist eigentlich etwas ganz anderes. Ich sinne schon den ganzen Abend über dem Namen. Aber großartig ist es.«

»Nun, was denn eigentlich?«

»Eine Erfindung vom Onkel Pausius.«

»Von Pausius?« fuhr ich auf. »Das läßt sich hören. Das wird jedenfalls großartig sein. Nur wird es uns nichts nutzen. Er veröffentlicht leider seine Entdeckungen fast niemals.«

»Aber diesmal hat er es mir bestimmt versprochen.«

»Wahrhaftig?« Nun sprang ich auch empor. Ich war aufs höchste gespannt. Pausius war ein Genie. Ich kannte den alten gelehrten Sonderling und sein Laboratorium und wußte einiges von seinen Studien. Er hatte tatsächlich Erfindungen von höchster Wichtigkeit gemacht, aber er rückte damit höchstens einmal gegen seine nächsten Freunde heraus. Die Menschen seien nicht reif dafür, behauptete er, und er habe sie nicht nötig. Ich faßte Arwed an den Schultern und rüttelte ihn. »So sprich doch, Mensch!«

»Ja, natürlich. Setz dich nur wieder. Ich will dir die ganze Geschichte erzählen. Also heute abend wollt' ich mit meiner Frau ein bißchen hinüber zum Onkel Pausius gehen. Ich stehe schon mit Hut und Stock und warte nur auf meine Frau. Es dauert eine Weile und noch 'ne Weile. Dann guckt sie mit einem verlegenen Lächeln zur Tür herein und sagt: ›Geh nur voran, ich werde gleich nachkommen.‹ – ›Nun, warum denn, was gibt's denn noch?‹ – ›Ach, ich habe nur meine Schlüssel verlegt, und es ist mir unangenehm, so fortzugehen.‹ Nun also, ich kenne das schon, ich gehe voran. Ich warte bei Pausius im Vorzimmer, dann klopfe ich an. ›Wer ist da?‹ – ›Arwed.‹ – ›Na, dann herein, aber vorsichtig‹, brummt er. Ich trete ein. Das Zimmer ist ganz dunkel. Endlich erkenne ich einen matt beleuchteten Schirm und darauf – ich bin nicht wenig erschrocken – meine Gestalt, etwas verschwommen freilich. Ich stehe ganz erstaunt. Da höre ich den Onkel sprechen: ›Seid ihr da? Ich höre ja deine Frau nicht, die ist doch sonst nicht so still?‹ In dem Augenblick erscheint das Bild meiner Frau neben dem meinigen auf dem Schirm. ›Meine Frau wird nachkommen‹, sage ich, ›aber –‹ Inzwischen dreht Onkel Pausius das Licht an. Auf dem Schirm sieht man nichts mehr, und der Onkel zieht seinen Kopf vorsichtig aus einem merkwürdigen Gestell hervor. Er steht langsam auf, reibt sich die Hände, deutet auf ein kleines Fläschchen auf seinem Experimentiertisch und sagt schmunzelnd: ›Habe da was Neues, Feines. Willst mal probieren?‹ Ich mache natürlich ein etwas mißtrauisches Gesicht. ›Kannst es ruhig riskieren‹, fährt der Onkel fort. ›Kraniophan! Macht einen hellen Kopf sozusagen.‹ Ich bat ihn um eine Erklärung. ›Ja‹, sagt er, ›das ist 'ne Flüssigkeit! Ich spritze eine

Kleinigkeit in das Blut. Sobald sie mit den Knochen in Berührung kommt, wird sie von diesen aufgesaugt. Merkwürdig, aber es ist so, sie durchdringt die ganze Substanz, wie Wasser ein Löschblatt. Das schadet jedoch dem Körper nichts und den Knochen auch nichts. Nach fünf Minuten ist die Wirkung wieder vollständig verschwunden. Was man davon hat? Ja, das ist eben das Feine. Solange nämlich die Knochen das Kraniophan enthalten, sind sie für Licht durchdringlich, wenigstens für die Strahlen der von mir konstruierten Lampe. Nehmen wir ein sehr intensives Licht, so bringen wir es durch die Haut und die Fleischteile hindurch. Dann können wir aber auch durch die Knochen hindurchleuchten.‹

›Wirklich?‹ sagte ich eifrig. ›Das ist ja außerordentlich wichtig für die Heilkunde!‹

Der Onkel schmunzelte. ›Hm, hm‹, fuhr er fort, ›wenn es nur das wäre, das wußt' ich schon lange. Habe aber dieser Tage was ganz Neues entdeckt. Ich leuchte ins Gehirn hinein.‹

›Das läßt sich denken. Da der Schädel aus Knochen besteht, wird er ja durchstrahlbar. Das ist eben eine der großartigen Folgen deiner Erfindung.‹

›Pah! Das ist das wenigste, daß wir in die Gehirnzellen hineinsehen. Freilich, fein ist's ja, aber es handelt sich nicht bloß um das Physiologische, es steckt noch etwas ganz Merkwürdiges dahinter!‹

›Ich begreife nicht, was du noch mehr erreichen willst.‹

›Glaub's schon. Begreife es selbst kaum. Denke dir! Ich sehe nicht bloß die Hirnzellen, sondern ich zeige dort auf dem Schirm deine eigene Vorstellung, das, was du im Augenblick denkst, sozusagen – ja, ich kann es sogar fotografieren.‹

›Unmöglich, Onkel! Du willst mich zum besten haben!‹

›Tatsächlich! Ich will es dir zeigen. Allerdings nicht *jede* Vorstellung, sondern nur die optischen, das heißt das, was sichtbar ist, was du dir selbst als Figur, als Bild im Raum vorstellst. Was sahst du auf dem Schirm, als du hereinkamst?‹

›Mich selbst.‹

›Und dann?‹

›Meine Frau.‹

›War sie hier? Nein. Warum sahst du sie? Weil ich gerade mein Sehzentrum im Gehirn durchstrahlen ließ und erst an dich, dann an euch beide dachte. So erschienen eure Bilder. Wie das zu erklären ist? Ja, ich habe auch eine Theorie. Höre mich an! Doch nein, ich will dir zuerst eine einfache Probe zeigen. Komm her!‹

Ich weigerte mich nicht. Der Onkel machte mir eine Einspritzung. Dann wurde mein Kopf in den Apparat gesteckt. Die Spitze der Lampe, in der, von außen natürlich nicht sichtbar, das sehr helle Licht erzeugt wurde, berührte meinen Kopf von hinten zwischen den Haaren. Die Einstellung wurde so gemacht, daß der Brennpunkt der Strahlen im Gehirn in das Sehzentrum fiel. Der durch die Stirn heraustretende Lichtkegel ging dann noch durch eine Linse und wurde auf einem besonders präparierten Schirm aufgefangen.

›Stelle dir einen Kreis vor‹, sagte Pausius zu mir. Ich tat es. Auf der Tafel erschien ein Kreis. Er wechselte die Farben, je nachdem ich ihn mir rot, blau oder gelb dachte. Dazwischen wogten aber zugleich allerlei undeutliche Figuren einher; nur der Kreis beherrschte sie bleibend, solange meine Aufmerksamkeit auf die Vorstellung eines Kreises gerichtet war. Nun dachte ich an die Figur einer 3, und sogleich erschien dieses Bild auf dem Schirm. Dann wurden die Figuren undeutlich, die Wirkung war verflogen, und ich zog meinen Kopf aus dem Apparat.

›Nun?‹ brummte Onkel Pausius.

Ich saß ganz niedergeschmettert da und sagte zum Onkel: ›Die Sache erscheint fast sinnlos – diese Figuren sind doch nicht als solche in meinem Gehirn; wie können wir sie hinausprojizieren?‹

›Natürlich sind sie nicht darin‹, erwiderte der Onkel lachend. ›Aber wir sehen ja auch nicht hinein – da würden wir nur Zellfasern und Blutkörperchen sehen –, wir sehen ja hinaus. Lausche an einem Telefondraht, du hörst auch nichts, du mußt das Instrument daranbringen. Was geschieht denn, wenn wir einen Kreis sehen? Von außen kommen in bestimmter Weise angeordnete Lichtstrahlen, bestimmte Nervenzellen pflanzen ihre eigenartigen Schwingungen bis zum Zentrum fort und solange diese bestimmte Form des Schwingungszustandes der Nervensubstanz dauert, haben wir die Empfindung eines Kreises. Nun kehren wir bei unserm Versuch die

Sache um. Wir stellen uns einen Kreis vor. Jetzt findet dieselbe Veränderung der Nervensubstanz vom Zentralorgan aus statt, die vorher beim Sehen vom Auge aus stattfand. Der so veränderte Schwingungszustand der Zellen wird vom Lichtbüschel unserer Lampe getroffen. Dieses Licht wird dadurch in seiner Schwingungsperiode verändert, und dieselben Raumbeziehungen pflanzen sich in den Lichtwellen bis zum Schirm fort. Das Licht stellt gewissermaßen eine Telefonplatte, die Gehirnzellen das erregende Magnetfeld vor. So erkläre ich mir den Vorgang.‹

Ich saß in mich versunken.

›Na, lassen wir's sein‹, sagte der Onkel. ›Da kommt ja auch dein liebes Frauchen. Nun, wo warst du denn so lange, sozusagen? Hast du die Schlüssel gefunden?‹

Meine Frau schüttelte wehmütig den Kopf.

›Weißt nicht, wo du sie hingelegt hast?‹ sagte der Onkel launig. ›Werde dir helfen. Setz dich einmal her. Wir wollen jetzt den Ort sehen, wo du sie zuletzt hingelegt hast. Vielleicht erkennen wir ihn dort auf dem Schirm.‹

›Was soll das?‹ sagte meine Frau.

›Ein bißchen Gedankenlesen, weiter nichts. Ein bißchen in das Köpfchen hineingucken, was da alles durcheinanderwirbelt.‹

Nun, kurz und gut, wir erklärten meiner Frau, um was es sich handle. Erst sträubte sie sich ein wenig; dann wurde sie doch selbst neugierig, als der Onkel ihr die Prozedur vorgemacht hatte –«

Mein Freund unterbrach seine Erzählung. Er riß wieder an seinem Bart und rannte durchs Zimmer, bis er mit unsicherem Blick vor mir stehenblieb.

»Ja, jetzt«, begann er wieder, »wie soll ich sagen – zu dir kann ich ja offen sein, Konrad –«

Ich hatte das Gefühl, als wenn Arwed gegen mich verstimmt sei, obwohl ich keinen rechten Grund wußte, aber er machte ein so seltsames Gesicht, und da wurde mir etwas unbehaglich zumute. Sollte bei diesem Versuch irgend etwas –?

»Ich muß dir gestehen«, fuhr Arwed fort, »auf einmal überkam mich eine unheimliche Angst. Am liebsten hätte ich den Versuch nicht zugelassen, wenn ich mich nicht vor dem Onkel geniert hätte. Aber der Gedanke, ich solle jetzt plötzlich sehen, was sich meine Frau vorstellte in ihrem Innersten ... sie hatte offenbar gar keine Bedenken, und ich habe ja auch nicht den geringsten Grund des Mißtrauens, das weißt du ja – und doch! So eine junge, hübsche Frau ... kein Mensch kann doch wissen, was ihr heimlich im Kopf steckt. Ich fühlte mich ganz miserabel.«

Als Arwed dies sagte und wieder aufgeregt umherlief, ging es mir ganz ebenso. Am liebsten hätte ich weiter nichts gehört. Wer kann einer Frau ins Köpfchen sehen? Und wenn er's kann, so soll er's hübsch bleibenlassen. Gewiß, ich fühlte mich ja ganz unschuldig, aber wenn ich jetzt in Pausius' Apparat gesteckt hätte – ich sah im Augenblick diese allerliebsten, schelmischen Züge, ich sah die leuchtenden braunen Augen und das dunkle Haar an den Schläfen, ich sah Frau Arwed so deutlich vor mir, daß ihr Bild gewiß auf dem Schirm erschienen wäre. Mir wurde ebenso angst wie meinem Freunde, aber ich sagte möglichst kühl: »Na, was habt ihr denn nun gesehen?«

Arwed warf einen langen Blick auf mich. Dann begann er wieder: »Nun, Pausius fordert meine Frau auf, sich ihre Schlüssel recht deutlich vorzustellen, so wie sie sie in der Hand zu halten pflegte. Und wirklich, auf dem Schirm, über den wieder allerlei undeutliche Gestalten huschten, erschienen unter dem Einfluß ihrer Aufmerksamkeit die Schlüssel mit der haltenden Hand, und daneben –«

»Daneben – so sprich doch!«

»Deutlich der Kopf eines Mannes –«

»Welches Mannes?«

»Denke dir, was in mir vorging – vielmehr, es läßt sich nicht denken –, das unsinnigste Zeug schoß mir durch den Kopf –«

»Welches Mannes denn?«

»Das wirst du dir wohl selbst sagen. Ich zitterte vor Erregung, ich mußte ins Freie! Ich sprang auf, lief nach der Tür, schon war ich draußen, da hörte ich meine Frau mit ihrer hellen Stimme rufen: ›Ah, jetzt weiß ich's! Hinter Konrads Fotografie auf dem Wandbrett müssen sie liegen; als ich die Bilder abstäubte, habe ich sie dort aus der Hand gelegt.‹

Und nun rannte ich nach Hause«, fuhr Arwed fort, »es ist ja nicht weit, die Treppen hinauf und hier hinein, und da – ich riß deine Fotografie vom Wandbrett herunter, und wahrhaftig, da lagen die Schlüssel! In drei Minuten war ich wieder mit dem Schlüsselbund zurück. Meine Frau wußte gar nicht, warum ich sie so stürmisch an mich zog.«

Arwed setzte sich nun an den Tisch und griff nach einer Zigarette. Ich wußte nicht recht, was ich sagen sollte. Ein Stein war mir vom Herzen gefallen, aber eine gewisse Verlegenheit konnte ich nicht verbergen.

»Da triumphierte wohl Onkel Pausius?« fragte ich.

»Freilich, er schmunzelte, aber als ich die Brauchbarkeit seiner Erfindung herausstrich, sagte der Onkel weiter: ›Das ist noch gar nichts, sozusagen. Wenn man etwas Übung hat, kann man noch ganz andere Dinge machen. Es kommt nur darauf an, daß man eine kräftige malerische Phantasie und die Fähigkeit starker Konzentration besitzt, so daß man die Aufmerksamkeit selbst auf seine bildhafte Vorstellung gefesselt halten kann, denn bei der geringsten Abweichung der Gedanken werden die Bilder gestört.‹ Und nun setzte sich Pausius selbst wieder an den Apparat, indem er erklärte, er wolle uns jetzt einige Erinnerungen und dann einige Phantasien vorführen.

Nun entwickelten sich auf dem Schirm farbenprächtige Gemälde, deren Figuren sich lebendig bewegten, Szenen, die er im Theater gesehen, Bilder, die er selbst entworfen hatte, auch, was er im Augenblick gerade sich vorstellte –«

Ich faßte Freund Arwed an der Hand, ihn unterbrechend.

»Mensch«, rief ich, »bist du dir denn klar, was diese Erfindung bedeutet?«

»Natürlich – das wird sich nach der Veröffentlichung erst glänzend zeigen. Das Studium der Gehirnphysiologie, des Seelenlebens, der Psychologie, die ganze Medizin –«

»Ach was! Ich denke jetzt nicht an die Wissenschaft. Was Pausius entdeckt hat, das bedeutet die Kunst: die neue Kunst, die kommende Kunst – die absolute Malerei! Verstehst du nicht? Farben und Pinsel sind überflüssig, Übung und Handgeschicklichkeit sind nicht nötig. Die Phantasie des Künstlers erzeugt unmittelbar vor den staunenden Blicken des Beschauers bildhaft die innersten Erlebnisse des Genius. Überwunden durch die naturwissenschaftliche Technik ist jede Mühe der malerischen Technik – die Seele malt unmittelbar! Raffael braucht keine Hände mehr. Frei vom schweren Stoffe wird der Künstler. Das Ideal ist in das Leben selbst gesetzt, vielmehr der Mensch ist zu den Göttern erhöht – seine Anschauung ist Schaffenskraft!« Begeistert sprang ich auf und drang in Arwed: »Und wann, wann veröffentlicht Pausius? Will er es denn wirklich? Will er selbst schreiben?«

»Er hat es versprochen. Bald, sogleich soll es geschehen. Näheres hat er meiner Frau gesagt, als ich fort war.«

»Wo ist denn überhaupt deine Frau? Soll man sie heute nicht mehr zu sehen bekommen?«

»Heute nicht mehr, denn es schlägt eben zwölf. Aber natürlich wollte sie noch ein bißchen hereinkommen. Bei solchem Ereignis muß sie doch mitreden. Und horch – da kommt sie schon mit den Gläsern!«

Ich trat ihr entgegen. Ihre Wangen waren gerötet, und ich glaubte eine leichte Verlegenheit in ihren Zügen zu lesen, als sie das Tablett absetzte und mir die Hand reichte.

Ich brachte nur die Worte hervor: »Wann – wann denn kommt der Gehirnspiegel zur Veröffentlichung?«

Sie sah mich mit den schönen Augen freundlich an und sagte verständnisvoll: »Nicht wahr, es ist eine große Sache? Aber etwas unheimlich. Und morgen – bestimmt morgen, sagte der Onkel, sende er sein Manuskript ab.«

»Morgen!« rief ich. »Das wird ein Wendetag in der Kulturgeschichte!«

»Morgen?« sagte Arwed. »Das ist ja schon heute!« Er hatte die Gläser gefüllt. »So laßt uns anstoßen auf die neue Kunst, auf den Gehirnspiegel!«

Die Gläser klangen zusammen. Gewohnheitsmäßig entfernte ich das abgelaufene Blatt vom Wandkalender. Er zeigte jetzt – den ersten April.

1900

Wie der Teufel
den Professor holte

»Aber ganz gewiß«, sagte der *Professor*, indem er liebevoll die Asche seiner großen Flor de Ynclan betrachtete, »ganz gewiß hat er mich geholt; in eigener Person.«

»Hohoho!« Der *starke Herr* lachte. »Also doch?«

»Und das haben Sie noch gar nicht erzählt?«

»Wer denn?« fragte die *blaue Dame*. »Wer hat Sie geholt?«

»Haben Sie denn nicht gehört?« rief die kleine Frau *Brösen* ungeduldig. »Der *Teufel* hat den Professor geholt.«

»Aber da sitzt er ja –«

»Weil er ihn eben lebendig geholt hat!« rief der starke Herr.

»Das versteh' ich nicht!«

»Er muß es erzählen.«

Man rückte näher am Tische zusammen.

»Wie sah er denn aus?«

»Wann war denn das?«

»Am vorigen Sonnabend« – der Professor tat einen nachdenklichen Zug an seiner Zigarre –, »ich saß wie gewöhnlich abends an meinem Schreibtisch, da klopfte es, und auf mein verwundertes Herein – aber erschrecken Sie nicht!«

»Gräßliches will ich nicht hören, nein, nein, nein!« schrie die blaue Dame.

»Gräßlich war es allerdings. Im ersten Augenblick war ich nicht wenig erschrocken.«

Die blaue Dame hielt sich die Ohren zu; aber nicht fest.

»Auf einmal steht jemand im Zimmer und knipst die Hängelampe an, daß ich die Gestalt ganz deutlich erkenne.«

»In einem Mantel, mit feurigen Augen? Ich seh's vor mir!« rief Frau Brösen.

»Es war ein Lodencape und eine goldene Brille; ein Mann in meiner Größe und Statur, mit grauen Haaren und Schnurrbart, eigentlich ganz gemütlich, aber das Gräßliche war eben –«

»Der Pferdefuß?«

»Der Schweif?« kreischte die blaue Dame.

»Nein; er sah genau aus wie ich selbst – lachen Sie nicht! Ich dachte natürlich an eine Halluzination, und Sie wissen, was das bedeutet in meinem angegriffenen Gehirn. Ich blieb zunächst ganz starr sitzen.

Da sagte mein Doppelgänger sehr höflich: ›Es tut mir leid, daß ich Sie holen muß, Herr Professor, aber ich habe den bestimmten Entschluß gefaßt –‹

›Holen, was heißt das? Ich bin nicht Arzt und habe jetzt keine Zeit!‹ rief ich unwillig.

›Nun, eben *holen*‹, sagte der andere. ›Ich bin nämlich der Teufel.‹

›Der Teufel? Aber Sie sehen ja aus –‹

›Ja, Sie müssen schon entschuldigen. Wenn ich zu Ihnen komme, habe ich diese Ihre Gestalt. Es ist nämlich jeder sein eigener Teufel! Aber nun seien Sie so gut, und kommen Sie mit.‹

›Wohin denn? Ich glaube weder an Hölle noch an Teufel im Volkssinne.‹

›Ist auch gar nicht nötig. Ich hole jeden in seinem Sinne, wie er seine Welt sich ausmalt. Sie zum Beispiel werde ich in einem kleinen Weltraum-Automobil mitnehmen. Sie reisen ja so gerne nach den Sternen.‹

›Bitte sehr, das tue ich hier am Schreibtisch; ich habe durchaus keine Lust zum Reisen. Außerdem brauchte ich mehrere Wochen Vorbereitung. Erst müßte ich meine Reiseapotheke packen.‹

›Ist nicht nötig. Zu Ihrem Vergnügen hole ich Sie ja nicht. Sie sollen zu Ihrer Läuterung hunderttausend Billionen Kilometer reisen. – Das habe ich mir so ausgedacht.‹

›Und dann?‹ fragte ich.

›Nun, das wird sich ja finden. Vielleicht machen wir einen Meteor aus Ihnen, oder Sie werden für tausend Jahre auf dem Mars verheiratet – Marsjahre natürlich.‹

›Ich danke für beides. Es fällt mir gar nicht ein, mitzukommen. Ich habe hier noch dringende, angefangene Arbeiten.‹

›Das hilft alles nichts. Die können Sie unterwegs fertigmachen.‹

›Also den Hals wollen Sie mir nicht umdrehen?‹

›Ich denke nicht daran, wenn Sie gutwillig mitkommen. Wir möchten uns Ihre wertvolle Gehirntätigkeit noch eine Zeitlang erhalten, wenn auch freilich nicht mehr auf der Erde.‹

›Aber schließlich leb' ich doch in der *Erdseele* weiter, nicht wahr?‹

›Lassen Sie mich in Ruhe‹, rief der Teufel ärgerlich. ›Ich bin nicht hier, um mich ausfragen zu lassen. Die Erdseele hole ich schließlich auch noch mal!‹«

»Die Erdseele?« unterbrach die blaue Dame den Professor. »Was ist denn das?«

»Ach, stören Sie doch jetzt nicht«, sagte Frau Brösen. »Der Professor hat doch erst neulich einen Vortrag darüber gehalten!«

»Da konnt' ich ja nicht kommen, da war mein Mädchen fortgelaufen.«

»Na«, rief der starke Herr, »nach Ansicht des Professors ist eben die Erde ein beseeltes Wesen, und wenn wir hier als Menschen nicht mehr leben können, dann leben wir weiter als Erinnerungen der Erdseele.«

»Sagt Fechner«, schaltete der Professor ein.

»Ich auch?« fragte die blaue Dame.

»Sie kommen sogleich in die Sonnenseele«, sagte der Professor, »weil Sie schon jetzt zu den schönsten Erinnerungen der Erdseele gehören.«

»Erzählen Sie doch weiter!« rief Frau Brösen und klopfte auf den Tisch.

Der *sanfte Jüngling*, der eben etwas sagen wollte, fuhr zusammen und schwieg.

Der Professor nahm einen Schluck aus seinem Glase und sagte: »Ich bemerkte mit Vergnügen, daß theoretische Fragen den Teufel in einige Verlegenheit zu bringen schienen. Um Zeit zu gewinnen, kramte ich in meinen Manuskripten und wollte eben fragen, ob ich nicht meinen Zeissfeldstecher mitnehmen könnte, aber auf einmal – ich weiß nicht, wie es kam – war ich aus meinem Zimmer heraus und fand mich neben dem Teufel auf einem bequemen Sessel. Die Füße ruhten auf einem Tritt, und ein Geländer umgab uns, sonst aber schwebten wir ganz frei im Raume. Merkwürdigerweise hatte ich gar kein Schwindelgefühl.«

Der starke Herr hustete eigentümlich. Der Professor ließ sich nicht stören.

»Ich nahm mir vor«, fuhr er fort, »mir vom Teufel nicht imponieren zu lassen. Vielleicht konnte ich ihm doch irgendwie beikommen, daß ich ihn los würde. Wäre Faust ein richtiger Mathematiker gewesen, so hätte er sich nicht sein ganzes Leben mit dem Teufel herumzuschlagen brauchen. Ich fühlte mich ruhiger und sagte nichts. Da begann der Teufel: ›Nun, wie gefällt Ihnen unser Weltautomobil? Das ist aus Ihrem Ideal, dem absolut festen und durchsichtigen Stellit, gefertigt, da können Sie alles aufs schönste überblicken.‹

Ich sah mich um. Hinter uns war absolute Nacht, völlige Schwärze. Über, neben und unter uns erkannte ich einzelne Sterne, die nach vorn immer dichter standen, bis sie in der Fahrtrichtung zu einem einzigen hellen Glanze zusammenflossen. Ich konnte mir das gar nicht erklären. Was war das für ein Sternenhimmel? In welcher Gegend der Welt waren wir? Ich mußte wohl längere Zeit bewußtlos gewesen sein.

›Wie lange sind wir schon unterwegs?‹ fragte ich.

›Etwa eine halbe Stunde‹, antwortete der Teufel. ›Ich mußte Sie ein bißchen einschläfern, um Sie bequemer hier hereinzubringen. Na, nicht wahr, so was haben Sie noch nicht gesehen?‹

›Oh‹, sagte ich, ›das wird sich ja alles natürlich erklären. Mit welcher Geschwindigkeit fahren wir wohl?‹

›Ungefähr mit der zehnfachen Lichtgeschwindigkeit.‹«

»Hohoho!« Der starke Herr lachte. »Das müßte allerdings mit dem Teufel zugehen.«

»Das tat's ja auch«, fuhr der Professor gelassen fort. »Ich überschlug schnell die Sachlage. Zehnfache Lichtgeschwindigkeit, da mußten wir die Entfernung Sonne-Erde in fünfzig Sekunden zurücklegen.

Bis zum Neptun ist's dreißigmal so weit. Ich sagte also: ›Soso! Da müssen wir ja schon längst aus dem ganzen Sonnensystem hinaus sein.‹

›Das sind wir in der Tat.‹

Nun glaubte ich zu begreifen, warum hinter uns die schwarze Nacht war. Da wir soviel schneller als das Licht dahinrasten, konnten uns die Lichtwellen nicht einholen, und es war dunkel. Die von den Seiten kommenden Strahlen dagegen trafen uns. Aber der Glanz da vorn? Durch unsre riesig schnelle Bewegung, dem Licht der Sterne entgegen, mußten die Lichtwellen so stark verkürzt werden, daß selbst die längsten sichtbaren Wellen, die des roten Lichts, bis unter die Länge der überhaupt sichtbaren Wellen herabsanken und somit gar keinen Eindruck mehr auf unser Auge machen konnten. Woher also die Helligkeit vor uns? Es hätte dort auch Dunkelheit herrschen müssen.

Der Teufel sah mir wohl an, daß mir etwas nicht klar war, und sagte höhnisch: ›Nun, Herr Professor, das Licht da vorn können Sie wohl nicht natürlich erklären.‹

In diesem Augenblick fiel mir die Lösung ein, und ich sprach ganz ruhig: ›Das ist doch sehr einfach. Was uns da vorn leuchtet, das sind keine Lichtstrahlen, wie wir Menschen sie zu sehen gewohnt sind, sondern das sind die für unser Auge sonst unwirksamen langen, etwa Wärme- oder elektrischen Wellen jenseits des roten Endes des Spektrums. Durch unsre Eigenbewegung werden sie so verkürzt, daß wir sie als Licht empfinden. Es ist ein schöner Beweis dafür, daß die Sterne sehr viel ultrarote Strahlen aussenden, die wir noch nicht beobachten konnten.‹

Der Teufel brummte etwas vor sich hin. Er ärgerte sich, weil ich es richtig getroffen hatte. Gleich darauf aber drückte er die Augenbrauen zusammen und zog die Mundwinkel etwas auseinander, wie ich zu tun pflegte, wenn ich so eine recht knifflige Frage stellen will – es war zu gemein, daß der Kerl genauso aussah wie ich –, und nun sagte er:

›Wenn Sie das helle Licht da vorn inkommodiert, so kann ich es auch abblenden. Sehen Sie, ich habe hier einen für alle Strahlen undurchlässigen Schirm, den drehe ich jetzt nach vorn – so –, nun kann von vorn kein Licht mehr einfallen, und doch ist noch Licht da –‹

›Ja, aber es ist viel schwächer.‹

›Woher kommt nun dieses Licht?‹

Ich geriet in Verlegenheit. Mogelte der Teufel vielleicht? War der Schirm gar nicht völlig undurchsichtig? Nein, die Erscheinung war nicht bloß eine Abschwächung der früheren; es zeigte sich eine ganz andere Sternverteilung. Der starke Glanz in der Mitte war verschwunden. Von den Sternen in unsrer Fahrtrichtung konnte das Licht nicht herrühren. Hatten wir etwa jetzt einen Spiegel vor uns? Ich drehte mich um, hinter uns war es dunkel. Der Teufel grinste. Mir wurde unbehaglich. Ich durfte mich vom Teufel in theoretischen Fragen nicht schlagen lassen. Wer weiß, was er dadurch für Rechte gewann. Das Licht konnte nur von hinten kommen, und doch fuhren wir ihm entgegen – wie ... aber freilich, so mußte es sein –

›Na, Professorchen?‹ fragte der Teufel wieder mit unheimlicher Gemütlichkeit.

›Ich weiß es natürlich‹, sagte ich. ›Das ist das Licht, das wir auf seinem Wege einholen, deswegen scheint es, als käme es von vorn. Und da wir durch unsere Eigenbewegung die Lichtquellen auseinanderziehen, so sehen wir auch nicht die eigentlichen, leuchtenden, sondern die kurzwelligen ultravioletten Strahlen der hinter uns liegenden Sterne; die werden uns jetzt sichtbar. Vorher fiel dieses Licht nur nicht auf, weil es durch die Strahlen von vorn überglänzt war.‹«

»Das verstehe ich nicht«, sagte Frau Brösen.

»Na, denken Sie sich mal«, rief der starke Herr, »eine lange, lange Kolonne Infanterie marschiert vor Ihnen, die holen Sie mit Ihrem Wagen ein und fahren daran vorbei. Da kommen Sie an allen Sektionen vorüber, aber zuerst an der letzten und dann an den früher abmarschierten immer später. Das ist genau so, als wenn der Wagen hielte und die Kolonne marschierte rückwärts an Ihnen vorbei.«

»Wissen Sie nicht«, fiel die blaue Dame ein, »wie wir das letztemal ins Manöver fuhren, und mein Miezchen verlor das seidne Tuch? Da war's so. Aber da sahen wir doch immer die Leute von hinten?«

»Die Lichtwellen haben aber keinen Rücken«, brummte der starke Herr, »die übermitteln Ihnen überhaupt bloß den Eindruck der Schwingungen aufs Auge, die von den Gegenständen ausgehen. Wenn der Professor hätte bis auf die Erde sehen können, so hätte er jetzt alles genau der Zeit nach umgekehrt gesehen, der Uhrzeiger hätte sich von rechts nach links gedreht, und die Menschen wären alle wirklich rückwärts gelaufen.«

»Jawohl«, sagte der Professor. »Und ich hab' es sogar gesehen. Denn um den Teufel zu ärgern, bemerkte ich: ›Schade, daß es kein Mittel gibt, das uns die Dinge auf der Erde in erkennbarer Weise sichtbar macht. Dann könnten wir alles, was dort geschehen ist, jetzt zur Abwechslung einmal rückwärts ablaufen sehen. Wir müßten freilich viel langsamer fahren, denn bei unsrer Geschwindigkeit würde ja die Zeit rückwärts *rasen*, und man würde nichts deutlich wahrnehmen.‹

›Haha!‹ Der Teufel lachte. ›Sie könnten natürlich so ein Fernrohr nicht machen, aber für mich ist das eine Kleinigkeit. Sehen Sie mal hier durch das Glas. Für unsre jetzige Entfernung wird es noch reichen. Einen Augenblick – so, ich habe nur unsre Geschwindigkeit so gemäßigt, daß wir das Licht in normaler Geschwindigkeit einholen. Wohin wollen Sie sehen?‹

›Nun, in unsre Stadt. Wahrhaftig, da hab' ich's schon. Das ist ja die Ecke von der Schlammstraße, sogar die Hausnummer kann ich erkennen, Numero einundzwanzig.‹«

»Wie?« Die blaue Dame stieß einen Schrei aus. »Das ist ja unser Haus! Was sahen Sie denn?«

»Ich sah durch das offne Fenster in das Garderobenzimmer –«

»Da hat das Mädchen wieder das Fenster aufgelassen, und ich habe doch –«

»Aber so hören Sie doch erst!« sagte Frau Brösen zu der blauen Dame.

»Ich konnte ganz gut alles erkennen«, fuhr der Professor fort. »Denn die Sonne schien ins Zimmer. Es war nämlich um die Mittagszeit am vorigen Sonnabend. Da wir jetzt schon eine Stunde mit zehnfacher Lichtgeschwindigkeit gefahren waren, so hatten wir nunmehr das Licht eingeholt, das vor zirka zehn Stunden von der Schlammstraße ausgegangen war.«

»Gott sei Dank«, rief die blaue Dame. »Da war ich nicht zu Hause.«

»Es war aber jemand in dem Zimmer. Ich mußte mich nur erst daran gewöhnen, daß ich alles in umgekehrter Zeitfolge sah. Ich wäre auch gar nicht daraus klug geworden, wenn ich nicht immer nur momentan die Augen geöffnet und mir so eine Reihe von Augenblicksbildern geschaffen hätte. Aber wenn ich Ihnen die so nennen wollte, wie ich sie sah, immer das spätere zuerst, ein weibliches Wesen zur Tür hinausgehen, dann dasselbe Wesen im Zimmer, ein Kleid in einen Schrank legen, was aber herausnehmen bedeutet, dann erst den Schrank öffnen und so weiter, so würden Sie gar nicht klug daraus werden.«

»O Gott, o Gott! Sagen Sie nur, wie's wirklich war! Es waren gewiß Diebe da!«

»Ich weiß nicht. In richtiger Zeitfolge verlief die Sache etwa so, daß ein Mädchen erst in einer Schublade suchte und ein Paar weiße Handschuhe herausnahm –«

»Ach, die vierknöpfigen!«

»Dann aus dem Schrank einen Rock und eine weiße Bluse –«

»Das war meine gestickte, wissen Sie, die mit den echten –«

»Und wie sie mit den Sachen zur Tür hinausging, blieb sie an der Klinke hängen und es gab einen großen Riß in den Spitzen –«

»O Himmel! Himmel! Das war mein Mädchen, die wollte ja abends auf den Ball, die hat sich meine Sachen geborgt! Oh! Ich muß nach Hause, gleich!«

Die blaue Dame sprang auf. Der sanfte Jüngling machte eine Verbeugung.

Der Professor fuhr fort: »Ich suchte nun noch weiter mit dem Glase, aber der Teufel nahm es mir aus der Hand.

›Nun‹, sagte er mit funkelnden Augen –«

Die blaue Dame seufzte und setzte sich wieder.

»›Nun, Herr Professor, erklären Sie mir doch einmal dieses Glas auf natürlichem Wege?‹

›Das habe ich gar nicht nötig‹, sagte ich ganz ruhig. ›Sie können von mir eine Erklärung nur von natürlichen Vorgängen verlangen, aber Ihr Glas ist irgendeine teuflische Erfindung, will sagen, eine Spiegelfechterei, die die Naturwissenschaft nichts angeht. Da müßten Sie mir erst beweisen, daß es ein richtiggehendes optisches Instrument und nicht eine psychologische Täuschung ist, ehe Sie eine Theorie von mir erwarten dürfen.‹

›Verdammter Kerl, so ein Professor!‹ knurrte der Teufel.

Ich tat, als hätte ich nichts gehört.

›Aber‹, fing er wieder an, ›daß wir überhaupt mit zehnfacher Lichtgeschwindigkeit fahren, die ich jetzt wieder hergestellt

habe, das ist doch ein rein technisches Problem, das müssen Sie lösen. Wenn Sie das nicht können, geb' ich mir gar nicht erst soviel Mühe mit Ihnen. Ich mache bloß diese Klappe auf, dann fallen Sie heraus, und die *Sternschnuppe* ist fertig.‹

Die Sache wurde fatal. Ich dachte nach. So habe ich noch nie nachgedacht und will's auch nicht wieder tun. Glücklicherweise bin ich Philosoph. Ich sagte mir: Ich muß die Sache ganz abstrakt fassen. Der Teufel konnte mir noch viele Fragen stellen, um mich hineinzulegen. Ich mußte den Teufel selbst erklären!

Der Teufel brüllte mich an, er dachte offenbar, er hätte mich schon.

›Wird's bald?‹ schrie er.

›Wissen Sie‹, sagte ich, ›es gibt zwei Erklärungen. Eine psychologische und eine metaphysische. Nach der psychologischen sind Sie weiter nichts als mein Traumgebilde, eine Phantasie überhaupt, eine Menschheitsphantasie.‹

Der Teufel machte eine Bewegung, als wollte er die Klappe öffnen und mich in den Weltraum fallen lassen.

›Das nutzt Ihnen gar nichts‹, sagte ich schnell, ›damit können Sie nichts beweisen. Denn wenn Sie nur eine Phantasie sind, so würde auch mein Fall nur Phantasie sein, und ich würde doch an meinem Schreibtisch, oder wo ich sonst eingeschlafen bin, wieder ganz munter erwachen.‹

›Sie wachen!‹ brüllte er wieder.

›Ich glaube es auch‹, sagte ich. ›Denn wenn sich diese Geschichte nur als Traum entpuppte und nicht jetzt wirklich von mir erlebt würde, so wäre sie ziemlich abgedroschen. Dieses Traummotiv habe ich schon zu oft verwertet.‹

›Nun also!‹

›Also die metaphysische Erklärung. Da gibt es wieder zwei Erklärungen. Die eine ist naturphilosophisch-kosmologisch, die andere ist mehr ethisch-noologisch.‹

›Herr, Sie können einen rasend machen! Ich will nicht immer zwei Erklärungen, ich will die richtige.‹

›In Ihrer Frage, wie Sie das machen, so schnell zu fahren, liegen aber zwei Probleme. Ich kann fragen: Woher kommt es, daß Sie über diese Energiemenge verfügen, die Sie zu der Geschwindigkeit brauchen; und ich kann fragen: Woher kommen Sie selbst?‹

Der Teufel sah mich mit einem Gesichte an, daß ich mich schämte, so dumm-erstaunt aussehen zu können.

›Sie haben doch überhaupt nicht zu fragen‹, polterte er dann, ›sondern ich.‹

›Aber eine Frage erlauben Sie mir noch‹, sagte ich sehr höflich. ›Es ist nur, damit ich bei meiner Erklärung nicht erst überflüssige Auseinandersetzungen mache.‹

›Na‹, sagte er etwas milder, ›das will ich noch gelten lassen. Ich will sie sogar beantworten. Aber das ist die letzte Frage, sonst –‹

›Sagen Sie mir bitte, können Sie *Wunder* tun?‹

Da ging eine seltsame Veränderung mit dem Teufel vor. Seine Züge verzerrten sich, er sah gar nicht mehr aus wie ich, er sah aus wie ein tief unglücklicher Mensch und doch wie ein gewaltiger Herr von furchtbarer Willensstärke, den eine Ohnmacht überrascht hat. Ich erschrak. Aber es dauerte nur einen Augenblick. Dann war er wieder der alte. Er runzelte die Stirn und fragte: ›Was soll das heißen? *Erschaffen* kann ich nichts!‹

›Ich meine‹, erwiderte ich, ›können Sie an der ursprünglichen Verteilung der Welt-Energie willkürliche Änderungen hervorrufen, so daß plötzlich für unsere Erkenntnis gänzlich unerwartete und unerklärliche Dinge auftreten?‹

Er lachte bitter. ›Für euch Menschen unerklärlich? Das wäre was Rechtes! Wie weit könnt ihr denn sehen? Ihr seid endliche Geister, und dem Unendlichen gegenüber seid ihr ohnmächtig. Ich aber kann hineingreifen ins Unendliche, wo noch zahllose Weltsysteme mit unendlichen Energieformen schweben, und kann aus ihnen hereinschieben in euren Milchstraßenraum, was ich brauche, daß euch die Haare zu Berge stehen.‹

›Aha‹, sagte ich, ›so haben Sie also diese Bewegungsenergie mit der fabelhaften Intensität, die uns zehnfache Lichtgeschwindigkeit gibt, aus irgendeinem unendlich fernen Sternsystem hierhergeschoben?‹

›Ungefähr so, wenn auch nicht so einfach, wie Sie sich das denken. Nicht aus einem System, wie dieses hier, sondern aus einem ganz andern Orte, von dem Sie keine Vorstellung haben können.‹

›Nun also‹, meinte ich, ›da ist ja die Sache natürlich erklärt. Es fragt sich nur, warum Sie sich diese Mühe machen? Ich möchte mir erlauben zu bemerken, daß Sie da etwas sehr Törichtes getan haben.‹

Da fuhr der Teufel in die Höhe. Es sprühte jetzt tatsächlich Feuer aus seinen Augen, und ich bereute meine Worte.

›Elender Wurm‹, brüllte er mich an, ›wie kannst du es wagen, über die Handlungen unendlicher Geister zu urteilen. Zermalmen würde ich dich, wenn nicht – wenn nicht –‹, und mit ruhiger Stimme sprach er weiter: ›Wenn Sie nicht eigentlich ganz recht hätten, Herr Professor.‹

Und damit sank er wieder wie gebrochen zusammen.

Bei diesem Umschlag ging meine Angst in stille Freude und Sicherheit über. Was konnte mir denn passieren, solange ich recht behielt? Ich glaubte es klar zu erkennen: So mächtig dieser Teufel war, eine Macht war über ihm, das war die Vernunft. Nur wenn ich ihm darin unterlag, mochte ich verloren sein. Aber was nutzte mir das alles, wenn es mir nicht gelang, wieder zur Erde zu entkommen, zu der ich gehörte? Ich wollte doch nicht hier durch Ewigkeiten im Raume reisen. Fragen durfte ich nicht mehr. Was tun?«

»Oh, oh, oh!« seufzte der sanfte Jüngling und nippte an seiner Zitronenlimonade.

Der Professor fuhr fort: »›Sie sprachen da‹, begann ich vorsichtig, ›von den Handlungen unendlicher Geister. Das klingt gerade so, als wenn es mehrere dieser Art gäbe.‹

›Es gibt nur zwei‹, sagte der Teufel müde, ›der eine bin ich, und von dem andern sprech' ich nicht gern.‹

›Hm! Der andre –‹

›Schweigen Sie davon!‹ unterbrach er mich unwirsch.

›Ich wollte nur sagen, der könnte doch auch ins Unendliche greifen und hier die wunderbarsten Dinge produzieren.‹

›Nein!‹ brüllte er jetzt wieder wütend. ›Der tut's eben nicht. Der hat es nicht nötig. Der ist ja doch die Weltvernunft selbst. Der hat die ganze Geschichte so schön eingerichtet, daß alles von selber läuft. Der macht keine Fehler, so braucht er keine Wunder, um sie zu korrigieren. Und das ist eben mein Unheil, das ist meine Tragödie!‹

›Aha! Da sind Sie ja auch erklärt, Herr Teufel! Die Macht haben Sie zwar, aber nicht die Vernunft!‹

›Ein Elend ist's, ein vermaledeites. Ich bin nur dazu da, die

Fehler in der Welt zu machen. Und auch das nützt mir nichts. Denn die Vernunft kuriert sie immer wieder aus. Das Unvernünftige bloß geht zugrunde. Und so mache ich mich eigentlich selbst tot.‹

›Sie sind also sozusagen der chronische Selbstmord.‹

›Ach was, das ist nicht so wörtlich zu nehmen. Ich habe ja das Unendliche zur Verfügung. Soviel Unvernünftiges auch weggeschafft wird, ich bringe immer neue Störungen hinein. Mit unsrer Fahrt zum Beispiel habe ich eine ganz nette Konfusion in die Welt geworfen. Schon die Untersuchung morgen, wo Sie hingekommen sind –‹

›Verzeihen Sie, das ist doch aber wirklich eine Kleinigkeit. Da gibt's ein paar Zeitungsartikel, und dann ist die Sache vergessen. Warum sprengen Sie nicht die Erde auseinander? Warum drücken Sie nicht das ganze Milchstraßensystem zu einem Klumpen zusammen?‹

›Haha!‹ Der Teufel lachte. ›Was hätte ich davon? Ob das bißchen Materie oder Energie, oder wie Sie's nennen wollen, so oder so im Raume umherschwirrt, ob die Stückchen Stoff kleiner oder größer sind, das macht im Grunde verflucht wenig aus. Das Zeug ist ja in unendlichen Mengen da, der Raum und die Zeit auch. Was man so die Natur nennt, das Existierende im Raum, für das ist es ganz egal, wie sich's gestaltet, das hat unendlich viele Wege, um zu seinem Ziel zu kommen. Aber das Ziel, die Idee! Sehen Sie, das ist die Hauptsache! Wenn ich daran etwas ändern könnte! Im Bewußtsein liegt's! Darin steckt das Gesetz, da steckt der ganze Weltzweck, daran muß ich mich machen. Deswegen wende ich mich mit Vorliebe an die gelehrten Herren, die sind es, von denen die Vernunftideen gehalten werden. Wenn ich so einen Philosophen holen kann, wie Sie zum Beispiel, lieber Professor, da richt' ich mehr aus, als wenn ich eine Million Sonnensysteme demolierte; denn da tu' ich der Vernunft selbst Schaden.‹

›Das ist mir ja ganz außerordentlich schmeichelhaft‹, sagte ich. ›Warum haben Sie aber da nicht lieber Leute wie Sokrates, Galilei, Kant und dergleichen geholt?‹

›Hab' ich ja, hab' ich! Sie wissen doch, habe die Staatsgewalten gegen sie gehetzt. Kam nur leider zu spät. Aber – na, warum soll ich mich nicht einmal ein bißchen gegen Sie aussprechen. Sie kommen ja doch nicht mehr auf die Erde zurück und können's nicht ausplaudern.‹

O weh! dachte ich für mich.

›Also, Sie sagten vorhin, ich hätte die Macht. Aber die ist ziemlich beschränkt. Es ist nun einmal so mit der Welt – das Ziel, die Idee ist zeitlos, ist ein bestimmender Gedanke. Aber Wollen und Denken allein können nichts schaffen, können sich nicht verwirklichen als Seiendes; dazu gehört eine andre Form des Zusammenhangs –‹

›Ich weiß schon‹, sagte ich, ›dazu gehört die Existenz in Raum und Zeit. Eine Million Mark habe ich schon oft gedacht und gewollt, aber dazu gebracht hab' ich's immer noch nicht, weil dazu ein Objekt in Zeit und Raum gehört, sei's auch nur jemand, der sie mir schuldet.‹

›Na also, sehen Sie! Und sowenig ich die Existenz von irgend etwas im Raume setzen kann, ebensowenig kann ich etwas aus dem Raume fortschaffen, was einmal drin ist. Denn der Raum ist *unendlich*, daran hängt's! Und selbst ein unendlicher Geist kann das im Raum Existierende nur umwandeln, er kann die Milchstraße zu Bayrischbier verarbeiten, aber das bleibt immer im Raume, und ein andrer unendlicher Geist kann wieder Sonnen, Planeten und Philosophen daraus fabrizieren.‹

›Aber wenn der Raum nicht unendlich wäre? Wenn er gewissermaßen in sich selbst zurückliefe, falls man nur weit genug darin fortflöge?‹ sagte ich lauernd.

›Hahaha!‹ Der Teufel lachte. ›Ja wenn! Wenn er wie eine große ringförmige Schachtel wäre, in der man zwar ewig in der Runde herumlaufen, aus der man aber auch einfach etwas hinaustun könnte! Dann hätte ich gewonnenes Spiel. Da könnte ich so eines nach dem andern aus dem Raume werfen, mit andern Worten, ich könnte *Existenz vernichten*, absolut zu nichts machen. Aber tun Sie einmal etwas aus einer Schachtel hinaus, wenn die Schachtel überhaupt nichts außer sich hat, höchstens daß sie wieder in einer Schachtel steckt und so immer wieder und wieder in einer andern. Das hat eben die Weltvernunft so schlau eingerichtet, daß sie die Formen der Existenz an dasselbe Gesetz der Unendlichkeit gebunden hat, wie die Formen des Denkbaren. Und so bin ich ‚armer Teufel' immer nur auf kleine Mittel angewiesen, wenn ich der Existenz des Vernünftigen an den Leib will.‹

Als ich den Teufel so reden hörte, ward mir ganz wundersam froh zumute. Ein Plan der Rettung tauchte in mir auf.«

»Ach ja!« sagte plötzlich der sanfte Jüngling, der bis jetzt aus Bescheidenheit geschwiegen hatte. Der Professor sah ihn verwundert an.

»Entschuldigen Sie«, stammelte der Jüngling, »ich freute mich nur so, daß der Teufel schließlich doch nichts ausrichten kann, selbst nicht mit dem bayrischen Bier.«

»Na«, meinte der Professor, »da freuen Sie sich nur nicht zu früh.«

»Aber der Alkohol ist doch eine teuflische Einrichtung«, bemerkte der sanfte Jüngling schüchtern. »Der ist doch wohl eines der größten Mittel des Teufels.«

»Da ist der Teufel anderer Meinung. Wissen Sie, was er weiter zu mir sagte? Ich brachte ihn nämlich auf seine sogenannten kleinen Mittel, weil ich inzwischen über meinen Plan nachdenken wollte. Und da sagte er unter anderem, jetzt betreibe er mit Vorliebe die Verbreitung der *Abstinenz.*«

»Was? Wie?«

»Ja. ›Der Alkoholgenuß nämlich‹, so sagte der Teufel, ›ist einer meiner größten Feinde. Ohne den wäre die Menschheit wohl längst ausgestorben. Es ist freilich richtig, durch den Mißbrauch des Alkohols, den sogenannten *Suff*, werden ja viele Menschen und ganze Generationen ruiniert, aber das nützt mir nicht viel. Das sind nämlich immer haltlose Menschen ohne Willensstärke. Insofern wirkt also der Suff als eine *moralische Auslese*; durch ihn werden gerade die charakterlosen Menschen vernichtet und an der Weiterverbreitung verhindert, während die sittlich starken übrigbleiben. Der Suff verbessert die Rasse. Das ist mir natürlich fatal. Die Abstinenz als Gewohnheit bewirkt nun, daß auch die Willensschwachen und Schwächlichen sich erhalten, und verschlechtert somit die Menschheit; denn sie ändert ja nicht den Charakter der Menschen, sondern beseitigt nur ein Symptom ihrer Schwäche.‹«

»Aber, aber –«

»Ich teile ja nur mit, was der Teufel sagte. ›Übrigens‹, fuhr er fort, ›ist die Beseitigung des sogenannten Suffs nur Nebensache. Was mich an der Abstinenz freut, ist, daß sie der Menschheit das unentbehrlichste Vorbeugungs- und Anregungsmittel entzieht. Lassen Sie nur ein paar Generationen keinen Alkohol mehr genießen, so stirbt in den folgenden das ganze Volk an Darmkrankheiten und Nerventrägheit aus. Absolute Abstinenz fördere ich daher mit Vorliebe.«

»Oh, oh, Herr Professor«, seufzte der sanfte Jüngling.

»Sehr richtig!« rief der starke Herr.

Die blaue Dame bat um ein Glas Glühwein.

»Jetzt aber«, sagte die kleine Brösen, »kommen Sie nun endlich dazu, wie Sie den Teufel losgeworden sind.«

»Gern«, begann der Professor wieder. »Wir redeten noch so allerlei, dazwischen fragte ich, wie man es denn mache, das Raum-Automobil anzuhalten.

›Haha!‹ Der Teufel lachte. ›Sie denken wohl, das werde ich Ihnen sagen? Die Operation mit dem unendlichen Vektor? Nein, das kann ein endlicher Geist nie verstehen. Ich drücke nur so – so … Die Energie kommt nicht aus dem Unendlichfernen, sondern aus dem Unendlichkleinen!‹

›Und da ist so viel darin?‹

›I nun, natürlich. Da sind ja die unendlich vielen Unteratomwelten! Ich kann da Bewegungsenergie von beliebig hoher Intensität herausziehen –‹

›Was? Wir könnten noch schneller fahren?‹

›Freilich, mit tausend-, mit millionenfacher Lichtgeschwindigkeit.‹

›Das glaube ich nicht.‹

›Herr, ich muß bitten!‹

›Entschuldigen Sie! Aber doch keinesfalls mit zwanzigmillionenfacher Lichtgeschwindigkeit?‹

›Ich werde es Ihnen gleich zeigen. Dann lassen Sie mich aber ein wenig in Ruhe, denn es fällt mir nicht ein, mich sämtliche hunderttausend Billionen Kilometer unsrer Reise hindurch zu unterhalten.‹

Der Teufel machte nun einige seltsame Manipulationen, wobei er mich mit der einen Hand festhielt. Als er mich wieder losließ, bemerkte ich, daß wir eine ganz unbeschreibliche Geschwindigkeit angenommen haben mußten. Die näheren Sterne zur Seite ließen wir rasch hinter uns. Wir fuhren in der

Sekunde sechs Billionen Kilometer; das ist ein Weg, zu dem das Licht über ein halbes Jahr braucht. Gleich darauf legte sich der Teufel zurück und schlief sofort ein.«

»Na, erlauben Sie mal«, sagte der starke Herr, als der Professor eine Pause machte, um sich eine neue Zigarre anzuzünden, »das von den kolossalen im Unendlichkleinen noch festgelegten Energiemengen will ich allenfalls glauben. Wir haben ja beim Radium gesehen, welcher Kraftvorrat noch in den Atomen ruht, und es ist jedenfalls denkbar, daß weit unter dem uns Zugänglichen noch unerschöpfliche gebundene Kräfte stecken. Denn das Unendliche geht so gut nach unten wie nach oben, für uns ist's nur ein Fragezeichen, und der Teufel weiß, wie man dazu kann. Aber daß ebendieser Teufel auch schlafen sollte wie unsereiner, das sollen Sie mir nicht weismachen.«

Der Professor brachte erst mit großer Sorgfalt seine Zigarre in Brand, dann schaute er den starken Herrn vergnüglich an und sprach:

»Er schlief ja auch gar nicht. Ich dachte mir natürlich gleich, daß das bloß ein Kniff sei. Er hatte doch offenbar noch andres zu tun, als mit mir zu reisen, wollte mich aber nicht ohne Aufsicht lassen; und da er meine Gestalt deshalb beibehalten mußte, so konnte er sich vermutlich nicht anders helfen, als sich schlafend zu stellen. Wahrscheinlich war er durch irgendwelche Rücksichten, die ich nicht kenne, dazu gezwungen, denn sonst hätte er's nicht gerade in dem Augenblick getan, als ich ihn zu der Sechsbillionengeschwindigkeit beredet hatte.«

»Ja, aber warum taten Sie denn das überhaupt?« fragte Frau Brösen. »Ich habe mich schon vorhin gewundert. Sie sollten doch – so ... na, ich weiß nicht, wie weit reisen, da lag es in Ihrem Vorteil, möglichst langsam zu fahren, um nicht so bald ... Was sollten Sie doch werden?«

»Ein Meteor – oder auf den Mars verheiratet. Hm«, sagte der Professor, »ich wollte aber weder das eine noch das andere, auch wollt' ich nicht so lange reisen, ich wollte nach der Erde zurück, und dazu mußte ich möglichst schnell fliegen, und zwar immer geradeaus.«

»Das versteh' ich nicht«, rief Frau Brösen. »Reden Sie deutlicher.«

»Nun, wenn Sie von hier aus immer gerade nach Westen reisen, so kommen Sie, da die Erde eine Kugel ist, doch schließlich vom Osten her an dieses liebliche Weltdorf wieder zurück.«

»So klug bin ich auch. Aber die Welt ist doch keine Kugel, an deren Oberfläche ich herumreise.«

»Nein, aber der Raum, sehen Sie, der Raum, worin wir alle uns bewegen, der ist nämlich krumm, ohne daß wir's merken. Früher haben die Menschen auch die Erdoberfläche für eine Ebene gehalten, auf der man geradeaus gehen konnte, und jetzt wissen wir, daß wir auf einem Kreise reisen, obwohl wir immer dieselbe Richtung einhalten. Unsre Mathematiker wissen nun schon lange, daß es mit unserm Raume auch sein *könnte*. Allerdings besaß man kein Mittel, um zu entscheiden, ob unser Raum wirklich in sich zurücklaufe, man wußte nur, daß für das Denken kein Widerspruch darin liegt. Nun aber ist es mir wirklich gelungen, zu entdecken, was der Teufel nicht wußte – meine Abhandlung ist nämlich noch nicht veröffentlicht –, es ist mir geglückt, den sogenannten Krümmungsradius unsres Raumes mit voller Sicherheit zu bestimmen. Um es streng wissenschaftlich auszudrücken: Unser Raum ist kein *euklidischer*, sondern ein sogenannter *elliptischer* Raum mit zugeordneten Polen und einem Krümmungsradius von etwas über dreitausend Lichtjahren; das bedeutet, daß das Licht etwas über zehntausend Jahre braucht, um wieder an seinen Ausgangspunkt zurückzukehren.«

»Na, na, na!« rief der starke Herr. »Das könnte schon sein, aber da müßten wir doch auch das Sonnenlicht wieder von der andern Seite zurückkommen sehen; wir müßten immer eine Gegensonne im Rücken haben.«

»Würden wir auch, wenn der Raum vollständig durchsichtig wäre. Aber in diesem Raum treibt sich so viel lichtverschluckender Staub herum, daß auch das stärkste Licht nicht den ganzen Weg zurücklegen kann, ohne aufgesaugt zu werden. Wir können so weit nicht sehen, selbst der Teufel nicht. Und der beste Beweis dafür ist: Ich bin den ganzen Weg gefahren.«

»Aber«, brummte der starke Herr, »woher wußten Sie denn, daß Ihr Wägelchen nicht von der geraden, will sagen, der kürzesten Linie im Raume abgelenkt werden konnte?«

»Nun, der Teufel hatte mir doch gesagt, unser Fahrzeug sei aus Stellit. Das ist der Name, den ich für einen idealen Stoff gewählt habe, wodurch alles von ihm Umschlossene frei von der Schwerewirkung wird. Wir könnten demnach durch die Anziehung der Sterne nicht abgelenkt werden. Ich durfte also annehmen, daß unser geradliniger Weg, der nach Ansicht des Teufels ins Unendliche führte, uns tatsächlich wieder in das Sonnensystem zurückbringen mußte. Deswegen hatte ich den Teufel überredet, unsre Geschwindigkeit auf die zwanzigmillionenfache des Lichts zu bringen. Denn dann konnten wir, wie ich mir schon ausgerechnet hatte, die ganze wirkliche Reise um die Welt in noch nicht ganz fünf Stunden vollenden. Und ich wollte doch noch gern während der Nacht nach Hause kommen.«

»Nach Hause?« rief die blaue Dame wieder aufspringend. »Ach ja, ich wollte ja auch nach Hause. Ich muß ja nachsehen –«

»Na, nu warten Sie nur noch ein wenig«, beruhigte sie der Professor. »Mit dem ›nach Hause‹ war es nicht so einfach. Ich wollte zunächst nur wieder in unserm Sonnensystem sein, denn in diesen fremden Fixsternwelten konnte sich ja kein Mensch auskennen. Aber wirklich nach Hause, ja auch nur nach der Erde und aus diesem Miniatur-Weltkörperchen herauskommen – das war die Schwierigkeit. Und das sagte ich mir von vornherein, daß ich dazu den Teufel nötig hatte. Ich wußte ja nicht, wie er mich hereingebracht hatte – auch er nur konnte mich wieder herausbugsieren. Zunächst schien er neben mir zu schlafen, obgleich ich sicher war, daß dieses Phantom neben mir nur eine Attrappe vorstellte, einen Meldeapparat für den Teufel, wenn ich irgend etwas Eigenmächtiges an dem Apparat zu ändern versucht hätte. Ich verhielt mich mäuschenstill. Vier Stunden etwa mußten noch vergehen, ehe unsre Mutter Sonne als kleines, schwaches Sternchen wieder auftauchen konnte, und dann näherten wir uns ihr von der andern Seite her. Und die Erde war auch ein Stück auf ihrer Bahn fortgelaufen und hatte sich dabei um ihre Achse gedreht. Und wenn wir so mit unsrer wahnsinnigen Geschwindigkeit gegen die Erde angefahren wären, so hätten wir einfach ein Loch hindurchgeschossen, falls das Stellit es aushielt. Während ich mir das alles überlegte, wurde mir ganz jämmerlich zumute. Schlimmer konnte mich der Teufel wahrhaftig nicht holen. Ich kann schon das Reisen überhaupt nicht leiden, und nun gar, wenn das Ankommen so unbestimmt ist! Und nicht einmal etwas zu essen oder zu trinken, nicht einmal eine Zigarre!«

»Sie tun mir aber auch wirklich leid«, sagte die blaue Dame gutmütig.

»Nicht wahr? Ich mir auch. Ich sah ja unglaubliche Dinge in jenen fernen Weltgegenden, Lichtnebel vor mir lösten sich zu Sternenhimmeln auf und schwanden wieder hinter mir zu schimmernden Wölkchen; ich aber saß neben dem schlafenden Teufel, Stunde um Stunde, und wußte nicht, soll ich ihn rufen, soll ich noch warten. – Und nun fiel mir's erst aufs Herz: Bei der rasenden Geschwindigkeit, mit der wir fuhren, war es ja gar nicht möglich, irgendein Sternbild zu erkennen, wenn wir auch wieder in unsre Himmelsgegend kamen – ich hätte gar nicht gewußt, ob ich an der Sonne vorbeisauste, denn selbst einen Raum vom sechzigfachen Durchmesser der Neptunsbahn durchmaßen wir im zehnten Teil einer Sekunde; ich war einfach verloren im Weltraum, ich war selbst schon viel weniger als eine Sternschnuppe …

Da – ich fühlte, wie ich den Sitz unter mir verlor, aber irgendeine Gegenkraft hielt mich schwebend; ich kam zur Ruhe und merkte sofort, daß die Sterne wieder stillstanden, ich erkannte den vertrauten Himmel unsrer Milchstraße, und da, direkt vor uns, das hellstrahlende Pünktchen, das konnte nichts andres sein als unsre liebe Sonne –

›So soll doch aber!‹ polterte der erwachte Teufel neben mir, der seinen Sitz ebenfalls unfreiwillig verlassen hatte. ›Da habe ich vergessen, die zwanzigmillionenfache Lichtgeschwindigkeit abzustellen, und nun – nun haben wir das ganze Reiseprogramm von hunderttausend Billionen Kilometern in kaum fünf Stunden abgefahren!‹

Nun sah ich, daß der Teufel unter seinem Sitze eine richtige Taxameteruhr gehabt hatte, die auf hunderttausend Billionen Kilometer gestellt war. In dem Augenblick, da diese Strecke von dem Automobil abgefahren war, hatte es sich selbsttätig bis auf einfache Eigengeschwindigkeit der Sonne abgebremst.

432

Aber ich bekam einen neuen Schreck. Jetzt fiel mir erst auf, daß die vom Teufel mir bestimmte Reisestrecke mit dem Umfang des elliptischen Raumes, wie ich ihn berechnet hatte, fast genau übereinkam. Hatte der Teufel vielleicht doch gewußt, daß der Raum endlich ist? Hatte er mich getäuscht und sich vorgesehen?

Das ging mir durch den Kopf, während der Teufel bereits fortfuhr:

›Wo sind wir denn eigentlich? Das versteh' ich nun wirklich nicht. Wir sind ja wieder im Sonnensystem, dicht an der Neptunsbahn, aber genau an der entgegengesetzten Seite, als wo wir hinausfuhren. In der Richtung sind wir aber nirgends abgewichen, das hätte ich gleich gemerkt.‹

Nun erkannte ich, daß der Teufel nichts vom Krümmungsmaß des Raumes wußte. Mochte die Übereinstimmung der Zahlen nur Zufall sein oder irgendeinen unbekannten innern Grund haben, jedenfalls hielt mein Begleiter den Raum immer noch für *unendlich*.

›Gestatten Sie‹, fiel ich daher neu ermutigt ein, ›das kann ich Ihnen nun gleich erklären. Ich hoffe, Sie werden dann –‹

›Gar nichts werde ich. Die Reise ist zu Ende, und jetzt mache ich mit Ihnen, was ich Lust habe. Aber erklären können Sie vorher immer noch.‹

›Hm!‹ brummte ich. ›Sie haben sich eben getäuscht, wenn Sie den Raum für unendlich hielten. Unsere Mathematiker wissen längst, daß unendlich viele Raumarten denkbar sind, die keinerlei Widerspruch in sich enthalten. Nur ob *unser* Raum, die Bedingungsform unsrer Existenz, jene Eigenschaft der Krümmung besitzt, das ließ sich nicht beweisen. Nun sind wir aber tatsächlich immer geradeaus gefahren und doch wieder an dieselbe Stelle zurückgekommen. Also ist der Raum unsrer Erfahrung nicht ein sogenannter euklidischer Raum, sondern er führt nach hunderttausend Billionen Kilometern in sich zurück. Der Raum ist *endlich*. Ich habe das schon lange gewußt; hätten Sie mich meine Manuskripte mitnehmen lassen, da steht's.‹

Der Teufel blieb eine Weile ganz starr und dachte nach.

›Was?‹ rief er dann. ›Der Raum ist wahrhaftig krumm? Das heißt, er ist nicht unendlich? Und das habe ich nie gemerkt?

Freilich bin ich auch noch niemals so wahnsinnig schnell geradeaus gefahren. Dann aber, wenn das so ist – ha! Dann weiß es auch der andre nicht! Dann ist ja die ganze Weltvernunft auf dem Holzwege! Dann ist die Form der körperlichen Existenz nicht ebenso unendlich wie die Form des Gedankens und der Idee? Ei, dann habe ich *gewonnen!* Dann kann ich ja nach und nach die ganze Natur, all ihren gesetzlichen Inhalt, aus ihrer Existenzform hinauswerfen, ins Nichts verrinnen lassen – ich kann *vernichten!* Was kein Gott und kein Teufel zu begreifen vermochte, so ein Professor kriegt es heraus! Bei meiner Großmutter, du bist ein Prachtkerl! Bruderherz, ich muß dich umarmen!‹

Eigentlich war ich etwas beschämt; aber ich sagte doch: ›Nun werden Sie aber wohl –‹

›I natürlich!‹ rief der Teufel. ›Dich laß’ ich laufen. Um dich wär’ es schade. So ein Genie muß den Menschen erhalten bleiben. Gleich bring’ ich dich auf die Erde zurück.‹«

»Hohoho!« Der starke Herr lachte. »Da sind Sie aber schön reingefallen!«

Der Professor schwieg und nickte ein paarmal leicht mit dem Kopfe. Dann nahm er einen Schluck aus dem Glase und zündete die Zigarre wieder an.

»Nun, und? Was weiter?« fragte die kleine Brösen.

»Das war das letzte, was ich vom Teufel hörte. Ich fand mich in meinem Arbeitszimmer wieder. Die Uhr zeigte fünfundzwanzig Minuten nach zwei Uhr morgens. Sonntag. Ich war todmüde und ging zu Bett.«

»Aber, Herr Professor«, fragte die blaue Dame, »die Geschichte ist doch wohl gar nicht wahr?«

»Es ist alles wahr, ganz genau, bis auf die Hausnummer der Schlammstraße: einundzwanzig; diese kleine Episode spielte in einer andern Wohnung. Aber das andere – darauf können Sie sich verlassen.«

»Hohoho! Prosit Professor!« rief der starke Herr.

Der sanfte Jüngling goß sich ein Glas Wasser ein, und die blaue Dame sagte:

»Es ist aber doch wirklich nett vom Teufel, daß er Sie wiedergebracht hat.«

(1907)

Die Weltprojekte

Als die Welt geschaffen wurde, mußte selbstverständlich zuvor das Projekt sein.

Natürlich nicht bloß eins. Es gab unendlich viele mögliche Welten in unendlich vielen möglichen Räumen. Und da es sich um eine wichtige Sache handelte, so hatten die Oberengel den Auftrag, sie sämtlich bis ins einzelne auszuarbeiten.

Die Zeit drängte nicht, denn das Maß der Erddrehung war noch nicht erfunden, und so gedacht der Herr, die beste aller möglichen Welten auszusuchen, um sie als die einzig wirkliche Welt zu schaffen.

Die beste erkannte er freilich auf den ersten Blick. Darin gab's nämlich gar keinen Widerspruch, keine Reibung, keine Störungen, keine Schmerzen, keine Dummheiten; nichts als blitzblaue Seligkeit und Zufriedenheit; und dabei wußte niemand, womit er eigentlich zufrieden war. Denn alle waren immer einig, und es war ganz unmöglich, sich über etwas zu ärgern.

Schon wollte er diese Welt des höchsten Glücks aller ausführen, als er sich erst den Kostenanschlag ansah. O weh! Die vollkommenste Welt war leider die teuerste von allen. Sie war wirklich zu teuer. Sie brauchte nämlich einen fortwährenden baren Zuschuß, weil ja kein Wunsch unbefriedigt bleiben durfte. Das konnte sich nur eine Aktiengesellschaft leisten, und die ließ sich nicht schaffen; auch wäre die Welt sonst nicht mehr vollkommen gewesen.

Es wurden also die zu teuren Welten von vornherein ausgeschieden, ebenso die zu billigen, denn die waren Schundware. Dann noch ein paarmal engere Wahl, und schließlich behielt der Herr zwei übrig. Er nannte sie Projekt A und Projekt B. Die wurden in Lebensgröße ausgeführt.

Zunächst sollten sie nun einmal Probe laufen.

Es wurde also die Gesamtenergieverteilung für den Anfangszustand zur Zeit Null eingestellt, und dann wurde die Zeit angelassen. Zuerst bei der Welt A. Da ging's los, und die Welt schnurrte ab, daß es eine Freude war.

Als das so ein paar Dezillionen Jahre gedauert hatte, was ja doch bei einem Weltversuch noch nicht viel sagen will, da machte der Herr eine kleine Stichprobe. Er griff mal so gerade in eins der unendlich vielen Milchstraßensysteme hinein, holte sich eine Sonne heraus, nahm einen von ihren Planeten und betrachtete sich das Zeug näher, das darauf wuchs und herumkrabbelte. Es sah beinahe aus wie auf unserer Erde.

»Wie gefällt's euch da?« fragte der Herr. »Ist's nicht 'ne schöne Welt?«

»Danke der gütigen Nachfrage«, antwortete eine Stimme. »Will mal nachsehen.«

»Was? Nachsehen? Ihr werdet doch wissen, wie's euch gefällt?«

»Ich will im Gefühlskalender nachschlagen, was ich zu antworten habe. Hier steht's schon: Eine schauderhafte Welt ist es.«

»Was soll das heißen?«

»Ich will mal im Verstandeskalender nachschlagen. Also: Wegen der absoluten Gesetzmäßigkeit der mathematischen Logik, die dem Weltprojekt zugrunde gelegt ist, sind alle Ereignisse und alle Gefühle von vornherein bestimmt, und man kann sie sowohl für die künftige wie für die vergangene Zeit in den automatischen Reproduktionsregistern aufsuchen. Wenn ich also wissen will, warum ich meine Ansicht habe, so brauche ich bloß –«

»Aber was willst du damit gewinnen? Du mußt doch selbst entscheiden –«

»Was ich will? Ich werde im Willenskalender nachschlagen –«

»Ich meine, warum ihr die Welt schauderhaft findet.«

»Eben darum, weil sie so absolut korrekt ist, daß man alles aus dem Wirklichkeitskalender erfahren kann. Auch was man wollen muß – man weiß es ja nicht gerade vorher, aber man kann's doch wissen, wenn man's nachschlägt.«

»Dafür seid ihr vor allen Torheiten geschützt.«

»Aber man lebt ja gar nicht, man sucht nur immer in den Kalendern; und wenn man gesehen hat, wie's kommen wird, so möchte man's gar nicht erst erleben. Da sehe ich zum Beispiel aus dem Willenskalender, daß ich morgen beim Festessen zu Ehren unseres Direktors eine Rede halten will, aber aus dem

Gefühlskalender erfahre ich, daß ich mich blamieren und dabei den Mann noch bedenklich vor den Kopf stoßen werde.«

»Da mußt du es lassen oder die Rede abändern.«

»Das ist eben das Schauderhafte. Ehe ich nun im Verstandskalender finde, ob und wie das sein kann! Nichts läßt sich ändern in dieser Welt! Das kleinste Fleckchen oder Stäubchen wirkt nach in alle Ewigkeit, irgendwo bleibt's hängen.«

»Aber das vergißt man doch.«

»Vergessen! Ja, wenn wir eine Bewußtseinsschwelle hätten! Aber selbst wenn man's vergessen könnte, es steht doch immer in den Weltplänen, und irgend jemand kann's auffinden. Nein, nein! Alles erfahren, aber nichts ändern können, das ist schlimm. Und wenngleich alles noch so vorzüglich gut ist, eine Welt, in der man nichts besser machen kann, ist doch schauderhaft!«

Da setzte der Herr den Planeten wieder an seinen Platz, die Sonne in ihr System und die Milchstraße in ihren Raum und stellte die Zeit ab, daß die Welt außer Betrieb gesetzt war.

»Nein«, sagte er zu dem Oberengel, der das Projekt A gemacht hatte, »die beste Welt ist das nicht. Wir wollen einmal das Projekt B probieren.«

Diese Welt sah von außen ganz ähnlich aus wie A, denn sie war auch nach dem Prinzip der ineinandergeschachtelten und bewohnten Sternsysteme gebaut. Der Engel ließ also die Zeit laufen, und als ein Dutzend Zentillionen Jahre vorbei waren, langte sich der Herr wieder einen Planeten heraus und betrachtete sich die Lebewesen darauf.

»Na, wie geht's?« fragte er. »Wie gefällt euch die Welt?«

»Schauderhaft, ganz schauderhaft!« schrie eine große Anzahl Stimmen durcheinander.

»Nun, nun!« sprach der Herr beruhigend. »Immer einer nach dem andern!«

Aber das half nichts. So klagten alle gleichzeitig, bis er sich so ein Persönchen herausnahm. Das war nun auf einmal ganz vergnügt, und als es der Herr fragte, wie ihm die Welt gefiele, da rief es:

»Ach, so ist es ganz wunderschön! Jetzt bin ich für mich, da ist ja alles gleich vorhanden, was ich wünsche. Will ich mal tüchtig arbeiten, so ruckt und zuckt mir's in allen Muskeln, und das Gehirn müdet sich ab. Will ich ruhen und sage, hier soll ein hübsches Häuschen stehen in einem großen, stillen Park und ein bequemer Schlafstuhl auf der Veranda, so lieg' ich gleich dort und rauche meine Havanna. So ist's ganz ausgezeichnet hier.«

»Warum rieft ihr denn alle: Schauderhaft! Schauderhaft!«

»Ja, Herr, sobald einer von uns für sich allein etwas wünscht, da haben wir ja alles; es steigt willig hervor, und nichts kann sich stören. Wenn wir aber da im Raum auf der Wohnkugel zusammenstecken, da stoßen die schönen Gedanken und Phantasien, all die köstlichen Träume meiner Seele zusammen mit den ebenso mächtigen meiner Mitbewohner und geraten in Wettbewerb. Wo ich meinen Garten habe, da läßt der Nachbar seine sechs Jungen Ball schlagen und nach Herzenslust schreien. Denn es gibt ja kein Mittel, zu verhindern, daß das geschieht, was jeder sich ausdenkt. Die Vorstellung genügt, um das Mögliche zum Dasein zu bringen. So besteht allhier nichts Sicheres, nichts Gewisses! Also tu mir die einzige Gnade an und nimm all die anderen Bewohner aus der Welt, damit ich in meiner schönen Eigenwelt nicht beeinträchtigt werde!«

»Ha, hm!« sagte der Herr bedenklich und brachte das Persönchen wieder in das Weltsystem an seine Stelle, wo es sofort aufs neue zu lamentieren anfing.

»Das ist also auch nichts Rechtes mit dem Projekt B«, sprach der Herr und stellte die Zeit ab.

Die beiden Oberengel machten einigermaßen unzufriedene Gesichter, soweit das anging, und erboten sich sogleich, neue Projekte einzureichen.

Aber der Herr meinte: »Ach was, das hat ja keine Eile mit der Weltschöpfung. Diese eure Welten taugen beide nichts. Vielleicht fällt euch später was Besseres ein. Vorläufig geht's auch so.«

Damit nahm er die beiden Weltmodelle und setzte sie der Bequemlichkeit wegen ineinander in die Himmelsrumpelkammer.

Nach ein paar Dezillionen Jahren blickte der Herr zufällig wieder in diese Ecke und merkte, daß die beiden zurückgesetzten Welten im Gange waren.

Er rief sich die beiden Engel und fragte, wer sich denn erlaubt habe, die Zeit anzulassen, so daß die Welten weiter Probe liefen.

»Ich habe nur meine übrige Zeit genommen«, sagte der vom Projekt A etwas ängstlich.

»Ich auch nur meine«, sagte der vom Projekt B desgleichen.

»Ja«, riefen sie beide, »wir wollten bloß einmal versuchen, welche es besser aushält, wenn sie gleichzeitig liefen.«

»So?« sprach der Herr gütig. »Da wollen wir doch einmal nachsehen, was daraus geworden ist.«

Und er griff wieder in das kombinierte Weltsystem und holte sich einen Bewohner heraus. Daß er immer den richtigen traf, verstand sich ja von selbst.

»Nun?« fragte er. »Wie geht's bei euch jetzt?«

»Ausgezeichnet«, antwortete der Mensch; denn ein solcher war es.

»Wie kommt das? In der Welt A jammerten sie doch, es sei alles so notwendig bestimmt, daß nichts geändert werden könnte, und in der Welt B klagten sie, weil alles, man mag sich ausdenken, was man wolle, gleich da sei und deshalb nichts Festes zusammenstimme.«

»Ja, Herr, das haben wir eben ausgeglichen. Wir haben aus den beiden Welten eine neue gemacht, unsere eigene. Wir bilden nämlich eine besondere Gesellschaft für Weltverbesserung.«

»Das wäre! Wie denn?«

»Sehr einfach. Die Welten laufen nun mal, darauf sind wir angewiesen. Aber nun nehmen wir aus B die Phantasie, und aus A nehmen wir das Gesetz. So bewirken wir die Ergänzung. Was wir als wünschenswert vorstellen, machen wir auch wirklich, und das Unabänderliche nutzen wir zum Vernünftigen.«

»Nicht übel! So steuert ihr ja gerade auf die vernünftige Welt los, die ich erwarte. Na, so mögt ihr sie euch denn selber schaffen, ich will sie bestätigen. Und wer bist du denn eigentlich?«

»Ich bin der Ingenieur.«

(1908)

Die Universalbibliothek

»Nun setze dich endlich einmal her, Max«, sagte der Professor Wallhausen, »es ist wirklich nichts für deine Zeitschrift unter meinen Papieren. Was darf ich dir eingießen, Wein oder Bier?«

Max Burkel trat an den Tisch und zog die Augenbrauen bedächtig in die Höhe. Dann ließ er seine kräftige Figur behäbig auf dem Lehnstuhl nieder und sprach:

»Eigentlich bin ich Temperenzler geworden. Aber auf Reisen – ich sehe, ihr habt da so ein prächtiges Kulmbacher – ach, ich danke sehr, liebes Fräulein – nicht so voll! Na, wohl bekomm's, alter Knabe, verehrte Freundin! Prosit, Fräulein Briggen! Das ist riesig gemütlich, daß ich wieder einmal bei dir sitze. Aber, da hilft nun nichts, schreiben mußt du mir doch etwas.«

»Weiß augenblicklich wirklich nichts. Es wird überhaupt schon so entsetzlich viel Überflüssiges geschrieben und leider auch gedruckt –«

»Das brauchst du einem geplagten Redakteur wahrhaftig nicht erst zu sagen. Es fragt sich nur, was davon das Überflüssige ist. Darüber sind Publikum und Autor sehr verschiedener Ansicht. Und unsereiner trifft immer gerade das, was die Kritik für überflüssig hält. Ha, ich freue mich« – und er rieb sich vergnügt die Hände –, »daß mein Vertreter noch drei Wochen für mich schwitzen muß.«

»Ich wundere mich«, begann die Hausfrau, »daß Sie überhaupt immer noch etwas Neues zu drucken haben. Ich dächte, es müßte nun so ziemlich alles durchprobiert sein, was Sie mit Ihren paar Lettern zusammenstellen können.«

»Das ist eigentlich wahr, Frau Professor – sollte man denken – aber, der menschliche Geist ist unerschöpflich –«

»In Wiederholungen – meinen Sie.«

»Gott sei Dank, ja!« lachte Burkel. »Aber doch auch an Neuem.«

»Und trotzdem«, bemerkte der Professor, »vermag man alles in Lettern darzustellen, was der Menschheit jemals gegeben werden kann an geschichtlichem Erlebnis, an wissenschaftlicher Erkenntnis, an poetischer Kraft, an Lehren der Weisheit. Wenigstens, soweit es sich in der Sprache ausdrücken läßt.

Denn unsere Bücher vermitteln doch tatsächlich das Wissen der Menschheit und bewahren den Schatz, den die Arbeit des Denkens gehäuft hat. Die Zahl der möglichen Kombinationen gegebener Buchstaben ist aber begrenzt. Also muß alle überhaupt mögliche Literatur sich in einer endlichen Anzahl von Bänden niederlegen lassen.«

»Na, alter Freund, da redest du wohl wieder einmal mehr als Mathematiker denn als Philosoph. Wie soll das Unerschöpfliche endlich sein?«

»Erlaube, ich will dir gleich ausrechnen, wieviel Bände die Universalbibliothek haben wird.«

»Du, Onkel, wird's sehr gelehrt?« fragte Susanne Briggen.

»Aber Suse, für eine junge Dame, die eben aus der Pension kommt, ist doch nichts zu gelehrt?«

»Danke schön, Onkel, aber ich fragte eigentlich nur, um zu wissen, ob ich mir meine Handarbeit dazu holen soll, weil – ich dann besser nachdenken kann, weißt du.«

»Aha, Schlauköpfchen, du wolltest eigentlich wissen, ob ich eine sehr lange Rede halten werde. Ich denke gar nicht dran. Doch du könntest mir dort den Bogen Papier geben und den Bleistift.«

»Bringen Sie nur auch gleich die Logarithmentafel mit«, bemerkte Burkel trocken.

»Um Gottes willen«, wehrte die Hausfrau.

»Nein, nein, ist nicht nötig«, rief der Professor. »Und mit der Handarbeit brauchst du nicht zu protzen, Suse.«

»Hier hast du eine bequemere«, sagte die Hausfrau und schob ihr die Schale mit Äpfeln und Nüssen hin.

»Danke«, antwortete Susanne, und ergriff den Nußknacker. »Nun nehme ich's mit deinen härtesten Nüssen auf.«

»Jetzt kann erst einmal unser Freund reden«, begann der Professor. »Ich frage: Wenn man sich knapp einrichtet und auf besondere ästhetische Darstellung durch verschiedene Schriftgattungen verzichtet, auch mit einem Leser rechnet, der es nicht zu bequem haben will, dem es nur auf den Sinn ankommt –«

»Aber den gibt's ja gar nicht.«

»Nun, nehmen wir ihn an. Wieviel Lettern wird man für die gesamte schöne und Unterhaltungsliteratur brauchen?«

»Na«, sagte Burkel, »beschränken wir uns auf die großen und kleinen Buchstaben des lateinischen Alphabets, die gebräuchlichen Interpunktionszeichen, die Ziffern und – nicht zu vergessen – das Spatium –«

Susanne blickte fragend von ihren Nüssen auf.

»Das ist die Type für den Zwischenraum, wodurch der Setzer die einzelnen Worte auseinander hält und die leer bleibenden Stellen ausfüllt. Das wäre also nicht zu viel. – Aber für wissenschaftliche Bücher! Was habt ihr Mathematiker für eine Masse Symbole!«

»Da helfen wir uns durch Indizes, durch kleine Zahlen, die wir oben oder unten an die Buchstaben des Alphabets setzen, wie a_0, a_1, a_2 usw. Dazu brauchen wir nur noch eine zweite und dritte Reihe der Ziffern von 0 bis 9. Ja dadurch könnte man sogar bei ausreichender Verabredung beliebige fremdsprachliche Laute darstellen.«

»Meinetwegen. Ich will auch das deinem Idealleser zutrauen. Dann schätze ich, daß wir allerdings nicht mehr als etwa hundert verschiedene Zeichen nötig haben, um alles Denkbare durch die Schrift ausdrücken zu können.«

»Nun, sieh mal an. Und wie stark wollen wir einen Band machen?«

»Ich meine, man kann schon recht erschöpfend über ein Thema schreiben, wenn man einen Band von fünfhundert Seiten damit anfüllt. Denken wir uns auf der Seite etwa 40 Zeilen mit 50 Buchstaben (wobei natürlich Spatien, Interpunktionen usw. stets mitgezählt sind), so bekämen $40 \times 50 \times 500$ Buchstaben für einen solchen Band, das gibt – – Ja, das kannst du lieber ausrechnen.«

»Eine Million«, sagte der Professor. »Wenn man also unsere 100 Zeichen, beliebig oft wiederholt, in irgendeiner Ordnung so oft zusammenstellt, daß sie einen Band von einer Million Buchstaben füllen, so wird man irgendein Schriftwerk bekommen. Und wenn man *alle* möglichen Zusammenstellungen sich denkt, die überhaupt in dieser Weise rein mechanisch gemacht werden können, so hat man genau sämtliche Werke, die jemals in der Literatur geschrieben worden sind oder in Zukunft geschrieben werden können.«

Burkel schlug den Freund kräftig auf die Schulter.

»Du, auf die Universalbibliothek abonniere ich. Dann habe ich ja sämtliche zukünftigen Bände der Zeitschrift schon fix und fertig in der Druckvorlage. Ich brauche mich um keine Beiträge zu kümmern. Das ist ja prachtvoll für den Verleger, das ist die Ausschaltung des Autors aus dem Geschäftsbetrieb! Ersatz des Schriftstellers durch die Kombinationsmaschine, Triumph der Technik!«

»Wie?« rief die Hausfrau. »Alles ist in der Bibliothek? Auch der ganze Goethe? Die Bibel? Die Gesamtausgaben der Werke aller Philosophen, die nur je gelebt haben?«

»Und sogar mit sämtlichen Lesearten, auf die noch kein Mensch gekommen ist. Du findest da auch sämtliche verlorenen Schriften des Platon oder des Tacitus und die Übersetzungen dazu. Ferner sämtliche zukünftigen Werke von uns beiden, alle vergessenen und noch zu haltenden Reichstagsreden, den allgemeinen Weltfriedensvertrag, die Geschichte der darauffolgenden Zukunftskriege –«

»Und das Reichskursbuch, Onkel!« rief Susanne. »Das ist doch dein Lieblingsbuch.«

»Gewiß, und deine sämtlichen deutschen Aufsätze bei Fräulein Grazelau.«

»Ach, hätte ich doch das Buch schon im Pensionat gehabt! Aber ich denke, es handelt sich immer um einen ganzen Band –«

»Erlauben Sie, Fräulein Briggen«, fiel Burkel ein, »vergessen Sie nicht die Spatien. – Jedes kleinste Verschen kann einen Band für sich bekommen, das übrige ist dann leer. Und wir können auch die längsten Werke darin haben, denn wenn sie in *einem* Bande nicht Platz finden, da suchen wir die Fortsetzung in einem andern.«

»Na, ich danke für das Heraussuchen«, sagte die Hausfrau.

»Damit hat es auch seinen Haken«, begann der Professor schmunzelnd, indem er sich in seinen Sessel zurücklehnte und den Rauch seiner Zigarre behaglich mit den Blicken verfolgte. »Es könnte zwar scheinen, als ob das Heraussuchen dadurch erleichtert würde, daß die Bibliothek auch ihren eigenen Katalog enthalten muß –«

»Nun also –«

»Ja, aber wie willst du den herausfinden? Und wenn du einen Band gefunden hättest, so wärest du auch nicht weiter, denn es sind ja nicht bloß die richtigen, sondern auch alle möglichen falschen Titel und Signaturen darin.«

»Teufel auch, das ist wahr!«

»Hm! Es gibt da so einige Schwierigkeiten. Nehmen wir z. B. den ersten Band unserer Bibliothek zur Hand. Die erste Seite ist leer, die zweite ebenfalls, und so fort, alle 500 Seiten. Es ist nämlich der Band, worin das Zeichen des Spatiums ein Millionenmal wiederholt ist –«

»Da kann wenigstens kein Unsinn darin stehen«, warf Frau Wallhausen ein.

»Ein Trost! Nun der zweite Band, auch leer, alles leer, bis auf der letzten Seite, ganz unten, an der millionsten Zeichenstelle ein schüchternes a steht. Im dritten Bande ist es wieder so, nur daß das a um eine Stelle vorgerückt ist, an letzter Stelle steht jetzt wieder das Spatium. Und so schiebt sich das a in jedem Bande um eine Stelle weiter nach vorn durch eine Million Bände, bis es im ersten Bande der zweiten Million glücklich die erste Stelle erreicht hat. Weiter steht nichts in diesem interessanten Bande. Und so geht es durch die ersten hundert Millionen unserer Bände, bis alle hundert Zeichen ihren einsamen Weg von hinten nach vorn durchlaufen haben. Ein Gleiches wiederholt sich dann mit aa oder mit irgend zwei anderen Zeichen in allen möglichen Stellungen. Ein Band bringt nur Punkte, einer nur Fragezeichen.«

»Na«, sagte Burkel, »diese inhaltlosen Bände würde man ja bald erkennen und ausscheiden –«

»Hm, ja – aber das Schlimmste kommt erst, wenn man einen scheinbar vernünftigen Band gefunden hat. Du willst z. B. etwas im ›Faust‹ nachsehen und triffst auch wirklich den Band mit dem richtigen Anfang. Und wenn du ein Stückchen gelesen hast, geht es auf einem weiter: ›Papperle, happerle, nichts ist da!‹, oder einfach ›aaaaa‹ … Oder es beginnt eine Logarithmentafel, aber auch von der weiß man nicht, ob sie richtig ist. Denn in unserer Bibliothek steht ja nicht nur alles Richtige, sondern auch alles Falsche. Durch die Überschriften darf man sich nicht irreführen lassen. Ein Band fängt vielleicht an: ›Geschichte des Dreißigjährigen Krieges‹ und geht weiter: ›Als

Fürst Blücher die Königin von Dahomey bei den Thermopylen geheiratet hatte …‹«

»Du, Onkel, das ist etwas für mich!« rief Susanne vergnügt. »Die Bände könnte ich schreiben, denn wenn es durcheinandergehen soll, da entwickle ich großes Talent. Da steht gewiß auch der Anfang drin, den ich einmal von der Iphigenie deklamiert habe:

›Heraus in eure Schatten, rege Wipfel,
Der Not gehorchend, nicht dem eigenen Trieb,
Auf diese Bank von Stein will ich mich setzen.‹

Wenn das da gedruckt stände, so wäre ich doch gerechtfertigt. Und da fände ich gewiß auch den langen Brief, den ich an euch geschrieben habe, und der dann auf einmal verschwunden war, als ich ihn abschicken wollte. Mika hatte ja ihre Schulbücher darauf gelegt. – O je!« unterbrach sie sich verlegen, indem sie die widerspenstigen braunen Haare aus der Stirn strich. »Fräulein Grazelau hat mir doch ausdrücklich gesagt, ich soll mich in acht nehmen, daß ich ja nicht ins Schwatzen komme!«

»Hier bist du ganz gerechtfertigt«, tröstete der Onkel. »Denn in unserer Bibliothek stehen nicht nur deine sämtlichen Briefe, sondern auch sämtliche Reden, die du je gehalten hast oder halten wirst –«

»Ach, da gib doch lieber die Bibliothek nicht heraus!«

»Sorge dich nicht, sie stehen ja nicht bloß mit deinem Namen, sondern auch mit dem von Goethe und überhaupt mit sämtlichen möglichen Namen der Welt unterzeichnet. Da findet z. B. auch unser Freund mit seiner Unterschrift verantwortlich gezeichnete Artikel, die alle denkbaren Preßvergehen enthalten, so daß sein ganzes Leben nicht ausreicht, die Strafen abzusitzen. Da findet sich ein Buch von ihm, wo hinter jedem Satze steht, daß er falsch ist, und ein Band, wo hinter genau denselben Sätzen die Wahrheit beschworen wird – –«

»Na, nun ist's gut«, rief Burkel lachend. »Ich wußte ja gleich, daß du uns etwas aufbinden würdest. Also, ich abonniere nicht auf die Universalbibliothek, denn es ist ja unmöglich, den Sinn aus dem Unsinn, das Richtige aus dem Falschen herauszusuchen. Wenn ich nun so und so viel Millionen Bände finde, die alle behaupten, die wahre Geschichte des Deutschen Reiches im 20. Jahrhundert zu enthalten, und die sich alle vollständig widersprechen, da kann ich ja gleich die Werke der Historiker selbst nehmen. Ich verzichte.«

»Das ist sehr schlau von dir. Denn du hättest dir eine hübsche Last aufgeladen. Übrigens flunkere ich nicht. Ich habe ja nicht behauptet, daß du dir das Brauchbare heraussuchen könntest, sondern nur, daß man genau die Zahl der Bände angeben kann, die unsere Universalbibliothek enthält und worin neben allem Sinnlosen auch alle sinnvolle Literatur stehen muß, die überhaupt möglich ist.«

»Da rechne es nur mal aus, wieviel Bände es sind«, sagte die Hausfrau. »Denn dieses weiße Papier läßt dir doch eher keine Ruhe.«

»Das ist ganz einfach, das kann ich im Kopfe machen. Wir überlegen uns nur, wie wir unsere Bibliothek herstellen. Wir setzen zunächst jedes unserer hundert Zeichen einmal hin. Dann fügen wir zu jedem wieder jedes der hundert Zeichen, so daß hundertmal hundert Gruppen zu je zwei Zeichen entstehen. Indem wir zum drittenmal jedes Zeichen hinzusetzen, bekommen wir $100 \times 100 \times 100$ Gruppen von je drei Zeichen, und so fort. Und da wir eine Million Stellen im Bande zur Verfügung haben, so entstehen so viel Bände, als eine Zahl angibt, die man erhält, wenn man 100 ein Millionenmal als Faktor setzt. Da 100 gleich zehnmal zehn ist, so bekommt man dasselbe, wenn man die Zehn zweimillionenmal als Faktor schreibt. Das ist also einfach eine Eins mit zwei Millionen Nullen. Hier steht sie: Zehn hoch zwei Millionen: $10^{2\,000\,000}$.«

Der Professor hielt das Papier in die Höhe.

»Ja«, rief seine Frau, »ihr macht euch die Sache leicht. Aber schreibe sie einmal aus.«

»Ich werde mich hüten. Da hätte ich mindestens zwei Wochen lang Tag und Nacht ohne Pause daran zu schreiben. Die Zahl würde im Druck etwa eine Länge von vier Kilometern erreichen.«

»Puh«, rief Susanne. »Wie spricht man denn die aus?«

»Dafür haben wir keinen Namen. Ja, es gibt überhaupt gar kein Mittel, sie uns auch nur einigermaßen zu veranschaulichen, so kolossal ist diese Menge, obwohl sie endlich angebbar ist. Was man auch sonst an gewaltigen Größen nennen mag, das verschwindet gegen dieses Zahlenmonstrum.«

»Wie wär' es denn«, fragte Burkel, »wenn man sie in Trillionen angäbe?«

»Eine Trillion ist ja eine ganz hübsche Zahl, eine Milliarde Milliarden, eine Eins mit 18 Nullen. Wenn du unsere Bändezahl damit dividierst, würdest du also von den zwei Millionen Nullen gerade 18 streichen. Du bekommst demnach eine Zahl mit 1999982 Nullen, womit du ebensowenig eine Anschauung verbinden kannst. Aber halt – einen Augenblick« – der Professor warf ein paar Zahlen auf das Papier.

»Dacht' ich's doch«, sagte seine Frau. »Nun wird doch noch gerechnet!«

»Ich bin schon fertig. Weißt du, was diese Zahl für unsre Bibliothek bedeutet? Nehmen wir einmal an, jeder unsrer Bände sei nur zwei Zentimeter dick und wir hätten sie alle in einer Reihe aufgestellt – was meint ihr, wie lang die Reihe wäre?«

Er sah sich triumphierend um, als alle schwiegen.

Da sagte Susanne plötzlich: »Ich weiß es! Darf ich's sagen?«

»Immer los, Suse!«

»Doppelt soviel Zentimeter, als die Bibliothek Bände hat.«

»Bravo, bravo!« riefen alle. »Das genügt vollständig.«

»Ja«, sagte der Professor, »aber wir wollen es uns doch noch etwas genauer ansehen. Ihr wißt, daß das Licht in einer Sekunde 300000 Kilometer durchläuft, also in einem Jahre ungefähr zehn Billionen Kilometer, was gleich einer Trillion Zentimeter ist. Wenn also der Bibliothekar mit der Geschwindigkeit des Lichtes an unserer Bändereihe entlang saust, so würde er doch zwei Jahre brauchen, um an einer einzigen Trillion Bände vorüber zu kommen. Und um an der ganzen Bibliothek entlang zu fahren, wären demnach doppelt soviel Jahre nötig, als eine Trillion in der Bändezahl enthalten ist, das gibt, wie vorhin gesagt, eine Eins mit 1999982 Nullen. Was ich damit nur verdeutlichen wollte: Man kann sich die Zahl der Jahre, die das Licht braucht, an der Bibliothek entlang zu laufen, ebensowenig vorstellen, wie die Zahl der Bände selbst. Und das zeigt wohl am klarsten, daß es vergebliche Mühe ist, sich von dieser Zahl eine Anschauung zu bilden, obwohl sie *endlich* ist.«

Der Professor wollte das Papier fortlegen, da sagte Burkel:

»Wenn die Damen noch einen Augenblick gestatten, möchte ich bloß noch eine Frage stellen. Ich habe den Verdacht, daß du da eine Bibliothek ausgerechnet hast, für die es in der ganzen Welt keinen Platz gibt.«

»Das werden wir gleich haben«, bemerkte der Professor und fing wieder an zu rechnen. Dann begann er:

»Wenn wir die ganze Bibliothek zusammenpackten, so daß 1000 Bände auf ein Kubikmeter kommen, so würde, um sie zu fassen, der ganze Weltraum bis zu den fernsten uns sichtbaren Nebelflecken so oft genommen werden müssen, daß auch diese Zahl der vollgepackten Welträume nur einige 60 Nullen weniger hätte, als die 1 mit den zwei Millionen Nullen, die unsre Bändezahl angibt. Also, es bleibt dabei – wir kommen auf keine Weise dieser Riesenzahl näher.«

»Siehst du«, sagte Burkel, »ich hatte schon recht, daß sie unerschöpflich ist.«

»Doch nicht. Subtrahiere sie nur von sich selbst, so hast du ›Null‹. Sie ist endlich, sie ist als Begriff fest definiert. Das Überraschende ist nur dies. Wir schreiben mit weniger Ziffern die Zahl der Bände hin, in denen dieses scheinbar Unendliche aller möglichen Literatur verzeichnet steht. Versuchen wir aber, diesen Inhalt nun in unsre Erfahrung aufzunehmen, im einzelnen uns vorzustellen, z. B. wirklich einen solchen Band unsrer Universalbibliothek herauszusuchen, so stehen wir jenem klaren Gebilde unsres eigenen Verstandes wie einem Unendlichen und Unfaßbaren gegenüber.«

Burkel nickte ernsthaft und sprach: »Der Verstand ist unendlich viel größer als das Verständnis.«

»Was ist mit diesem Rätselwort gemeint?« fragte die Hausfrau.

»Ich meine nur, wir können unendlich mehr richtig denken, als wir in der Erfahrung wirklich zu erkennen vermögen. Das Logische ist unendlich mächtiger als das Sinnliche.«

»Die Gesetze geben uns das Vertrauen auf die Wahrheit. Aber nützen können wir sie erst, wenn wir ihre Form mit lebendigem Erfahrungsstoff gefüllt, d. h. wenn wir den Band gefunden haben, den wir aus der Bibliothek brauchen.«

Wallhausen stimmte zu, und seine Frau sprach leise:

»Denn mit den Göttern
Soll sich nicht messen
Irgendein Mensch.
Hebt er sich aufwärts,
Und berührt
Mit dem Scheitel die Sterne,
Nirgends haften dann
Die unsicheren Sohlen,
Und mit ihm spielen
Wolken und Winde.«

»Der große Meister trifft es«, sagte der Professor. »Doch ohne das logische Gesetz gäbe es nichts Sicheres, das uns zu den Sternen und über die Sterne hebt. Nur dürfen wir den festen Boden der Erfahrung nicht verlassen. Nicht in der Universalbibliothek müssen wir suchen, sondern den Band, dessen wir bedürfen, uns selbst herstellen in dauernder, ernster, ehrlicher Arbeit.«

»Der Zufall spielt, die Vernunft schafft«, rief Burkel. »Und deswegen wirst du morgen aufschreiben, was du heute gespielt hast, und ich werde doch meinen Artikel mitnehmen.«

»Den Gefallen kann ich dir tun«, lachte Wallhausen. »Aber das sage ich dir gleich, deine Leser werden meinen, das ist aus einem der überflüssigen Bände. – Was willst du denn, Suse?«

»Ich will etwas Vernünftiges schaffen«, sagte sie gravitätisch, »ich werde die Form mit Stoff erfüllen.«

Und sie füllte die Gläser aufs neue.

(1904)

Über Zukunftsträume

»Es reden und träumen die Menschen viel
Von bessern künftigen Tagen;
Nach einem glücklichen, goldenen Ziel
Sieht man sie rennen und jagen.
Die Welt wird alt und wird wieder jung,
Doch der Mensch hofft immer Verbesserung.«

Wie Schiller hier sang, so war es stets und wird es auch bleiben. Denn dieses Ringen nach Verbesserung ist das Leben der Menschheit selbst; Unzufriedenheit und Hoffnung sind die Triebfedern, die es im Gange halten. Und wenn einer jener Dichterträume sich verwirklichte und Götter von den Sternen herabstiegen, das Glück würden sie dem Menschen nicht bringen, falls ihm nicht das weitere Streben nach Verbesserung bliebe.

Soll das nun heißen, daß wir keinen Fortschritt gemacht hätten, oder daß dieses Vorwärtsringen, weil endlos, darum unnütz sei? Im Gegenteil. Gerade darin, daß die Sehnsucht nach Verbesserung unlösbar mit dem Bewußtsein der Menschheit verknüpft ist, liegt der Beweis, daß unser Streben im Großen und Ganzen Erfolg hat. Die Menschheit würde sonst überhaupt nicht mehr leben noch leben wollen. Ein Trieb, der niemals Befriedigung findet, stirbt ab; und hier handelt es sich um den Grundtrieb des Lebens überhaupt. Wüßten wir nicht, daß eine Verbesserung wirklich eintritt, so hätten wir den Willen zum Leben längst verloren. Und dieser Wille bedeutet für die Menschen, die ein Bewußtsein ihres allgemeinen Zustandes besitzen, ihre lebendige Fortexistenz als ein Zweig des großen Entwicklungsprozesses der Kultur.

Wenn nun eine solche Weiterentwicklung stattfindet, wie sollen wir uns den unbekannten Weg in die Zukunft vorstellen? Wer möchte nicht etwas davon wissen, wie viele Dichter haben uns nicht schon ihre Träume erzählt? Zuerst möchten wir jedoch fragen: Was soll denn eigentlich besser werden? Die Menschen selbst oder ihr Behagen? Moral oder Glückseligkeit? Nun, eines wird wohl am anderen hängen. Das aber muß vorweg betont werden: Es kann sich immer nur um einen relativen Zustand des Fortschritts, niemals um eine ideale Vollkommenheit handeln. Zukunftsdichter, die den Anspruch auf eine innere Wahrheit ihrer Erzählungen erheben – mehr als diese innere Wahrheit kann natürlich nicht verlangt werden – dürfen nie behaupten, daß jemals eine soziale Ordnung vorhanden sein könne, in der die Menschen an keinerlei moralischen oder wirtschaftlichen Gebrechen oder an keinerlei seelischen Schmerzen mehr leiden. Ein solcher Zustand ist sinnlos. Das Übel kann niemals aus der Welt schwinden; mit der Unlust verschwände ja eben jener Antrieb zum Streben nach Verbesserung, worin wir die Bedingung des Lebens der Menschheit überhaupt erkannt haben. Der Stillstand und damit der Untergang wäre die Folge eines solchen überhaupt nicht denkbaren Zustandes. Es wäre das gerade so, als wollte man es in der Natur als Idealzustand betrachten, daß alle Niveauunterschiede ausgeglichen, alle Kraftdifferenzen aufgehoben wären: worauf überhaupt nichts mehr geschehen könnte.

Es gibt allerdings auch eine solche Zukunftsphantasie der Vollkommenheit. Die ältere christliche Kirchenlehre hat sie aus der Messiasidee des Judentums aufgenommen, man nennt sie Chiliasmus. Es ist der Glaube, daß vor dem allgemeinen Weltuntergange Christus auf die Erde zurückkommen und ein tausendjähriges Reich in dieser Welt aufrichten werde, worin es keinerlei Schmerz und Leid, sondern nur eitel Wonne und Glückseligkeit geben werde. Diese Lehre, später von der Kirche verworfen, ist immer wieder bei einzelnen Sekten aufgetreten und hat auch jetzt noch ihre Bekenner. Sie hat aber gar nichts mit der Vorstellung zu tun, die unsere modernen Zukunftsphantasien vertreten, nämlich mit der relativen Verbesserung der Zustände durch einen allmählichen Entwicklungsprozeß. Man darf daher den Glauben an eine bessere Zukunft infolge der kulturellen Arbeit der Menschheit nicht mit dem Chiliasmus verwechseln. Wir können immer nur hoffen, daß in der Welt das Verhältnis der Unlustgefühle zur Lust ein günstigeres werde und der unvermeidliche Rest des Leidens eine edlere Gestalt gewinne.

Wie wäre das denkbar? Eine völlige Änderung der Menschennatur vorauszusetzen wäre Willkür; nur an eine Läuterung dürfen wir denken. Für den Menschen, als sittliche Persönlichkeit, kann es auf die Dauer keinen glücklichen Zustand geben, der nicht mit seiner sittlichen Selbstbestimmung harmonierte; aber umgekehrt gibt der sittliche Charakter keineswegs die Anweisung auf Glückseligkeit, er gibt vielmehr nur das Bewußtsein der Würde; und doch möchten wir auch glücklich sein. Nun ist es wohl klar, daß eine allgemeine Hebung des moralischen Zustandes einen glücklicheren Zustand zur Folge haben würde, ebenso wie umgekehrt eine wahre Erhöhung der Lebensfreude nicht denkbar ist ohne eine ethische Vertiefung. Ist doch eine der Hauptquellen der Unlust auf Erden das Leid, das die Menschen *einander* zufügen; moralische Besserung würde die Kränkungen, die durch Verbrechen, Gewalttat, Intoleranz, Verfolgungssucht, Verleumdung usw. unser Leben erschweren, erfolgreich einschränken. Daß die Erziehung des Willens in dieser Hinsicht Fortschritte gemacht hat, unterliegt keinem Zweifel; die Ausbreitung der Idee der Humanität beweist dies, die Milderung der Sitten ist klar daran zu erkennen, daß Roheit und Unmenschlichkeit den Unwillen der Gesamtheit viel stärker erregen als früher, und daß, wenn auch nicht die Kraft, unmoralische Handlungen zu vermeiden, so doch das Bewußtsein ihrer Verwerflichkeit der Menschheit lebhafter in Fleisch und Blut übergegangen ist. Nehmen wir aber einmal an, wir seien in dieser Richtung noch weiter vorgeschritten und zu einem im ganzen befriedigenden moralischen Zustande gelangt, so würde uns immer noch ein wesentliches Moment fehlen. Die bloße Sicherheit vor Störungen unserer Lebenssphäre reicht nicht aus, uns zufrieden zu machen; es muß noch ein positiver Inhalt an Lust, an Arbeitsfreudigkeit und Erfolg hinzukommen. Auch das eigene Bewußtsein, moralisch zu handeln, macht an sich nicht glücklich; es gibt nur, wie schon gesagt, eine Vorbedingung der Glückseligkeit. Ein gutes Gewissen ist zwar das beste Ruhekissen, aber auch das beste Ruhekissen soll und kann den Schaffensdrang nicht einschläfern. Wo nehmen wir diesen Lustinhalt des Lebens her?

Daß dieser Lustinhalt nicht bloß aus Zeitvertreib bestehen kann, sondern selbst wieder auf sittlichem Grunde, d. h. auf der erfolgreichen Betätigung unseres sittlichen Willens, mit einem Worte, auf Arbeit beruhen muß, ist einleuchtend. Aber damit die Arbeit Lust gewähre, ist eins erforderlich, das ist das Vertrauen zu ihrem Erfolge. Der Erfolg braucht nicht wirklich einzutreten für den Schaffenden selbst, man kann auch auf eine ferne Zukunft hinaus rechnen. Aber dazu ist eben notwendig, daß man an einen Fortschritt der Menschheit glaubt, nämlich an den Erfolg der sittlichen Arbeit im Sinne einer Erhöhung der Glückseligkeit. Es genügt also zur Besserung des menschlichen Zustandes nicht, daß wir gut sind, sondern es gehört dazu auch das Gefühl, daß die moralische Arbeit nicht fruchtlos ist. Es ist dies der Glaube, daß es eine unendliche Macht gibt, die sich der Gesetzlichkeit der Natur als des Mittels bedient, den sittlichen Willen der Persönlichkeit zu verwirklichen. Diese besondere Kraft des Gemüts besteht in dem Vertrauen, daß trotz aller Schwierigkeiten, trotz eigener Ohnmacht und trotz des Widerstandes der Welt das moralische Gesetz, obwohl es nicht um der Glückseligkeit wegen da ist, doch den Weg, und zwar den einzigen Weg zur Glückseligkeit bedeute, und daß dieser Weg einem jeden, auch dem Schwächsten und Geringsten, sobald er ihn nur betreten will, durch die Liebe Gottes geöffnet sei; das ist, was man Religion nennt. Dieser Glaube ist eine subjektive Gewißheit, die uns nur als Gefühl gegeben ist. Kommt aber dieses religiöse Gefühl, als eine Vertiefung unseres persönlichen Lebens, zu der moralischen Hebung des Gesamtzustandes hinzu, so scheint es, als sei damit jene zweite Bedingung zur Förderung der Glückseligkeit erfüllt. Das Vertrauen auf die Besserung ist hergestellt in jedem einzelnen; der einzelne, der gut ist, kann auch glücklich sein, weil ihm das Bewußtsein seines guten Willens in seinem Glauben die unbedingte Sicherheit seines Anspruchs auf Glückseligkeit gibt, weil er selbst, unter dem Druck der Welt, doch in innerem Frieden lebt.

Nun zeigt aber die Erfahrung, daß die Zeiten einer besonderen Steigerung des religiösen Gefühls keineswegs immer einen kulturellen Fortschritt, eine Steigerung der Menschlichkeitsidee bedeuten. Und dies ist auch unschwer zu verstehen. Eben weil diese religiöse Überzeugung auf der subjektiven Gewißheit beruht und somit als elementare Macht im Individuum auftritt, die Seele vollständig auszufüllen und von der

Welt unabhängig zu machen vermag, darum führt sie auch leicht zu einer falschen Einseitigkeit, zu einem Verkennen der objektiven Mächte, mit denen die Menschheit zu rechnen hat. Zwei der gefährlichsten Feinde und Vernichter der Kultur haben hier ihren Ursprung, der Fanatismus auf der einen, der Quietismus auf der anderen Seite. Der Glaube, allein auf dem rechten Wege zur Glückseligkeit zu sein, führt dazu, die anderen mit Gewalt auf diesen Weg zu zwingen und überschüttet die Menschheit mit dem Leidensmeer der Ketzerverfolgungen und der Religionskriege; ja er tötet das Heiligste im Menschen, die Freiheit des Gedankens. Andererseits – der Glaube, in der innern Sammlung allein das Glück finden zu können, das eben nicht auf der Welt, sondern nur im gottergebenen Gemüte zu suchen sei, verführt zu einem Verzicht auf die lebendige Arbeit in der Menschheit, zu einer Weltflucht, die den Gütern und Mitteln der Kultur sich feindlich gegenüber stellt. Gewiß beruhen diese Auswüchse auf einer Verkennung des sittlichen Charakters der Religion, sie sind selbst irreligiös. Denn religiös können wir nur die Gesinnung nennen, die das Sittengesetz, d. h. die Achtung vor der freien Selbstbestimmung der Persönlichkeit, voraussetzt. Aber schon diese Gefahr der Entartung der Religion belehrt uns, daß die religiöse Förderung für sich eine Besserung des menschlichen Zustandes nicht zu garantieren vermag, ebensowenig wie die moralische; daß vielmehr beide Kulturmächte zwar unentbehrliche Begleiter des Fortschritts, für sich allein aber nicht ausreichend sind, Kultur, Hebung des Menschheitslebens, zu schaffen. Es bleibt eben der Kern der Frage bestehen: Wodurch ist es möglich, den ethisch-religiösen Zustand der Menschheit auf eine höhere Stufe zu heben und von den Schlacken zu befreien? Es bedarf dazu eines Werkzeugs, das auf anderem Gebiete liegt. Und das ist auch nicht anders zu erwarten. Beide, das Gute und das Religiöse, sind *Ideen*, sie sind Gesetze, welche die Richtung angeben, in der wir uns bewegen *sollen*, sie weisen das Ziel; aber dazu bedarf es der Hilfe anderer Gesetze, Tatsachen des Seienden, nämlich der *Mittel*, diese Bewegung zu bewirken. Es handelt sich um die Überwindung von Widerständen durch Arbeit; woher nehmen wir die Energie dazu?

Der Mensch lebt in Raum und Zeit als ein Teil der Natur, ihren undurchbrechlichen Gesetzen unterworfen. Ein Produkt des Entwicklungsprozesses der Erde ist er heraufgestiegen im Laufe der Jahrmillionen im steten Kampfe ums Dasein aus der Reihe der Organismen, die als minderkräftige Geschöpfe auf der Stufe der Tierwelt stehen blieben. In der Wechselwirkung der Naturkräfte ist sein Nervensystem zu jener Feinheit der Ausbildung gelangt, daß sein Gehirn einen großen Teil des Weltgeschehens in geordneten Formen miterlebt. Diesen ordnenden Vorgang nennen wir Erkennen, und diese Erkenntnis gibt dem Menschen das Mittel, seine Herrschaft über die Natur zu gewinnen, zu behaupten und zu erweitern. Weil wir erkennende Wesen sind, besitzen wir die Fähigkeit, die Ideen des Guten in der Wirklichkeit des Raumes und der Zeit zu vollziehen. Nicht darum, weil es ein Entwicklungsgesetz der Natur gibt, sind Moral und Kunst und Religion entstanden; sondern weil das Gute und Schöne sein soll, darum ist auch jenes Gesetz bestellt, das von den leuchtenden Atomwolken des Weltraums, durch die Arbeitsteilung der Zellen seit undenklichen Zeiten, durch die Bildung komplizierter Organe in Wurm und Fisch und Säugetier, durch die Arbeit zahlloser Generationen das Gehirnwesen Mensch sich hat entwickeln können, um nun mit dem Bewußtsein seiner Aufgabe durch immer neue Jahrtausende zu schreiten, mit der Aufgabe, Vernunft zur Herrschaft zu bringen in der Welt und Natur zu verwandeln in Kultur, in Gerechtigkeit, in Schönheit und in Liebe. Die zeitlose Idee gibt das unendliche Ziel, die Mittel aber, sich ihm zu nähern in der Zeit, gibt allein die Natur. Wollen wir die moralische Vervollkommnung, so müssen wir die größere Beherrschung der Natur erstreben. Einen andern Weg nach oben, der nicht nur momentane Begeisterung, sondern dauernde Besserung gewährte, gibt es nicht.

Es scheint zwar, als existiere ein direkter Weg zur Glückseligkeit durch den Willen des Menschen allein. Ein Doppeltes gilt es zu überwinden: Die Leidenschaften, die Begierden, die uns zu immer neuen Forderungen an die karge Wirklichkeit veranlassen, und die harte Not der Wirklichkeit selbst, den Mangel der Lebensbedürfnisse, die Gefahren der elementaren Mächte im Boden, da wir wohnen, in der Luft, die wir atmen, in Winden, Wolken und Wasser, in den pflanzlichen und tierischen Mitbewerbern ums Dasein. Und es gibt einen Weg des Willens, ihrer Herr zu werden. Entäußere dich der Schätze, die dein Leben vergänglich zieren. Wirf ab den Stolz des Mannes, der nach äußerer und innerer Ehre geizt, wirf ab das Streben nach tätiger Arbeit; ertöte die Triebe, die Dich an Deine Nebenmenschen binden, verzichte auf Freundschaft, auf Liebe, auf Staat und Gesellschaft. Beschränke Dich in Nahrung und Kleidung, in Wohnung und Genuß. Verachte Erkenntnis und Kunst. Sinne auf nichts als auf das Band, das Deine Seele mit dem Reiche verknüpft, das nicht von dieser Welt ist. Wenn Du das kannst, so wird sich in Dir eine Welt der Seligkeit auftun, die kein Leid kennt; denn die Not der Welt liegt unter Dir. Auf das Glück verzichten, heißt es gewinnen. Und wenn Dein Körper vertrocknet und die Krankheit ihn aufzehrt, wird Deine gesteigerte Phantasie in den Wonnen des Himmels schwelgen. Das ist ein Weg, der oft versucht worden ist, an den Ufern des Ganges, in der Tonne des Diogenes, in den Höhlen des Sinai und in den Klosterzellen des Mittelalters. Aber es ist ein Weg für einzelne Menschen, nicht für die Menschheit. Diese kann nicht die Welt fliehen, sie muß sie bestehen. Und Millionen und aber Millionen von Individuen wachsen herauf, unabweisbar fordern die Massen ihr Recht am Leben. Wie stillt man den Hunger dieser Leiber, dieser Seelen? Wie können sie verstehen, daß Resignation freilich der Weisheit letzter Schluß ist, wenn sie damit anfangen sollen? Nein, erst müssen sie lernen, was Leben ist und Zusammenhang des Lebens, müssen verstehen, was Menschen sollen und können auf dieser Erde, ehe sie begreifen, was sie nicht können und darum nicht verlangen können. Lernen müssen alle, was gegen Begierden wappnet und gegen die Macht der Elemente schützt. Und da gibt es für die Menschheit nur jenen ersten und einen Weg, durch die Erkenntnis, durch die Bildung. Je höher die Bildung der Gesamtheit, um so näher das Ziel!

Im allgemeinen handeln die Menschen nicht schlecht aus bösem Willen, sondern weil sie es nicht besser wissen, weil sie weder sich selbst noch die andern verstehen. Und wenn sie der Not unterliegen und dem Ansturm der elementaren Mächte, der Krankheit, wenn sie sinnlosen Ratschlägen und Aufreizungen Folge leisten, so geschieht es wieder, weil ihnen die

Einsicht in den Zusammenhang der Dinge mangelt, weil sie die Hilfsmittel nicht kennen, die ihnen zu Gebote stehen. Der gute Wille ist nichts ohne die Intelligenz, und viel gefährlicher als die Bosheit ist die Dummheit. Aber dafür gibt es gegen die Bosheit kein Mittel als den Zwang, gegen die Dummheit aber gibt es eines, das, wenngleich es langsam wirkt, das einzige Mittel ist, auch die Rückwirkung auf den moralischen Zustand zu erzielen; das ist die Befreiung des Denkens, die Erziehung des Verstandes, die Pflege des Gehirns. Von der höheren Einsicht der Menschen allein können wir ihre tiefere Selbstbezwingung erwarten. Denn wodurch lenken wir unseren Willen? Ich schwanke in einem Entschlusse, bei einer Entscheidung. Sage ich ja, so habe ich vielleicht einen unmittelbaren individuellen Vorteil, etwa einen Geldgewinn. Sage ich nein, so entgeht mir der Gewinn, aber ich begreife, daß dem Gemeinwohl ein größerer Nutzen entsteht. Eine moralische Frage, deren Antwort als solche klar ist. Aber was entscheidet in Wirklichkeit psychologisch? Stets diejenige Vorstellung, die durch ihre Gefühlsbetonung im Vordergrund des Bewußtseins steht. Richte ich meine Aufmerksamkeit auf alle die Vorteile, die Lust, die mir aus meinem Ja entspringt, dränge ich die entgegengesetzten Vorstellungen in den Hintergrund, so wird das Ja über meine Lippen kommen. Die Bewegung der Vorstellungen aber, die Vergegenwärtigung aller zur Richtigstellung des Urteils in Betracht kommenden Erfahrungen, ist Sache des Verstandes. Und eben diese Fähigkeit, über die zur Sache gehörigen Vorstellungen zu verfügen, erfordert Bildung und Kenntnisse. Dann erst kann ich den Willen im moralischen Sinne angemessen betätigen, wenn ich die Arbeit meiner Vorstellungen im theoretischen Sinne in der Gewalt habe. Daher erziehen wir den Willen auf seiner höheren Stufe durch den Verstand. Wenn die Menschen impulsiv recht handeln, so handeln sie aus einer ererbten, anerzogenen unbewußten Gewohnheit, die eben durch die Erfahrung des Verstandes zahlloser Generationen entstanden ist. Diese Gewohnheit gilt es zu bilden im Sinne der Kultur. Und die Mittel dazu liegen in der Erhöhung des intellektuellen Zustandes.

Platon untersuchte, ob die Tugend lehrbar sei; die Naturwissenschaft hielt er nicht für lehrbar, sie galt ihm nur als ein artiges Spiel. Die moderne Menschheit ist in dieser Hinsicht zu einer neuen Erfahrung gekommen; sie hat gesehen, daß die Natur in der Tat erkennbar ist, ja daß sie nicht nur das erste ist, was theoretische Erkenntnis gestattet, sondern sogar das einzig Zuverlässige, worauf beweisbare Sätze sich aufbauen lassen. Was das Bewußtsein der modernen Menschheit und ihren zweifellosen Kulturfortschritt vom Zustand der antiken und mittelalterlichen unterscheidet, sind weniger die ethischen, ästhetischen, religiösen Ideen; sie waren in der Hauptsache vorhanden. Es ist vielmehr der Gedanke von der Macht der Menschheit über die Natur, die Überzeugung von der Möglichkeit der theoretischen Erkenntnis und technischen Beherrschung der Natur. Mit der Naturerkenntnis erwuchs der moderne Mensch. Der Grundzug dieser modernen Kultur ist die Autonomie der Menschheit, d. h. das Bewußtsein von der Selbstgesetzgebung der Vernunft, von der Selbständigkeit des menschlichen Geistes in Wissenschaft, Kunst, Sittlichkeit und Religion. Ursprünglich fließen alle diese Gebiete in unbestimmten Grenzen zusammen, und ihren Wert gründen sie auf eine Autorität, die außerhalb der Menschheit gesetzt ist. Je mehr aber sich diese Kulturgebiete scheiden, um so mehr vermögen sie sich frei und ungehindert zu entwickeln. In die eigene, persönliche Glaubensgewißheit legt Luther den Schwerpunkt des religiösen Bewußtseins, durch die Befreiung von allen fremden Rücksichten und Gefühlen gründen Galilei und Descartes den Charakter der Wissenschaft; ein eigenes Gebiet, worin nur das ästhetische Gefallen entscheidet, heischen Kant, Schiller und Goethe für die Kunst, und noch ringen wir in heißem Kampfe, die ethischen Gesetze unabhängig zu gründen von der historischen Last der Gefühle, die mit ihnen verschlungen sind. In dieser Arbeit der letzten Jahrhunderte ist das Werkzeug, das allein imstande war, die Vorurteile der Jahrtausende zu durchdringen und die Bahn für neue Fortschritte frei zu machen, die Erkenntnis der Natur und ihre technische Beherrschung. Was wir in Moral und Kunst und sozialer Verbesserung erreichen, das bleibt im Nebel schwankender Wertschätzung, von der Parteien Haß und Gunst entstellt, das gibt keinen sicheren Maßstab des rechten Weges. Die Erforschung der Natur aber zeigt uns ein objektives Gebiet, an dem nicht zu rütteln ist. Hier ist eine Gesetzlichkeit, ein notwendiges Sein in all dem unbestimmten Streben und Ringen menschlichen Willens, das eine Handhabe gibt, die Dinge klar und fest zu erfassen. Und Verstand und Arbeit des Menschen bewältigen dieses Gebiet, ein Zeichen, daß diese Gesetzlichkeit die unsere ist. Nicht ein fremdes Ungeheuer lauert die Natur als die ewige Sphinx, die uns in den Abgrund stürzt, sondern aus der klaren, lichten Sonne unseres Geistes strömt der Glanz in das Chaos, und uns selbst finden wir wieder in den geregelten Bahnen der Gestirne, in dem vorgeschriebenen Wechsel der Kräfte, in dem reicher und reicher sich gestaltenden Aufbau der Zellen. In den Gebieten der Ideen *glauben* wir an die Autonomie der Menschheit, im Naturerkennen haben wir den *Beweis*. Das ist der Triumph des modernen Geistes. Wird auch für die einzelne Persönlichkeit die Idee der Menschheit dadurch nicht inniger begründet, so ist doch diese Macht der Erkenntnis von unberechenbarer, sozialer Bedeutung; es liegt darin das Mittel, mit dem Vertrauen in unsere Arbeit auch ihrer Schranken uns bewußt zu werden.

Denn größer als je enthüllt sich der Begriff der Menschheit aus dem Begriffe der Naturbeherrschung. Was waren wir Menschen vor einigen Jahrhunderten? Ein kleines Völkchen auf einem flachen Erdteller unter einer Kristallglocke, woran lichte Fünkchen glänzten, und wir blickten zurück auf wenige Jahrtausende und standen noch genau auf dem Standpunkte des Wissens, Wollens und Könnens wie vorher, höchstens hatten wir das Bewußtsein, daß es Zeiten gegeben hat im alten Griechenland, in denen einzelne Weise weiter waren als wir. Und was hat die Naturerkenntnis aus uns gemacht? Zunächst zerschlug sie das Kristallgewölbe des Himmels und öffnete uns die Unendlichkeit der Welten. Als Brüder setzte sie uns in das Universum zu den Bewohnern jener Sterne, die, unsichtbar in ihren Weiten, um Sonnen kreisen wie die unsere. Und nachdem sie den Raum uns erschlossen, dehnte sie auch die Zeit unserer Existenz ins Ungemessene. Alles, was wir von der prähistorischen Existenz der Menschen wissen, das verdanken wir nicht der Geschichte, sondern der Naturwissenschaft. Und nun sehen wir unsern Stammbaum heraufkommen von unten und zu immer vollendeteren Gestalten sich entwickeln; nicht durch ein auserwähltes Volk oder ein einzelnes Ereignis in der Geschichte wird uns das Wunder der Kultur gewirkt, sondern angelegt ist es schon durch das ganze Reich der Organismen bis hinauf in die Billionen Jahre, in denen Sonnensysteme bewohnbar werden. So gibt es auch keine Grenze in der Vervollkommnung. Wie unendliche Welten neuen und neuen Kulturen zugänglich sind, so schafft die Natur in der unendlichen Zeit neue und neue Formen im Leben der Körper, so wirkt der Geist neue Stoffe und Kräfte aus der dunklen Unbestimmtheit des Werdenden, so erzeugt er neue unübersehbare Mittel der sozialen Arbeit, so eröffnet er eine endlose, trostvolle Perspektive in die Verwirklichung des Guten und Schönen; und während die Zukunft mit beglückender Hoffnung wie ein Morgenrot besserer Tage emporsteigt, grenzt sich zugleich in scharfen Linien das Gesetz dieses Werdens ab, daß der einzelne den dunklen Grund zu erblicken vermag, auf dem allein das Licht sichtbar wird, damit er nicht das Unmögliche heischt und Sinnloses erstrebt, sondern mit Vernunft die Begierde begrenzt und sich zu bescheiden lernt, weil die Mittel selbst und damit ihre Begrenzung ihm kein Geheimnis sind. Das ist die bessernde soziale Macht der Naturerkenntnis. Die naturwissenschaftliche Bildung lehrt erkennen, führt den Beweis, daß es nicht die Bosheit der Menschen ist, sondern ein Naturgesetz, wenn die Güter und Mittel der sozialen Arbeit ungleich verteilt sind, und daß ein solcher Zustand niemals gebessert werden kann durch gewaltsamen Umsturz, sondern immer nur durch die redliche, gewissenhafte freie Arbeit jedes einzelnen. Die Gefahr der Aufklärung liegt allein darin, daß sie nicht weit genug geht. Erkannten wir als eine Bedingung der Verbesserung der Zustände das Vertrauen in die menschliche Arbeit, so haben wir in der Naturerkenntnis das überzeugende Mittel zur Herstellung dieses Vertrauens zu erblicken.

Wie die Naturerkenntnis uns das Vertrauen zum Erfolg unserer Arbeit gibt, so liefert sie uns auch zugleich durch die Beherrschung der Natur das einzige Mittel, die Lebensbedingungen der Menschheit wirklich zu vervollkommnen. Waren die Fehler der Menschen der eine Feind, so sind die Elemente der andere, den es zum nützlichen Freunde zu machen gilt. Und das ist die Sache der technischen Kultur.

Es ist doch klar, sollen die Lebensbedingungen verbessert werden, daß neue Güter geschaffen werden müssen. Die einzige Quelle dafür ist die Natur, und das einzige Mittel ist die Technik in ihrer Verbindung mit der Naturerkenntnis, um die Arbeitsmengen, die uns in der Natur zur Verfügung stehen, für uns auszubeuten.

Es würde zu weit führen, an die an sich höchst interessanten Einzelheiten, wie dies geschieht, hier auch nur zu erinnern. Man kann überhaupt keine Handlung des täglichen Lebens vollziehen, ohne dabei auf Verbesserungen zu stoßen, die allein der modernen Technik zu danken sind. Dieser Fortschritt ist so rapid erfolgt, daß er mit keiner ähnlichen Entwicklung in der Kulturgeschichte zu vergleichen ist. Es brauchte jemand nur einmal einen Tag in einer Ritterburg des Mittelalters oder selbst nur in dem Weimar Schillers und Goethes zu verleben gezwungen sein, um aller Klagen über die Gegenwart ledig zu werden.

Es handelt sich aber nicht nur um Erhöhung des Komforts, es handelt sich um eine wirkliche Verallgemeinerung der Lebensgüter durch die gesteigerte Macht der Menschheit. Durch die Anwendung der Dampfkraft ist die Gesamtarbeitsleistung der Menschheit ungleich mehr verstärkt worden, als wenn etwa ein Despot die ganze Bevölkerung der Erde zur Handarbeit in seinem Reiche hätte zwingen können. Welch gewaltige geistige Kraft ist dadurch für die Kulturarbeit der Menschheit frei geworden, um immer neue Gebiete zu erobern! Durch die Fortschritte der Technik dringen Zeitungen und Bücher, Abbildungen und Karten in Kreise, denen ihre Anschaffung sonst unerschwinglich gewesen wäre. Das eigene Bild zu verschenken, Nachrichten durch Eilboten in die Ferne zu senden, Reisen zu unternehmen, die Kopien unsterblicher Meisterwerke zu erwerben, abends im erhellten Zimmer zu verweilen, das sind Dinge, die sich ehemals nur Reiche und Fürsten verschaffen konnten. Und wieviel zahllose Nutzartikel, vom Taschenmesser bis zur Nähmaschine, sind sie nicht Allgemeingut des einzelnen und des Haushalts geworden? Aus dem menschenwürdigeren Dasein aber strömt eine Erhöhung des Lebensgefühls, die weit über das individuelle Behagen hinaus eine wirkliche Kulturförderung bedeutet. Man denke weiter an die völkerverbindende Kraft in dem internationalen Charakter der Technik und Industrie. Das gegenseitige Ineinandergreifen der Erfindungen, der erforderliche Austausch der Stoffe und Gedanken erzwingen einen friedlichen Verkehr, wodurch die Nationen einander schätzen lernen und der gegenseitige Wettstreit schließlich dem allgemeinen Besten dienen muß. Der Satz »der Mensch bedarf des Menschen« wird durch keinen begeisterten Menschenfreund eindringlicher gepredigt als durch den Fortschritt der Technik. Zu einem eng verbundenen Organismus kettet die Menschheit sich zusammen. Die Ideale der Humanität haben kein mächtigeres Hilfsmittel als die Bezwingung der Natur. Indem sie die Not in der Erhaltung und Verteidigung des Lebens erleichtert, ermöglicht sie, die Güter der ethischen und ästhetischen Kultur immer weiteren Kreisen zum Mitgenuß zu bringen.

Hier haben wir neben der direkten Verbesserung der menschlichen Lebensbedingungen deutlich die idealisierende Wirkung des technischen Fortschritts vor Augen. Noch schwerer aber wiegt die sittliche Bedeutsamkeit, die in dem sichtbaren Beweise liegt, daß das Schaffen von neuen Gütern und die Beherrschung der Natur wirklich stattfindet. Man unterschätzt noch viel zu sehr diese *ethische Kraft des Technischen*, die in dem Bewußtsein des Schaffen-Könnens enthalten ist. Hier zeigt sich der Mensch erst wahrhaft als Mensch, indem er schöpferische Intelligenz ist. Und erst durch die moderne Naturerkenntnis ist dieses Bewußtsein zu einer Kulturmacht geworden. Es ist eine neue ethische Kraft tatsächlich in der Menschheit entstanden, die sich nicht auf die alte Kenntnis des Verhältnisses vom Mensch zum Menschen beschränkt, sondern eine bis dahin nicht wirksame sittliche Beziehung in die Menschheit gebracht hat. An Stelle der gegenseitigen Eindämmung im Wettbewerb der Menschen ums Dasein, wie sie durch die ehemals beschränkten Mittel notwendig war und schließlich zum Eroberungskrieg führen mußte, ist die soziale Zusammenfassung der Menschenkräfte getreten zu einer großen gemeinsamen Arbeit, zur Erschließung des Reichtums der Natur. Das sind sittliche Ideen von ungleich erhabener Tragweite, als sie zuvor in der Geschichte auftreten konnten. Denn es fehlte die Grundlage, das wirkliche Können.

Daß wir diesen Aufschwung der Technik verdanken, ergibt sich aus dem Wesen der Technik selbst. Die ganze fortschreitende Entwicklung der Organismen ist ja nichts als eine natürliche Technik, die nur durch zahllose mißlungene Versuche der Natur zustande gekommen ist. Weil aber Millionen von Jahren dazu verfügbar waren, so ist doch schließlich jener wunderbare Apparat des menschlichen Gehirns entstanden, durch den die vergangenen Zeiten mit der Gegenwart und die endlosen Welträume untereinander verbunden werden. Das Gehirn des Menschen bedeutet tatsächlich den Weltzusammenhang, zunächst im Gedächtnis des einzelnen, sodann in der Wechselverständigung der Individuen. Unsere Intelligenz bestimmt unser Verhalten zu den Dingen. Von der Entwicklung des Gehirns hängt es ab, wie wir uns weiter zum Herrn der Natur und unserer selbst machen können. Durch diesen Apparat setzen wir nun den technischen Prozeß der Natur mit Bewußtsein fort und kürzen ihn dadurch ab. Während der Chinese ein halbes Leben mit dem Lesenlernen zu tun hat, befreit uns die Buchstabenschrift vom Gedächtniskram. Das ist Ersparnis. Dann der Buchdruck, der Telegraph, das Telephon. Oder die Rechnung mit Ziffern, dann die Buchstabenrechnung, die Infinitesimalmethode. Das sind solche Abkürzungsmittel, und der Zeitgewinn ist Kraftgewinn. Das Werkzeug vervielfacht Zeit und Kraft und verwirklicht das sonst Unmögliche. Nun muß die Natur selbst die mechanische Arbeit tun, das Gehirn entlasten, dem Geiste gehorchen. Immer handelt es sich darum, das, was in der Natur vor Existenz des Menschen ganz langsam sich vorbereitete, nun mit Hilfe des Gehirns zu beschleunigen, nämlich den vorhandenen Energievorrat unseres Weltsystems in Bahnen zu lenken, in denen er der Vernunftidee dienstbar wird. *Die Verwandlung des blinden Naturgeschehens in bewußtes Schaffen ist nichts anderes als die Kulturentwicklung selbst.* Das Mittel, sich selbst zu verwirklichen, ist der Vernunft allein in der Natur gegeben.

Demnach ist die technische Kultur, die das blinde Werden in zweckvolles Gestalten umsetzt, in der Tat das Grundmittel, Vernunft zu realisieren. Und nur weil in unserm Bewußtsein Gefühl und Wille das unmittelbar Gegebene sind, erscheinen sie uns als das eigentlich Wirkende; in Wahrheit aber bezeich-

nen sie bloß die uns bestimmenden Ideale, während die treibende Kraft der Bewegung aus der Naturgesetzlichkeit gewonnen werden muß.

Wir haben die Ziele und Mittel überblickt, die der ersehnten
Vervollkommnung der Menschheit gegeben sind. Wir möchten nun freilich gern auch die Wege wissen, wie unsere Nachkommen leben und über uns denken und was sie vor uns voraus haben werden. Das zu bestimmen aber ist unmöglich. Wir
können wohl gewisse Analogieschlüsse ziehen, wir können
auf eine fortschreitende Verselbständigung der einzelnen Kulturgebiete und auf zu erwartende Entdeckungen schließen,
aber ein wissenschaftlicher Wert liegt darin kaum. Zu unver-
mutbar sind die Wechselfälle, die hier eintreten können. Die
Wissenschaft kann uns keinen Aufschluß geben, wir sind allein auf die Phantasie angewiesen. Die Phantasie braucht aber
keine ungezügelte zu sein, sie kann sich ihr Gesetz durch Vernunft geben, dann wird sie Kunst. Es entsteht die Frage: Ist es
berechtigt, jene Zukunftsträume und insbesondere die Verbesserung menschlicher Zustände mit Hilfe des Fortschritts der
Naturerkenntnis und der technischen Kultur zum Gegenstande der Dichtung zu machen?

Die Antwort ist eigentlich selbstverständlich. Über die Stoffe, deren die Kunst sich bemächtigen kann, läßt sich von vornherein nichts sagen. Denn die Kunst ist selbständig, das Genie
gibt ihr die Regel, und niemand weiß, was das Genie zu leisten
vermag, weil es eben das absolut Neue zu schaffen imstande
ist. Man kann also höchstens sagen, bis jetzt habe die Dichtkunst aus jenen Stoffen noch keinen Gewinn gezogen. Selbst
wenn das wahr wäre, würde es nichts entscheiden. Denn das
Gebiet ist erst sehr wenig bearbeitet, weil infolge unseres tradi-
tionellen Bildungsganges dem Publikum die naturwissenschaftlichen Grundlagen fehlen. Auch mag den dichterischen
Kräften die wissenschaftliche Ausrüstung, oder den wissenschaftlich Geschulten die dichterische Kraft mangeln. Ich hüte
mich, darüber zu urteilen. Aber das ist ja auch gar nicht unsere
Frage. Es handelt sich darum, ob der naturwissenschaftlich-
technische Fortschritt auch Mittel für die ästhetische Förderung durch die Poesie bietet. Ich weiß nicht, wie man daran
zweifeln kann, und würde nach meinen obigen Ausführungen

auf die ästhetische Frage gar nicht eingehen, wenn nicht allen Ernstes prinzipielle Einwendungen erhoben worden wären, wonach das Reich der Zukunftsträume überhaupt poetisch unfruchtbar sein soll.

Man sagt mit Recht, allein der Mensch könne Gegenstand der Kunst sein, alles andere nur, insofern es sich auf den Menschen beziehe; außerdem fordere die Kunst für ihren Stoff, daß er das menschlich Bedeutungsvolle enthalte. Gewiß liegt es im Wesen der Kunst und der Dichtung im besonderen, daß sie durch die Darstellung des rein Menschlichen die Erhöhung des Menschheitsgefühls bewirkt, indem sie uns in eine reinere und höhere Wirklichkeit versetzt. Nun aber frage ich, was gibt es denn menschlich Bedeutungsvolleres als die Zukunft der Menschheit? Natürlich nur, wenn sie lebendig wird im Gemüte des gegenwärtigen Menschen, wenn sie unser Leben und Fühlen, wie wir es in der Erfahrung kennen, vertieft und ersetzt durch Gedanken, die uns ästhetisch ergreifen. Und das sollte nicht möglich sein? Wird nicht gerade das Ewig-Menschliche, die Überlegenheit des Geistigen, in die reinste Wirksamkeit gesetzt, wenn sich die Fülle der Natur uns zu Füßen legt? Wer das nicht begreift, der muß wirklich nicht wissen, was die Natur für den Menschen bedeutet; der muß nicht wissen, daß in der modernen Menschheit die Verachtung der Natur ersetzt ist durch die Einsicht, daß alles Naturgeschehen mit dem Aufstreben des Menschengeistes im innigsten Zusammenhange steht; dem muß es entgangen sein, daß wir tatsächlich mit der Natur leben, nicht im Sinne des Schäferidylls oder des Indianerromans, sondern im Sinne des Verständnisses der Naturgesetzlichkeit, und daß mit diesem Naturverständnis auch ein Naturgefühl viel intimerer und befreienderer Art, als es die Menschheit je besessen, entstanden ist. Gerade je mehr der Forscher und Techniker von allem Gefühlsmäßigen abstrahieren muß, um die Natur als das Gesetzliche kühl und verstandesmäßig vor sich zu haben, um so mehr entsteht dem Publikum das Verlangen und dem Dichter die Aufgabe, die neue objektive Macht wieder im subjektiven Gefühle sich anzueignen. Es gilt, *das neue Naturgefühl persönlich zu gestalten*. Dabei handelt es sich um eine Idealisierung des Menschen in Anknüpfung an uns vertraute Vorstellungen, aber mit dem neuen

Gedankenkreise und den weiten Perspektiven, die uns die wissenschaftliche und technische Entwicklung darbietet. Und darin eröffnet sich ein ungeheures Feld für das *wissenschaftliche Märchen*, eine echt künstlerische Aufgabe, wenn anders es Aufgabe der Kunst ist, vor unseren Augen eine neue und höhere Welt entstehen zu lassen. Wenn dabei die intellektuelle Seite des Menschen zu ihrem Rechte kommt, so ist dies um so besser; denn sie ist ja an sich wesentlich und um so mächtiger, je höher der Bildungszustand eines Volkes ist. Wenn auch selbstverständlich die ästhetische Teilnahme immer an die Regungen und Stürme des Gefühlslebens geknüpft ist, so werden diese doch nicht weniger durch intellektuelle Interessen verursacht, und die eigentliche Domäne der Kunst, das Liebesleben, kann seine Konflikte auch von dieser Seite her erleiden.

Ja es eröffnen sich in der Einführung der neuen Lebensbedingungen, die durch die Fortschritte von Erkenntnis und Technik geschaffen sind, auch teils neue, teils bisher weniger scharf hervorgetretene Motive, die zur Beleuchtung der Menschennatur und zu überraschenden Effekten in ihrer poetischen Wiedergabe führen. Man denke an die Machtwirkungen, die dem einzelnen durch Beherrschung der Natur in der modernen Technik gegeben sind. Um einen Gegner im Kampfe niederzuwerfen, bedarf es nicht mehr der Kraft des Schwertes, ein Fingerdruck genügt für den Revolver. Eine Sprengpatrone zerstört Schiffe, das Ausziehen einer Schraube kann Hunderte von Menschen zwischen Wagentrümmern zermalmen, das Zerschneiden eines Drahtes den Weltverkehr stören. Mit der Erleichterung der Rache wachsen aber auch die Anlässe zur Betätigung des Edelmutes und der Selbstbeherrschung. Es liegt eine mächtige erzieherische Kraft in dieser gegenseitigen Abhängigkeit der Menschen von einander durch die Technik; eine Erhöhung des Verantwortlichkeitsgefühls des einzelnen ist eine der vielen ethischen Rückwirkungen. Wie viele Tausende angestrengter, kärglich besoldeter Unterbeamter sind täglich und nächtlich verantwortlich für das Leben von Millionen in treuem Dienste und wie selten findet dieses stille Heldentum seinen Sänger? Der moderne Mensch setzt sich bei jedem Gange auf der Straße, bei jeder Reise, ja durch die Komforteinrichtungen des eigenen Hauses Gefahren aus, die viel mannigfaltiger sind, als selbst Kriege sie mit sich bringen, die aber niemand beachtet, noch zu beachten braucht, weil uns die Fortschritte der Technik auch zur entsprechenden Gewissenhaftigkeit erzogen haben. Hier liegen überall Probleme für den Dichter, das rein Menschliche in seiner Berührung mit den Formen gezügelter Natur auch neu zu beleuchten, und man braucht noch nicht einmal an die heldenmütigen Arbeiten zu denken, bei denen der kühne Forscher in den Schrecken der Polarnacht oder den bakteriologischen Untersuchungen der Infektionskrankheiten sein Leben zum Opfer bringt.

Und nun male man sich Situationen aus, wie sie ein denkbarer Fortschritt der Technik herbeiführen kann, die Erweiterung des Lebens und Treibens durch Bezwingung des Luftraums, ja vielleicht des Weltraums, wenn erst einmal das Rätsel der Gravitation gelöst ist! Warum soll es nicht dereinst gelingen, statt das Riesenkapital, das die Sonnenstrahlen in den Steinkohlen aufgehäuft haben, aufzuzehren, die unmittelbare Strahlungsenergie zu benutzen, um uns Nahrung und Betriebskraft ohne Vermittelung der Pflanzen zu verschaffen? Welche sozialen Umwandlungen müßten sich nicht daran knüpfen, wie viel Not des Daseins gelindert werden? Gewiß werden immer die Kämpfe im Wettbewerb des Daseins bestehen bleiben. Aber so gut das rohe Faustrecht sich zum Rechtsstaate allmählich umwandelt, so können auch diese Kämpfe immer mehr auf geistiges Gebiet verlegt werden, sie werden dadurch auf eine höhere und edlere Stufe gestellt und gemildert. Und nicht erfolglos ist der Kampf der technischen Kultur gegen Elend und Krankheit. Die Einschränkung der Epidemien ist möglich. Wir sind erst im Anfange des Fortschritts, den die Heilkunst noch zu machen vermag. Wenn nun Wissenschaft und Technik auch direkt auf Wachstum und Ausgestaltung des menschlichen Körpers Einfluß gewinnen? Allerdings werden durch die Erhöhung des Kulturlebens immer größere Ansprüche an das Gehirn gemacht, immer rastloser das Einzelleben in die Arbeit hineingezogen. Die Folge ist die überhandnehmende Nervosität. Aber eine notwendige Folge notwendiger Fortentwicklung wird nie geheilt durch ein Zurückgreifen in frühere, einfachere Zustände, etwa durch eine gewaltsame Herstellung des einfachen Naturlebens; sondern die Besserung erfolgt stets durch die Heilmittel, die der Fortschritt mit sich führt. Wird die Menschheit nervöser, so wird sie auch lernen, das Nervensystem selbst den neuen Verhältnissen anzupassen. Eine Generation kräftiger und feiner denkender Menschen wird erstehen, eine Generation, die uns übertreffen wird in der Beweglichkeit ihres Geistes, in der Fähigkeit, die komplizierteren Verhältnisse mit der entsprechenden Seelenruhe zu überblicken. Und hier liegt der tiefste Zusammenhang der intellektuellen Kultur mit der ethischen. Wer schnell genug zu denken vermöchte, wem in wenigen Sekunden das alles durch den Kopf gehen könnte, wozu wir Tage gebrauchen, der würde auch imstande sein, seiner Leidenschaften, ja oft seiner Schwächen Herr zu werden. Im Augenblicke des Affekts ist das Bewußtsein ganz vom sinnlichen Reize erfüllt, wir vermögen nicht alle die Gedankenreihen zu durchlaufen, die uns die Folgen unserer Handlung zeigen; wir brauchen längere Zeit, und dann ist es zu spät. Unser Gehirn muß so geübt werden, daß es im Moment sich des ganzen Zusammenhanges seines Zustandes bewußt wird und dadurch das Handeln bestimmt. So wird aus einer intellektuellen Fähigkeit eine moralische Eigenschaft, die Besonnenheit.

In dieser Verkettung alles Menschenwesens mit dem technischen Fortschritt schlummern die neuen ästhetischen Probleme. Jede Großtat, die dem Menschen gelungen ist in der Beherrschung der Elemente, umkleidet ihn mit einem Nimbus des Erhabenen, worin die Würde der Menschheit zu einer ethisch viel wertvolleren Geltung kommt, als etwa in den Kriegstaten jener von der Dichtkunst oft verherrlichten Helden. Es kommt ja hier auf die Gewöhnung des Gefühls an. Mir ist die Geschichte der Staaten stets als ein Gewirr von Grausamkeit und Egoismus, Intrige, Elend und Jammer erschienen, aus dem nur die Märtyrer der Ideen als tragische Helden hervorleuchten. Aber so oft ich, am Bahngeleise stehend, den Zug an mir vorüberdonnern empfand, da überkam mich jenes Gefühl des Erhabenen, des Übergewaltigen, des Unnahbaren einer Unendlichkeit, die uns dennoch gehört, ein Gefühl, wie es sonst nur die Natur zu geben vermag, wenn wir auf die Eiswüsten der Gletscher hinabblicken, oder hinauf zum gestirnten Himmel über uns, den trotz seiner Ätherfernen der Menschengeist umfaßt. Und wenn die Zahnradbahn in den Alpen uns sicher über Abgründe und Schlünde mühelos aufwärts trägt, so fühle ich darin den Genius der Menschheit, der die Sklaverei der Schwere abgeworfen hat und die Last der rohen Materie verachten darf. Und so sind mir erträumte technische Fortschritte der Zukunft ein unendliches Gebiet, reine ästhetische Freude zu genießen in dem Bewußtsein, daß die ewige Freiheit der Vernunft siegreich schreitet über den Zwang der Natur, und ihre Geistessonne hell hineinleuchtet in das Dunkel beschränkter Enge unseres Tuns.

Wenn unsere Mittel sich ins Ungemessene erweitern, so erweitern sich auch die Situationen, mit denen die Dichtung zu arbeiten vermag, und ungeahnte Effekte des Erhabenen, des Grotesken und des Humoristischen bieten sich dem Poeten dar. Und dabei sollte das Gemüt zu kurz kommen? Ich meine, so oft das Denken auf die Höhe sich erhebt, daß der Fluß und Drang der Erscheinungen unter dauernden Gesetzen sub specie aeterni gesehen wird, da tritt erst recht jener unergründliche Rest im Menschengemüt in Kraft, jene metaphysische Stimmung, in der wir uns bewußt werden, daß der Wert der Dinge in der Umkleidung liegt, die unser Gefühl ihnen verleiht, jener Rest, den kein Wissen aufschließt, sondern allein die Kunst mitzugenießen lehrt.

Und so komme ich zu dem Schlusse, daß, wie für die ethischen und religiösen Ideale, auch für die ästhetischen der Fortschritt der Entwicklung durch die technische Vervollkommnung auf Grund der Intelligenz geboten ist. Hier liegt der Weg der Zukunft. Es mögen die alten Ideale sein, die im Menschenherzen unsterblich leben, aber neue Formen gewinnen sie durch die neuen Mittel. Daß die Phantasie uns im Reiche des Schönen das Gute als verwirklicht vorstelle, daß das Sittengesetz eine Macht sei, die den Willen auch in der Tat zu leiten hat, daß Gottes Weisheit uns auf diesem Wege emporführe, das sind die zeitlosen Ideen, sie geben uns das Ziel. Aber die Mittel, vorwärtszukommen ein Stück auf diesem unendlichen Wege, bietet die wissenschaftliche und technische Kultur. Sie ist der Kunstgriff der Vernunft, sich selbst zu verwirklichen.

»Es ist kein leerer, schmeichelnder Wahn,
Erzeugt im Gehirne des Toren,
Im Herzen kündet es laut sich an:
Zu was besserm sind wir geboren.
Und was die innere Stimme spricht,
Das täuscht die hoffende Seele nicht.«

(1899)

Literarische Seifenblasen des deutschen Kaiserreichs

von Dietmar Wenzel

Kurd Laßwitz (1848–1910) ist uns heute als Verfasser des wohl bedeutendsten Klassikers der utopisch-phantastischen Literatur in Deutschland in Erinnerung: *Auf zwei Planeten* (1897), einem »Roman in zwei Büchern« von fast tausend Druckseiten Umfang. Schon zu Lebzeiten des Autors in neun europäische Sprachen übersetzt, ist er nach dessen Tod durch die dann erscheinende einbändige »Volksausgabe« zu einem Verkaufserfolg geworden und erreichte besonders nach dem Ersten Weltkrieg vergleichsweise hohe Auflagenzahlen. Auf diesen Roman und eine kleine Anzahl von Erzählungen, die für sich in Anspruch nehmen können, Vorläufer heutiger Science Fiction-Literatur zu sein, gründet sich Kurd Laßwitz' gegenwärtiger Ruf als »Vater der deutschen Science Fiction«.

Diese Etikettierung ist streng genommen nicht zutreffend und erinnert fatal an die Bezeichnung, mit der Laßwitz (sehr zu seinem Unwillen!) schon um die Jahrhundertwende belegt wurde: »der deutsche Jules Verne«. Sie ist deswegen nicht zutreffend, weil erstens die moderne deutsche Science Fiction überhaupt nicht in der Tradition Laßwitz' steht, sondern eher von der US-amerikanischen SF geprägt ist, und weil zweitens Laßwitz' belletristisches Werk – bestehend aus den fünf Romanen *Schlangenmoss* (1884), *Auf zwei Planeten* (1897), *Homchen* (1902), *Aspira* (1905) und *Sternentau* (1909) sowie knapp drei Dutzend Erzählungen, versammelt in den Erzählungsbänden *Bilder aus der Zukunft* (1878), *Seifenblasen* (1890) und *Traumkristalle* (1902) und dem Nachlaßband *Empfundenes und Erkanntes* (1919) – nicht vollständig der utopisch-phantastischen Literatur zugerechnet werden kann und zudem nur einen Teil, vielleicht den geringsten seines Wirkens darstellt. Das Gesamtwerk umfaßt neben der Belletristik nämlich auch wissenschaftliche Aufsätze und Fachbücher, populärwissenschaftliche Essays und Zeitungsartikel, Sachbücher und Gelegenheitsgedichte.

Außerdem war er als Rezensent und Herausgeber tätig und gehörte seit dem Ende der 90er Jahre der Kant-Kommission an, die im Auftrag der Königlich Preußischen Akademie der Wissenschaften Kants gesammelte Werke herausgab.

Die zeitgenössischen Leser und Bewunderer sahen Laßwitz als naturwissenschaftlich und humanistisch gebildeten Gelehrten an, der in seinen Schriften naturwissenschaftliche Fragestellungen mit philosophischen in anregender Weise verknüpfte. Er selbst hätte wahrscheinlich den wissenschaftlichen und philosophischen Veröffentlichungen gegenüber den »bloß« belletristischen den Vorrang eingeräumt. Doch geblieben ist letztlich das erzählerische Werk, bzw. der Teil davon, der im weitesten Sinne der utopisch-phantastischen Literatur zugerechnet werden kann, und was Laßwitz wichtig und bedeutsam erschienen sein mag, ist demgegenüber weitgehend in Vergessenheit geraten und allenfalls noch von historischem Interesse.

Kurd Laßwitz und die Schule

Die belletristischen Arbeiten sind literarisch nicht sonderlich anspruchsvoll, denn Laßwitz war kein sonderlich begnadeter Stilist. Aber er konnte komplizierte Sachverhalte in einer klaren und einfachen Sprache anschaulich und vor allem humorvoll darstellen. Nicht zuletzt deshalb sind insbesondere die Erzählungen noch heute durchaus lesenswert. Wie in den populärwissenschaftlichen Essays wollte Laßwitz auch in der neuen Form des »modernen Märchens« die naturwissenschaftlichen Erkenntnisse der Zeit popularisieren und philosophisch ausdeuten. Von daher erklärt sich der manchmal belehrende Tonfall der Erzählungen und die Tatsache, daß berichtende Erzählteile, theoretisierende Einschübe, kulturhistorische Reflexionen und langatmige Dispute die Handlung immer wieder unterbrechen.

Daß Laßwitz auch mit seinen belletristischen Werken den Leser nicht einfach nur unterhalten, sondern bilden wollte, kommt nicht von ungefähr, denn tatsächlich war er im Hauptberuf Lehrer. Nur insoweit, als ihm die Lehrtätigkeit dazu Zeit ließ, konnte er seinen naturwissenschaftlichen, philosophischen und dichterischen Neigungen nachgehen. Den größten Teil seiner Arbeitskraft verbrauchte er für die Schule: der Unterricht mußte vorbereitet und durchgeführt werden, Klassenarbeiten waren zu korrigieren, Konferenzen zu besuchen, Zeugnisse auszustellen. Den dafür notwendigen Arbeitsaufwand sollte man nicht geringschätzen, und daß er unter diesen Umständen dennoch ein vergleichsweise umfangreiches Werk hinterlassen hat, ist zumindest bemerkenswert.

Das Staatsexamen für das höhere Lehramt in den Fächern Mathematik, Physik, Geographie und Philosophie legte er 1874 in seiner schlesischen Heimatstadt Breslau ab. Nach einem Probejahr am Gymnasium Johanneum in Breslau und einer Anstellung als wissenschaftlicher Hilfslehrer am Königlichen Gymnasium von Ratibor in Oberschlesien wurde er am 1. April 1876 als Gymnasiallehrer ans Ernestinum nach Gotha in Thüringen berufen, wo er bis zu seiner Pensionierung im Jahre 1908 vor allem naturwissenschaftliche Fächer unterrichtete. Einer seiner Schüler in Mathematik und Physik war übrigens Hans Dominik, der 1893 in Gotha das Abitur machte.

Auffallend ist, daß Laßwitz – obwohl er gleichsam nebenberuflich eine rege publizistische Tätigkeit entfaltete und dabei die verschiedensten Themen behandelte – bildungstheoretische und unterrichtspraktische Fragestellungen in seinen schriftstellerischen Arbeiten weitgehend aussparte. Zwischen schulischen Belangen einerseits und schriftstellerischen Interessen andererseits trennte er offensichtlich strikt. Nur einmal, als Neunundzwanzigjähriger, nachdem er gerade einige Jahre Unterrichtserfahrung hatte sammeln können, befaßte er sich in einem Beitrag für die in Breslau erscheinende »Schlesische Warte« mit den »Aufgaben der Volksbildung« (1877). Für diese Veröffentlichung konnte bislang kein Exemplar ermittelt werden, auch das Manuskript ist nicht erhalten geblieben.

Die Schule war für Laßwitz lediglich ein notwendiges Übel, die Quelle des Gelderwerbs. Seine wahren Interessen lagen außerhalb der Schule. So teilte auch die Ehefrau Jenny Laßwitz (1854–1936) Walter Lietzmann – dem Herausgeber eines Bandes mit Gedichten und Erzählungen Laßwitz': *Die Welt und der Mathematikus* (1924) – mit, daß ihr Mann »mehr und mehr doch die Schule als eine Art Frohn empfand, die ihm seine beste Kraft raubte«.[1]

Daß Laßwitz nicht gerne Lehrer gewesen ist und den eigenen Beruf kritisch gesehen hat, kann auch einigen der Erzählungen entnommen werden. Im besonderen Maße gilt dies beispielsweise für »Die Fernschule«. Diese Erzählung wurde erstmals 1902 in dem Erzählungsband *Traumkristalle* (*Nie und Immer*, Bd. 2) veröffentlicht, stammt aber vermutlich aus dem Jahr 1899. Geschildert wird der Traum eines Lehrers von der Schule der Zukunft. Nach einem arbeitsreichen Vormittag in der Schule schläft Professor Frister an seinem Schreibtisch ein – und glaubt, am 8. Juli 1999 wieder zu erwachen. Verwirrt fragt er sich, ob sein eben erst geäußerter Wunsch, einmal längere Zeit Ferien machen zu können, Wirklichkeit geworden ist: »Sollte ich etwa wirklich ein Jahrhundert Urlaub gehabt haben?« Nur wenige Erzählungen Laßwitz' spielen in einer eindeutig datierbaren Zukunft, und wo dies der Fall ist, bevorzugte er Zeitsprünge mit glatten Jahreszahlen. In dem Erstling »Bis zum Nullpunkt des Seins« (1871) und in »Gegen das Weltgesetz« (1877), Laßwitz' zweiter Erzählung, sind es 500 bzw. 2000 Jahre. Der in der »Fernschule« vorgenommene Sprung um 100 Jahre kann also wörtlich genommen werden und als Indiz dafür gelten, daß die Erzählung 1899 entstanden ist. Im Juni 1899 trug Laßwitz in der von ihm mitbegründeten »Gothaer Mittwochsgesellschaft« einige neue Geschichten vor, die dann in *Traumkristalle* veröffentlicht wurden. Darunter könnte auch »Die Fernschule« gewesen sein.

Die Erzählung ist deutlich autobiographisch geprägt. So erkennt man in der Figur des Professor Frister unschwer den Autor selbst, der 1884 zum Gymnasial-Professor ernannt worden war und, wie die Figur in seiner Erzählung, unter anderem die Lehrbefähigung für das Fach Geographie hatte. Der Kollege, der dem Professor im Traum erläutert, auf welch hohem Stand der Technik sich die Schule im ausgehenden 20. Jahrhundert befindet, ist über die Unwissenheit des Professors überrascht: »Und über die Fernschule haben Sie bereits im Jahre 1977 eine Broschüre geschrieben. Sie erinnern sich doch?« Dies ist zweifellos eine Anspielung auf den schon erwähnten Aufsatz »Aufgaben der Volksbildung«, den Laßwitz genau 100 Jahre vor dem in der Erzählung genannten Zeitpunkt veröffentlicht hat. Auch in dem Hinweis, daß Professor Frister »denselben Lehrstoff nun zum achtundzwanzigsten Mal« im Unterricht durchnimmt, wird deutlich, daß sich Kurd Laßwitz mit dieser Professorengestalt weitgehend identifizierte, denn diese Angabe findet ihre Entsprechung in der Wirklichkeit darin, daß Laßwitz zum Zeitpunkt der Veröffentlichung der Erzählung auf 28 Dienstjahre zurückblicken konnte.

Weitere Übereinstimmungen lassen sich leicht feststellen, besonders was die Haltung gegenüber der Schultätigkeit betrifft. Schon der Name der Figur ist – wie oft in Laßwitz' Erzählungen – bezeichnend: der Herr Professor »fristet« sein Leben in der Schule. So kommt er müde und abgespannt nach dem Unterricht heim, im Arbeitszimmer warten »zwei hohe Stöße blauer Hefte« darauf, korrigiert zu werden. Der Stoßseufzer des geplagten Lehrers klingt, bei aller darin enthaltenen Ironie, resignativ: »Es ist ja freilich sehr interessant, jedes Jahr eine neue Generation, immer neue Individuen den Weg der geistigen Entwicklung zu führen! Welch schöne Aufgabe, denselben Lehrstoff nun zum achtundzwanzigsten Mal mit immer frischen Kräften zu beleben! Schade nur, daß sich die Individuen ein wenig stark wiederholen! Was in den Heften steht, weiß ich ganz genau. Es sind immer dieselben Fehler. Höchst lehrreich für den Statistiker, wie sich bei all den einzelnen dasselbe Gesetz des menschlichen Irrtums in seiner Entwicklung durchsetzt – höchst interessant!« Von pädagogischem Idealismus ist in diesen Zeilen nichts zu spüren, die »schöne Aufgabe« des Unterrichtens wird vielmehr als zutiefst unbefriedigend charakterisiert.

Wie Laßwitz, dem die Schule »seine beste Kraft raubte«, ist auch Professor Frister nach dem Unterricht ausgelaugt und kraftlos: »Er saß am Schreibtisch, stützte den Kopf in die Hände und strich das graue … Haar aus der Stirn.« In der »Fernschule« erträumt sich Laßwitz für die Zukunft die technische Lösung des Problems. Indem der Lehrer vor Unterrichtsbeginn die »Gehirnschutzbinde« anlegt, bewahrt er sich davor, »in der Schule mehr Gehirnkraft zu verschwenden (!), als es der Fähigkeit der Schüler und (seiner) eigenen Gehaltsstufe entspricht«. Doch der Nutzen dieser Apparatur ist zumindest zweifelhaft, denn trotz der »Gehirnschutzbinde« fühlt sich der Professor nach der Unterrichtsstunde, die er im Traum gibt, müde wie immer.

Überhaupt hat sich die Schule der Zukunft kaum wesentlich verbessert. Zwar erspart die Tatsache, daß Lehrer und Schüler durch »Fernsprecher« und »Fernseher« miteinander verbunden sind, den zeitraubenden Schulweg, doch zeigen sich die Schüler am Unterrichtsstoff ebensowenig interessiert wie ein Jahrhundert zuvor. Um Ausreden und Entschuldigungen für nichterledigte Hausarbeiten sind sie nicht verlegen – auch wenn sich die Begründungen natürlich verändert haben –, und insgesamt sind sie wie dazumal alles andere als lernbegierig. Gerade dieses Desinteresse der Schüler gegenüber den Bemühungen des Lehrers ist es aber, was den Schulmann so ermüdet. Da hilft auch keine »Gehirnschutzbinde«.

Kein Zweifel, es sind Laßwitz' eigene Frustrationen, die hier ihren Ausdruck finden. Halb im Ernst und halb im Scherz – was im übrigen typisch ist für die Art, in der Kurd Laßwitz seine Erzählungen anlegte – wird vorgeführt, daß der Schüler der Störfaktor des Unterrichts ist. Technische Neuerungen vermögen daran nichts zu ändern. »Die Fernschule« ist ein eher trüber, pessimistischer Ausblick auf die Schule der Zukunft, in dem sich Laßwitz' Unzufriedenheit deutlich widerspiegelt.

Beiläufig wird auch auf die finanzielle Lage der Lehrer im 19. Jahrhundert hingewiesen. Für die Zukunft erträumt sich Laßwitz ein Gehalt von 50 000 Mark! Dabei ist zu berücksichtigen, daß damals die Lehrerbesoldung wesentlich schlechter gewesen ist als heutzutage. Der außerordentliche Lehrermangel jener Jahre überrascht deswegen nicht. Vor allem Volksschullehrer waren nicht selten gezwungen, Nebentätigkeiten nachzugehen. Hinzu kam, daß das preußische Besoldungsgesetz von 1897 vorsah, daß die Gehälter »an die Lokalverhältnisse« anzupassen waren. Kleinstädtische Lehrer verdienten weniger als ihre Kollegen in vergleichbarer Position in einer Großstadt.

Schildert Kurd Laßwitz in der »Fernschule« seine persönliche Situation immerhin noch humorvoll, schlägt er in dem etwa zur gleichen Zeit entstandenen Aufsatz »Schiefe Gedanken« (1899) unerwartet bittere Töne an, die das wahre Ausmaß seines Verdrusses ahnen lassen: »*Das Sieb*, wohindurch du zuerst mußt, das ist das Sieb der Schule. Mit der Zeit hat man die Löcher immer kleiner gemacht, um das Durchkommen zu erschweren. Aber man versteht jetzt so gut, das Sieb zu schütteln. Man schüttelt mit einer Kraft und Geschicklichkeit, daß jeder hindurchschlüpft, der Zeit genug aufwenden kann ... Ein Gymnasium ist eine so vorzüglich eingerichtete Bildungsfabrik, daß in diesem tadellos arbeitenden Mechanismus auch die zähesten Strohköpfe zu weißem Staatsmehl vermahlen werden, das nun in schöne lockere, dextinglänzende Beamtensemmeln verbacken zu werden wartet.«[2] Während in der »Fernschule« die Situation in der Schule aus vergleichsweise harmloser, allgemein-menschlicher Sicht dargestellt wird, erhält die Kritik hier eine eindeutig politische Stoßrichtung. Die verbale Aggressivität, mit der Laßwitz dabei vorgeht, zeigt, wie stark er emotional betroffen war. Seine Kritik richtet sich gegen den gerade um die Jahrhundertwende deutlich wachsenden Einfluß des Staates auf Bildungsinhalte und Bildungsziele des Unterrichts.

Kurd Laßwitz war also aus verschiedenen Gründen mit dem Lehrerberuf unzufrieden. Hinzu kam, daß er die Arbeitsbelastung, die der Beruf notwendigerweise mit sich brachte und der er sich nicht entziehen konnte, sogar noch erhöhte, indem er in seiner freien Zeit private Studien betrieb, die sich für die Schule in der Regel nicht verwerten ließen. Von Professor Frister heißt es, daß er »eigenen Untersuchungen über den Verlauf der täglichen Temperaturkurven« nachgeht, eine selbstgestellte wissenschaftliche Aufgabe, deren Sinn vom Erzähler zwar ironisierend in Frage gestellt wird – augenzwinkernd bewertet er sie als »äußerst wichtig für die Frage der Hitzeferien« –, die aber dennoch »eine Arbeit von vielen Monaten« erfordert. Der dadurch entstehende Arbeits- und Zeitdruck hat zur Folge, daß Professor Frister mit jeder Minute geizt. Schon der »weite Weg bis nach Hause« erscheint ihm als reine Zeitverschwendung, und kaum zu Hause angekommen, begibt er sich sofort ins Studierziemmer: »Es ist gerade noch ein Stündchen Zeit vor Tisch. Also was tun? Arbeiten natürlich.«

Zu welcher Konsequenz diese schonungslose Selbstausbeutung letztlich führen kann, deutet Laßwitz in der Erzählung

»Der gefangene Blitz« an, die ungefähr zur gleichen Zeit wie »Die Fernschule« und »Schiefe Gedanken« entstanden sein muß, denn auch sie ist erstmals 1902 in *Traumkristalle* veröffentlicht worden. Uhr und Schreibtischlampe – sie stehen symbolhaft für die verstreichende Lebenszeit und die tagtäglichen Arbeitsanforderungen – unterhalten sich über einen Menschen, von dem der Leser einleitend erfährt: »... wenn er in die blauen Hefte schreibt, da fließt es rot aus seiner Feder, und auf der Stirn ist ein dunkler Streifen, und sein Gesicht wird ganz bleich. Aber wenn er in das kleine schwarze Buch schreibt, da schreibt er schwarz, und seine Wangen röten sich und seine Augen leuchten blau.«[3] Hier wird der Gegensatz zwischen beruflich bedingten Korrekturarbeiten und freiwillig betriebenen Studien auf den Punkt gebracht: das eine zehrt an den Lebenskräften, das andere wirkt belebend. Diesem Widerspruch will der Mann am Schreibtisch ein Ende bereiten. Er hat ein Schreiben verfaßt, das die Schreibtischlampe bruchstückhaft entziffern kann: »Dort auf dem großen Bogen steht ein Gesuch, eine Bitte, man möge ihm etwas gewähren um – seine Gesundheit – da bei der starken Inanspruchnahme seiner – ja seiner –.«[4] Den Rest mag die Lampe nicht vorlesen, denn das dann folgende Wort ist ihr verhaßt: Arbeit! Doch soviel wird deutlich: Der Mann am Schreibtisch verfaßt ein Gesuch, in dem er darum bittet, von seiner ihn stark beanspruchenden Tätigkeit aus gesundheitlichen Gründen (zumindest zeitweilig?) entbunden zu werden. Wie Professor Frister, der gerne 100 Jahre Urlaub machen würde, ist auch er erschöpft von den Anstrengungen des Tages, und statt konzentriert zu arbeiten, stiert er Löcher in die Luft: »Er lehnt sich in seinen Stuhl zurück und ließ die Hände müßig herabsinken. Seine großen, klaren Augen aber richteten sich auf den milden Schein der Lampe über seinem Tische, und es war, als ob die Lampe immer weiter und weiter hinausrückte. Da glitten die Achsen seiner Augen langsam auseinander, bis sein Blick in unendlicher Ferne haftete, und die Nähe war ihm entschwunden.«[5]

Die hier angedeutete Konsequenz, den Schuldienst zu quittieren, zog Laßwitz allerdings nicht, und auch den Umfang seiner außerschulischen Betätigungen reduzierte er nicht. Im

Gegenteil, in den letzten beiden Lebensjahrzehnten entstanden vier der fünf Romane, die meisten der Erzählungen, mehrere Sachbücher und diverse Aufsätze. Am 1. Januar 1908 wurde er, wegen eines Schlaganfalls im November 1907, vorzeitig in den Ruhestand versetzt. Langfristig, so scheint es, war er der kräftezehrenden Doppelbelastung körperlich einfach nicht mehr gewachsen: Er starb im Alter von erst 62 Jahren.

Kurd Laßwitz und die Wissenschaft

Bis in die 90er Jahre hinein konnte Laßwitz hoffen, daß die ihm so verhaßte Schultätigkeit nur eine Übergangslösung sein würde, das Sprungbrett zu dem, was er eigentlich erstrebte: die Professur an einer Universität. Als sich diese Hoffnung schließlich zerschlug, muß ihm die Arbeit in der Schule noch trostloser und sinnloser erschienen sein als zuvor.

Statt unmittelbar nach der Promotion zum Doktor der Philosophie im Jahre 1873 eine wissenschaftliche Laufbahn einzuschlagen, schloß Laßwitz das Studium erst mit dem Staatsexamen ab, trat in den Schuldienst ein und verließ die ihm vertraute Universitätsstadt Breslau. In wirtschaftlich einigermaßen sicheren Verhältnissen lebend, war es ihm dann allerdings möglich, eine Familie zu gründen. Nur wenige Wochen nachdem er die Anstellung in Gotha angetreten hatte, heiratete er seine Jugendfreundin Jenny Landsberg, die wie er einer wohlhabenden Familie entstammte, und schon im folgenden Jahr wurde der Sohn Rudolf (1877–1935) geboren, drei Jahre später der Sohn Erich (1880–1959).

Das abschreckende Gegenbild zu den wohlsituierten und geordneten Verhältnissen, in denen er als Familienvater und Lehrer in Gotha lebte, entwickelte Laßwitz in »Psychotomie«, einem »philosophischen Märchen« (so der Untertitel), das er im Juni 1885 in der in Wien erscheinenden »*Neuen Freien Presse*« veröffentlichen konnte. Hauptfigur der Erzählung ist »ein Privatdozent der Philosophie, der hieß, um allen Verwechslungen vorzubeugen, Dr. Schulze«. Er verkörpert den glücklos scheiternden Gelehrten. Im Gegensatz zu Laßwitz ist er unverheiratet. Finanziell scheint es nicht sehr gut um ihn bestellt zu sein, denn er bewohnt zwei Räume lediglich zur Untermiete bei einer anonym bleibenden »Wirtin«. Auch besteht keine Aussicht für ihn, zum Professor berufen zu werden, obwohl er schon seit zehn Jahren in der philosophischen Fakultät »sein Kolleg über die Geschichte der griechischen Philosophie vor Sokrates« abhält. Daß er im Verlauf der Ereignisse, die dann geschildert werden, mit seinem »Spezialkollegen, dem Professor Oberwasser« (man beachte den beziehungsreichen Namen!), in Streit gerät – »dessen Stimme in der Fakultät bekanntlich ausschlaggebend ist« –, verbessert seine Situation natürlich nicht: »Mit dem Extra-Ordinarius wird es nun wohl wieder nichts sein.« Auch wird Schulzes »Theorie von den Gefühlen«, die er gerade veröffentlicht hat, von den gelehrten Kollegen nicht anerkannt, wogegen er sich publizistisch zur Wehr zu setzen hat. Der wissenschaftliche Streit berührt zwar nicht sein Selbstvertrauen – »Da hatte nun ein Autor Schulzen wieder einmal (!) gründlich mißverstanden!« –, zehrt aber an den Nerven, mit dem Resultat, daß er »seine Gedanken nicht ins reine bringen«, d. h. vor Ärger nicht arbeiten kann.

Im Februar 1885 trug Laßwitz diese Erzählung erstmals in der Mittwochsgesellschaft vor, sie ist also vermutlich im Winter 1884/85 entstanden, zehn Jahre nach dem Staatsexamen. Mit der Figur des Dr. Schulze, so kann man annehmen, führte sich Laßwitz vor Augen, wie sein Leben in den zurückliegenden Jahren hätte verlaufen können, wenn er nach dem Staatsexamen freier Schriftsteller geworden wäre – ein Gedanke, den er tatsächlich ins Auge gefaßt hatte. Der alternative Lebensweg, den er sich dabei ein Jahrzehnt später für den ungünstigsten Fall ausmalt, erscheint wenig erstrebenswert. Denn über Erfolg oder Nichterfolg, diesen Schluß legt die Erzählung nahe, entscheidet nicht allein die wissenschaftliche Leistung. Solange Dr. Schulze nicht das Wohlwollen seines »Spezialkollegen« erwirbt, wird er den Professorentitel nicht erhalten und sich auch weiterhin als »Privatdozent« mit ungewissen Einkünften durchs Leben schlagen müssen.

Neben den Anforderungen, die das Familienleben und der Schuldienst an ihn stellten, bereitete Laßwitz trotzdem zielstrebig seine wissenschaftliche Karriere vor. Bis Anfang der 90er Jahre entstanden nur sehr wenige belletristische Texte, denn der Schwerpunkt seiner außerschulischen Arbeit lag im Bereich der Wissenschaft und des Wissenschaftsjournalismus. Laßwitz spezialisierte sich dabei auf die Geschichte der Entwicklung der Atomtheorie, worüber er zahlreiche Aufsätze in wissenschaftlichen Fachzeitschriften veröffentlichte.

Mit der ersten wissenschaftlichen Veröffentlichung, Laßwitz lebte noch in Breslau, knüpfte er jedoch zunächst noch einmal an sein Dissertationsthema (*Über Tropfen, welche an festen Körpern hängen und der Schwerkraft unterworfen sind*) an. In den »*Annalen der Physik und Chemie*« erschien ein Jahr nach der Dissertation der Aufsatz: »Über Tropfen an festen Körpern, insbesondere an Zylindern« (1874). Das neue Thema, mit dem er sich fortan befassen wollte, stellte er dann erstmals in einem Vortrag vor. In der 1. Sektion für Physik der im September 1874 in Breslau tagenden 47. Versammlung deutscher Naturforscher und Ärzte referierte er »Über den Zerfall der kinetischen Atomistik im 17. Jahrhundert«. Der Text des Vortrags wurde noch im selben Jahr in den »*Annalen der Physik und Chemie*« abgedruckt.

Mit der Entwicklung der Dinge in den Jahren 1873/74 konnte Laßwitz zufrieden sein. Er hatte die Promotion abgeschlossen, das Staatsexamen bestanden, als Referent an einer wissenschaftlichen Tagung teilgenommen und durch zwei Veröffentlichungen in einer renommierten Fachzeitschrift auf sich aufmerksam gemacht. Um so verwunderlicher deshalb, daß er in den folgenden Jahren nicht versuchte, hieran anzuknüpfen. Denn erst drei Jahre später, 1877 in Gotha, begann er, kontinuierlich fachwissenschaftliche Aufsätze zu publizieren. Und das, obwohl er gleichzeitig durch die Schultätigkeit und den Familienzuwachs sicherlich stärker belastet war als in den Jahren zuvor.

Den Anfang machte »Ein Beitrag zum kosmologischen Problem und zur Feststellung des Unendlichkeitsbegriffes« (1877). Der Aufsatz wurde von der gerade im ersten Jahrgang erscheinenden »*Vierteljahrsschrift für wissenschaftliche Philosophie*« abgedruckt, in der Laßwitz dann auch die meisten der danach entstandenen Arbeiten veröffentlichte. Thema war stets die Entwicklung der Atomtheorie, Laßwitz handelte die verschiedenen Anschauungen ab: »Giordano Bruno und die Atomistik« (1884), »Zur Genesis der Cartesischen Korpuskularphysik« (1886), »Galilei's Theorie der Materie« (1888), »Über Gassendi's Atomistik« (1889) usw. Insgesamt verfaßte er mehr als ein Dutzend solcher Aufsätze, von denen jährlich etwa ein bis zwei erschienen. Das Publikationstempo war also nicht sehr hoch. Nicht selten allerdings verwertete er ein Thema, das er sich erarbeitet hatte, gleich mehrfach. Für verschiedene Zeitungen und Zeitschriften verfaßte er nebenher populärwissenschaftlich gehaltene Artikel zu Fragen der Geschichte der Naturwissenschaft und der Philosophie – womit er sich sowieso schwerpunktmäßig befaßte. Gleichzeitig löste er damit aber auch den Anspruch ein, den er als vierte These zu seiner Dissertation formuliert hatte: »Die Naturwissenschaft *kann* und *soll* popularisiert werden.«

So belieferte er die in Berlin erscheinende »*Nation*« über zwanzig Jahre hinweg – von 1885, dem zweiten Jahrgang der Zeitschrift, bis 1904 – mit populärwissenschaftlichen Beiträgen. In den 90er Jahren erschloß er sich für einige Jahre als zusätzliches Publikationsorgan die Sonntagsbeilage der altehrwürdigen »*Vossischen Zeitung*«. Diese und weitere verstreut erschienene »Beiträge zum Weltverständnis« versammelte er in zwei Büchern: *Wirklichkeiten* (1900) und *Seelen und Ziele* (1908). Der Essayband *Wirklichkeiten* brachte es bis 1921 auf immerhin vier Auflagen.

Um in der wissenschaftlichen Welt sicher Fuß fassen zu können, verfaßte er neben wissenschaftlichen und populärwissenschaftlichen Aufsätzen auch noch Rezensionen von Fachbüchern. Er begann damit im gleichen Jahr, in dem er auch für die »*Vierteljahrsschrift für wissenschaftliche Philosophie*« zu schreiben begann. Für die *Schlesische Presse* besprach er im September 1877 Johannes Hubers *Die Forschung nach der Materie*, das kurz zuvor erschienen war. In der Folgezeit veröffentlichte er jährlich mehrere Rezensionen, manchmal zehn oder mehr. Sie erschienen anfangs in der »*Jenaer Literaturzeitung*« (1878/79), dann vor allem in der »*Zeitschrift für mathematischen und naturwissenschaftlichen Unterricht*« und in den »*Göttingischen Gelehrten Anzeigen*« (beide ab 1881) und ab 1884 schließlich überwiegend in der seit 1880 erscheinenden »*Deutschen Literaturzeitung*«. Bis Mitte der 90er Jahre sind fast 100 von Laßwitz verfaßte Rezensionen in diesen und anderen Zeitschriften zu verzeichnen.

Daß all diese Publikationen kein Selbstzweck waren – das Freizeitvergnügen eines an der Wissenschaft interessierten Gymnasiallehrers –, sondern den Namen ihres Verfassers in der wissenschaftlichen Welt bekannt machen und den Boden bereiten sollten für dessen wissenschaftshistorisches Hauptwerk, wurde endgültig 1890 deutlich, als Laßwitz' voluminöse *Geschichte der Atomistik vom Mittelalter bis Newton* erschien. Die zuvor veröffentlichten Aufsätze erwiesen sich nun als bloße Vorarbeiten für dieses mehr als 1100 Seiten starke Werk, mit dessen Publikation Laßwitz die Verwirklichung seines Lebensziels zu erreichen hoffte. Doch vergeblich, zwar wurde die in preußischer Gründlichkeit erstellte *Geschichte der Atomistik* von Fachwissenschaftlern gelobt, die Professur an einer Universität trug man dem Verfasser jedoch nicht an. Fünfzehn Jahre emsigen und beharrlichen Arbeitens und Studierens erwiesen sich somit letztlich doch als fruchtlos. Die Ernüchterung und damit das Ende dieses Lebensabschnittes fällt in den Anfang der 90er Jahre. Spätestens 1894/95 – zu diesem Zeitpunkt nimmt die Zahl seiner wissenschaftlichen Veröffentlichungen deutlich ab – muß Laßwitz klar geworden sein, daß er auf eine Professur nicht länger zu hoffen brauchte. Er zog die Konsequenz und verlagerte den Arbeitsschwerpunkt von der Wissenschaft zur Dichtung.

Kurd Laßwitz und die wissenschaftlichen Märchen

Mit Ausnahme der 1869 verfaßten und zwei Jahre später in der »Schlesischen Zeitung« veröffentlichten Erzählung »Bis zum Nullpunkt des Seins« sind sämtliche Erzählungen Laßwitz' und alle fünf Romane nach 1876 in Gotha entstanden. Viele Erzählungen, darunter die besten, sind eine Art literarisches Nebenprodukt seiner wissenschaftlichen Publikationstätigkeit und haben wie die populärwissenschaftlichen Essays und Artikel eine didaktische Zielsetzung, sie dienen der Popularisierung der Naturwissenschaften. Dabei griff Laßwitz immer wieder Themen auf, die er schon zuvor in anderen Veröffentlichungen behandelt hatte, und stellte sie mit den erzählerischen Mitteln der Dichtkunst allgemeinverständlich dar.

Seinem Biographen, dem Bibliotheksrat der Preußischen Staatsbibliothek Hans Lindau (1875–1963), schrieb Laßwitz 1903, zu einem Zeitpunkt also, da er nach den Romanen *Auf zwei Planeten* (1897) und *Homchen* (1902) sowie den Erzählungsbänden *Bilder aus der Zukunft* (1878), *Seifenblasen* (1890) und *Traumkristalle* (1902) als Autor utopisch-phantastischer Literatur bereits bekannt war, daß man Wissenschaft und Kunst nicht unzulässig miteinander vermischen dürfe: »Das ist mein Leitfaden. Deswegen kann ich ›wissenschaftliche‹ Märchen schreiben, d. h. nur wissenschaftliche Stoffe in poetischer Form behandeln, aber nicht, um Erkenntnis zu erzeugen, sondern um Kunstwerke, so gut man's eben kann, zu schaffen. Man muß immer genau wissen, wo man phantasiert; und wo man forscht, darf man nicht phantasieren. Diese strenge Trennung hoffe ich nie vergessen zu haben. Meine belletristische Tätigkeit erklärt sich, wie ich glaube, eben daraus, daß ich zu viel Respekt vor der Wissenschaft habe, um von meiner Neigung zum Fabulieren etwas hineinzumischen, und daß ich mir darum für meine Phantasie dieses Eckchen vom Märchengarten angebaut habe ...«[6]

Schon 1887 führte Laßwitz in dem Aufsatz »Die poetische und die wissenschaftliche Betrachtung der Natur« aus, daß es der Wissenschaft in der Untersuchung der Phänomene darum gehen müsse, objektive Zusammenhänge festzustellen, die Gesetze der Natur zu ergründen, den Zusammenhang von Ursache und Wirkung zu erkennen. Das Vorrecht des Schriftstellers sei es dagegen, die Naturerscheinungen von einem subjektiven Standpunkt aus verständlich zu machen. Er dürfe vorausschauend über das Ziel spekulieren, auf das die Schöpfung zuzusteuern scheine, eine Frage, die die Wissenschaft nicht zu beschäftigen habe, weil sie sich der Objektivität entziehe: »Die Natur ist blind, die Kunst sieht mit dem Auge des Schöpfers auf das Ende.«[7]

Wie er diesen Anspruch umsetzte, läßt sich beispielhaft an der Erzählung »Auf der Seifenblase« (1887) zeigen, die im gleichen Jahr erschien wie der eben erwähnte Aufsatz. Thematisch knüpft sie an zuvor publizierte Aufsätze über die Relativität von Zeit und Raum an. Nachdem Laßwitz 1875 für die »Schlesische Zeitung« über »Atome und Welten« geschrieben hatte (das gleiche Thema behandelte er noch im Jahr vor der Veröffentlichung der Erzählung in einem Vortrag, gehalten am 12. Dezember 1886 in Gotha), führte er zwei Jahre später in dem bereits erwähnten »Beitrag zum kosmologischen Problem und zur Feststellung des Unendlichkeitsbegriffes« spekulativ aus: »Nichts hindert uns ... uns einen Atombewohner mit analogen Sinnen wie die unseren vorzustellen. Wenn ein solcher auf einem Wasserstoffatom lebt, das sich mit seinen Nebenatomen zu einem Wassermolekül gruppiert, so ist ihm hier das Analogon unseres Sonnensystems gegeben. ... (D)er Atombewohner würde wahrscheinlich den auslachen, der ihm sagte, dass dadraussen noch ganz andere Welten existiren.«[8]

Diese interessante Gedankenspielerei wird in »Auf der Seifenblase« literarisch verwertet. Ein Erfinder und sein Neffe, der Ich-Erzähler, versetzen sich auf die Oberfläche einer Seifenblase, wobei sich ihre Zeitwahrnehmung den neuen Größenverhältnissen anpaßt: »drei Erdsekunden sind soviel wie eine Million Jahre auf der Seifenblase«. Sie verbringen zwei (Seifenblasen-) Jahre unter den Saponiern, Wesen aus Glyzerin und Seife. Als der Neffe unvorsichtigerweise im Prozeß gegen den Gelehrten Glagli, des Galilei der Seifenblasenwelt, der die Existenz und Bewohnbarkeit anderer Seifenblasenwelten behauptet, Partei ergreift für dessen als »staatsgefährlich«, »reichsfeindlich« und »antinational« erachteten »Irrlehren«, müssen die beiden Forschungsreisenden vor der aufgebrachten Menge in ihre eigene makroskopische Welt zurückfliehen. Glagli wird hingerichtet und erleidet damit das gleiche Schicksal wie der Dominikanermönch Giordano Bruno, der unter ähnlich lautender Anklage im Jahre 1600 auf dem Scheiterhaufen der Inquisition starb.

»Auf der Seifenblase« ist die vielleicht beste und bekannteste Erzählung Kurd Laßwitz', keine andere ist so oft nachgedruckt worden. Während sich Laßwitz in den wissenschaftlichen Schriften darauf beschränkte, die ihr zugrunde liegende Idee als spekulative Randbemerkung vorzutragen, nahm er sich als Dichter die Freiheit, sie phantasievoll und in allen Einzelheiten auszugestalten. Dabei tritt die Vorstellung, daß der

Mikrokosmos ein eigenständiges Universum ähnlich dem unsrigen sein könnte, sogar teilweise in den Hintergrund, denn das eigentliche Thema ist ein ganz anderes. Die düstere Weltsicht Onkel Wendels – »Der Wissende muß schweigen, der Lehrer muß lügen. Oder er kommt ans Kreuz, auf den Scheiterhaufen, in die Witzblätter – je nach der Mode.« – bestätigt sich nämlich auch für die Seifenblasenwelt, die letztlich nur die satirische Verfremdung unserer eigenen ist.

Ein anderes Beispiel dafür, wie wissenschaftliche Anschauungen der Zeit in Laßwitz' Belletristik einflossen, ist die 1886 in der Berliner Zeitschrift »*Das humoristische Deutschland*« veröffentlichte Erzählung »Der Traumfabrikant«. Als Laßwitz sie im Mai des gleichen Jahres in der »Mittwochsgesellschaft« vortrug, trug sie noch den Untertitel »Ein Zukunftsbild«. Tatsächlich gehört sie in das Umfeld der *Bilder aus der Zukunft*. Unter diesem Titel wurden 1878 die beiden ersten Erzählungen Laßwitz' als Buchausgabe vorgelegt. Die beiden Erzählungen bauen aufeinander auf, »Gegen das Weltgesetz. Erzählung aus dem Jahre 3877« ist die Fortsetzung von »Bis zum Nullpunkt des Seins. Erzählung aus dem Jahre 2371«. »Der Traumfabrikant« spielt im 21. Jahrhundert und ist insofern den *Bildern* zeitlich vorgelagert – ohne aber tatsächlich chronologisch zum Zyklus dazuzugehören. Stilistisch reifer als die *Bilder* wird im »Traumfabrikanten« darauf verzichtet, den Leser mit einer Fülle technischer Prognosen zu überschütten, wodurch sich die beiden Kurzromane vor allem auszeichnen. Die Figurenkonstellation erinnert dagegen an die Dreiecksgeschichten aus den *Bildern:* Amalie Siebler liebt den Traumfabrikanten Dormio Forbach, der ein Anhänger der »Gutmeinenden« ist, ihr Vater, der zwischen den Liebenden steht, gehört der Partei der »Wohlmeinenden« an. Im Plauderton berichtet der Chronist, der allwissende Erzähler aus einer späteren Epoche, für den die Handlungsgegenwart bereits Vergangenheit ist (die Erzählweise stimmt insoweit mit der der *Bilder* überein), von den Problemen und Problemchen des 21. Jahrhunderts, in dem »Gehirnüberreizung« und »gesteigerte Nervosität« durch den Konsum vorgefertigter Träume abgebaut werden. Die Erzählung ist über weite Strecken essayistisch und erinnert auch in dieser Hinsicht an die *Bilder aus der Zukunft*. Doch während in

Merkmal. Nur wenn er ins Dozieren kommt, Erläuterungen gibt und Beispiele aneinanderreiht, taut er sichtlich auf und verzichtet sogar darauf, seine Ausführungen mit einem brummigen »Hm« einzuleiten.

Der Laßwitz-Cousine Hanna Brier (1886–1973) zufolge stellt die Figur des Onkel Wendel ein Selbstbildnis des Autors dar. In ihr erkennt man bereits in Ansätzen den Privatgelehrten Friedrich Ell aus *Auf zwei Planeten*, der in der fiktiven thüringischen Kleinstadt Friedau lebt. Beide sind weltabgeschieden arbeitende Gelehrte, die von der wissenschaftlichen Welt der Universitäten und Hochschulen keine sehr hohe Meinung haben. Doch während Onkel Wendel bezweifelt, daß Voreingenommenheit und Unvernunft in absehbarer Zeit überwunden werden können, vertritt Ell in dieser Frage eine optimistischere Haltung und ist Vorbildfigur. Von den Marsbewohnern zum »Kultor« ernannt, setzt er sich erzieherisch für die kulturelle Erhebung der Menschheit ein, indem er z. B. die Kasernen in »Fortbildungsschulen« umfunktioniert. Dazu Erich Laßwitz in einem Aufsatz mehr als 40 Jahre nach dem Tod seines Vaters: »... der Held, Dr. Ell, (brachte) die Weltanschauung und das Ethos des Dichters zur Darstellung ...«[10]

Der Typus des Privatgelehrten steht auch in anderen »wissenschaftlichen Märchen« im Vordergrund. In »Aladins Wunderlampe« (1888) ist es Professor Alander, der für das örtliche Museum als Historiker ein wissenschaftliches Gutachten über eine in Tigris gefundene Lampe anfertigen soll, und in »Der Gehirnspiegel« (1900) taucht Onkel Wendel in der Gestalt des Onkel Pausius wieder auf. Wie sein Vorläufer »Auf der Seifenblase« hat er die Angewohnheit, in abgehackten Sätzen zu sprechen, und der Ich-Erzähler weiß von ihm zu berichten: »Pausius war ein Genie. Ich kannte den alten gelehrten Sonderling und sein Laboratorium und wußte einiges von seinen Studien. Er hatte tatsächlich Erfindungen von höchster Wichtigkeit gemacht, aber er rückte damit höchstens einmal gegen seine nächsten Freunde heraus. Die Menschen seien nicht reif dafür, behauptete er, und er habe sie nicht nötig.« Auf Professor Frister in »Die Fernschule« (1902) folgt Professor Wallhausen in »Die Universalbibliothek« (1904), der von einem Freund, dem Redakteur Max Burkel, um einen populärwissenschaftlichen Zeitungsartikel gebeten wird. Schon im Namen der Figur wird deutlich, daß es sich um ein weiteres literarisches Selbstporträt des Autors handelt: »eine genüßliche Wortwipperei über polnisch Lasowice, Walddorf, Waldhausen«.[11]

In mehreren Aufsätzen stellte Laßwitz seine poetologische Theorie des »wissenschaftlichen Märchens« vor. Der bekannteste und wichtigste davon ist »Über Zukunftsträume« (Dezember 1898 als Vortrag in der Mittwochsgesellschaft, 1899 gedruckt). In den letzten Jahren mehrfach abgedruckt wurde auch »Unser Recht auf Bewohner anderer Welten« (1910). In »Das Schaffen des Dichters« (Februar 1898 als Vortrag in der Mittwochsgesellschaft, 1919 im Nachlaßband *Empfundenes und Erkanntes*) plaudert Laßwitz aus der Werkstatt des Schriftstellers: »Was ... der Dichter darstellt, wenn es eben dichterischen Wert besitzt, ist sein eigenstes Sein – er stellt sich selbst dar. Das liegt nun freilich nicht immer so offen zu Tage. Es kleidet sich in die mannigfaltigsten Gestalten. ... Oft stellt er sich selbst nicht so dar, wie er ist, sondern nur so, wie er sein möchte oder zu werden fürchtet.«[12]

Daß Laßwitz sich weitgehend mit seinen Zentralfiguren identifizierte, läßt sich am deutlichsten für die Erzählung »Wie der Teufel den Professor holte« (1907) nachweisen. Zahlreiche Hinweise in der Erzählung legen den Schluß nahe, daß der namenlos bleibende Professor, der behauptet, daß ihn der Teufel geholt habe, niemand anderes ist als Laßwitz selbst.

Die Erzählung entwickelt sich als Dialog zwischen »dem Professor« (der eine Münchhausiade zum besten gibt), dem »starken Herrn« (der ihn durch kritische Nachfragen aufs Glatteis zu locken versucht), der leicht überdrehten »blauen Dame«, dem »sanften Jüngling« und Frau Brösen. Diese Gesprächsrunde ist offensichtlich die Gothaer Mittwochsgesellschaft. Man spricht unter anderem über die Fechnersche Erdseele: »Der Professor hat doch erst neulich einen Vortrag darüber gehalten!« Tatsächlich hat Laßwitz 1906 – also wenige Monate vor der Veröffentlichung der Erzählung – in der Mittwochsgesellschaft über die »Erdseele« (1908 in *Seelen und Ziele* abgedruckt) referiert.[13]

Als der Teufel den Professor holen kommt – »Ich saß wie gewöhnlich abends an meinem Schreibtisch« –, bietet er ihm die Reise in einem »Weltraum-Automobil« an und meint (wohl in Anspielung auf *Auf zwei Planeten*): »Sie reisen ja so gerne nach den Sternen.« – »Bitte sehr, das tue ich hier am Schreibtisch; ich habe durchaus keine Lust zum Reisen. Außerdem brauchte ich mehrere Wochen Vorbereitung. Erst müßte ich meine Reiseapotheke packen.« Im Vergleich dazu Rudolf Laßwitz über die Reisevorbereitungen des Vaters: »Mein Vater fuhr zwischen den Planeten hin und her, als sei er nicht erdgeboren, sondern von irgendeinem fernen Stern gekommen. Wenn er aber von unserem alten lieben Gotha mit uns Kindern einen Ausflug nach Friedrichroda oder Georgenthal machen sollte, so war das kein einfaches Unternehmen. Da mußte erst einmal alles genau vorher organisiert und für alle möglichen Fälle Sicherheiten geschaffen werden. Wenn aber dieser Vater ... von seinem Heim in Gotha auf längere Fahrt ging, längere Fahrt bis Breslau oder Berlin ..., dann waren bedrückte Tage daheim. Denn nur schweren Herzens entschloß sich mein Vater zu einer längeren Reise. Er, der auf der Marsbahn zu Hause war, hatte peinliche Hemmungen auf der irdischen Eisenbahn zu überwinden. Nicht, daß er ein sogenannter stiller Gelehrter gewesen wäre, ein vergeßlicher Professor. ... Aber er war ein Sicherheitskommissarius, der seine Reise bis ins Kleinste vorbereitete.«[14] Kein Wunder also, daß »der Professor« von der Aussicht, mit dem Teufel durch den Weltraum zu reisen, nicht sonderlich erbaut ist: »Schlimmer konnte mich der Teufel wahrhaftig nicht holen. Ich kann schon das Reisen überhaupt nicht leiden, und nun gar, wenn das Ankommen so unbestimmt ist!« Eines kann man von Laßwitz sicher nicht sagen, daß er keinen Humor hatte und über seine kleinen Schwächen nicht auch selber lachen konnte.

Der Schlüssel zum Zauberland

In den 90er Jahren wurde der Einfluß der Fechnerschen »Psychophysik« (vgl. Anm. 13) auf Laßwitz' erzählerisches Werk immer stärker. So kommt es, daß in den später entstandenen Erzählungen Pflanzen und Tiere sich miteinander unterhalten können, Berg- und Elementargeister auftreten und Regen und

Wind auch schon einmal über Sein oder Nichtsein diskutieren. In dem Roman *Aspira* (1905) nistet sich die Wolke Aspira, neugierig auf das Leben und Erleben der Menschen, als teilhabende Beobachterin im Kopf einer jungen Frau ein, und in *Sternentau* (1909), Laßwitz' letztem Roman, begegnen dem Leser nicht nur intelligente Pflanzen vom Neptunmond, sondern auch profane irdische Gewächse, die sich als überaus gescheit, redegewandt und überraschend gelehrt erweisen. Während *Aspira* und *Sternentau* für heutige Leser nicht mehr interessant sein dürften, gilt dies für *Homchen* (1902) nur bedingt. Man kann dieses »Tiermärchen aus der oberen Kreide« (so der Untertitel) als politische Allegorie, als verschlüsselte Kritik an der Monarchie auffassen. Nach *Auf zwei Planeten* (1897) ist *Homchen* Laßwitz' bedeutendster Roman und trotz der darin enthaltenen Fechnerschen Ideen noch durchaus lesenswert. Von den anderen Romanen und Erzählungen, die im Geiste Gustav Theodor Fechners verfaßt sind, läßt sich dies leider nicht sagen.

Die Zahl der noch lesenswerten Erzählungen reduziert sich somit erheblich. Dazu zu zählen sind die utopisch-technischen Zukunftsgeschichten »Bis zum Nullpunkt des Seins« (1871), »Gegen das Weltgesetz« (1877) und »Der Traumfabrikant« (1886), die an klassischen Vorbildern angelehnte Staatsutopie »Apoikis« (1882), mit der Laßwitz einen Preis gewann, die philosophischen Märchen »Musen und Weise« (1885), »Prinzessin Jaja« (1892) und »Die Weltprojekte« (1908) sowie der besonders interessante Zyklus der wissenschaftlichen Märchen: »Psychotomie« (1885, von Laßwitz im Untertitel als »philosophisches Märchen« bezeichnet), »Auf der Seifenblase« (1887), »Aladins Wunderlampe« (1888), »Der Gehirnspiegel« (1900), »Die Fernschule« (1902), »Die Universalbibliothek« (1904) und »Wie der Teufel den Professor holte« (1907).

Erzählungen zu schreiben, stand für Laßwitz offensichtlich nie im Vordergrund seiner Arbeit, denn in 40 Jahren hat er nur vergleichsweise wenige verfaßt. Sein Interesse scheint hauptsächlich der Wissenschaft und der Populärwissenschaft, der Philosophie und seinen Romanen gegolten zu haben. Die kürzeren belletristischen Arbeiten, so kann man annehmen, entstanden eher nebenbei, wann immer er Zeit und Muße dazu hatte, »dieses Eckchen vom Märchengarten« zu bestellen. Welche Bedeutung die Dichtung für Laßwitz gehabt haben mag, kann einem Gedicht entnommen werden, das in dem Nachlaßband abgedruckt ist:

> *Ein Gärtlein hab' ich im Märchenreich,*
> *Dort blühen die sonnigsten Rosen*
> *Durch's ganze Jahr, und lind und weich*
> *Die duftenden Lüfte kosen.*
>
> *Nur leider den Schlüssel, ich weiß es nicht,*
> *Wann ich ihn glücklich erhasche,*
> *Bis plötzlich ein goldenes Klingen spricht*
> *Ganz leise in meiner Tasche:*
>
> *Schließ auf geschwind, das ist die Zeit,*
> *Im Zauberland zu pflücken!*
> *Heut trägt der Tag ein Feierkleid,*
> *Und Rosen sollen es schmücken.* [15]

Kurd Laßwitz schrieb seine Erzählungen aus innerem Bedürfnis und ohne äußeren Zwang. Vielleicht sind deswegen die gelungensten von ihnen zum besten zu zählen, das er hinterlassen hat.

ANMERKUNGEN

1 Walter Lietzmann: »Zur Einführung«. – In: Kurd Laßwitz: *Die Welt und der Mathematikus. Ausgewählte Dichtungen*. Hrsg. v. W. Lietzmann. – Leipzig: Elischer Nachfolger o. J. (1924), S. 5

2 Kurd Laßwitz: *Traumkristalle. Utopische Erzählungen, Märchen, Bekenntnisse*. – Berlin (DDR): Das Neue Berlin 1982 (SF Utopia), S. 349

3 Kurd Laßwitz: *Traumkristalle*. Hrsg. u. m. e. Nachw. v. Hans Joachim Alpers. – München: Moewig 1981 (Moewig Science Fiction, 3535), S. 196

4 ebd.

5 ebd.

6 Hans Lindau: »Kurd Laßwitz«. – In: Kurd Laßwitz: *Empfundenes und Erkanntes. Aus dem Nachlasse*. – Leipzig: Elischer Nachfolger o. J. (1919), S. 54 f.

7 Kurd Laßwitz: »Die poetische und die wissenschaftliche Betrachtung der Natur«. – In: »Nord und Süd« 41 (1887) H. 2, S. 276

8 Zitiert nach: Rudi Schweikert: *Von geraden und von schiefen Gedanken. Kurd Laßwitz – Gelehrter und Poet dazu*. – In: Kurd Laßwitz: *Auf zwei Planeten. Roman in zwei Büchern*. – Frankfurt a. M.: Zweitausendeins 1984[2] (Haidnische Alterthümer), S. 991

9 Kurd Laßwitz: *Wirklichkeiten. Beiträge zum Weltverständnis*. – Leipzig: Elischer Nachfolger o. J. (1903[2]), S. 390

10 Erich Laßwitz: »Kurd Laßwitz und die Weltraumfahrt«. – In: »Weltraumfahrt« 3 (1952) H. 3, S. 80

11 Rudi Schweikert: »Am Anfang war der Höhepunkt. ›Apoikis‹ von Kurd Lawitz als literarisches Kabinettstück aus der Frühzeit deutscher Science-fiction von A bis O unter die Lupe genommen«. – In: Franz Rottensteiner (Hrsg.): *Polaris 8. Ein Science-fiction-Almanach*. – Frankfurt a.M.: Suhrkamp 1985 (suhrkamp taschenbuch, 1096; Phantastische Bibliothek, 143), S. 173

12 Kurd Laßwitz: *Empfundenes und Erkanntes*, a.a.O., S. 305

13 Nach 1890 befaßte sich Laßwitz intensiv mit der »Psychophysik« Gustav Theodor Fechners (1801–1887), dessen Bewunderer und Biograph er wurde. 1896 erschien im Stuttgarter Frommann-Verlag die von Laßwitz verfaßte Monographie *Gustav Theodor Fechner*. Fechner vertrat ein pantheistisches Weltbild, das davon ausging, daß die gesamte Natur – von den Pflanzen bis zu den Sonnen und Planeten – beseelt ist. Für die Erde nahm Fechner die Existenz einer »Erdseele« an.

14 Rudolf Laßwitz: »Nobile, der Raketenwagen und Kurd Laßwitz«. – In: »Darmstädter Tageblatt« v. 20. 4. 1928

15 Kurd Laßwitz: *Empfundenes und Erkanntes*, a.a.O., S. 65